|中国网络文学三十年丛书|

CHINESE NETWORK LITERATURE
生于北美，成于本土，走向世界

网络文学
三十年理论评论
典藏

欧阳友权 ○ 主编

湖南文艺出版社
HUNAN LITERATURE AND ART PUBLISHING HOUSE

图书在版编目（CIP）数据

网络文学三十年理论评论典藏 / 欧阳友权主编. --长沙：湖南文艺出版社，2023.3
ISBN 978-7-5726-1010-3

Ⅰ.①网… Ⅱ.①欧… Ⅲ.①网络文学—文学研究—中国 Ⅳ.①I207.999

中国国家版本馆CIP数据核字（2023）第042562号

网络文学三十年理论评论典藏
WANGLUO WENXUE SANSHI NIAN LILUN PINGLUN DIANCANG

主　　编：欧阳友权
出 版 人：陈新文
责任编辑：崔　灿　袁甲平
封面设计：袁词媚工坊
内文排版：刘晓霞
出版发行：湖南文艺出版社
　　　　　（长沙市雨花区东二环一段508号　邮编：410014）
印　　刷：长沙鸿发印务实业有限公司
开　　本：710 mm×1000 mm　1/16
印　　张：26.5
字　　数：400千字
版　　次：2023年3月第1版
印　　次：2023年3月第1次印刷
书　　号：ISBN 978-7-5726-1010-3
定　　价：132.00元
　　　　　（如有印装质量问题，请直接与本社出版科联系调换）

代序

哪里才是中国网络文学的起点？①

中国网络文学的起点究竟在哪里，网文界似有定论，可近日又有新说，让这一本该辨明却一直未受重视的问题浮现出来。在我看来，廓清网络文学的起点，不只为追溯一种事实真相，更在于给中国网络文学找到一个可供认同的时空坐标，以确立文学实践与观念逻辑相一致的历史合法性，让这一文学的"来路"与"去向"在观念建构时找到正确的打开方式。

网文界的约定俗成一直是把1998年默认为"中国网络文学元年"，其根据是基于一个重要事件——2008年的"网络文学十年盘点"活动。由于这次活动得到《人民文学》《中国作家》《收获》等20余家文学期刊和众多主流媒体的积极响应，产生了广泛影响，于是人们便自然而然将1998年默认为中国网络文学起始年。并且，这一认定也是依据两个标志性事件：一是我国第一家大型原创网络文学网站"榕树下"于1998年春开始公司化运营，二是当时颇有影响的网络言情小说《第一次的亲密接触》诞生于1998年。这种以文学高光事件认定网络文学起始年的观点，可称作"事件起源说"。

新近出现的另一种观点可称作"论坛起源说"，它是由邵燕君、吉云飞率先提出的。她们二人在《为什么说中国网络文学的起始点是金庸客栈?》（《文

---

① 本文原载《文艺报》2021年2月26日第2版，以此作这套丛书代序，旨在说明做这套"中国网络文学三十年丛书"的缘由和依据。

艺报》2020年11月6日)一文中明确指出,1996年8月成立的"金庸客栈"及其开启的"论坛模式"才是中国网络文学的起点。其理由是:网络文学的起始点只能是一个网络原创社区,而不能是一部最早发生极大影响力的作品。金庸客栈是中国最早的以文学为主题的网络论坛,这种"论坛模式"天然具有网络基因,即去中心化,网友自由发帖,多点互动等"趣缘社区"性质,具备网络文学生产的"动力机制"。文章认为,被称作"网上《收获》"的"榕树下"走的仍是投稿、审稿、编发的传统文学路子,算不得网络文学起点;而痞子蔡的《第一次的亲密接触》(1998年)晚于罗森的网络长篇小说《风姿物语》(1997年),将其算作中国网络文学起点更是于实不符、于理无据。因而该文旗帜鲜明地提出:"为什么金庸客栈应该被锚定为中国网络文学的起始点?其依据按重要性排序,首先是论坛模式的建立,为网络文学的发展提供了动力机制;其次是趣缘社区的开辟,聚集了文学力量,在类型小说发展方向上,取得了成绩,积蓄了能量;第三是论坛文化的形成,成为互联网早期自由精神的代表。"

应该说,"论坛起源说"从文学网站功能和网络文学的文化底色来锚定起点,较之传统的"事件起源说"是一大进步。但是,如果我们抛开其他附加因素而回归"起点"的本意——起始、开头、首次出现;抑或说,如果我们承认网络文学是基于互联网这一媒介载体而"创生"于网络的新型文学,那么,就只能回到这一文学的原初现场,选择"事实判断"而非"价值判断",即如前文所说的"用事实回溯的办法,而非概念推演",我们将会得到一个简单而明确的结论——中国的(汉语)网络文学诞生于1991年的美国,1994年中国加入国际互联网后才穿越赛博空间而挺进中国本土,并延伸出蔚为壮观的中国网文世界。基于这个可供验证的时空节点,是否可以说,这个"网生起源说"更具历史真实性与逻辑合理性呢?

我们知道,网络文学皆因网络而"生",而"网生"文学需要两个基本要件:一是技术基础,二是文学制度。前者为网络文学的出现提供媒介载体和传播平台支持,后者则让网络文学形成机会均等的生产机制和互动共享的话语权分发模式,而1991年诞生于北美的汉语网络文学就最早具备了这两个要件。

计算机和互联网均创生于美国，1991年，蒂姆·伯纳斯-李（Tim Berners-Lee）研发的万维网（World Wide Web）实现商用，消除了Internet去中心化平权架构中信息共享、多点互动的技术障碍，使下移的文学话语权在消解传统的文学圈层后，实现了"人人皆可创作""时时都能评说"的新型文学制度。这个被尼葛洛庞帝称之为"划时代分水岭"的媒介革命，唤醒了文学网络化的努力，促成了文学与网络的"联姻"，文学才有了实现"网生"而登上历史舞台的技术和制度基础。

正是在这样的背景下，1991年4月5日，全球第一个华文网络电子刊物《华夏文摘》在美国创刊（创办者为中国留学生梁路平、熊波、朱若鹏等人），虽然它还不是纯文学网刊，却是世界上中文网络文学写作的第一个园地。创刊号上发布的《太阳纵队传说》是目前发现的最早的一篇汉语网络原创[1]散文；4月16日《华夏文摘》第3期发表的《不愿做儿皇帝》（作者张郎郎），是目前发现的最早的网络原创杂文；4月26日《华夏文摘》第4期刊载的舒婷的《读杂志时的寂寞》是网络上首次发布的诗歌作品，而该期刊发的《文如其人》（作者阿贵），则是目前发现的最早的汉语网络文学评论；还有，11月1日《华夏文摘》第31期发表的《鼠类文明》（作者佚名），以拟人的手法描述了老鼠的一次聚会，是目前发现的最早的汉语网络原创小说。如果我们认可《华夏文摘》是可以刊发文学作品的网络园地，并承认上述这些作品是文学，属于网络文学，那么很显然，它们均出现在"榕树下"和"金庸客栈"之前，也比《风姿物语》和《第一次的亲密接触》要早好几年！有鉴于此，将1991年锚定为中国网络文学的起点就将是一个毋庸置疑的事实判断，"网生起源说"无非陈述了一个客观事实。

当然，如此界定还有两个疑问需要解答。一个是诞生地疑惑——那个最早出现的"网生"文学是在美国而不是中国，能算是中国网络文学的起点吗？事实上，网络原创的文学作品，只要是用汉语（海外称"华文"）表达，并且是

---

[1] 有研究者指出，《太阳纵队传说》并非网络原创，而属转载。参见邵燕君《再论中国网络文学的源头是金庸客栈——兼应欧阳友权"网生起源说"》，载《文艺报》2021年5月12日第2版，为保留文章原貌，这里未做改动，特此说明，并感谢邵燕君老师指正。

刊发于汉语网络平台（无论它是网刊、网站、论坛或个人主页），对于没有国界的"网络地球村"来说，计较其诞生于哪一个国家是没有意义的。网络文学的辨识只有语种区别，并无国家或地区的界限，世界上以汉语为母语的网络文学都可算作是中国网络文学，何况诞生于北美的网络文学本是出自华人留学生之手。另一个疑虑是邵、吉二位文章所说的网络文学诞生需要自己的"新动力机制"和自由的文化品格，即诞生于互联网环境中的论坛模式拥有的"网络基因，去中心化，网友自由发帖，多点互动"特征，以此成为网民同好聚集的"趣缘社区"和精神家园。这些要素无疑是网络文学生产和文学网站最具文化价值的功能范式。但是很显然，这些功能范式是在网络文学发展过程中逐步形成的，而不是在它诞生伊始就具备的。换句话说，它们只是网络文学产生的充分条件而不是必要条件，缺少它们，网络文学可能不成熟、不完满，但并不会影响网络文学的诞生，因为没有任何一种新生事物一出现就是成熟的、功能齐备的。

回到"网生起源"的话题，我们不妨沿着1991年4月《华夏文摘》诞生这个时间节点，探寻中国网络文学从北美发端，经由港台到中国内地而触点延伸，直至发展壮大的技术路线。我们发现，继《华夏文摘》问世之后，同年12月，纽约州立大学布法罗分校的王笑飞创办了全球华文网络第一个纯文学交流群"海外中文诗歌通讯网"。1992年6月28日，美国印第安纳大学中国留学生魏亚桂在Usenet上申请了一个使用GB-HZ编码的华文虚拟空间"中文互联网新闻组"，简称ACT（alt.chinese.text），促使中文网络文学开始在全球互联网上传播开来，从此世界许多国家的华人留学生纷纷建立汉语文学网站、网刊、论坛或主页，如美国的"威斯康星大学通讯""布法罗人""未名"和文心社，加拿大的"联谊通讯""枫华园""红河谷""窗口""太阳升"，德国有"真言"，英国有"利兹通讯"，瑞典有"北极光"，丹麦有"美人鱼"，荷兰有"郁金香"，日本有"东北风"，等等。其中，1994年2月由方舟子创办的"新语丝"，1995年3月由诗阳、鲁鸣创办的中文诗刊《橄榄树》，1996年1月由诗人鸣鸿等人创办的女性文学诗刊《花招》等，对中国本土的网文界影响较大。1993年，在美国的中国大陆留学生还评出了"网文八大家"，冬冬、凯丽、晓拂、不光、图雅、散宜生、嚎、方舟子等人成功入选。

港台地区互联网普及得较早，网络文学也得风气之先。在台湾，位于高雄的中山大学1992年就建立了网络BBS（Bulletin Board System，网络论坛）社区，台湾政治大学创办了"猫空行馆"，台湾大学和台湾成功大学分别有"椰林风情"和"猫咪乐园"论坛，随后又出现了"妙缪庙""涩柿子的世界"等专门刊发多媒体、超文本作品的文学主页，如《蜘蛛战场》《小丑玩偶》《诗人行动》等，以及颇具规模的"鲜网""冒险者天堂""新月家族"等文学网站，涌现出罗森、痞子蔡、九把刀、姚大钧、李顺兴、曹志涟、代橘、苏绍连等早期的网络大神。香港诗人杜家祁1997年创办的"新诗通讯站"颇有影响，但香港的网络文学不以网站平台聚焦，而是以武侠仙侠、玄幻科幻小说创作的非凡成就影响了内地一批网络作家。金庸的武侠系列、还珠楼主的《蜀山剑侠传》、黄易的《大唐双龙传》等成为大陆网络幻想类小说的鼻祖和创作标杆。

1994年4月20日，中国全功能加入国际互联网后，全世界华文网络文学迅速回归母语故土。翌年8月，清华大学"水木清华"BBS上线后，"北邮BBS""天涯社区""猫扑"等一批文化（文学）论坛迅速涌现，榕树下（1998）、清韵书院（1998）、红袖添香（1999）、中文在线（2000）、幻剑书盟（2001）、起点中文网（2002）、晋江文学城（2003），还有潇湘书院、龙的天空、黄金书屋、白鹿书院、博库、书路文学网、麦田守望者、亦凡书库……一大批文学网站冒出网海，形成了千禧年前后"文青式"网络文学的第一波高峰。2003年，起点商业模式的建立，刺激了类型小说的爆发式增长，文化资本的大范围介入打造了盛大文学（2008）、阅文集团（2015）这样的超级平台，孕育了世界上三家网络文学上市公司（中文在线、掌阅科技和阅文集团），并不断跨越文学边界以IP赋权方式进入影视、游戏、动漫、出版、演艺、周边领域，实现市场分发的全媒体、多版权经营，直至延伸传播半径，让源自海外的网络文学以文化软实力的自信开启"出海"之旅，打造了世界网络文学的"中国时代"。

现在，当我们回溯中国网络文学"生于北美→成于本土→走向世界"的生长线时，以"网生起源说"来锚定它的起点，当然不只是为了厘清一个事实，或者执意将生辰前置而为网络文学争得某种荣光，而是为了找准历史原点，知道中国的网络文学"从哪里来"，又"往哪里去"，廓清这一文学的正根和主线，以历史自觉而明史鉴今，让未来的网络文学发展行稳致远。

目录

上编
网络文学基础理论

黄鸣奋　女娲、维纳斯，抑或魔鬼终结者？
　　——电脑、电脑文艺与电脑文艺学 …………………………… 003

欧阳友权　网络文学本体论纲 ……………………………………… 023

陈定家　"超文本"的兴起与网络时代的文学 …………………… 035

周志雄　追溯网络小说的传统 ……………………………………… 062

邵燕君　网络文学的"断代史"与"传统网文"的经典化 ……… 074

禹建湘　网络文学虚拟美学的现实情怀 …………………………… 093

单小曦　网络文学"内部研究"：现实依据、问题域与实践探索 … 105

马　季　中国网络文学叙事探究 …………………………………… 130

王　祥　中国三大英雄史诗与网络文学创作
　　——神话学视野的创作思维考察 …………………………… 148

单小曦　段廷军　网络文学"无边的现实主义"论
　　——场域视野下的网络文学现实题材创作20年 ………… 166

何　平　网络文学就是网络文学 …… 179

许苗苗　游戏逻辑
　　　　——网络文学的认同规则与抵抗策略 …… 185

黎杨全　网络文学、本土经验与新媒介文论中国话语的建构 …… 203

聂庆璞　网络文学：未来文学的主流形态 …… 220

周兴杰　网络小说阅读的"代入感"：心理机制、配置系统 …… 227

下编
网络文学评论研究

陈崎嵘　呼吁建立网络文学评价体系 …… 247

欧阳友权　网络文学评价体系的"树状"结构 …… 250

单小曦　网络文学评价标准问题反思及新探 …… 267

禹建湘　建构中国网络文学的多维评价体系 …… 281

周志雄　网络文学经典化与评价体系建构 …… 294

陈定家　论媒介文化批评标准与叙事逻辑 …… 308

黄发有　论网络文学评论的拓展与深化 …… 322

夏　烈　媒介裂变下的文艺批评生态和批评者重构 …… 331

孙书文　建构良性网络文学批评论纲 …… 342

周志强　打造中国网络文学的"智力庄园" …… 351

周　冰　社交阅读的兴起与文艺批评的交往更生 …… 356

桫　椤　变化与机遇：网络文学批评的有效性原则 …… 371

吴长青　数字时代文学研究的转型
　　　　——网络文学研究中的"数据"管理 …… 381

胡疆锋　作为事件的网络文艺与新文艺评论的再出发 …………………386

周根红　当前网络文学评价标准建构的批评与反思 ………………397

后记 …………………………………………………………………………407

上编

网络文学基础理论

女娲、维纳斯，抑或魔鬼终结者？
——电脑、电脑文艺与电脑文艺学

◎ 黄鸣奋

时逢世纪之交，在信息电器领域展开竞争的美国微软公司和我国凯思软件集团分别将自己的计划命名为"维纳斯"和"女娲"。抛开命名者的初衷不论，这两项计划的实施表明电脑技术正通过家用电器日甚一日地渗入我们的生活，人类的"数字化生存"似乎因此将神话般美妙。与此同时，我们注意到美利莎、CIH等病毒肆虐所造成的灾难，聆听着理论家们所发出的在高科技时代拯救人文精神的呼吁，想起以往恰培克在剧作《洛桑万能机器人公司》中所作出的关于人类命运的警告（1920），又感到人类似乎行将大祸临头。电脑对于人类来说究竟是天使还是魔鬼，电脑文艺对于传统文艺来说是福星还是克星，电脑文艺学对于传统文艺学来说是生力军还是终结者，便是本文所要探讨的问题。

一

是"天使"抑或"魔鬼"？——有关电脑对于人类的利弊的思考由来已久。至迟从英国学者阿希贝发表《大脑的设计》一文（1948）开始，学术界就展开了电脑和以之为中枢的智能化机器是否可能排斥人类的争论。文艺界对这一问题的关注甚至可以追溯到电脑诞生之争。例如，利尔·亚当的小说《未来的夏娃》（1879）就对机器人作了美妙的描绘。利尔·亚当还没有关于电脑的概念，他的乐观主义精神看来也未为大多数科幻作家所继承，恰培克的悲观主义态度就反映了这一点。电脑问世以后，许多人因其不可限量的发展前景感到惊诧，不少文艺作品进而表达了人们由此而来的疑虑。这种疑虑大致可以归纳为互相联系的两方面：一方面，日益发达的电脑将在智能上超过人脑，以电脑为中枢的机器人将在技能上超过生物人，从而使人类丧失存在的理由；聪明起来的电脑和机器人将不满足于人类所强加给自己的附庸地位，反转过来控制人类，从而由人类的工具或助手变成人类的统治者或敌人；电脑将介入并利用人类的纷争，以此来实现自己的称霸企图。另一方面，人类将由于信息科技的进步而趋于退化，其惰性或局限性将日甚一日地表现出来；人机一体化（如将电脑植入人体等）将使传统意义上的人不复存在，信息科技在基因工程等领域的应用将打断人类自然进化过程；人类当中的一部分将利用电脑来反对另一部分人，传统的社会关系势必由于信息科技的作用而加速解体。文艺作品（如埃利森的小说《无声狂啸》、艾云·荣格勒执导的影片《网络惊魂》等）对于信息科技负面效果的生动描写，和来自理论领域的强烈声讨（如卡辛斯基所作的社会批判）彼此呼应①，使当代高科技与人文精神的矛盾尖锐化了。

必须承认：上述疑虑和批判是事出有因的，而且它们对于信息科技的发展方向起了一定的调节作用，使之在制定自身的目标时不能不计入道德、法律等因素，不能不考虑公众的心理承受能力。但是，不论是普通人也好，文艺家或理论家也好，他们的疑虑与批判客观上并没有能够阻挡信息科技的进步。而且，弥漫于上述疑虑与批判中的感伤主义虽然很容易在安于现状的人们心中唤起共鸣，在历史上所起的作用却是消极的。如果考虑到科技进步在世界范围内的不平衡性的话，那么可以说：因这种感伤而延误时机，便可能被动挨打。蔑视科技而侈谈人伦，在中国封建社会不乏其人。我们不能再蹈其覆辙了。

事实上，和理论家一样，文艺家在科技进步面前并不是无所作为的。在历史上，文艺家的想象是一种宝贵的资源，科技工作者完全可以从中汲取灵感：

---

① 卡辛斯基曾任美国加州大学伯克利分校数学教授，后辞职。为了强迫媒体发表他旨在抗拒现代文明的长篇宣言《工业社会及其未来》，他不惜以制造爆炸相威胁。此案于1996年被破获。

文艺家的价值判断是一种有力的导向，可以影响公众的心理定势，帮助他们对科技进步所可能带来的社会变迁做好准备。我们应当正面引导公众去迎接信息社会的到来，激发他们发展信息科技以造福人类的热情。事实上，信息科技并非万恶之源，而是人类实现自由而自觉的全面发展的重要条件。它为人们提供了前所未有的种种生存选择，让人类拥有在家上班、分享全球信息资源、按需点播等新的可能性。它为人类提供了反思自身存在的新机遇，使人类得以用计算机模拟等方式深入研究人的思维、记忆、智力发展乃至于情感体验等奥秘。它还为人类提供了远较过去时代为高的劳动生产率，使人类拥有更多闲暇时间从事有利于发挥自身潜能的活动，在新的基础上推动国民经济改造。使信息产业成为发展的龙头……凡此种种，不一而足。在评价信息科技的价值时，我们必须将信息科技在一定条件下的具体应用与信息科技本身加以区分。在关于高科技与人文精神之矛盾的讨论中，二者经常被混淆了，这是将种种丑恶现象都归因于科技，妨碍人们正确认识其意义的原因。

　　如果我们认定美和文艺都和人的本质相联系的话，那么，应当看到：在改造客观世界的同时改造自己的主观世界，正是人的本质的体现。不断发明新的工具、推出新的媒体、按照一定的理想改造客观世界，这体现了人的本质：审时度势、不断改变自己的生产方式和生活方式。没有理由认为人类目前所处的状态就是最完美的，正如没有理由认为现阶段的工具是最发达的工具、现阶段的媒体是最理想的媒体那样。我们有时可以看到：某些学者一方面享受着高科技所带来的好处，另一方面却对高科技大加挞伐，并以"自然"状态相标榜。事实上，如果要他们像当年的陶渊明那样"归园田居"，很多人是不愿意的，因为古代的田园里没有电话、电脑以及其他现代化设备，也没有现代意义上的影视艺术。

　　相对于未来的智能电脑或机器人而言，人确实有点象"女娲"。神话当中的女娲究竟会如何看待自己所造出来的人，我们自然不得而知。不过，中国人对于这位女神的敬仰和崇拜，则是至今犹存的。未来的机器人是否会超越人类，若超越的话是否会善待人类（就像我们今日景仰女娲那样），这目前仅仅是科幻作品的题材，而非一个急待解决的现实问题。就人和电脑、机器人的关系而言，在现阶段毕竟是人类占主导地位。信息科技史确实存在两种不同的研究方向：一是以电脑增强人的功能，二是以电脑来取代人（人造活人）。迄今为止，是前一种方向占上风。之所以如此，明显是以人为本位的社会价值观起作用的缘故。从长远看，人对电脑的态度既左右了电脑和机器人的研制方向，又在相当程度上决定了未来的智能化电脑和机器人对人的态度（如果它们果真形成"态度"的话）。

目前，电脑不仅已经走出了科幻小说的想象，而且已经走出科学家的实验室，在包括文艺在内的各个社会领域获得了广泛应用。任何一种传统文艺的生产效率都由于采用了电脑这一工具而大大提高，作家和画家欣然换笔、音乐家用上 MIDI、数字化特技在影视中独领风骚、图像处理技术在摄影中取代暗房技术等都说明了这一点。电脑文艺正是在这一背景下繁荣起来的。

二

电脑文艺的发展，意味着传统文艺的终结，还是新生？如果从字面来理解的话，所谓"电脑文艺"至少可能有六种含义：其一，以电脑为主体，指计算机自动生成的作品；其二，以电脑为手段，指人以电脑为工具而创作或鉴赏的作品；其三，着眼于文艺方式，指专门为文艺而设计、符合文艺特点的计算机程序（即文艺软件）；其四，以电脑为对象，指专门为电脑而创作的各种文艺作品，如用以普及电脑知识的情景喜剧、带有艺术性的电脑广告等；其五，以电脑为内容，指以电脑为题材的文艺作品；其六，以电脑为环境，指上了电脑的一切类型的文艺作品。这六种意义上的电脑文艺都可以成为我们的研究课题。在通常情况下，人们所说的电脑文艺是相对于广播文艺、电视文艺等而言的，指以电脑媒体为依托的文艺作品，但这不是电脑文艺的唯一含义。

电脑文艺要证明自己的存在合理、证明自身发展前景远大，最根本的是要拿出有说服力的创作实绩来。如果将 50 年代末利用随机程序来写诗、谱曲作为电脑文艺的起点的话，那么，电脑文艺已经有 40 年左右的历史，取得了一定的成绩。影视中利用电脑制作的特技镜头、Internet 上的文学作品与电脑程序、光盘产品中有声有色的出版物，已经为世人所熟知。目前，热衷于电子文艺的人们仍在孜孜不倦地努力开拓，全息诗、交互式艺术、虚拟现实娱乐就是这种开拓所取得的成果的若干代表。

全息诗导源于卡西等人的诗歌实验。卡西在创作实践中一方面感到印张在其二维的表面之内监禁词语，因此造成对诗歌表达的特定限制，另一方面感到坚固的三维物体的构造带来了载体永久性和语言动态性的矛盾，因此，试图在二维印张和三维物体之外另辟蹊径，寻找一种像思想过程那样灵活、有浮力、可将新的交流力量赋予词语的新的诗歌形式。1983年，他首次看到全息图，深深被这种新媒体所吸引，由此致力于开发全息诗，发展全息诗学。他的作品最初主要依靠光学全息术，其后，转而以计算机为基础，这就是所谓"数字全息诗"或"电脑全息诗"。卡西认为：全息诗是全息地构想、制造和显示的诗歌。这首先意味着这样一种诗歌被组织在一个非物质的三维空间中，具有复杂的非线性时间特色。因此，观众阅读诗歌时不断地修改文本。与传统的视觉诗歌不同，全息诗追求动态地表达思想的不连贯性。换言之，全息诗的理解既不是线性的，也不是同时发生的，而是通过观察者随意看到的若干片断形成的，依赖于观察者相对于诗歌的位置。全息诗的表义因素，不仅有颜色、体积、透明程度、形式变化，还有字母和词语的相对位置、动态、在空间的出现与消失等。卡西提出并实践了一系列全息诗理论主张，其中包括"不连续空间""空的空间""非物质性""双目并用阅读"等[①]，其创作成果已见于国际性展览。

交互式艺术目前已有交互式小说、交互式电影、交互式戏剧等分支。交互式小说以词语为主，依托于超文本技术，可分为两大类：一类只允许读者在作者事先设定的多重路径中作出选择，另一类的特征在于让读者在与作品的交互过程中动态地创造新文本。交互式戏剧最初是在模拟媒体上实现的。例如，通

[①] "不连续空间"，指打破全息图的均衡性，将空间离散化，这种离散空间有可能在时间上交迭。"空的空间"，是相对于印刷品而言的。在印刷页面上，白代表静默，黑代表声音。而全息诗移去了代表静默的页上的白，余下的只是真正"空"的空间。"非物质性"指的是全息诗的词语材料被组织在由衍射光构成的空间中，并非基于任何切实的或具体的物质。"双目并用阅读"指的是某些全息诗同时将不同的字母和词语提供给双眼的过程。

过表演莎剧来学习、研究莎士比亚,在20世纪70年代以来成为时尚。但是,观摩演员的当场表演的机会毕竟有限,于是教师们尝试用录音设备、录像设备来进行教学。但是,这两种媒体只能以线性方式播放,为了找到合适的片段而反复倒带实在麻烦。有鉴于此,美国麻省理工学院莎氏交互研究组开发了"莎氏电子文档——莎士比亚研究多媒体网络化集注系统",这种系统通过软件在莎氏剧本(文本)和莎剧视盘(表演)之间建立了链接关系,用户只要轻轻点击,便可以从文本的某一部分跳到相关的电影片断,找到二者之间的对应关系。收入该系统的莎剧视盘有33种,所记录的影片制作时间从1936年到1996年。它对应于21部剧本,因为某些剧本有若干种影片,如《哈姆雷特》有3种(1948,1990,1996),《罗密欧与朱丽叶》有4种(1936,1968,1988,1996)。为了方便教学,该系统还收入了评论家的评论、讨论的例证、电影术语词典和表演语汇,后二种材料又分别导向若干作为实例的影片片断。为了摆脱版权的纠葛,该系统不从视盘上复制、转移任何东西,仅仅是建立材料之间的链接。① 交互式电影是观者可作出影响影片结果之选择的影片。这是由 Origin Systems, Inc. 于1994年11月推出的,具体作品是 PC 游戏《银河飞将三代》(Wing Commander Ⅲ)。它以人类泰兰联邦与外星基拉希帝国之间的战争为题材,豪华版共8张光盘、2500兆容量,单单序幕就是半个小时高分辨率电影。游戏中的角色均由好莱坞的职业演员扮演,过场电影长达5个多小时。就形象性而言,交互式电影自然比以往的游戏略胜一筹,但是,它所谓"交互",仅仅是允许用户在树状情节结构中作有限的选择。有人指出交互式电影存在三大缺陷:其一,无法让玩家与游戏中的其他人物交互。如果说以往的游戏中是玩家指导像个傀儡的人物的话,在交互式电影中,玩家本身成了傀儡。交互不过是作出"yes/no"的回答,玩家不能对游戏结果施加全面的影响。其二,过场电影片断的插入,打断了"游戏流",从而破坏了玩家的情绪和兴趣的连续性。其三,玩家只能看到自己所选的那个分支的情节进展,无法

---

① Smtt T. Cummings:《交互式莎士比亚》,http://muse.jhu.edu/juomds/theater-t(pics/v008/8.1cum-mings.html。

看到游戏的全貌。①还有人指出：视频片断在交互式电影中并非游戏，只是游戏的入口。玩家不是要玩电影，而是要玩游戏。交互式电影作为冒险游戏的一种类型，关键在于故事线索如何设计、玩家如何卷入。要提高交互性，重要的是让玩家的行为在游戏世界中有影响，像揭开谜团、操纵对象、改变人物与故事线索就是如此，这是交互式电影有待解决的问题。②交互式电影将来可能脱离游戏的窠臼，而朝"个人虚拟电影"的方向发展。在个人虚拟电影中，银幕上的人物是可由个人根据自己的爱好定制或设计的。这里所说的"个人"，集传统意义上的编剧、导演、制片人和观众于一身，交互因此不再仅仅是对于有限的既定剧情和人物的选择，而是富于灵想独辟的创造。

目前，虚拟现实技术正为艺术制作的突破提供新的机遇。早在1991年，在戏剧领域有所专长的软件设计者劳雷尔就出版了《作为剧场的计算机》一书，将人机界面的设计方针与亚里士多德的戏剧原则相比。虚拟现实为人们所提供的，正是一种具有高度沉浸感、交互性和想象性的人机界面，其魅力胜过传统舞台。在90年代初期，由英国所开发的虚拟现实系统就被安装在美国纽约的一些剧场。早期虚拟现实系统所能提供的主要是驾驶游戏、飞行模拟、对射游戏等。目前，某些有眼光的电影商、视频游戏开发商正投入资本研制更具魅力的虚拟现实系统。他们认为：这种系统完全可以为用户提供英国作家卡罗尔《爱丽思漫游奇境记》所描写的那种奇遇，这无疑是一种全新的艺术，其中情境变化是由用户和计算机系统共同创造的，因此是实时的、动态的。③

以上所说的电脑全息诗、交互式艺术与虚拟现实娱乐尽管还不能体现电脑文艺之全貌，但已可使我们对于其发展趋势略见一斑，此即以基于实时交互的动态取代基于文本的静态。这一变化非同小可，原因在于作为传统文艺之核心的艺术惯例、艺术大师、艺术范作主要是在静态中凝聚着自己的魅力的，即使

---

① Josh Poley：《交互式电影：交互(Interactive)或息情(Inactive)》，http://rintiritin·colorado·edu/~polev/pubs/im.html.

② ougRadeliffe：《冒险游戏：1996》，http://www.ogr.com/features/adventure/adventure96.html.

③ 关于虚拟现实与艺术的关系，可参阅笔者的《灵境与艺术》一文，《福建艺术》，1999年第4期。

是在舞台上作动态表演的戏剧，仍以写定的脚本为出发点。如果未来的艺术转而将实时动态交互作为自己的旗帜，那么，将不会再有传统意义上的艺术惯例、艺术大师和艺术范作。就此而言，电脑文艺的确意味着传统文艺的终结。但是，如果注意到基于文本的静态对于艺术来说只不过是特定历史阶段才有的现象，在文本诞生以前人类原始艺术所呈现的正是活泼泼的实时动态交互的话，那么，电脑文艺不过是实现了文艺发展的一种螺旋式上升，因而标志着文艺的新发展。

从媒体的角度看，电脑文艺有三种具体形态：其一，由电脑进行加工，定位于纸张、石材等传统介质（非电子媒体）。这种形态的电脑文艺通常接近于传统文艺，像北京 1997 年国际电脑美术展上的作品就是如此。但是，某些作品也表现出独特的审美趣味，如"美人马"之类利用图像处理技术制成的绘画，以及利用随机程序生成的诗歌等。其二，定位于非数字化的电子媒体（如模拟广播、模拟电视）。通常所说的"影视电脑特技"指的就是这种形态。由于《龙卷风》《真实的谎言》《侏罗纪公园》《玩具总动员》《泰坦尼克号》等影片的公演，人们对这类电脑文艺已经是耳熟能详了。其三，定位于数字化媒体（计算机存储设备），包括软盘、光盘、因特网等。以上三种形态的电脑文艺可以相互转化，例如，前两种形态的电脑文艺都可以经过某种加工而由数字化媒体发行；数字化媒体上的作品也可以被非数字化媒体采用。不过，在转化的过程中，电脑文艺的特性将随着媒体的不同而起变化。三维动画的效果无法在书面媒体上得到展现，便是例证之一。相比之下，以网络媒体为依托的作品是电脑文艺的发达形态，我们称之为网络文艺。为了弄清电脑文艺与传统文艺的关系，有必要深入考察网络作为媒体的特点、网络文艺的特色及其对传统文艺的挑战。

三

作为媒体的电脑（计算机网络）具有以下特点：其一，用户可以匿名登录。在许多情况下，无需公开自己的真实身份。其二，所传输的是数字信号而非模拟信号。其三，强调交互性，用户不仅可以自主浏览网上信息，而且可以在网上发布信息，彼此之间可以相当方便地进行交往。其四，对用户的计算机技能有一定要求。其五，以超媒体（而非时序性的节目或空间性的文本）形式组织信息资源。其六，从整体上说，网络成员可以独立处理内部事务，没有现实组织中常见的金字塔式的权力结构。

由上述特点所决定，网络文艺对传统文艺形成了强大的挑战。这种挑战可从以下几方面加以分析：

其一，传统文艺是在体脑分工的历史条件下发展起来的，其中的精英文艺相对于大众文艺而言占有相当的优势，这种优势先是通过社会的等级制获得保护，后来又转而从版权制得到维护。而在网络上匿名登录时，"没人知道你是一条狗"，等级制无从施加其影响；对文艺作品流动（包括上传和下载）难以进行控制，版权制面临着空前的危机。更重要的是：以网络世界作为主要创作空间的许多人，在创作观念上和传统文艺家有很大不同，通过版权取得经济收入并不是他们所关注的目标，作为内驱力的主要是一种和自我实现相联系的成就感或表现欲。在这一意义上，网络文艺的问世与文艺主体的非职业化、其流行和文艺队伍的扩大化互为因果。

其二，传统文艺将原作视为值得珍藏的宝贵财富，轻视复制品的价值；在复制品中，又以复制质量（相对于原作的保真度）论价，通常复制次数越多，效果便越差，价格也越低。整个文艺市场的运行都是以上述观念为指导而进行的。数字化的文艺作品易于纠错，因此，复制品和原作在质量上没有差别，将原作当成可居之"奇货"来收藏是毫无意义的。单单这一点，就将使传统的文艺市场不可避免地走向衰落。不仅如此，随着文件压缩—还原技术的进步、信息资源共享观念的形成，越来越多的用户直接通过网络传播和获得作品，传统的文化产业受到了强大的冲击。近来 MP3 音乐在网络上的流行正说明了这一点①。

---

① MP3 的全称为 MPEG-1 Audio Layer 3。它是由活动图像等专家组（MPEG，Moving Pictures Experts Group）制定的高性能声音压缩编码方案，可将来自光盘媒体的高品质数字音频压缩至 1/12 以下而几乎不失真。它大大方便了网络音乐的传播。传统的音乐出版业由于网上直销音乐的出现和发展已风雨飘摇，如今又因众多乐迷看好 MP3 而雪上加霜。

其三，传统文艺以"严肃"作为不成文的要求。这种严肃意味着创作者要严肃地对待人生、对待自己的工作，也意味着鉴赏者要严肃地对待作品、对待"寓教于乐"的古训。上述态度同时说明：创作者和鉴赏者之关系是疏远而非亲密的，相互间的交往通常只是间接的，彼此"戏说"只能惹来麻烦；作品承担了沉重的社会使命，生产它的一方面要赋之以哲理，消费它的一方面又必须懂得它的微言大义。不是没有娱乐活动或娱乐性文艺，但它们通常登不了"大雅之堂"。上述观念在电脑游戏兴起之后受到了空前的挑战。作为媒体网络所追求的高交互性与游戏正不谋而合。且不说电脑游戏本身的网络化、专门性游戏网站的大量出现，就连一般的文艺活动也趋于游戏化，网上类似于"接龙"的所谓"交互式文学"的创作和鉴赏便是例证之一。

其四，传统文艺的受众以成年人（尤其是颇谙世故或富于学识者）作为主导，这部分人的审美趣味和审美经验物化为教科书或论著，给年轻人以指导。进入电脑时代以后，上述"舆论领袖"风采不再。任何愿意正视现实的人都不能不承认：对于日新月异的计算机技术，青少年比成年人更具有优势。在生活中，许多专家、教授（包括笔者自己）的电脑技能，都是向远比自己年轻的学生学来的。在网络以及与之相适应的网络文艺方面，不少青少年比他们的长辈更有实践经验，也更有发言权。这种现象，我们不妨称之为"主导受众年龄下移"。

其五，超媒体本身作为相互链接的多媒体数据的特点，决定了它必然要冲破以媒介（对应于人的感觉通道）来分割文艺的传统格局，促进文艺信息的多维化。这就是说：人们可以通过多种感官来对文艺加以把握。所谓"多媒体"，目前还主要是听媒信息和视媒信息的集成，将来可能将触媒信息、嗅媒信息、味媒信息也尽括其中。而且，原先分别诉诸不同感官的信息将来可能自由地转变形态，这是超媒体所要实现的目标之一。不仅如此，超媒体正在打破人们对文艺加以"静观"或"细察"的传统习惯，而诱使用户将在网上"冲浪"或"漫游"当成乐事。"新批评"那种对于文本的穷究式研讨，很明显和网络时代的要求不相适应。在具体形态上，超媒体主要以网页作为自己的呈现载体。网页本身可以随时更新，这一特点又造成了网络出版和传统出版的区别，而使传统的目录学、版本学、训诂学几乎无所用其技。

其六，网络本身由局域网到广域网、"三电合一"网以至于"数字地球"的发展，是与全球化的历史进程相一致的。传统媒体的管理基本上以国家为依托而进行，是一种自上而下的垂直领导。这种管理在文艺领域具体化为明确的上下级关系、强制性的政策或要求。网络世界目前基本上处于无政府状态，传统的领导权力对于网上的信息流动经常是鞭长莫及。即使将来信息化法制得到加强、网络管理逐步深入，也不可能再回到"一言堂"的格局。在这样的情况下，媒体自律、文艺自律的重要性将比以前更加明显，跨文化交流和跨文化冲突的意义也将空前显著。

就上述意义而言，网络文艺的兴起无疑是对于传统文艺的否定，或者说是对传统文艺的反拨。但是，传统文艺并不因此而终结。至少，目前我们可以看到网络对于传统文艺的流传起了推波助澜的作用：首先，任何一种传统文艺的传播范围，都由于上网而骤然增大。网上展览、网上营销、网上检索对于横向传播的优越性，正被越来越多的人所认识；利用磁记录、光记录、磁光记录等技术实现数字化存储，则为文艺信息的纵向传播创造了新的可能性。其次，任何一种传统文艺的评估和鉴定，都因为网上调查的实行而变得空前方便。过去常见的"引起轰动""有口皆碑"之类说法，到网络时代将具有更为确定的内涵。

网络文艺目前还不普及（至少对发展中国家来说是如此），这是与上网电脑用户数量有限相联系的。当信息大亨比尔·盖茨将其信息家电计划取名为"维纳斯"时，是否想象自己将为人类再造一位美神呢？不论他个人或微软公司如何决策，信息家电的研制对于各国来说都是一个富于现实价值的课题。一旦这种新型电器广泛应用、家家户户可以十分方便地利用电冰箱或烤面包机上网，那么，网络文艺无疑将取代传统文艺的现有地位而成为主导形态。当然，传统文艺并不见得将因此而销声匿迹。在历史上，广播文艺、电视文艺的出现并未使传统文艺退出历史舞台，只是将它们纳入了自己的发展轨道。电脑文艺与先于它而出现的各种文艺的关系也是如此。在相当长的历史时期内，这些文艺门类将并世而存、交相为用。

四

如上所述,电脑在发达国家已经发挥着相当重要的社会作用,电脑文艺也正在崭露头角。不少理论家深切感受到它们所带来的巨大影响,并就有关"电子语""超文本""电子主体性"等问题展开了热烈的争论。

(1) 电子语

电子语是相对于口语、书面语而言的,已经历了两个发展阶段:一是模拟性电子媒体(传统的广播电视)阶段,特点是线性存取、家庭媒体消费、一对多广播、视听模式、用户被动型。二是数字化电子媒体(以计算机网络为代表)阶段,特点是交互式非线性存取、家庭媒体生产(DIY,"Do It Yourself")、多对多网络广播与狭播、集成模式、用户活跃型。要想理解数字媒体与社会需要的关系,可以拿模拟媒体的价值及其历史地位作为参考系[1]。加拿大的多伦多学派在电子媒体及其与印刷媒体的关系的研究中曾居于引领风骚的地位,其代表人物麦克卢汉的理论在我国早就广为人知。麦克卢汉和英尼斯、奥恩等人对印刷术在欧洲社会变迁所起的作用(所谓"谷腾堡革命")的认识不乏深刻之处,但他们关于电子媒体的某些观点在 90 年代受到了空前的质疑。例如,奥恩认为电子媒体代表了"口语回归",这种回归不是回到先于书面语时代的"初级口语",而是臻于"第二口语"。他观察到:电子媒体可以比任何游吟诗人唤起更多的注意和信仰,现场音乐和表演如今可以传送给千百万人,而不只是一个公园或音乐厅的几百人。[2]斯切优涅曼等批评者认为:简单地将眼、耳分离开来是不恰当的。"第二口语"的提法仅仅注意到了"耳"的作用,忽略了"眼"的意义。事实上,媒体从来是、并将永远是视听型的[3]。他们之

---

[1] Morse Margaret: Virtualities: Television, Media Art and Cyberculture, Bloomington, Indiana: Indiana University Press, 1998, p.1.

[2] Ong Walter J: Orality and Literacy: the Technologizing of the Word, New York: Methuen Press, 1982, p.41.

[3] Scheunemann Dietrich, ed: Orality, Literacy, and Modern Media, Columbia: Camden House, 1996, p.163.

间的观点分歧牵涉到一个古老的问题,即诗与画(实为语言艺术与造型艺术)的关系,又颇有现实感。在数字化时代,语言艺术的命运如何、文学能否经得住图像文化的冲击,尚需拭目以待。

如果认为人类历史上经历了书面语取代口语成为主导媒介的变化的话,那么,今天人们正目击电子语取代书面语原先所享有的主导媒介的进程。因此,认识电子语所带来的现实变化及其前景的途径之一,是考察当年口语让位给书面语时发生了什么。围绕电子语的争论深入到传播学、语言学、人类学、民俗学、文艺学等领域,涉及某些更为深刻的问题,即媒体与人、与社会的关系。古迪根据多伦多学派的思路,在非洲进行了大量调查,认为口语社会相当明显是前逻辑的,亦即缺乏在书写社会中所常见的正规类型的逻辑操作,特别是演绎形式。他认为书面语引入了在空间中对于语言加以操作的能力,人们可以并置概念与前提,看看它们合适与否;如果它们不合适,可另作安排。在转瞬即逝、无法捕捉的口语世界里,不存在对想法进行这类重组和并置的可能性,人们因此无法掌握和检验他人的前提或基于它们进行建构。这样,西方科学无法在文盲社会中被掌握[1]。许多人类学家对古迪的主张不以为然,甚至感到愤怒,原因主要有以下几条:(1)很多人不喜欢古迪所提出的普遍主义线性模式,因为它将西方社会的演变过程看成是放之四海而皆准的东西;(2)生活在20世纪的大多数人还仅能使用非书面语、前书面语或部分书面语。古迪的主张似乎包含了对这些人的某种歧视;(3)他正在使许多人类学家所钟爱的"土著"沦为二等公民、"认知婴孩"或者弱智,原因是他们尚处于口语社会、缺乏理性与逻辑。"口头文学"——民间传说、神话、故事,以及世界上的列维·斯特劳斯们正在勤勉地收集的其他东西——如今听起来像是有缺陷的产品。某些人类学家很快就指出关于书面语正在取代口语的观点是一种误导。他们以马来亚为例说明:当书面语转变人们说话的方式的同时,他们的口语实践也迅速嵌入书写实践[2]。这一争论对于我们认清当前电子媒体与印刷媒体的关

---

[1] Goody Jack: The Interface Between the Written and the Oral, Cambridge: Cambridge University Press, 1987, p.205.

[2] Sweeney, Amin: A Full Hearing, Berkeley: University of California Press, 1987, p.12.

系、电子媒体中数字媒体与模拟媒体的关系是大有裨益的。事实上，媒体变革并不是对于传统的简单否定，而是一种批判的继承。新的媒体之所以能够取代原有媒体的地位，往往是由于它们具有更强大的包容性；在新的媒体出现之后，原有媒体并不是简单地退出历史舞台，而是基于新媒体的包容性来调整自己的运作方式。

（2）超文本

超文本作为一个术语是美国学者纳尔逊在1963年提出来的[①]。纳尔逊原先是学艺术的，但早在大学时代就对媒体和出版感兴趣。上哈佛大学选修为人文学科开设的计算机课程时，他迷上了这潜力巨大的机器。他认定人类的未来在于交互式电脑屏幕，电脑的用处无穷，局限只在于人的想象（只怕你想不到，不怕电脑做不到）。对于纳尔逊来说，"超文本"意为非相继作品（non-sequential writing）。他认为：人的思想是非相继的，传统作品则具有相继的，因为它是口语的记录，而口语必须是有秩序的。纳尔逊注意到印在纸上的书只有取相继的形式才宜于阅读，这样一来，写作就成了强迫思想由非相继变为相继的过程。如果能够通过机器创造一种可用更灵活的方式加以操纵的文学形式，便有可能产生一种新型的写作，这就是超文本。目前，超文本已有多种形态。一种以传统的印刷媒体为依托，是影响不大的实验，如纳尔逊本人的《文学机器》（1981）等。另一种以单行电子出版物为依托，应用得相当广泛，但受制于磁盘、光盘或磁光盘容量的有限性，尚不能充分体现其特点。超文本真正大显身手是在互联网电子出版物上。1989年，欧洲高能物理实验室的蒂姆·伯纳斯-李开发出了超文本标识语言，这种语言使人们得以轻而易举地实现文本间的相互链接，它在Internet中的应用促了万维网的诞生，也为世界性的艺术资源共享创造了前所未有的条件。

超文本在实践当中已经获得广泛应用，在理论上则引起了争论。对于超文本的认识存在以下分歧：其一，拥护者主张：超文本给了读者以选择的自由。

[①] http://www.s(x)pe.at/speakers/neLsail.html,1999。纳尔逊提出这一术语的时间，一说是1965年。他关于超文本的思想，受了美国科学家布什的启发。

反对者认为：对超文本来说，每隔几句就得决定追随哪个链接，和文学阅读的沉浸特性是格格不入的。其二，拥护者认为：超文本为作品研究提供了极大的便利。例如读者在阅读弥尔顿的《失乐园》时，可以方便地调用与之有关的《圣经》，以至于荷马、维吉尔、但丁、斯宾塞等人的作品，通过联想把握其意义。反对者认为：超文本将这些作品作为等值物来处理，但这种做法并不是文学阅读之所需。不论是《圣经》，或者是荷马史诗，在我们阅读《失乐园》时都只是背景，而不是等值物。要深刻理解弥尔顿这一名作的含义，读者必须对古代希腊罗马文化（甚至是整个西方文化）有融会贯通的理解，并懂得弥尔顿本人如何阅读和借用前人的作品。将弥尔顿的《失乐园》改造成超文本，只会使读者满足于肤浅的阅读。其三，拥护者认为超文本将包括艺术作品在内的信息资源整合成一体，从而有助于人们从中发掘知识、进行创新。反对者认为超文本将完整的作品肢解成一个个碎片，不利于人们有效地进行分析和综合。

被称为"超文本之父"的纳尔逊为建造自己心中硕大无朋的"文学机器"贡献了毕生的精力，但没有取得预期的成功。尽管如此，他的梦想正由茁壮成长的万维网变为现实。面对在线超文本出版系统的挑战，有的人伤心地为现代印刷技术的创始人、德国工匠谷腾堡唱起了挽歌。面对同样的系统所提供的机遇，又有人为"人人都可成为艺术家"的前景而欢呼。在我们看来，新陈代谢是人类社会的正常现象，电脑媒体的兴起、印刷媒体的衰落不过是人类社会的活力在传播领域的表现，没有任何理由为此而悲观。当然，水涨船高，超文本在线出版系统既降低了发表作品的门槛、从而使"竖子"个个都有希望在赛博空间中成名，但"大浪淘沙"的规律仍将在网络时代起作用，并不是每个将自己的作品上载的人都会获得承认，艺术的活力仍将表现在不断的自我更新、优胜劣败上。

（3）电子主体性（cyber subjectivity）

根据笔者的理解，"主体性"至少有三重涵义：表现在对自然中，是与人的身分相联系的意志自由；表现于人自身的心理存在，是主我相对于客我而言的界的关系，是人在认识自然、改造自然过程中所表现出来的能动性；表现于社会存在反思与追求。不论在哪种含义上，主体性本身都是历史的、可变的。在《媒体哲学》一书"飘游的主体"这部分的首页，作者 Mark Taylor 与 Esa Saarinen 简要地评述了网络时代主体性的变化："在电子空间中，我能易如反掌地改变我的自我。在我知其无尽的形象嬉戏中，身份变成无限可塑。一致性不再是个优点，而是个缺点。完整性成了局限。万物飘游，与之周旋的每个人也不再是一个人（everyone is no one）。"①对这种变化，西方理论家分成了对立的两派：一派持欢欣鼓舞的态度，认为网络给人们带来了自由转换身份的可能性；另一派则大张挞伐，认为网络时代只能给人们带来新的不平等。前一派乐观地将赛博空间看成新型主体所栖身的乌托邦而加以赞美，后一派则悲观地将网络时代看成人文精神被葬送的乱世（dystopia）而大张挞伐。这两种相互对立的观点来源于迥然有别的价值标准和社会立场，将它们统一起来的是由工业社会向信息社会转变的氛围。要想真正弄清数字媒体、赛博空间和电子主体在人类历史上和现实生活中的意义，必须持实事求是的态度和辩证的眼光。只有这样，对以数字媒体为依托的赛博文化的社会批判才不会变成空洞的抗议，对多重主体性的理想化也才不会过于天真而使任何有意义的社会建构成不可能、任何有价值的社会秩序都不存在。围绕电脑、以电脑技术为核心的网络媒体与文艺的关系的论争，不仅具有实践价值，而且富于理论意义。电脑文艺学正是在上述争论的推动之下建立起来的一门新学科②。

五

电脑文艺学的发展，是对传统文艺学的颠覆，还是促进了传统文艺学的更新？

笔者认为：从研究对象来说，电脑文艺只是人类文艺的组成部分之一。因此，以电脑文艺为研究重点的电脑文艺学只是文艺学的一个分支。在一定意义

---

① Mark C. Taylor, Esa Saarinen: Imagologies: Media Philosophy, New York: Rouledge, 1994, p.1.
② 西方已有相关著作，如 Steven Holtzman:《数字镶嵌：赛博空间美学》(Digital Mosaics: The Aesthetics of Cyberspace)等。笔者所著的《电脑艺术学》于1998年由学林出版社出版。

上，信息科技和传统文艺学是孕育了电脑文艺学的双亲。电脑文艺学如果真的有所建树的话，传统文艺学只会因此增辉，它应当将电脑文艺学当成自己的生命在新的历史条件下的延续，为电脑文艺学的每一进展感到高兴。

不过，如果我们注意到辩证的发展总是包含了对于传统的某种否定的话，那么，必须承认：电脑文艺学本身是对传统文艺学的一种挑战。

电脑文艺学具有和传统文艺学不同的理论前提：传统文艺学认为文艺是"人写""写人""人读"的。电脑文艺学虽然承认上述命题在一定历史时期是成立的，却不认为它们天经地义，而主张随着时代的进步将视野逐渐扩大到电脑化的人类、智能动物和机器人的创造性活动。在现阶段，已提上研究日程的课题至少有：电脑被作为创作工具加以运用之后，人类的思维方式、作为特殊社会角色的创作者和鉴赏者的艺术活动受到什么影响？如何评价由随机程序自动产生的或由艺术机器人完成的"作品"？如何评价描写机器人心理的作品（如阿西莫夫的小说《我，机器人》等）？如何从生态伦理学的角度反思人与其他生物的关系，反思历史上那些以动植物为题材的作品？如何认识人的审美心理、探索灵感与感悟等奥秘并向人工智能科学输送相关研究成果？如何利用人工智能技术来进行艺术作品的甄别、艺术专家系统的开发？等等。

电脑文艺学将目光更多地投向现实和未来。换言之，它更多地关注那些正在社会生活中崭露头角，而且前程远大的新事物。传统文艺学通常给经典作品以青睐，援引它们作为自己立论的根据。电脑文艺学虽然尊重经典的历史地位，但也注意到不少经典如今对于现代读者已经显得相当隔膜的现实。传统文艺学敬重大师，认定他们作为大师就说明其观点具有不可移易的价值。电脑文艺学虽然承认大师对文艺发展所作出的贡献，但却认为是诸多无名小辈试图超越大师的努力推动了文艺的进步。传统文艺学以经典作品的创作经验和文艺大师的金口玉言作为中心，据此树立自己的理论规范；而电脑文艺学则主张将目光更多地投向边缘，开拓理论发展的新天地。理论的使命不仅是解释过去，而且包括预见未来。过去和未来统一于现实（当下的存在）。立足现实的条件，借鉴过去的经验，在思考未来的发展目标的同时，探寻实现上述目标的道路，这就是电脑文艺学给自己设定的任务。

在理论来源方面，传统文艺学十分看重历史上已有的文艺范畴和命题，而电脑文艺学则将文理结合部作为知识的新增长点。曾几何时，为了摆脱文艺理论作为意识形态之工具的阴影，我国不少学者将西方文论作为武库，想从中找到赖以安身立命的法宝。如今，为了摆脱关于"失语症"的神经性焦虑，众多学者又求助于本土的古典文论，企图从中觅得复壮剂。毫无疑问，他们的努力都有其历史价值。尽管如此，理论工作者不能不看到：科技是第一生产力的原理不仅适用于物质生产，而且也适用于精神生产。对文艺学来说，在现实生活中分明有一块可以长出新苗的沃土，这就是科技的现实应用。在20世纪80年代，系统科学方法论的输入，曾给文艺理论带来了勃勃生机。当然，其时"平移"的方法所带来的缺陷不久便暴露无遗。我们从事电脑文艺学研究，正是要摆脱上述弊端，将理论创新建立在实际的、新鲜的创作经验和鉴赏经验上，一方面要防止食洋不化、食古不化的毛病，另一方面要注意生搬硬套科技术语、忽略文艺自身特点所可能带来的问题。电脑文艺由附庸蔚为大国的历程，同时是电脑文艺学成长壮大的过程。这一过程对于文艺工作者和文艺理论工作者来说都是巨大的挑战。由于社会分工的影响，科技与文艺的对话存在某种障碍，多数文艺理论工作者对于科技的进步不太关心、不感兴趣，这种情况亟待改变。

就现实基础而言，电脑文艺学是以信息社会为安身立命之地的。信息社会有别于传统社会，但又是传统社会合乎逻辑的发展。作为信息社会三大主题的全球化、可持续性发展和知识经济，要么在传统社会中已露端倪，要么是基于对传统社会所暴露出来的弊端的否定，要么是对于传统社会的狭隘眼界的超越。信息社会人们的生存方式不见得会和传统社会一样，文艺领域也必然发生巨大的变化。艺术家将不再是雇佣劳动者，信息化的艺术将成为全世界人民的共同财富。艺术生产虽仍需要一定的资金和设备，但是，由于科技的进步，这些资金和设备在生产要素中的地位将大为下降，而人的创意、在生产过程中所应用的知识的地位则将大大上升。智能型艺术软件的开发将改变艺术活动的传统方式，使人机交互大为便利。由于信息网络日益发达，艺术产品的按需生产和分配将成为可能（目前所谓"按需点播""按需收视"只是其前导）。艺术产品模式化将和物质生产标准化一样成为过去，代之而起的将是柔性化生产。作为生活环境的电子空间将给艺术家带来许多新的体验，从而大大丰富艺术作品的内容。处在这样的时代，电子文艺学顺理成章地应该关注新问题、开拓新思路。它本身将随着社会变迁、科技进步而实现自我更新。

的确，比起源远流长、硕果累累的传统文艺和文艺学家，电脑文艺也好，电脑文艺学也好，目前所已取得的成就几乎都是微不足道的。虽然如此，只要注意到信息科技正以不可阻挡之势改造着我们的生活，注意到新兴的"第四媒体"正将人类文明的横向传播和纵向传承纳入自己的轨道、使其他传媒相形失色，便不难理解关于丑小鸭的古老童话的现代启示。"数字化生存"的含义之一，正是以当代信息科技改造传统文艺和传统文艺学。循着这一道路前进，可以说：电脑文艺和电脑文艺学目前所已取得的成就，相对于所能取得的成就而言亦是微不足道的。

科技界某些人对于信息科技的前景曾有过诸多对人类不祥的预言，文艺界也曾出现过不少将智能电脑和机器人妖魔化的作品。当电脑文艺出现之后，又有人为文艺（说到底是传统文艺）的命运忧心忡忡，怀着深深的感伤渲染科技进步所导致的人文精神的失落。这种世纪末的情调和欧洲文艺复兴以来人们对于科学的向往和追求正好形成尖锐的对照。对于科技的社会作用所进行的反思确实是必要的，但是，如果因此将作为当代科技之成果的电脑、电脑文艺当成"魔鬼终结者"，那在理论上是大谬不然，在实践中则于事无补。毕竟，电脑、电脑文艺都是人的智慧的结晶，人都藉此显示了自己的力量，我们完全有理由为人能够造出如此之"尤物"而充满自豪。不论是作为当代科技之代表的计算机，或者是作为信息科技与文艺联姻之成果的电脑文艺，都是人文精神在新的历史条件下的显现。它们决不应成为（事实上也不是）人文精神的对立物。至于电子盯梢、电脑窃密、病毒为虐等网络上的问题，其根源并不在于信息科技本身（类似的现象在现实世界早就存在，虚拟世界中的斗争只是现实世界之斗争的延伸）；文艺领域中剽窃成果、诲盗诲淫等丑恶现象，也不是由于引入了电脑技术，电脑技术充其量不过是替这类现象创造了新的存在空间（Cyberspace）而已。一切对实现人与自然的和谐发展负有使命感的有识之士，完全有可能利用信息科技实现自己的抱负，没有必要陷于莫名惆怅与感伤以至失却良机，这就是我们研究电脑文艺学所得出的结论。

(《文学评论》2000年第5期)

网络文学本体论纲

◎ 欧阳友权

伴随着现代数字化技术而迅速崛起的网络文学能否在人类艺术审美的表意链中，以自己的迹化形式镶嵌出文学史的一个历史节点，以媒介转型在文学场域中实现"范式转换"（paradigm shift），是21世纪文学格局中一个期待合法性体认的文学母题，对此需要给予本体论上的学理阐释。

本体论（Ontology）是关于存在的理论，所要探讨的是事物（自然界、社会和人）的本原和本性的存在方式、生成运演及其本质意义的终极存在问题。运用本体论哲学方法探究网络文学，就是回到事物本身，聚焦这种文学"如何存在"又"为何存在"的提问方式，选择从"存在方式"进入"存在本质"的思维路径，从现象学探索其存在方式，从价值论探索其存在本质。即由现象本体探询其价值本体，解答网络文学的存在形态和意义生成问题，以图完成网络之于这种文学的艺术哲学命名，探讨构建一种网络文学学理范式的可能性。

一、合法性的"在场"追问

网络文学历史性地出场，首先需要在理论逻辑上解决"存在者"是否存在和如何存在，然后才有可能解决其"存在"的意义和价值问题。尽管网络文学利用传统文学走向式微、互联网快速普及的契机而得到了迅猛发展，但它在对传统文学实施全面"格式化"的同时，也使自己置身于一个期待认可的共时性平面上，导致自身知识谱系和意义模式的"合法性悬置"。

首先是"命名焦虑"。

互联网上的汉语文学诞生于 1991 年，这一年全球第一家中文电子周刊《华夏文摘》在北美创刊，此后，世界各国相继出现了中文网站。①1994 年中国大陆以域名".cn"正式加入国际互联网。从那时到今天，中文网络文学走过了 10 年时光，但它自身至今仍处于"命名焦虑"期。无论在理论批评界还是在网络写手眼中，对于什么是网络文学，究竟有没有网络文学，怎样才算网络文学等，都存在诸多争议。以《第一次的亲密接触》在互联网上一举成名的台湾写手痞子蔡在《网络文学和我》中说："如果只要发表在网络上的都算网络小说，那么万一曹雪芹复活，把《红楼梦》贴在网络上，《红楼梦》就是网络小说了吗？"他认为还是等到网络文学更多元化之后，再来界定它为好，"如果现在一定要一个定义，那应该是在网络时代出生的写手在网络上发表的作品，暂时被简称为网络文学。"②有人认为"网络文学"是一个难以成立的伪概念："文学产生于心灵，而不是产生于网络，我们现在面对的特殊问题不过是：网络在一种惊人的自我陶醉的幻觉中被当作了心灵的内容和形式，所以才有了那个'网络文学'"。③还有人提出，所谓"网络文学"并不成立，应该叫"网络写作"更合适（李洁非），仅仅是传播方式不同，构不成文学的本质区别（余华）。也有人说："网络文学就是新时代的大众文学"（朱威廉），文学"取决于它自身的叙述和表现，同其物化的载体（媒介）形式——不管是纸质书刊还是电脑网络——并无必然联系。"④网易在 2001 年的一次调查中发现，有 19.7% 的人认为网络文学是炒作出来的一个概念，有 24.2% 的人认为它与传统文学并无根本不同，还有 39.9% 的人认为可以用传统文学的尺度评判网

---

① 1991 年 4 月 5 日，全球第一家中文电子周刊《华夏文摘》在美国诞生，互联网上第一篇中文网络文学作品是张郎郎的杂文《不愿做儿皇帝》，发表于 1991 年 4 月 16 日《华夏文摘》第 3 期，第一篇中文网络小说是小小说《鼠类文明》（作者佚名），发表于 1991 年 11 月 1 日《华夏文摘》第 31 期。

② 痞子蔡：《网络文学和我》，转引自吴晓明：《网络文学创作述论》，中国人民大学复印报刊资料《中国现代、当代文学研究》，2001 年第 6 期。

③ 李敬泽：《"网络文学"：要点和疑问》，《文学报》，2000 年 4 月 20 日。

④ 吴俊：《网络文学：技术和商业的双驾马车》，《上海文学》，2000 年第 5 期。

络文学。①

一件事物的命名是一个约定俗成的历史甄陶和疏瀹过程，任何强制企图或焦虑心态都于事无补。事实上，在互联网风起云涌的今天②，已经浮出历史地表的网络文学的"在场确证"正在舒缓这种"命名焦虑"。笔者对此的界定是：网络文学是一种用电脑创作、在互联网上传播、供网络用户浏览或参与的新型文学样式。它有三种常见形态：一是传统纸介印刷文本电子化后上网传播的作品，这是广义的网络文学，它与传统文学的区别仅仅体现在传播媒介的不同；二是用电脑创作、在网上首发的原创性文字作品，这类作品与传统文学不仅有载体的区别，还有网民原创、网络首发的不同；第三类是利用电脑多媒体技术和 internet 交互作用创作的超文本、多媒体作品（如联手小说、多媒体剧本等），以及借助特定电脑软件自动生成的"机器之作"，这类作品离开了网络就不能生存，因而，这是狭义的网络文学，也是真正意义上的网络文学。

其次是"父根"与"母体"追问。

命名能为一个漂浮的能指设定一种概念归宿以约定所指，但网络文学能指与所指的背后仍然存在着发生学上的本体论悬置问题，即需要面对"父根"与"母体"的"审祖"式追问。较早便在互联网打响名气的写手李寻欢认为，网络文学不等于"写网络的文学"，也不是"网络上的文学"，准确地说应该是"网人在网络上发表的供网人阅读的文学"。他提出："网络文学的父亲是网络，母亲是文学。"网友 Sieg 反对将网络文学本原看成"父根"（网络），而主张"母根"（文学）才是它真正的根。他采用归谬法反驳说："楚辞是楚人在竹简上发表的供楚人阅读的作品"，可千年后唐宋时期的人阅读写在纸上的楚辞时，它还算不算文学呢？今天我们在电脑上读楚辞它是不是也算文学呢？③网络超文本研究专家黄鸣奋先生认为：作为一个范畴的"网络文学"本身包含着两项

---

① http://www.163.com/game/index.html，2001 年 5 月 8 日。
② 中国互联网络信息中心（CNNIC）2004 年 1 月 15 日发布的《第 13 次中国互联网络发展状况统计报告》显示，截至 2003 年 12 月 31 日，我国已有上网计算机 3089 万台，与上年同期相比增长 48.3%，而上网用户数也升至 7950 万，半年内增加了 1150 万，与 2002 年底相比增加了 2040 万人，增长率为 34.5%。参见 http://www.cnnic.net.cn/news/105.html。
③ 李寻欢：《我的网络文学观》、Sieg：《反螺旋立场》，《网络报·大众版》，2000 年 2 月 21 日。

基本要素，即"网络"与"文学"。"网络是当代高科技的代表，文学则是人文精神的体现。科技与人文在'网络文学'旗帜之下的统一，带来了许多值得深入研究的现象。"如作者多是学理工或掌握上网技能的；网络写作要使用自然语言和计算语言双重工具；网上的文学活动既是文学意义上的写作与阅读，又是科技意义上的程序应用；网民不仅从作品中体验到文学趣味，而且感受到科技意蕴；评价网文既要有审美标准又要有科技标准等等。因而，"不论我们将网络与文学的哪一方当成父根（同时将另一方当成母根），网络文学都不是简单地继承父母的基因，而是熔铸双方的影响，创造自身的特色。"[1]这类似马克·波斯特（Mark Poster）在谈到电脑写作主客临界性时所言："计算机写作类似于一种临界事件（borderline event），其边界两边都失去了它们的完整性和稳定性。"[2]然而一旦这两者走向契合与同一，科技与人文就将创造崭新的网络诗学和技术美学。

网络文学是搭乘计算机网络技术的隆隆快车悄然登场的，"第四媒体"的技术之"根"已经深植于它的血脉中；网上写作只要是文学便摆不脱人文预设对这种文学潜质的基本厘定，文学基因已成为它"挣不断的红丝线"。因而，"网络"与"文学"联姻应该是"父根"与"母体"耦合后孕育的一种新的文学形态。它拥有文学基因，又依托技术载体，但绝不是两者的简单相加，而是涅槃中的生命化合。海德格尔说："技术是一种去蔽之术。""在技术中，决定性的东西并不是制作或操纵，或工具的使用，而是去蔽（revealing）。技术正是在去蔽的意义上而不是在制造的意义上是一种'产生'。"[3]在网络文学中，技术"去蔽"的不是工具理性的媒介操作，而是审美临照中被技术所遮蔽的审美澄明，是"父根"对"母体"的依恋或"母体"对"父根"的召唤。它们不应该是形而上学的二元对立或逻各斯中心的"执本驭末"，而是"双性同体"

---

[1] 黄鸣奋：《超文本诗学》，厦门：厦门大学出版社，2001年，第317—318页。

[2] Mark Poster: The Mode of Information, Polity Press in association with Basil Blackwell, 1990, p.111.

[3] [德]海德格尔：《人，诗意地安居》，郜元宝译，桂林：广西师范大学出版社，2000年，第102页。

的神妙化工构筑出来的文学审美的艺术本然世界。

最后是廓清文学"出场"与文学性"在场"的关系。

如果说世界华语网络文学诞生于海外学子的家国之思，中国本土的网络文学则生成于众声喧哗的 BBS（电子公告板）——是一批较早稔熟网络技术的年轻学子用指头打造出一个数字载体的文学乾坤。由于网络契合了文学的自由本性[①]，网民的游戏心态又切中文学的娱乐因子，因而文学走进网络或网络介入文学，自然就有了本体论的逻辑依据。

中国加入 internet 后，创生于海外的文学网站"新语丝"（http：//www.xys.org）、"橄榄树"（http：//www.wenxue.com）、"花招"（http：//www.huazhao.com）等迅速挺进中国本土，促使我国的文学网站如雨后春笋般涌现出来。1996 年"网络文学"（台湾叫"网路文学"，新加坡称"网际文学"）一词正式进入纸介传播媒体[②]，1997 年美籍华人朱威廉在上海创立了"世界上最大的中文原创文学网站""榕树下"（http：//www.rongshu.com），从此，迎来了网络与文学的"蜜月期"。笔者于 2001 年 5 月至 8 月所作的网络文学现状调查表明，截至 2001 年 8 月 31 日，我国以"文学"命名的文学网站（含申请免费的个人主页）已接近 300 个（其中以"网络文学"命名的 241 个）[③]，现在，这一数字已增加到 500 多个。1999 年，"新语丝""网易""榕树下"相继举行网络原创作品评奖，给火爆的网络文学添了一把柴，此后，一些大型网站（如"榕树下"）一天发布的作品量就以千篇计。[④]"新语丝"网站创下日点击数 40 万次的记录，今何在小说《悟空传》在新浪网连载时，下载量竟超过 50 万次。一批得电脑风气之先的网络写手迅速声名大噪，一些文学网站和网络作品

[①] 欧阳友权等著：《网络文学论纲》，北京：人民文学出版社，2003 年。

[②] 1996 年《中国时报·资讯周报》推出了"网络文学争议"专栏，被认为是"网络文学"在我国印刷传媒中的首次正式采用。这次争议的缘由是杨照在该报"人间副刊"上刊出《身份与故事》《老狗》等文章，批评网络 BBS 上的作品质量不佳，引起 BBS 写手们的不满。争论焦点集中在纸媒介与网络的传播差异、垄断与开放、网络文学的品质等问题。参见 http://www.lantai.myrice.com/old-lty/shuzi2000/0index.htm.

[③] 欧阳友权：《互联网上的文学风景——我国网络文学现状调查与走势分析》，《三峡大学学报》，2001 年第 6 期。

[④] 截至 2004 年 2 月 15 日，榕树下网站存稿量已达 2456978 篇，创造了网络文学火爆的奇迹。

成为网络文化圈的热门话题。

2002年以来，网络文学不像前两年那么火爆，但文学网站仍保持强劲的增长势头。网上的文学也出现两点明显变化：一是文学站点个人主页和收藏的网络写手的个人专辑大幅上升，二是网络原创作品发布量呈缩水之势，但作品质量却有所提升，Top排行榜的点击率明显增长，这反映了广大文学网民净化网路、回归文学审美本性的要求。

网络文学的历史性"出场"并不一定就意味着"文学性"的在场；相反，它倒可能构成对文学性新的遮蔽。因为一种新型文学的审美价值确证并不取决于它的载体，而取决于它能否走进人类审美的殿堂，以"文学性"建立其自己的人文价值体系，而这种内质的涵养是需要有丰足的创作实践来疏瀹和铸就的。事实上，自诞生之日起，网络文学就面临科技与人文的宿命式追问：在它所凭附的高科技大树上，究竟是结出人文审美的丰硕果实，还是会使人类的艺术传统和精神传承在技术的狂飙突进中花果飘零？在炙手可热的科学势力的边缘，走进网络的文学是仍秉承古老的传统与价值朝着人类审美精神的圣地驰骋，还是在科学技术的场域中让文学本体的精神取向经历一次技术理性的"格式化"？因而，文学在互联网中"出场"后，可否在大众文化读图转向、道与言都出现话语转型的背景中，用诗意的寓言铸就网络诗学的新境界，乃至据此重新书写文学的"文学性"，探询重建精神价值深度的可能性，而不是让文学本该有的艺术承担和价值叙事为世俗的感性愉悦和消费文化的平面化所遮蔽，使本该在艺术中得到敞亮的生命意义被工具智慧所取代，避免文学应有的审美意义在网络媒体的技术围城中无从置喙，抑或变成欲望生产而价值退场的游戏碎片……，这一切都警示我们必须关注网络文学的"文学性"问题，解决好文学"出场"而"文学性"缺席的矛盾。海德格尔说，"美是无蔽性真理的一种呈现方式"，而"遮蔽的否定就是要指出真理的本质中澄明之所与遮蔽之间那种对立"。① 马克·波斯特认为，文学文本应该是"词语对精神的完全在场，

---

① [德]海德格尔：《人，诗意地安居》，桂林：广西师范大学出版社，2000年，第124页。

精神对现实的完全在场，三者俱现才是对真理的完全在场"①。网络文学有精神对现实的在场，但这里有没有"真理"（文学性）对文学的完全在场与敞亮呢？或者说有没有技术的"去蔽"造成的文学性"遮蔽"呢？对此，我们还需要有本体论上的逻辑清理。

二、本体表征的双重结构

对于网络语境中的文学而言，其本体存在首先表征为互联网上显性在场的文学，即这种文学的存在方式及其范式，然后是其隐性存在的存在本质与价值，即作为文学的"文学性"的意义存在。前者的存在可能会对后者形成存在的"遮蔽"，因为恰如海德格尔所说，本体论永远处在"诗、言、思"的途中，诗不是"在"本身，而是在的缺席，同时也是在的"召唤"。网络文学的文学性就是在由"言"而"思"、由"思"而"诗"的追寻途中所实现的可言说与不可言说之间的生成转换，以及显性存在与隐性价值之间的内在审视。因为"真理从来不是现存的和一般对象的聚集，而是存在的敞开，是所视的澄明，是作为透射描绘出的敞开的发生"②。网络文学的隐性存在或本体存在的隐性结构，就是对它的显性存在或它的本体存在的显性结构的"去蔽中的敞亮""存在的澄明"，是文学的价值在展示自己时所依存的现象学本体论的先行结构，它使我们得以从技术化的"隐藏之物"进入文学性的"澄明之境"。

先谈网络文学本体表征的显性结构。

网络文学本体的显性存在是一种结构性存在，但它又不同于笛卡儿所谓的"广延物体"的固定性，即一个主客二元分立中可以确证的外部他者。因为电子语言僭越了传统语言分析的边界，置换了对象"在场"与"缺席"的设定方式，用"信息DNA"的吐纳和"比特"的传播方式替代了"原子"的物理

---

① Mark Poster: The Mode of Information, Polity Press in association with Basil Blackwell, 1990, p.102.

② M. Heidegger: Poetry, Language, Thought, Harper and Row, 1971, pp.62-63.

属性①,使得自身的本体存在"既无处不在又处处不在,既永远存在又从未存在,既是物质又是非物质"②,因而,网络文学本体的显性存在既是物质的(电脑、连接终端的电线、调制解调器、键盘、鼠标、手写板、电子压感笔等硬件设备),又是非物质的,如由"比特"(bit 音译,指计算机二进制数的位)、超文本标识语(HTML, hypertext markup language)、万维网(www, world wide web)、赛博空间(cyberspace)、多媒体(multimedia)、超文本(hypertext)、超链接设计(hyperlink)、虚拟真实(virtual reality)等组成的Internet 媒介传播系统;既是潜在的(平时看不见摸不着),又是显在的(接通网络后尺幅之屏风光无限);既是客观的广延性存在(可以在任何一个联网节点实施能动操作乃至下载赋型),又必须依靠主体的技术操作才会有存在的出场,否则网络文学既没有存在形态更无从有存在价值,其本体存在将恍兮惚兮虚无缥缈。所以马克·波斯特称电脑写作是"临界书写",他说:"与笔、打字机、印刷机比较起来,电脑让书写的痕迹失去物质性。"③

由此可见,网络文学本体的显性结构是一种"软载体"结构,它与传统文学的"硬载体"(如"文房四宝"的线性书写、纸质印刷品的体积重量)存在方式是大相径庭的。这一结构大抵包含几个相互依存的逻辑层面:

第一层面:媒介赋型:数字化载体的技术螺旋。网络文学的第一存在是数字化技术媒介,即以技术为载体,由"网络"存在走进"文学"存在。由现代电子数码技术引发的"第四媒体"转型,使文学从传播革命的技术螺旋中打造出电子化生态空间,从而生成互联网上的文学美学与技术审美的诗学。

第二层面:比特叙事:链接文本的语言向度。网络文学的第一语言是"比特"语言,基于电子化机器语言的编码与解码构成文学语言叙事。网络写作的双重语言叙事造成了日常写作经验的中断和叙事规则的改写,但比特化交互链

---

① [美]尼葛洛庞帝:《数字化生存》,胡泳、范海燕译,海口:海南出版社,1997 年,第 3 页。

② Mark Poster: The Mode of Information, Polity Press in association with Basil Blackwell, 1990,p.85.

③ Mark Poster: The Mode of Information, Polity Press in association with Basil Blackwell, 1990,p.111.

接的技术手段却为网络电子文本创造了多媒体、超文本叙事的自由空间。

第三层面：欲望修辞：间性主体的孤独狂欢。网络写作的基本动机通常是个我的欲望表达，电子牧场的孤独狂欢、间性主体的身体修辞、市井社群的"粗口秀"（vulgarity show）策略，解除了生存世界的"面具焦虑"，创造了自由、平等、真实、感性的"大话"模式和躯体化的"欲望修辞学"。

第四层面：在线漫游：赛博空间的虚拟真实。网络文学的"接口"在于只有"在线"才能"在场"，只有"在场"才能在虚拟的网络世界里"冲浪"或"漫游"。赛博空间（cyberspace）的"虚拟真实"成为在线书写的艺术资源，拟像的符号代码所组成的艺术踪迹，以"能指的星群"重铸网络书写的技术美学，而共时场域的交互与分延则约束着网络文学的艺术边界。

第五层面：存在形态：电子文本的艺术临照。万维网的"电子幽灵"覆盖"地球村"后，以其触点延伸方式实现了咫尺天涯的无纸传播，把"空中的文字"拉近到眉睫之前，让尺幅之屏敞亮信息承载，用远距触摸构成传输隐喻，这一"文化快捷键"的无穷点化让人们充分体验到了目击快感。于是，网络文学以在线资源的全景敞视，铸就了电子乌托邦的艺术临照，以数字化技术强化了文学对现代电子传媒的依赖，既"改造"了昔日的文学形式，又"改变"了文学的存在方式，从而形成了迥异于纸介印刷作品的电子化文字文本、文学超文本和多媒体文本，创造了新的文学范式，使得电子镜像中的文学存在日渐呈现出"文学的艺术化—艺术的仿像化—仿像的生活化"的层级蜕变。

在这里，媒介赋型是载体，比特语言是文本叙事的工具，间性主体的欲望修辞是网络写作的人本前提，在线性的虚拟真实构成赛博空间的书写内容，而电子化作品的存在范式则完成了从纸介书写向数字化文本的艺术转换。这些要素间的有机融合与脉理渗透，就构成网络文学显性的结构存在，亦便是它的本体论存在方式。

再谈网络文学本体表征的隐性结构。

本体论哲学要追求存在与本质的协调一致，就离不开思维与存在的同一，因为理论思维的逻辑需要通过思维与存在的同一的认识论途径，去实现存在与本质相协同的本体论。如果说，存在与本质的协同问题是本体论"何以存在"

的前提的话，那么，思维与存在的同一则成为本体论"何以可能"的现实原则。因此，"就文艺美学而言，这种艺术本体论与艺术认识论的同一，使得本体论问题同时也成为认识论和价值论的问题。"①本文从现象学角度探讨网络文学的存在方式，又从价值论角度探索网络文学的存在本质，意在把艺术本体论与艺术认识论结合起来，以前者描述网络文学的显性存在，以后者考辨其隐性存在，从而得到对网络文学存在方式与本体价值的完整阐明。

网络文学本体的隐性存在所要廓清的是网络文学的本体价值，或曰从价值论上探索其存在本质。价值是由人的需要产生的理性预设，它要探讨的不是"它是什么"，而是"它应该是什么"或"它可能是什么"，这便是价值论的提问方式。网络文学在现时代满足和开发了人们的什么需要，就是其价值所在。另外，本体价值是对存在方式的"去蔽"，是从显性之中发掘隐蔽之物，进而发现遮蔽中的敞开之物——网络文学的真理性存在。网络文学本体首先是一种感性存在，然后以感性形态表征所包蕴的意义，通过合法性在场去追踪价值的踪迹。网络能否担当起沉重的文学意义之思，取决于它能否以本体存在体现本体价值，将存在方式导入领悟真理之途，使形态表象转换为一种哲思和诗意的寓言，探询在网络文学语境中重建精神价值深度的可能性。

马克斯·韦伯（Max Weber）说过："艺术演变成为一个越来越有意识地把握独立价值的世界，它以自身的权利而存在，不管怎样来解释，艺术都承担了这种世俗拯救工程。它为人们提供了一种从日常生活刻板状态中解脱出来的途径，特别是从理论的和实践的合理化的压力中解脱出来。"②网络文学为现代人从都市化生活的重压之下解脱出来提供了一个"孤独的狂欢"之途，但它能否拯救世俗还要取决于它是否足以"把握独立价值的世界"，为文化形态打造意义模式，用价值存在确证其本体存在。为此，把握网络文学的隐性存在须经现象学走进阐释学和历史哲学。如伽达默尔在《真理与方法》第二版序言中所言："理解从来不是对于某种给定'对象'的主体行为，而是对于对象的效

---

① 王岳川：《艺术本体论》，上海：上海三联书店，1994年，第327页。
② Gerth, H. & Mills, C. W. (eds), From Max Weber: Essays on Sociolgy, New York: Oxford University, 1946, p.342.

果历史的主体行为,换言之,理解属于被理解物的存在。"①狄尔泰也在《历史中的意义》一书中说:"意义是作为我们领悟生命的方式而显示它自己的作用的。"②网络文学的隐性存在就是其"效果历史"的价值存在,也是我们要考察的"领悟生命的方式"。可以说,在网络化语境中,文学的隐性存在是显性存在的去蔽,是现象学"回到事物本身"的本真阐明,对它的揭示就是网络文学进一步展示自身并随之揭示自身本体价值结构的澄明过程。这一隐性的价值结构由这样一些不同层面所构成:

(1) 体制重建——原点解构的谱系转换。网络文学是人类继口头说唱文学、书写印刷文学之后第三种文学形态,是技术螺旋对文学"元典"的疏离和消解,是媒介的"格式化"对文学惯例的悄然置换。但这一文学在消解传统文学惯例的同时,也在知识谱系和文学体制两个层面上重建新的文学"原点",以自己的方式回答"文学是什么""文学写什么""文学怎么写""文学干什么"等这样一些文学"逻各斯"基本题。

(2) 民间立场——在线民主的母语回归。自由、兼容、民主、共享的网络空间用"在线民主"的现代神话构筑文学的民间立场,用"人人都能当作家"的抚慰性幻想激励大众的艺术热情,让文学在消解中心话语和权级模式中,实现文学话语权向民间母语回归,展演消费社会大众文化"脱口秀"的符号权力。

(3) 电子诗意——文学性的祛魅与返魅。文学的网络栖居更换了人们对文本诗性的认知与体验方式,用"图文并陈"模式重塑"祛魅"(Disenchantment)的文学审美观;而网络文学在对传统的文学性予以技术祛魅的同时,也在实施电子诗意性对传统文学性的置换,打造网络世界新的艺术灵境。

(4) 文化表征——后现代语境的"图—底"关系。网络文学的后现代底色使它与后现代主义文化精神之间形成了"述愿"(Constative)与"述行"(Performative)的双重逻辑,构成了文学与社会文化语境在理论逻辑上的内在关

---

① Hans-Georg Gadamer: Truth and Method, New York, The Comtinum Publishing Co., 1975, p.19.

② [德]狄尔泰:《历史中的意义》,艾彦、逸飞译,北京:中国城市出版社,2002年,第58页。

联,这种关联所表征的文化镜像,不仅预设了网络文学的文化隐喻,也构成其特有的艺术言说。在此要讨论的问题是:网络文学是怎样表征后现代文化语境的,这种语境隐喻了怎样的文学解构逻辑。

(5)人文蕴含——艺术原道的意义承载。数字化的精神现象学,使得人文理性成为网络文学对抗技术霸权的有效武器,用"意义"承载"精神"是网络艺术生产"原道"的图腾。互联网对人文精神的解构与建构,是网络文学反常而合道的永恒命题,但技术主义和工具理性仍然是网络写作的"软肋"。只有实现高技术与高人文的协调与统一,网络文学才能获得更多的千秋情怀和终极道义,拥有人文精神的底气和骨力,这种文学才可能真正走进一个历史的节点,赢得文学史的尊重。这是网络文学人文原道中最基本的本体论价值。

最后,网络文学的本体论思辨还要从这种文学"如何存在""为何存在"的路径进入其"何以存在"的论题,以图从理论逻辑的"正题"与"反题"走向"合题"——将网络文学的本体论分析从"形态"与"价值"层面,延伸至艺术可能性层面,从观念预设上思考其本体的审美建构与艺术导向,如坚守文学的本体论承诺、注重新民间文学的审美提升和实现电子文本的艺术创新等问题,以完成网络之于这种文学的观念重铸,达成网络文学的学理命意。

在网络介入文学之时,历史的辩证法也同时启动。对于恒定的企慕使我们走近网络,关注这种文学的存在方式和存在本质,追寻文学显性的形态构成和隐性的本体价值。实际上任何一种阐释的有效性仍然只是对某种"真理"和"规律"的文化命名和自我目的性选择,对网络文学的本体论阐释自然也不能例外。

(《文学评论》2004 年第 6 期)

"超文本"的兴起与网络时代的文学

◎ 陈定家

进入新世纪以来，起于青蘋之末的网络风潮，悄然演化成天落狂飚之势，径直把我们带进了一个"数字化生存"的世界。毫无疑问，互联网的横空出世写下了有史以来最伟大的神话。就文学这个以神话奠基的审美王国而言，一经网络介入，便立刻引发了大河改道式的族类迁移和时空跳转。千百年来辉映人类心灵世界的流岚虹霓，正被虚拟为诗意灵境中电子赋魅的天光云影。在整个审美意识形态领域，"网络文学"的"生成与生长"以及"超文本"的"兴起与兴旺"，已经成为文学世纪大转折的根本性标志。"超文本"研究也受到越来越多的关注，现已成为中外文论与批评的一个开坛必说的"关键词"。但毋庸讳言，对"超文本"这个从数字技术领域引入的新概念，文论界的相关研究仍明显缺乏应有的人文烛照和审美关怀，更少见中西贯通、文理兼容的诗学化深度阐释。可以说，"超文本"的兴起已成为网络时代文学研究最迫切的课题之一，因为，"超文本"研究已成为理解文学图像化、大众化、肉身化、快餐化、博客化、手机化等时代倾向的核心内容与逻辑前提。

纵观文本发展的历史，从陶塑、骨雕、铜铸、帛书的文字形态到印刷文本的"粉墨登场"，由"泥与木"到"铅与火"再到"光与电"……在经历了一系列的渐变与突转之后，整个"表意"家族正经历着从 A 到 B，即原子（Atom）到比特（Bit）的快速跃迁，一个全新的"超文本"世界轰然洞开。在这里，超文本鼻祖范内瓦《如我们所想》（1945）中意在借"机"拓展人脑联想功能之"所想"几成现实；克罗齐所倡导的艺术与语言的"同一化"也不再是梦幻，"人人都可以是作家"；雅可布森所谓的"支配因素"与"辅助因素"之间的张力空前增长；普通读者也可以像诗人一样在瑞恰兹所描述的各类"冲动"之间建立"稳定的平衡状态"，"写读互动"也成了"博客"们的日常游戏；罗兰·巴尔特所预言的理想化文本的许多特性基本都已变成诗学常识；……但我们也不无遗憾地看到，超文本在催生大众审美狂欢的同时也制造了惊人的文化垃圾。按照超文本理论家乔治·兰道的说法，数字化超文本只不过借助网络技术的帮助，完成了结构主义以来的文本理论家与批评理论家们的设计而已，为超文本提供标志性特点之一的"超链接"（hyperlink）其实并非从天而降的"神赐妙品"，它的核心内容早已存在于巴尔特、德里达和克里斯蒂娃等人的文本理论之中。它在实现前人梦想的同时也为今人带来了新的难题。目前，中国文论界在这个领域的研究还远未达到国际水准，虽已出现了《超文本诗学》《网络文学本体论》《网络叙事学》等重要著作，但总体上仍处于理论建构的起步阶段。

　　当然，超文本及其相关研究毕竟只是蓓蕾初放的新鲜事物，从崭露头角到渐成气象都需要一个发展过程。目前已不难看出，随着超文本的日益普及，文学创作、传播与接受正在经受一次前所未有的革命，相关研究也处在风生水起的关口。基于这样一种认识，我们有理由得出这样一个结论——"超文本是连接历史与未来的桥梁"。虽然目前我们大多数人一时还难以真切地看到太多的动人景观，但如今已很少有人再怀疑，在这个"桥梁"的另一端的确存在着一个精彩纷呈、前景无限却又危机四伏、处处陷阱的全新世界。

一、传统文本的"超文本性"

　　上个世纪60年代的欧洲，"造诗机器"和"取消文学产权"等思想相当盛行，超现实主义"自动写作"的构想令人神往。当时法国一个名为Oulipo（Ouvroir de Littérature Potentielle，意即"潜在文学的开启"）的文学团体十分活跃，这个团体大胆地尝试过各种异想天开的"自动写作"文学实践。其中，特里斯坦·查拉（Tristan Tzara）"制造一首诗"的建议就令人难忘：

拿一张报纸。/ 拿一把剪刀。/ 在这张报纸里选一篇文本，长度和你要写的诗相当。/ 剪下文本。/ 然后仔细剪下这篇文本里的每一个词，把它们装进一个包里。/ 把包轻轻地晃一下。/ 然后依照字条从包里取出的顺序，把它们一张一张地拿出来。/ 精心的把它们粘起来。/ 你要的诗就成了。①

这种荒谬不经的"造诗"方式，让人联想到当下网络语境中流行的"恶搞"，对这种"邪门歪道的艺术"，大约一笑置之足矣。但假如我们联想到中国甲骨文时代那些历史风云人物求神问卦的情形，或者"计算机写作软件"的运行原理，那我们就有理由对查拉疑似亵渎缪斯的"剪贴诗学"另眼相看了。众所周知，文字作为文本的"细胞"，原本就隐含着文本的众多特征，特别是中国文字所包蕴的天然诗性基因和"细胞"间的亲和力，使汉语文本具有超强的结构张力和意义弹性。查拉也许想不到，他的"建议"于汉语竟然比法文更为适用。例如，同是上个世纪60年代，中国学者周策纵先生写过一首"字字回文"的回文诗，足以将查拉的"剪贴诗学"演绎成一种"造诗经典"。回文诗原作由如下20字组成一个封闭的圆环，没有标点符号，为了排版方便，这里暂且斩断"圆环"，将其一字铺开：

星淡月华艳岛幽椰树芳晴岸白沙乱绕舟斜渡荒

这20个字，不管从哪一个字起头，也不论从哪一个方向开始，只要每5个字一句，顺序读来，正反都是一首五言绝句：

1 星淡月华艳，岛幽椰树芳。晴岸白沙乱，绕舟斜渡荒。
2 淡月华艳岛，幽椰树芳晴。岸白沙乱绕，舟斜渡荒星。
3 月华艳岛幽，椰树芳晴岸。白沙乱绕舟，斜渡荒星淡。
……

---

① ［法］蒂费纳·萨莫瓦约:《互文性研究》,邵炜译,天津:天津人民出版社,2003年,第72页。

40 荒渡斜舟绕，乱沙白岸晴，芳树椰幽岛，艳华月淡星。

除了汉语以外，不知世界上是否还有其他语言能够如此"回文"？尽管笔者知道英语中也有大量有趣的"回文"，例如一句有关拿破仑生平的妙语就可以倒过来读：ELBA SAW I WAS ABLE。但由于英文的音、形、义、性、数、格等的行文要求极为刻板，因此，字字回文，断无可能。叶维廉认为，在这首诗里（或应说在这40首诗里），读者已经不能用"一字含一义"那种"抽思"的方式来理解作品了；每一个字，像实际空间中的每一个事物，都与其附近的环境保持着若即若离、可以说明而犹未说明的线索与关系，这一个"意绪"之网，才是我们接受的全面印象。尽管回文诗中的语法是极端的例子，但我们不能否认，在适度解放的情况下，中国古典诗的语法，利用"若即若离、可以说明而犹未说明的线索与关系"，而向读者提供了一个由他们直接参与和感受的"如在目前"的意境。[1]

其实，中国古典诗歌这种打破语法规则的现象绝不只局限于回文诗，叶维廉一再声称周策纵的回文诗只是一个"极端的例子"，但实际情况是，类似于回文诗式的超越语法规则的非逻辑性、非顺序性特征在古典诗词中不仅十分普遍，而且形式多样。有论者认为，中国诗歌文本的奇异变化就如同万花筒一样令人目不暇接："婉转雅致的集字诗""点铁成金的借句诗""争奇斗艳的地名诗""机敏奇巧的神智诗""傲然耸立的宝塔诗""峰回路转的叠翠诗""晴空展翅的飞雁诗""缭绕升腾的火眼诗""旋乾转坤的盘中诗""颠倒成文的回文诗""妙趣横生的数字诗""璀璨夺目的嵌字诗""五彩缤纷的谜语诗""万水归宗的同尾诗""奇异幽雅的竹叶诗""玉盘落珠的叠字诗""柳暗花明的巧转诗""嬗递顶针的连环诗""珠联璧合的连珠诗"[2]……优秀的诗篇，如同一串串闪光的珠子，闪烁着耀眼的五光十色，真是斑斓纷呈，妙处难与君说！

所谓字字珠玑，打散了还是珠玑。当然，笔者并不认为周策纵的回文是诗

---

[1] 叶维廉：《中国诗学》，北京：生活·读书·新知三联书店，1992年，第27—28页。
[2] 林戈编：《诗趣趣诗——奇妙的中国诗林之旅》（目录），北京：文联出版社，1999年，第1页。

之极品，相反，这样的回文诗充其量也只是古已有之的文字游戏而已，说到底也只是 20 个可以勉强读成类似诗句的汉字。不过，说回文诗是游戏之作也没有贬低的意思。其实很多回文诗是具有极高艺术造诣的，唐代著名诗人皮日休和陆龟蒙之间的唱和就有一些是精彩的回文诗，如陆龟蒙的《晓起即事因成回文寄袭美》。大文豪苏轼平生写过不少游戏之作，如《纪梦》就是一首回文诗："空花落尽酒倾缸，日上山融雪涨江。红焙浅瓯新火活，龙团小碾斗晴窗。"这首诗倒过来读似乎更有东坡神韵，特别是"缸倾酒尽落花空"一句，曲尽其妙地描摹出了诗人豪饮过后的莫名惆怅之态，悲欣莫辨，倒转回环，如醉如梦，颇有太白遗风。周策纵说自己的诗"妙绝世界"，大约妙在字字回文上，但周诗的"一串珠子"却始终未被打散。

　　如果打散周策纵的"念珠"，将其重新组合，必然会得到许多不同的结果。如将已有的 40 首诗歌的第一、三句顺读为一、二句，将第二、四句倒读为第三、四句，便又可读出 40 首。第三、一句顺读为一、二句，将第四、二句倒读为第三、四句，便又可读出 40 首。如果按照查拉的"剪贴诗学"规则，打破平仄、押韵和文从字顺的限制，将有多少"新作"问世呢？计算结果是"20 的阶乘（20！）"，即可以"剪贴"出 20×19×18×17×……×5×4×3×2×1 首"新诗"。这显然是一个令人震惊的天文数字。

　　也许这类捣碎又重塑的文字游戏离真正的文学还有相当的差距，但就结构意义而言，我们常说的"解构"与"重构"其实也正是这样的文本游戏。我们注意到，"解构"与"重构"传统诗文，一直是骚人墨客津津乐道的游戏，直到今天仍然大有"玩家"，而且还有"大玩家"。例如著名作家王蒙就是一个把玩"解构"与"重构"游戏的"顶尖高手"。王蒙在新版的《双飞翼》一书题记中说自己——心有"双飞翼"，迷醉诗与文。痴情《红楼梦》，着魔玉豁生。他多次强调自己半生钟爱李商隐，特别是他的"无题诗"，尤其是《锦瑟》。他说自己"也不知中了什么魔，心里老是想着《锦瑟》，在《读书》上发表了两篇说《锦瑟》的文章……仍觉不能自已。"他默诵《锦瑟》的诗句："锦瑟无端五十弦，一弦一柱思华年。庄生晓梦迷蝴蝶，望帝春心托杜鹃。沧海月明珠有泪，蓝田日暖玉生烟。此情可待成追忆，只是当时已惘然。"他感到这些字、

句、词在自己脑海里"联结、组合、分解、旋转、狂跑",开始了布朗运动,于是出现了以下的诗,同样是七言:

> 锦瑟蝴蝶已惘然,无端珠玉成华弦。庄生追忆春心泪,望帝迷托晓梦烟。日有一弦生一柱,当时沧海五十年,月明可待蓝田暖,只是此情思杜鹃。

全是使用《锦瑟》里的字,基本上用的是《锦瑟》里的词,"虽略有牵强,却仍然可读,仍然美,诗情诗境诗语诗象大致保留了原貌。"[1]

在王蒙先前发表于《读书》的那两篇文章中,他已经多次操演过这样的文字游戏:把《锦瑟》诗的字句彻底打乱,然后将其重新组合,他将这种文本的解构与重构戏称为"颠倒锦瑟"。

除了前面引用的一首"王记"锦瑟诗以外,王蒙还别出心裁地把《锦瑟》改编成了如下绝妙的长短句:

> 杜鹃、明月、蝴蝶,成无端惘然追忆。日暖蓝田晓梦,春心迷。沧海生烟玉。托此情,思锦瑟。可待庄生望帝。此时一弦一柱,只是有珠泪,华年已。

作者依据《锦瑟》编撰的对联同样颇有雅意:

> 此情无端,只是晓梦庄生望帝。月明日暖,生成玉烟珠泪,思一弦一柱已。
>
> 春心惘然,追忆当时蝴蝶锦瑟,沧海蓝田,可待有五十弦,托华年杜鹃迷。

---

[1] 王蒙:《双飞翼》,北京:生活·读书·新知三联书店,2006年,第22—23页。

王蒙的这些将微型文本改头换面的小把戏，表面看来只能限于篇幅较小的文本中，但实际上也存在着推而广之的可能性。王蒙曾把他的"颠倒锦瑟"的游戏扩大到李商隐其他的《无题》诗中，同样产生了奇特的效果。如将"锦瑟无端"与"相见时难"掺和起来重新排列组合同样可以得到美妙的诗作：

  相见时难别亦难，东风无力百花残。庄生晓梦迷蝴蝶，望帝春心托杜鹃。晓镜但愁云鬓改，夜吟应觉月光寒。此情可待成追忆，只是当时已惘然。
  锦瑟无端五十弦，一弦一柱思华年。春蚕到死丝方尽，蜡炬成灰泪始干，沧海月明珠有泪，蓝田日暖玉生烟。蓬山此去无多路，青鸟殷勤为探看。

这样的"集句"游戏还可以扩展到其他诗人的其他作品中。如果放开游戏的字数限制，这类改写、集句等游戏与严肃创作之间的界限便渐渐模糊起来，于是，文本与超文本的差异也渐渐被增加或减少的字数掩盖了踪迹。王蒙的文本游戏说明，《锦瑟》这样的微型文本是可以打散后重新组装的，那么，大型文本，如一篇小说是否可以如此"颠之倒之""散之合之"？答案是不言而喻的。

上个世纪80年代初，叶朗先生出版了一部研究"中国小说美学"的同名论著，在该书的序言中，叶先生提到了英国作家B. S. 约翰逊[①]的《不幸者》(The Unfortunates, 1969)。这部小说的主要内容是写作者到一个城市去报道足球，这是他的一位好友生活过的城市，但友人已于两年前病逝。小说的基本特点是把过去与现在互相掺和在一起，把对足球队的报道和对朋友的回忆任意

[①] B. S. 约翰逊(B. S. Johnson, 1933—1973)，20世纪60年代著名前卫作家，行为怪异，屡出惊人之举，如在小说页面上钻孔，使用由灰到黑的纸张暗示小说主人公病患加重，写"活页小说"等。1973年，约翰逊因躁狂症和穷困潦倒而自杀。据报道，英国小说家乔纳森·科埃(Jonathan Coe)以一本记述B. S. 约翰逊的传记作品《类同怒象》(Like a Fiery Elephant)赢得了萨缪尔·约翰逊奖，该奖项由BBC四频道主办，堪称英国最著名的非小说类年度图书奖。

交织在一起,时间顺序被彻底打乱了,但是,这种任意性和装订书发生了矛盾,因为装订书必定有一个固定的顺序。于是,作者决定让小说用一种新的面貌与读者见面。他把自己的小说变成了活页文本,根本就不装订,而是像扑克牌一样装在一个盒子里。这种小说在结构上所体现出的美学思想和文学观念,与传统文论自然有很大差别。①这部 27 个章节组成的小说除了开头和结尾两个章节相对固定以外,其他 25 个单元的顺序可以随机排列,读者可以按照自己喜欢的任何次序进行阅读。

由于当时中外学术界交流的资料非常有限,大多数人并不知道约翰逊使用的这种"扑克牌"小说的创立者是法国小说家马克·萨波塔(Marc Saporta,1932—2009)。萨波塔早在 1962 年就创造了"活页小说"(即"扑克牌小说")《第一号创作:隐形人和三个女人》。小说要求读者"读前请洗牌,变幻莫测的故事将无穷无尽地呈现在您的眼前"。它在形式上有如下特点:(1)全书 149 页(中文版),加上作者的前言和后记共 151 页;(2)全书没有页码,不装订成册,只将活页纸装在一个适合于存放扑克牌的盒子里;(3)每页有 500—700 字不等的小说故事,正面排版,背面空白或像扑克牌一样点缀一些装饰性图案;(4)每页的故事独立成篇,犹如微型小说,但全书合起来可以成为一部完整的作品,犹如长篇小说;(5)阅读前应该像洗扑克牌那样将活页顺序打乱,每洗一次,便可以得到一个新的故事,据推算,文本排列组合的方式高达 10^{236} 种,这个惊人的数字,使《一号作品》成了任何读者一辈子也读不完的小说。这种游戏式的叙事方式,欧阳友权称其为"最典型的纸介印刷的超文本作品。""但相对于电脑上的比特叙事来说,纸笔书写的超文本作品不仅互文链接的容量和难度会受到限制,而且欣赏效果也不能与前者同日而语,更何况网络超文本还具有纸质书写所不可能具有的多媒体优势。"②

《第一号创作》的形式如此新颖独特,一出版就在法国文坛引起轰动,旋即被译成英、德、意等多种文字。流播所及,读者无不被其新奇的形式所深深

---

① 叶朗:《中国小说美学》,北京:北京大学出版社,1982 年,第 8 页。
② 欧阳友权:《网络文学本体论》,北京:中国文联出版社,2004 年,第 76 页。

吸引。这种别出心裁的扑克牌式的结构，巧妙地宣告了作者在文学文本创作中的有限作用，把读者从阅读的桎梏中解放出来，给读者的再创造留下广阔的空间，任读者在作者留下的空白里升华出意义。正如作者所言："每部小说作品，既是知识性的宝库，又是趣味性的迷宫。读者从中吸取做人的知识，同时也寻求一种尽兴的消遣。"只不过萨波塔的迷宫从哪里来，到哪里去，中间怎样左拐右颠，都随读者之兴；他的"尽兴消遣"是一种难为的高智商的智力游戏。①

如前所述，《第一号创作》，除了前言后记之外，一部151页的小说居然有10^{236}种读法，即在1的后面加上236个零！这比周策纵的20个字组成40首诗的例子显然要神奇得多。王蒙把义山诗的解构链条剪断，然后按照诗歌结构原则重新拼接，其结果如新瓶装旧酒，没有产生与原诗迥然不同的新作品。扑克小说的情况似乎有所不同，正如作者在《第一号创作》的序言中所指出的，根据读者"洗牌"后所得页码顺序的不同，作品中的主人公有时是一个市井无赖，是一个盗窃犯和强奸犯；有时他又是法国抵抗运动的外围成员，虽身染恶习，但还不失爱国操守；有时他简直就是一个反抗法西斯占领的时代英雄……这种情况对埃尔佳也一样，按照某种编码，她可能是一个童贞尚未泯灭的少女，竭力维护自己的贞操，但最终还是成了男人施暴的对象；按照另一种编码，她虽然也曾纯洁过，但她逐渐沦落成一个放荡成性的女人；按照另一种编码，她甚至还可能是混入法国内部的德国间谍，四处搜集抵抗运动的情报——正是小说文本流动、变幻的扑克牌结构，使整个小说像魔方一样变幻不定，回味无穷，令人眼花缭乱。②生活原本是错综复杂瞬息万变的无序状态，传统文本实在难以将万千头绪一线相穿。在现实世界面前，即便是最完美的文本，也如同断简残篇一样，支离破碎，挂一漏万。

马克·萨波塔的"活页小说"不仅类似于电影的"蒙太奇"和绘画的"拼贴术"，在原理上与前文所说的回文诗也如出一辙，在结构技巧方面二者难分

---

① 王彬、涂鸿:《〈第一号创作〉结构探析》,《天府论坛》,2001年第2期。
② 王彬、涂鸿:《〈第一号创作〉结构探析》,《天府论坛》,2001年第2期。

轩轾。在这里，所有小文本都有各自的门户，但文本之间，却又千丝万缕相勾连，那些经文本碎片连缀起来的线索，可以说就是读者心中那些飘浮不定、瞬息万变的情思、心绪、趣味、意念、偏好等看不见的东西。不难看出，任何文本都有与其他文本相互连接起来的潜在可能性，按照热纳特的说法就是，所有的作品都具有超文本性。从这个意义上说，所谓超文本，不过是把文本潜藏人心的"链接意愿"以专门的标识符号呈现于 PC 界面而已。

今天，人们已清晰地认识到，"文本不仅仅是某种形式的'产品'（product），它也指涉了解释的'过程'（process），是对其中所蕴含的社会权力关系进行揭露的一种'思维'（thinking），它的意义是开放的，有待读者解释的。更重要的是，文本的互文性被充分关注，诸多理论流派的代表都对其进行了阐释，形成了一种表征文本系统全新的存在方式的文学理论。而且，随着计算机和网络技术的发展，文本的互文性被现实地呈现出来，文本从而走向了超文本。"①

二、网络"超文本"的魅力

超文本（Hypertext）是网络最为流行的电子文档之一，文档中的文字包含有可以自由跳跃到其他字段或者文档的链接，读者可以从当前阅读位置直接切换到超链接所指向的任何其他位置。这些"链接"点，通常使用超文本标记语言（HTML，Hyper Text Mark up Language）书写。作为一个计算机常用术语，超文本其实就是一些不受页面限制的"超级"文件，在超文本文件中的某些单词、符号或短语起着"热链接"（Hotlink）的作用，这些通往其他页面的热链接，构成了超越既定文本的超级文本网络。

当我们把"文本"作为一个文艺理论与批评概念使用时，最基本的含义虽然还是"文字形式"，但其引申义却已远不局限于文字形式了，正如西方学者贝维尔在《什么是超文本》一文中指出的："文本的观念已经扩展到绘画、行

---

① 刘绍静：《从文本到超文本——解析 20 世纪西方文学文本理论》，www.cnki.net。

为、衣着、风景——总之，一切我们附着意义于其上的事物。通常在狭义上，我们用以为例的文本是有着文字的物理存在，然而文本的关键是，它们都具有意义。"①从这个意义上讲，超文本自然也不局限于"文字形式"。

超文本最大的优越性在于，它把文本潜在的开放性、阅读单元离散性等特点和盘托出，使文本潜在的"互文性"彰明昭显，一望便知。它与罗兰·巴特、德里达等孜孜以求的"理想文本"具有许多相似的品格。赵一凡在《后现代史话》中说，德里达秉承了希伯来先知的狂热、以色列人出埃及的神勇，把犹太人的差异精神不动声色地熔铸到结构主义理论中。"历史上，尼采明知理性庄严，偏要鼓吹酒神疯癫；海德格尔抓住存在差异，不惜大动干戈；利维纳斯反感笛卡儿的我思，就竭力标榜他人之见；出于对意识的疑虑，弗洛伊德竟一头扎进潜意识的深渊。"②德里达的著名"延异论"即源于以上形形色色的差异（Difference）。

德里达将"差异"改写一个字母，发明了"延异"（Différance）一词，其基本含义是"产生差异的差异"，它一方面表示文字"在场"与"缺席"两种状况之间的不同，另一方面还表示这种"不同"中所隐含的某种延缓和耽搁。德里达的"延异"，在时间和空间方面既没有起源性界限和固定性标准，也没有确定不移的目的和发展方向，更没有在现实表现中所必须采取的独一无二的内容和形式。……这实际上是将结构理解成为无限开放的"意指链"，而超文本则使这种意指链从观念转化为物理存在，从而创造了新的文本空间。③德里达从传统文本中提炼出的"延异"说，竟然将网络超文本"无限开放"的魅力和局限展露无遗。这不能不说是一个理论的奇迹。

由此可见，通过传统文本研究超文本可以说是顺理成章的事情。事实上，传统文本与超文本之间并不存在天然鸿沟。例如，法国学者乌里奇·布洛赫（U. Broich）曾把传统文本的互文性指涉方式概括为六个方面，它们竟无一不适用于超文本的情形：（1）作者的死亡：一部作品不再是某一作者的原创，而

---

① 贝维尔:《什么是超文本》,International Philosophical Quarterly,2002,Vol.42,No.4.
② 赵一凡:《后现代史话》,金惠敏主编:《差异》（第2辑），第29页。
③ 费多益:《超文本:文本的解构与重构》,《哲学动态》,2006年第3期。

是交互写作的文本混合，因此传统意义上的作者不复存在；(2) 读者的解放：互文性会使读者在文本中读入或读出自己的意义，从众声喧哗中选择一些声音而抛弃另一些声音，同时加入自己的声音；(3) 模仿的终结和自我指涉的开始：文学不再是给自然提供的镜子，而是给其他文本和自己的文本提供的镜子；(4) 寄生的文学：一个文本可能是对其他文本的改写或拼贴，以致消除了原创与剽窃之间的界限；(5) 碎片与混合：文本不再是封闭、同质、统一的，它是开放、异质的，破碎和多声部的，犹如马赛克的拼贴；(6) "套盒"效应等：在一部虚构作品中无限制地嵌入现实的不同层面，或使用暗示制造无限回归的悖论。不难看出，这六个方面无一不适用于超文本的情形。"网络文学的比特叙事文本就是这样一种'漂浮的能指'方式，它是一篇篇被不断书写并可能被重新改写的意义螺旋体，其指涉的无限累加使它呈现为一个无穷庞大的堆积物，一种网状的扩张性文化结构。"① 毋庸讳言，今天，即便是"超文本与网络时代的文学研究"，也正在变成这样的"螺旋体"和"堆积物"，更遑论海涵地负的超文本了。值得注意的是，超文本概念本身也如同纷繁多变的"螺旋体"和"堆积物"："当谈到'超文本是文本'时，超文本被作为文本的一种类型；当谈到'超文本不是文本'时，超文本被作为一种特殊手段，区别于一般意义上的文本而存在；当谈到'一切文本都是超文本'时，超文本被作为文本共有的属性；当谈到'超文本是一切文本'时，超文本被作为文本的存在环境。显而易见，'超文本'有多种含义。"② 而超文本的多义性也显然与"漂浮能指""随物赋形"的善变性关系密切。

在传统文本中，铭、刻、刊、印等生产方式使经典成为具有稳定特性的"不朽之物"，古埃及人把王对神的忠诚刻在金字塔上，希伯来人把上帝与摩西的立约刻在石板上，古罗马人把共和国的法律铭刻在铜表上，中国古代的某些统治者把求神问卜的结果烙印在甲骨上……它们代表中心的权威和永恒的渴望。直到今天，人与人之间的信任、信赖与信誉仍常常离不开"合同为文"或

---

① 欧阳友权：《网络文学本体论》，www.cnki.net。
② 黄鸣奋：《超文本诗学》，厦门：厦门大学出版社，2002年，第261页。

"立字为据"。相比之下，超文本没有固定的结构，没有稳定的形态，没有不变的规则，没有可靠的界限，因此，超文本失去传统经典文本那种明确的中心地位和稳定的权威性，但是，作为人类进化史上自"钻木取火"以来最伟大发明的互联网，也给超文本带来了传统文本永远难以望其项背的艺术魅力和技术优越性。

首先，互联网吐纳天地、熔铸古今的博大胸怀，使超文本具有超乎想象的包容性。照兰道的说法，整个互联网原本就是一个硕大无朋的超文本，它最大的特点就是，能无与伦比地凸显出文本潜藏的"互文性"，使文本之间相互依存、彼此对释、意义共生的潜能得到最充分的呈现或迸发。超文本另一个非同寻常的力量在于，它能轻而易举地将传统文本千年帝国的万方疆土，悉数纳入比特王国的版图。因此，在"具备万物、横绝太空"的超文本面前，任何辉煌灿烂的传统文本都将为之黯然失色。

我们知道，每一部经典文学作品，都是一个既自足又开放的世界。例如，曹雪芹的《红楼梦》原本是一部没有结尾的残稿，自这部"天缺一角"的奇书问世以来，它一直吸引着骚人墨客的"补天之作"，据一粟编著的《红楼梦书录》所列，颇有脸面的续作就有30部之多。它的残缺破损之处，反倒为雪片翻飞的续作留下了翩翩起舞的"互文性"空间。谁料这种"结构性缺憾"，反倒成全了"残书"的"互文性无憾"？对此，王蒙有过这样的感叹："请问，有哪一位小说家哪一部小说有这样的幸运，有这样的成为永久的与普遍的话题的可能？此时无声胜有声，此书无结束胜有结束。不让《红楼梦》有一个符合标准的结尾乃是最好的结尾，不让完成就是最好的完成。这简直是天意，苍天助'红'！要说遗憾，这遗憾与整个人类对世界对人生的遗憾，与'前不见古人，后不见来者，念天地之悠悠，独怆然而涕下'的遗憾相共振。正是这种遗憾深化了《红楼梦》的内涵，动人得紧。善哉《红楼梦》之佚去后四十回也。"[①] 这种动情的赞叹固然不乏精彩与精辟，但王蒙把《红楼梦》说成是空前绝后的"经拉又经拽，经洗又经晒"的文本就未免有些绝对了。说到底，《红楼梦》也

---

① 王蒙：《双飞翼》，北京：生活·读书·新知三联书店，2006年，第163页。

不过只是网络超文本的基本细胞而已。对成功的名著，海明威曾有过著名的"冰山之喻"。如果说80回"红楼"是飘浮于海面的冰山，那么它沉浸在水中的主体部分，理应是一个相对开放的"互文性"世界。离开了这个比文本本身丰富得多、精彩得多的"互文性"世界，再美的"红楼"，也不过是极尽雕梁画栋之绚烂的一堆土木砖石而已。

值得注意的是，与超文本相比，即便是《红楼梦》这样的皇皇巨著也明显有其致命的弱点——形式与内容的双重局限。吴伯凡在《孤独的狂欢》中把专论"超文本"的章节命名为——《"超文本"：从"死书"到"活书"》。他把一切纸媒文本称为"死书"，因为它们不仅装订"死板"、印刷"刻板"、编排"呆板"，在内容上说也万万不及现实社会的生气勃勃、多姿多彩，在不断发展的真理面前它们更加显得焦虑无依、进退失据。极端的例子是禅宗，其创立者为了避免常青的真理之树因"刻版"而"死于言下"，甚至主张提出了"不立文字"的极端主张。不难想见，文本"死""活"的天壤之别，禅家早已了然于心。因此，即便是《红楼》一样壮丽的冰山，与超文本的浩渺汪洋相较，也只能显出一滴水珠般的微渺。

尼葛洛庞蒂说过，"印刷出来的书很难解决深度与广度的矛盾，因为要想使一本书既具有学术专著的深度又具有百科全书的广度，那么这本书就会有一英里厚。而电脑解决了这个矛盾。电脑不在乎一'本'书到底是一英寸厚还是一英里厚。如果有需要，一台网络化的电脑里可能具有10个国会图书馆的藏书量。……即使我把美国国会图书馆的所有书下载到我的电脑里，我的电脑也不会增加一微克的重量。"①

"大而无外"的网络空间这种"不知轻重"的品格赋予了超文本无限的延展性，超文本也因此具有无中心、无构造、无主次的灵活多变的特点，显然，这是传统文本向往已久却永难企及的理想境界。按照罗兰·巴尔特的说法，传统文本也并非一个封闭的孤城，那些被阅读的文本，貌似一个自成一体的小世界，实际上那只是为对话提供一个相对静止的场景而已。巴尔特在《S/Z》中

---

① 参见吴伯凡：《孤独的狂欢》（网络版），"超星图书馆"。

所设想的理想的文本，就是个网络交错、相互作用的一种无中心、无主次、无边缘的开放空间。文本根本就不是对应于所指的规范化图式，就其潜在的无穷表意功能而言，"理想的文本"是一片"闪烁不定的能指的群星"，它由许多平行或未必平行的互动因素组成。它不像线性文本那样有所指的结构，有固定的开头和明显的结尾，即便作者提笔时文思泉涌，搁笔时意犹未尽，但被钉死于封面与封底之间的纸本至少在形式上是一个相对独立的小世界，全须全尾，有始有终。

传统文本的情况是，有一千个读者就有一千个"哈姆雷特"，超文本的情况要复杂得多：同一个读者也可以读出一千个"哈姆雷特"来。在超文本语境中，古今中外所有的"经学家""道学家""革命家""才子"和"流言家"的知识背景都浑然混合一体，没有孔孟老庄之别，也没有儒道骚禅之分，希腊罗马并驾齐驱，金人玉佛促膝而谈……一切学科界限，一切门户之见，在超文本世界里都已形同虚设。面对网络世界的浩瀚无垠，让人联想到黄兴《太平洋舟中诗》的慨叹："茫茫天地阔，何处着吾身？"超文本像一个既没有此岸也没有彼岸的大海，承载着无数的舟船，虽然没有故土，却处处都是家园，无尽的连接、无尽的交错、无尽的跳转、无尽的历险……网上冲浪者，就像那汪洋中的一条船，但他永远不用担心迷失方向。因为，网络备有包举宇内、吞吐八荒的引擎，它总能让人在文本的汪洋中随时准确地找到航道。

其次，超文本使文学得以解放经典的禁锢，冲破语言的牢笼。它不仅为创作、传播与接受提供了全新的媒介，它还让艺术家看到了表情达意走向无限自由的新希望。众所周知，妥善处理思维的多向性与语言的单线性之间的矛盾，一直是白纸黑字的"书面写作"必须跨越的铁门槛。刘勰曾经感叹"意翻空而易奇，言征实而难巧"，陀斯妥耶夫斯基也曾深深地体验过"语言的痛苦和悲哀"。而超文本写作则正是一种将"翻空易奇"的千头万绪"网络"为一个整体的制作过程。"文不逮意"似乎不再是作家的心头之患。从这一点看，今天的作家是幸运的，他们找到了"超文本"这一解决传统作家"言意困惑"的有力武器。

世界万物之间原本就是一种非线性关系，所谓线性关系不过是非线性关系中的特例而已。现实世界中并不存在纯粹的线性关系，这就如同现实生活中根本就不存在像理论一样纯粹化的直线一样。由于超文本使用的是一种非线性的多项链接，"写读者"①可以随心所欲地在相互连接的节点之间轻快跳转，形形色色的文本在聚合轴上任意驰骋。守着方寸荧屏里这个无限开放的超文本世界，便足以"观古今于须臾，抚四海于一瞬。"

从文学创作的角度看，作者的思绪路径往往是复杂、闪烁、诡变、不可意料的，关于这一点，《红楼梦》或《管锥编》都是生动的例证。从超文本的起源看，人脑本质上就是超文本最初的母本，它是既呈现多姿多彩又符合规律规则的奇妙混合体。可以说，互联网和超文本既是人脑的产物，同时也是人脑的摹本。它们的大多数奥秘都早已在观念和实践的层面悄然地成形于传统文本的潜能中。因此，我们在讨论传统文本时，超文本的许多特征就已经不言而喻。

从文学接受的角度看，读者的联想往往也和作者的思路一样错综复杂，千回百转。《红楼梦》（第23回）中林黛玉听《西厢记》就是经典的例子：黛玉听到"原来姹紫嫣红开遍，似这般都付与断井颓垣。"十分感慨缠绵；听唱"良辰美景奈何天，赏心乐事谁家院。"不觉点头自叹。听了"则为你如花美眷，似水流年"这两句，不觉心动神摇。又听见"你在幽闺自怜"等句，亦发如醉如痴，站立不住，便一蹲身坐在一块山子石上，细嚼"如花美眷，似水流年"八个字的滋味。忽又想起前日见古人诗中有"水流花谢两无情"之句，再又有词中有"流水落花春去也，天上人间"之句，又兼方才所见《西厢记》中"花落水流红，闲愁万种"之句，都一时想起来，凑聚在一处。仔细忖度，不觉心痛神痴，眼中落泪。

在林黛玉的脑海里，"姹紫嫣红""良辰美景""如花美眷""流水落花"等脆弱美丽、清雅虚幻的形象，以互文的形式构成了盘根错节的"超文本"——眼前耳边，戏里书外，往日今朝，千头万绪，凑聚一处。于是她点头自叹，与

---

① 在超文本系统中，读者成为集阅读与写作于一身的"作者-读者"。为此，罗森伯格杜撰了一个新单词"写读者"（wreader）来描述这种超文本阅读过程中"读写界限消弭一空"的新角色。显然，这个新单词是将作者（writer）与读者（reader）两词斩头去尾后拼合而成的。

作者形成了同声相应、同气相求的忘情交流,并渐渐进入如醉如痴的共鸣境界。此时,读者与作者、语言与情感、戏文与诗文、心境与环境、黛玉与莺莺、《西厢》与《红楼》……样样浑然一体,全然没有分别。至此,"心痛神痴、眼中落泪"的究竟是听《西厢》的林黛玉,还是写《红楼》的曹雪芹?抑或是"神痴"于"林妹妹"的读书人?对于一个沉浸于《红楼梦》的读者而言,这一切不过是一团虚幻而杂乱的思绪与情感而已。如此复杂的审美体验,是很难给那些缺乏知识或缺少心境的读者带来应有的艺术想象的。相比之下,网络超文本对经典作品的通俗化、快餐化、图像化、影视化、视频化等,为满足文学经典消费不同层次的需要,提供了多种渠道和途径。"旧时王谢堂前燕,飞入寻常百姓家。"超文本把高雅艺术从贵族的深深庭院带到了大庭广众中间。

更为重要的是,在网络语境中,作为超文本组成部分的每一作品都将"从符号载体上体现文本与文本之间的关系,或者某一文本通过存储、记忆、复制、修订、续写等方式,向其他文本产生扩散性影响。电子文本叙事预设了一种对话模式,这里面既有乔纳森·卡勒所说的逻辑预设、文学预设、修辞预设和语用预设,又有传统写作所没有的虚拟真实、赛伯空间、交往互动和多媒体表达。"[1]不仅文学经典平添了多重身份并获得了千变万化的本领,一般作品也可能在无休止的变形改造过程中成为优秀艺术品。

超文本的网络链接,让作者和读者可以在无穷尽的阅读可能性之中肆意游荡。"写读者"如同乘坐洲际旅行的空中客车,它可以忽略时间的存在恣意逍遥地穿越天南海北。在网络的登录处,最初的文本或许会如机场的跑道一样清晰,但随着游览眼界的不断扩大,一条条道路渐渐变得模糊起来,作为网上逍遥客,我们究竟"从何而来,向何处去"有时也变得不再十分明确,开始的目的地在缤纷多彩的旅途中已变得无足轻重了,那些曾经魂牵梦萦的城市因尽收眼底而顿时丧失了神秘的魅力。事事变得如此轻而易举,样样得来全不费功夫。

所有神话般的惊人变化,都源于这样一个秘密——"超文本"背后隐藏着

---

[1] 欧阳友权:《网络文学本体论》,www.cnki.net。

一个比特化的"文献宇宙"(Docuverse)①。正是凭着这个"思接千载,视通万里"的"Docuverse",超文本才能施展魔法把"写读者"带到一种理想的艺术境界:"刹那见终古,微尘显大千"。

第三,超文本不仅穿越了图像与文字的屏障,弥合了写作与阅读的鸿沟,而且还在文学、艺术和文化的诸种要素之间建立了一种交响乐式的话语狂欢和文本互动机制,它将千百年来众生与万物之间既有的和可能的呼应关系,以及所有相关的动人景象都一一浓缩到赛博空间中,将文学家梦想的审美精神家园变成更为具体可感的数字化声像,变成比真实世界更为清晰逼真的"虚拟现实"。对文学而言,这是一场触及存在本质的革命,那种认为超文本写作不过是"换笔"的说法纯属肤浅的皮相之论,套用麦克卢汉的说法,数字化对文学的影响"不是发生在意见和观念的层面上,而是要坚定不移、不可抗拒地改变人的感觉比率和感知模式。"②从这个意义上说,超文本是文学存在本质的易位。作家首先得把数字符号转化为语言文字,其次,文本形态也由硬载体(书刊等)转向了软载体(网络),在电脑中,数字书写和贮存都已泯灭了物质的当量性。

这种转变说明,真正的"超文本文学"只能存活在网络上。如迈克尔·乔伊斯的《下午:一个故事》、麦马特的《奢华》等就是如此。此外,真正的超文本应该永远处于开放状态,著名的"泥巴游戏"(MUD)其实就是一部永远开放、永未完成、多角互动性的集体创作的小说。多媒体是网络文学可以利用的又一重要资源,它使我们不仅沉浸在纯文字的想像之中,还让我们直接感觉到与之相关的真实声音、人物的容貌身姿以及他生存的环境等,甚至我们还可以与人物一起生活,真正体验人物的内在情感和心理过程。因此,真正的网络文学在叙事方法上与传统文学存在巨大差异。③如网络小说《火星之恋》在讲故事的过程中,不断有音乐、图片、视频相伴。在这里,体裁、主题、主角、线索、视角、开端、结局、边界这些传统文学的概念已统统失效。读者只须把

---

① Docuverse 是尼尔森自创的新词,由 document(文献)和 universe(宇宙)截头去尾而成。
② 麦克卢汉:《理解媒介》,何道宽译,北京:商务印书馆,2000年,第46页。
③ 方舟子:《网络化的文学》,http://www.peopledaily.com.cn/专题汇总:网络文学。

鼠标轻轻一点，文本、图像、音乐、视频等数字化军团便呼啸而来，偶有感想，还可以率尔操觚，放开手脚风雅一把，互动一把。

我们只要登录某个文学网站就会看到，不少文学作品都有同名的"电影版"或"游戏版"，这些电影版与游戏版当然是极为不同的，但它们都能极为娴熟地利用先进的数码技术追求声光效果，强化感官刺激，使传统文学的艺术效果在互联网上得到了魔幻般的展示和张扬。这种将"声""图""文"三个王国完美和谐地归为一统的新媒体技术，在网络问世以前就由影视艺术工作者捷足先登了。但影视艺术，对于接受者来说，在时间和空间上都有严格的要求和限制，而在网络世界里，艺术参与者在时间和空间上则拥有更大的"自由度"。此外，网络不仅是文字的理想载体，而且还是声音与画面的极佳载体。在网络上，我们常常可以读到"会说话""会跳舞"的文学名著。虽然，就目前的情况看，网络上配有音乐和图像的文学作品，在形式上与电视文学作品（如电视散文）没有多大差别，但网上众多相关评论和无数的相关链接，却隐藏着电视所无法比拟的精彩世界。在其他很多方面，网络文学和网络艺术的灵活性和综合性是传统文学甚至传统影视艺术所无法比拟的。还有一点尤其值得我们高度重视，那就是网络技术在影视艺术领域得到了出神入化的运用，并取得了一系列辉煌的成就，这为网络时代文学的生存和发展提供了极为可贵的借鉴。

超文本与超媒体的结合，极大地促进了文学图形化与声像化的步伐。影像作为一种更加感性的符号，它的日臻完美将对书籍——书写文化的保存形式——造成巨大压力，也使文字阅读过程中包含的理性思考遭到剥夺。尼葛洛庞帝也曾经指出："互动式多媒体留下的想象空间极为有限。像一部好莱坞电影一样，多媒体的表现方式太过具体，因此越来越难找到想象力挥洒的空间。相反地，文字能够激发意象和隐喻，使读者能够从想象和经验中衍生出丰富的意义。阅读小说的时候，是你赋予它声音、颜色和动感。我相信要真正感受和领会'数字化'对你生活的意义，也同样需要个人经验的延伸。"[1]其实，超文本不仅是我们"个人经验的延伸"，作为新兴媒介，它本质上也可以说是

---

[1] ［美］尼葛洛庞蒂：《数字化生存》，胡泳、范海燕译，海口：海南出版社，1997年，第17页。

"人的延伸"。

三、"超文本"的局限与陷阱

超文本的问世无疑是传统文学生产与消费的一次伟大革命。这场深刻革命具有必然性、必要性，令人欢欣鼓舞，但它同时也给文学的生存发展制造了空前的危机。事实上，"一切以印刷媒介为基础的现代精神生活形式——它们以'距离''深度'和'地域性'为生命内蕴——所面临的深刻的存在论危机，即使算不上一个终结，亦堪称一次脱胎换骨的转型。"①近年来风雨满城的文学终结论，主要是针对电子超文本颠覆文学传统这类情况流传起来的。被誉为"继弗洛伊德和爱因斯坦之后最伟大的思想家"麦克卢汉在《理解媒介》中提出了"媒介是人的延伸"的著名论断，他认为，媒介与人的关系是相对独立的，"不同媒介对不同感官起作用。书面媒介影响视觉，使人的感知呈线状结构；视听媒介影响触觉，使人的感知成三维结构。"②按照麦克卢汉的说法，超文本语境中的文学大约已不能再简单地称为文学了。如果，一切文学作品都已转化为超文本形式，那些宣告文学终结的理论似乎真的有理有据。至少，超文本化将是传统文学一次历史性的大转折。

生，还是死，这大约是进入新世纪以来文学界面临的最为深刻的焦虑。2000年，作家张辛欣说："21世纪恐怕根本不是纯文字阅读时代，平面阅读，是不是像老辈子听戏一样，是小众的退化行为？盘根错节的文字编织术，是不是像16世纪的荷兰画派的精心工笔，一种太古老的手艺？……在未来的新时代，看书翻书的动作，是一个少数人的古典动作么？E书不需要纸，屏幕可以扩大，而新形式的书，仍然是沉默的阅读的么？作家发声和沉默的文字究竟是什么关系？是不是破坏了文字本身的美感？是不是像电视出现一样，声图俱全，使文化大流行并大流俗？"③这类悲欣交集的文字遍布媒体，触目皆是。

---

① 金惠敏：《媒介的后果》（封三），北京：人民出版社，2005年，第187页。
② [加]麦克卢汉：《理解媒介》，第2页。
③ 张辛欣：《怎么在网络时代活一个自己》，《南方周末》，2000年3月31日第22版。

"娱乐阅读""读图时代"不值得欢呼，更不能够讴歌为时代进步，没有深度的阅读会使人心智枯竭、心灵生锈。正面的引导当然要使人学会分辨不同目的、功能和层次的阅读：浏览、专题、研究、拓展、创造，步步前进，在充实的生活中逐渐向网络阅读和纸媒阅读的深度进军。……我们不能让图片遮蔽文字、游戏取代阅读、娱乐替代思考。……我们不能够在培养网络人和动漫人的同时又造就一代文字阅读的文盲。①

书写文化依赖于文字符号系统。文字的能指与所指是疏离的，这种疏离本身即已包含了人类思维对于外部世界的凝聚、压缩、强调或删除，电子媒介系统启用了复合符号体系，影像占据了复合符号体系的首席地位。崭新的符号体系形成了新型的艺术，新型的艺术产生了前所未有的文化和政治功能。电子媒介系统提供了消愁解闷的大剂量的迷幻药，使人们放弃了对历史的不依不饶的提问，而"虚拟生存"的数码技术更显示出不可估量的前景。南帆甚至认为，除了入口的美味佳肴，"比特"可以随时制造一个令人向往的天堂。超文本的局限与妙处也正在于此——分明虚无一物，俨然包罗万有！让人看不清，究竟是福音还是陷阱。

更新鲜的是，"非线性"超文本拆穿了故事只能向结尾发展的神话。网络文本没有边界，只有无尽的环节和不断的展开，每个超文本页面都可以作为通向其他超文本的电子门厅。在这种情形下，就如德里达所说的，创造性叙述的核心从作家转到设计文本联系的制作者手中，或是利用这些联系的读者手中。"传统文本中的固定框架撤除了，读者冲出了情节式叙述逻辑的拘禁，凭借鼠标从一个空间跃入另一个空间，但是，如果将这种纵横驰骋当作读者的自由，将是一种错觉。事实上，读者只是进入了一个软件设计师重新配置的叙述关系网络。这个改换制造了解放的假象，并在假象的背后设置了更为强大的控

---

① 何道宽：《从纸媒阅读到超文本阅读》，http://www.donews.com.

制。"①这种尴尬境况表明数字媒介系统控制下的文学,同样难以避免解放与控制的双重交织。

人类文明是否真的像尼葛洛庞帝所断言的发展到了一个临界点?所谓的"数字化生存"果真是现代人注定无法逃避的谶语?现代技术革命在大幅度推动社会进步和改善物质生活的同时,是否一定要留下无数意念中的奇幻诱惑和谜一般令人困惑的现代神话?现代人匆匆忙忙涌向"网络新大陆",仿佛找到了一只逃避过去、通向未来的诺亚方舟。"作为一个敞开的全新的世界,计算机网络对于许多富于好奇心的人来说确实是一种'挡不住的诱惑'。……一位尚未入网的朋友在看过网上漫游的演示后大发感慨说:现在忽然觉得自己就像刚从树上下来那么原始!"②这种感慨其实只是网络社会无数"正常"的奇怪感受的一种正常表达而已,因为网络社会是无数惊人的奇迹组成的,网络本身就是一个史无前例的迷人神话。

有人认为网络就是现代版的"巴别塔",它将给人类带来无比美好的全新的文明,它不但能轻而易举地实现人们的愿望,甚至在帮你实现愿望的同时,还为你设计了无数你根本就没有想过的愿望。它为人类创造幸福生活提供了无限广阔的前景。但也有人担忧,网络这个伟大的神话,实际上是人类发展史上最大的一个陷阱!网络召唤人们逃离"原子"组成的现实家园,纷纷奔向"比特"组成的"太虚幻境",它把现代人变成匆匆过客——现实生活也因此成了一个失去家园的驿站。应该说,这样的担忧并非多余。仅就网络文学而言,其纷繁芜杂、失衡失范的情况的确十分严重,网络"超文本"的局限与陷阱随处可见。

第一,由于"Ctrl C + Ctrl V"大行其道,"千部一腔,千人一面"几成绝症。机械复制给文学所造成的所有缺陷都加倍地出现于超文本写读之中,"数字化的冷酷宇宙吞噬了隐喻和转喻的世界。"③"韵"的瓦解,艺术膜拜价值

---

① 南帆:《电子时代的文学命运》,《天涯》,1998 年第 6 期。
② 李河:《得乐园·失乐园——网络与文明的传说》,北京:中国人民大学出版社,1997 年,第 6—7 页。
③ Mark Poster(ed),Jean Baudrillard:Selected Writings,Stanford University Press,1988,p.147.

的丧失在所难免,这些在本杰明那里就已"言尽矣"。这里着重谈谈超文本被肆意曲解为"抄文本"的"剪贴诗学"问题。克里斯蒂娃说,"一切时空中异时异处的文本相互之间都有联系,它们彼此组成一个语言的网络。一个新的文本就是语言进行再分配的场所,它是用过去语言所完成的'新织体'。"①在克里斯蒂娃看来,每一个文本都是直接或间接的引用语或仿造语的大集会;每一个文本都是对另一个文本的吸收和改造。任何作品的文本都是许多引文的镶嵌品构成的,是其他文本的吸收和转化。按照诗人T·S·艾略特的说法就是初学者"依样画葫芦",高手"偷梁换柱"。马歇雷甚至对"创作论"进行过哲学层面的清算,他根本就不信有什么平地起楼或另辟蹊径的创作,任何作者都不过是在运用前人的文本"制造"新文本而已。甚至有人说,《红楼梦》全凭"曹雪芹的抄写勤",《管锥编》也无非是"钱锺书抄千种书"。于是,"天下文章一大抄"竟成网络写作暗流汹涌的谶语。

毫无疑问,满腹经纶者的旁征博引自然与不学无术者的投机取巧不可同日而语。鲁迅讲"拿来主义"却不忘消化、吸收和创新,毛泽东讲"古为今用,洋为中用"则更强调"推陈出新"。如果不加甄别,恶意克隆,为名利计,为稻粱谋,剽窃他人作品,冒充自己的成果,这种行为,于作者是一种行窃,于读者是一种欺骗。当然,我们也应该看到,赝品与原作之间也并非毫无互文关系,正如有机物之于排泄物一样,什么时候也无法割断二者间的几乎是必然的联系。但那不过是一种与审美文化精神和社会道德理想相背离的情况而已,不提也罢。古人赋诗撰文,在讲究"无一字无来处"的同时更标榜"点石成金"式的"化腐朽为神奇"。如果只有前者,没有后者,"文必先秦,诗必盛唐",空有互文而毫无创新,或者是互文变成赘文,其结果就是新作与旧章一同腐朽,一同成为古董或垃圾。

更令人不安的是,许多超文本写读完全混淆了抄袭与创新的标准。萨莫瓦约说:"乔伊斯以剪切和粘贴(scissors and paste)为写作的主要目的;普鲁斯特则是'文献串联(paperoles)',它通过在手稿上连接或叠加一连串的文

---

① [比]布洛克曼:《结构主义》,北京:商务印书馆,1987年,第162页。

献来延展作品。"①由此可见,即便是"剪剪贴贴",只要别出匠心,也同样可能成为不朽的艺术品。反倒是那以独创名义制造的文化垃圾令人无法容忍。例如,悬河裂岸的信口开河,话语失禁的讲经布道,随地便溺的文字发泄,哗众取宠的视频"恶搞"……这些网络"灰客"的危害常常有甚于"黑客",它们制造的"尘暴"已给赛博空间造成了严重污染。

第二,主体的过度分散和传统艺术惯用手法的纷纷失效,使超文本写读失去了往日的艺术魅力,文学赋予主体的那种诗意对话和审美交往,蜕变成了网络写手恣情快意文学发泄,"脱帽看诗"的适意与优雅变成了网上冲浪的"随波逐流"。艺术与生活,精英与大众的界限正在逐渐消失。在这个所谓的"数字化时代",越来越多的人正在变成机器的一个组成部分(或者说被机器延伸),信奉"效率就是生命"的现代人长期处于一种非我的"耗尽"状态,超文本的设计者意在借"机"扩展体验世界的能力,结果反倒让人"无法体验完整的世界和自我,无法感知自己与现实的切实联系,无法将此刻同历史乃至未来相依存,无法使自己统一起来,这是一个没有中心的自我,一个没有任何身份的自我。在人不自觉地物化为机器的附属后,世界已不是人与物的世界,而是物与物的世界,人的能动性和创造性消失了。"②网络主人已身不由己地变成了网络奴隶。

马克·波斯特在《德里达与电子写作》一文中,分析了电子写作对由西方思想的伟大传统所刻画的主体形象的消解。他说:"笛卡儿的主体是站在客观世界之外的,那个位置能使主体获得关于相关的客观世界的某些知识;或是康德的主体,则它既作为知识的本源立于世界之外,又作为那种知识的先驱对象而站在世界之内;或是黑格尔的主体,它处身世界之内,又改变着世界自身,但因此而实现了世界存在的终极目的。我认为电子写作分散了主体,因此不再是电子写作出现以前那样起着中心作用了。"③博德里亚也认为,网络媒介

---

① [法]蒂费纳·萨莫瓦约:《互文性研究》,第25页。
② 吴冠军:《数字化时代:危机与精彩同在》,榕树下,20020108。
③ 王逢振编:《网络幽灵》,天津:天津社会科学院出版社,2000年,第65页。

"消除主体,从而滋生麻木不仁的意识而不是参与意识。"①

如果说传统文本是一个"日月经天,江河行地"的"地球人"世界,那么,漫无边际的网络文本就是一个"天地齐一,和光同尘"的"太空人"世界,这里的太阳和月亮都不过是浩瀚星河中的两粒普通的沙尘。读者与作者之间"众星捧月"的关系业已消逝。因此,在超文本世界里,对于任何"写读者"来说,不但柏拉图"代神立言"的崇高理想遥不可及,就连巴尔扎克那种要当一个时代秘书的愿望也成了过世狂人的幻想。不但如此,甚至有人断言,21世纪原著将不复存在,传统作家也必将消亡。2007年初,高调复出的王朔就声称自己"再也不出纸媒书了",他要走美国头号畅销书作家斯蒂芬·金的《子弹骑士》的路子,在互联网上以超文本的形式发行自己的新作。可谁知道,这个书面世界的文学"大腕"是否从此消失于网络江湖?

杰姆逊曾把"主体性的丧失、距离感的消失以及深度模式的削平"描述为后现代艺术的特点,这些都恰好与网络写作暗合,因此,有人将超文本说成是"网络版的后现代主义"。目前,大多数写手最通常的做法是将作品贴于BBS,优秀作品可以张贴在精品区,有点经典意味的收到文集里面,然而,一旦入了个人文集便大有寿终正寝入了"棺材"的意味,很少有人翻看。古人说"江山代有才人出",网络则是"分分秒秒出才人"。当然,这也许并不是坏事,但我们对此却不可盲目乐观。一位网络写手说:"文章的耀眼时刻,其实就是在新鲜出炉的那几分钟,网友点击之时。这种网文的独特载体,决定了网文要有快餐意味,不快成吗?一日一更新,甚至几分钟的时间,然后,便被淹没在贴海里了。"我们不得不面对这样一个无情的事实:在网上每个人都只是一个IP,每个人都只是一个匆匆过客。

第三,个性的恶性张扬和泛滥成灾的无聊"灌水"已成为超文本写作的一大公害。"随着越来越多的机构日益与电脑网络相联,并依赖它们发起作用,社会便像产卵一样产下了大量的电子的、信息的'机体',它们像人类社群一样易受'传染病'之患。如今正当艾滋病毒威胁人类社群之时,其他病毒则威

---

① [英]尼克·史蒂文森:《认识媒介文化》,王文斌译,北京:商务印书馆,2001年,第226页。

胁着电脑社会。"①在携带病毒的博客、BBS、QQ、CG、动漫、网络游戏、视窗广告、视频"恶搞"等充斥页面的互联网上，形形色色的新鲜玩意儿无不制造严重的混乱：随手涂鸦、信口瞎话、胡编乱造、生拉硬套、低级趣味、色情暴力不一而足。当然，张扬个性和强调娱乐也有种种复杂的表现。有批评者指出："网络文学与纯文学的最大区别，正是在于说不得的话、可说而不必说的话，网络文学非说不可，一说再说，生怕读者弱智，几近密不透风，让人喘不过气来。就像现在某些所谓生活流的戏剧、电影、电视剧，从头至尾絮絮叨叨，名义上打着'再现生活'的旗号，实则在欺骗观众，没有半句潜台词，不留一抹想象的空白。这种情况在网络文学形成伊始，还好一些。后来便急剧恶化，使网络文学成为一个偌大的文学垃圾场、情感临摹地。虽然有些情感可能是真实的，但文本却更加倾向歇斯底里的自我宣泄以及对读者无聊的媚惑。"②当然，超文本也不乏"一刀封喉，一剑毙敌"的凶悍泼辣之作；"絮絮叨叨"与"一剑封喉"这两种极端不同的风格，都是个性恶性张扬的例证。

第四，网络已经介入了文学生产的全过程，"这彻底改变了已有的文学社会学，网络空间的文学权威陨落了。而且，网络语言的'速食化'倾向将对文学语言产生深刻影响。此外，网络技术形成的超文本对于传统的线性文本结构具有巨大的冲击力量。"③对这种"深刻影响"和"巨大的冲击力量"，我们有理由为之欢呼，我们也有理由为之忧虑。

  正如"数字化生存"并不等于"诗意的栖居"一样，高科技迅猛发展也不都是艺术的福祉。……直拨电话、电脑传真、光纤通信、电子邮件等的确方便快捷，却又消弭了昔日那种"望尽天际盼鱼雁，一朝终至喜欲狂"的脸红耳热的幸福感。还有高速公路上的以车代步和蓝天白云间的睥睨八荒，的确让人体验到了激越和雄浑，但同时又排除了细雨骑驴、竹杖

---

① [美]马克·波斯特：《信息方式》，范静哗译，北京：商务印书馆，第10页。
② 参见京报网—北京日报，2001年10月23日10:33。
③ 南帆：《游荡网络的文学》，《福建论坛（文史哲版）》，2000年第4期。

芒鞋、屐齿印苍苔的舒徐和随意。①

毕竟，网络带给文学的不只是"现代性"的创造效率和"全球化"的传播便利，它也同样带来了形形色色的广告陷阱和机械复制的文化垃圾。

网络时代，最明显的变化是，昔日艺术家特立独行的万丈光芒已经变得越来越黯淡，传统艺术生产的独唱歌声，将被分工精细的大合唱彻底淹没。今天，电脑进入影视制作，对传统表演艺术提出了挑战。有人感叹银幕荧屏将失去真正的艺术家，电影电视将被电脑退化到魔术时代。网络写作的命运也不容乐观，由于写作主体的转移和"分散"，人人都可以在网上率性而为，信笔涂鸦，传统的功利主义和唯美主义被声色娱乐和情感倾泻的强烈冲动打得落花流水，文学正在被网络进化/退化（？）为一种"游戏"，一种随心所欲的"游戏"。王安忆曾有过"网络写手类似于音响发烧友"的说法。这个"发烧友"的比喻看似随手拈来，实则大有深意。发烧友对技术和器材的兴趣远胜于音乐本身。同样，在多数超文本"写读者"心中，软件的升级也远比文学的神韵重要。

有趣的是，在本文的写作过程中，笔者每次输入"写读者"的代码时，电脑上总会同时跳出"亵渎者"和"泻肚者"字样。它似乎在提醒我们，绝不能听任时尚的"写读者"变成传统的"亵渎者"或废话的"泻肚者"，而这也恰巧是本文反复强调的论点。试想，一个单词的拼写尚且埋伏着诸多变异，在无边的网络世界里，我们就能够想象和理解到底隐藏着多少陷阱！这是颇为值得提高警惕的！

（《中国社会科学》2007 第 3 期）

---

① 欧阳友权:《网络文学：挑战传统与更新观念》,《湘潭大学社会科学学报》,2001 第 1 期。

追溯网络小说的传统

◎ 周志雄

2006年12月27日,批评家雷达在上海市作协大厅开讲"新世纪文学的精神状态"。雷达认为,如今的文坛早已三分天下:纯文学期刊、市场化出版、网络传播成就了不同类型的作家。①雷达的论断源自于近十年来网络文学在网上繁荣开来的事实。对照"五四"新文学作家对"鸳鸯蝴蝶派"的鄙视,当代"精英"文学对网络文学也曾采取了傲视的姿态;对照文学界对通俗小说逐渐重视的历史,当今的网络文学与传统文学之间,也必将会走由冲突到认同的道路。事实上,网络文学已经得到了文学界不同程度的认同:网络文学已经成为当代文学史的专门章节,成为众多大学教授的研究课题,网络文学已经占据了很大的阅读市场,网络作家已成为一个新的创作群体而备受关注。

从本质上来说,考量网络文学的成就,离不开对网络文学与传统文学关系的考察,网络文学与书面文学,只是一个发表途径的差别,在文学的本质上,是相通的,这也是很多人对网络文学的看法。但传播途径的改变必然对文学写作产生影响:纸的发明和印刷术的发明,才使得小说由说唱文学进入到书面阅读阶段;由于近代报刊媒体的兴起,中国才出现了职业化的作家,从而带来了文学的现代转换。网络文学因其在网上传播的迅即性、阅读的广泛性、写作的自由性、加上发表的低门槛与成名的利益诱惑,吸引了广大青年文学爱好者。

---

① 丁丽洁:《文学传播三分天下》,《文学报》,2007年1月4日第1版。

从中文网络文学的实际情况来看，网络文学兼收并蓄多种文学传统，其中主要是通俗文学的传统。为更清晰地认识网络文学的现状，这里主要考察网络小说与传统"书面小说"之间的关系，追溯网络小说的传统。

一

通俗小说有几个基本的特点，一是通俗的题材。根据马斯洛的观点，人的需要分成生理需要、安全需要、爱与归属需要、尊重需要、自我实现需要五个层次。一般文学所表达的情感大多与性爱、情爱、安全、竞争、同情、报复等初级需要有关，属于基本性的情感需求。武侠、侦探、言情是公认的通俗文学的三大典型题材。二是故事的通俗讲法。一般来说通俗小说更注重故事的讲法，讲究细节的生动性，通过悬念、巧合制造离奇曲折的故事情节来吸引读者，明眼读者几乎一看就能看出故事的虚构性，但说书人讲究"无巧不成书"。三是价值观的伦理化，所谓说书是劝人的，通俗故事的伦理观念为普通读者所熟知，往往演绎"才子佳人""英雄救美""行侠仗义"等理念性强的模式故事。四是语言的通俗化、情趣化。语言通俗才能为广大读者所接受，情趣化能让更多的人喜欢读。

自20世纪"五四"文学革命以来，新文学家极力对通俗小说进行批判，将它们统一称为"鸳鸯蝴蝶派"，视为封建余孽来铲除。新文学反对文学的纯娱乐性质，主张"为人生"的文学，倡导"人的文学""活的文学""真的文学"，要求文学要发出人心底的声音，要启蒙民众，要面对现实，不能逃避作家的社会责任。经过鲁迅、周作人、郭沫若、胡适等新文学巨匠的开拓，启蒙的新文学占据了中国文学的舞台。此后的大半个世纪，中国大陆的通俗小说一直受主流文学压制，但通俗小说所形成的基本经验依然是很有价值的，它们或隐或显地被当代作家们所采用。

在赵树理的小说中，给人物取绰号，大故事套小故事，通俗、鲜活的语言等都带有传统说唱文学的特点，赵树理是将新时代的内容与传统通俗小说的形式结合得十分成功的作家，他曾一度被解放区文学总结为"赵树理方向"。在

50年代中期曾有一段时间革命的内容和通俗小说的形式结合形成一个高潮，如《红旗谱》《铁道游击队》《林海雪原》《敌后武工队》《烈火金刚》等小说以曲折的情节、个性鲜明的人物、生动的故事细节吸引了广大的读者。在朱老忠、严志和、少剑波、杨子荣等人物身上我们可以看到鲁智深、宋江、武松等传统英雄的影子，在这些人物身上，体现了英雄复仇、义字当先等通俗小说的母题，他们集勇气与智慧于一体。新时期以来，通俗小说的基本经验经常为作家们所采用，如反思小说《芙蓉镇》包含着"好人蒙冤""才子佳人""善恶有报"等通俗小说的母题。《乔厂长上任记》《天云山传奇》《老井》《新星》等小说都有"英雄美人"的故事模式。刘绍棠的小说基本上是侠义传奇的民间故事，汪曾祺的小说《大淖记事》《陈小手》也是纯粹的通俗民间故事，基本的价值立场也是鲜明的，讲述故事的语言也十分的晓畅易懂。莫言、贾平凹、冯骥才、苏童等人的小说，也吸取了很多通俗小说的经验，他们的小说既有精神深度也有很强的可读性。被主流文学压抑的通俗文学经验，也开始被当代文学史家所注意，比如陈思和主编的《中国当代文学史教程》对当代文学中"民间"文学经验的发掘。

以上所列举的诸多作家、作品，在不同版本的中国当代文学史中占有一席之地，作家们都是作为精英文学的代表，作品也不被看成是通俗小说，只是融合了通俗小说的某些手法而已。与此形成对照，网络小说对通俗小说采取了积极拥抱的姿态，消遣娱乐倾向明显，从内容到形式对传统通俗小说展开了全面的吸收融合。

首先是小说主题的通俗化。以2008年2月晋江原创网上公布的所出版的网络小说为例，主要有言情、奇幻、武侠、同人、传奇、耽美几大类型。2007年新浪第五届原创文学大赛的奖项设置为都市情感、悬疑推理、军事历史三大类。欧阳友权在2001年8月对网上文学进行的调查表明："情爱题材、搞笑题材和武侠题材占据了原创作品的前三位。其中，以网恋故事为题材的作品竟占

43%，其次是搞笑题材，约占17%，而武侠题材的作品约占15%。"①以走红的网络作家为例，大多是某种类型小说的高手，如慕容雪村的都市言情小说，蔡骏的悬疑小说，今何在的奇幻小说，明晓溪的青春言情小说，沧月的武侠小说，萧鼎的奇幻武侠小说等。这与中国古代通俗小说的"英雄、儿女、公案、鬼神"几大类型是基本相同的。

其次是程式化的故事。比如蔡智恒的网络小说《第一次的亲密接触》是一个老套的故事，包含了"才子佳人""红颜薄命"等基本的框架。李寻欢的《迷失在网路与现实之间的爱情》重复了"狐仙下凡"的套路。《成都，今夜请将我遗忘》演绎了西门庆式的纵欲故事，自我放纵者最终必将引火烧身。当代校园爱情小说重复着颓废的青春主题。故事的程式化还表现在作家自身的重复，比如安妮宝贝的小说总是氤氲着一种哀伤的情调，包含着对生命无奈的情感态度。看安妮宝贝的很多作品，感觉是在看她的同一部作品。

其三是曲折的情节。通俗小说必须要好看，要能吸引读者的眼球，基本的要求是要有好的故事，故事的情节必须曲折多变。古代小说中"欲知后事如何，且听下回分解"就是说书人以情节来吸引听众的一种手法。比如"2006—2007中国网络文学节"原创作品评选特等奖的作品，晋江原创网推选的晴川的《宋启珊》就是一篇情节曲折、悬念组接的小说。

小说从宋启珊和杨杨离婚开始讲起，故事主要有两条主线：一是宋启珊自己的感情线，二是周道复仇。围绕这两大线索小说一直在布疑，如围绕周道复仇，小说设置了很多悬念。一个富家公子为什么要到宋启珊的公司来当模特呢？周道的家族到底发生了什么样的事情呢？周道要向谁复仇呢？周道为什么必须通过宋启珊才能接近夏梓行？这些都是小说中的悬念，这些情节之中可以很明显地看出作者的设计在其中，小说采用限制叙事的手法，用一个个的疑问牵引着读者的注意力，故事进程主要通过人物对话来推进，故事的前因后果随着故事的推进才慢慢清晰起来。

---

① 欧阳友权：《互联网上的文学风景——我国网络文学现状调查与走势分析》，《三峡大学学报》，2001年第6期。

网络小说虽然在主题、形式上没有高深的地方，但并不都是通俗小说的简单翻版，以上文分析的《宋启珊》来说，主人公宋启珊与丈夫杨杨离婚，这是一个三十岁的女人被事业有成、另有新欢的丈夫甩掉的故事，小说花了很多笔墨来写宋启珊在婚姻中所受到的伤害以及对爱情的寻找与追问。这与徐坤的《春天的二十二个夜晚》有类似之处，离婚对于女人是一道严峻的人生考验，女人经过离婚获得的是沉甸甸的生命启示。宋启珊也是一个有事业的人，但小说没有止于把宋启珊塑造成一个离婚后走出婚姻阴影重振生活理想的新时代女性，小说出色的地方在于它不是一个简单的通俗故事，而是融进了许多生动的女性人生感悟，有些唯美情调，但仍然真实感人。如宋启珊与杨杨恋爱时的心情描写："那时候，启珊见到杨杨，不过是略微平头整脸的杨杨，会感到'滋'的一下，好像全身通电，胃抽成一团，半睡眠状态会清醒，清醒状态会兴奋，兴奋状态会开始涨红脸结巴。"又如杨杨死后宋启珊的心理："痛哪？离开爱了十年的人，是一种什么样的痛！就像让吸毒的人戒毒一样，那是一种什么样的痛苦？没有经过的人不会理解，同样，没经历分离之痛的人也不会理解为什么女人拼命维护一段出了差错的婚姻。"可以说这不是一个简单的通俗故事，小说对人性的解剖，对爱情理想的守望，对女性精神困境的描绘都融入了自己真切的生命体验和严肃的思考。

二

港台通俗小说在传统通俗小说的基础上有很大的创新和突破，50年代中期，香港的梁羽生、金庸以新的内容和手法开创了新武侠小说，60年代台湾的琼瑶等人开辟了言情小说的新路子，产生了很大的影响。就新武侠来说，其新颖之处主要表现在以下几个方面：内容上以真实的历史事件为背景，融会着炽热的民族情感，与旧武侠表现个人的恩怨情仇不同。人物以下层平民百姓为主，与旧武侠表现上层公子小姐间的儿女私情不同；在刻画人物上，新武侠注重人物性格的复杂性和真实性，开掘人物丰富的内心世界，更贴近现实生活，与旧武侠一味突出人物的神武、侠胆不同；新武侠追求情节的波澜起伏的同时也很注重其内在的逻辑性，避免了旧武侠的荒诞模式化；新武侠在写法上采用了各种新的艺术手段，如多线的复式结构，开放的辐射式的布局，同时融会言情、讽刺、寓言等成分，在人物刻画、心理描写、环境渲染等方面都达到了新的高度，避免了旧武侠只以故事吸引人的简单套路。新武侠采用新的富有现实性的语言，雅俗融会，富于创新。新言情小说注重通过现实生活背景下男女之间感情纠葛的描写，对忠贞的爱情给予大力赞颂，鞭挞戕害人性的封建礼教。情节富于浪漫情调，注重对人物内心复杂情感的描绘，语言典雅富丽，富于诗意。①

自新时期以来，港台的通俗小说开始风靡大陆，金庸的武侠小说、琼瑶的言情小说、梁凤仪的财经小说曾经在大陆刮起一阵阵的旋风。大陆的租书店摆满的绝大多数是梁羽生、金庸、古龙、琼瑶、亦舒、黄易、玄小佛、卧龙生等人的小说。随着《射雕英雄传》《霍元甲》等电视连续剧的热播，大陆对武侠故事的消费几乎达到了妇孺皆知的地步。由琼瑶小说改编的《在水一方》《青青河边草》等电视剧的热播为琼瑶热加了一把火。20世纪末，琼瑶小说改编的电视剧《还珠格格》有很高的收视率，《还珠格格》将宫廷戏与儿女故事巧妙地结合在一起，掀起了"你是疯儿，我是傻"的旋风。言情故事在近年来又有一股韩剧的风潮，典型的韩剧故事，是在50集电视连续剧中将一次恋情的过程演绎得盘根错节、漫长无比，让观众深深沉浸在享受爱恋的过程之中。从小看电视长大的70后、80后网络作者们，很少有没有接受港台及外来通俗小说的影响的。蔡智恒最喜欢的作家是金庸，方舟子说"有华人处就有金庸，有网络处也有金庸"，《网络金庸》的作者葛涛认为"金庸在网络世界中仍然是最受网友欢迎的作家"②，北大学生江南以金庸小说的人物作为人名的同人小说《此间的少年》成为"2003年中文网络最火爆的同人小说"。

都市言情故事是近年来网络小说的一大潮流。蔡智恒的《第一次的亲密接触》讲述的就是一个纯情的爱情故事，但由于这部小说涉及了网络情缘，加上

---

① 王先霈主编：《80年代中国通俗文学》，武汉：湖北教育出版社，1995年，第287—289页。
② 葛涛选编：《网络金庸》，北京：人民文学出版社，2002年，第290页。

网络语言的巧妙运用给读者带来了一种"陌生化"的阅读体验,在网上一举成名,并被荣幸地视为是当代网络文学的滥觞之作,蔡智恒本人也一发不可收拾地成为一个多产的网络作家。慕容雪村的《成都,今夜请将我遗忘》、赵小赵的《武汉爱情往事》、晴川的《宋启珊》、雷宇的《我的美女老板》、趾环王的《爱上我的女学生》、缪娟的《翻译官》、王蒙蒙的《爱上痞子女》、安齐名的《肉鸽:东京的生死恋情》等网络言情小说,吸收了新言情小说的写法,人物的恋情故事发生在都市生活中,爱情心理也表现得很细腻,总体的倾向是将一个爱情故事讲复杂,再叠加上曲折的悬念,可读性很强。

当代网络玄幻小说颇受新武侠小说的影响。比如萧鼎的《诛仙》、六道的《坏蛋是怎样炼成的》、玄雨的《小兵传奇》等玄幻小说都具有新武侠成长小说的特点,即将主人公置放在历史的某种情景中,将主人公的成长过程写成有传奇性的经历,以个人的命运来辐射广阔的社会生活。《诛仙》受金庸的小说影响十分明显。主人公张小凡和《射雕英雄传》中的郭靖在性格上具有相似性,二人都是资质比较一般的人,与张小凡同入青云门的是林惊羽,而与郭靖形成对照的是杨康,后者比前者资质都要好,但最终的成就却大不如前者,这主要的原因是前者的运气比后者好,得到贵人的暗中相助以及名师的指点,另一个原因是前者的资质虽然比较一般,但由于自身的勤学苦练,一生历经坎坷,磨难出英雄,主人公终成一代风云人物。在对人物的情感立场上,《诛仙》与金庸的《鹿鼎记》颇为相似,金庸的《鹿鼎记》中的韦小宝已经不是传统意义上的大侠,而是一个亦正亦邪的人物。金庸通过韦小宝戏谑了江湖上的正道与黑道,在本质上正道与黑道其实没有什么根本的差别。《诛仙》通过主人公的成长过程见证了江湖门派纷争的过程,江湖名门正派中也有邪恶的人物,而邪派人物也有善良的一面。前者如青云门掌门道玄真人,后者如魔教"鬼王宗"掌门鬼王。

根据网络小说作家黄孝阳先生的考证,目前在网上的中国玄幻小说有三个源头:一是西方的奇幻与科幻;二是中国本土的神话寓言、玄怪志异、明清小说以及诸多典籍;三是日式奇幻加周星驰无厘头加港台新武侠加动漫游戏。①这种考证其实也说明了当代网络小说不是无源之水,众多网络小说是通俗小说手法与时尚文化在当代合奏的变体。

三

网络文学的第三个传统来自当代小说,其中受王小波、王朔的小说影响最大。启蒙文学的主题在建国后与政治话语合二为一,宏大叙事盛行,文学中充满了关于国家、民族、理想、英雄的精神想象,个人隐秘的心理,来自生活的快乐被宏大叙事遮蔽起来。这种情况一直延续到20世纪80年代初,在伤痕、反思、改革文学浪潮中我们依然可以见到这种惯性的延续。随着以经济建设为中心的决策的确立,商品经济开始繁荣,政治对文学的影响渐渐弱化。市民话语开始活跃起来,王朔小说在80年代中期应时而生。王朔小说颠覆了崇高、理想等曾在中国盛行的价值观念,以调侃、戏仿的市民语言对宏大叙事进行了嘲讽。王朔作品的流行隐匿了一个时代文学转型的信息。"玩的就是心跳","我是痞子我怕谁","过把瘾就死"成为流行的时尚语言。王小波在中国当代文坛上是一个怪异的存在,王小波的小说面对"文革"的政治暴力,采取了一种戏讽的消解方法,游戏其中,揭示来自权力机构本身的荒谬和无聊。王小波自由写作的方式,甚至他的死都蒙上了一层骑士般的浪漫情怀。

网络文学在90年代中后期开始在中国兴起,网络上匿名的写作方式,毫无拘束的发表,给网络作者带来了精神狂欢的可能性。嘲讽神圣、戏谑经典、组接拼装、游戏搞笑、随性发挥在网上是家常便饭。王朔的"痞子文学"曾受到很大的争议,王小波也曾不被主流文坛所接纳。但在网络上,这种来自出版传媒机构的权力开始下滑到每一个写作者手中,也天然地为自由心性的写作制造了空间,比之王小波、王朔,网络写手们颠覆经典、嘲讽神圣之风更加变本加厉。适逢港台无厘头、搞笑电影的流行,网络亵圣小说采用了更鲜活的"扯

---

① 黄孝阳:《漫谈中国玄幻》,见《2006中国玄幻小说年选·前言》,广州:花城出版社,2006年。

淡"语言，更大胆地拆解时空胡作非为的想象。周星驰主演的电影《大话西游》成为 70 后、80 后们耳熟能详的精神宝典，一时戏仿周星驰电影台词的网文随处可见。

2000 年网上走红的今何在的小说《悟空传》是对古典小说《西游记》的戏讽，亦是对电影《大话西游》的戏拟。首先小说颠覆了《西游记》中的宿命色彩，人物的命运不再是掌握在佛的手中，人物也不再是被神佛所控制的傀儡，而是自觉地追问自己生命的价值，显示出现代小说的精神深度。对孙悟空形象进行了整体的颠覆，一个天不怕地不怕的英雄面临着生死的考验，在被前世安排的宿命世界中，孙悟空自觉地思考生命的出路在何方，思考人生的目的是什么，这是一个现代的终极思考，亦是现代观念下对佛学世界的重新思考。其次是为拓展小说的空间，小说借用《大话西游》穿越时空的方式，将小说中人物的前生和今世结合起来，用戏拟的形式表现了十分严肃的内容。三是小说中的人物彻底地俗化，体现出网络文本对崇高的自由亵渎。孙悟空的英雄无畏，唐僧的坚定执着，沙僧的忠实厚道，猪八戒的贪婪市侩全部被改写。人物的行为动机与自身的恋情有着紧密的联系，小说为几位取经人设置了恋情：孙悟空与紫霞仙子相爱，唐僧和小白龙有着前世姻缘（白龙马由男性改女性），猪八戒和阿月相恋，他们的恋情伴随着他们漫漫的取经之路。四是小说吸收了活泼的网络语言。诸如："松鼠一思考，猴子就发笑。""没事老孙要睡觉了！麻烦你走的时候把门带上。"前者是对经典理论语言的戏仿，后者以生活语言戏谑经典场景。《悟空传》的成功也带来了一时"大话"之风日盛，类似的作品有明白人的《唐僧传》，林长治的《沙僧日记》等，当然后者并没有引起前者的轰动。

解构思维在网上无处不在，所有的经典故事都可以进行后现代式的重新改写。1999 年"榕树下"文学大奖赛的获奖作品——老谷的《我爱上那个坐怀不乱中的女子》解构的是"坐怀不乱"的典故，小说以戏谑的笔调描述了一个青年书生的爱情历程，小说通过主人公的爱情经历证实：身体的吸引是维系爱情的基础，脱离了身体的爱情是不成立的，从而拷问"坐怀不乱"伦理中包含的反人性层面。

网络小说也受到了中国当代"精英"文学的全面影响。现实主义的精神，先锋文学的手法，在网络文学中一次次地闪着灵光。雷立刚的小说《秦盈》将主人公所遇到的每一个女子都叫做秦盈，依次以秦盈1，秦盈2……直到秦盈13，这是一种实验性的写法，作者意在将读者引向对主人公精神历程的思索，而不是停留在基本的故事层面，小说在结构上也显示出先锋文学的探索性意味。再如张海录的《边缘》是一篇深受路遥的《平凡的世界》影响的作品，小说以写实的手法表现了来自社会底层的青年所历经的生活艰辛。主人公张士心倔强而坚强，他贫穷，但从来都是一个有担当的人，从中学时代就开始独立承担了养家的重任，带着自己生病的身体，在大学课余的时间里去打工为自己的家庭分忧。作者对主人公带有某种圣洁的情感，让主人公上演了悲壮的人生之歌，小说圣化了人物的苦难，也适当夸张了个人的精神力量，有鲜明的"平凡的世界"风格。

当代新历史小说的某些写法也被网络小说写手所采用。20世纪80年代，苏童、余华、格非、莫言等作家曾用先锋文学的手法虚构了一段段历史，他们以一种新的形式改写了革命历史和陈年旧事，这种以个人的视角切入历史的态度后来被90年代的历史小说广为使用。网络小说在架空历史，想象历史，将历史彻底地小说化方面走得更远。比较有代表性的小说如当年明月的《明朝那些事儿》，龙吟的《智圣东方朔》等，这些作品在特定的历史背景下，大胆展开想象的翅膀，融传奇与笑话于一炉，虚构了生动活泼的民间生活图景和民间智慧，充分实现了自由书写的快感。

四

上文探讨了当代网络小说与传统书面文学的种种联系，总体上看，网络小说是当今最大的通俗文学市场，这也可以理解为当今的互联网络推出了众多写通俗小说的年轻作者。当代网络小说的创作者身份芜杂，文学素质参差不齐，但这种无序之中更见了几分活力的张扬。新时期以来，纯文学与俗文学相互融合的倾向越来越明显，欲望化叙事混杂着人性的探讨在小说中招摇过市，港台通俗文学对中国大陆的文学市场形成了较大的冲击，但并没有从根本上冲击中国文坛的格局，作家们争相谈论的是马尔克斯、阿兰·罗伯·格利耶、博尔赫斯、卡夫卡、卡尔维诺等西方作家的名字，而不屑于做一个通俗作家（这一点鲜明地体现在众多成名作家对写电视、电影剧本的鄙夷姿态上）。当代文学延续"五四"以来新文学的惯性，以思想和艺术的创新为荣光（当然也没有产生思想家式的作家），虽然众多中国作家吸取了一些通俗小说的手法，但中国大陆并没有形成类似金庸、梁羽生、琼瑶、亦舒等个性鲜明的通俗小说家。在钱理群等人主编的《中国现代文学三十年》中，我们可见到每个时期都有专门的通俗文学的章节，然而在数十部中国当代文学史中，通俗文学作家的身影一直灰暗不明。

网络文学的兴起，顺应了历史的潮流，解放了创作的"力比多"，让无数的有创作冲动的人过了一把文学的瘾。来自各种行业的人，在无数个难眠的夜晚，敲打键盘，放飞自己的文学梦想，借助网络这个费用低廉的传播手段，将自己的声音传播出去，这是一件多么有意义的事情。网络文学的作者总体的文化程度是大学水平，与中国新时期文坛上的作家的整体情况是差不多的，网络文学的作者表现出明显的多职业特点，或生活经历曲折、或想象力丰富、或心灵敏感、或创造欲望强烈。那些大学校园故事、都市白领的爱情故事、灵异的奇幻世界，都显示了网络文学的芜杂和丰富。对比传统作家大多是农裔作家，网络作者大多是在都市成长的一代青年人，他们的文学经验也必将改变当代文学的版图。比如当代大学校园题材以前只见于《红豆》《女大学生宿舍》等有限的几篇作品中，而今在网络小说中，江南的《此间的少年》、孙睿的《草样年华》、何员外的《毕业那天我们一起失恋》、黄湘子的《大四了，我可以牵你的手吗》、ZT的《理工大风流往事》等以校园为题材的作品红透了网络，作品生动描述了当代大学生的生活世界，弥补了当代文学中大学生叙述大学故事的空缺。

网络文学的繁荣，是一直受压抑的通俗文学适时的大爆发，在有限的几家传统文学刊物难以刊登初学者的稿件的时候，网络媒体让大范围大规模的写作成为可能。萧鼎的《诛仙》、六道的《坏蛋是怎样炼成的》、猫腻的《朱雀记》

等小说长度都是上百万言，这么长的作品，显然与网络上内容更新的方式及网络不受篇幅限制的海量有直接关系。

中国当代网络小说是一种受市场化倾向影响的文学，文学市场化其实是80年代以来文学界一直争论的话题。近年来我们对市场化的文学开始慢慢宽容起来，比如欲望化叙事，比如《上海宝贝》，比如女性作家对自己身体与私密体验的暴露，不都隐含着市场化的策略吗？《白鹿原》的作者陈忠实明确地说自己在写作《白鹿原》的时候是认真研读过畅销书的。春风文艺出版社在策划"布老虎"丛书的时候，要求作者要写一个爱情故事，故事要发生在都市，故事要带有点理想色彩。在网络上，每一个写作者写作的起点不同，或功利或娱乐，都要放开得多。如果写得足够好，可以赢得足够高的点击率，可以放到网站的VIP栏目里收取费用。还有各种网络文学大奖，常常吸引网络写手拿出自己压箱底的作品去参赛，一旦获奖，也是名利双收的事。有人戏言功利的网络写手将网络写作视为自动提款机，而众多的非职业写家更多的情况可能是，写着写着，慢慢发现了自己的才能，在网友读者的鼓励下，更积极地写下去。在此意义上，网络写作彻底结束了抽屉文学的时代，网络文学冲击了当今的文学体制，使得体制外职业作家的广泛生存成为可能，也使得众多非职业写家的生存成为可能。在20世纪90年代末，有作家发出"断裂"的声音，而那些"断裂"作家虽然有断裂的勇气，却难以以文学创作的实绩产生更大的影响。当年鲁迅正是以高额的稿费获得了精神上的独立，巴尔扎克也有为金钱而写作的历史，走红的网络作家大都获得了丰厚的物质回报，网络成功地完成了蔡智恒、今何在、安妮宝贝、慕容雪村、蔡骏、李寻欢、孙睿等网络明星作家的制造。

（《文学评论》2008年第5期）

网络文学的"断代史"与"传统网文"的经典化

◎ 邵燕君

2017年左右,网文界突然传出一种"传统网文"的说法。①这个说法让人错愕,却又恰如其时——与研究界为网络文学写史的冲动恰好合拍。甚至可以说,多亏有了这么一个网文界原生的概念,使"网络文学二十年"的断代史叙述有了一块扎实的界碑。

一、网络文学是否可以谈经论典?

任何一种文学断代史叙述的成立都是以某种"终结"为前提的。"现代文学三十年"的"终结者"是新中国成立以后的当代文学,"50—70年代一体化当代文学"的"终结者",是"新时期文学"。那么,"传统网文"的"终结者"是谁呢?应该是自2013—2014年开始成型(如"梗文""宅文")②、2015年

---

① 笔者听到这一说法正式被提出,是在2018年9月16日第二届中国"网络文学+"大会期间,掌阅科技主办的平行主题论坛上,提出者是纵横中文网总编邢月(许斌),可惜他当时未能具体阐发。笔者在这一说法的启发下,在下文对其概念内涵做出了自己的界定。邢月是网文业内资深人士,后文中关于网络文学"金字塔生态系统"的观点,也是受他推荐的知乎帖启发,感谢邢月先生!

② 梗文和宅文都是以二次元ACG文化为主要写作元素的类型文,梗文更偏重用梗和吐槽,形成一种欢脱吐槽风格,如《从前有座灵剑山》(国王陛下,2013);宅文更偏重萌要素,属"男性向",如《异常生物见闻录》(远瞳,2014)。

（被业内称为"二次元资本元年"）后日益壮大起来的"二次元网文"①。"二次元网文"开启了网络文学的新阶段，也只有新形态作为"他者"出现，"传统形态"的核心特点才能更明确地显现出来。

关于网络文学的定义，笔者一直强调其媒介属性。并非"文学性"不重要，而是如果不把"网络性"说清楚，所谓的"文学性"一定是以"纸质文学"的文学性为模板的。网络文学向"二次元"、数据库写作的方向的发展，正进一步标明了网络文学的新媒介属性。以此反观，网络文学发生发展、确立基本形态的前20年，正是文学从纸质时代迈向网络时代的过渡阶段，目前，这个过渡时期的网络文学形态在网文圈有了一个名号：传统网文。

在为《2016中国年度网络文学》所写的序言《"古典时代"迈向"巅峰"，"二次元"展开"新纪元"》②里，笔者曾谈道："网络文学之所以被人们解读为'通俗文学的网络版'，其实是出于其作为'印刷文明遗腹子'的惯性。从某种意义上说，那些显示了网络文学高度和深度的经典性作品，代表的是网络文学'古典时代'的成就。仅仅经过不到20年的发展，出身于草根的网络文学就能积蓄起迈向'巅峰'的力量，这实在令人欣慰。但'巅峰'往往意味着转折——或许这样的'巅峰之旅'还要持续几年——与此同时，新纪元也正在'二次元'世界中渐次展开。"

今天看来，"传统网文"的说法远比"古典时代的网文"准确传神，并且，与"传统文学"自然排列成序。十年前，以文学期刊为中心的"当代文学"被横空出世的"网络文学"骤然"升级"为"传统文学"；十年后，尚未被"主

---

① 这一年的标志性事件是二次元最大弹幕视频网站BILIBILI获得腾讯上亿元投资,这意味着互联网巨额资本进入二次元领域。在网络文学市场，各大阅读网站开始关注二次元分类，小众网站则摆脱"自娱自乐"的圈子化状态，走上了商业转型的道路。此外，由资本直接投资的网站也纷纷面世。2015年1月，面向"宅男"群体的"宅文"网站"欢乐书客"上线（现更名为"刺猬猫"）。同年5月，SF轻小说从免费的同好交流网站，成功转型为VIP收费的原创文学网站。9月，主打二次元幻想风格的网站"不可能的世界"经过一年筹备，正式上线。2016年3月，起点中文网在"同人区"的基础上创建"二次元区"，增加了"原生幻想""青春日常""搞笑吐槽"等分类，"同人区"更名为"衍生同人区"。2018年11月，晋江同人区加入了"轻小说"的类别，并将同人区由原来的"非原创小说""衍生小说"进一步改名为"衍生/轻小说"。这再度证明了重度"宅"、重度"二次元"势力的深入扩大。

② 邵燕君主编：《2016中国年度网络文学》，桂林：漓江出版社，2017年。

流文坛"完全接纳的"网络文学"已经被内部"升格"为"传统网文",网络时代的变化之快,不能不令人唏嘘。

然而,也正是由于"传统网文"形态的确立,使"网络文学二十年"的总结才有了谈经论典的合法性。

我们今天所说的经典,并非泛泛意义上的"不朽之作""传世经典",而是有着文学史样本意义的,这些文学史的写作权力一直掌握在现代教育机构的手里。可以说,我们心目中"伟大的文学传统"基本是以"西方正典"为蓝本的,其建构过程内在于西方现代文明进程,其核心特征也正是现代性的核心特征——"宏大叙事"——这正是利奥塔等后现代理论家从"后现代状况"出发回溯性揭示的。宏大叙事是一种逻各斯中心的总体性叙事,昭示着这个世界有一个"总的故事",这个故事有开头,有发展,有高潮,有结局,是线性演进的,有终极目的的,有乌托邦指向的——这正是长篇小说,尤其是现实主义小说的叙述模式。现实主义小说以"镜"的承诺为"现实本质"赋予文学的形状,以"灯"的指向内置了浪漫情怀,形成了人类迄今为止最具有普遍性的文学叙述模式和阅读心理结构。

宏大叙事模式在现代社会向后现代社会转型时期瓦解,其社会心理转型的时间节点,按照东浩纪的说法,在西欧是在"一战"之后,在日本是在"二战"之后,在中国是在1990年代。宏大叙事凋零之后,"纯文学"方向发展出"现代派文学",直面价值的虚空;通俗文学则向幻想文学的方向发展,以"捏造的宏大叙事"(或称"拟宏大叙事")进行替代性补偿。[1]对中国网络小说产生最大影响的三个文学源流的代表作——托尔金的《魔戒》(欧美奇幻文学)、田中芳树的《银河英雄传说》(日本太空歌剧式的小说和动漫创作)、金庸的武侠小说(中国通俗文学)——都是典型的"拟宏大叙事"。

中国原创网络小说兴起于21世纪前后,此时,中国社会也处于重要的社会转型期。对于北上广深等大城市而言,可以说正发生着从现代社会向后现代

---

[1] 参阅东浩纪:《动物化的后现代——御宅族如何影响日本社会》(主要参考第二章中"被犬儒主义支配的二十世纪"一节),褚炫初译,大鸿艺术股份有限公司,2012年。

社会的转型，从整体社会的价值结构而言，正发生着从启蒙时代向"后启蒙时代"的转型。网络文学的"第一世代"以70后、80后为主，他们是启蒙文化哺育长大的，或许在具体的价值观上与父兄辈有代沟，但价值模式和心理结构上仍然具有延续性。并且，青春期遭逢价值结构解体，更需要"拟宏大叙事"的替代性满足，这也是他们热衷网络文学的动力之一。"第一世代"是"传统网文"的主要创作和阅读群体，所谓"屌丝的逆袭"就是一种"拟宏大叙事"的变体——以升级模式代替了深度模式，以成功模式代替了成长模式。

十几年后，待到"不需要宏大叙事的世代"成长于宏大叙事凋零之后的世界网络文学的"断代史"与"传统网文"的经典化一代登场，叙述模式才发生了根本性的变化，从"拟宏大叙事"变为"大型非叙事"[1]。这个被称为"九千岁"（90后、00后）的世代是中国的第一代"网络原住民"，成长过程中深受日本ACG文化影响，应该说，与生俱来的网络媒介环境使他们比日本第一代御宅族更具有东浩纪在《动物化的后现代》一书中所说的"数据库动物"的属性。或许他们未必像东浩纪所判断的那样"不需要宏大叙事"，而是如一位90后研究者自我言说的，同时患有"宏大叙事稀缺症"和"宏大叙事尴尬症"[2]，因此，或可称为"后宏大叙事的世代"。对于宏大叙事，他们总是一边建构一边拆解。在以"吐槽""玩梗"为特征的"二次元"创作中，无论是"宏大叙事"还是"拟宏大叙事"都不过是可供拆解、挪用、进行"二次创作"的数据库素材。

在"二次元"转型后的网络写作中，如何讨论经典性的问题，或者是否还该用经典性这个概念来讨论文学性，这本身是一个问题。要回答这个问题，需要更长时间的观察，无疑，也需要更全新的视野。所以，幸亏有"传统网文"这样一个概念，使得我们对"网络文学二十年"经典化的讨论有一个基本限定。

---

[1] 参阅东浩纪:《动物化的后现代——御宅族如何影响日本社会》(第二章第三节"大型非叙事")。

[2] 见北京大学中文系博士研究生王玉玊于2018年12月21日提交的预答辩论文《为新世界编码——游戏化的网络文学》，经王玉玊同学同意引用，特此感谢！

二、"传统网文"与"起点模式"

那么,究竟什么是"传统网文"?对于这一网络文学发展第一阶段的文学形态,我们不能仅以"过渡形态"界说,而要进行具体概念界定。要说清什么是"传统网文",首先要说清什么是"起点模式"。

"传统网文"的形成与"起点模式"的打造是分不开的。事实上,在网文界,提起"传统网文",很多人会直接联想到"起点文"。这不仅由于起点中文网和以"起点团队"为核心的阅文集团,在中国网络文学发展总体格局中长期处于垄断地位,更由于"起点模式"是中国网络文学原创的成功模式,在网络文学商业化转型初期在与诸种探索模式竞争中胜出,又在此后商业模式、媒介形式的几度嬗变下不断完善,成为被普遍仿效的行业标准,从而奠定了中国网络文学的基本形态。

"起点模式"包括两个层面:地基层面是以 VIP 在线收费制度为核心的生产机制,在此机制上,生成了网络类型文模式——"起点文"。VIP 在线收费制度以"微支付—更文—追更"的形式,将网站、作者和读者的利益诉求扭合在一起;以用户为主导的作品推荐—激励机制,如投票、争榜、打赏等,充分调动粉丝经济的生产力,将"有爱"和"有钱"结合在一起;书评区的互动以及"老白"(资深粉丝)"粉丝团"的出现,加强了网络文学的社区性和圈子化;白金作家、大神作家、签约作家等职业作家体系以及全勤奖等福利保底制度的建立,保证了作者的批量培养和作品的持续产出。

在此生产机制中生成的"起点文",虽然也是商业化类型小说,但即使与报刊连载小说相比,也具有了不同的特点。其中,最能显示其网络性特点的主要有两个。

第一,超长篇 + 微叙事。这正是与"追更"机制相对应的,满足读者"日常陪伴和每日历险"的需求。其中特别值得关注的是,网络时代文学时间和节奏发生的变化。由于网络媒介突破了纸质媒介的物质限制,网络小说的长度不再与篇幅有关,而与时间有关:阅读时间、写作时间和潮流变化时间。目前,最典型的"起点文"通常三百万字左右,每日双更,每更两千到三千字,连载时间为两年左右。这是十几年间作者、读者、网站三方面——作者的写作能力和身体极限;读者的阅读时长、阅读速度,对每天更文数量的需求和质量的要求;网站收益以及类型文升级换代的周期——以真金白银反复"协商"的结果。协商后达成的妥协模式一定不是最理想的,却是最能自然运转的,很难因任何单方面的愿望而改变。当然,时过境迁之后,模式也必然发生变化。

第二,"粉丝向"爽文。纸质时代类型小说也是以满足读者需求为目的的,但是网络文学的粉丝是"过度的消费者",是消费者和生产者的一体化,是某个趣缘社区的一分子。①网络时代人类重新部落化了,全世界的同好可以很容易地聚集在一起。每一种类型文、每一位"大神",甚至每一篇文都可能成为一个趣缘社区。粉丝团,尤其是"铁粉团"不仅是一个文学共同体,也是情感共同体、价值共同体。这就意味着每一个社区的"萌点"(特别激发读者喜爱乃至产生迷恋的点)和"雷点"(特别引发读者反感乃至触及忍耐底线的点)都特别明确,不能精准戳中"萌点"的文会"扑街"(指作品成绩很差),不能避开"雷点"的文会被认为是"有毒"。"粉丝向"使网络类型小说的功能从纸质时代的"寓教于乐"转向"以爽为本",所以,网络小说也被人称为"爽文"。"爽"是顺应本粉丝群体的价值取向和情感结构的一种心理满足,顺之则爽(所以"虐"也是一种"爽"),逆之则毒。"爽文学观"瓦解了启蒙主义"精英文学观"主导下文学的统一性,最明显的例子是网络文学分成了"男性向"和"女性向"②,表面上是消费群体的划分,背后蕴含着性别冲突。不

---

① 约翰·费克斯在粉丝文化研究奠基性论文《粉都的文化经济》(收入陶东风主编:《粉丝文化读本》,北京:北京大学出版社,2009年)中提出,生产力和参与性是粉丝的基本特征之一。粉丝的生产力不只局限于新的文本生产,还参与到原始文本的建构之中。以后的粉丝文化研究者也倾向认为,"粉丝经济"最大的特点是生产—消费一体化,粉丝既是"过度的消费者",又是积极的意义生产者,于是产生了一个新词"粉丝产消者"(Prosumer,由 Producer 和 Comsumer 两个单词缩合而成)。

② "女性向"指女性在逃离了男性的目光后,以满足女性的欲望和意志为目的,以女性自身话语进行创作的一种趋势。"女性向"有着明确的女性主义意图,从而与按消费人群划分的"女频"概念有所区别。"男性向"是"女性向"的反向定义。参阅《破壁书:网络文化关键词》(邵燕君主编、王玉玊副主编,北京:生活·读书·新知三联书店,2018年)中"女性向"词条(编撰者:肖映萱)。

过,在"传统网文"阶段,价值观的分裂并没有改变读者的快感结构,"爽文"中最"爽"之处仍是"拟宏大叙事"结构中的"高潮"。这种"向上走"的心理驱力与这一时期被普遍认同的成功学结合,再植入电子游戏的升级系统,就形成"起点爽文"最普遍的升级模式。

在以上分析的基础上,笔者尝试给"传统网文"下一个定义。"传统"指的是其"拟宏大叙事"的总体基调、意义结构和叙述结构,小说以故事为主导,在故事的逻辑系统中塑造人物,而非以"萌要素""玩梗"为中心的"角色小说"。在借鉴资源上,以传统文学(特别是通俗文学)为主,而非以"二次元"ACG文化为主;"网文"则指其媒介属性和商业类型小说模式,具体落实为"起点模式"。那么,"传统网文"可基本定义为:以"起点模式"为主导、以"拟宏大叙事"为主题基调和叙述架构、以传统文学为主要借鉴资源、以"起点模式"为基本形态的"追更型"升级式爽文。

需要说明的一点是,"传统网文"和"二次元网文"的区分仅是在"传统"和"二次元"之间,至于"网文"层面,二者则是连续的,"二次元网文"正是对"起点模式"的深化,"大型非叙事"式的"资料库写作",比故事性写作更适合"超长篇+微叙事",也更是"粉丝向"的。另外,"传统网文"概念的界定主要以商业化的男频文和女频文为对象,以晋江文学城为中心的曾长期"用爱发电"的"女性向"写作需要作为特例处理。正如起点创始人之一吴文辉(现任阅文集团CEO)所言,"起点模式"的核心是UGC模式,即用户生产内容的正反馈机制,"起点模式"会随着用户群体的变化而变化。①起点中文网也在2016年后开辟了"二次元"专区,"传统网文"部分也出现"梗文""宅文"②,向以"二次元"为主导的"数据库写作"的转型正在全面发生。所以,在"传统网文"定义中的"起点模式"或许应该再附加一个时间限定:

---

① 邵燕君、吉云飞:《中国网络文学比其他娱乐产业成熟十年——专访起点中文网创始人、阅文集团CEO吴文辉》,《网络文学评论》,2017年第1期。

② 梗文和宅文都是以二次元ACG文化为主要写作元素的类型文,梗文更偏重用梗和吐槽,形成一种欢脱吐槽风格,如《从前有座灵剑山》(国王陛下,2013);宅文更偏重萌要素,属"男性向",如《异常生物见闻录》(远瞳,2014)。

网络文学发展前二十年左右的"传统起点模式"。

三、网络文学的"金字塔生态系统"与"网络类型文经典"的产生机制

在"起点模式"的主导下,中国网络文学形成了"金字塔生态系统"①。2018年,网络文学用户超过四亿人②,注册作者超过一千万人,签约作家六十八万人,全职作家三十二万人。③"零门槛"(不但是发表门槛,也包括写作者的心理门槛)使网络文学拥有了有史以来最庞大的作者队伍,而在数十倍于此的用户海选下,海量的作品得到了基本有效的阅读和相对公平的筛选。通过筛选的作家获得签约资格,可以"入V"收费,并获得网站提供的最低福利保障。再经过残酷的商业竞争,一半作家成为职业作家,其中,更有极少数脱颖而出,成为"大神"。目前,各网站可称为"大神"的一线作家大概有四五百人,不超过网络写手总人数的十万分之五。④

在这个"金字塔生态系统"中,花钱看书的用户成为最主要的"把关

---

① 这一概念的提出受到知乎网友玖羽的启发,在2018年9月15日对《吉卜力的动画究竟有什么特别之处》提问的回帖中,玖羽称:"手冢治虫把日本动画变成了巨大的工业机器(当然,这也是时代造就的),也就是我喜欢说的金字塔系统,在这个系统里,塔基肯定充斥着无数的垃圾,但塔基越宽,塔尖就越高,以结果来说,会比匠人的系统产生出更多的传世之作。"特此感谢!

② 根据中国互联网络信息中心(CNNIC)2018年8月在京发布《第42次中国互联网络发展状况统计报告》。

③ 据中国音像与数字出版协会于2018年9月在北京"网络文学+"大会开幕式报告公布的数据,截至2017年,国内45家重点网络文学网站的驻站创作者已达1400万人,其中,签约作者人数达68万人,47%为全职写作者,约32万人。考虑到重复注册等原因,最保守估计,网络作者超过一千万人。

④ "大神"是网文圈知名作家的统称,但在阅文集团的作家制度中,是一个确定的作家级别。阅文作家分为白金作家、大神作家、签约作家(也称星级作家1—5星)等几个级别。2018年阅文男频白金作家有36位,大神作家152位。女频白金作家20位,大神作家143位。晋江文学城的作家级别是另外一套系统,按作者积分分为"超级"(积分超过百亿)"十亿""亿级""千万级""百万级"等,2018年"超级作者"有52位,"十亿作者"有882位,"超级作者"相当于阅文大神级。阅文和晋江聚集了绝大部分"大神",2018年的数字是403位。这样估算下来,全国网络作家中"大神"有四五百人左右。

人"。与此同时，网站可以通过签约、给推荐位、手动榜单等方式形成一定影响，但主要仍是用户导向的，纯粹编辑导向的介入不大，其主要目的在于调整类型的平衡性和丰富性。"老白""铁粉团"也可以通过写评论、建榜单、投票等方式，为小众的、有新意的、精品的，甚至有经典性追求的作品营造"口碑"。由于"粉丝经济"的作用，"口碑"可以直接转化为商业成绩。即使不能直接转化，也会在圈内形成"象征资本"，进入 IP 时代以后，这种"象征资本"兑换为"经济资本"的机会也大大加强了。

相对于纸质精英文学的"编辑把关—评审"系统，聚沙成塔的"金字塔生态系统"大大解放了网络时代文学的生产力。对于拥有写作梦想的汉语使用者来说，网络时代是最好的时代，所有想尝试的人都可以一试身手。网络文学目前有四亿用户，根据某项调查报告，七成读者有写作的欲望。或许在一些传统作家看来，类型模式是一种束缚，但对于因为看文想写文的新手作者来说，类型是他们最熟悉的，模式套路是最具有操作性的写作指南。只要按照套路写，写得再烂也可能有人看，其中甚至会有"阅文无数"的"老白"，专为图新鲜来看新手写。在追更机制的逼迫下，"三分钟热度"可能会化为日日坚持，特别是如果能有读者呼应，写作热情就能保持下来。因此，虽然网络作者数以千万计，但只要有才华，能坚持，一般总有出头之日。"网络文学没有遗珠之憾""网络文学没有怀才不遇"，这种在纸质时代没有人敢说的豪言壮语，至少在网络文学成长阶段，在网文圈内成为基本共识。①

借助媒介优势，"金字塔生态系统"最大限度地解决了新手入门的问题。网络文学的"断代史"与"传统网文"的经典化作者基数越大，文学发展的生命力就越旺盛，各种有潜能的人就越可能进入这个系统，丰富这个系统。当然，要使系统成为一个生机勃勃的生态系统，而不是一个固化的"金字塔结构"，需要机制足够活跃，保障系统运转畅通。如果能够良性运转，那么，金字塔的底座越宽，塔尖就越高，优秀作品产生的可能性就越大。在一千多万名

---

① "没有遗珠之憾"是作家猫腻在接受笔者采访时说的，见邵燕君、猫腻：《以"爽文"写"情怀"——专访著名网络文学作家猫腻》，《南方文坛》，2015 年第 5 期。"没有怀才不遇"是作家跳舞于 2017 年 4 月 12 日在第三届中国网络文学论坛会议发言中说的。

作者的基数上,几百位"大神"只占十万分之五左右。"大神"中再百里挑一,或许能有几位"大师级"作家出来。网络文学目前只有二十年的历史,如果能出几位大师级作家(概率相当于百万分之一),就应该算是一个很丰饶的文学时代了。

　　这并不是一个数字游戏,而是想说明,中国网络文学的"金字塔生态系统"使经典的产生具有了稳定性。大师级作家并不是某个"伟大的文学传统"的一脉单传,不是可遇不可求的文学天才,而是一项有千万人参与的文学竞技的胜出者。

四、"类型套路"是一种"集群体智慧的文学发明"

　　在这样一个"金字塔生态系统"里,如何评判"塔基"的价值呢?站在"塔顶"上的"大神"只有几百个,其中真正有"神格"的作家只有几十个,最终能进入文学史的可能只有几个,那么,万分之九千九百九十九的作者呢?特别是那几万靠写网文谋生的职业写手呢?他们写的"套路文"都是垃圾吗?

　　我个人非常反感传统文学界经常有人使用的"垃圾说"。什么是垃圾?"废弃无用或肮脏破烂之物。"(《现代汉语词典》)彻底无用之物才是垃圾。有人会花钱看垃圾吗?不会。即使看盗版也不会,因为在"注意力经济"的时代,好看的东西太多,时间就是成本。网文圈虽然也有人用"垃圾"这个词,但是词义已经发生了变化(其实,现在网上用"垃圾"本字的已经越来越少,更多的人用"辣鸡""LJ",或用颜符号),很少有人用"垃圾"的说法,即使惯性使用了,仅仅指质量差,没有了那种强烈的鄙夷厌恶之意(比如,大家经常会说自己做的东西很垃圾)。事实上,网文圈有自己的一套语汇称呼那些跟风模仿、粗制滥造的"套路文",如"速食""快餐""粮草""干草",最差的是"饲料",背后的心理是,这些"套路文"满足的是他们的"刚需"。这时候如果用"垃圾",就有了"垃圾食品"的意思:廉价、批量生产、缺乏营养甚至不利于健康,但是能充饥,并且有一种刺激人食欲的"香"。如果塔基的作品都是不值一看的垃圾,那么所谓的"金字塔"就是一座垃圾山,"塔尖"上的"精品""经典"是从哪里来的?从天上掉下来的吗?

事实上,"套路文"之所以不是"垃圾"而是"粮草",就是因为这些"套路"本有价值,并且是原创价值,就像麦当劳、肯德基、可口可乐、永和豆浆、老北京炸酱面的独家配方。只不过,网文套路的配方是开放式的,有开创者,没有专利拥有者,是在无数"跟进"创作者的积累中自然形成的,是一种集群体智慧的文学发明。这些扎扎实实的类型套路构成了网络文学的"核心资产",是建造这座金字塔的基石。

为什么经常被认为是千篇一律的网文套路可以被称为一种文学发明呢?让我们回溯一下套路是怎么来的。套路是对一种流行类型文核心快感模式的总结,是一套最易导致成功的成规惯例和写作攻略。但是,那种流行类型是怎么来的呢?答案却是不可预测。网络文学发展二十年,借助媒介优势,创造出远远多于纸质类型小说的类型(大类几十种,小类不计其数),但是,基本没有哪一种类型是作者或网站设计的结果。往往是一本书火了,引爆了一个类型。那么,这本书为什么火呢?能不能预估呢?

网络文学自建立 VIP 在线收费制度以来,无数的作者想迎合读者口味,但问题是不知道怎么迎合。即使是最资深的编辑往往也只能劝自己负责的大神作者尽快结束一本前景不好的书,但无法告诉他/她什么样的书会前景好。原因是,读者并不知道自己喜欢什么。或者准确地说,不知道自己还喜欢什么。他们知道的都是已经被戳中的"萌点",那些已成套路。如何写作一本畅销书?这是一个自纸质时代起就一直没有答案的老问题(所谓的写作指南都是已经流行的"老套路")。相比于纸质时代,网络媒介的最大优势,就是能把全世界的同好聚集在一个趣缘社区。在这里,情感结构相近、情感韵律合拍的人可以即时互动,于是形成一个能量场。敏感的作者能够捕捉到这种能量,他/她不必迎合别人,因为他/她本身就在其中。趣缘社区的写作原则本就是"同好分享",与之相关,"粉丝向"网络文学的商业性里有一种共筹的性质:粉丝们供养自己的大神,让大神写出自己喜欢的作品,从而给粉丝们带来惊喜。

所以，一本引爆潮流的书，就是把一个时期一个人群的欲望（甚至是潜在欲望）赋予了文学的形状——这本身就是一种发明，如果再能发明一种特殊的设定（如穿越、重生），就能把这种欲望放置在一个叙述模式里，放大其尺度，以便全方位地开掘、拓展，有层次有节奏地满足——这就发明了一个类型。在类型文发展的过程中，就会形成"类型套路"。

在网络文学的创作实践中，"类型套路"的形成总是一项众人参与的群体工程。当一个欲望空间被打开后，就会引来很多跟进者。这些跟进者未必只是模仿，很可能同时也在创造。他/她未必是很有文学才能的人，但在一个"新世界"被勘探之际，想出一个脑洞，戳中一个萌点，开发一个桥段，都可能引起读者关注。待积累到一定程度，可能会有"集大成"的大神写出"神作"，将该类型推向高峰。这样的大神还可能出现几个，那就会有几种不同的风格。之后，可能还有升级换代。直到所有的功能都被开发尽，招数变老，就会形成"套路"，这时可能出现"反类型文"，这就意味着这种类型被"终结"了。所以，我们也可以说，套路是某种类型的背影。类型过时了但并没有消失，会成为后来类型的背景设定或"公共梗儿"，所有的类型元素都将进入一个庞大的数据库被反复重组挪用。

在网文作者中，能够引导类型发展的总是极少数，大多数基层作者还是靠写"套路文"吃饭的。这是因为人的欲望总是多层次的，喜新并不厌旧。并且，越沉在底层的欲望越是需要反复被满足的"刚需"。事实上，如果一种类型已经流行多年了，套路已成烂套，但用那些"烂俗梗"写成的"套路文"仍能养活很多作者，说明这种类型文的生命力极度强悍。要不然它戳中的欲望极深——如"渣贱文"[①]，抚慰的是千百年男权社会压迫下女性"精神奴役的创伤"；要不然对应的人群极广——如"升级文"，从男频玄幻文，到男频所有类

[①] 网络语境中,爱情不专一的人会被称为"渣",明知对方爱情不专一还接受这份感情的人被称为"贱"。渣贱文的基本模式是"渣攻贱受",攻的一方一般处于社会高位,性格强势,且貌美多金,如霸道总裁。受方的社会地位则普遍比攻方低。"受"在明明知道对方的进攻仅是出于占有欲的前提下屈从,并说服自己对爱情抱有期望,通过无限度的付出和无底线的忍受获得存在感,让对方因"离不开"而爱上自己,从而获得感情反控权。

型文,再到女频"言情"外几乎所有类型文;从 PC 端读者,到移动端读者,到"新媒体文"[①]读者,不断覆盖新受众人群。原因自然是"升级成功""屌丝的逆袭"是这些年来中国人最普遍的心理欲望模式。这种类型或许产生不了太高质量的作品,但不能因此低估类型本身的重要性。类型本身是树,优秀的作品是花果,即使开不出好花,结不出好果,树也依然是树。

1980 年代中期,中国当代文学的先锋运动提出,"重要的不是写什么而是怎么写","形式即内容"。这一主张与麦克卢汉所说的"媒介即信息"一致。按照麦克卢汉的说法,媒介是人的延伸[②],网络类型文就是它的创造者们心理欲望模式的文学延伸。网络文学发展的二十年,正是中国重大的社会转型期。人们的渴望与焦虑,失落与茫然,都是前所未有的。这丰富的巨大的难以名状的情感不但是网络文学的内容,也直接催生了其形式,这些高度细分的、层出不穷的类型文是人们心理变化的文学表征,那些"爽文套路"是人们"心流"流过的通道。网络文学全面细致地展现了中国人二十年的心理历程,一部网文类型史,也是一部国民心态变迁史——这一点,其他艺术形式没有做到,传统精英文学也没有做到。网络文学做到了,这与其在网络新媒介下原创出的文学生产机制有关,与活跃运转的"金字塔生态系统"有关。无论从社会功能而言,还是从文学成果而言,都是值得高度肯定的。

所以,我们今天总结网络文学二十年发展的成果,必须从类型入手,这些类型本身就是最重要的文学成果。如果只选作品不看类型,就是只摘花果不见森林。

[①] 以微信、微博乃至抖音、快手等新媒介为抵达读者的渠道的网络小说被称为新媒体文。通过强势媒介渠道,新媒体文吸纳了最后一批入网的人群,这些新读者大部分是从未接触过网络小说的,因此带来了新的网文风格。

[②] 马歇尔·麦克卢汉:《理解媒介:论人的延伸》(增订评注本),何道宽译,南京:译林出版社,2011 年。

五、"网络类型小说经典标准"与"经典性作家"

"传统网文"的概念有助于我们对网络文学前二十年的发展做断代史式的梳理。文学史梳理的前提必然是建立一套相对稳定的评价体系。这套评价体系可以参照传统纸质文学的评价体系,但必须在媒介变革的意义上重新思考"网络性""类型性"和"文学性"的关系。①这要求研究者必须"入场",只有置身于网络类型小说产生的趣缘社区,以"作者"或"粉丝"的身份亲身参与网络文学的生产过程,并将之作为自己"文学生活"的一部分,才能建立起一套针对网络文学的评价体系和批评话语。

这样一种"入场式"研究可以算是"学者粉丝"(Aca-Fan)的"介入分析"(intervention analysis)(由美国粉丝文化研究权威学者亨利·詹金斯于1990年代开创)②。我本人自2011年在北京大学中文系开设网络文学研究课程以来,通过课堂会集了一批"看网文长大"的年轻的"学者粉丝"。经过几年的积累后,于2015年成立了"北京大学网络文学研究论坛",这是一个学术趣缘群体,我们希望将学院理论与"网文圈知识"以及我们日常的"网络文学生活经验"结合起来,为网络文学的理论建设做出贡献——媒介革命在全世界发生,网络文学中国风景独好,只有一套原创的文学理论,才配得上这场网民自发的、元气淋漓的网络文学民主实践。

当然,批评标准和批评话语的建立必须在批评实践中进行。论坛成立后,逐年推出网络文学年度推荐榜(自称"学院榜"),由漓江出版社以"漓江年选"的形式出版(《2015/2016/2017中国年度网络文学》),以及《网络文学经典解读》(北京大学出版社2016年版)、《破壁书:网络文化关键词》(北

---

① 欧阳友权:《网络文学的"文学性"与"经典性"》,《北京大学学报》,2015年第1期。本文为欧阳友权主编:《网络文学经典解读》(序言),北京:北京大学出版社,2016年。

② 亨利·詹金斯:《文本盗猎者》,郑熙青译,北京:北京大学出版社,2016年。

京生活·读书·新知三联书店 2018 年版），刚刚完成的《中国网络文学二十年·典文集/好文集》（漓江出版社，预计 2019 年初出版）[①]的编选是一项总结性的工作，是对网络文学发展"断代史"式的总结，也是对我们八年来批评实践的总结。

在《网络文学经典解读》一书中，我们曾以传统的文学经典标准为参照，结合"网络性"和"类型性"，从典范性、传承性、独创性、超越性四个方面提出"网络类型小说经典"的初步标准。从三年编选年选的实践来看，这一标准是基本可行的。随着网络文学向"二次元"方向转型以及"传统网文"概念的提出，其"网络性"的特征更加清晰，其"经典性"也可以建立在一个相对稳定的文学形态上。在《中国网络文学二十年·典文集/好文集》中，再次对这个标准进行修订——

> 网络类型小说（"传统网文"形态）的"经典性"特征——其典范性表现在，传达了本时代最核心的精神焦虑和价值指向，负载了本时代最丰富饱满的现实信息，并将之熔铸进一种最有表现力的网络类型文形式之中；其传承性表现在，是该类型文此前写作技巧的集大成者，代表本时代的巅峰水准。并且，首先获得当下读者的广泛接受和同期作家的模仿追随。其流传也未必是作品本身被代代相传，而是被后来作家不断致敬、翻新乃至戏仿、颠覆，成为在该类型文发展、转化进程中不可绕过的里程碑和基础数据库；其独创性表现在，在充分实现该类型文的类型功能的基础上，形成了具有显著作家个性的文学风格。广泛吸收其他类型文以及类型文之外的各种形式的文学要素，对该类型文的发展进行创造性更新。超越性在于，在典范性、传承性、独创性等方面都达到极致状态的作品，可以突破其时代、群体、文类的限制，进入到更具连通性的文学史脉络，并作为该时代、群体、文类的样本，成为某种更具恒长普遍意义的"人类共性"的文学表征。

---

① 《中国网络文学二十年》分"典文集"和"好文集"，各 20 部作品。《典文集》挑选重要类型文的代表作，《好文集》则是北京大学网络文学研究论坛这个学术趣缘群体的"安利集"，由评委推选自己最喜欢的作品，其好文（文好，好看）的标准不必依傍文学史的价值。

以"经典性"为指向，我们在《中国网络文学二十年·典文集/好文集》的编选中，在遴选重要类型文代表作品的基础上，推出了五位"经典性作家"：猫腻、冰临神下、愤怒的香蕉、Priest、非天夜翔。网络类型小说标准的建立需要在理论与创作间反复考量，在创作方面的参照主要就是以上五位作家的作品。

之所以将这五位作家推选为"经典性作家"，是因为他们是类型文标准套不住的。他们首先是"类型文大神"，但是他们写作的意义和价值已经超越了类型文的范畴。这种超越不仅指他们的写作是跨类型的——他们往往有意尝试多种类型，并且会根据小说的主题和基调选择最适合的类型，有时也会融合几种类型——也是指他们超越了类型小说在价值观和成规惯例的限制，类型的套路对于他们而言，更多的不是镣铐而是装备。在类型文之外，他们也广泛吸取多种资源，形成具有高辨识度的个人风格。写作是他们的职业，也是他们处理自己与世界关系的方式。他们因解决自己的核心问题而回应本时代的核心命题，形成稳定的世界观、人生观、价值观，建构出自己的文学世界。他们持续推出有影响力的作品，拥有高质量的"铁粉团"，因价值观和审美风格上的高度认同，粉丝们往往愿意支持他们进行自由探索，甚至一意孤行。他们是真正站在"金字塔"顶端的作家——未必是商业成绩最好的，却是最有经典性指向的。

这五位"经典性作家"为网络文学做出的贡献，不仅在于创作出代表最高水准的作品，更在于为网络文学的发展带来质的突破。

猫腻是在"起点模式"里真刀真枪杀出来的"大神"，他擅写"爽文"，又被称为"最具情怀的文青作家"。他把网络文学兴起初期对立的两个脉络"小白"和"文青"打通，以"爽文"写"情怀"。让人们看到，"爽文"可以写得如此有情怀，"情怀文"可以写得如此之爽。他像金庸那样打通了雅俗分野，可称为最具经典性的网络文学作家。

如果说猫腻是网络文学培育的"正果"，冰临神下就是来自圈外的"妖孽"。这位中文系出身、很少看网文的作家，33岁（2010年）才入行，无论是"扑街文"还是"封神作"，篇篇剑走偏锋。冰临神下的文很挑战读者智力，偏偏受到一群"老白"的追捧,声名鹊起。他把"纯文学"基因带进网文①,又守足网文的规矩。将种种形成陌生化效果的"妖孽"——如自觉的叙述意识,现代性命题的反思——统统自自然然地放进网文的旧套里,令"老白"们耳目一新。在网络文学臻于成熟、正寻求突破之际,冰临神下的闯入恰如其时,为其发展注入新的动力。

愤怒的香蕉是网文圈著名的"慢更""苦更"的作家,在大家都忙着卖IP的时代,他一直在定心练笔。《赘婿》一写八年,不过四百万字,是平均更文速度的四分之一。愤怒的香蕉素有写名著的雄心,在这部"练笔之作"中,他尝试数种类型,重新处理中国古典名著和革命历史小说的主题,不避自身短板,凡事专拣难的来,哪怕力不从心。尚未完结的《赘婿》或许最终只是"半部名著",但愤怒的香蕉却让人确信是有大师潜质的作家。他的铁粉团也被认为是粉丝中的"奇葩",不但八年来无怨无悔地追更,2018年5月居然通过"争榜"将《赘婿》推上了最具人气含金量的起点中文网月票榜冠军,甚而打破了历史纪录。②这一完全违反商业规律的"香蕉现象"恰恰显示了网文机制

---

① 在中国当代主流文学界,"纯文学"这个概念与1985年前后兴起的"文学变革"运动直接相关。这场"文学变革"主张文学从"政治宣传的工具"的位置上解放出来,"回归文学自身",强调文学的形式自觉和语言自觉,"重要的是'怎么写'而不是'写什么'"。这场运动前后包括"寻根文学""现代派文学""先锋小说"几个潮流,主要是从西方和拉美借鉴现代派和后现代派文学技巧进行创作。1990年代以后,先锋文学退潮,但"纯文学"的概念依然保留下来,但逐渐具有贬义。一些人开始对"纯文学"的负面影响进行反思,认为这样一种纯而又纯的文学丧失了反映社会现实能力和社会责任感,也是使主流文学失去读者的重要原因。在主流文学界以外的文化领域,包括网络文学界,"纯文学"往往泛指一种与商业文学相对的"纯粹的文学",包括各种传统主流文学,与"严肃文学""精英文学""传统文学""经典文学"等概念经常混用。本文在对冰临神下的介绍里所使用的"纯文学"概念,也是这种泛称。具体到冰临神下个人,"纯文学"更是指他"中文系"出身受到的学院派文学传统影响。2018年5月23日,冰临神下曾受北京大学网络文学研究论坛之邀,做"网络文学的文学性——'纯文学'资源与网络化写作"的讲座。在讲座中,冰临神下说自己喜欢读各种"奇奇怪怪"的书,包括中国古典笔记小说、通俗小说,也有"纯文学"。"纯文学"中喜欢马尔克斯和略萨、鲁迅和余华。现代派、后现代派、拉美魔幻现实主义,这些被统称为"奇奇怪怪"的东西,在他的谱系里都叫"妖孽"。参阅许婷《冰临神下:网络文学的文学性——"纯文学"资源与网络化写作》,微信公众号媒后台2018年5月27日推送。

② 起点中文网的月票榜是最能反映粉丝的数量和忠诚度的榜单。每位VIP读者每月只有一张保底月票,此外,每打赏人民币100元可自动为该书投一张月票。粉丝组织起来投月票的行动称为"争榜"。

的内在弹性。

Priest是"女性向"作家的一面旗帜,她是晋江的顶尖大神,又是最容易获得圈外人认可的。她的世界设定比一般女频作者要大,处理的女性问题也更深,深到终于捅破了"女性向"的壁垒,抵达了普遍人性。近年来,她的作品屡屡向名著致敬,不是形式上的致敬,而是把名著当数据库使用。《默读》中,她用《红与黑》等五部名著做章节名,提示犯罪动机。《残次品》中,她直接与《一九八四》《美丽新世界》对话,显示了用类型小说探讨严肃命题的出色能力。

作为"女性向"网站中唯一的男性大神,非天夜翔的意义不可替代。他为"女性向"的写作带来了难得的男性生命经验,是女性自我突破的一面镜子。他也从男频搬来了诸多新类型模式,从"末世""科幻""网游"到"都市奇幻""东方奇幻",始终引领女性向类型创新潮流。非天夜翔的创作深受好莱坞大片等影视化流行作品的影响,优长在此,短板亦在此。希望非天夜翔在未来的创作中进一步把世界设定和世界观打通,从而进一步打通性别经验。

这五位经典性作家的创作,使"传统网文"的经典化落在了实处。有了这样的作家,断代史就不仅只有界碑,也有了标记高度的里程碑。并且,任何"断代史"都不可能是断然分开的。虽然"传统网文"的时代可能因"二次元"转型而"终结",但不意味着,"传统网文"的作家不能继续写出优秀的作品。相反,"传统网文"目前仍是主流,创作依旧旺盛。经过二十年的积累,未来几年间,应该是真正结出硕果的时候。从目前几位"经典性作家"的创作气象来看,完全可以如此期待。而且,大作品也完全可能出自其他优秀作家之手,甚至再有冰临神下那样的"黑马"骤然杀出。放眼古今中外的文学生产环境,中国网络文学这座"金字塔"底座之大是空前的,机制足够灵活,作者虽然大都起点不高,但成长性强,而且不乏高手藏身其间。一场千万人参与的文学盛事,出几个顶尖高手,留下几部好作品,是正常预期。

网络文学的经典化及其经典标准的确立,不但是网络文学评价体系的核心环节,也是更具"总体性"的文学评价标准体系的新增环节。网络文学的出现,促使我们重新思考一些原初性的问题,比如,什么是文学的基本功能?文学精英的权限在哪里?最对研究者构成挑战的,还不是在原有的文学经典谱系内把网络文学经典纳入,而是如何把它们连入——如果说我们可以把经典的"总体性"标准想象为不同文学经典样本间的"最大公约数",多了一个参数进来,系统本身是否需要更新?

(《中国现代文学研究丛刊》2019年第2期)

网络文学虚拟美学的现实情怀

◎ 禹建湘

数字媒介是网络文学发生的根源,网络数码技术把现实世界与虚拟世界融合起来,网络文学通过对虚拟世界的"再现"与"表现","超越传统的生活真实与艺术真实的逻辑预设"以"实现艺术本体的诗性创生"[1]。网络文学的虚拟性是对现实的一种折射,同样体现着人性的情怀,而随着网络文学现实题材的审美转向,其对现实的观照虽然有别于传统文学,但其现实情怀同样寄托于故事架设与人物刻画之中。

一、网络"虚拟美学"的"真实"性

在我国,"虚拟美学"是1998年第十四届国际美学大会上首次提出的,其范畴被规定为"对诸如电子人(cyborgs,或叫半机械人)、电子人空间、模拟等虚拟现实和现象的出现作哲学、美学和艺术的推论"[2]。虚拟美学的审美关系诞生于虚拟技术所创造的虚拟世界,是人面对网络数码技术时所产生的审美体验。在传统的"主客关系"哲学论中,"虚"是对客观实在的审美想象,是通过符号中介创造出来的"摹拟物"或"表现物",这个"虚"不指涉事物本

---

[1] 欧阳友权:《网络文学的虚拟真实与艺术本体》,《江西社会科学》,2007年第5期。
[2] 王小明:《第十四届国际美学大会综述》,《文史哲》,1999年第2期。

身，而是一种艺术表现方式，是艺术表现对象，是一个审美的想象世界。而基于网络数码"虚拟美学"的"虚"不是与现实相对立的，而是一种"虚拟真实"，现实中的任何事件都可以在网络数码中虚拟地呈现出来，既可以是与人直接交互的虚拟社区、虚拟货币、虚拟博物馆等，也可以是类似于传统文艺的想象世界诸如网络游戏、网络文艺等。网络数码的"虚"与传统文艺的"虚"最本质的区别在于：网络数码里的任何人与事都可以直接与现实生活中的人与事发生密切关系，作用于人的视觉、听觉、触觉、嗅觉、味觉，也作用于人的直觉和心灵感觉，更作用于人的日常生活。网络数码虚拟的世界不是"现实"的，但却是"真实"的，它可以无限地重现，也可以无限地被访问，"这种虚拟真实显现和创造的是一个与现实世界完全不同的数字化世界，一个人类新的生存家园"。①

网络数码把"虚拟"与"真实"有机地统一起来，网络虚拟并不是完全没有实在性的东西。"虚拟不是虚无，虚拟≠0。"②网络以虚拟的世界勾连着真实的现实世界，在当今，每个人都离不开网络虚拟世界，我们每天深度参与到网络虚拟世界中，并在网络虚拟世界中完成"真实"的日常生活，沟通"真实"的人际关系，感受"真实"的情感体验，网络虚拟世界与现实世界已经构成了互为模拟的深度关系。就如西皮尔·克莱默尔所说的："虚拟事物一旦出现，并不比一般认为真实的东西更为不真实"③，网络技术在深刻地改变着我们的"真实"世界，以"虚拟"对应"真实"，这新型关系的出现，使我们对"真实"的理解也更深刻。

本来，虚拟与真实是相对立的，"虚拟"是指"在本质上或实际上没有被正式认可或承认的"，"真实"是指"一个真实的事件、实体或状态"④。但在网络数码技术中，"虚拟"与"真实"相互融合了，两者无缝对接消解了"实"

---

① 欧阳友权：《网络文学的虚拟真实》，《中南大学学报（社会科学版）》，2006年第2期。
② 闵惠泉：《真实与虚拟：新媒介环境下的追问》，《现代传播》，2010年第2期。
③ ［德］西皮尔·克莱默尔编著：《传媒、计算机、实在性》，孙和平译，北京：中国社会科学出版社，2008年，第172页。
④ ［美］迈克尔·海姆：《从界面到网络空间——虚拟实在的形而上学》，金吾伦、刘钢译，上海：上海科技教育出版社，2000年，第111页。

与"虚"、"物质"与"精神"、"现实性"与"可能性"的界限,而实现这一切的是因为网络虚拟的模拟性、交互作用、人工性、沉浸性、遥在、全身沉浸、网络通信。①或者可以简化为"3I":沉浸性(immersive)、交互性(interactivity)与构想性(imagination)。②借助于网络数码技术,网络不但可以创造一个与现实世界同构的"虚拟"世界,而且可以以人工智能的方式完全模拟人的思维模式,这样一来,现实世界中的"主观"与"客观"在网络数码中变成"同一"了,网络数码的人工智能不断"深度学习",其一方面基于"0"与"1"的数字逻辑进行计算演绎,另一方面通过数字转化为形象的方式呈现出"真实"的现实世界,并与现实中的人们发生深刻关系。现实世界不管是现实的"事物",还是人的思维,都可以无障碍地"嵌入"到网络虚拟世界中,网络数码创造了异于现实,也异于文艺"想象"的世界,它是一个虚拟世界、数字世界,但确能被人们真实地感受到,并参与进去。人们不但能与这个虚拟世界进行交互,而且可能对这个世界更为"沉浸"。更为甚者,现实世界一些无法完成的事情,在网络虚拟世界中却能轻松完成,如远程的人际交流、遥控的医疗手术等。试想,当两个现实生活中的人通过网络下完一盘围棋时,这两个人到底是生活在现实生活中,还是生活在网络虚拟世界中?人们一时难以分清,但这种难以界定的生活模式,为人类构建新的世界观奠定了技术、思维、情感的基础。人类在文明之始,就形成了"现实"与"虚拟"的两个世界的观念,一个是真实的,一个是艺术想象的,两者边界清晰,而网络数码打破了现实世界对"真实"的垄断,第一次混淆了"虚拟"与"现实"的界限,这不但为人类带来了对世界认知的革命,也为文艺增添了新的表现对象。

  文学的功能之一在于弥补人们在现实中的缺失与不满,文学的世界是一个虚拟的世界,需要人们通过文字符号进行想象,这才有"一千个读者就有一个哈姆雷特"的文学阅读体验。电影与电视等媒介出现之后,文学虚拟的世界可以具象化地展示出来,虚拟与真实的边界开始位移与修正。而网络数码技术则

---

① [美]迈克尔·海姆:《从界面到网络空间——虚拟实在的形而上学》,金吾伦、刘钢译,上海:上海科技教育出版社,2000年,第113页。

② 安维华:《虚拟现实技术及其应用》,北京:清华大学出版社,2014年,第5页。

无限逼真地再造了一个虚拟的现实世界，虚拟世界与现实世界融会贯通，两者边界相互拓进，相互推移，完成了虚拟与现实的统一，此时，文学的虚拟性与传统文学就有了本质的区别，其所关联的审美主体、审美客体以及审美意义都产生于虚拟世界的审美关系中，虚拟美学关照的只是以虚拟艺术为中心研究人对虚拟现实和现象的审美关系。[①]网络文学"再现"或"表现"了虚拟世界，这个虚拟世界本质上是一个真实世界，由此，网络文学扮演着与传统文学相同的功能角色，其为"在功效方面是真实的，但是，事实上并非如此的事件或实体"。[②]网络文学是虚拟技术与艺术想象的产物，尽管其塑造的虚拟世界远远超出传统文学的边界，但从中同样可以凝练出具有普适性的现实关怀，实现了虚拟美学中的现实感知。

二、网络文学对虚拟世界的"再现"与"表现"

尼葛洛庞帝曾说，网络数码空间非常真实，但却是一个"没有空间的地方"，因为"数字化的生活将越来越不需要仰赖特定的时间和地点"，"虚拟现实能使人造事物像真实事物一样逼真，甚至比真实事物还要逼真"。[③]如果说，传统文学依靠想象建构一个虚拟的世界来摹构或表现现实世界，以寄托某种理想、抒发某种情绪，那么，网络写手本身就生存在一个虚拟世界中，网络写手普遍出道年纪很小，他们是与网络数码技术一起成长的，他们认知世界在一开始就能从现实世界与网络虚拟世界中自由切换，因为这两个世界对他们来说都是真实的。正是基于这个世界观，网络写手创作的想象与传统文学创作的想象不尽相同，网络写手所创造的非凡世界在传统文学看来是一种超越，但在网络写手看来，小说里的世界本来就是他们自己生存的世界，这个世界不是依靠想象虚构出来的，而是网络虚拟世界本身。

[①] 李三强：《实践美学视野下的虚拟美学》，《武汉理工大学学报（社会科学版）》，2007年第5期。

[②] 成素梅、漆捷：《"虚拟实在"的哲学解读》，《科学技术与辩证法》，2003年第5期。

[③] [美]尼葛洛庞帝：《数字化生存》，胡泳、范海燕译，海口：海南出版社，1997年，第140页。

文学创作需要想象力，在传统文学看来，这种想象力来源于生活，是对生活的升华，想象的世界虽然反映着现实的世界，但与现实世界是截然分开的，它是一种艺术的世界。现实的人们可以与想象的艺术世界产生共鸣，却不可能走进去，更不能去改造它。网络文学所创造的世界，表面看起来与传统文学所创造的世界是异曲同工的，是一个想象出来的异质化的他者世界，甚至这个世界比传统文学建构出来的世界更离奇，更夸张，与现实生活相隔更远，但在本质上，网络文学的想象不是基于现实生活这一个层面，而是基于现实生活与网络虚拟生活两个层面，文学中某些场景相对现实生活是想象出来的，而相对网络虚拟世界则又是"真实"存在的。

美国学者米尔斯关于"想象力"的观点，有助于我们理解网络文学的艺术想象问题，米尔斯认为，"想象力"不是神秘主义的胡思乱想，而是建立在对当下社会现实基本矛盾、困境和冲突充分理解的基础上的，是对"真实"的完整想象。即用想象的视野发现当下矛盾和困境，并通过开掘，致力于建构更好的未来。如果没有想象力，也就无法发现现实的困境和内在的矛盾，从而也就无法建构真实。"想象力"是学者在个人与社会、环境与结构、私人与公共等二元视角之间转换的能力，进而把握人生、历史、社会、审美在现实之中的关联。想象力"博学且具有洞察力、能够在琐碎之外以及宏大之上找到事实之间的内在结构，从而完成一个具有意义中心的'故事'。其功能就是可以'戏剧性'地让个人现实与更大的现实关联在一起"。[1]网络文学搭建了文学与虚拟现实的通途，网络文学与其说是艺术想象，不如说是"真实表现"，网络写手对于世界的理解与网络文学表现出来的世界毫无二致。传统文学的想象世界是一个虚拟世界，人们不可能穿越进去，网络数码世界也是一个虚拟世界，但人们可以穿越进去。当人们面对电脑或手机屏幕时，网络里的世界是看不到、摸不着的，但人们只要进行电脑或手机操作，就能"真实"地进入到网络虚拟世界中去。此时，人的主体被二分了，一是电脑或手机前面的人，二是进入到网

---

[1] [美]米尔斯：《社会学的想象力》，陈强、张永强译，北京：生活·读书·新知三联书店，2005年，第4页。

络虚拟空间的人。这两个主体既有空间的区分，也有物质的区分，但两者精神同一，电脑或手机面前的主体与网络虚拟世界的主体在同一思维和情感下进行活动。这是传统文学难以想象的场景，在网络数码技术下，却真实地发生着。正是由于人们面对电脑或手机主体的二分性，网络文学最为流行的穿越、架空、重生、玄幻等幻想类小说，就不能称之为艺术想象，因为"真实的穿越"随时存在。

在传统文学中，想象力爆棚也就是飞天入地，而在网络虚拟世界中，比之更神奇的事情却以可见的预期发生着：屏幕前的人可自由地穿越到网络虚拟世界中，并自由地活动，网络游戏中的人物死了之后只要有装备就能满血复活，在各种离奇的二次元、三次元角色背后都是活生生的人，网络中每个虚拟的符号对应的是一个现实中的每个真实物……正是这种现实世界与虚拟世界复杂的混沌性，导致现代人随时都会产生一种空虚、重生的虚幻感："关上窗，打开电脑，看着屏幕的时候……穿越感就非常强烈""宅男这种生物只要关上门就和这个宇宙处于不同位面"。①对于网络写手来说，穿越、架空、重生、玄幻等情节或主题架设，根本就无需借助想象力，而是最基本的"人生经验"。

穿越、重生、修真、玄幻、架空等构成了幻想类网络文学最突出的特征。穿越小说最直接的灵感来源于网络写手的上网经验，点击一个图标，现实中的人就穿越到虚拟中，但保留着作为现实中的人的全部功能，因此，在穿越小说中，写手不需要设计什么离奇的桥段来解释主角为什么穿越了，小说往往在开头用一两句话就交代清楚主角以前世什么身份进入到当世。这种穿越不需要借助"金手指"，也不需要什么机缘巧合，在网络写手看来，穿越本就是一件普通平常的事情，就如网络写手每天在现实世界与网络虚拟世界自由穿越一样。但这种看似平常的穿越设定，却奠定了其作为网络文学的最高成就，穿越也许在网络写手那里，是日常生活经验的再现，而对于文学的象征意义来看，穿越小说在遵循一定历史规律的情况下，强调人的主观能动性。穿越小说主角从现

---

① 澎湃:《最终妄想》第九章,晋江文学城 http://www.jjwxc.net/onebook.php?novelid=2960821&chapterid=9,2020 年 5 月 12 日查询。

代社会重新穿越到几百年乃至数千年前的古代,按照自己的现代观念来塑造历史人物或虚构人物。主角以前世的人生学识之积淀,在古代建功立业。正因为具有现代意识,熟知历史发展规律和人生经验,主角在古代无论是做人还是做事都避免犯错,主角在古代不论以什么身份出现都如鱼得水,游刃有余。如二目的《放开那个女巫》揉进了科幻元素,以古代欧洲的巫术与当代最前沿的科学技术相融合,小说中的主角罗兰穿越到古代欧洲成为王子,他在严酷的中世纪善待安娜、夜莺、娜娜瓦、闪电、温蒂等女巫们,以现代科学原理让她们发挥各自神奇的巫术能量。女巫们在保卫城堡、发展民生中勇于奉献,她们的善良与勇敢终于感动民众,最后融于社会。小说细致地描写了当初人们对于女巫的恐惧如何被化解,以及女巫冰封的心灵如何被打开,女巫作为个人被尊重使得她们克服了重重障碍,完成了人的救赎。有着理工科背景的网络写手自然地以自身的知识背景构架了一个神奇的穿越故事,而这种穿越却隐喻了当今现代人宅在电脑前的孤独在穿越中得以释放。现代人冷漠于现实世界,却在虚拟世界热情似火。小说主角罗兰在现代生活中是一个普通的工科男,没有多少朋友,而在穿越世界里,他却拥有无数拥趸,挥斥方遒。穿越小说只是转换了一个空间,人生遭际却天翻地覆,这种穿越无疑表达了现代人对于本真生活的突围意识。而网络虚拟技术的加持,使得这一突围更为便利,穿越世界就如进入到网络虚拟空间:"使得人与人之间既能亲密无间,又能回归自我。"[①]而重生类网络小说的出现,与网络游戏角色死而复生的设定密切相关。游戏里的角色借助各类装备或功力大增、或生命"重置"。在虚拟的网络游戏里,时间可以随意颠倒,角色可以满血复活,个人身份可以随时改变,重生、分身、变身、升级等现实生活不可能发生的事在网络游戏中真实地发生着,这深刻地影响着网络写手对生命的认知。网络修真小说即是网络游戏的摹拟,小说主角通过不断地修炼,从而不断地"升级",主角的"打怪升级"与网络游戏角色的"升级"在意识形态上是一致的,只是网络游戏中的"外挂"被网络小说的"金手

[①] [美]雪莉·特克尔:《群体性孤独:为什么我们对科技期待更多,对彼此却不能更亲密?》,周逵、刘菁荆译,杭州:浙江人民出版社,2014年,第12页。

指"取代了。重生与修真既可以通过穿越来改变前世的惨淡人生,也可以通过当世的修炼凤凰涅槃,小说的主角穿透生死,不断塑造一个崭新的自我。重生与修真在不同界面的世界中进行修炼,现实生活中的个人有各种人生缺憾,通过重生和修真,把这个缺憾弥补起来,从这个意义来说,穿越、重生、修真等幻想类小说主题强调人在现实中的自我提升,"在虚拟写作中,网络写手们比以前任何时刻都趋近非存在,而非存在是对生活现实的善意背叛"[①]。网络小说在玄幻的想象中,既遵循了网络虚拟世界的运行规则,也观照了现实生活中人的奋斗之召唤。

网络文学因其技术元素实现人们梦寐以求的"死而复生"的梦想,"这不仅是指网络的虚拟性带来了死而复生的技术条件,更是指这生成了现代人新的生活方式。人们可以在网络世界中去建构新的自我,弥补先前或当下的遗憾。重生小说正表现了这种试图'重来''改变过去''不再错过'的社会心理"[②]。就如愤怒的香蕉的《赘婿》,主角宁毅是一位历尽繁华的当代富商,穿越到北宋莫名成为江陵布商的上门女婿。在这个历史架空世界中,宁毅因穿越而在精神上保留着化不开的"当代价值",他对北宋时代具有"先见"的洞察力,以现代化的意识来融入历史的纵深生活当中。《赘婿》在处理历史事件时,按照历史的真实趋势演绎,而在具体的故事设定中,却为历史编织了虚拟的现代性细节。如在方腊起义事件中,作为掌握历史知识的穿越者,宁毅对方腊的失败了然于心,所以,他的行事按照历史既有的程序来做,而对于他所处的北宋人看来,他就是一个天才的神。《赘婿》集穿越、重生于一体,融合了生活文、武侠文、官场文、争霸文,通过宁毅穿越的生活细节和宏大历史事件,烘托出家国情怀与天下抱负。作者愤怒的香蕉在现代意识的观照下,对历史事件或消解或重建,使得小说充满着"真实"与"想象"的张力,网络小说"虚拟真实超越于生活真实、艺术真实的革命性就在于:它消弭了物理空间与信息空间、物质实体与虚拟建构之间原有的界限,用交互性虚拟技术拓宽了现代社会

---

① 曾繁亭:《网络"虚拟美学"论纲》,《文艺理论批评》,2014年第1期。
② 黎杨全:《虚拟体验与文学想象——中国网络文学新论》,《中国社会科学》,2018年第1期。

的对话与交往空间"①。

三、网络文学现实主义的审美转向

柏拉图认为现实是对"理式"的摹仿，文艺又是对现实的摹仿，所以文艺是"摹仿的摹仿""影子的影子"。哲学家波普尔也提出了类似的"三个世界"观："'世界1'是由物质客体、石头和星球、植物和动物、脑、辐射线和其他形式的物理能量构成的物理状态的世界；'世界2'是由人的内心或心理构成的意识状态或精神状态的世界；'世界3'则是思想的客观内容的世界，尤其是科学思想、诗的思想和艺术作品等人类心灵产物的世界。"②网络数码的虚拟真实，则超越了柏拉图、波普尔对于世界的哲学认知，网络数码通过计算机技术，实现了现实与虚拟的融合，文艺是对现实世界与虚拟世界这两个客体的"摹仿"，也是对现实中的主体和网络虚拟主体这两个主体的"表现"。幻想类网络小说的井喷正是文艺对这两个客体和两个主体"摹仿"或"表现"的结果，然而，随着计算机技术进一步发展，技术对文艺的影响再一次进行了反转。近年来，人工智能、VR技术、AR技术不断涌现，这种"增强现实"技术的发展，使得网络虚拟世界不断靠近现实世界，网络虚拟最终转化为现实，网络虚拟与现实世界形成的两个主体与两个客体又合二为一，文艺将再次回归传统，投向现实世界，幻想类网络小说必然褪去热潮，网络文学现实主义审美转向成为必然。

对于技术之于文学的功用，欧阳友权指出："技术转换成艺术是在两个层面上进行的：一是工具媒介层面，一是理解世界的观念层面。后者使技术对艺术产生了重要影响，即技术化生产生活方式导致的人类理解世界方式的变化，以及由此产生的人对自身与世界的审美关系的深入体察和把握。"③网络数码技术摹拟了现实世界，创造了一个"虚拟真实"世界，网络虚实结合的新型空

---

① 欧阳友权：《网络文学的虚拟真实与艺术本体》，《江西社会科学》，2007年第5期。
② [英]拉卡托斯：《科学研究纲领方法论》，兰征译，上海：上海译文出版社，1986年，第125页。
③ 欧阳友权：《网络文学审美导向的思考》，《江苏社会科学》，2005年1期。

间催生了幻想类网络小说，幻想类网络小说不仅是基于对现实的想象，还是基于对网络虚拟世界的想象，其幻想性的铺陈遵循了"虚拟真实"文艺想象的机制。而 AR 等"增强现实"技术不断深入到人们的日常生活，将"虚拟真实"重新置换为现实真实，引导人们把目光重新转移到现实生活中来。网络虚拟世界的人与物，通过 AR 等"增强现实"技术都可以复制出来，虚拟不再是虚拟，虚拟世界以摹拟与复制的方式存在于我们日常生活中，人们对世界的理解与认识再次回到基于现实世界这一层面上来。只是 AR 等"增强现实"技术让我们可以更深入地了解现实，更便捷地表现现实，福楼拜曾预言："艺术愈来愈科学化，而科学愈来愈艺术化，两者在山麓分手，有朝一日会在山顶重逢。"①网络数码技术引发网络文学幻想类题材井喷，AR 等"增强现实"技术的出现，又将引导网络文学转向现实题材，技术促进网络文学不断地探寻审美的最佳表达。

近年来，网络文学基于自身发展规律，基于技术对虚拟世界的进一步真实化，再加之政府相关部门的引导、网民的多元化需求、网络写手的文学自觉等诸多合力作用，现实题材网络小说开始成燎原之势。2017 年文学网站的现实题材作品数量开始超过幻想类题材作品，其中，起点中文网 2017 年现实题材作品占比超过 60%。而在 2018 年阅文 IP 生态大会上重点推选的精品力作，70% 都是现实题材的作品，这表明现实题材已成为网络文学主流，网络文学的现实主义审美转向正在进行中。何许人的《荣耀之路》把故事架设在"一带一路"背景下，描写了国企在海外扩张的商业与外交的宏阔故事，时代气息扑鼻而来。流浪的军刀《极限拯救》把眼光聚焦于遥远的非洲，展示了中国企业在非洲发展所遇到的各种遭际与波折，小说叙述了在非洲动荡局面下，退役军人与贩毒集团作殊死斗争，成功完成撤侨的故事，表现了当代中国在复杂国际背景下的大国风范，表现了祖国为远在他乡的每个公民所承担的责任。洛小阳的《三尸语》把故事笔触设置在湘西神秘的民风民俗中，以一个当代大学生的

---

① Flaubert G.:The letters of Gustave Flaubert(1830—1880),ed. and trans. Francis Steegmuller. Cambridge:Belknap Picador,1980. p.158.

视角，揭示神秘民间故事背后的人情与人性，以现代性来观照乡土乡愁，展示了鲜活而凝滞的乡土生活。网络小说《全世界都不如你》《我们终将刀枪不入》《二次深陷》等都立足现实，展现当下年轻人的爱情生活样式，主人公对生活的热情、对生活的欲望是我们理解当前年轻人的参照。现实题材在网络文学的回归，表明了艺术的存在是人类观照自身、认识自身、思考自身的功能并未改变，网络文学同样遵循着艺术真实与历史真实相结合的原则。

网络文学现实题材的审美转向表明文学的现实情怀在不断增长，网络文学超越了虚拟空间，从而在现实生活中完成自我审视与精神升华。纵观最受欢迎的网络现实题材作品，多是体现社会性与时代性的"大叙事"，这些作品呈现出强烈的现实根基，却又有意偏离传统文学的叙事构架，在更宏大的时代主流中深入挖掘个人的成长与拼搏，既有当下的横切面，又有历史的纵向发展，在横向中观照自我，在纵向中挖掘经验，使得网络现实题材作品大开大合，表现出与传统文学迥异的审美趣味，给读者带来酣畅淋漓的阅读体验。

网络文学作品，无论是幻想类题材还是现实类题材，都是在数字虚拟环境中产生文学意义。网络文学带有与生俱来的虚拟性，但是却同传统文学样态一样，具有"发现生活并超越生活"的艺术审美能力，这是文学想象的共性，是网络"虚拟美学"具有现实情怀的根源。自 2017 年开始，网络文学现实类题材崭露头角，并盖过幻想类题材的风头。这两种题材的风格大相径庭，一个沉浸在虚拟的异空间造就强烈的"间离效果"，一个落脚于丰盈的现实弥合着网络的虚拟性。但是，不可否认的一点是，这两种题材其实都走上了殊途同归的道路——表达现实情怀：幻想类题材是通过虚拟的异空间，侧重于对现实情怀的表现，现实类题材是把现实拉进网络虚拟空间，侧重于对现实情怀的再现。

不管是曾经热潮的幻想类网络文学，还是当前风头正劲的现实类网络文学，都是虚拟技术发展的必然产物，都具有现实情怀。幻想类题材是在网络虚拟世界中对现实生活的转化凝练，网络虚拟世界提供了现实生活中所缺乏的空间与经历，为快节奏的年轻人提供了心灵栖息的港湾。如果说幻想类网络小说的作用是慰藉，那么现实类网络小说的作用就是指引。现实题材网络文学是"增强技术"的广泛运用和文学自身发展规律合谋的结果，是从虚拟世界回归到现实世界的文学表征，其保留了作为网络文学特有的"爽点"制造，其强烈的阅读快感调和社会压力、弥补现实困境对心灵造成的困扰，为读者提供可以借鉴的生活经验，以具有温度的情怀来抚慰现实中的各类读者。

（《江海学刊》2020年第3期）

网络文学"内部研究"：
现实依据、问题域与实践探索

◎ 单小曦

中国网络文学研究的理想形态是走"内外综合"的专业化道路。根据形式主义文论的说法又不局限于它所强调的语言和形式结构，可以粗略地将网文作品（文本）视为内、外的分界点，即专注于网文作品或文本分析的属于"内部研究"，讨论作品或文本之外的其他网文问题的属于"外部研究"。以此为依据不难看出，一个时期以来开展得如火如荼的中国网络文学研究，大多数都属于"外部研究"，"内部研究"数量较少且阐释也比较薄弱。其中有两个重要原因：一是认为网络文学不是传统意义上的文学，不具备太多可以分析的"文学性"，网络文学活动也不再是传统的作家写作、读者阅读接受的审美活动，而是作者和粉丝狂热互动的亚文化现象，对于网络文学需使用文化研究、社会学研究、政治批评等"外部研究"模式；二是因为网文作品以超长篇小说为主，动辄就是千万字的鸿篇巨制，进入网文空间，批评家个体等于陷入了汪洋大海，故事都读不完，何谈成功而富有成效的分析呢？

此处的关键问题有：中国网络文学还是否具有作为文学（文艺）的相对自主性？作品（文本）是否还是中国网络文学活动中的一种现实存在？以及它是否还可以成为类型学上文学形式、特征的标志？中国网络文学是否还存在作品（文本）范畴上的"内部"问题？今天中国网络文学研究中大量缺乏"内部研究"作支撑的"外部研究"是否会因"空心化"而有坍塌的危险？如果我们直面这些问题，应该如何克服又该如何具体有效地开展相关研究？对此，本文首先阐述开展网络文学"内部研究"的现实依据，然后分析网文内外关系及其研究的问题域和"内部研究"所处的核心地位，指出网文"内部研究"势在必行，再概要性地说明我们以"教—研融合"及"合作式批评"方式开展网文"内部研究"所取得的阶段性成果，希望以此为中国网络文学研究走向"内外综合"的理想形态做出贡献。

一、中国网络文学发展进程及其作为"内部研究"的现实依据

关于中国网络文学的现实发展问题，学界已有各种说法。笔者在此提出一个与以往不尽相同的观点，即从它与传统文学的延续和发展关系（这是中国网络文学与西方数字文学相比的一种突出表现）着眼，把中国网络文学主潮大致分为"纯文学网络化"时期、"大众文学数字资本化"时期、"IP产业化与'文''艺'交融生产"时期三个代表性阶段。而恰是这三个阶段的发展现实，构成了开展网络文学"内部研究"的重要事实依据。

第一个发展阶段即"纯文学网络化"时期，指1990年代初从海外发端到21世纪初网络写作大规模转向市场的探索期。此阶段主要延续了所谓中国当代"纯文学"的写作风格，注重作者的情感抒发和自我表达。一般认为，张郎郎、少君、图雅等人是海外汉语网络文学第一批作者。他们从1991年开始陆续发表在《华夏文摘》等北美电子期刊上的作品，大都可以被看作网络传播的纯文学写作。其实，按照当代书写—印刷性纯文学的标准，这些写作还是比较浅显和稚嫩的，在文学期刊体制下，很难发表出来。电子期刊、BBS窗口和后来的网站，为它们提供了传播平台。汉语网刊《窗口》《枫华园》《未名》《新语丝》《橄榄树》《花招》等在当时发挥了扶持网文纯文学新人写作的重要功能。同时，也有印刷期刊体制中的作家转向网络写作的情况。例如《橄榄树》比较活跃的作者诗阳、鲁鸣、马兰、亦布、秋之客、祥子、建云、梦冉、京不特、桑克等本身就是当时的诗人，其创作大都是纯文学范畴的诗歌。他们在《橄榄树》上发表作品，是纯文学网络化的典型表现。而被称为中国第一部具有里程碑意义的网络小说《第一次的亲密接触》，也基本上可以归为纯文学

作品。之后活跃于网上的李寻欢、宁财神、邢育森、俞白眉、安妮宝贝、慕容雪村等作者及其写作，可以被看作中国网络文学从"纯文学创作"向"大众文学生产"的过渡。李寻欢的成名作《迷失在网络中的爱情》完全是沿着《第一次的亲密接触》的风格写下来的；安妮宝贝的《八月未央》《告别薇安》等书写青春之悲情、慵懒、颓废、绝望，鲜明地体现了现代性个体表达色彩；宁财神《武林外传》的搞笑、讽刺、"无厘头"已有明显的后现代风格；今何在的《悟空传》一般被看作网上发表的后现代文学的代表作。而现代性、后现代性正是中国当代纯文学在特质上的基本面相之一。

在这个发展时期，汉语网络文学使用网络传播，解决了期刊、印刷出版体制下作品难以发表和不能及时发表的问题。严格说来这种传播模式的变化对文学是具有一定影响的，即笔者所说的"传播性生成"意义上的影响。不过，文学自主性——具体即"纯文学性"被保留了下来；进入网络空间的网络化文学作品（文本）一定程度上消解了平面印刷语境中条块分割的状态，但作为意义单元的独立性依然存在。

第二个发展阶段即"大众文学数字资本化"时期，指从21世纪初到2015年前后的十几年发展阶段。之所以这样命名主要是因为：首先，2002—2003年"读写网"商业化尝试和"起点中文网"VIP制度的成功，使中国网络文学实现了从自我表达的纯文学创作向面向大众、面向市场的商业化与产业化转型。而与后来的大规模产业化相比，这时的文学产业化还只是大资本流入数字媒介生产场为网络文学产业化发展奠定资本运营基础阶段，产品流也还是以语言文字文本为主。其次，纯文学那种自我表达风格无法满足数字资本化发展需要，网络文学内部需要转向以满足读者消费需求的轻松、娱乐性、有趣式大众文学或通俗文学写作模式。这种文学的源头即中国古代通俗小说。清末民初，中国通俗小说出现了短暂繁荣，但由于不符合当时"革命"与"启蒙"的需要，成为了"五四"时期文学自我革命的对象。在改革开放思想和审美解放氛围影响下，1980年代后期，中国当代通俗文学不断浮出历史地表，并借助期刊和出版（包括盗版）不断大众化，通俗文学发展为印刷性大众文学。1990年代后，中国改革开放进入新的发展阶段，文化市场化规模不断扩大，文化市场化程度不断加深，大众文学特别是港台大众文学在大陆的传播出现了一个小高潮。但大众读者对轻松、娱乐性精神产品的需求却远远得不到满足。吴文辉在一次访谈中提到，他最初做商业化文学网站就是出于这样的动机："无论中国的还是外国的名著，通常都以苦痛为主题，好像你不悲伤，不苦痛，就不是文学……所以看上去有很多书可看，但是轻松、愉快、有趣的书很少。另外一方面，武侠小说从金、古、梁、温之后也基本上到了一个难以为继的状态，我当时在书摊上一年都不一定找到一两套新出的、可看的小说，直到后来黄易出现才为娱乐类小说打开了一个新领域，但是他的产量很低。当时纯娱乐类小说的量太小，这个对于喜欢看小说尤其是以娱乐为目的看小说的人来说是一个非常痛苦的时期……如果能有一个文学网站，内容比较全、更新比较快、数量比较大，这就能够满足我的需求了。"此处说出了当时读者需求和娱乐类文学生产不平衡的一种实际情况，同时也已经谈到了网络这一新媒介形态在满足这种读者需求过程中可以扮演的重要角色。

也正是通俗娱乐风格、数字资本、文化市场相结合，使中国网络文学获得了成功转型并呈现出爆发式发展。主要表现为：文学生产和消费规模的超大量增长；出现了一大批大神级作者和现象级作品；类型化写作机制形成。在网文作品方面，如果说 1998 年出现的痞子蔡《第一次的亲密接触》是"纯文学网络化"的里程碑，那么 1997 年开始连载的罗森《风姿物语》就是"大众文学网络化"的起步之作。从后来的发展情况看，中国网络文学并没有采用《第一次的亲密接触》的个体化的纯文学路数，而是沿着《风姿物语》的大众文学风格和生产样态走下来的。在此后的几年里，这种风格的网文名作纷纷亮相，如：萧鼎《诛仙》、血红《我就是流氓》《升龙道》《邪风曲》、唐家三少《光之子》《狂神》《斗罗大陆》、烽火戏诸侯《极品公子》《雪中悍刀行》、猫腻《朱雀记》《间客》《将夜》、天蚕土豆《斗破苍穹》《大主宰》、海宴《琅琊榜》、徐公子胜治《神游》、管平潮《仙路烟尘》、静官《兽血沸腾》、烟雨江南《罪恶之城》、子与 2《唐砖》、辰东《完美世界》、爱潜水的乌贼《奥术神座》、骷髅精灵《星战风暴》、写字板《张三丰异界游》、月关《回到明朝当王爷》《醉枕江山》、唐七公子《三生三世十里桃花》、三十《和空姐同居的日子》、黯然销魂《大亨传说》、流浪的军刀《愤怒的子弹》、匪我思存《佳期如梦》、顾漫《何以笙箫默》《微微一笑很倾城》、水千丞《养父》《寒武再临》、鹅是老五《最强弃少》、录事参军《红色权力》、来自远方《谨言》、希行《名门医女》、丁墨《他来了，请闭眼》、蝶之灵《在校生》、蝴蝶蓝《全职高手》，等等。这个阶段也是中国网络文学各类型文抢占滩头、开宗立派或确立江湖地位的关键时期。如网络骑士 2002 年开始连载的《我是大法师》，开创了"YY 流"；晚晴风景 2004 年开始连载的《瑶华》，开创了"清穿流"，它与桐华《步步惊心》、金子《梦回大清》被称为"清穿三座大山"；天下霸唱 2006 年开始连载的《鬼吹灯》，开创了"盗墓流"，同年南派三叔的《盗墓笔记》将之推向高潮；忘语 2008 年开始连载的《凡人修仙传》，开创了"凡人流"；梦入神机 2006 年开始连载的《佛本是道》，开创了"洪荒流"；方想 2006 年开始连载的《师士传说》，开创了"机甲流"；吱吱 2010 年开始连载的《庶女攻略》，开创了"庶女流"，关心则乱同年开始连载的《庶女·明兰传》将之推向高潮；沧月 2009 年开始连载的《2012·末夜》开创了女频"末世文"，非天夜翔 2011 年开始连载的《二零一三》进一步将之推向高潮；老草吃嫩牛 2011 年开始连载的《重生夜话》，开创了"重生文"；淮上 2013 年开始连载的《银河帝国之刃》，将同人文"ABO"模式推进到了一个新阶段；缘何故 2014 年开始连载的《御膳人家》，开创了耽美"美食文"；风流书呆 2015 年开始连载的《快穿之打脸狂魔》，开创了"快穿系统流"，等等。

进入第二个发展阶段，中国网络文学主流实现了从"纯文学性"向"大众（通俗）文学性"的转换，即从个体表达的、严肃的、反思性的价值追求向轻松的、消遣的、趣味的、爽感的价值追求的转换。当然，优秀的网文作品上述两种文学性都是具备的。不管是大众文学性还是大众文学性和纯文学性的结合，这个阶段的中国网络文学作为文学的相对自主性明显地持续和发展着。作为意义单元的"网络化文学作品（文本）"，仍是人们阅读体验和把握网文现象的基本抓手和类型学上区别于其他文化形态的标志。

第三个发展阶段即"IP 产业化与'文''艺'交融生产"时期，指 2015 年前后到当前及以后可能持续的一个时期。之所以把该时期的起始年份划定在

2015年，主要出于如下考虑：在网文平台方面，这一年，整合了盛大、腾讯后，中国网文平台的"独角兽"——阅文集团成立；整合了红薯中文网、趣阅中文网后的中国第一大移动娱乐消费平台——掌阅科技注资10亿进军网文界；这一年阿里巴巴文学成立。这样，再加上中文在线、百度文学等，中国网络文学平台的基本格局进入了稳定时期，为大规模的IP开发奠定了基础。在网文群雄争霸和作者"金字塔系统"构筑方面，经过前一个时期的拼杀，相对稳定的网文大神集团已经形成。正是2015年，"和阅读"评选出了网文"十二主神"，即唐家三少、我吃西红柿、天蚕土豆、梦入神机、方想、猫腻、月关、烽火戏诸侯、酒徒、柳下挥、风凌天下、辰东，其中唐家三少被称为"网文之王"。这一评选并不一定完全客观和全面，但基本可以展现出处于网文作者"金字塔系统"塔顶的大神集团的基本面貌。此阶段的网文名作迭出，令人眼花缭乱，如：猫腻《择天记》、梦入神机《龙符》、愤怒的香蕉《赘婿》、血红《巫神纪》、犁天《三界独尊》、九灯和善《超品相师》、爱潜水的乌贼《一世之尊》《诡秘之主》、无罪《剑王朝》、风凌天下《天域苍穹》、三天两觉《惊悚乐园》、卧牛真人《修真四万年》、二目《放开那个女巫》、墨香铜臭《魔道祖师》、风青阳《龙血战神》、藤萍《未亡日》、cuslaa《宰执天下》、国王陛下《从前有座灵剑山》、酒徒《男儿行》、宅猪《牧神记》、横扫天涯《天道图书馆》、观棋《万古仙穹》、夜北《绝世神医》、乱《全职法师》、风凌天下《我是至尊》、十二翼黑暗炽天使《超级神基因》、飞天鱼《万古神帝》、天蚕土豆《元尊》、辰东《圣墟》、火星引力《逆天邪神》、莫默《武炼巅峰》、净无痕《伏天氏》、希行《诛砂》、月关《夜天子》、管平潮《血歌行：学府风雷》、祈祷君《木兰无长兄》、御井烹香《制霸好莱坞》、睡觉会变白《文艺时代》、风卷红旗《永不解密》、白天《惊世毒妃》、庚不让《俗人回档》、希行《君九龄》、priest《默读》、水千澈《重生之国民男神》、小狐濡尾《南方有乔木》、英霆《大荒洼》、宋海锋《锋刺》、疯丢子《百年家书》、齐橙《材料帝国》、金朵儿《小飞鱼蓝笛》、辛夷坞《我们》、西子雅《暮生荆棘》、边寻《蜂侠》、尾鱼《西出玉门》、闲听落花《锦桐》、七英俊《有药》、尼卡《忽而至夏》、耳根《一念永恒》、骁骑校《穿越者》、蔡骏《最漫长的那一夜》、叶非夜《国民老公带回家》、吹牛者《临高启明》，等等。在网文产业化发展趋向方面，业界将2015年确立为"大IP元年"。这一年上一发展阶段积攒的经典网文文本如《盗墓笔记》、《花千骨》、《何以笙箫默》、《古剑奇谭》（2部）、《锦衣夜行》等被高价收购改编，成为现象级影视产品，这是网文影视改编的标志性事件，此后这种改编已成为常态。从这时开始，诸多网文文本也成为了动漫、漫画、游戏、有声书的上游资源，网文进入了大IP产业开发时代。

与前两个发展阶段相比，中国网络文学第三个发展阶段在文学性的呈现上出现了多元化。优秀的幻想类创作在趣味性、消遣娱乐和生命超越性追求结合方面不断开掘；相对成熟的现实题材类创作则以网络虚拟方式回归日常生活、关注人生、描写现实，尽管在反思批判深广度方面无法与传统现实主义同日而语，但在文学自主性方面也不失为是一种新的探索。在作品或文本存在方式方面，该阶段最突出的表现即大IP开发必然带来的艺术形态和符号表意方面的新变。正是IP开发，打通了传统观念中"文"与"艺"的界限，作为语言艺术的网文与其他非语言表意符号的艺术文本之间形成了紧密互动，出现了语言文本和其他艺术文本的进一步交融。"次元破壁"现象也日益突出，即打破了不同网络部落之间壁垒、不同艺术形态壁垒、不同符号表意壁垒，而成为一种跨主体、跨符号、跨艺类的数字化"新媒介文艺"生产形态。不过，以文艺文本为界限仍存在着一个相对自足的艺术世界。

综而述之，历经二十多年和三个时期的发展，中国网络文学实现了从纯文学到大众文学的换挡提速，从数字资本化到大IP开发的产业升级，从作为"语言艺术"到"文"与"艺"互动相生和交融生产的形态变革。在这一过程中，网文文本与其他艺术、文化、经济领域不断交汇，从而也使网文外部关系及其问题域不断得到拓展，甚至一定程度上已经突破了传统文学所固守的文学与非文学的边界。的确，网文文本已经不同于传统印刷媒介环境中具有分明界限的"作品"，某种程度上也可以将之视为某一网络平台上超级文本的"文本块"。但这与西方和我国台湾读者用户可以随机自由链接作为超文本文件的数字文学文本明显不同，此时此刻作为一个文学虚构故事，它完全属于作者，有着读者难以介入的自足性（读者对作者写作的影响发生在文本系统形成之外），上文提到的作为有意义单元界限或有边界形式范畴的作品（文本）依然存在。因此，不能说网文文本就已经泛化为了一种文化文本，也不能把这种情况看作网络文学活动成为单一的网络亚文化现象的理由。即是说，直到今天中国网络文学还保留着相对的文学自主性，作品或文本及其内部关系既是今天中国网络文学独立存在的重要指标，也是网络文学活动展开及其与其他社会文化形成外部关系的立足点。中国网络文学也仍存在着相对文学（文艺）与其他社会文化之间的内、外关系，而其文学外部关系及问题域的拓展恰是以网文文本（或新媒介文艺文本）作为一种独立存在为前提的。将中国网络文学视为亚文化现象并予以开展文化研究，是无可厚非的，但不应以文化研究完全取代文学研究，不应只进行网络文学的"外部研究"，而抛弃或回避"内部研究"。

二、中国网络文学研究问题域及"内部研究"的核心地位

（一）网络文学"外部"关系及"外部研究"问题域

立足于中国网络文学发展现实和当前的研究现实，我们可以把网文"外部"关系及"外部研究"问题域总结概括为如下十大重要方面（实际上不止此十个方面），它们共同指向了一个中心——网文文本，如图1所示。从逻辑上讲，这十个方面具体又可以分为如下四个板块。

图1 网络文学"外部"关系及"外部研究"问题域

第一，宏观整体性的网文发生发展及其研究。给予研究对象以共时性分析与历时性阐释，是人文学术研究所采用的基本维度。对文学予以历时性阐释即文学的发生发展或文学史研究，这属于典型的"外部研究"。中国网络文学发生发展问题与数字媒介革命、文化市场发展、文艺潮流嬗变等紧密关联。当前，网络文学发生发展研究构成了网络文学基础理论研究和专题研究的重要内容。

第二，着眼于网文活动过程具体环节，具体包括：（1）网文媒介平台及其研究。不仅是网络文学，人类所有文学都存在着一个"媒介优先"的问题。网络文学的媒介平台地位是不可取代的，因为，没有网络媒介也就无所谓网络文学。中国网络文学媒介平台最初是综合网站，后来出现了网络期刊、专业性的网络文学网站，这也是 Web1.0 时代的主打平台样式。进入 Web2.0 时代，又出现了博客、微博等补充形式。当前，在移动互联网推动下，自媒体移动平台获得长足发展，形成了文学网站和移动平台融合发展态势。而无论是从文学层面还是从产业层面，媒介平台的发展都给网络文学带来了明显变化。（2）网文创作与生产及其研究。作者是文学创作主体，是作品第一生产者。浪漫主义之后的传统文论，文艺理论研究的核心内容不过是作者如何进行"天才创造"的问题。进入数字新媒介时代，作者主导及其精神创造问题被削弱了，物质性、技术性、集体合作性不断凸显，生产问题逐渐覆盖了创作问题。在今天的综合性、整体性网络文学研究中，网文作者研究是重要板块，而更有特色的网文生产研究反而相对薄弱。（3）网文阅读、版权及其研究。进入数字新媒介时代，文学读者地位明显提高，不仅表现在他们主导着大部分网络作者的写作方向，而且还在更加物质性的层面参与文本创造。比如读者已经成为超文本文学活动中的"读写者"或"写读者"。尽管中国网络文学读者功能还未完全实现这一点，而仍主要体现为"阅读"方面，但需看到，这种阅读已经溢出了传统读者单纯的审美接受范围，而是通过网站书评区、微博、微信自媒体等强烈地表达着自己的意愿、阅读期待，并对网文作者写作发生着重要影响。也正是读者地位的不断提高和与作者功能的相混淆，原来形成于书写—印刷时代的明晰版权概念遭遇了挑战，也推动出现了同人小说等传统版权观念难以界定的新写作模式，网文版权也成为网文研究中一个不可忽视的问题。（4）网文海外传播及其研究。在传统文学理论研究中，文学传播始终没有得到应有的重视。网络新媒介最大优势之一是它的传播速度和传播范围呈几何级数增长，这使网文传播成为了无法再被遮蔽的存在。2014年底，海外中国网络文学英语翻译网站"Wuxiaworld"（武侠世界）创立。2017年，阅文集团旗下"起点国际"上线，这"不但使中国网络文学的世界影响力大为提升，更有可能推动世界性网络文学的诞生，并为其提供一种中国方案"。应该承认，在海外译介量和影响力方面，网络文学仅仅以五六年的时间就远远超过了70年的中国当代文学（印刷文学）。近年来，中国网络文学海外传播（网文出海）研究已经成为学界热点之一。（5）网文IP产业及其研究。传统时代，文学被视为纯净的精神生产，商业化、沾染铜臭气被认为是文学堕落或只有等而下之的通俗小说才做的事情。数字资本进入网络文学生产场后，从外部刺激网络文学市场化，催生出了成熟的微付费阅读模式，特别是形成了网络文学大IP产业开发。我们把这种情况看作中国当代文学打破传统精英文学（纯文学）发展套路，突破文学和市场壁垒，形成文学创作性与生产性、精神性与物质性、审美性与商业性、事业化与产业化相融通良性发展道路的成功探索，是中国网络文学实践为当代文学发展开辟的新道路。（6）网文与社会文化及其研究。文学总是一定社会中的文学；社会、历史、文化总有一部分走进文学或变形成为文学世界中的一部分。从前者关系而言，中国网络文学的发生发展是1990年代后文化市场、媒介革命、文艺嬗变等多种社会文化要素综合作用的产物；从后者关系而言，幻想类网络文学常常在玄幻、奇幻、架空历史的形式中包含着上古神话传说和传统儒道佛思想、忠孝仁义等价值观念。即使是修真练级、打怪升级类的典型"爽文"，一定程度上也与当前中国学生的考试升学、年轻人职场打拼等形成某种呼应，更不必说都市言情、青春校园、家庭伦理、庶女攻略、宅男宅女、霸道总裁、军旅热血、警匪刑侦、改革现场、革命历史等现实题材的各类网文写作，与社会现实、历史文化形成的直接关联。（7）网文制度及其研究。有学者提出，文学制度是从两个方面建立起来的："一方面是文学自身所具有的内在规定性，或者说，这一规约决定了对象在多大程度上具有文学性，是否是文学作品；另一方面是不同时代意识形态对文学直接或间接的影响与需求。"中国网文兴起于民间，第一个发展阶段主要体现为制度上的内部规约与反规约运动，即野生的网文对传统文学的反动及其相互磨合。进入第二个发展阶段，随着网文向中国当代文学生产场中心的进军，文学制度中的外部规约越来越凸显，特别是国家文化部门的管理、监控、引导，如成立网络作家协会组织、举办网文作者培训、举办网文评奖、出台网文作者专业技术资格认定政策、设立网文创研机构、开展网文作者与传统作家结对帮扶活动，等等。今天的中国网文制度主要表现为外部制度，其研究也主要表现为文学"外部研究"。

第三，着眼于如何理性把握网文现象及其本身的网文理论批评与研究。如果说今天的文学批评存在着某种"失语"现象，那么，传统学院派批评对网文批评的"失语"最为突出。"一些成果套用传统理论'模槽'评述新兴的网络文学……总归给人以'隔'的感觉。"今天关于网络文学的读者批评充斥于各种网络空间和平台，它们发自网文现场，批评主体主要是网络"原住民"，其批评话语更贴近网文现实，更能触及网文关键问题。然而，目前这些数量庞大的网文批评群体多数缺乏文学批评的基本素养，有些人没有基本的批评伦理观念，形成的批评话语多数情况下缺乏应有的理性和逻辑。关于何为网络文学批评，网络文学批评在对象、主体、方法、评价标准、文本、话语等方面如何确定，就成为了需要迫切研究的问题。当前，这一问题研究正在如火如荼地进行中。而网络文学基础理论研究，一直是中国网络文学研究的重头戏。

第四，包含以上所有方面的网文资料库建设及研究。经过20多年发展，中国网络文学在生产和消费总量上创造了世界文学之最。更为重要的是，如此庞大的文学信息使用数字技术存储，带来了史无前例的文学新变。比如数据化写作方式，系统化超文本形态，推送式文学消费模式，等等。网络文学资料库研究不仅仅是关于网络文学庞大资料的收集、整理，更是关于这种新生文学样式各种表现的探讨。

（二）网络文学"内部"关系及"内部研究"问题域

相对于外部关系和"外部研究"问题域，网文内部关系和"内部研究"问题域集中于网文文本自身。中国网络文学在进入第二个发展阶段后，在体裁上主要指小说及其与影视、动漫、游戏等相融合的复合符号性叙事文本。对于这类网文文本,其内部关系和"内部研究"问题域最突出表现在如下相互环套一起的五个方面,如图2所示。

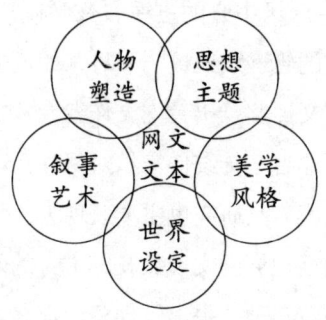

图 2　网络文学"内部"关系及"内部研究"问题域

第一,世界设定。这里说的世界不是文学发生发展的社会历史文化环境的那个外部世界,而是网文文本创设的内部虚构、虚拟、艺术化的内部世界。从古老的神话故事开始,如古埃及神话、中国古代神话、古印度神话、古希腊神话、北欧神话等,直到后来的英雄史诗、传奇故事、奇幻文学、科幻小说等,世界设定都是文学第一创造要素。中国网络文学更是如此。在幻想类网文中,世界设定往往与东西方修仙文化、奇幻故事、科幻文学、怪恐文学、神魔文艺等具有密切渊源。在西方,如英国作家 J. R. R. 托尔金《魔戒》系列作品中营造的"中土世界",其他奇幻、科幻、童话、怪恐文学中的传奇世界、吸血鬼世界、丧尸世界、异形世界、末日世界、恐怖世界,等等。在中国古代,如上古神话世界,《山海经》中方位、山系、植物、矿物、奇花、异兽等构成的神奇世界,《镜花缘》中各种奇异国度,《西游记》《封神演义》中天庭、人间、妖界三个相互环绕的世界,《聊斋志异》中的阎罗世界、奇侠世界、鬼狐世界,等等。这些文化、文艺世界构成了修真世界、玄幻世界、练级世界、盗墓世界、奇侠世界等幻想类网文世界设定的重要资源。概而言之,幻想类网文世界可以划分为地理地域、种族风物、能量体系、社会历史文化环境等方面。在现实题材类网文中,世界设定主要集中在社会历史文化环境上,一般也和传统现实主义文学类似,但同时也出现了一些新形态,如宫斗世界、重生世界、穿越世界、架空世界、耽美世界、同人世界等。网文世界设定，集中地体现着作者艺术想象力、创造力，自然也是对读者直接提供体验的审美对象之一。同时，它也为叙事艺术、人物塑造、思想主题、审美风格奠定物质基础。因此，我们把世界设定看作网文"内部研究"第一大课题。

第二，叙事艺术。生活中的叙事就是讲故事，文学叙事指通过一定的方式方法按照一定的次序讲述一个虚构或非虚构的故事活动过程。叙事是叙事类作品的基本方式，一部优秀的叙事类作品主要就表现为讲了一个好故事，而如何讲一个好故事指的就是叙事艺术问题。今天的中国网络文学主要指的是网络小说，显然叙事艺术至关重要。走进新奇的网文世界，读者迫不及待地想要领略这里发生了一个什么故事。我们把故事情节看作网络文学另一突出的魅力之源。叙事学的相关研究可以给我们提供关于把握网络文学叙事艺术的一些启发。比如普洛普对民间故事所做的表层结构研究，列维-斯特劳斯的神话深层叙事结构研究，格雷马斯的叙事矩阵模型研究，巴特的作品叙事层次研究，热奈特更专业化的叙述时序、叙事频率、叙事语式、叙事调焦研究，等等。"叙事学的基本假设是，人们能够把形形色色的艺术品当作故事来阐释，是因为隐隐约约有一个共同的叙事模式。"中国网络文学也存在着这样的叙事模式。按叙事学的研究大致可以概括为：作为"英雄"的主角，要完成某个任务或使命，采取某种行动，行动中遭遇"对手"的阻遏，主角"英雄"和"对手"之间要发生战斗，在"帮助人"的帮助下，主角"英雄"取得胜利并最终完成使命，自己也在这个过程中获得了成长。受超长篇和连载体影响，今天的网文文本一般故事发展都很宏阔，往往由一条故事线主导，多重线索交织，但上述叙事模式基本存在。

第三，人物塑造。从叙事可以过渡到人物。人物是故事的主体，故事是由人物的行动和结果组成的，而塑造深入人心的人物也是叙事活动的重要任务。文学人物一般具有角色和"行动元"（actant）的双重性。从角色上说，人物是读者重要的审美对象，成功的文学人物在性格、品质、行为等方面或者体现着人的理想和希冀，或者能够激起读者厌恶、憎恨、嫌弃等的情感体验，或者融合了各种更为多面的因素，给读者带来更为复杂的感受和回味。从行动元上说，人物担负着推动情节发展的功能。"人物的功能在故事中是一个稳定的、持续不变的因素……这些功能构成了一个故事的基础性的组成部分。"如上文所说的"英雄""对手""帮助人"等都是行动元。格雷马斯将行动元分为"主体/客体""发送者/接受者""辅助者/反对者"三对六个类别,每个行动元类别可以由不同角色承担,一个角色也可以承担不同的行动元功能。相对于传统文学,无论在角色塑造上还是在行动元功能上,网文更强调以主角为中心。作为角色,主角身上承载着读者关于财富、权力、情欲、超能、永生等各种愿望和理想,是读者被带入文学世界和获得"爽感"的主要载体;作为行动元,主角是搭建庞大人物关系群落的核心和关键点,其行动成为情节发展的主要动力。在超长篇网文中,既有绝对的单一主角,也有不同人物形成的"主角团",如《九州缥缈录》中吕归尘、姬野、羽然形成的"少年主角团",《盗墓笔记》中吴邪、张起灵、王胖子形成的"铁三角"等,这种设置无疑是对主角塑造的推进。围绕主角周围的有各种配角,优秀网文中这些配角一般也有鲜明个性,更为突出的则是不同配角的行动元功能。它们是主角获得成功道路上的绊脚石、助推者,或者是发生情感纠葛和欲望投射的对象,其功能无外乎是增加故事情节的曲折程度、丰富主角的经历、突出主角的性格等。网文人物塑造研究的任务,主要就是对主角和主角周围的其他人物在角色性格、人生道路和行动元功能上做出客观分析,并结合思想主题和叙事艺术予以合理评价。

第四,思想主题。世界设定、叙事艺术和人物塑造的向前推进,自然会走向思想主题。简单地说,思想主题不过是文本的深层意蕴。作为人类的精神文化产品,文学文本中总要蕴含着一定的情感、欲望指向,表达着对宇宙人生的理解、看法以及感悟、体悟等内容。这些内容主题一般会围绕人与自然、群体与群体、个体与群体、自我与他人、自我与自我等关系展开,具体还可以分为欲望指向层,即文本中蕴含的人类最基本甚至最原始的关于权力、财富、长生、超能、性等方面的欲望或欲念;情感所指层,即创作者投入文本中并为读者感受到的情感内容、情感生活,这是文学本身内在价值的重要方面,具有特殊的感染力和冲击力;思想观念层,即有关自然、社会、现实、历史、人生、人性等的认知和思考;精神价值或"形而上特质"层,指蕴含在文本最深层处的对人类具有普遍意义的真（假）、善（恶）、美（丑）、仁、义、自由、博爱、正义、虚无等各种正负价值指向或精神结构原型的追求和探索。传统精英文学或纯文学往往以对如上各层次内容的质疑、批判、反思、追问、探索见长。相对而言，传统通俗文学更多着力于对前两个层次内容的展现，并视情况不同而接近或走向后两个层次，因此也容易贴近大众接受心理。对于一般网文而言，更接近传统通俗文学的做法。不过，在此方面中国网文中的一些优秀文本越来越体现出对传统通俗文学的超越的一面，试图在对前两个层次内容的展现和对第三个层次内容的思索以及对最后一个层次内容的追求方面予以结合。幻想类网文往往以主角成长为依托，展现其打怪升级、修炼晋级、寻宝探险、人生逆袭等历程，其背后则涉及各种人生价值考量和追求。现实题材类网文既有对社会历史宏大主题的直接关注，也有虚化现实背景，展现职场、商战、都市、乡村、校园、军旅、黑道、刑侦等各种题材中的生活，并在展现之余表达对人生、人性、历史、社会、家庭、婚恋等问题的相关思考乃至对各种正负价值问题的追问等。研讨这些内容自然构成了网文内部研究的重要问题域。

第五，美学风格。美学风格应该是网文内部研究中处于"收口"位置的环节。一般认为，美学风格是文艺家和作品艺术创造性的集中体现，它的形成来自语言形式、作家个性、创作题材、时代风貌、文化传统等方方面面，是这些要素的集中化。传统时代强调美学风格主要来自于作家创作的独特性、创造性。这与书写—印刷语境中建构起来的现代性对个体、独创精神的建构有着内在关系。西方20世纪中叶后，精英主义的个性化风格遭遇到了挑战，同时现代文艺积累到了一定程度，在风格上也不断趋同，实际上也形成了对个性化风格的消解。对此，阿多诺曾感叹：最近的发展结果倾向于某种精品佳作的趋同现象（convergence）。学院派史学家们所谓的"个人风格"已自行绝迹，因为它几乎免不了要与单个作品的内在的法则似的东西发生抵触。在另一方面，对风格的彻底否定也是勉强称得上的一种风格。对于中国网络文学而言，明显存在着类似的"趋同"现象，同样也是对书写—印刷语境中现代性精英文学所追求的独创性风格的某种解构。但就像阿多诺说的，对于这种风格的否定也许恰恰是另一种风格。在具体方面，艾伦·柯比曾经提出过一种"数字现代主义"

(digimodernism)美学风格,具体可展开为四个方面:文化的幼稚化(infantilizing)倾向,即突出不成熟的儿童生活经验;凸显表面真实(apparently real),即着力表现那些摆在眼前的不加过滤和反思的事物;一本正经(earnestness)的主体态度,即对事物表象的一种非反讽的去政治化、去社会化的儿童式态度;回环重复叙事(endless narrative),即普遍采取彼此相似而又相互重合的叙事形式。只要稍加对照就不难发现,当前中国网络文学中,这种美学风格是普遍存在的。当然,对于一些优秀文本而言,也体现着某种突围趋向。而无论是"数字现代主义"风格的体现,还是对其突破,都具体落实在世界设定、叙事艺术、人物塑造、思想主题等方面,都是这些方面的集中展现。

综合起来看,网文内部的主要五大领域及其关系可以被概括为一个基本的一般模式:创设一个神奇的或艺术化的文学世界;以这个世界为物质依托,以相应的叙事方式讲述一个情节起伏、引人入胜的故事;这个故事以主角行动为中心,在其他配角和功能性人物的陪衬助推下,实现预定目标,获得成长或成为人生赢家;通过主角人生经历和不平常命运纠葛,书写人的爱欲情仇,展现世代更迭或时代风云,表达对世界、人生、人性等的理解及对各种精神价值的追寻;最后是上述所有方面集中为某种美学风格,使读者获得"爽感"及其他体验。

(三)网络文学整体关系和"内外综合"研究问题域

在分别阐述了中国网络文学内、外关系和"内部研究""外部研究"问题域后,我们需要把两者结合起来,从而得到一个由内部五个方面和外部十个方面联结在一起的"双环套嵌"结构,它构成了网文主要的整体关系和"内外综合"研究的主要问题域,如图3所示。

这样,中国网络文学的内、外领域和"内部研究""外部研究"的关系也就一目了然了。韦勒克、沃伦在将文学研究划分为"文学的外部研究"和"文学的内部研究"后说:"文学研究的合情合理的出发点是解释和分析作品本身。无论怎么说,毕竟只有作品能够判断我们对作家的生平、社会环境及其文学创作的全过程所产生的兴趣是否正确。然而,奇怪的是,过去的文学史却过分地关注文学的背景,对于作品本身的分析极不重视,反而把大量的精力消耗在对

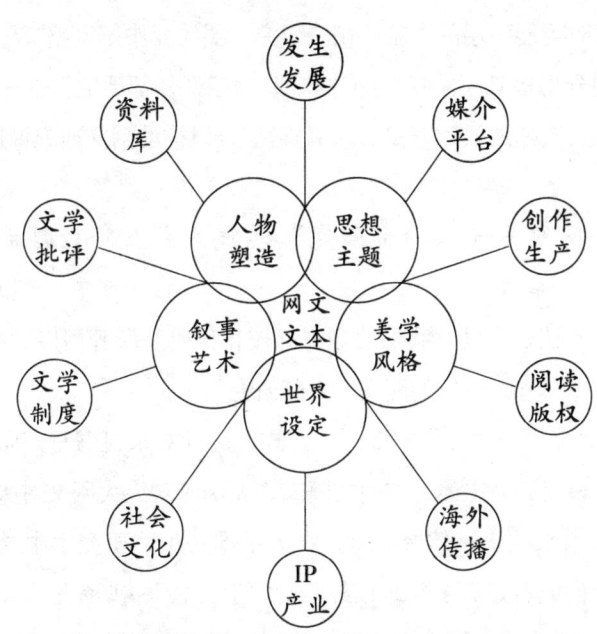

图3 网络文学整体关系和"内外综合"研究问题域

环境及背景的研究上。……文学研究的当务之急是集中精力去分析研究实际的作品。"对当前的中国网络文学研究而言,这一发表于20世纪中叶且针对书写—印刷文学而言的观点,既切中肯綮,又振聋发聩。首先,无论是"外部研究"还是"内部研究",都是网文研究中不可或缺的,这也是我们倡导的"内外综合"的专业化研究的题中之义。不过,相对于网文"外部研究",中国网络文学研究"合情合理的出发点"还应该是"解释和分析作品本身"。因为,从作品(文本)出发才能更好地判断我们对网文发生发展、媒介平台、创作生产、阅读版权、海外传播、IP产业、社会文化、文学制度、文学批评、资料库等"所产生的兴趣是否正确"。如上所述,作品(文本)仍是中国网络文学活动的中心,作品(文本)的内部关系仍是中国网络文学活动中的现实存在。因此,致力于作品(文本)分析的"内部研究"应该处于网文整体研究或"内外综合"研究的核心地位,"外部研究"则需要建立在"内部研究"基础上。可以设想一下,如果回避网文文本自身研究这个核心,直接探讨那些外部问题,越俎代庖、偷梁换柱、盲人摸象等现象难免发生,那样的"外部研究"就成为了一种随时可能坍塌的"空心化"研究。要改变中国网络文学研究中"对于作品本身的分析极其不重视"和"内部研究""外部研究"非常不平衡的现状,当务之急应该是加强和夯实"内部研究",以推动网文研究健康发展。

三、网络文学"内部研究"实践方式及阶段性成果

从上述基本认识出发,我们倡导在高校和科研院所开展以"教—研融合"与"合作式批评"方式进行的网文"内部研究"。

"教—研融合"与"合作式批评"方式,是针对来自书写—印刷文化背景下的个体批评家或研究主体,与网文隔阂、无法应对庞大网文对象和超长网文文本等现实提出来的。具体做法是,在大学本科生、研究生中遴选若干网文"圈内人",他们或者是有多年跟读经验的"追文族",或者是网文写作者(甚至签约作者),形成读者批评主体群。然后,组建由学院派理论家和批评家为主持人、由读者批评主体群为成员的网络文学研讨班,将教学和科研融合在一起。这样,在研究主体上就解决了:(1)当前的学院派理论家、批评家学术背景与网文的天然隔阂问题;(2)个体研究者难以应对庞大研究对象和超长篇文本问题;(3)作为网络"原住民"的读者批评主体缺乏理论素养难以形成专业化批评问题。在具体研究中,需实施扎实而富有成效的"合作式批评"。第一步,读者批评主体分小组并按照世界设定、叙事艺术、人物塑造、主题思想、美学风格的大致框架(不完全局限于这个框架),合作写出所选定网文名作细评初稿;第二步,全体成员阅读小组提交的细评初稿;第三步,全体成员课堂研讨(多次);第四步,小组成员根据研讨意见修改完善批评文本(多次);第五步,学院派理论家、批评家(从研讨课主持人扩展到业界专家)以"定稿人"身份与作为"撰稿人"的小组成员共同合作生产出最终批评文本。

正是以这种方式,杭州师范大学网络文学研究团队挑选出了网文名作八部(第一批),初步完成了第一季的中国网络文学名作细评工作。此阶段性成果基本观点和主要内容如下。

异托邦语境下的人性书写与审美伦理——《二零一三》(非天夜翔)细评。

作为"软科幻"与网络文学融合的一次勇敢尝试,《二零一三》拓宽了"末日"小说的整体视域。小说以现实社会为基础,通过营造异托邦、异环境、异起源三重交互作用的另类空间,对人类群体及其整体文化、存在状态进行了集中抽象和压缩,展现出充满矛盾与张力的"末日世界"。在叙事艺术方面,小说以人类对抗丧尸病毒、保卫地球作为主线,通过张弛有度的节奏安排、戏剧化的情节铺展、视角互补的叙事策略,从广度和深度上强化了"恐怖喜剧"所能够呈现出的"痛感"与"快感",并以此消解了故事的残酷性,使小说的主要焦点从恐怖题材的整体外观,深入到人性至善的内核。在人物塑造上,小说在充满男性气质的文本构建中,通过"父权规训"及其反抗机制构筑伦理话语,借助虚拟情境实现了"边缘"对"主流"、"子辈"对"父辈"的权力规训的"革命",并在女性形象缺失和"母亲"角色缺位的状态下,构筑出一幅完整而又复杂多样的人物关系图谱。作为"女性向"创作实践的重要体现,小说对于多重人物关系进行了集中处理,并在人物群像塑造等方面展开了较为深入的探讨。在思想主题上,小说以"性善论"为思想基调,表达了正义、善良等道德力量对人的生命关怀,在阴郁压抑的末世叙事中彰显出充满慰藉的人道情怀。虽然小说是在描写"废土"与"末世",却有意回避了灾难面前的人性扭曲与道德沦丧,并着重刻画人类自救以及彼此扶助的情节,甚至表达出末日环境下"美善一体"的生存哲学观念,平面化中饱含深度,以此展现灾难文学叙事的人性温度与末世伦理的正义性。在美学风格和审美接受上,小说以其有别于其他耽美作品的感情聚焦模式,将视野拓展到宏大的社会话语体系中,从而呈现出"宏审美"的整体外观,并实现了欲望书写下的审美超越。

追寻天才本心的时空旅行——《天才基本法》(长洱)细评。《天才基本法》体现出浓重的自然科学气息,在文本中构置了两个相互平行的时空,以物理公式 $E=mc^2$ 和隐性的"信念系统"作为两个世界产生交集的条件,建立了一个可以让主人公反复穿梭于两个世界的隧道式穿越机制。小说通过"以轻写重"的语言风格和温暖理想的叙事氛围,生成出一种轻快柔和的叙事基调。以此为基础,小说巧妙地使用了主人公双重视角转化和"世界线"收束后的平行蒙太奇叙事手法。主角林朝夕以全知视角进行内省和外察,通过有限视角寻找自我,也留给了读者更多的空间和悬念。而"世界线"收束后的平行蒙太奇将两个"平行世界"综合成一个有机的整体。《天才基本法》的人物塑造反一般网络小说的"主角定律"而行之,以三角架构的"主角团"代替唯一主角,通过多主角之间的互动展现人物形象。同时,有意弱化人物善恶对立的界限,在塑造丰满主角团形象的同时,也突出了功能性人物本身的价值。此外,以主角团为中心的三角向外散射、交错而形成了小说的人物关系网。在思想主题上,小说通过一个围绕数学梦想展开的励志人生故事,坚守了"自我才是天才"的基本法则。与此同时,小说对现实中的教育问题进行了反思,肯定了"天才"的普遍性和潜在性,倡导培养具有个性自由的"天才"而非"人才"才是教育的最终目标。小说的审美倾向主要由两方面组成,即由"数学文学化"所带来的知识密集的阅读享受和将"鸡汤小说"转化为反思性励志小说所产生的审美增值体验。前者通过时空角度重新解读数学,运用知识密集的艺术手法建构系统化和多层次的审美意趣;后者不再拘泥于营造鸡汤文阅读后的治愈感受,而是通过理性和逻辑,期待帮助读者完成对生活的积极介入。

极幻即极真:地下世界的民间想象与文化逻辑——《盗墓笔记》(南派三叔)细评。作为"盗墓文"的高峰之作,《盗墓笔记》开创性地建构出一个与现实世界相似、与奇幻世界有别的"盗墓世界"。这个世界大致可以分为地上和地下两个部分,地上世界在与现实"同构"的基础上,加入了江湖帮派的元素和由地下世界衍生而来的"非人"生物,主要作为主人公休息之所和激发"换地图"契机的功能性场所。地下世界则指向盗墓活动的发生地,在某种程度上,这个以墓穴为主的地下世界可以被看作是一个借墓穴为形,内里却充满神奇生物和机关的"异世界"。地下世界成为小说对"盗墓"想象的一个主要来源,其神秘色彩不仅来自于神奇生物和机关的想象,更来源于作者对悬疑叙事技巧的运用与创新。盗墓故事的险象环生不仅得益于奇幻的世界设定,对传统悬疑叙事手法的突破与创新同样让盗墓的故事性得到极致的体现。小说采用了常见的多维叙事套层以及叙事套层之间的镶嵌手法,来保证故事达到一种悬而未决的效果,而盗墓故事的独特性在于这种镶嵌并非简单的套层叠加。小说采取破碎和重新拼接的方式,让一个完整的故事分散在各个墓穴之中,以人物活动为"线",串起散落在各处的情节碎片。多版本的叙事使故事呈现出一种不确定的姿态,故事情节的破碎则让本就处于不确定状态的叙事蒙上扑朔迷离的色彩,对情节碎片的重新拼接同样加强了叙事的不稳定性和神秘性。在拼接过程中,小说的叙述出现了补充、矛盾甚至突转颠覆,在这些未置可否的叙述背后是读者对文本进行二次创作的强烈愿望。除此之外,盗墓故事是对普罗普的民间故事叙述模式的继承与创新,不断重复的"出走—回归"模式背后是对传统英雄形象和"大团圆"结局模式的突破。《盗墓笔记》的"铁三角"人物组合内蕴了作者对人性本真的探索,阳光、善良、终失天真的吴邪,强大、寡言、孤身背负重大使命的张起灵,潇洒、世故、睿智通透的王胖子,"铁三角"的背后是作者对传统结义文化的重新审视。小说还塑造出了生动的人物群像。尽管这些人物功能化和类型化的痕迹过于明显,但是他们同样给读者留下了深刻的印象。作者以"小传统"的民间故事为我们重现了民间叙事立场。在主角们不断的探险行动中,读者可以感受到一种以情义消解单纯欲望书写的人文情怀。在地上、地下的双重世界中,找寻一种人与人之间真挚的情义,一种生死不弃的精神,这是对欲望横流的现实中人与人之间孤独与冷漠现状的一种理想关怀。

游戏与人生:虚拟与现实的交织——《全职高手》(蝴蝶蓝)细评。《全职高手》属于电子竞技类的网游小说,在行文中体现了现实与虚拟的联结。整个故事的世界框架呈现出双重性,一方面是对于小说主人公们现实生活的描写,另一方面是依托这种现实创造的新型虚拟游戏空间。它围绕网络游戏展开故事情节,强调游戏在小说文本中的优先地位。但有别于依照真实网络游戏主线情节改编或全部取材现实网络游戏内容的其他网游小说,它所建造的游戏世界借鉴了现实游戏的核心概念和玩法,同时加入了作者改造的全新设定。通过天马行空的想象,对游戏的战斗模式和操作技巧展开超现实描述,最终形成了完整的"荣耀"游戏体系,构建了一个独特的"荣耀"世界。在叙事艺术上,《全职高手》突破了一般的类型化写作。一方面,故事情节围绕主角实现愿望的历程展开,通过读者的心理投射带来快感体验,从而吸引读者灌注更多的情感。但与大多数网文不同的是,主角叶修所追求的并非权力、财富或爱情,而是获得"荣耀"本身。另一方面,它展现了网文类型化写作套路以外的叙事艺术。作品以三条"世界线"之间的切换来把控叙事节奏;继承和发展了口传文学的叙事方式;在叙述语言中体现了作者一贯坚持的平实自然、轻松诙谐的语言风格。在人物塑造上,该作品也具有一定的艺术性和创新性。游戏内,小说主角叶修实力强大,对游戏始终拥有最本真的热爱;游戏外,他从容、淡然,有着优良的教养与卓越的情商。在完美主角之外,作者还通过人物关系的交叉组合与流动变换来突出配角形象,这使得人物形象更加符合逻辑且鲜明生动。在思想主题上,小说在呈现竞争所带来快感的同时,并没有过多强调利益的重要性,而是将关注点放在了各种角色所体现出的人性亮点上。它吸取了许多源自现实生活的游戏、体育比赛等方面的元素,充分展现了一种特殊的电子竞技精神,正面肯定了以游戏为职业并为之奋斗的人生选择。小说不仅在文学世界中的选手之间传承了游戏技术、知识、热忱和竞技精神,也通过网络这种媒介跨越次元传递给了读者。在这份被传承的电竞精神中表达着一种关于游戏与人生的审美理想,即从游戏人生到人生游戏。小说充分展示了人们在选择自己娱乐方式的同时,也将职业选择视为当代年轻人应该拥有的权利。

时光重来:再回1979——《我的1979》(争斤论两花花帽)细评。在《我的1979》中,作者采用了一个区别于传统小说的"双重世界"设定,即"文本世界"与"历史世界";同时,在"文本世界"中还嵌套着又一个"双重世界"——"李和重生前的记忆世界"与"李和重生后的现实世界"。这样的双重世界设定推动了中国当代文学改革书写的多样化。它以富于弹性的时空、反思与亲历同步的视角,为理解改革开放以来中国社会的发展提供了新的思想切入点。在这个过程中,读者与主人公一起带着历史记忆,再次经历了改革开放的历史进程。小说的叙事艺术既在一定程度上契合了经典小说的特征,又结合了网络类型小说元素,并力求有所突破。在叙事时空上,立足于主人公李和"重生"产生的"蝴蝶效应",通过别样的"预叙""倒叙"进一步发展了热奈特的"故事时间"与"叙事时间",延展并拓宽了小说叙事时空的维度;在叙事模式上,相较于同类型改革开放的传统现实主义小说,该作一定程度上消解了"严肃性",也扩大了其消费功能。小说以李和为主角,以描写其不断变换的社会身份为主线，串联起许多有血有肉的人物。这些人物以主人公李和为中心，包含主人公周边的家人、同辈女性和合作者。这些配角不仅从不同侧面衬托主人公，使其形象更加鲜明、立体，而且通过自己的行为带动或影响主人公的行动，从正反两面烘托主人公形象，也推动了故事情节发展和小说主题的凸显。《我的1979》在以浓厚的男权色彩迎合男性读者心理的背后，蕴含着一种深厚的时代感与历史感。而这两个方面又揉进了"情怀"因素，为读者的"爽感"加持。作者通过"主角自我化"的接受体验、弥补缺憾与重拾美好以及参与审视历史的冲动，使读者产生了积极的代入感。这种别样的话语体系进一步消解了宏大历史对个体的话语压迫，使读者在审视与反思中获得精神"升华"，"补偿"心理缺憾。

权谋斗争中的人性与文化——《琅琊榜》（海宴）细评。《琅琊榜》是一部架空历史小说，其世界设定对应于魏晋南北朝时期的梁朝。小说以太子、誉王、靖王为首的"夺嫡"政治斗争为主体，朝臣、后宫、江湖等各方势力纷纷被卷入其中，构成了一个云谲波诡的政治空间。从外部环境来看，这是一个诸国并立、政权割据的时代；从梁国内部来看，小说在中央官制、军事力量、情报组织等方面设置了势力均衡的版图；从江湖背景来看，江左盟、琅琊阁、天泉山庄、秦般若掌控下的红袖招等势力相互抗衡。小说的这种世界设定为冲突的设置和情节的充分展开提供了广阔空间。"悬念结构"的设置使《琅琊榜》呈现出引人入胜的艺术效果。小说运用了大量的伏笔、突转、照应来制造情节冲突，推动故事主线的发展。小说通过"庙堂"与"江湖"、"私仇"与"公仇"等情节因素，营造出了一种特殊的叙事张力。一方面，通过隐居幕后的温情江湖和人心叵测的冰冷庙堂的二元辩证法，构建起了情节和情感方面的张力；另一方面，梅长苏的复仇实则超越了个人私怨，代表着个人化义理对社会化公理、原始的公平正义对既定的秩序法理规范的挑战，由此构成了小说在主题方面的张力。庙堂和江湖两种文化元素也营造出了传统士人在进退出入等价值取向上的抉择困境，主人公梅长苏则成为了超越这种困境的理想士人形象。小说人物的性格发展，最终归结于人性主题。无论是什么身份，个体人生总是逃不脱命运的枷锁，总是在权力关系的旋涡中挣扎，总是在人性的光明与黑暗中浮沉。充满浓厚悲剧意味与人性光辉的梅长苏，在苦难中实现了自我涅槃，而作为"对手"的梁帝、谢玉等却在权力的旋涡中迷失了自我。小说对女性人物的塑造也不乏精彩之处，并以此揭示出女性在男权社会的艰难处境与悲剧命运。小说通过主角梅长苏对复仇立场的选择展现了家国情怀这一宏大主题。梅长苏身负家仇国恨，但他并未用血腥屠杀方式去复仇，而是将"辅佐明君"、兼济天下与个人复仇结合在了一起。

历史、穿越、言情中的女性悲剧——《步步惊心》（桐华）细评。作为穿越小说的典范，《步步惊心》不仅对宏大的历史叙事进行了解构，更是把历史留白作为文学虚拟的广阔空间，脑洞大开，想象大胆，构思精巧。小说以言情叙事为外壳，在叙事方法上开拓出多种可能性，主要表现在两个方面：一是叙事视角上显性第一人称叙述视角与隐性第三人称叙述视角兼备的"内聚焦"模式；二是叙述元素上，结合古代与现代两个叙事时空，交织形成冲击与矛盾的"情节与主人公愿望"双向驱动制。《步步惊心》塑造的人物众多，但并不杂乱。男性角色因结党夺嫡，形成各自对立又紧密联系的三大阵营：太子党、四阿哥党和八阿哥党。而这些来自不同党派的男性角色却不约而同地被穿越而来的若曦所吸引，构成了"众男一女"的情感关系模式。其他女性角色则围绕若曦形成了丰富而复杂的人物形象群，展现着各自不同的魅力。然而特定的时代背景以及宫廷尔虞我诈的环境，使得这些优秀的女性只能作为男人的附庸，最终走向悲剧结局，连若曦也不能幸免，这种命运的必然性引人深思。《步步惊心》被誉为"清穿三座大山之一"，它不仅满足了读者对清朝康熙年间历史的窥探欲，也通过女主人公穿越后经历的种种事件而获得不同的审美体验。若曦对其他人命运走向的可知和对自己命运的无所知，不仅让小说叙事形成了一种非常强烈的张力感，也给读者带来了不同的阅读体验。若曦与四阿哥的恋爱悲剧令人唏嘘，但在这悲剧之下掩藏着的却是若曦孤独而高尚的灵魂。她在与命运的抗争中升华了自我，尽管以人生悲剧为结局，女性的独立人格和价值尊严却得到了高扬。

永不缺席的正义——《默读》（priest）细评。《默读》主体由四个刑事案件和一个大结局构成。它们相互交织，展现出不同人物的悲剧性命运和复杂人性，建构起庞大的故事网络。《默读》的叙事特色主要表现为"名著+案件"的叙事结构。这种互文结构贯穿在小说"徐而有法"的慢叙节奏之中，作者一方面用文本间的互文性与读者原有的阅读经验进行沟通，另一方面采用"慢引入"的叙事节奏，将细节与人物尽可能真实化、生活化。这样独特的叙事特色让《默读》"杀出重围"，成为了 2018 年的现象级作品。小说涉及 70 多个人物，人物和人物之间的关系错综复杂。作者利用五部不同的名著经典形象（《红与黑》中的于连、《洛丽塔》中的亨伯特、《麦克白》中的麦克白、《群魔》中的韦尔霍文斯基、《基督山伯爵》中的唐泰斯）和主要角色的命运相勾连，将他们放在不同的故事中，围绕着同一个主题精心刻画，塑造出一个个生动鲜活的人物形象。《默读》全文都在展现一个关于"创伤"的主题。无论是主角还是小人物，都有属于他们自己的创伤。这些大大小小的创伤对他们的生理和心理都造成了影响。如何面对创伤，成了摆在现代社会中人性面前的一个重要课题。《默读》对于创伤后的选择是：引导人在创伤后成长。比起在受到伤害后成为一个施害者，更应成长，以积极的姿态去反抗，去回归自由，追求平等，找回失落的公正。作为一部现实题材的网络小说，《默读》兼具现代小说的时代性，同时也继承了传统文学反映现实的社会批判性。作品聚焦社会热点，揭露阴暗现实，根本目的在于引导人们真正去关注社会弱势群体，以正确的方式和无限的热情去改变现实，去承担自己的社会责任，无畏于恶，不屈于恶，将善和正义作为永恒的价值追求。

（《学术研究》2020 年第 12 期）

中国网络文学叙事探究

◎ 马 季

20世纪下半叶,大众文艺在全球风起云涌,美国好莱坞电影、日本动漫、韩国电视剧各具特色,以不同形式占据了全球娱乐消费市场。在这个基础上,中国网络文学另辟蹊径,以独特的大众文艺叙事方式,在阅读领域掀起了巨浪,它所依托的是急速增长的互联网用户和庞大的阅读人群。关于互联网环境下艺术创作的特点,尼葛洛庞帝在《数字化生存》一书中的观点切中肯綮:"我们已经进入了一个艺术表现方式得以更生动和更具参与性的新时代,我们将有机会以截然不同的方式,来传播和体验丰富的感官信号。"就网络文学叙事而言,除了常规的文学研究方法,还存在两个向度的研究可能:其一,虚拟性及其读写方式(传播方式)对叙事造成的影响;其二,文本存续的多样性,即在线文本、纸质文本与IP文本的异同。

一、网络文学的叙事类别

20多年来,经过数以千万计网络作者的不断探索和努力,并经过市场反复验证,中国网络文学形成了当下内容庞杂、层次丰富、多元并举、自成体系的格局。简而言之,中国网络文学走过了一条以政策为导向,以市场为入口,以人口红利换取创作空间,逐步向主流化、经典化,以及全球市场化方向迈进的道路。网络文学之所以在中国蓬勃发展、一枝独秀,大致有这样几个因素:

全球性大众文艺市场蓬勃发展、互联网普及应用、丰沛的本土历史文化资源、"五四"以来形成的东西方兼容并蓄的思维模式和辽阔的阅读市场。这几个因素在 21 世纪相互碰撞，迸发出巨大能量，以绚烂的光芒为世人所瞩目。

从创作资源上看，网络文学虽然题材和类型繁多，涉足的领域花样翻新，但大致可以归纳为三大类：一是"幻想"题材，以玄幻、仙侠、科幻为叙事形态；二是历史题材，以古代言情和古代战争为叙事形态，其中分为"正史"和"穿越架空"两种叙事形态；三是现实题材，其中分为"写实"的和"写虚"的两种叙事形态。这三大板块之间，既相对独立，各自涌现出一批现象级作品，又有糅合兼容的发展趋势。它们不仅代表着网络文学的创作成就和发展方向，也昭示中国当代文学在新世纪产生了新的动能。从文学史的角度看，网络文学的快速发展与粉丝效应，弥补了中国当代文学在大众性和消费性上的不足，但同时也成为新世纪以来文学精英化被深度削弱的表征。

从文学叙事的角度看，网络文学当归类于类型文学，或是将其当作入口，但由于它借助虚拟空间进行传播，改变了以往的读写关系模式，因而在类型文学的基础上产生了一套新的美学范式，其标志是审美的大众性、娱乐性，阅读的碎片化、扁平化，传播的流量化、同质化。如果想要弄清楚网络文学叙事的成长和发展，仍然有必要回到类型文学的基点去察看和分析。

类型文学发端于东西方文化中共有的神话传说和民间叙事，其故事场景、人物设定、审美趣味等均承袭于古老的传统，如西方的吸血鬼故事、东方的狐仙故事等，叙事形态虽然经历千变万化，仍然保留了故事原型的精神内核。人类社会进入工业文明之后，类型文学逐渐脱离神学范畴，向民众日常生活靠近，报纸的出现将类型文学定型为对固有阅读人群的叙事。阅读的分层不仅指向因读者文化修养高低不一所造成的兴趣差异，更主要的是，读者对叙事领域的关注反向推动创作。类型文学在特殊领域的专一化叙事，有助于读者更为深切地认知和感悟生活。因此出现了儒勒·凡尔纳的科幻小说《海底两万里》；柯南·道尔的《福尔摩斯探案集》和阿加莎·克里斯蒂的侦探系列小说；托尔金的魔幻小说；茨威格的心理分析小说；金庸、古龙和梁羽生的武侠小说；二月河的历史小说；江户川乱步、松本清张和东野圭吾的推理小说；萨尔瓦多的

《黑暗精灵》系列、《冰风谷》系列；玛格丽特·魏丝与崔西·西克曼的《龙枪》系列，还有类似《达·芬奇密码》《冰与火之歌》杂糅惊悚、悬念、刑侦、架空元素的反类型化类型小说，等等。这些作品虽然产生于不同文化，却在相互交融中展现出旺盛的生命力，极大拓展了文学叙事的边界，并且在互联网产生之后，为网络文学提供了广阔的文化资源。

网络文学脱胎于类型文学，不仅在故事类型上，更重要的是其面向大众的叙事方式，及其与当代精神的深度切合。如网络小说《悟空传》的写作灵感源于古典名著《西游记》和电影《大话西游》。作者借用了前者的人物关系、渊源，提取了后者的叙事方式、语言，以古代西游人物演绎现代西游情节，表现现代人的思维模式和观念。《悟空传》不仅在人物形象、基本设定等显在的方面取材于《西游记》，并且继承了《西游记》中隐而不显的、基本主题上的结构性矛盾。如果说《西游记》是《悟空传》的精神之父，那么孕育并生产了它的网络空间，则是文本之母。网络世界的自由、开放意识与创新动力，为《悟空传》寻找新的话语方式提供了可能。《悟空传》以《西游记》的结构性矛盾为原始出发点，采用蒙太奇式的叙事方式，以不断跳跃、对话式的情节推进，微妙的心理描写和悟空自身的精神分裂状况将这一矛盾极端凸显出来，与《西游记》形成一种意义上的互文。这一游走在古代传统与现代精神领域的叙事方式，成为网络文学的经典叙事模式。

在长期创作实践中，网络文学走出了一条借助类型文学叙事方略，但在表现形式上更丰富多元、更富有时代精神、更贴近读者需求、更符合市场规律的道路。评论家贺绍俊认为："在很多情况下，类型小说所包含的思想性和精神价值并不见得非常深刻独特，可能是一种公共性的思想，是一种常识性的表达，因为公共性的思想和常识性的表达能够争取到更广大的读者的认同。其实，文学作品即使是传达一些公共性的、常识性的思想，其社会作用也是不容低估的。"

自 2003 年 VIP 在线付费阅读模式建立之后，网络文学进入了以长篇小说为主体的时代。在付费模式的引导下，其篇幅越写越长，叙事也由精神性主导逐步向情节性主导过渡，由于人物众多（通常有几百人），叙事核心由人物塑造转向了事件的铺陈和描述。从若干流行范本中可以发现，网络文学叙事具有相对完整的空间概念，而时间则被淡化、模糊化乃至重组，成为不具有限制力的碎片，这迎合了当代社会不断膨胀的"以时间换空间"的消费心理。我们知道，在传统文学中时间是个十分重要的叙事元素，哪一年哪个节点发生了什么事件，所谓时代背景全都靠确切的时间来支撑，即便是在历史叙事中，也需要一个完整的时间表，"故事发生在公元多少多少年……"是最常见的叙事入口。而网络文学里的时间是模糊的，尤其在幻想类或架空类作品里，时间是弯曲的、可以折叠和回溯的，超出了常规意义上的时间概念。

众多玄幻、仙侠和历史小说都可以绘制出一幅地理版图，当然，那是平行世界或架空世界（历史），而时间往往是虚拟的。也就是说，生命周期在这里没有限度，这也符合"时间内涵是无尽永前"的现代宇宙观。

猫腻在创世中文网连载的玄幻小说《择天记》，时间是完全被抽离的："太始元年，有神石自太空飞来，分散落在人间，其中落在东土大陆的神石，上面镌刻着奇怪的图腾，人因观其图腾而悟道，后立国教。数千年后，十四岁的少年孤儿陈长生，为治病改命离开自己的师父，带着一纸婚约来到京都，从而开启了一个逆天强者的崛起征程。到了京都，才发现自己只是一盘棋里最微弱的棋子，但是就是这么一个棋子，是甘愿成为棋盘第一个死亡的棋子，还是跳出棋盘与天地斗一斗。"同样，烽火戏诸侯在纵横中文网连载的玄幻小说《雪中悍刀行》也有差不多的表述："雪中构建的世界，就像是一张珠帘。以北凉世子徐凤年的成长经历作为主线，北凉、离阳和北莽三足鼎立之势，群雄逐鹿天下。大人物小人物，是珠子，大故事小故事，是串线。情义二字，则是那些珠子的精气神。在那个波澜壮阔的时代里，英雄们，在各自战场上轰轰烈烈去死。枭雄们，在庙堂上钩心斗角机关算尽。无论敌我，求仁求义求名求利，尽显风采。"

管平潮在起点中文网连载的仙侠小说《九州牧云录》有故事发生地却无时间表：成长于洞庭湖畔的少年张牧云本性善良，从小在市井摸爬滚打，过着孤苦无依的生活，一日于捕鱼时救起私逃游玩不慎溺水陷入昏迷的刁蛮公主。公主醒后丧失记忆，性情亦变得柔和温婉，和少年一起过上了柴米油盐的寻常生活,并对少年暗生情愫。两人某日偶遇寺院遭遇灭顶之灾而出手相助,张牧云意外获得宝物与神力。他们的生活表面依旧平静,却不知前路暗潮汹涌:神女降临,巨灵躁动,魔冥鏖战,仙道失宝……他们在人、魔、冥三界大战中舍生取义,写下凄美的九州传奇。

这样的例子还有很多,如在耳根的《仙逆》、忘语的《凡人修仙传》、宅猪的《人道至尊》、天下霸唱的《鬼吹灯》、我吃西红柿的《星辰变》、天蚕土豆的《斗破苍穹》等诸多作品中,时间不断被挑战、切割与压缩,原有的顺序、计时功能部分丧失,而走向淡化、模糊、凝固与可逆。与之相对应,地点、位置、场面等的组合、勾连则得到强调,空间逻辑和空间秩序逐渐凸显。"在这些网络小说中,空间不仅关系到人物活动的场所,以及作者的叙事意图,更影响着情节展开的可能与限度,以及作品的可读性和点击率。"

穿越本是空间转移的一种方式。在网络文学叙事中,它所发挥的作用完全建构在网络虚拟性之上,实际指向的却是时间变异。现代科技和人类想象力被指互为因果,所不同的是人类想象力始终与情感相关,"牛郎织女"也好,"嫦娥奔月"也罢,其叙事模式的核心与网络小说是一致的,我们从来没有觉得那些故事离我们远去。穿越作为叙事方式在仙侠小说和历史小说中被普遍运用,但又不同于科幻小说里的时空转换概念。简而言之,超时空或时空转换往往是科幻小说的叙事目的,对于玄幻、仙侠和历史小说来说,它们只是手段。

穿越小说和玄幻、仙侠小说有一小部分重叠,比如星际穿越与异世大陆在叙事方面较为类似,但总体来说,穿越小说较多出现在历史叙事中。与"平行世界"所不同的是,穿越的主要目的不是创造异世界,而是实现空间转移,让两个存在于不同时间段的空间之间产生某种关联。女频的穿越叙事更注重内容架构,形式和内容的关联度明显高于男频。故有男架空女穿越之说,这是网络文学叙事的总体概括。从桐华的《步步惊心》、金子的《梦回大清》开始,女频历史叙事延续了很长时间,主潮流一直是穿越小说,直到2010年移动阅读普及,才开始流行重生文,即反穿越——由过去到现在,穿越小说的叙事指向逐渐靠近现实生活。

男频历史叙事中较为成熟的作品都体现出一个共同点,即对历史事实的尊重和对历史事件的个人化认知和表达，较为充分地展示了现代意识下历史发展的客观性和可能性。美国当代学者乔治·麦克林在论述如何解读历史文本时认为："我们的目标似乎不是在阅读古代文本时简单地复述古代人的目标，而是用新的视界、新的问题，从新时代来认识古代文本。我们应让它以新的方式向我们阐述，在这么做的过程中，文本和哲学就变成活的而不是死的——因而也是更真实的。在这个意义上文本的阅读是活的传统的一部分，凭此我们与生活中面对的问题作斗争，并确立值得我们追随的未来。"

阿越在幻剑书盟网连载的小说《新宋》具有鲜明的网络叙事特色，主人公石越穿越到北宋创办白水潭书院、西京杂报，建立动物园，发展航海贸易，改进印刷术、生产标准化、研制火炮手榴弹，忙得不亦乐乎。石越凭借由此而来的声誉入仕，周旋于新旧两党之间，努力调和两党的矛盾，弥补王安石新法的缺陷，提出可行的替代方案。目的是希望从上层建筑入手，进行不流血的改革。作品提出的不是技术改变历史的主张，而是希望通过人文与制度方面的反省，改良历史。在叙事策略上，作者将虚构置于真实细节之上，努力营造历史的真实感。主人公石越所采取的所有措施，都只领先于时代半步，亦即当时的历史时期已有相应的基础，叙事的目不过是"水落石出"。

月关在起点中文网连载的小说《回到明朝当王爷》并不因表述的天马行空而削弱了对历史的思考。正德的率性天真，杨凌因为穿越而具备的历史优势下料敌先机的机智，弥勒教主李福达的阴险狡诈、宦官刘瑾在权力不断膨胀过程中欲望的转变、刘大棒槌的粗悍等，以及正德皇帝扮戏子、爬墙头、罚朝臣、宠宦官等一系列精彩描写，将历史叙事生活化、情景化。小说写到三宝太监郑和之后的大明海军风光不再，明朝政治经济改革的阻力背景，宁王造反的过程。这里的原因有的是人的客观性造成，有的是宫廷政治斗争的必然，有的是封建儒家思想的禁锢。对特定历史环境的因果分析，历史叙事中个人化经验的传达，对重新架构历史的探索和实践，正是网络文学作为大众化写作赢得读者的关键。

当年明月在天涯社区连载的历史叙事作品《明朝那些事儿》以口语化的创作手法，对历史人物的心理活动进行模拟和还原，其借古论今、夹叙夹议的叙事方法，实际上是民间评史的惯用手法。由此可见，历史叙事并非不能创新，借鉴小说叙事手法，通过网络民间话语方式进行重新整合，为历史叙事拓展了新的空间。有人认为这种叙事有逢迎读者的倾向，破坏了历史叙事的严肃性。然而，从世界文学史形成的经验来看，严格根据史实进行文学创作，并不是唯一的叙事途径，不同时代、不同视角的历史叙事背后显现的正是价值观的差异。

《家园》作者酒徒在谈及自己的创作时表示："对于历史，我更容易关注小人物。比如当人们都在说关羽水淹七军有多英勇时，我先想到的是被淹死的那些士兵与家庭，那些人会是什么样的命运。"cuslaa 在创作《宰执天下》时从史料中汲取详细的素材，如北宋官制、社会礼仪风俗、宋神宗时期的内外军政体制，文人士大夫、边关将门、内廷宦官以及宗室、商人、胥吏、地主，乃至贩夫走卒的生活方式，目的是在真实历史的基础上构建一座现代"建筑"。孑与2的《唐砖》《大宋的智慧》、愤怒的香蕉的《赘婿》、随波逐流的《随波逐流之一代军师》、三戒大师的《官居一品》、禹岩的《极品家丁》等作品，均是以穿越或架空形式创作的富有创意和建树的历史叙事作品。可以说，网络文学的跨时空叙事并非逃离现实，而是对传统的新解。

网络文学叙事在这几年出现了"着陆"现象，现实题材得到大力提倡，呈现笔触下移、反映不同行业、侧重基层写实、讴歌平凡英雄的趋势。十年前，技术流小说的出现令人眼前一亮，改变了人们对网络小说缺乏真实性的认识。齐橙以微穿越手法创作的《工业霸主》《材料帝国》提升了这一类型的门槛，"硬核技术流"这一名词迅速在网上成为热词。医学题材小说《大医凌然》，消防题材小说《他从火光中走来》，少年成长、亲子教育题材小说《这届家长太难带了》，灾难救助题材小说《赴你应许之约》，都市题材小说《天工》《神工》，传承与发扬中国传统戏曲的年代小说《一脉承腔》《传音》，现代瓷砖行业小说《天瓷国芳》，都市异能小说《家电人生》《我有特殊沟通技巧》，体育竞技题材小说《冰刃之上》《薄荷味热吻》，以及抗疫题材小说《共和国天使》等作品也在网上引起热议。所谓"硬核技术流"是指客观、冷静地观察描写生活，揭示生活本质，以追寻事物的客观真实为目的，具有较强专业水准的叙事作品。同时，网络文学在发展进程中还涌现出一批难度叙事作品，如顾坚的《元红》，阿耐的《都挺好》，Sunness 的《第十二秒》，紫金陈的《长夜难明》，丁墨的《乌云遇皎月》，priest 的《默读》，骁骑校的《罪恶调查局》……这些作品既有通俗易懂的故事，也触及与探寻了当下尖锐和深广的社会问题与矛盾。很显然，网络文学正在吸取传统文学贴近现实、真实反映时代生活的叙事风格。"现实主义的艺术之所以能够那么广阔而丰满地反映人类的生活，反映伟大的历史性的战役与伴随着社会进步而来的变革，是因为它的首要特点与特色过去和现在都是社会分析，正是社会分析使得描写典型环境中的典型性格和真实地再现生活成为可能。"网络文学叙事通过不断的自我锻造，显示出其包罗万象的大众文艺美学特征，并以题材的多样性与丰富性、自身的可塑性汇入当代文学的潮流之中。

二、网络文学的叙事资源

中国网络文学的叙事资源主要来源于传统文化中的神话传说、志怪、传奇、演义和西方大众文艺，其基本叙事手法如"扮猪吃虎""打怪升级""洪荒崛起""玛丽苏""职场秘籍""废柴逆袭""都市修真""学院修真""破次元"等，使故事体现出某种现代寓言性。美国研究比较神话学的作家约瑟夫·坎贝尔对世界各地大量的神话故事进行内容分析研究之后，总结出了神话核心单元理论：所有英雄都要经历一个名为"英雄之路"的旅程，这个旅程由两个世界组成，一个是我们身处的日常生活的世界，另一个是超自然的神奇世界。这其实就是 20 世纪大众文艺所向披靡的现代神话故事，中国网络文学对此做了引进与改装，形成了一套中西合璧的叙事模式。如果要提到时间节点，那么所有这一切主要源自英国作家 J.R.R. 托尔金、20 世纪 90 年代末国内主流媒体倡导的"国学热"，与在游戏中成长起来的一代人的思维方式形成的合奏。

1937 年，托尔金在《霍比特历险记》，即中古大地系列小说的第一部，也是《魔戒之王》的前传中虚构了"中古大地"这个"平行世界"。《霍比特历险记》是一部非常精彩的传奇故事，充满了寓言的色彩，主角比尔博·巴金斯原本是一个远离尘嚣的霍比特人，但却在无意中发现了魔戒且经历了他一生中永难忘怀的事件。魔戒之王三部曲完成于 1948 年，1955 年全部发行。时隔 60 年，1997 年 6 月，英国女作家 J.K. 罗琳推出《哈利·波特》系列第一本《哈利·波特与魔法石》。随后，罗琳又分别于 1998 年与 1999 年创作了《哈利·波特与密室》和《哈利·波特与阿兹卡班的囚徒》。2001 年，美国华纳兄弟电影公司将小说的第一部《哈利·波特与魔法石》搬上了银幕，一时风靡全球。此时正值中国网络文学初生之际，对网络作家架构故事和叙事方式形成了直接影响。

《魔戒》和《哈利·波特》系列是西方社会进入高度发达时期的幻想类代表作品，具有鲜明的文化特质与面向未来的精神，由此确立了奇幻的风格。20 世纪的西方奇幻文学"除了取用远古时代各民族精彩丰富的神话传说之外，在精神上几乎全然承袭了中古世纪的骑士文学，亦即所谓的'罗曼史'"。此处的罗曼史非指现代的爱情小说，而多半是经过长久岁月，在民间辗转流传并且经过不断加工润饰，逐渐形成的雄伟复杂、曲折离奇的故事。这些传奇故事成于何人之手往往已不可考，其中或有部分为吟游诗人所作。这些故事多半以民间传说或神话为素材，再添加部分虚构的幻想情节，构成英雄冒险事迹和浪漫爱情故事的杰作，其中著名的包括后来被理查德·瓦格纳改编为旷世巨构歌剧的《尼伯龙根之歌》、家喻户晓的骑士文学经典《亚瑟王与圆桌骑士》和《贝奥武夫》等。这些故事原型不断演化，奠定了当代西方奇幻文学坚实的叙事基础。

从文学叙事的角度不难看出，西方奇幻文学对网络文学的影响更多是外在表现形式，比如升级系统的建立、人物等级设定、神位、封号、神学院、魔法，以及各种器械等，而深入其髓的则是中国古典文学资源。在中国悠久的历史文化沉淀中，有取之不尽的丰富素材，地域风俗文化、民间传说故事、诸子百家经典……都已经成为网络文学创作的精神支柱和灵感来源。

当然，不管采取何种创作手法，无论故事如何天马行空，网络文学叙事的精神内核必须符合时代的发展，尽可能吸引更多的读者，首先是母语读者。那就需要叙事方式在多样性与丰富性的基础上符合东方审美标准。另外，网络文学作品尽管可能在故事层面很复杂深奥，甚至玄妙，但成功的作品往往都有一个浅显通俗的叙事切入点，让读者代入其中。在此基础上，读者才会去思考作者所要表达的更深层次的东西。对于很多网络文学作品而言，叙事的类别可能只在网站推荐的角度有意义，究竟是仙侠、玄幻、都市、悬疑，或是架空、穿越等，多数是杂糅混用，界限往往很模糊。所以评价网络文学的时候，不应简单地以某种类型文学的角度去看待一部作品，因为它所诞生的土壤的营养是异常丰富的。

三、幻想类网络文学叙事演变

在20多年的发展中，网络文学经历数次变革，有过高潮，也出现过滑坡，但创作数量始终保持着旺盛的增长。大量文本实践不仅为网络文学自身发展探明了道路，也为理论研究提供了丰沛的资源。我们可以通过网络文学叙事方式转变这一角度，厘清网络文学波浪式发展的根由，进而在一定程度上揭开网文爆款与扑街的秘密。网络文学一直存在内容和渠道两大派系，侧重文创的平台强调内容，侧重互联网技术的平台强调渠道。事实上这两者之间是一体两面的关系，如果平台足够强大，内容便成为当务之急；反之，如果手握优质内容，着急的则是如何放到更好的平台上。这如同工业企业里生产和销售两个部门之间的关系。当然，互联网具有自身的特性，在这个虚拟空间读者的从众心理被推到了极致，流量决定命运，不在创新中爆发就在创新中死亡，似乎成了某种铁律。孙悟空、哪吒、米老鼠等著名卡通形象并没有占用太多的虚拟空间，但却能形成线上与线下的"流量"洪峰。从表面看，它们的形象在不断变换和演化，其实质却是叙事方式的转化，是记忆符号的重新标注，是为了适应不同时代，应用于不同文化族群。因此，网络时代，技术发挥的作用虽然一直走在前列，但究其根本还是靠创意取胜。

由于网络文学自身的特点，男频与女频在叙事上有着明显的分野，必须分开进行讨论。故事作为小说叙事的主体，在网络文学大男主文中出现了史无前例的"变异"，其基本表征是极尽其能的"杂糅"，仅玄幻小说一个类别就可以分为王朝争霸、异世大陆、异术超能、远古神话、高武世界、转世重生、西方玄幻等多个种类，而在表现形式上又出现了洪荒流、废材流、重生流、修仙流、末日流、大陆流、无限流等。在一部作品中，我们可以看到东方式的神话、武侠、童话、言情，也可以看到西方化的科幻、魔幻、推理、悬疑、惊悚等。除了在叙事上制造"代入感"，也就是传统文学所谓的"共鸣"始终未变之外，网络文学的叙事方式一直在变，其基本规律是形式由简单到复杂，内容由单一到复合，结构由平面阅读到立体多元。

就男频而言，第一阶段从2000年的《悟空传》、2003年的《诛仙》，到2006年的《佛本是道》，第二阶段从2009年的《斗破苍穹》、2014年的《择天记》，到2018年的《诡秘之主》。中国网络文学的黄金18年经过了从中国传统文学叙事出发，经过西方奇幻文学的浸染和IP导向的加压、提升，重新回归文学叙事之途。这是一个艰难的嬗变过程，网络文学在求生中从未停止过顽强的自我博弈，透过叙事方式的转变与演化，我们不难看见这个发展脉络。

网络文学的商业模式是残酷的，VIP对网文的筛选并非选出艺术价值最高的作品，而是选出最符合大众口味的作品。读者的最大公约数是一部作品爆款的依据和根本，因此没有一个网络作家知道自己的作品能"活"多久，换句话说，活着，就已经是胜利。当时的网文创作西幻成风，主要销售渠道是中国台湾的繁体版权，因此可以说西幻是中国网络文学幻想类的第一波浪潮，从故事核心到人物设定基本处在模仿阶段，叙事手法也不例外。这时候出现了《诛仙》和《飘邈之旅》，这里重点说说《诛仙》。这部作品到今天仍然没有褪色，自有它的道理。萧鼎采用中西融合的叙事方法创作了《诛仙》，其核心思想来自老子的《道德经》，所谓"天地不仁，以万物为刍狗"。《诛仙》作为玄幻小说早期代表作，在叙事上兼顾东西方幻想类作品的特点，既有正道与魔道的道德对立，也有强烈的悬疑色彩和魔法氛围，其中千奇百怪的武功完全超出了传统武侠的模式，但其中的爱情故事又承载着历史文化的诸多要素。就是这样一个中西合璧的崭新的叙事方式，获得了网络读者的青睐。玄幻小说由此获得名分，这次了不起的尝试，为幻想类网络文学叙事开辟了新的路径。

读者的胃口是永远不会满足的，这也是文学的永恒魅力之所在：新的需求和挑战层出不穷。2006年,《诛仙》之后出现了新的现象级文本《佛本是道》。这部作品是在经历了《诛仙》中西复合叙事之后,回到本土文化深入挖掘的范例。作为曾经的职业棋手,梦入神机的叙事手法有其独特的一面,他善于博采众长,集优势于一体,用"一盘棋"的思维方式展现其跳脱、腾挪的叙事能力。以《西游记》《封神演义》等经典作品为"棋谱"的《佛本是道》,最初的创作思路是都市小说,前面写到周青和弟子廖小进前去美国的拉斯维加斯的经历,国家安全局龙组、异能组等情节,但作者最终放弃了赶浪潮的念头,而是不断向文本源头追溯,在老棋谱上走出了新局。《佛本是道》的叙事回到了中国古典文学的母体中,采用吸纳、羽化、重构的方式建立了一套符合当代文化诉求的宏大叙事系统。

自2003年商业化模式确立以来,网络文学一直在尝试版权运作,最初采用的是低端的输出法,能出售版权就行,到2008年盛大文学宣告成立,才形成IP概念。这一概念自然需要作品来验证,也就是需要新的叙事模式来确认和提升这一概念的可行性。2009年,天蚕土豆的《斗破苍穹》在叙事方式上有明显的IP化特征,强化叙事情节,减少描述性言语,人物行动图像化,更具包容性和开放性的人设,等等。这一具有转折性的叙事方式正是《斗破苍穹》何以成为4G时代阅读霸主的根本原因。在这个意义上说,网络文学所强调的原创性,其基本要义是在技术进步的基础上如何扩大文本的信息量,这也是IP的本质属性。

传统文学领域很少论及原创这个概念,因为除了抄袭之外,文学是允许以不同方式讲述类似故事的,只要作品有独立的表达核心,有对人性的探微和发现,就是成立的。而网络文学不一样,原创本身就意味着是否个人化叙事,大到故事框架小到桥段,人物设定都必须避开"相似性",这是IP自带的规约,故事形态相近,就失去了开发价值。由此可见,网络文学主要遵循的是传播规律即市场价值规律,其叙事方式也是建立在这个基础上的。爱潜水的乌贼在近年异军突起,印证了原创性之于网络文学的特殊意义。《诡秘之主》的叙事虚实相间,有实证也有想象,有谜团也有反思,以东方式思维打开西幻图卷,被认为是当下网络文学最具原创品质的作品。可以说,《诡秘之主》叙事的复杂程度已经不在传统文学之下，这不禁让人联想到美国作家丹·布朗的《达·芬奇密码》，运用高密度的叙事手法表现一个大众关注的社会主题，其中杂糅了侦探、惊悚和阴谋论等多种风格，并激起了大众对某些宗教理论的普遍兴趣。《诡秘之主》则是从浩如烟海的世界历史资料中攫取养分，追寻乌托邦气质的欧美蒸汽朋克文化和展现人类面对宇宙、面对未知世界时渺小虚无感的克苏鲁神话故事原型，作品中的货币体系和一些事件的设定都能够找到历史上的对应，而奇幻背景的设定又令故事增添了几分神秘感。

网络文学 IP 的迅速升级不仅改变了网络文学单一化的叙事模式，也在一定程度上加快了网络文学与传统文学在艺术本质上的共振。这一方面源于网络文学自身变革的要求，同时也是大众文艺在遭遇天花板时的必由之路。近十年来，包括唐家三少的《斗罗大陆》，猫腻的《择天记》，乱的《英雄联盟之谁与争锋》，以及横扫天涯的《天道图书馆》，世界观系列中月关的《秦墟》、马伯庸的《白蛇疾闻录》和流浪的蛤蟆的《蜀山异闻录》等作品的出现，标志着数字阅读艺术化不再是不可逾越的目标，同时，IP 导向下网络文学率先在叙事方式上呼唤 5G 时代的到来。与之前的现象级作品如《诛仙》《凡人修仙传》《飘邈之旅》《盘龙》等作品肩负流量使命相比，这一次进化与定型包含了技术与内容的双向延伸，而新的叙事方式在其中扮演着极其重要的角色。

四、女频网络文学叙事特征

从 2000 年的《告别薇安》，2005 年的《步步惊心》，到 2007 年的《后宫·甄嬛传》《杜拉拉升职记》《致我们终将逝去的青春》，从 2009 年的《裸婚》《扶摇皇后》，2016 年的《欢乐颂》《燕云台》《糖婚》，到 2019 年的《待我有罪时》，女频网络文学经历叙事的重大转变，女性意识由最初的压抑、萌动到寄身职场的沉浮、动荡，再到直面生活的挑战，理性把握自己的情感诉求，因而获得个体生命的自我解放。女频网络文学叙事更多关注社会热点，从自身出发，注重家庭和职业生活，以情感为核心，讲述女性内心世界丝丝缕缕的感知和变化，以映照社会生活的别样色彩。

安妮宝贝的《告别薇安》写于20世纪末，中国的现代城市文明刚刚掀开一角，如同一个远行的人初涉旅程，带着恍惚和期盼，眺望遥远的地平线。世纪末总是忧伤的，因为人类告别了一个千年，另一个千年又过于漫长。于是，流浪和宿命的生命体悟在作品中四处蔓延。它符合现代人追求自由、向往安宁的心理特征，也暗示着城市是另一个意义上的旷野。爱过，伤害过，然后可以离别和遗忘……永远不能到达终点的行走，漂泊的心如何安放？这或许就是作者所描述的现代女性之人生况味。由此可见，网络文学的现代都市叙事显然与琼瑶、亦舒有所区别，它所造成的生命的空旷感，本质上与网络的虚拟性混为一体。

在女频网络文学叙事模式中，人物的情感线尤其重要，爱情故事长盛不衰，不管是历史文还是现代文，无论是后宫文还是职场文，所有主题都会涉及青春和女性成长。人物的情感动态性在女频叙事中占据了主导地位，成为刻画人物形象的主要方式。《步步惊心》《后宫·甄嬛传》《燕云台》和《扶摇皇后》是女频历史小说中情感起伏较大的几部作品，尽管叙事手法各异，却无处不在地表现出对现实生活的折射。

与心爱的人长相厮守、共度一生是天下女性的共同心声，《步步惊心》中马尔泰·若曦的举动可以看作是当今女性考验所爱之人的惯用手法："如果我是要你放弃争那把龙椅呢？……你同意，我们就在一起；你不同意，我们就分开。"若曦的意思是，我不求富贵，但求相知相爱平安一生。这是传统的女性思维方式，可谓亘古不变。

《欢乐颂》和《待我有罪时》是女频都市小说中具有较强现代意识的文本。《欢乐颂》对于女性的财务独立和人格独立，表现出的是价值观念的转变，与传统的女权主义所陈述的诉求明显不同。阿耐在小说中表达的是一种客观情绪，将"如何看待社会阶层分化""男性在选择婚姻时的权力""女性能否接受无房裸婚"等社会舆论话题引入叙事中。与《欢乐颂》所不同的是，《待我有罪时》是一部犯罪心理小说，更多的是强调作品的虚拟性，叙事方式虽不如前者接地气，但网络特征明显，符合00后读者的想象空间和阅读趣味，被誉为："又甜又刺激，又萌又感动""开创了全新的言情小说模式"。这两个不同叙事风格的文本都拥有大量拥趸,也是目前网络文学在时代性与流行性方面各具特色的表征。

女频网络文学是当代文化中一个自成体系、十分独特的文化现象。女强、古风、女尊、腐女、宅女、甜宠、耽美、高糖、虐恋、少女心、百合、伪娘、腹黑、霸道总裁、雌雄同体、白莲花、绿茶婊、二次元等各种文类和叙事形态展现了当代女性多元和自主的文化心态。尤其在现代都市领域,女性独立得到了极大的彰显。在女频网络文学叙事中,"玛丽苏"是最常见的女主形象,其本质就是女性向的幻想叙事。邵燕君主编的《破壁书》对"玛丽苏"有如下的解释:"玛丽苏在如今中文网络中通常指一种过度自我投射的写作,多数情况下指年轻女性作者将自己幻想成故事中的一个万人迷的万能女主角,在故事中和多个迷人的男性人物互动的情况。"这一形象可以追溯到台湾女作家琼瑶早期作品中的人物形象,而网络文学中的"玛丽苏"女主在女频总裁文中有集中表现。

不过,不单单是总裁文里大量出现"玛丽苏"形象,经典网文里也是如此,只不过表现方式不一样。经典网文里的女主多为才貌双绝之人,绝然不会出现"傻白甜"。从古代的甄嬛、芈月到现代的杜拉拉、安迪(《欢乐颂》女主),以及从现代穿越到古代的若曦(《步步惊心》女主)、孟扶摇,实际上都属于超级"玛丽苏"形象。这些人物剔除了低级版"玛丽苏"对男性的依附性,及其过度自我代入而造成的虚假设定,具有独立完整的人格,属于完美的女性审美对象,集中展现了女性的温柔、活泼、坚贞、优雅与智慧。

无论是《芈月传》还是《燕云台》,蒋胜男笔下的爱情叙事都有强烈的民族性和社会性,并伴随着个体情感的剧烈震荡,写出了情事巨变下爱的炽烈,以及痛彻心扉的选择。爱得越深,意味着承受的苦难越深。从某种意义上讲,蒋胜男关于女性情感的表达,在女性大历史叙事中所发挥的作用,与天蚕土豆在玄幻文叙事中的承上启下如出一辙。也就是说,女频网络文学在向现代传统一脉靠拢的过程中,尤其在文学叙事中的实践经验和取得的成果一点也不亚于男频网络文学。现实题材领域也是一样,阿耐的《大江东去》相较于齐橙的《大国重工》、辛夷坞的《致我们终将逝去的青春》相较于骁骑校的《橙红年代》、李可的《杜拉拉升职记》相较于小桥老树的《侯卫东官场笔记》、鲍鲸鲸的《失恋33天》相较于紫金陈的《无证之罪》、丁墨的《他来了，请闭眼》相较于常舒欣的《第三重人格》、携爱再漂流的《酒店实习生》相较于志鸟村的《大医凌然》、priest的《默读》相较于任怨的《神工》、唐欣恬的《恩将求抱》相较于卓牧闲的《朝阳警事》、吉祥夜的《写给鼹鼠先生的情书》相较于wanglong的《复兴之路》、缪娟的《翻译官》相较于纷舞妖姬的《中国特种兵之特别有种》、柴可的《鲜花盛开的村庄》相较于何常在的《浩荡》、小狐濡尾的《南方有乔木》相较于大地风车的《上海繁华》、舞清影的《明月度关山》相较于罗晓的《大山里的青春》、蒋离子的《老妈有喜》相较于李开云的《二胎囧爸》、月壮边疆的《白纸阳光》相较于骠骑的《龙渊》、米西亚的《重启时光的女孩》相较于庚不让的《俗人回档》、随侯珠的《明月照大江》相较于郭羽和刘波的《网络英雄传》系列等，对于都市生活的开拓，女频在叙事上的完成度更加饱满，富有生活情趣和生命质感，情感更丰沛，因此影视化的程度远高于男频。

女频网络文学在叙事上还逐渐产生了一套打开女性心理阈值的模式，形成了一个相对独立的文学世界，在多种表现形式中，"虐恋"不仅最富有性别特色，而且是女频网络文学很重要的一种叙事策略。故事里跌宕的爱情、焦虑的情绪，以及女主角令人担忧的命运，让人感到不安，却深深吸引了大量女性读者。这一类网文被称为"BE"（Bad Ending）文，与它相对应的是"HE"（Happy Ending）文，即所谓大团圆结局的爱情故事。关于虐恋，社会学家李银河在其著作《虐恋亚文化》里这样解释："它是一种将快感与痛感联系在一起的性活动，或者说是一种通过痛感获得快感的性活动。""虐恋"作为女频网络文学中一种独特的叙事方式，有其深厚的文化土壤与性别意识。中国古代戏曲中就有"苦戏"叙事模式，女性作为苦难的承受者，既是对男权社会的批判，也是对弱者的一种保护。女频网络文学中的"虐恋"本质上属于现代文化中的情感消费类型，虽然与都市亚文化中的"性施虐"指向不是一回事，但在理念上仍有相通之处。只不过作为文学作品，"虐恋"的目的不是"虐"本身，而是为了增强故事的戏剧性，强化读者的阅读体验，因此有人认为虐文分为两种——虐待主角和虐待读者。虐待主角就是给主角悲惨的境遇,而虐待读者当然是为了创造"代入感"。我们熟知的古代言情小说《步步惊心》《后宫·甄嬛传》《柔福帝姬》(米兰Lady著),现代言情小说《千山暮雪》(匪我思存著)、《绝色倾城》(飞烟著)、《后来我们都哭了》(夏七夕著)等作品都属于"虐恋"叙事,当然它们所描述的性别世界仍处在正常的人类感情范围。

同样,"耽美"也是女频网络文学中特有的叙事方式,从精神上看它源自19世纪末西方唯美主义文艺思潮。耽即是指"沉湎",耽美也就是对唯美和浪漫事物的沉溺。具体说来,它发端于日本原创漫画和游戏,后来在轻小说中出现,包括武侠、玄幻、悬疑推理、近代历史等,指向其中男性之间在人生和事业上的相互支持、高度认同,及其产生的美好情感。它暗合了女性对超越世俗爱情的某种想象,以及对情感的执着与真挚;因为"耽美"的观念是"明知前途艰难却携手并进",但由于国情的不同,"耽美"难以进入我国主流媒体,尽管它在女性群体中受众广泛,也有一些作品经过改编后成为爆款,如《琅琊榜》《镇魂》《魔道祖师》等。在总体上说,"耽美"作为网络文学的一种类型,属于具有话题影响力的小众叙事文体。

结　语

时代从未停止前进的脚步,变化是中国社会这几十年使用最频繁的一个词。经济转型、资讯海量、价值观念更迭,这一系列变化带来的特殊语境,导致话语权力出现空隙地带……当然,文学叙事不可能跳出三界外不在五行中,但精神层面的变化是显而易见的,这也是网络文学得以赢得读者的关键。网络作家生活多元,思想活跃、勇于创新、敢于突破传统,这是有利的方面,但他们面对的读者见多识广,堪称地球村的村民,所谓"太阳底下无新鲜事",如何才能停住读者滚动的鼠标?从20多年的网络文学创作实践研判,最终赢得话语权的,还是那些具备成熟独立的思想价值观念,能够从无限想象中回归生活本源的叙事者。网络作家或许是21世纪思想最活跃、对新事物最敏感的人群,在他们创作的海量文本中,可以看到在幻想和城市叙事领域的探索已取得令人瞩目的成绩。5G 呼啸而至，这是网络文学炸裂的春天，也是文学叙事的蓝海，人人都可以对象化，人人都可以主体化。如果乐观一点看，这也可能是全球化时代中国文学的一次飞跃。

（《中国文学批评》2021 年第 2 期）

中国三大英雄史诗与网络文学创作
——神话学视野的创作思维考察

◎ 王 祥

世界各地的神话、史诗、英雄传奇、民间故事等非物质文化遗产,如希腊神话之主要载体《荷马史诗》、北欧神话之主要载体诗歌《埃达》、印度神话之主要载体史诗《罗摩衍那》《摩诃婆罗多》,经过长期的创作、传唱、改编,其神话思维、世界观、故事模式、角色与人物关系构建的原则,深深地影响了全世界的小说、戏剧、电影、电视剧、游戏、动漫等艺术形式的创作,成为人类文明的公共知识,在其知识生产过程中,大众文艺的传播再造之功甚伟。

比如托尔金《魔戒》等作品借鉴北欧神话再造了托尔金个人特色的神话,成为欧美奇幻小说、戏剧、影视剧创作的源头,也直接影响了中国网络神幻小说如奇幻、玄幻、修真、仙侠、异能等类型小说的创作。而中国的网络作家们从华夏远古神话、道教神话、佛教神话和《西游记》《封神榜》等明清小说中,汲取世界设定、角色创造、故事情节的资源,创造了神幻小说创作的奇迹,吸引了亿万读者的热情追随,使得年轻人对传统文化迸发了兴趣。随着网络小说在世界各地的传播,中国传统文化对世界各地的年轻人产生了巨大影响。

中国的三大史诗:藏族英雄史诗《格萨尔王传》、蒙古族英雄史诗《江格尔》、柯尔克孜族英雄史诗《玛纳斯》,是具有世界声誉的史诗巨著,也各自承载着独特的神话系统,但是迄今为止三大史诗的文化资源在当代文艺创作中还没有得到充分的表现,具有世界影响的相关题材的小说、戏剧、影视剧作品还不多见,已经存在的改编文艺作品可能在创作思维上也未见得适合神话剧的创作。

我们把这三大英雄史诗，在故事模型、神话思维、世界设定、人物塑造等方面的内容，与欧洲神话、欧美奇幻文艺、中国网络神幻类小说进行平行比较，彰显其有意味的异同，以探索三大史诗在哪些方面能够成为中国网络文学的创作想象资源，而通过小说、电影、电视剧的改编扩展三大英雄史诗在世界上的影响，也应该是一条清晰可见的传播再造道路。

同时这样的比较研究，应该能够帮助我们进一步认识网络文学的形态与功能。

一、《格萨尔王传》故事、人物关系、神话思维

《格萨尔王传》史诗从生成到基本定型经历了千余年波澜起伏的岁月，是世界最长篇幅并且仍在不断生长的史诗，它包含着人类文明的基因，包含着藏民族文化的原始内核。民间艺人在说唱作品时，常常总括为"上方天界遣使下凡，中间世上各种纷争，下界地狱完成业果"，带有佛教伦理的教喻意义，这既是故事主旨，也是故事发展主线，故事的主体与荷马史诗《伊利亚特》《奥德赛》具有相似之处，都是以部落国家战争，争夺土地财富为主线的神话故事。而在神与英雄主宰的战争中，主角与主要人物的"神通"往往起着关键作用。

《格萨尔王传》故事主线如下：因为藏区天灾人祸，妖魔鬼怪横行，黎民百姓遭受荼毒。大慈大悲的观世音菩萨为了普渡众生脱离苦海，向阿弥陀佛请求派天神之子下凡，而降魔天神白梵王之子推巴噶瓦发愿前往藏区，做黑头发藏人的君王，他得到了天界诸神佛的加持，特别是得到莲花生大士的鼎力相助，为他选择了父母部族，其母乃是龙女，降生人世，成为神、龙、念（藏族原始宗教里的一种厉神）三者合一的半人半神的英雄。长成青年后，在赛马会上夺魁，成为岭国国王，号为格萨尔王，开始征战大业，与周围各魔国、侵略者交战，取得土地、财富、兵器、牛马、美人无数，壮大了岭国，格萨尔在人

间功德圆满，将王位传给侄子，自己带着母亲与妻子重返天界。①

在荷马史诗中，神话人物常常是神的后裔或者是人与神的混血儿，如《伊利亚特》主角阿基琉斯是人类国王与海神的女儿所生。与此相类，格萨尔是神子在人间投胎而生，其他众多英雄也多是神在人间的投胎之身，反映了佛教的转世观念，他们的神力与诸神护佑的待遇，他们的神性与人性混合的个性，都与此理念有关。

格萨尔的角色功能既是统帅、组织者，也是神通广大、变化多端的战神，能够役使鬼神、支配自然，能战胜所有的敌人，跨过所有的难关，并享有主要的胜利果实，获得将士民众的拥戴，荣耀满身。

在围绕格萨尔王构建的人物关系中，格萨尔的妻子珠牡，美丽、智慧，当格萨尔率军前往魔国征战、强敌进犯岭国的紧急时刻，她能团结人民奋起抵抗，在被围困的三年中，巧施妙计，稳住敌人，等待格萨尔回师，在被俘之后，忍辱负重，信心不失，表现出藏族妇女优秀品性；导师型人物大总管王绒察查根，具有深谋远虑、洞察真伪、胸怀广阔、顾全大局、忠心为国的秉性；大将贾擦冲锋陷阵所向披靡，而且赤胆忠心、公正无私；丹玛智勇双全、百战百胜；昂琼敢于冲杀、视死如归；而反派如主角的叔父晁通，自私，怯懦，对内傲慢狂妄，对敌卑躬屈膝，扮演着主角的垫脚石角色；霍尔黄帐王具有贪婪、残暴、愚蠢、胆怯等秉性，这与北欧神话以奥丁大神为中心、网络小说以主角为中心，构建主角—情感对手与助手伙伴—敌人与帮凶，这样三足鼎立的人物关系模式很相似，各种角色以及演绎的情节，都是作者与读者愿望–情感共同体的意图呈现，帮助读者观众代入主角，体验主角经历的跌宕起伏而又精彩纷呈的人生，故事行进的方向始终以这样的心理趋势为依归。

在《格萨尔王传》的故事中，与主角一方发生战争的邻国多是魔国，或者是侵略者，天神多次降临，要求并帮助主角去降魔，杀其首脑，而占其土地。把邻国妖魔化，掩饰夺取领土的部落战争性质，这是一个把原始神话宗教化的过程。原始神话如北欧神话、希腊神话中，强者占有一切，赤裸裸地为土地、

---

① 降边嘉措、吴伟编著：《格萨尔王传》，北京：五洲传播出版社，2011年。

财富乃至为一个美女而战,而在圣经神话中,已经演变为上帝这一方的势力,为战胜恶魔一方而战,而且若世界过于堕落,与恶魔勾连太深,将会被上帝灭世,《格萨尔王传》的神圣化进程,亦复相似。

《格萨尔王传》的神话世界架构,是藏传佛教的世界观、原始宗教苯教自然崇拜、藏地的社会自然因素混合构成的:西天诸佛主宰世界,保佑凡人,观世音菩萨、莲花生大士,常为人间奔走,救苦救难;世界上存在魔国与地狱,妖魔鬼怪经常为祸人间;而世间万物有灵,并且依据交感原则,天地万物是互相影响的。

万物有灵论是神话、巫术、民间宗教的核心观念和基本特征。灵魂外寄与灵魂转世,是古代藏地精神生活的关键理念,有着佛教与藏地原始宗教苯教的双重影响。《格萨尔王传》中,神、人与妖魔鬼怪的灵魂可以离开肉体,寄存在植物、动物以及物品上面,有寄魂山、寄魂海的名目,寄魂物不光是灵魂寄存之所,还能为灵魂增添力量,妖魔的寄魂物越多,就越强大,有些强大的妖魔,只有找到并消灭他们全部外寄的灵魂,才能战胜他们。

比如战胜魔王鲁赞,必须把他的"寄魂海"——他的仓库里的一碗癞子血打翻;用仓库里的金斧子把他的"寄魂树"连砍三次砍断;用仓库里的玉羽金箭去射死他的"寄魂牛";在他睡熟的时候,他的额间会出现一条闪闪发光的小鱼儿,这是他的命根子,鱼儿闪光的时候用箭射中,这样几次消他的魂,才能杀死他。[①]

再比如魔王宇杰托桂的寄魂物有五个:一是黑熊谷中的大黑熊,二是天堡凤崖上的罗刹鸟九头猫头鹰,三是罗刹命堡大峡谷的恐怖野人,四是蒙巴玛玛毒海的九尾灾鱼,五是富庶林海中的独脚饿鬼树。每一个寄魂物都需要特定的人使用特定的武器才能战胜它。其中的黑熊十分凶狂,对战中主角一方纷纷败退,女英雄阿达娜姆用山岳宝弓与闪电火焰铁箭,向黑熊连射三箭,大黑熊才魂飞魄散,倒地而亡。从黑熊的脑子里取出三块鸡蛋大的弹丸,是天魔神、地

---

① 降边嘉措、吴伟编著:《格萨尔王传》(第14回"天母送王妃回岭国 大王降妖魔得胜利"),北京:五洲传播出版社,2011年。

魔神、空魔神的魂魄依存处；从心脏里取出精铁的九股金刚杵，是那托桂王的魂魄依存处；从肝脏里取出一个明显的鹫鸟翅膀，是众魔臣魔将的魂魄依存处。可见这个黑熊与寄魂者的复杂的神魂关系，以及魔王宇杰托桂是多么难以战胜。①

这样的灵魂存在方式的想象，在世界各地的神话、民间宗教、巫术、奇幻文艺中是普遍存在的，北欧神话中，众英雄在战斗中死去，灵魂回到英灵殿——瓦尔哈拉，晚上就能像从未受伤一样饮宴狂欢，《哈利·波特》中的大反派伏地魔正是因为有多种寄魂之所，才成为几乎不死的大魔头，网络小说中灵魂存在方式更是花样翻新。——这样的灵魂想象比人体解剖有趣多了，人类正是在各种灵魂想象中脱离物质的宰制而获得精神自由，情感体验更丰富更有美感，人类变得更有趣更有朝气。

故事中的正反双方的人物，都有无穷的法术，比如第46回《雪山君臣魂归天界 水晶宝藏贡献岭国》中，岭军进攻雪山国受阻，许多天不能前进，众英雄都很着急。英雄玉拉和玉赤兄弟二人决定造一只木鸟，从空中袭击雪山国大军。不多日，长颈鸿雁的木鸟造好，打一下鸟尾，木鸟就向前飞，打一下鸟背，木鸟就向下落，二人带兵将十人，乘木鸟飞到雪山国大军的头顶，刹那间天昏地暗，雪山国大军吓得弃关而逃，玉拉和玉赤轻而易举地夺得了这道关隘。第56回《穆军似雪猪守孤城 岭兵如猛虎破敌堡》中，大反派晁通用幻术造了一条水晶飞船，镶有美丽的吉祥花纹，船头装有鳌鱼的头，飞船有隐形罩，令对方看不到自己，又变化出三个和自己一模一样的人，又命一百名达绒部的勇士坐进船内，悄悄地飞了出去，悄悄在敌方城头降落，从而打破了城堡。第58回《岭军挥师远征伽地 魔军受挫连折五将》中的飞船更大，可载大军几十万人。造船者乌朗王子念动咒语，飞船变得硕大无比，岭国大军全部上了飞船，飞船飘然而起，朝大海上空飞去，飞了二十天，飞到伽城的九层长城

---

① 降边嘉措、吴伟编著:《格萨尔王传》(第41回"魔君魔臣失魂待毙 文布达绒论奖争功")，北京:五洲传播出版社,2011年。

附近，就这样远程突袭，打下城池。①

格萨尔王的故事中，主角不断在"世界"的不同地区与各种类型妖魔鬼怪作战，各部故事相对独立，而这种故事情节模式与结构方式，为各地的吟唱者提供了自由，他们根据观众的需求不断繁衍出故事情节，而仍然是故事整体的一个组成部分。在世界各地的长篇神话史诗中，这都是行得通的自由体结构，各部人物与故事独立发展，却不妨碍其他各部的自由生长。而网络神幻小说也发展了这种故事情节模式，主角在"世界"不同区域，"爬地图"修炼—战斗—升级，故事情节线索相对独立，灵活多变，可长可短，这种弹性结构为写作带来了自由，可以根据读者需求，创造新奇惊艳的情感体验，而这种模式的关键，是"世界设定"的框架对随心所欲的创作能够具有包容性。

二、《江格尔》的故事、人物与世界架构

《江格尔》是蒙古卫拉特部英雄史诗，讲述"宝木巴"地方以江格尔为首的12名英雄，同邪恶势力进行抗争，收复许多部落，建立一个强盛国家的故事。《江格尔》是由数十部作品组成的一部大型史诗，除序诗外，各部作品都有完整故事，可以独立成篇，大多数部集的情节互不连贯②，与《水浒传》、凯尔特神话中亚瑟王领导的圆桌骑士们的故事模式相仿佛，在同一个"世界"、在贯穿性人物带动下，展开各主要英雄人物自己的事迹。也像《水浒传》与圆桌骑士故事那样，正面角色代表着民间想象中英雄的道德品质。

《江格尔》以结义故事、婚姻故事和征战故事为主体。结识伙伴、获取爱情达成婚配、战胜敌人建立功勋，是常见的英雄史诗与民间故事模式。

《江格尔》结义故事中，江格尔与洪古尔、阿拉谭策吉、萨布尔几位主要英雄的结义成长的过程，也是多数部集故事发展的重要线索。婚姻故事中洪古

---

① 降边嘉措、吴伟编著：《格萨尔王传》（第46回、56回、58回），北京：五洲传播出版社，2011年。

② 参见《江格尔》汉文全译本，黑勒、丁师浩译，浩·巴岱校订，乌鲁木齐：新疆人民出版社，1993年；《江格尔》，色道尔吉译，北京：人民文学出版社，1983年。

尔的婚姻最为惊艳，他求娶查干兆拉可汗的女儿哈林吉腊，却被其父派人追杀，而公主早已爱上洪古尔，她屡次在关键时刻变成天鹅、鲟鱼等精灵，拯救洪古尔。

征战故事中"征服残暴的西拉·古尔古汗之部"最为跌宕起伏。江格尔漫游天下，三十五勇士纷纷出走后，险恶的西拉·古尔古汗便大举进犯宝木巴。雄狮洪古尔只身迎敌，不幸被擒，被拖进下界幽深的地洞，投入血海，受尽折磨。江格尔在外地结婚生子，回到故乡，闻讯闯进地洞，到达七层地狱的血海，把恶魔斩尽杀绝，取回洪古尔的遗骨，用如意神树的叶子复活了洪古尔，他们与众人一道重建家园。

《江格尔》的正面人物大都是半人半神式的英雄，凡人的各种禀性，与天神的智慧和本领相融合，成为角色特征。主要英雄们能够做法，能使用法宝作战，能够死而复生，或者灵魂奔向三十三层天堂，还经常化身为儿童在人间出现。半神人物化身"秃头小子"在人间嬉戏或者战胜敌人，创造奇迹，也是北方草原英雄故事中常见故事原型。

主角江格尔生而奇异，三岁就能除魔降妖，少年时期就能就任国王，这是英雄史诗的常见的人物传奇化处置手段。江格尔是一个领袖型角色，在故事情节发展中经常穿针引线，起着组织者和领导者的作用，同时也是战神，神通广大，有八十二个变化、七十二种法术，略胜于孙悟空。《江格尔》创造出一批成功的英雄形象，如洪古尔，身上集中了"蒙古人的99个优点"，是出生入死的草原英雄的代表；阿拉谭策吉和古恩拜是军师和谋士的角色；萨布尔、萨纳拉是冲锋陷阵的先锋角色，他们往往是决定战争胜负的关键人物；吉拉干能言善辩，长于宣传鼓动；美男子明彦负责对外交往；江格尔的马夫宝尔芒尼主管后勤事务。而诡计多端的魔王莽古斯把灵魂寄养在小鹿身上，难以战胜，魔王黑那斯企图吞噬宝木巴以自肥，企图心旺盛，这类邪魔敌人的贪婪恶毒是引发战争的主要原因，为主角设置了许多障碍，这样长期的敌对关系也使得故事发展很曲折漫长。

动物角色特别是马，是英雄们的伙伴，江格尔的阿兰扎尔，洪古尔的铁青马，都是雄壮而智慧的，能随主角出生入死，能为主角出谋划策，是马中典范,与《玛纳斯》中主角玛纳斯的神驹阿克库拉可以相提并论。神话与神幻类小说中,通常主角都会有非人类的伙伴,集动物性、人性与神性于一身,《西游记》中有通灵的白龙马,北欧神话主角奥丁大神的坐骑是有八条腿的神马斯莱甫尼尔,肩膀上栖息着两只神鸦,每天为他报告世界见闻,脚下还经常躺着两只大狼,增强着主人的威势,网络小说如《佣兵天下》(作者:说不得大师)主要人物的骑乘伙伴——骄傲的龙族,各有个性和特长,战力惊人。这些动物既是主角的助手、伙伴,也是故事情节发展的关键角色。

《江格尔》也通行着灵魂外寄与灵魂转世的观念。蒙古萨满教认为人有三种灵魂,一是永久生存的灵魂,人死了它也不死,会帮助子孙后代,二是临时性灵魂,可以离体而独存,可以附体他人他物,三是投胎转生灵魂。这些在史诗中与藏传佛教相融合,有各种表现,特别是大反派蟒古思有多重灵魂,如库尔勒·额尔德尼蟒古思灵魂是深山中的母鹿肚子中的七只小鹿,与格萨尔王传中狡猾的魔王相似。

《江格尔》的世界与荷马史诗的世界架构颇有相似之处。荷马史诗中的世界分为三层,天界以宙斯为首的众神居住在奥林匹斯山上,管理着天界,并随时会干预人间事务,人类居住在地上,冥王哈得斯住在地下,管理着亡者的灵魂。《江格尔》与荷马史诗一样,都是有通道相连的,为敌我互斗故事的发生提供了通道。古代神话世界的三界设想是较为普遍的,说明人类的灵魂观与时空观是相近的,但是各个地区的神话在具体的世界架构上又有自己的特色,这是各史诗的主要区别之一。

在北方草原民族的原始神话与萨满教观念中,宇宙是三界结构,上界——天界,是长生天为首的右翼五十五尊天神,和左翼四十四尊天神所居之处,中界是人和动物所在之处,下界是死亡者归属之地,鬼与精灵之所在。上界与中界有天门相通,有时候天神会打开天门,来到人间。中界与下界也有通道相连,这通道就是下界的"天窗"。

《江格尔》的世界是萨满教与佛教、草原游牧民族的社会自然因素的混合体。《江格尔》的天界住着长生天等天神,但是也住着恶神,神在故事中的直接作用较小,故事多发生在中界与下界。江格尔等英雄们居住的宝木巴为中界人间的主要场景，是妖魔鬼怪处心积虑想吞占的宝地，是主角们誓死保卫的家乡，主角们生活的家园宝木巴四季如春，英雄们长生不老，永久地停留在二十五岁青春，与荷马史诗中的神和英雄们一样，健康漂亮有活力，不死不衰老，这显然是人类的普遍愿望，而不是日常经验。

而《江格尔》的下界，非常具有戏剧性。下界发生的故事较多，英雄们经常到下界与妖魔鬼怪进行搏杀，推动剧情发展的通常是主角等人类英雄。下界的入口在中界地上一个深深的红洞，向下有宽窄不同的七层地方，与地面一样，有大地高山海洋，各种动植物，其实与人间大地相同，具有基础的生存条件，又与人间相异，有下界的区域特色，气氛诡异。下界有神奇的神灵，有被捉来的仙女和人类英雄如洪古尔，有巨人，还有死者的灵魂也会来这里，下界之主是黄铜嘴黄羊腿的老妖精以及各种妖精部众。

连接下界与宝木巴的是如意树（来自于佛教菩提树观念），江格尔去下界救洪古尔的时候，这棵如意树满足了江格尔一切要求，他利用如意树的叶子，医治了自己的伤，嘴里含着神奇的树叶游到咆哮的红海底下，找到了已经死去的洪古尔的骨骸，用树叶使他起死回生。这个如意树与北欧神话、奇幻文艺中的世界之树作用类似，起到支撑世界和提供生命力、治疗伤痛的作用。

这个以萨满教为基调的下界，与基督教、佛教世界观中的具有道德审判功能的"地狱"是有区别的，"地狱"的主宰对世界秩序负责，依据降落灵魂的过往功过，对灵魂进行奖惩，对未来进行安置，因此其基本场景、角色、功能设定就比较固化，不能肆意改动。《江格尔》下界中各种族分布与北欧神话更为相似，显示出原始信仰的精神秩序景观还比较庞杂，然而也正是这种庞杂，为现代大众文艺的再造神话提供了自由。很多网络小说的冥界、下界的设定也与此相似，宗教伦理功能退化，下界只是世界的一部分，主要住着非人类的角色种族，是故事主角作战的场所，这里敌人多，盟友少，在故事主角的"敌人""对手"这类角色建构中，起着重要作用。

三、《玛纳斯》故事与角色谱系

《玛纳斯》是柯尔克孜族英雄史诗,《玛纳斯》广义指八部史诗,狭义指其第一部。与藏族史诗《格萨尔王传》、蒙古族史诗《江格尔》不同,史诗《玛纳斯》并非一个主角的故事,而是英雄玛纳斯及其子孙八代人,带领被奴役的人民共同反抗卡勒玛克、契丹等外来统治的八部英雄传奇,它与历史事件的关系较为紧密。史诗的每一部都可以独立成篇,其中前几部内容紧密相连,前后照应,发育更为成熟。①

《玛纳斯》史诗又以第一部故事情节最为曲折动人,也流传最广,具有一系列英雄传奇的成长故事模式。玛纳斯诞生前,统治柯尔克孜族人民的卡勒玛克王,听占卜者说,柯尔克孜族人民中将要降生一个力大无比、长大后要推翻卡勒玛克人统治的英雄玛纳斯。卡勒玛克汗王派人四处查找,把怀孕的柯尔克孜族妇女一一剖腹查看,以便扼杀即将诞生的玛纳斯。但是在柯尔克孜族人民的保护下,玛纳斯平安地降生了。

主角玛纳斯的特异性诞生事迹,是突厥史诗英雄诞生的常见模式,在欧洲、中亚、南亚神话故事中也不少见。一对夫妻年迈无子——向天神腾格里祈祷求子——妻子进树林独居(树林的神秘生命力有助于怀孕)——受孕——胎儿出现特殊迹象——难产——英雄诞生(英雄的人生开头就必然与众不同,为未来的神迹开局)。英雄生有神力,结识了四十个少年英雄,统帅柯尔克孜人民向卡勒玛克人开战,一系列的征战取得辉煌成果,十二次大的战役,构成故事主干。通过十四位汗王,结成广泛的部落联盟,形成了庞大的势力,捍卫了被欺凌部族的独立自由。

比较起《格萨尔王》的神子主角与《江格尔》的半人半神主角,玛纳斯与子孙虽然神勇无敌,却不是神仙,而是热情奔放、彪悍不羁的人间英雄,并且

---

① 参见《玛纳斯》(第一部全四卷),居素普·玛玛依演唱,《玛纳斯》汉译工作委员会编译,阿地里·居玛吐尔地译,乌鲁木齐:新疆人民出版社,2009年;郎樱:《中国少数民族英雄史诗〈玛纳斯〉》,杭州:浙江教育出版社,1990年,第45—46页。

带有悲剧英雄的色彩，这是一部低神性的英雄传奇故事。玛纳斯只有穿上巴卡伊老人为他准备的白色战袍或者妻子卡妮凯准备的战裤，才能刀枪不入，正是因为麻痹大意，大胜之余没有穿上神衣，才被宿敌用毒斧击中头颅，重伤不及救治而死。

玛纳斯先后娶了三个妻子，其故事带有草原民族的抢婚故事形态，在草原史诗中那是常见的英雄壮举。最后，玛纳斯花甲之年远征北庭，大胜之际重伤死去，在人生的辉煌处，终结生命和英雄传奇。之后，每当柯尔克孜人民遇到重大危急关头，人们高呼玛纳斯的名字，玛纳斯与四十个英雄的灵魂都会在众人面前出现，鼓舞人民作战。

《玛纳斯》的世界观受到萨满教影响，故事里的人们崇拜上天腾格里，那里是神居住的地方；崇拜大山，那里是仙女住的地方；崇拜大地河湖，河水、湖水、泉水具有神力，特别是有些神泉能治愈伤痛，与北欧神话中的能供养世界之树的生命之泉作用类似。还有动物崇拜活动的呈现，玛纳斯出征之时，就会出现许多动物保护神，前来护驾。《玛纳斯》对神奇的战马的吟唱最为有名，战马品种繁多，各类英雄人物都配有不同名称和不同特征的神马，主角的坐骑、猎犬、猎鹰、骆驼都是有神力的。

主角家乡的邻近地区有一座仙山卡依普，上面住着很多仙女，她们帮助主角一方战胜敌人，并嫁给主角子孙后代，与英雄们并肩作战，她们各具神通，能让战死者起死回生，与早期萨满教中的女萨满功能相似。故事中还有许多各族萨满举行祭天、祈福祈子、念咒、治病、施展魔法、占卜预测吉凶的活动，他们是神在人间的代表，是凡人与神沟通的中介。

《玛纳斯》中仙人系列角色中，有一个导师型人物巴卡伊老人，活了三百五十岁，自玛纳斯出生起，一直教导着帮助着玛纳斯，玛纳斯死后还照顾帮助着他的后代。这个人物有着萨满教中大萨满的痕迹，与《魔戒》中帮助主角的巫师甘道夫，《亚瑟王》里的主角的导师巫师梅林作用类似，其功能是帮助主角成长与达成愿望，其实对应着我们对导师与智者的需求。

玛纳斯的妻子卡妮凯是主角的贤内助，美丽而忠贞能干，组织能力超群，能未卜先知，还是神医，能起死回生，为玛纳斯缝制的战裤能伸能缩，防水火，刀枪不入，她在玛纳斯去世以后，坚强不屈、忍辱负重、深谋远虑，又辅助儿孙两代成就不凡功业。与格萨尔王的贤妻珠牡作用相同，她们代表着我们对完美女性的想像。

玛纳斯子孙的妻子多是身具智慧神通的仙女，能帮助丈夫建立功业，这个仙女人物谱系是系列史诗的重要特点。玛纳斯的儿子赛麦台依的仙妻阿依曲莱克，美貌倾国倾城，能化身为白天鹅在天上飞翔，屡屡帮助丈夫渡过难关；玛纳斯之孙赛依铁克的妻子库娅勒是一位女战神，战力惊人，是赛依铁克的保护神，二人长期并肩作战；赛依铁克之子凯涅尼木的妻子绮尼凯精通魔法，经常战胜会魔法的巨人，使自己一方在战场上立于不败之地。

从神通广大的她们身上，能看到萨满教早期的女巫师形象的影响。其实也反映了男性演唱者与听众的心理需求。这些得到仙女垂青的男英雄与形态各异的仙女们，会令网络小说读者们想起网络小说神作《风姿物语》（作者罗森）与《亵渎》（作者烟雨江南）中，那些功能与形态各异的，能贴近主角心理需求不同部位的美女角色。这些人物不是按照生活真实人物来再现的，而是紧贴人类真实愿望而塑造的，神话传奇故事的产生正是根源于人类永不停歇的愿望之河。

四、神话思维与现代文艺创作

以上对三大史诗的基本面的端详，令网络小说的研究者感到有很强的亲切感，它们与网络神幻小说的血脉太近了，可以说世界各地的神话、中国三大史诗与网络神幻小说是同源同构的。三大史诗是神、半人半神、得到神仙帮助的英雄们，创造的神话传奇事迹，网络小说中的神幻类小说（奇幻、玄幻、修真、仙侠、都市异能等），通常是由凡人主角修炼战斗，不断升级而成仙成神，并改造世界创造世界的故事。显然，三大史诗的资源可以很顺畅地移植到网络小说创作中，它们在神话思维、世界设定、角色创造等方面，为不断追求创新的网络小说创作打开了丰富的资源宝库。而三大史诗最好的改编移植工作，也是三大史诗传播给世界的最佳途径，是把史诗改编创作成再生的新神话。

这就要求人们能够把握三大史诗与网络文学的基本创作思维：神话思维。神话是人类愿望的载体，神是人类愿望的人格化、对象化的产物，神性主角突破现实障碍的超自然事迹，"实现"生活中不能实现的愿望的过程，就是神话。神话产生的人性根源，在于人类渴求想象世界对现实世界的超越，精神世界对于物质世界的超越，此事古今皆然。

但是人们会产生一种疑问，现代人是否应当或者能够具有神话思维，并进行神话色彩的文艺创作呢？我们如何认识神话思维的现代性呢？

人们应该洗涤关于神话的一些刻板成见。

十九世纪以来直至今天，人们认为神话只能产生于古代氏族社会，这是一种普遍的主流性看法。列维-布留尔在《原始思维》中论述了与现代人思维完全不同的原始人的"原始思维"：相信万物有灵，灵魂不灭，准此，灵魂外寄与灵魂转世的观念，就应该是不属于现代人的"原始思维"；弗雷泽在人类学巨著《金枝》中说，人类思维的发展划分为三个阶段，"巫术——宗教——科学"，这样的阶段论代表着十九世纪以来的洋洋得意的科学主义思维，在现代科学思维阶段，神话与宗教思维（宗教的核心教义是神统治人类的精神秩序）就过时了，只是一些远古思维的残余物了；皮亚杰在《儿童的心理发展》中说原始人类如人的童年，他们的思维在本质上是被神化了的形象思维；一些神话学教科书在强调，神话是人类认识世界、认识自然的能力不足够时，对世界的认识，似乎现代人掌握了科学思维，就不会再对神话创造感兴趣，或者不再有能力创作神话。这些说法几乎成为常识。

上述言论等于是在说，好莱坞电影、中国网络文学创作者不是合格的现代人，或者他们只能是智力发育不全的幼童，所以他们偏爱而且能够创作神话，而喜欢好莱坞电影和中国网络小说的世界各地的广大受众，普遍精神发育有问题，所以才会喜欢那些幼稚的作品。

但其实神话思维、"原始思维"并非原始人才有，——神话思维同样属于现代人，并且现代人发展了神话思维。

历史上并不存在一个人类精神断面：在这个断面之前人类只属于巫术思维、原始思维或者神话思维，断面之后，人类登上科学理性的台阶，就会彻底告别神话思维，由科学思维或逻辑思维来统治自己。事实上，古代人也能知道神灵想像与生活经验的区别，知道人变为一种鸟，灵魂寄存于牛马身上，雷公打雷等想象，是不能实际验证的。中国春秋战国时期是华夏神话爆发期，但是也有"子不语怪力乱神"的孔孟学说，也有墨班的器械制造。古代人类同样具有科学思维、理性思维或者逻辑思维，任何古代人类的冶金、工具和器械的制造，水利工程，宫殿建造，都必然遵循着某些物理、化学原理，现代科学正是在此基础上逐渐发展起来的，现代科学思维不是突然降临人间的，可以说人类的神话思维（直观的象征的超现实的思维）与科学理性思维，都是起源于远古人类，并共同发展或者进化为现代人思维的。

现代人中，不是只有儿童才保留了原始思维或者神话思维。在现代人类生活与人文领域中，神话思维与科学思维并驾齐驱，互相渗透，才是常态，一个科学家白天在实验室中，以科学思维进行工作，而在夜晚或周末与宗教神话、幻想文艺为伴；一个艺术家进入创作情境，是灵性思维在主导精神状态，但是他们也可以掌握现代科技产品，并通晓其工作原理，这其实是正常的现代社会生活图景。

事实上，人类思维中可以同时或者交替运行科学思维和神话思维，两种思维既相互冲突，也相互协调互助，彼此启发，激活人类的创造性，也使得人类精神世界更为平衡，这是一种自组织的思维机能，是人类长期演化而来的能力，现代人借助于思维的多维度多系统的运行，从科学主义非此即彼的僵硬认知中解放出来，也告别了面对自然的茫然无措。当然现代人的神话思维也是不断进化的，比较起古代人的神仙思维更灵活，所思所想更辽阔，更能包涵现实世界的知识，也更强调内在统一性，以减少与逻辑思维的冲突。

二十世纪以来神话在文学艺术中获得了再生与复兴，自乔伊斯的《尤利西斯》，托尔金的《魔戒》，神话思维再次附体现代文学，打破了科学主义单一思维定势，恢复了对神性灵性思维的追求，形成二十世纪文艺与十九世纪现实主义文艺潮流迥异的风格，说明人类文艺创作并不能放弃神话思维。

中国三大英雄史诗的自发生长状况、中国网络神幻小说的兴盛、好莱坞奇幻科幻电影、日本动漫、世界流行的神话模式的电子游戏，都不断推陈出新，都说明神话的产生并不是人类社会某一个阶段独有的现象,而是植根于人类无止境的超越现实的精神需求:从前,人类的愿望之河中产生了神,现在和将来,人类仍然会创作神话以"实现愿望",并在神话中体验现实生活中无法体验的精神情景。

五、神话的自由精神、同一性与现代大众文艺的创造性

三大史诗最宝贵的财富,也正是不羁的创造精神,是超越现实的肆意想像。《格萨尔王传》说唱者的艺术传授充满了神秘色彩,最令人惊奇的是神授艺人,他们在睡梦中得到神人传授,一梦多日,苏醒后即能滔滔不绝地说唱表演《格萨尔王传》的史诗故事。[①]在新疆卫拉特人地区、蒙古国、中亚等地也流传着天神教会人们演唱《江格尔》的说法,并且认为正月里演唱这部史诗,具有驱除妖魔鬼怪,保佑人民全年吉祥的作用。[②]演唱《玛纳斯》的"玛纳斯奇"也有神授说,一些玛纳斯奇说是梦见玛纳斯等英雄之后,学会了演唱玛纳斯故事,人们相信《玛纳斯》具有神力。[③]

这是三大史诗创作传播的重要神话意识背景——创作者并不在意反映历史与现实的准确性,而是聚焦于精神的神秘传承。而这在原始宗教生活中也是普遍的现象,演唱诗歌与念咒具有同等的意义,歌手与巫师、祭祀、萨满有时候是一体的。

问题的关键不在于"神授说"是否属实,诗巫共生是否合理,而在于这样的创作传播心理对于史诗形态的影响,对于保持神话品性的作用。这些"神授艺人"是最神奇的传播者,往往具有强大的创作能力,在整个故事框架中,自己繁衍出独立的长篇故事,或者在原有传唱故事情节的基础上,演变出更丰富

[①] 杨恩洪:《超越时空的艺术传承:揭开〈格萨尔王传〉说唱艺人田野调查的新篇章》,《艺术评论》,2008年第6期;央吉·卓玛:《〈格萨尔王传〉史诗歌手展演的仪式及信仰》,《青海社会科学》,2011年第2期。

[②] 仁钦道尔吉:《萨满教与蒙古英雄史诗》,《民族文学研究》,2001年4期。

[③] 郎樱:《中国少数民族英雄史诗〈玛纳斯〉》,杭州:浙江教育出版社,1990年,第166—175页。

更精彩的故事情节。而即兴创作的故事之所以被看作史诗自然生长的一部分，是因为它们保持了统一的神话思维、神话故事形态或英雄传奇故事形态。世界著名神话多数早就是完成式，不管如何改编，它们自己早就定型，拥有着固有故事形态，而中国三大史诗本身，还在神话思维的统照下不断生长变化。

必然地，它们也将通过现代小说、电影、电视剧等大众文艺创作，生长出新的花朵。因为上述认知，人们在改编三大史诗为戏剧、小说、影视剧的过程中，不应当把它们当作是历史剧、"古代生活教科书"来看待，虽然三大史诗故事中都有历史事件的影子，但是把神话故事当作是历史事实，那是对历史、对神话遗产不负责任的外行行为。应该把握神话思维、英雄传奇故事的基本精神，以自由的精神传承自由的艺术，无论如何改编再造，都应该按照神话的情理去繁衍故事，神话与历史剧所涉及的历史事实发生的因果律、历史学的治学逻辑通常上是对立的。

当人们在移植、借鉴三大史诗的神话思维、世界架构、角色塑造的资源时，还要注意神话内在同一性要求，避免把它们在世界设定、人物性格塑造、情节发展方面的混乱与芜杂带入神话再造。

三大史诗在演唱传播中一直在发生变化，形成许多变体，使得史诗在整体上越来越长。民间艺人走到哪里，在哪里受到欢迎，就在这里长期驻唱，内容随时有所增减，在传唱时不时加工，内容愈加丰富，情节也更加生动。艺人们在文本的搜集整理过程中，也不断添加、修正故事情节，就这样一代一代累积，丰富发展了史诗的故事情节，这与长篇网络小说连载的创作过程中，读者的接受反应对作品的影响相似，读者的要求决定了故事的发展布局和篇幅，决定了讲故事的方式。自由、即兴，容纳各家各派，这是史诗创作的优势所在，《格萨尔王传》是世界第一长史诗，《玛纳斯》被称为世界第二长史诗，《江格尔》也是大型复合史诗。

但是人们要认识到史诗的规模大并不等于史诗影响力大，无数作者自由创作的文本必然存在相互矛盾甚至相互颠覆的地方，在整理统合史诗文本过程中，去粗取精，去除自相矛盾，自我颠覆之处，特别是在世界设定与故事主线等方面，加强同一性的工作可能才刚刚开始。网络文学创作继承道教神话与明清小说的世界设定等方面资源，同样存在同一性问题。

把三大史诗移植改编为小说、戏剧、电影、电视剧的工作，要注意三大史诗各自特点，因为其世界设定、故事模式、人物谱系的不同，而寻找各自的进化再生的路径。而对史诗的最好的传承就是按照现代艺术创作传播的规律，再造神话，而不是亦步亦趋地跟在原有版本的后面，要尊重史诗的基本架构，但是也不能被神话的神秘感吓住。自由创造才是最好的继承，因为自由才是神话的本质。

这也是世界很多民间文化传统复兴、再生的共同特点。托尔金《魔戒》对北欧神话的改造、再生，其故事与世界设定是全新的，并不刻意强调要与北欧神话原有神祇、世界架构相同，更不强调神话的民族性地区性，却自然带着北欧民族地区的文化基因。其创世神与职能神的功能，世界架构层级的思路，特别是精灵与矮人等种族、世界树等器物创造，一眼可见以北欧神话为原型，但是却避免了北欧神话的价值观缺陷，与世界设定的混乱粗糙，更是避开了擅自篡改北欧神话的指责。但是《魔戒》却引起了对北欧神话的再造热潮，北欧神话成为欧美奇幻文艺的基石。这是北欧民间文化的荣耀，同时也是人类神话的代表，蕴含着普遍人性和普遍的神话思维。

而好莱坞电影、中国网络小说对世界各地神话的再造之中，也常见借鉴他人体系而自成世界的创造，一个创作者一部作品，创造了一个新的神话，却处处可见人类神话的传统资源的影响。

世界各地的史诗传统，神的后裔，以现代大众文艺的多种方式继续存活生长、变形、横移，以适应现代人的价值取向、艺术兴味、艺术方式，让神话再生，随着生活的改变而不断创新，是文化传承的新的重要途径，形式变了，精神实质恒久流传。为社会变迁提供文化思想、文化行为方案，这是文化的根本任务，随着大众文艺的传播，民族地区文化基因自然会随着新神话的再生而呈现出来，继续发挥文化传统的功能，令人类文明更为丰富更为平衡。

所以对三大史诗以及中国传统文化资源的各种移植、扭转、变形、再造的方案，都应该是被鼓励的，重要的是把人们的关注热情吸引过来。与希腊神话、北欧神话、印度神话、佛教神话、道教神话对世界文化的影响相比，中国三大史诗的影响力还有很大提升空间,这对于网络文学创作是一个好消息,这是尚未挖掘的富矿。中国各地的民族文化资源,在现在与未来,应该成为影响世界文化发展的人类文明共同财富,让人类文明带有更多东方民族的禀赋气质。

(《网络文学评论》2019 年第 1 期)

网络文学"无边的现实主义"论
——场域视野下的网络文学现实题材创作20年

◎ 单小曦　段廷军

　　网络文学之于现实题材、现实主义创作，是个终将正面触及的重要命题。20世纪90年代起于青蘋之末，21世纪以来愈益繁荣兴盛、蔚为主流的中国新型文艺之核心区块的网络文学，与自19世纪批判现实主义、20世纪社会主义现实主义，以及兼容现代派的无边的现实主义甚或魔幻现实主义等流派、定义，此际终于有了面对面的交互——我们必须思考网络文学这般巨大的拥有20余年发展历史的时代创作形态，其现实题材写作的状况如何，以及怎样用现实主义的理论、方法看待与评价它的相应部分。类似的遭遇在中国现当代文学史中时有发生，理论干预创作或者政治干预创作，文学书写必须与现实世界的要求律令有更为深刻的交合，越是主流化越是如此、越是大众化越是如此。这也就是2018年进行网络文学20年纪念时我认为的"一场沉甸甸的成人礼"已经到来的具体表征。假如我们积极能动地思考这个"后20年"的成人礼问题，并且被类似罗杰·加洛蒂所谓"真正的艺术没有不是现实主义的"说法鼓舞起理论和阐释的热情，乐意寻找网络文学与人生与社会内在关联的那把创造性密钥，那么，理应勇于回答诸如：现实主义杰作是否已在网络文学的腹中？如何诞生？或已经诞生？换个角度讲，我们都曾从网络文学的特征、方法、表现等认为它总体上是在现实之外、互联网中形成了一个"异次元"，恢复和运用了"怪力乱神"的传统，行使着对现实的"逃避"和"补偿"的功能，这是一种敏感而典型的虚构世界与现实世界的关系描述。换言之，把网络文学整体上看作一个镜像，那么它是否就是现实之"我"、"我"之现实的全面映射与幻化？如何追认这种异次元化的巨型叙事的现实基因、现实作用、现实价值？而即便追问至此，实际上还没有包括很多作者和论者心目中认为的"现实题材"与"现实主义"并非一回事，完全应该分开来考虑安排，且我们究竟要网络文学成为怎样的现实性叙事，即构成怎样的时代文学"现实"？这些层叠的维度都在昭示，有关于此的既是一个热度不断上升不得不认真讨论的理论及创作实践命题，又是所涉丰富复杂须实事求是地加以研究的动态场域。

一、网络文学 20 年与现实题材创作

自 2015 年国家新闻出版广电总局推出"年度优秀网络文学原创作品推介"活动暨榜单以来，网络文学的现实观照及其书写现实的倡议逐渐上扬，网络文学现实题材写作的命题成为理论评论界和网文界渐趋自觉的意识。一些学者会认为网络文学的现实题材写作由此开启，或现实主义由此"烛照"网络文学。这在常识上讲，多少是误解。

一方面，网络文学从诞生之初，就没有离开过现实题材写作。从网络文学史料来看，早期常见的网络创作及其传播事件，不少都是现实题材的，比如痞子蔡的《第一次的亲密接触》、安妮宝贝的《告别薇安》、慕容雪村的《成都，今夜请将我遗忘》等。起点中文网创始人之一、资深网文编辑林庭锋回忆道："作为网络文学诸多类型中最贴近生活、真实还原度最高、最能引发共鸣的类型，现实题材小说一直都是网络文学内容中重要的组成部分，并很快诞生了《裸婚时代》《致青春》等一批深具影响力的优秀作品。"

其中，《第一次的亲密接触》多年后（如 2008 年、2018 年网络文学十年盘点、二十年榜单等）被视作中国网络文学的原点，也就是说，我们依赖记忆与事件所厘定的"中国网络文学元年"实际上是把网络文学历史的首要位置交给了现实题材写作的，其具体的标签大抵是"都市""网恋""浪漫主义和现实主义"，即在感觉上认可网络文学这一新兴写作门类是都市文明和互联网媒介的产物，并且具有现实真实性和幻想浪漫性。这么说，并非过度阐释，因为做

严格意义的学术考辨的话，网络文学的另一些更早的代表作可以是武侠、也可以是奇幻，选择它们作为中国网络文学元年的标志亦未尝不可。那么，选择《第一次的亲密接触》固然有其单部作品在网文史上前所未有的现象级文化影响力的缘故，恐怕也有现实题材网文"最贴近生活、真实还原度最高、最能引发共鸣"的经验在起作用。所以说，现实题材从初始阶段就伴随甚至代表着网络文学，网络文学的现实经验、现实方位一直是强烈的，它和它的创造者们甚至拥有着一种当下和现代的迫切感。

另一方面，网络文学自发形成的现实关怀乃至于现实主义形态我认为是存在的、比较清晰的。那就是一种民间立场的现实主义精神。比如对于时代新媒介生活的体验和拥抱（《第一次的亲密接触》），对于经济大潮下生活压力和理想主义散失的苦闷哀悼（《成都，今夜请将我遗忘》），对于校园青春与人生转折的意绪萦怀和刻骨铭心（《致我们终将逝去的青春》《七月与安生》），对于踏入社会经受职场考验的历练与妥协（《杜拉拉升职记》《潜伏在办公室》），对于失恋问题的疗愈（《失恋三十三天》），对于80后裸婚生活下何为幸福的拷问（《裸婚》），对于高房价和"二奶"等社会现象的民间视角（《蜗居》），对于小镇有志青年踏上仕途的人生指南（《侯卫东官场笔记》）……几乎社会在发生什么典型领域的典型话题，网络小说就有相应的反应及书写。只是这些书写大多是平视的、故事化的、新写实主义式的，其所蕴含的精神立场每每朴素真实，或有批判和痛苦也大多通过成长和消化使其回归到忧乐圆融的传统，仿佛蚌壳般努力将沙砾转化为珍珠。其中，间或有高于平民的、立意高远的作品，比如阿耐的《大江东去》（2009年获中宣部"五个一工程"奖，2018年改编为电视剧《大江大河》热播）展现了国有企业、农村集体企业、民营企业以及外资企业在近二十年的改革开放历程中的发展变化以及置身时代大潮中的人物命运的浮沉；以及崔曼莉的《浮沉》，写国有企业改革过程中市场主体的变化以及商场、职场人生的复杂性，从而勾勒出一幅跌宕起伏的当代生活画卷。这些作品显示了作者较为宏大的历史视野和现实观照，是作家主体精神和创作意识的积极拓展，但总体数量、规模有限——有论者谈到其时的《大江东去》和阿耐："即便曾在2009年以《大江东去》获得'五个一工程'奖的作者阿耐，很长一段时间内也只是'晋江文学城'的一名默默的潜水 ID"——这一阶段的现实题材创作所展示的特质总体是民间立场的现实主义，它们感性、抒情、具体，痛并快乐，真实又不乏幻想。很多作者是将浪漫主义和感伤主义的主观性调和到现实题材的客观性之中，构成了网络文学自身的一道现实主义风景。

当然，由于缺乏理论的归纳和指引，网络文学从发轫之初到 21 世纪第一个十年的较长时间段中，对自身的现实主义特色及其可能形成的新传统是没有明确意识的，其所构成的那么一种朴素的方法、风格、精神并非自觉。那么，我们不妨把这一阶段的现实题材创作及其现实主义特色称之为"自发时期"。

就自发时期的现实题材创作场域而言，构成互动关系，影响关系的要素主要在作者/读者之间，以及商业模式尤其是影视改编的转化和介入。如果以"影响网络文学的基本力量"这样一种场域学分析来看，这一阶段对网络文学现实题材创作直接参与的力量就是：受众（粉丝）和产业与资本（文学网站、图书出版尤其是影视改编）。

首先当然是作者将文学网站、互联网空间视作一种崭新的发表和交流平台，"在网络上写小说是偶然，并非为了证明什么、改变什么或得到什么"，"我写作纯粹是兴趣化的，不功利。用平常心去写，就为了玩"，但读者的喜欢、鼓励促成了小说的完成。这一时期的现实题材作品主要是自由伦理的个体叙事，描写个体化的生活经历，表达私人化的情感，具有浓厚的民间立场与平民色彩。由于这些现实题材中的优秀作品得到了大量网民读者的追捧，纸质出版随之跟进，加码了这种粉丝经济的雏形。虽然图书的畅销已然说明文学网站的作用，但直接跳到纸质出版建立其赢利模式，使得网站创始人往往辛苦经营、无利可图，维系都成困难就更别说引入资本和发展壮大了。所以 2003 年起点中文网实施的 VIP 收费阅读模式对网络文学界而言是革命性的，成为我们考察任何一种网络文学题材类型的重要节点。至此而后，网络文学的粉丝经济从实体书模式转向网络收费阅读模式，它对网络文学创作也包括现实题材小说的改变在于：（1）拉长了小说的篇幅。因为收费阅读模式通常是前 20 万字免费阅读，之后欲罢不能的读者开始付费，等待作者更新。这样，一种新的读写关系诞生的同时，小说的篇幅必须要有足够的长度以满足新赢利模式。这一特征推进和奠定了网络文学更加工业化、职业化的发展方向。（2）现实题材作者由此开始分流。以媒介为分水岭，相对短篇幅的网络小说一部分转为出版向，作者放弃网络作家身份改为直接给出版社写书，一部分则在非典型收费模式的网站传播，积攒一定粉丝然后转入实体书市场，这两类作者也不在少数。这些都是商业模式和产业资本对现实题材网文文体的改变。

　　这一阶段对现实题材创作产生决定性影响的另一力量则是影视改编。固然2000年以来网络文学的影视改编已然揭开序幕，但2010年4月徐静蕾执导的《杜拉拉升职记》（李可原著）、10月张艺谋执导的《山楂树之恋》（艾米原著）皆票房过亿，可谓全面拉升了影视资本对网络文学现实题材改编的信心。之后还有2011年的电影《失恋三十三天》（鲍鲸鲸原著），2011年的电视剧《裸婚时代》（唐欣恬原著），2013年的电影《致我们终将逝去的青春》（辛夷坞原著），几乎每年都有所谓网文现实题材影视改编的"爆款"。此间还包括像2010年的偶像剧《佳期如梦》、2011年的《千山暮雪》（匪我思存原著）等，都在推波助澜现实题材的改编潮，给我们留下了现实题材网络小说极适合影视改编、更符合大众情感诉求的认知。可以说，此一阶段网络文学现实题材小说的改编堪与网络文学古装（历史、古言、仙侠、宫斗等类型）的改编平分秋色，虽然人们对古装剧改编来源于网文的下意识和热闹劲更为明显。总的来讲，这既是网络文学作为头部资源向下游影视工业的"输出"，也是影视工业刺激和改造网络文学现实题材创作的一种"反哺"。

　　上述21世纪开始逐渐成熟的产业与资本涌入网络文学生产场域的形势，使得现实题材创作转变为市场导向型，但作品借助典型环境与人物所表现出的现实主义特质却保持、延续了无功利创作期的一般内核，依旧呈现出民间立场、平民色彩、个体叙事等特点。因为无论小说还是影视，它们要因应的对象及其娱乐、审美功能始终是一致的。市场也在这一点上一定会满足时代大众所呈现的周期性情感浪潮，提供更多的文艺作品（消费品）。所以，统称为"自发时期"的网络文学现实题材创作从早期的无功利到畅销书市场介入、到收费阅读模式介入、到影视工业介入，其实对作家创作心理和创作态度、职业化程度等而言是有所改变的，只是我们很难细分哪一年、哪一部是具体节点。相对2015年后的另一些场域力量的异质介入，我们依旧倾向于认为此前阶段现实题材网文创作呈现出更多的共同性，它们形成了自身的一套现实主义定位、方法、风格和传统。

2015年以来的一个重要区别是对网络文学现实题材及其现实主义定义、方法等提出了新的要求，提出这个要求的主体则是网络文学场域中其他两个基本力量：国家意识形态和文学知识精英。我们把这个阶段叫作网络文学现实题材创作和现实主义意识的"自觉时期"。

自发时期的现实题材创作虽然总体上延续了个体化叙事的民间立场，不过还是出现了变调，如《大江东去》具备了主流意识形态对正面描写时代大环境中人民和国家命运变迁的宏大叙事的渴求，但此类立意和叙事方式的作家作品反而是少数。自发时期现实题材创作数量颇丰也不乏优秀之作，但与幻想类题材创作相比，在网文界内部终究还是处于相对劣势。可以认为，自发时期的现实题材创作的时空结构不可能有太大变化，都市或者乡镇的"新人""新事"也难有出人意料之处。因此考虑市场接受，一种是向深度开拓，比如行业文，像缪娟的《翻译官》（电视剧名《亲爱的翻译官》），一种则是沦为烂俗的霸道总裁文、甜宠文等。于是，此际的网络文学虽然呈现出巨大的生机与潜力，但也存在着许多问题，比如对时代大环境中人民精神风貌和国家发展变迁缺乏关怀，又如对色情、暴力、历史虚无等津津乐道，有悖于主流社会的伦理道德观。由于影响网络文学创作的主力长期内是读者（粉丝）和商业资本，他们很难修改这些弊端，甚至会在中低端市场中扩大这些病相，造成无视红线、底线的牟利和欲望泛滥，这也对自发时期现实题材写作形成的朴素干净的民间现实主义精神造成了生态性的毁坏。

被允诺成为网络文学生态场域内的另一种力量的文学知识精英，遗憾没有在早期形成太像样的介入式作为，他们因为观念的缘故往往选择放弃（拒绝？）一部分重要的大众文化引导权，对网络文学呈现出的不良特点所做的改造和批判并不理想。如果我们对葛兰西的"文化领导权"理论有所领悟，恐怕就能明白在一种新兴的文艺类型发展崛起至一定程度时，一方面会与既有的占主导地位的文艺发生冲突，但另一方面也是把握和转化话语权，通过新兴的文艺类型贯注思想、文化、价值和美学的契机。然而面对网络文学的迅速发展，主流文学的代表们曾长时间束手无策。除了观念的调整再造其实对知识精英更有一层困难以外，究其原因，还在于网络媒介赋予了网络作家、读者以话语权，打破了职业批评对批评话语的垄断地位，使网络文学自成体系，即其创作、发表、评论乃至盈利的渠道可以脱离主流文学界而存在。在知识精英尚未发展出一套完善的对于网络文学等中国新型文艺样态的解释体系和评价坐标，也缺乏足够数量的"有机知识分子"时，场域中处于统治地位的国家意识形态必须通过政策、奖励、规训、惩罚来申明新兴文艺的边界与底线，同时在条件成熟的情况下提出改造的要求。这是很容易理解的场域动态与恒态。2015年以后，新的场域力量矩阵开始形成。

这一时期的现实主义创作理论是有其历史经验和成熟机制的。在新的阶段中，网络文学现实题材创作迅速升温，部分网络作家开始有意识地塑造典型环境与人物，认识历史、认识时代、学习理论、下沉到人民生产和生活实践，致力于讴歌党、讴歌祖国、讴歌人民、讴歌英雄的工作，作品具有浓厚的社会主义特色，逐渐形成了网络文学的社会主义现实主义的叙事风格。由是，网络文学现实题材创作进入自觉，国家新闻出版广电总局和中国作家协会主办的"年度优秀网络文学原创作品推介活动"于2015年启动则成为重要标志之一。

实际上，网络现实题材创作从自发时期向自觉时期的转变，乍看之下是意识形态的要求，其实不过是意识形态把已经显露出萌芽的自觉意识加以巩固发扬而已，这在《黄金瞳》和《匹夫的逆袭》上已有体现。打眼的作品《黄金瞳》既有民间视角，又兼具民族国家情怀，是现实题材创作从自发时期向自觉时期过渡的典型。骁骑校的作品《匹夫的逆袭》中，草根出身的主人公刘汉东具有自强、奋斗、爱国等品质，传播了浓郁的正能量，而故事情节的精彩又使其赢得了大量读者的喜爱，取得了社会价值和市场价值的统一，而其具有的现实主义内核使其成为从自发时期向自觉时期转变的一部代表性作品。在自觉时期，部分网络作家有意创作具有社会主义现实主义特色的文学作品，几年来为数不少。其中有一些优秀作品，如讴歌新时期女性自立自强精神的《老妈有喜》与《全职妈妈向前冲》；表现互联网人精神品格和时代气质的《网络英雄传Ⅰ艾尔斯巨岩之约》《网络英雄传Ⅱ引力场》；书写牢记职业道德、不畏艰险、富有正义感与正能量之记者的《罪恶调查局》；反映改革开放前沿变迁与行业精神的《浩荡》《深圳故事》；歌颂投身新农村建设的《明月度关山》《幸福不平凡》《大山里的青春》；赞美警察的《写给鼹鼠先生的情书》《朝阳警事》；展现地方非遗和工匠精神的《传国工匠》《观音泥》；讲述戏曲曲艺当代传承发展的《相声大师》《戏法罗》《一脉承腔》；写医生职业精神的《全科医生》《八四医院》；而国有企业在时代大环境中的困顿与发展则成为重点，出现了展现中国30多年来工业发展历程的《大国重工》以及描写国有企业走出困境的《复兴之路》等。这些作品多角度、多层次描写了新时代以来国家的发展变化与不同行业的人们的精神风貌，传递出积极向上、昂扬乐观的精神气质，是对社会主义现实主义内核的生动展现。不过，现实题材创作也呈现出一些问题，如对现实的描写流于表象、类型化等，但这是文学发展中的正常现象，因为此类现实题材和现实主义优质作品的出现同样需要作家的调适期和量的积累、时间的沉淀。

二、网络文学现实主义的"无边"和"有边"

网络文学20年取得了它在主流文坛和政治规训之外的一段较为充分的自我养成、自我发展的时间。过去我们习惯说网络文学"野蛮生长"或者成年后告别"野蛮生长"，这个"野蛮"的用词若不是从不足之处的贬义去理解，而是将之转移到文脉的传承创新、吸收转化的角度去看，是能看出"野"的别致和"蛮"的旺盛的。

一是网络文学可以不用管顾特定的西方现实主义至现代主义这样一种流传有序的纯文学认知体系、价值体系及其技巧训练，而改为杂取中西古今的各种元素来综合出自己的可能性，呈现着某种无法之法和创世界的快感。实际的结果也显示，我们从网络文学丰富混杂的类型、流派和具体的作家作品中发现了很多不同年代学意义的文学特质的拼接、融合，一些标志性的文本庶几可谓创造性转化和创新性发展的经典样本。并且，在网络文学内部的选拔机制中，合乎时宜、富有原创、恰到好处的作品往往会迅速构成遗传链，发展这些典型样本，形成它自身的家族系谱。

二是因为"野"的基因，它们常常把庄严和戏谑、复杂和幼稚、科学和玄学等糅合在一起，以至于写现实不完全是现实，写幻想又处处烙着现实的痕迹。所以我们前面所说的自发时期和自觉时期的现实题材写作是最为窄口径的网络文学现实题材统计。我们其实还须回答，怎么看待运用了一些穿越、重生、异能、金手指等套路技法却大量反映某一类现实生活的作品？怎么看待带有幻想因素（科幻或玄幻）却致力于"四个讴歌"的作品？怎么看待习惯性地打通"虚"与"实"的边界却构成了艺术性和崇高感兼具的一些作品？

在这个意义上，我们有两种选择，一是坚持认为这类网络书写、网络故事的"野狐禅""野路子"应成为过去，目前要实现其现实主义的全面改造；另一种意见则是考虑到网络文学20余年所形成的新传统，采用不拘一格的策略，把重点放在解决和加深作者对国家历史、民族复兴、使命担当以及社会主义核心价值观的理解水平上，更为看重艺术真实和艺术创新。

在这个问题上，不同岗位的网络文学研究者、组织者提出过一些值得参考的意见。如中国作协原副主席、书记处书记陈崎嵘在2018年《关于网络文学现实题材创作答记者问》中，被问及"当下一批网络作家采用穿越、架空、重生、异能、'金手指'等手法，创作了一大批反映现实生活的网络文学作品，您对此怎么看？"时说，"这些作品因为兼有现实题材的吸引力和网络文学的表达手法，获得了网民读者的欢迎，成为网络文学中的另一道风景。它的缺点是呈现了现实生活中的矛盾，但却采用非自然、非现实的手段来化解，会使人感觉不真实、不可信。这是网络文学中现实题材创作出现的一个新情况、新现象，我们主张顺其自然、继续尝试，攀登高峰。同时，我们希望有一批网络作家，能开展'正面强攻'，采用现实主义手法，创作现实题材作品，按照事物的本来面目和发展规律来呈现并解决现实生活中的矛盾及问题，再现典型环境中的典型人物。"可以说，陈崎嵘的回答虽是站在国家意识形态的角度鼓励开展网络文学的现实主义改造,但由于他对网络文学作品和网文自身历史的熟悉,采取了一种"同情之理解"的态度和策略,为网络文学的新传统和现实主义创作的复杂性保留了通路。

而青年学者闫海田在《后玄幻时代的"现实主义"》中所追问的则更显锐气:"网络文学中的现实题材创作到底与传统的现实主义有何区别,是否具有新的本质变化?传统的现实主义精神能否成为网络文学创作的主要审美取向?关注现实的功利性的增强,是否会对网络文学刚被解放不久的想象力重新造成压抑?"为此,他通过解读 2018 年的部分现实题材网文认为,由"玄幻类网络小说对中国现代文学因被不同时期所肩负的各种重任(启蒙、革命、救亡、阶级斗争等)所压抑的想象力的解放……还没有形成一个稳固的传统。当猝然面对关注当下现实人生与表现民族国家这样的时代命题与宏大主题时,过急的功利性与目的性可能对刚被解放不久的想象力造成了压抑。"而他所希望看到的网络文学的现实主义并非传统的"三一律"式的写法,而恰恰是在网络文学特征之上生成的"玄幻现实主义"。

所以说,今天我们面对网络文学的现实题材以至现实主义问题,在理论上是可以多做一些开放性的探索的,比如认为网络文学的现实主义写作不止一条途径,网络文学的现实主义是开放的现实主义——所谓开放,即不断发展和丰富着的,譬如西方马克思主义理论家罗杰·加洛蒂提出的"无边的现实主义"的概念和理论,为现实主义解释和兼容了卡夫卡、圣琼·佩斯与毕加索等现代派大师。我们公认恩格斯在 1888 年提出的"现实主义的意思是,除了细节的真实之外,还要真实地再现典型环境中的典型人物"的经典论断,然而,"这个定义是在现代派文艺尚未充分发展的时候提出来的。在意识流小说里,没有什么典型环境,有些新小说里连人物都没有,典型性格又从何谈起?由此可见,即使是经典的现实主义定义,也只能适用于某个时代,也就是说不存在、也不可能存在一个永恒的现实主义定义。"加洛蒂在这个意义上说,"现实主义是无边的,因为现实主义的发展没有终期,人类现实的发展也没有终期。"

那么,我们暂时以这种"无边"的开放性思考网络文学 20 余年创作实践下的现实主义书写,可以看到有三种不同意味的现实主义存在其中。

第一,就是 2015 年以来被我们明确倡导的国家意识形态主导的社会主义现实主义——我们称之为"社会主义文学"或主流现实主义。其核心正如习近平总书记在文艺工作座谈会上的重要讲话中所指出的:"社会主义文艺,从本质上讲,就是人民的文艺"。人民和社会主义在此具有本质的同一性,从历史的、理论的、时代的角度阐明了人民在社会主义社会和国家源起中的主人翁地位。作家一方面学习中国特色社会主义理论体系,成为具有马克思主义哲学社会科学素养的主体,一方面又能俯身下沉到人民生产生活实践即生动发展的现实中去,自然就会找到各种各样的题材,构架出有高度、有深度、有温度的网络文学作品。但这一过程恐怕要假以时日,并且同时要具备包容力和对网络文学自身传统的理解、尊重,认可其基本形态也是人民创造的一部分。已有的此类作品离理想状态尚有差距,但一些作者显示出较好的创作自觉和一定水准的题材把握力,比如 wanglong 的《复兴之路》和蒋离子的《老妈有喜》。前者写了时代环境中国有企业红星机械厂面临的困境及其突围,后者反映了时代大环境中女性精神风貌的变化。前者是大写的人民集体的代表,后者是具体的女性个体形象的典范。二者不同风格、性别却都体现了时代的风云变化,表征了时代与人的深刻联系,塑造了他们笔下的典型人物和典型性格。

此外,以浙江省网络作家协会为代表的组织机构,尝试按主题创作的思路,开展了诸如"红色芳华——网络文学革命历史题材创作计划""城市记忆——网络作家杭州历史文化故事创作工程"之类的计划。一批网络作者除了写革命历史外,也对改革开放以来的浙江故事、人物、创新创业以及城市前世今生的现实题材展开创作,促进了网络作家的有关知识、认识和社会主义文学语法。

第二,就是自网络文学发生以来的现实题材写作所形成的一套朴素的现实主义定位、方法、风格和精神系统——我们可以称之为民间现实主义。它们广泛地采取了与生产生活平视的姿态,以感同身受的个体化叙事、民间立场、平民色彩为特征,时而感性浪漫,时而琐屑具体,却重在贴近生活实感,有一定的心理实用性。如《杜拉拉升职记》与《致我们终将逝去的青春》,两者都没有从宏大层面展开叙事,而是从普通人的角度出发,具有浓厚的平民色彩。前者把在外企工作环境中的工作经历描述得活灵活现，后者叙述了从大学生到职场人这一转变历程所内含的复杂丰富的心理体验。

第三，就是借用不少幻想元素（科幻或玄幻等）重述、体验、代入到一段历史真实暨社会发展细节之中，构成了极具网络文学特征、面貌、套路和"爽感"的叙事氛围、叙事环境，在虚实之间创造性架构现实精神的落脚点，形成了学者称之为"玄幻现实主义"或者我们称之为——网文现实主义的这么一种张力文本。如《大国重工》中重生的主人公具有的见解、知识领先所处时代几十年，因而展现出的判断力与预见力令人叹服，使其在工作中具有天然的优势，往往能结合实际情况提出创造性的见解。例如，小说开端不久主人公就结合历史上引进技术的教训，提出引进技术的注意事项，如考虑从联邦德国引进、请咨询公司推荐等，从而使小说具有明显的反思历史的痕迹，而重生与现实的相悖使小说具有内生性的张力，其结果是建构出更为深刻独特的现实主义。

这种三元并置的网络文学现实主义景观，在很长一段时间将长期并存，互为刺激，相互糅合，完善艺术探索与经典作品的发展途径。它们从文化层次、美学层次上各有对应的功能与合理性，同时也是网络文学所代表的新型文化场域内主要力量的作用及合力矩阵的结果。而我以为，无论哪一种现实主义的方法特色，其实都具有"中华性"内涵、任务在其中，网络文学总体上整合与复活了世界范围内很多文化、文学的元素，却都在向中华优秀传统文化、革命文化和社会主义先进文化的本土叙事做创造性与向心性运动。

在这一番对网络文学现实主义"无边"想象后回到其"有边"之界定，恐怕还在于"关键是要有现实主义精神"这一说。"现实主义精神是我们在作品中体现出的对人的一种高度关注，对人的生存状态、精神状态，以及命运的关注。因为关注人的现状，人的发展，所以会对环绕着人的环境的一些问题进行揭露或者批判，所以现实主义精神里一定包含着批判性，抗辩性。"——现实主义归根结底是一套关涉世界、人生、价值的有生命力的观念体系，它使人理性、自觉且富有人道精神，它为自由、民主、平等、解放的目标积极有机地改造世界、介入世界。网络文学的骨子里是有此灵魂和遗传密码的人民的创作，其所等待的，是真正有力的主体在现实主义精神的指引下解脱桎梏，捧出网络文学时代的伟大的经典。

（《中国文学批评》2020 年第 3 期）

网络文学就是网络文学

◎ 何 平

　　本来我想写的题目是，连网络文学都是文学，《故事会》为什么不是文学？我下这个判断当然不是按照今天网络文学从业者，或者大神写手的最高水平，这些高段位写手的写作量相对于今天网络文学庞大的产能和产量其实所占比例是不高的。而且，即使这些比例不高的写手如我们想象的已经"经典化"，这些"经典化"的网络作家和网络文学文本该与谁去做比较，判断他们的"经典化"程度和审美价值？其实，我们依赖的价值评判前提只是网络自身的遴选机制。当然，我不能把基于阅读感觉，没有经过充分田野调查的"印象"作为评价的依据，以至于误判今天的网络文学，也不能把文本拿过来简单地捉对厮杀来衡高论低，就像你无法将一个传统意义上的作家和网络大神写手比，自然也无法把一个网络大神和《故事会》的故事员去比。但可以比的是，网络文学的叙事技术基本上是如何讲一个好看的"故事"，在这一点上，除了可以讲长度更长的故事，网络文学比《故事会》进步并不多，只不过以前叫"悬念"，现在网络文学叫"爽点"而已。再有，也许是更重要的，某种意义上，网络文学强调的"草根精神"，与《故事会》是最有亲缘性的。从1979年恢复《故事会》刊名，《故事会》就明确提出故事的人民性问题，而"人民性"也是许多网络写手强调其写作道德优越感的立论基础，几乎每一次关于网络文学讨论的会议上，网络写手都要站在自己为人民写作的道德高地，对他们的批评很容易被置换成难道你反对为人民写作。好吧，在我们今天几乎认为网络文学"人民性即文学性"的大前提下,我设想是不是可以将《故事会》,还有《龙门阵》《今古传奇》,甚至《知音》等历史遗留问题,一揽子解决呢?在我们为网络文学确立身份的同时,也梳理清楚当代写作谱系上的"故事会"传统。在我的理解上,当下网络文学中的大部分应该就是这个"故事会"传统谱系上的。

如果你认为回到"故事会"传统,我将网络文学看低了,那就按大家说的抬升。我们姑且承认可以将网络文学收缩在"网文",或者说"类型文学"来讨论。那么,下面的一个问题是如何在一个文学谱系上识别网络文学。一个被广泛认可的观点是网络文学来源于现代中国文学被压抑的通俗文学系统。如果这个观点成立,"文学史"上的世纪之交起点的中国网络文学依次向前推进应该是 1980 年代以来台港通俗文学带动起来的大陆原创通俗文学的复苏;现代通俗文学的发现和追认;进而延伸到古典文学的"说部"传统。网络激活和开放了这个传统谱系的文学潜能。正是按照这种思路,当代中国文学研究建构的一个所谓的雅俗文学分合的图式常常被用来解释网络文学。但如果回到中国现代文学之初思考这个问题,我们现在视为"雅"的文学并不排斥文学的"通俗"。陈独秀《文学革命论》提出的"三大主义"第一条即是"推倒雕琢的阿谀的贵族文学,建设平易的抒情的国民文学。"而周作人则认为:"平民文学应该着重与贵族文学相反的地方,是内容充实,就是普遍与真挚两件事。"(周作人:《平民文学》)他们所反对的是茅盾在《真有代表旧文化旧文艺的作品么?》里批判的"现代的恶趣味"。而且时至今日,网络文学被诟病的依然是"现代的恶趣味"。这种无视"五四"现代启蒙成果的"现代的恶趣味"在今天网络空间是中国现代以来前所未有的。观察中国现代文学的文学事实,不是仅仅被叙述的文学史,"俗"文学并不是"被压抑"着的,甚至某些时候,"俗"文学被政治和资本征用,成为一个时代文学最引人注目的文学部分,比如上个世纪三四十年代的文学大众化,比如"十七年"文学的"新英雄传奇"。再有一个值得注意的,无论中国传统的"说部"(能够在今天流传下来的,几乎无一例外都被文人改造过),还是中国现代通俗文学,其实都是一种文人写作。那问题就来了,我们今天的网络文学写手的文学能力能不能完全对接上文人写作的"说部"或者通俗文学谱系呢?

文学史事实和文学史想象与叙述并不一致。叙述是一种权力。网络文学作为近二十年以来重要的文学现象，它是实践性的，改变了精英文学想象和叙述文学的单一图式，修复并拓展了大的文学生态，而实践的成果累积到一定程度，网络文学必然会成为自己历史的叙述者。今天的整个文学观、文学生产方式、文学制度以及文学结构已经完全呈现出与"五四"之后建立起来的以作家、专业批评家和编辑家为中心的一种经典化和文学史建构的方式差异的状态。新媒体所带来的革命性变化，就像有研究者指出的："这些新技术不仅改变了媒介生产和消费的方式，还帮助打破了进入媒介市场的壁垒。网络（Net）为媒介内容的公共讨论开辟了新的空间，互联网（Web）也成为草根文化的重要展示性窗口。"（亨利·詹姆斯：《昆汀·塔伦蒂诺的星球大战——数码电影、媒介融合和参与性文化》）网络文学的"草根文化"特点使得文学承载的文化启蒙职责不再是不对等的自诩文化前沿的知识精英居高临下启蒙大众，而是一种共享同一文化空间的协商性对话。一个富有意味的话题，在取得自我叙述的权力后，网络文学还愿不愿意在传统的文学等级制度中被叙述成低一级的"俗"文学？网络文学愿意不愿意自己被描述成中国现代俗文学被压抑的报复性补课？甚至愿意不愿意将自己的写作前景设置在世界文学格局中发育出的"中国类型文学"？换句话说，网络文学在当代中国，任何基于既有文学惯例的描述都无法满足获得命名权的网络文学的野心。尤其是网络文学和资本媾和之后。

　　我曾经指出，当网络文学被狭隘地理解为网文平台的网文，"文学"被偷换成"IP"之后，其实，传统文学和网络文学之"网文"的"共识"已经和文学越来越没有关系了。那些国内网文平台和大神写手，如果不是对体制文学内外权力的忌惮，我不知道他们还肯坐到此类会议上装模作样地谈"文学"吗？传统文学和网文的分裂已经不是文学观念的分歧，而是文学和非文学的断裂。传统文学忌惮网文平台和大神写手的民间资本力量，希望他们心怀慈善，做出权利让渡，培养一点文学理想和文学公益心，但网文界真的能如其所愿吗？这里面涉及的问题是，网络文学已经到了一个资本寡头掌控和定义的时代。不知道从什么时候开始，网络文学的先锋性和反叛性忽然很少被提及了，网络文学之"文学"忽然被定义为类型通俗小说之网文,而像简书、豆瓣阅读、果仁小说等这些"小"却能宽容自由书写的App却没有被作为文学网站来谈论,好像网络的"文学行为"只和大资本控制的网文平台有关。这样一个网络文学时代,其实已经和文学没有多大关系了。我想,传统文学和网文,如果还要求文学共识,那就不只是单向度的由少数批评家去为网文背书,论证网文的"文学性"。既然我们要谈文学,不只是IP,资本操纵的网文平台和大神也应该说服我们他们所做的一切是"文学",哪怕是他们认为的那一种文学。可以姑且退一步承认网络文学就是类型小说或者通俗小说之"网文",那么传统文学就要丢掉用传统的文学理论和批评去解释网络文学以及网络上可能产生我们想象的经典文学的幻想,重申网络文学是另一种写作,是中国现阶段普罗大众消费的文学产品,它遵守网文的生产、传播和阅读规律。网络文学的"文学"是非自足性的,仅仅将"网文"抽离出来,不是网络文学的全部。

网络文学就是网络文学而已,不是我们通常谈论的"文学"。我们应该尊重中国网络文学发展的历史事实,尊重网络文学发展的整个媒体生态。如果仅仅着眼于媒介的变化,网络文学对应着的应该是纸媒文学。在整个国家计划体制里,文学当然地想象成可以被规划和计划的。在这种"国家计划文学"体制之下,作家的写作也许是自由的,但文学的期刊和其他出版物却垄断在文联、作协和出版社等"准"国家机构手中。这些"准"国家机构任命的文学编辑替国家管理着庞大的"文学计划",生产"需要的文学"。但二十世纪末,传统文学期刊(包括报纸副刊)几乎作为单一文学传媒的时代正在一去不复返。但我们不能据此就认为传统文学期刊就此完全退出文学现场。不管我们承认不承认,今天的文学媒体格局基本是纸媒文学依然完全控制在"国家计划文学"体制下,而网络文学虽然有行业主管部门的监管,但基本上是资本实际控制的领地。不排除存在纸媒和网络旅行的作家,但这是早期网络文学的事情,就像网络文学对文学探索的先锋性一样。事实上,在网络文学"IP"时代到来之前,那些在网络中赢得读者的作家最后还是渴望得到传统文学期刊的确认。这是他们作品可能被经典化或者被现行文学体制肯定的至关重要一步。这就不难理解,为什么阿乙要把《人民文学》的接纳作为他写作生涯的一个重要标尺,即便此前他的小说已经在网络赢得很好的读者口碑。粗放地看，如果我们确定网络文学的元年是 1998 年痞子蔡的《第一次的亲密接触》，中国网络文学发展到今天，至少应该经历了三个阶段。第一个阶段其实是传统文学原住民向网络的迁移，这一阶段的网络文学释放的其实是对文学纸媒僵化的文学趣味的"反动"，如果纸媒文学开放到一定程度，这一部分并不必然需要在网络上实现。世纪之交，网络文学的草创期，吸引最先到达网络的写作者们的是网络的自由表达。至少在 2004 年之前，网络文学生态还是野蛮生长的，诗人在网络上写着先锋诗歌，小说家在网络上摸索着各种小说类型，资本家也还没有找到一种可以快速圈钱生钱的盈利模式。随着"起点"收费阅读，进而是打赏机制的成熟，"盛大"资本的强劲进入，网络文学进入到"类型文学"阶段。这是一个大神辈出的阶段。网络文学释放了中国类型文学的巨大潜能。网络文学也渐渐和纸媒文学剥离，但既有的文学观依然能够回应网络上发生的文学现实。然后就是第三个阶段，网络文学的"IP"时代的来临，网络文学写作者已经无需借助纸媒文学来进行最后的文学认证。网络文学及其衍生产品依靠点击量、收视率、粉丝数、收入、票房等建立了以读者为中心的自足的审美和评价机制，这样的审美和评价机制扎根在所谓的草根阶层。网络文学可能会出于对中国现实文艺制度的考量，参与当下文学对话，但这种对话基本上对于网络文学生态不构成现实的影响，只是以妥协和让渡赢得更大的资本和利润空间。

  这样的文学生态之下，我们其实面临着抉择：或者让渡文学权力，将文学边界拓展到可以包容网络文学，这就回到我一开始说的，网络文学都是文学，《故事会》为什么不是文学？但文学无边界亦即无文学；或者干脆和网络文学切割，让网络文学成为传统文学之外的自由生长的网络文学。切割，也并不拒绝，网络文学的移民可以自由地进入到传统文学的疆域。如此，网络文学就是网络文学，《故事会》就是"故事会"，而"文学"同样就是"文学"。我们不用我们的"文学"去吸附网络文学稀薄的文学碎片，挖空心思去证明网络文学是我们说的"文学"，网络文学也可以不要背负文学的重担，只是以"文学的名义"轻松地去填充不是满足文学需要的阅读人口的阅读时间。我这样说，也许消极，甚至放弃了文学启蒙的责任，但这是中国当下网络文学的现实。至少在现阶段，网络文学就是网络文学，而人民也需要网络文学。

（《文艺争鸣》2017年第6期）

游戏逻辑
——网络文学的认同规则与抵抗策略

◎ 许苗苗

讨论网络文学的游戏逻辑,是和传统小说相比照而言的。当网络文学以类型小说的形式成为创意产业的宠儿之后,人们似乎有了充足理由把网络文学等同于长篇小说电脑版,并认为它难以跳出通俗文学的套路。的确,早期网络作者中有相当一部分是缺少发表机会的文学青年,他们将作品搬到网上,必然因袭纸媒文学的一些特点。然而,随着互联网逐渐成为当代文化强大的推动力时,情形就发生了变化,网络小说和纸媒小说有分道扬镳的趋向,并呈现出一些新特色,其中最令人瞩目的就是对人造力量的崇拜和对游戏逻辑的认可。

传统意义上的小说在成为独立自律的文体后,尽管追求形式和内容的不断创新,但是基本遵循以下内在逻辑:如反映现实生活(现实主义逻辑),如表达作者酣畅淋漓的情感(浪漫主义),或记录芸芸众生和小人物成长的历史(小说叙事区别于历史叙事)。作品中的世界虽由作家人为创造,却贵在切近真实。当然,传统小说并非没有游戏逻辑或游戏成分,所谓的狂欢化叙事就是一种游戏逻辑。但是,狂欢化作为一种小说文体,即便情节再荒诞离奇、再娱乐化,追求的也是对现实的指涉,以游戏形式表达不便直说的想法。游戏在这里被用作隐喻和应对现实的策略。

而网络文学则强调疏离和架空。那种游戏性、玩笑性以及不合逻辑的情节,意在剥离与现实的关联,尽量避免唤起对日常生活的联想。所以它减弱细节描写,注重故事大框架的搭建。虽然网络小说也追求角色认同感,但取决于读者的主动身份替换。例如在开始阅读前就对将要扮演的角色（绝世高手、倾城美女）和追求的目标（权力、爱情）等有明确预期。网络文学力图构造一个人为的、认同幻想和超凡力量的虚拟世界，这个世界遵循游戏逻辑。

　　游戏逻辑是网络游戏世界预设的运行规则，美国学者卡斯的总结获得玩家的普遍认同："规则必须在游戏开始前就公布，参与者必须在开始游戏前认同规则，认同使得这些规则最终生效……只有在参与者自愿遵守它们时，规则才生效。"[1]由于网文和网游受众群体类似，一些网游术语如"代入感"[2]"金手指"[3]等被借用到网文体系中，网络游戏中的逻辑和规则，如以明文规定为前提，以可学习的技巧和可复制的路径为基础等也被采纳。这是网络一代对"客观理性"因果律的偏离和对游戏虚拟场景里受控且有机会全盘重来的人为逻辑的认同。遵循游戏逻辑的网文不追求创新，而将通俗小说的常见桥段如"废柴体质吃灵药喝蛇血功力暴涨""无名小卒遇机缘迎娶白富美"等转变为套路。读者在既定大框架下一次次复习似曾相识的情节，以熟悉关键节点、读懂网络暗语、辨别来龙去脉为荣。这种阅读不挑战知识经验，而提供基于熟稔的群体性娱乐。其重复不仅是情节需要，也是同源异质的网络文学参与者尽快融入氛围、表达对贵贱、善恶、爱憎等价值判断的捷径。这些价值的选择虽然个体差异很大，却借助金手指、穿越、爱情等话题在网文套路潮流中稳定归位，在网民默契中形成鲜明的群体价值观。

---

　　[1] [美]詹姆斯·卡斯：《有限与无限的游戏》，马小悟、余倩译，引自腾云智库辑：《游戏：未来的艺术，艺术的未来》，北京：电子工业出版社，2016年，第11页。

　　[2] "代入感"和下文的"爽感"是玄幻类网文常见术语，指阅读时将自身置换为主角，在杀敌升级中的痛快体验。比起传统文学强调的情绪感染力，网文代入感更强调类似网游玩家扮演角色、完成任务的动态过程。

　　[3] "金手指"是游戏玩家用来修改后台数据的作弊程序，在网文中最初是用来弥补逻辑缺陷、解决矛盾的超级外力，后发展出自身实质功能。由于网络词语意义生产迅速且变化较快，不一定适用于权威固定的解释，本文中部分未标明出处的解释为作者根据网络百科、网友评论以及网文阅读经验总结。

一、金手指

"金手指"原指游戏玩家用来修改后台数据，以获得力量、武器、更高级别甚至续命的作弊程序。在网络小说里，无所不能的主人公随心所欲化解危机的方法也被称为"开金手指"。

网络流行小说虽延续熟悉的类型定式，但对情节吸引力的要求却比以往类型小说更高。在线连载时，作者着力铺陈、制造悬念，"挖坑"引诱读者深入。"坑"越大、关注度越高，后期在众多网友的瞩目下"填坑"就越有难度。常有开篇天花乱坠，胃口吊得十足，却虎头蛇尾甚至半途断更的作品，因为没有下半截而被戏称为"太监"。2004年，知名作家马伯庸开始在网易连载《我在江湖》[1]："五虎断门刀"弟子彭大盛下山闯荡，寄人篱下、乔装改扮、比武招亲，因袭了"传统武侠"套路。故事讲到第八章，武当恃强凌弱，慕容家拦路杀出，各方豪杰闻风而动势同水火，眼看一场激烈的混战即将开打，却突然没了下文。约两年之后，在网民连绵不绝的询问和对"太监"的讥笑中，"第九章"终于上传，说此刻天上突然掉下一个巨大火球，将方圆数千里内所有人一律砸死，"呜呼，虽我彭大盛独活，又有何用。自刎。"[2]连同标点209个字符宣告全文结束。网友惊愕之余，创造出"陨石遁"一词，连同"停电遁""入狱遁""充军遁"[3]等讥讽网络作者以荒谬借口停止在线更新、"遁地而逃"的行为。由于当时在线写作没有太多实际收入，很少人能不问前程地坚持免费连载，因被出版商看中导致"出版遁"或怕盗版而停更的"盗版遁"也不在少数。

随着网络文学产业化提升，它成为越来越多职业写手赖以谋生的手段，他们不敢随意戏弄读者，而是一边卖力挖坑，一边努力填坑。然而惊悚诱人的悬

---

[1] 马伯庸《我在江湖》前八章见网易文化，奇幻类目，连载时间为2006年6月6日至7月2日，http://culture.163.com/editor/qihuan/040616/040616_89220.html.

[2] 马伯庸：《我在江湖》，https://tieba.baidu.com/p/81860270?pn=2.

[3] 佚名网友：《网络小说十大遁法》，见 https://tieba.baidu.com/p/109776680.

念容易设置,缜密严谨的答案却不好给出。为让作品结构完整,逻辑上说得过去,网络写手想出许多办法,第六感、通灵术、神仙法宝、外星人等都在关键时刻出来救命。在起步阶段的网络写手中,所谓"大神"比拼的不仅是精彩,更是规律上传"不断更"的毅力和有始有终"不太监"的责任心。网络玄幻不受国别和流派束缚,在无边界想象力名下征用各类资源,所以作品最多。那些武功、仙术、魔法、巫蛊等,虽不源于共同的文化根基,却早已深入人心。对它们的熟悉一方面能满足网文追求的"代入感",一方面使"金手指"的法力来源无需赘言,从而快速搭建幻想和现实间的桥梁。

早期金手指多出现在情节简单、受众年龄偏低的"小白文"中——开了个好头却写不下去,又舍不得放弃时,就以金手指"作弊"弥补构思缺陷,解决依常理难以自圆其说的矛盾。如果从传统文学稳固的价值体系和清晰理性的逻辑思维出发,玄幻小说里予取予求、天花乱坠的"金手指"是"想象力受到控制"或"价值观混乱"[①],但实际上,这种状况一方面由于当时网络原创内容有限,网民对坚持连载的长文容忍度高、热情鼓励以求不"太监";另一方面,网文参与者普遍年龄较轻[②],其自身并没有稳固不变的道统观念,对网文里混合杂糅、东西合并、古今贯穿的世界并不觉违和。有些人甚至觉得环环相扣的严密逻辑不过瘾,莫名跳转的金手指才有"爽感"。因此,尽管一些写手有能力构造独立意象,也不愿抛弃金手指这种"缺陷技巧",使它从"权宜之计"转为网络文学的特色元素。

金手指类型很多,外在的有法宝、神宠、功法和系统,内在的可能是禀异天赋、奇特血统等,其主要作用就是"填坑"以延续故事。如我吃西红柿的《星辰变》[③],主角秦羽原是体质孱弱的"王爷三世子",所练神功类似"铁砂掌"——"不断用双手铲入白沙深处。十指连心,疼得他心颤抖"。但当"流

---

① 从传统文学价值体系出发对早期玄幻类文学进行评价的代表性文章参见陶东风《中国文学已经进入装神弄鬼的时代》,http://blog.sina.com.cn/s/blog_48a348be010003p5.html.

② 艾瑞:2015年中国网络文学IP价值研究报告,http://www.chinaz.com/game/gdata/2015/1230/490534.shtml.

③ 我吃西红柿:《星辰变》,http://book.qidian.com/info/118447.

星泪"融入体内后,他就具备了自我修复和高超的领悟力,得以进入"星际升级"境界。由此,情节才真正走向玄幻,秦羽经历"星云—流星—星核—行星—渡劫—恒星—暗星—黑洞—原点—乾坤"十级,每一个级别乍看都高深莫测,而一旦逾越就迅速幻灭、不堪一击。这篇小说几乎为我们展示了玄幻法宝的所有类型:"流星泪"增强功力,"剑仙傀儡"提升招数、"姜澜界"转换空间,还有"万兽谱""迷神图卷""华莲分身"等。主角只需在恶战濒死之际,凭借运气、机缘或情义,便能获得某种法宝,从而绝地反击,胜利通关。法宝越多级别越高,但即便最后已突破宇宙,成为终极"鸿蒙掌控"[1],秦羽所拥有的依然并不是自身的能力,而是法宝的"法力"。通篇二百余万字并非讲述成长,而是探险、寻宝和收纳。

玄幻网文整体套路是讲述主角从弱到强、从无名小卒到多元世界主宰的历程。为营造神奇夸张的效果,时间上一般会延续成千上万年,空间上则穿梭于宇宙洪荒甚至不同"位面"。在一路积累经验打怪升级的过程中,主角还可能瞬间跳转到另一空间,换地图、换系统。这种危急关头抽身而出、全盘重来的写法也是金手指,以"随身空间"或"万能系统"为代表。玄幻小说篇幅长,又爱用极端大词,很容易写到技穷。这时就需新的级别、系统、地图或位面[2]——在凡人中强大后进入武侠世界,武艺登峰造极就与神仙斗法,法术和神兽用完后则开始宇宙游历,总之在完全不同的话语体系中层层递进,循环往复,打开后续情节。

作为网络小说常见元素,金手指自身也不断发展,逐步从物品或工具转变为独立角色,融合神仙、老妖、隐匿高人的"老爷爷"[3]就属此类:唐家三少《斗罗大陆》中的"大师"、天蚕土豆《斗破苍穹》中的"药老"、《武动乾坤》

---

[1] 级别梳理参见陈新榜整理"玄幻练级类"发展简史,邵燕君主编:《网络文学经典解读》,北京:北京大学出版社,2016年,第362页。

[2] 系统、位面、地图等也是网文从网络游戏中借用的术语。系统是网络游戏的操作系统设定;地图是故事的发展线索和环境条件;位面则类似不同宇宙空间,有相互不同的物理规则、神祇等。在网文中均关系到整个故事发生的背景、套路、规则等。

[3] 蘑菇子:谈谈近年来我看过的金手指,见龙的天空论坛,http://www.lkong.net/thread-673270-1-1.html。

中的"貂爷"、方想《修真世界》里的"老妖"、我吃西红柿《吞噬星空》中的"陨墨星主人"等，是大神们笔下最流行的人形金手指。老爷爷善讲故事，弥补主人公资历的欠缺；老爷爷心思细密，却对主人公这个"小孩子"掏心掏肺；他们武功高强，浑身藏着好东西，关键时刻甚至倾尽毕生修为舍身相救。

在传统想象性作品中，也有类似的长者角色，比如金庸在《射雕英雄传》中安排了好几位老爷爷向主角郭靖传授武功，但柯镇恶为打赌、丘处机为公平、洪七公则为黄蓉的美食，各有各自合理的动机。网文里老爷爷却毫无缘由，"大师"只因唐三特别有礼貌就青眼有加；陨墨星主人则可能寂寞太久，所以罗峰一旦误入福地就获传毕生绝学。网络老爷爷们从不试图自己征服世界，而是深藏功与名，辅佐主人公。他们本领神奇堪比《天方夜谭》，却绝不是一易主就翻脸的阿拉丁神灯。老爷爷这种强烈又忠实的情感既不来自血缘，也无患难与共的基础，依常理看格外荒谬，却有其媒介合理性。由于网文自由订阅，屏幕阅读常常是粗略的跳读，太严密绵长的因果伏笔容易被忽略遗忘，所以老爷爷一出现就得明确功能，与主人公捆绑结对。例如超过300万字的《武动乾坤》里，仅用3000字就完成了主角林动与天妖貂（貂爷）的相遇和配对，貂爷第一句话怀疑林动这个陌生人要伤害自己，第二句话就和盘托出了自己的弱点、身世、功力等生死攸关的信息，单纯得令人感动。《斗罗大陆》里大师和唐三的情感也在短短几句话间建立起来，两章之后大师就情愿冒着功力大减的危险给唐三疗伤。

老爷爷外形类似民间传说中的神仙，行为却大相径庭，既没有飘然出尘自成一体的超越性，也不具备以仙术挖井造桥造福大众的悲悯情怀，而是围着一个人转。这种予取予求的神仙大概只有在《没头脑和不高兴》或者《宝葫芦的秘密》之类儿童故事里才能出现。然而，童话中神仙爷爷的言听计从意在启发任性的孩子意识到自身要求的荒谬，带有教育意义，网文中的老爷爷却不具备超出主人公欲念的独立意识。他们可能偶尔"不灵"闹情绪，但即便增添情感和笑料之后，也仍只是一个综合了父亲、导师、保护神的功效，又如忠仆般完全受控的道具。传统故事里的神仙揭示超能力与凡俗欲念的不匹配，批判不切实际的梦想；而网文老爷爷则是主人公强大道路上的加速器，成就不切实际的梦想。传统文学中具有超越性、批判性的老神仙和网文里披着神仙外衣的金手指之间，因情感关系、行为动机和存在意义而截然不同。

网络小说题材上借鉴传统通俗文学，但又有根本区别。传统文学主张想象力在逻辑范围内"戴着镣铐跳舞"，网络小说则用金手指替代追新求怪所牺牲的常识理性。金手指是网文事先设定的逻辑前提之一，它并不源自科学理性，而是基于读者对虚拟世界规则的认可。金手指是人物命运的超级玩法，对它的认同源于互联网一代不愿将数码世界混同于现实世界，追求建立另一套话语体系的欲望。其实，人们对故事逻辑合理程度的判断也在变化：神造世界时，无辜的俄狄浦斯无论如何努力都无法挣脱神谕的命运；科学理性时代，人们通过学习科学技术改变命运；计算机网络时代，新媒介上流传着白痴天才、黑客英雄的传说，而浸淫于其中的网民难免梦想以强大的头脑能量开辟鸿蒙。

最初被用来救急的金手指逐渐具备实质性功能，承担起为不着边际的升级斗法赋予合理性，延续情节和丰富角色情感的任务，带给网民不受束缚的幻想力量。有些文学站点甚至以金手指属性和种族分类作品，供网民依据爱好检索。金手指有了自己的"粉丝"，痴迷某一特定类型的读者能够追根溯源，对其特点和演变路数如数家珍，不仅不觉重复，反而越看越上瘾，在写书评时还会自发归类比较，将金手指使用的合理度、创新度作为评判依据。虽看似简单，它却是网络时代创造出的独特文化元素。

二、穿越重生

穿越与重生是网络小说主人公常见的命运轨迹，二者模式相似，都是时间失序导致的身份转换，前者穿越成别人，后者穿越回早先的自己。从根本上看，穿越也是一种金手指，它帮普通人修正生活中的缺憾，把现代人带往古代或异界体验显赫的身世。但穿越故事又并非完全架构在想象中，主人公虽然具备"后见之明"，但行动仍受特定历史时段以及人物身份的限制，虽能预见事态发展却无力阻止，认识的超前和行动力的滞后成为推动情节发展的主要矛盾。穿越满足人们对历史事件"再来一次"的愿望，以现代人亲历的视角填补古代大事件中的小细节。

有论者将穿越看作"展开故事的手法和叙述设定",认为穿越火爆的原因在于"这一手法既充分满足了读者的YY①需要,也让写手在取得最大叙事效果的同时减少了'合理性'质疑,在写作设定上变得容易……让读者的YY更真切自然、更有'代入感'"②。结合本文第一节论述可知,"简化写作难度、增强代入感"是"金手指"的功能,并不专属穿越。穿越文的流行主要源于当今科技发展带来空间萎缩之感,但时间仍是不可控、不可逆的,因此更具吸引力。穿越者虽然挣脱了原有时间限制,但他依然是普通人,在新的时段仍需服从时序,这就是穿越小说与神话的区别。在人类早期朴素的世界观中,时间和空间是区分人与神的两个维度。希腊神话里,暴虐的提坦遭奥林匹斯诸神镇压,尽管被流放、做苦役,却从不死去,而赫拉克勒斯等有人类血脉的英雄获得的最高荣誉则是超越时间变成永生的星座。中国古代鬼魂狐仙动辄修为千年,而普通人哪怕闯入神秘仙境,也最终会回到现世,像唐代的《游仙窟》、宋代的《刘晨阮肇》以及清《聊斋志异》里面《画壁》《翩翩》《仙人岛》等,都将时空掌控作为人与神魔的界限。现代交通和传播技术缩小了空间,但没人能挽回时间,因此,腾云驾雾的异域见闻,甚至星际旅行都不觉新鲜,不受掌控的时间则成为激发想象的主要来源之一。

穿越并不是网文的发明③,著名通俗小说家黄易、席绢都出版过风靡一时的穿越小说④。但在网文流行以前,穿越只是个别小说中的意外事件,没有成规模出现,也不具备担当主线的重要地位。网络穿越虽源于对通俗小说的跟风,却在潮流化创作中产生新变,通过故事矛盾的转移和形式的转变反映出当

---

① YY是由"意淫"拼音首字母演化成的网语,指不切实际、自我陶醉的幻想。
② 黎杨全:《网络穿越小说:谱系、YY与思想悖论》,《文艺研究》,2013年第12期,引文略有删节。
③ 有关网络穿越小说的发展脉络可参见黎杨全《网络穿越小说:谱系、YY与思想悖论》,《文艺研究》,2013年第12期。
④ 黄易《寻秦记》和席绢《交错时光的爱恋》被看作穿越类通俗小说的源头,前者讲特种兵项少龙穿越到秦代,后者讲因车祸意外身亡的杨意柳被身为"灵异界甲级女巫"的母亲送至古代展开恋爱的故事。

代青年面对现实问题的无奈，转而求助于虚空幻想的态度。

网络穿越小说的变化首先体现在故事主要矛盾从时间转向个体情感与理智的冲突。写穿越文的一个基本准则是不得更改历史进程，否则就不是穿越而是玄幻创世。早期穿越文有不少受黄易《寻秦记》影响，写现代人回到古代，试图在民族发展的关口力挽狂澜，如阿越的《新宋》、月关的《回到明朝当王爷》、酒徒的《明》等。在这里，主角对抗的是不可逆转的朝代更迭，虽然对重要事件结局了然在心，但使尽浑身解数也无力回天。幸运者穿越成某个帝王，亲手促成霸业，但躯壳里的现代记忆终究是无处安置，只得"隐退江湖"，用故作潇洒的态度掩饰虚无主义的内心。这类穿越以波澜壮阔的大场面和浓厚的家国情怀受到各类奖项的青睐，但对读者来说，其"爽点"在快意恩仇的"热血"而非历史，因此人气并未超越将热血表达得更直白的军旅甚至黑道文。

女性穿越——一种将言情与花样穿越结合的新故事模式，反而因矛盾集中、结构完整而影响面更大。"清穿三座大山"《梦回大清》《步步惊心》《瑶华》都讲普通女白领穿越到康熙年间，凭清宫剧里得来的历史知识与阿哥们展开恋爱，却各有各的精彩；《木兰没长兄》中女外科医生穿越成花木兰后，凭借现代医术赢得声誉，也在羁旅生涯中体验到边关将士的豪情，不同于一般的小儿女情怀；《女帝本色》里四位少女则更主动，她们团队穿越寻找爱情，终于在最适合自己的恋爱时段停留下来。女作家写女性穿越，故事环境虽是历史，矛盾却从宏大的家国抱负转向复杂的个人情感。乍看去两个人卿卿我我与外界无涉，但穿越身份却赋予恋爱更多内涵。以桐华《步步惊心》为例，穿越到九王夺嫡时代的女主由于熟谙清史，不得不趋利避害，放弃日久生情的老八，刻意接近未来的皇帝四阿哥。她的心结不是传统言情"我爱的人不爱我"或"棒打鸳鸯两地分"，而体现在对命运的清醒审度以及偏离理性的感情纠葛中。虽然谈论爱情，但女主进行的是无情的选择。现代女性穿回古代往往年轻貌美，她们有渴望被爱的小女人心态、有平等独立的自我意识，还有穿越带来的先知头脑。因此，既不缺选择爱的能力，也不缺逃避灾祸的机会。她们在多方受制的时代环境中尽力保全自己和身边人，哪怕是功利性的抉择也带着迫不得已的诚恳，比老套言情中等待救援的女主更加立体生动。

作为原创网络小说的重要一支，穿越文许多特点源自其媒介特性，其中之一就是穿越者原生身份的弱化、矮化。在早期因袭黄易、席绢的穿越文中，主角常常是具备特殊技能，身家傲人的"特种兵"或"魔血美少女"，而后期平民化的网络语境酝酿出越来越多贴近普通人的穿越主角。除了穿越身份，他们一无所有，不得不凭借一些现代的基本常识如文史知识，数学物理，职场攻略等奋力谋生。他们原本只是低级白领、单身狗、挂科学生，在车祸、坠崖、溺水甚至对着电脑看小说时突然穿越，一下子进入别样的世界。即使个别人依然霉运加身、笑话连连，穿越也为平庸生活增添了色彩。这些凡人乍一穿越时的窘境难免让人产生优越感，幻想自己如能跌入时间缝隙，也将成就一番浪漫的传奇。

穿越提供了轻松代入的渠道，让人产生极大自我满足。这种满足不仅来自与故事主角低劣原生身份的对比，也来自穿越后的"玛丽苏"效应。"玛丽苏"原是《星际迷航传奇》中一个过于完美而失去真实性的女战士角色[1]，后被网民用来讽刺网文里集天赋、容貌、机遇和异性缘于一身、带有作者自恋人格投射的女主角，相应男主角称为"杰克苏"。他们是全能人物，一出场便自带光环，他们拥有全部资本，所有情节都围绕他们展开。这样自恋自大的主人公在网文中受宠的原因，是"刷网文"[2]多在通勤、排队、工作间隙，很难集中注意力；而网络小说却必须以超长篇幅换取收益，要求读者对一部作品长久关注，二者之间存在矛盾。在注意力延续与碎片化时间的博弈中，"玛丽苏""杰克苏"这样强大、鲜明、关注度高的主角成为必须。在穿越中，一切都是发生过的，都可以改写，主角的当下感受和选择至关重要，而其他角色则可以随时替换重来。原生身份的卑贱和转换身份的高贵对比是穿越的魔法，诱使读者通过代入实现从卑微到强大的翻身，轻松拥有少年躯体、中年精力和百岁见识。

在角色扮演类游戏如《三国志》中，玩家选择赵云或张飞身份，就能骑白马或耍大刀对敌，网络小说对代入的强调也在鼓励读者扮演角色。屏幕显示突

---

[1] 参看360百科"玛丽苏"词条，http://baike.so.com/doc/5368796-5604626.html。
[2] 网民在阅读网文时，不仅快速浏览，还经常跳转，因此称作"刷文"，与印刷文本的细读形成明显区别。

出视觉效果，表情包、视频和游戏属于网络主流娱乐，纯文字阅读曾不被看好。可为什么网络文学却终究在手机、电脑上流行了起来？并不是因为网络小说也借用了与网游、视频类似的多媒体手段。尤其是当前的长篇类型化网文，完全以文字写就，连表情符、超链接等都很少见，它们之所以流行，恰恰是源于不适合屏幕表达的文字。文字诉诸想象而非视觉效果，不长于精确的形象塑造。正是这种模糊性，为代入提供了更大的空间。网民依个人口味，在网络小说粗略设置的身份、性格和情节中拣选一款，作为自身形象的网络再现。比起固定的图像、精确的视频，文字更加自由，它的模糊和包容允许读者对作品角色自由整合代入，而不是整容削骨地依附于某个明星。

网文阅读不是静态孤立的行为，而是一场虚拟社群的互动。网民在线追文的同时，乐于积极点评、回复、打赏或是加入作者QQ群。某位大神或作品的粉丝构成一个虚拟共同体，在积极跟进故事发展的同时，把现实当下的自我与故事中的虚构主角相联系或者置换，对主人公产生高度的认同甚至依赖。他们通过网络互动在虚拟集体语境中展示自我，并生成一些只有特定社区成员才能理解的行话暗语，通过相互感染形成文化潮流。网文读者之间的网络对话既可实时交互，也可能因为共同主题而跨越时间限制，接续并影响到同样爱好的一类人。这种现象使私人的社交行为带上了虚拟社会穿越时空的神奇色彩，因此穿越主题在网络上比在其他单向媒介上更容易得到接受。

三、爱情最大

爱情一向是文学钟爱的话题，否则，帕里斯王子也不会以十年特洛伊战争为代价，将金苹果判给阿芙洛狄忒；罗密欧与朱丽叶的激情也不会超越家族世仇而焕发出永恒光彩。然而，在传统文学中，爱情是受限制的，与欲望、责任、伦理、道德等共同构架故事，坚信"爱可以创造一切，也可以毁灭一切"①的言情小说不过是通俗小说中的一支。

网络小说依受众性别分为"男性向""女性向",依主题分为"玄幻""穿越""都市""言情"等,虽然情节有异,但爱情话题却能轻松游弋于不同性向的所有类型中。爱情是网文里抚平一切伤口的灵药,无须自证即具备合理性,它是修炼、创世、隐退的动因,是权谋、黑帮甚至"种马"的终极救赎,它激励痞子走上英雄之路,也帮弱小者扭转乾坤……哪怕与具体情节无关,抽象的爱也常被用作行动的根源。以两部完全男性向、几乎不涉及男欢女爱的创世类作品为例:猫腻《择天记》里,陈长生历经重重磨难最终成为掌握天上天下的教宗后便携爱人归隐——既然意不在治世,那么此前所有拼搏就都"白打了";第二男主秋山君为爱"什么都愿意做",哪怕是背叛信仰、放弃生命,最终衬托出爱的坚贞。辰东《遮天》里叶凡修炼的动力最初是为救人和自救,但当情节演进,一个个次要角色都被遗忘后,他的目标就不得不转换成为爱修炼。纯男性向小说尚且如此,其他类型更难以跳出这种窠臼,制造《三生三世十里桃花》世代纠缠的,是"我爱他,他爱她",帮《微微一笑很倾城》里男主走出创业阴影的,是爱的甜蜜。

连载时间漫长的网络小说需要不断添加新线索吸引注意力,却无暇以绵密的逻辑来连缀众多头绪。爱情既通俗可感,又具有黏合不同情绪(妒忌、憎恨、愤怒等)的魔力,还是青春期读者钟爱的热点,因此成为各类网文常用的解释,但网文中的"爱"又演化出独特的含义。在看待性关系方面,网文和传统言情小说不同。后者强调爱和性的排他性,男女往往是一对一搭配,谴责绝情负心和多性伴,维护贞操和血统观念;前者则认为身心契合、肉体欢愉甚至功利的性关系都可以纳入爱的范畴。例如吸血鬼小说中不乏因迷恋某种特殊血液而誓死捍卫人类女孩,并与之患难与共日久生情的吸血鬼;《蜂巢里的女王》讲述穿越成蜂后的女孩被众多工蜂帅哥追捧宠溺;《择天记》中莫雨和陈长生睡在一起,原因竟是需要他的体味助眠。网文里不排斥从一而终,也接受情感

---

① 席绢语参见汤哲声主编:《中国当代通俗小说史论》,北京:北京大学出版社,2007年,第126页。

转变，连对同性甚至跨物种、跨位面的爱（如丧尸、狐妖、虚拟爱情等）也持开放态度。特别是丧尸小说，由于角色形象丑陋恐怖，所以甜宠文颇多，如《末世中的女配》《我的男友是丧尸》《末世守护》等都是这一路数。从花样百出的对象可以看出，网民将爱情当作纯粹的故事元素，并不像传统言情小说那样试图塑造爱情关系的模板。传统言情小说中的青年男女往往遭受来自家庭、伦理、世俗成见的阻力，而网络小说里的爱情则跳出真实社会，不追求世俗圆满，是独立个体间的交互。

网语中的"爱情最大"源自电影《大话西游》。作为网络流行文化源泉之一，这部电影在无厘头搞笑和讽刺戏仿之外更受关注的是其跨越仙魔、人戏不分的爱情。网民们为角色（白晶晶、紫霞与孙悟空）与演员（朱茵与周星驰）的爱情唏嘘，并使之突破媒介边界，从完结的电影演化为开放的网语、多变的表情包和人人都能演绎的文化主题。《大话西游》初上映时票房普通，后期却在校园群体中赢得极高的声誉。青年学生是早期网络文化的制造和参与者，在他们泡网的过程中，这部电影不仅是虚拟社区里的一个话题，更提供了连缀青春世界，倾吐爱情宣言的机会。①

网民对爱情话题的热衷也贯穿中国网络文学的整体发展过程。最早期以网恋题材出现：无论台湾《第一次的亲密接触》，还是内地"三驾马车"②的《迷失在网络与现实之间的爱情》《活得像个人样》等，爱情都以网络为媒介。彼时所谓"虚拟世界"近似科幻，属意网络创作的人们只将它看作维系跨地域爱情的工具。随着网恋题材的流行，众多打着"网络"旗号出版的畅销书更是将网络变成爱情的背景，只要文中涉及在线聊天、使用表情符号、甚至主角在计算机行业就职就都可以纳入"网络文学"图书名下。③

这种情况直到网络写作走向职业化才有所改观，文学网站丰富了网文"聊天加恋爱"的模式，但"爱"依然是必不可少的。在男性向小说里，爱情虽缺

---

① 张立宪等:《大话西游宝典》,北京:现代出版社,2000 年。
② "三驾马车"指内地早期网络文学作者李寻欢、宁财神、邢育森。
③ 本文提到的早期恋爱题材网络小说可参见许苗苗:《性别视野中的网络文学》,北京:九州出版社,2004 年。

乏细节，却带有不容争辩的超越性和终极救赎的效力。以脱胎于角色扮演游戏，以练功饲宠做任务为主线的玄幻类小说来说，虽是纯男性主题，也以爱为根本动力。江南烟雨在《亵渎》中塑造了一个好色、残暴又丑陋的主角罗格。尽管他使用邪恶的死灵法术疯狂敛财、谋求权位，但仍在精神交流中爱上魔界公主，并不惜为之抛弃钱财，背叛教会和前途。爱使那卑鄙的嘴脸逐渐带上哲人般的色彩。"'爱情'成为罗格唯一愿意捍卫的价值，并使其翻身对抗'神圣崇高'的秩序体系……是主角最后的底线。"[1]罗格的爱不是特例，整部小说虽然围绕练魔法、斗骑士、挑战教廷、背叛家族展开，但所有角色都与爱纠缠：光明骑士爱上黑暗公主，人间女孩痴恋死灵法师，公爵之子中了侯爷之女爱的圈套……各式各样的爱为各式各样的打斗找到理由。仙侠小说脱胎于武侠，增添了道家炼丹、运气、御剑等元素，而人物却往往身在仙班，心在红尘。类型开山作《诛仙》中，平庸少年张小凡拼死保护师姐陆雪琪，被其感动的师姐放弃自救与其一起坠崖，结下生死之恋；后小凡与鬼王女儿碧瑶落入洞中患难生情，危急关头后者牺牲自己以厉咒解救小凡，结下人鬼之恋；对正派失望的小凡成为鬼王杀手，与身为正派传人的师姐决斗却不忍下手，再续爱恨痴缠。主人公忽正忽邪，每一次转变都伴随一次爱的抉择，危急关头也总是因爱而续命，"爱情是超越价值对立的桥梁"[2]。连妻妾成群的"种马文"也以"爱"为借口。禹岩的《极品家丁》里，"家丁"从当代大学生穿越而来，他运用现代知识改善古代生活，平内乱、定边疆、治理朝政，背后的动力是主人家两位小姐的命运和公主超越阶级的爱情。烽火戏诸侯笔下的"极品公子"是一个自恋到极致的纨绔大少，结党商战过程中以收集女性为乐，但其"最爱"却并非"最美""最亲"或"最有价值"，而是从误会、憎恨到最后生成的"真爱"。虽然"种马"毫不掩饰身体欲望，但奋斗的动力却设置为"真爱"，哪怕这"真爱"非常苍白、缺乏说服力，却是当之无愧的正能量。

---

[1] 王恺文：《奇幻："恶人英雄"的绝望反抗》，邵燕君主编：《网络文学经典解读》，北京：北京大学出版社，2016年，第56页。

[2] 王恺文：《奇幻："恶人英雄"的绝望反抗》，邵燕君主编：《网络文学经典解读》，北京：北京大学出版社，2016年，第56页。

女性向小说描写爱情更具体，态度也更复杂。不同于传统美丽、被动的"傻白甜"，网络爱情女主角更有掌控爱情走向的自主意识。在宫斗小说《甄嬛传》里，最初纯情的甄嬛因惧怕无爱的婚姻而将侍寝机会屡屡让人；之后由于被皇帝打动产生爱的幻觉，开始积极争宠、打压其他嫔妃；得知自己只是前皇后的替身后，她心灰意冷遁入空门，却与果郡王暗生私情；为保住爱人的孩子，她重新回宫并最终亲手杀死皇帝。为追求真爱，女主角经历了从一往情深到心狠手辣，从单纯善良到利用倾慕者达成私人目的的转变。她并不等待爱的施舍和救援，而是积极选择、主动把握命运。

其他女性向的类型小说中，爱情态度也十分新鲜：穿越把恨嫁的都市大龄女送到古代公子王孙面前；"禁欲系男神"以高颜值、高智商和孱弱体质提供忠贞情感的模板；耽美文则满足了女性转换地位、自由选择角色代入的幻想。流行的耽美文里见不到三岛由纪夫《禁色》式的压抑和耻感，也没有早期网文《蓝宇》那种在社会关系和权力网间的挣扎，而是以"二次元"思维方式赋予"爱"无关他人的独立性。耽美文不回避性，但多半采用动漫式的主角、童话般的恋情、轻快夸张的描写。这种特点尤以"甜宠"类耽美为甚，无论是都市童话《惩罚军服》还是古风神话《花容天下》，主角的性别设置虽然为男，给人的感受却是忽男忽女、可男可女。耽美以同性爱去除了习见赋予男女的性别、主被动的差异，既不追求灵的超越，也不流于肉的重浊，只有一派撒娇卖萌。幼稚化的性描写冲淡肉欲，凸显双方在外貌、精神和趣味等方面的吸引。这样描绘出的爱情必然超越现实逻辑，因此何种性取向都没有悖谬感。如果说男性在"种马文"中体验着三妻四妾的美梦，那么女性则在耽美文中进行可攻可受的意淫。

由于爱情最大，网络小说中的财富和权力都轻如鸿毛，连生命都不再重要，拥有真爱就可以毫不犹豫地抛家弃国、死亡或重生。网络文学本身是一项边界模糊的互动行为，参与者、原创作品和衍生话题相互交织并彼此催生，因而爱情最大的信念不仅贯穿作品，还泛滥到写作和阅读交流中。读者点赞原本是随意表达，但在追文社区里就成为对作者的情感支持；粉丝群产生争议时，围观和点击都代表立场。追文"打赏"为网文作者带来了收益，却使"写作"

一词的神性光环变得黯淡。为扭转国人历来认为"谈钱伤感情"的态度，文学网站发明了一套将金钱与情感相结合的升级制度：读者以票额和虚拟礼物表达支持，作者以收到的虚拟财产排列品第。作者毫不讳言"求点赞、求月票、爱我就来打赏我"——这种把经济和情感画等号的行为，被称为"有爱的经济学"①。爱统摄一切，当爱的程度与金钱数量联姻，文学网站的资本行为就笼罩上一层脉脉的温情。

结语：从认同虚幻到反攻现实

"游戏逻辑"不仅是网络文学对电子游戏预先设定规则的借用，也是网文交互活动中网民所抱有的以低成本改变世界的幻想态度。网络文学以游戏逻辑构造虚拟世界，对游戏逻辑的认同一方面透露出网文爱好者在面对复杂话题（如逻辑冲突、灰色地带、琐碎日常）时的迷惘无力和试图求助于幻想解决现实矛盾的企图；另一方面，也预示着媒体技术、知识换代、潮流变迁对社会的推动，以及青少年、较低社会阶层渴望凭借自身对新媒介、新知识的优先接触，在固有等级秩序寻获新的机遇。从这个角度看，网络文学虽不是当今阅读的全部，但其流行文化的特质以及庞大的数量却足以证明其所遵循的游戏逻辑的通行，这种虚幻的想象性态度投射在现实生活中，并反映出参与者对现实世界的态度。

许多网络作品信奉丛林法则，升级练功养宠物都是为了打败更高阶的对手，完成更艰巨的任务。强者拥有世界、主张正义，而弱者的生存依赖于强者天然的正义感、同情心和对真爱的向往。在这种升级过程中，力量对比和胜败结果都是一对一、有因就有果的。金手指显示出网文世界对规则的建构方式：哪怕主人公作弊，只要遵循设定便能获得认可。它是君子协定般的透明规则，有意无意地疏离复杂暧昧的灰色地带，以回避现实社会中的"潜规则"，它不

---

① 林品：《"有爱"的经济学：御宅族的趣缘社交与社群生产力》，《中国图书评论》，2015年第11期。

试图构建理想国，而是由最简单的幻想和爱憎支撑。

穿越则利用时间差，以当代视角和"后见之明"解释过往、改写命运，以缓解人在回顾时间长河时产生的无力感。时间的流逝不可逆转，穿越不仅赋予个体强大的能动性，更折射出人类挑战时间这一看似恒定不变自然主题的欲望。网络时代个体的渺小要求网文主角必须完美强大，唯其如此他们才能延续想象，让故事具备可信度。

除了对生存和时间规则的简化处理外，网文对生命也有不同的看法。十来年前，当被称为"80后作家"的青春写作成为畅销书时，"流血""死亡"等是他们频繁使用的意象，"盲目而奋不顾身"[①]一时成为青春流行色。稍后的网络作者虽然也多是80后，却并没有延续"残酷青春"的基调，而是着力于渲染生命的快感。他们向卑微的普通人展示现世的诱惑，并致力于以代入感模糊幻想和真实的界限。他们痴迷于基督山伯爵和盖茨比那样戏剧化的权力反转，让小人物成就大事业，却并不期待生命的升华，而是以获得具体的金钱、爱情、权力，以绝地逢生甚至长生不老作为反转命运的手段。生命在玄幻仙侠里可以长生千年，在穿越中可以死而复生，即便在不涉及仙侠等超能力并标榜爱情洁癖的都市情感作品里，人们也"一言不合就消失"。这里的消失并不是死亡或寂寂无声，而是换一种方式重来。如《何以笙箫默》《七年顾初如北》《寻找爱情的邹小姐》等作品中，主人公整容、出国、销声匿迹躲灾避祸，经历一定年限的蜕变（多半是7年）后，总是能够重新光鲜地出现在爱人或情敌面前。虽然相爱相杀，但他们的身体和精神都惊人地保持着一如既往的"纯洁忠贞"。网络小说将生命的细微情感无限放大成跌宕起伏的波折事故，主人公的遭遇比"残酷青春"更富戏剧性，但他们不再轻易抛弃生命，而是坚韧地应对一个个难题。不死的主角在网文中践行犬儒主义，这恰好与网络流行语中反映出的日常生活态度一致，在对美好情感、简单规则的向往之下，是对现实社会的服从和无力反抗的想象性戏谑。

游戏逻辑赋予网络小说某种抵抗性质。虽然"以弱胜强""普通人创造奇

[①] 沈浩波:《盲目而奋不顾身的〈北京娃娃〉》,《华夏时报》,2002年5月20日。

迹"等虚拟快感原型均产自大众文化工业,但网民通过评论、打赏等方式沟通作者,进而影响情节走向,使作品成为互动的产物。低成本的网络阅读让低收入群体以点击投票,如果说商业化运作使网络小说落入资本之手,那么低消费和廉价的复制传播却让网络小说本身无利可图。虽然网络盗版令人反感,但它具有开源代码般的效应,使更多网民获得参与机会,在阅读、转发中迸发灵感,成为参与构造网络流行文化的生产性力量。①这些力量有时顺应资本意愿,有时则对抗或者利用,它们实际上已经游离了资本控制。文学网站如果纯粹生产文本会无利可图,只有开发粉丝经济、进行版权运营、积极向付费门槛更高的影视等媒介形式转化,才能从网络文学中获利。②网文获得转化的依据是人气,而贡献点击量,使之具备人气的则正是低消费能力的网络大众。网民的选择通过媒介转型到达高消费能力群体,游戏逻辑也从而到达多种媒介受众,影响多个社会阶层。

  网络文学与印刷文学经常被作为一对概念相互比照。读屏时代,印刷文学并没有在"新文明的号角"声中轰然倒下,相反,其确定的作者来源、审慎的编辑流程、深度的思辨色彩等优势在变动的网络阅读中日益彰显。稳定性使印刷文学具备强大的自律性和界限分明的话语体系。网络文学欲在这一权威话语体系之下谋求发展,与其探索一套对抗体系,不如突出自身与之相对的变动性。当前这种变动的结果,就是网络作品中体现出的对游戏逻辑的认同。游戏逻辑标志着网络小说已发展出个性风格,在强化并放大传统通俗小说某些属性的同时又呈现出自身独有的媒介特色。

(《文学评论》2018 年第 1 期)

---

① 关于大众对文化工业产品的生产性消费可参看费斯克:《理解大众文化》,王晓珏、宋伟杰译,北京:中央编译出版社,2001 年。
② 《侯小强揭秘盛大文学盈利之路》,《每日经济新闻》,2011 年 9 月 6 日。

网络文学、本土经验与新媒介文论中国话语的建构

◎ 黎杨全

一、想象网络文学的先锋性：理论焦虑与"回到事物本身"

新媒介深刻改变了社会、文化与艺术问题，自中国网络文学产生后，不少学者开始探讨它超越于传统的先锋性。

早期人们主要借用西方超文本、多媒体或后现代理论来分析，韩国留学生崔宰溶在其影响颇大的博士论文《中国网络文学研究的困境与突破》中总结了这三种倾向，并逐一进行了批判。超文本、多媒体或后现代类型的作品在中国网络文学中数量很少，后者主要是大众、通俗的文学，分析与事实有较大的距离。

崔宰溶认为这是学者们直接套用西方理论的结果，提出了根据中国网络文学的特殊性展开研究的思路："中国的网络文学具有与西方的前卫的、实验性很强的网络文学不同的独特性，所以我们不能直接拿这些西方理论来分析国内的网络文学。"[①]崔的这一思路非常重要。认为超文本、多媒体或后现代属性才是网络文学的真身，带有西方中心主义色彩，忽视了网络文学的多样性，对

---

① 崔宰溶：《中国网络文学研究的困境与突破》，北京大学中文系博士学位论文，2011年，第13页。

先锋性的理解也过于狭隘,并影响了对中国网络文学性质的认识。

西方有些学者也注意到了中国网络文学的特殊性,代表性的是贺麦晓(Michel Hockx),他清醒地认识到,中国网络文学的"主体"与其说是非线性的超文本,不如说是线性的网上写作①。但他并未否认其先锋性,并试图借此纠正西方学者总将重点放在网络文化革新方面(即超文本、多媒体)的定势思维,这让人们"很难清楚地了解中国网络文学的许多积极因素与文化特色"②,显然,贺麦晓指出的问题也正是前述中国学者的研究陷阱;与此同时,贺麦晓也试图摆脱西方学者对中国网络研究的固有倾向,即动辄与"审查"问题相联系,——这两个方面又有深刻联系,表现了西方学者的深层偏见:写作的限制导致了中国文学在变革方面的迟滞③。

显然,贺麦晓意欲摆脱西方中心主义与西方电子文学理论的裹挟,尝试另一种想象先锋性的路径,在看起来不那么先锋的中国网络文学中发现先锋性,但从实际情况来看,他的研究与设想有较大出入,甚至相悖。不管是论文还是专著,他探讨的都是比较小众、偏早期的类型,如陈村、陆幼青等人的帖子或日志,他称这些作品为线性革新("linear innovations"),而对网络文学商业化的主体却语焉不详,在专著中仅有一章提到,在这一章中重点关注的又是所谓情色小说(erotic fiction),而目的是考察所谓"后社会主义"状况下的文学出版、监管与书号问题④。贺麦晓试图选择"不同的角度"来理解中国网络文学,但显然遵循的仍是西方学者的固有逻辑,他的叙述是经过严格选择的,选取的是一些"新的"、小众化、边缘性的文学类型,这表明他寻求的仍是"激进的创新",预设的仍是超文本、多媒体等变革方向。崔宰溶正确地指出,这

---

① Michel Hockx:Virtual Chinese Literature:A Comparative Case Study of Online Poetry Communities,The China Quarterly,no.183(Sep. 2005),pp.670-691.

② Michel Hockx:Virtual Chinese Literature:A Comparative Case Study of Online Poetry Communities,The China Quarterly,no.183(Sep. 2005),pp.670-691.

③ Michel Hockx:Virtual Chinese Literature:A Comparative Case Study of Online Poetry Communities,The China Quarterly,no.183(Sep. 2005),pp.670-691.

④ Michel Hockx:Internet literature in China,New York:Columbia University Press,2015. pp.21-22.

暗示着贺麦晓对"先锋性"的理解有固定的方向："急变和改革必须是通往西方理论所提出的那个目的地的运动"，"他不知不觉地断定，文学的根本变化应该是向超文本和多媒体写作那一道路的变化。"①而贺麦晓对出版、监管与书号问题的关注，同样延续的是西方学者总是从审查层面解读中国网络文学的思路。贺麦晓认为偏见让西方学者只关注中国网络上没有出现的事物，却对出现的事物视而不见②，他自己同样落入这种理论陷阱，绕开了中国网络文学大众化的生产。

最近几年，一些学者借用日本理论家东浩纪的理论，提出了"数据库"的说法③。东浩纪以日本御宅族为研究对象，发展了鲍德里亚的拟像理论，将"超真实"理解为双层构造，认为拟像已经数据库化，分解成可供消费的各种萌要素④；同时认为御宅族对宏大叙事不再有兴趣，也不再热衷于大塚英志所说的"捏造的"大叙事，成为只是被动做出"刺激—反应"模式的后现代动物。东浩纪这些理论基本被中国学者所沿用，在各自的论述中有所侧重，主要观点是认为中国网络文学也形成了玩梗、萌要素的数据库消费，故事的重要性下降，各种设定、套路成为联合生产，原创与复制之间的区别消失，大叙事已淡化或终结。

相比以前的研究，数据库的说法在研究路数上是重要突破，虽然总体上也归属于后现代理论，但切入了中国网络文学商业性的主体。相比西方电子文学，中国网络文学与日本御宅族文化也有更多的相似性。数据库也能深刻揭示中国网络文学的某些特征，大众的生产力在媒介时代空前爆发，各种设定、桥

---

① 崔宰溶:《艺术界与异托邦——对中国网络文学研究的一些看法》,《南方文坛》,2012年第3期。

② Michel Hockx: "Virtual Chinese Literature: A Comparative Case Study of Online Poetry Communities," The China Quarterly, No.183(Sep.2005), pp.670-691.

③ 主要有李强:《从超文本到数据库：重新想象网络文学的先锋性》,《文艺理论与批评》,2017年第3期；肖映萱:《数据库时代的网络写作：如何重新定义"抄袭"?》,《文艺理论与批评》,2017年第3期；卢冶:《网络文学的"界碑"与"症候"》,《文学评论》,2019年第3期；邵燕君:《网络文学的"断代史"与"传统网文"的经典化》,《中国现代文学研究丛刊》,2019年第2期。

④ 东浩纪:《动物化的后现代：御宅族如何影响日本社会》,褚炫初译,大鸿艺术股份有限公司,2012年,第92页。

段层出不穷,并被反复消费与使用,前所未有地彰显了文本间性。在东浩纪《动物化的后现代》出版之前,美国学者曼诺维奇(Lev Manovich)在论文《作为象征形式的数据库》中已提出了数据库的说法,认为在小说、电影相继作为现代社会的核心文化表达形式之后,数据库成为电脑时代的象征形式。如果说传统叙事是线性结构,数据库则是项目的集合。新媒体反转了传统的词法形态与句法形态的关系,词法形态(数据库)成了物质性的存在(如菜单选项),句法形态(叙事)则成了虚拟的,世界应通过目录而非叙事来理解①。从数据库取代叙事的变革上,可以看到东浩纪对曼诺维奇理论的借鉴。

相比曼诺维奇,东浩纪的观点是更前卫的。直接借用东浩纪基于日本御宅族文化的理论来分析中国网络文学,可能也存在一些问题。

消费的只是"梗"、萌要素、片断,得出的结论必然是故事的重要性下降。数据库具有反叙事逻辑。东浩纪认为:"故事在这里被当作是角色设定或图画(非故事)的添加物,说穿了就是多余的东西。"②这也许符合日本宅文化,却跟中国网络文学存在差异。萌要素、玩梗构成了一种现象(特别对宅向文而言),但故事消费同样重要,而且是最重要的,即便对宅向文来说也是如此。以主要面对宅圈群体的"刺猬猫"为例,针对"在刺猬猫写书一定要玩梗吗?"的提问,写手"长洲东马"表示:"刺猬猫的读者口味其实很简单,就一个要求——故事精彩好看。""刺猬猫的火书,就没有哪一本是靠玩梗火起来的。这个网站的书想要火,归根到底首先还是得故事精彩。"③玩梗需要熟悉动漫影视作品,特点是圈子化,讨好了宅向读者,却也容易流失更大众化的受众。进一步看,数据库的排列组合并非随意的碎片,剧情才是"萌要素"背后的关键,构成了数据库消费最终的语境与背景。

与此相关的另一个命题是,由于设定、桥段的大量兴盛,符号遂成飘浮的

---

① Lev Manovich,Database as a Symbolic Form,http://manovich.net/content/04-projects/022-database-as-a-symbolic-form/19_article_1998.pdf,2019 年 8 月 12 日。

② 东浩纪:《动物化的后现代:御宅族如何影响日本社会》,褚炫初译,大鸿艺术股份有限公司,2012 年,第 69 页。

③ "长洲东马":《【刺猬猫】真·萌新攻略指南》,http://www.lkong.net/thread-2314188-1-1.html,2019 年 5 月 16 日。

能指。东浩纪认为数据库控制了二次创作的流程，作家的原创神话趋于消解，取而代之的是众神教①。有些研究者也认同此说，认为应重新定义抄袭。从原创也沦为了套路之下的一种故事可能性来看，这种说法有道理，但也有所夸大，忽视了作家原创的意义。东浩纪几乎将一切都看成是萌要素，消费者在此基础上排列组合，显然，他跟鲍德里亚有明显差异，在后者那里，符号自我增殖，主体成为屈从体，欲望与认知皆由符号所编织，而对东浩纪来说，他遵循的实际上是结构主义式的故事构成论。而如何解释作家的创新，也正是结构主义的困境，数据库的堆积本身并不具有创造新"面庞"的能力。只是单纯强调元素的堆积而淡化主体性，与现实的文化生产存在偏差。

与数据库消费相联系的是后现代动物的说法，即不再是主体间性的人性欲望（"欲望着他者的欲望"），而只是动物般针对特定对象的单纯反应，不再对大叙事或"捏造的大叙事"感兴趣。"捏造的大叙事"是大塚英志所说的物语消费逻辑，消费不仅是鲍德里亚所说的由使用价值转向符号价值，而且在于符号的积累与组合形成了物语（故事），比如他提到的"仙魔大战巧克力"，孩子们消费的并非巧克力（使用价值），也非贴纸（符号价值），而是这些贴纸之间隐约的小故事，并最终形成神话史诗般的大叙事，正是对大叙事的追寻导致了孩子们不断收集贴纸，它是原有大叙事在亚文化中的替代，故是"捏造的"。捏造的大叙事就是动画的"世界观"，各种设定的集合，或者游戏背后的程序。物语消费是消费社会的新阶段："被消费的不是单独的剧作或事物，而是被认为隐藏在背后的系统本身。"②联系中国网络文学来看，"捏造的大叙事"并未淡化，不如说强化了，物语消费逻辑深刻揭示了当下 IP 产业链的运作机制。商业资本正是不断地建构"世界观"，让消费者参与并追逐世界观的建构。2017 年，阅文内部成立了世界观团队，并让粉丝广泛卷入其中，"阅文平台上，粉丝读者从最基础的故事内容、到作品世界观完善、到周边衍生，几乎涉

---

① 东浩纪：《动物化的后现代：御宅族如何影响日本社会》，褚炫初译，大鸿艺术股份有限公司，2012 年，第 94—95 页。

② ōtsuka Eiji："World and Variation: The Reproduction and Consumption of Narrative", Trans. by Marc Steinberg, Mechademia, Vol.5, (Jan.2010), pp.99-116.

及作品的全方位深度参与。"①大塚英志认为，当消费者掌握了大叙事（程序）后，二次创作将让他们获得解放，"这标志着将事物视为符号的消费社会的闭幕。"②他显然过于乐观了，IP产业链与媒介融合进一步裹挟了消费者。他在后续的《物语消费论改》中调整了说法，认为媒介融合表现的是多种媒介"共享同一种'世界'的现象"，媒介融合还带来了"虚实的越境"，受众不仅参与世界观的创作，还以种种行动把现实本身"世界观"化了，现实成为ARG一样的游戏空间。相比20年前，具有ARG游戏特征的受众，更加具有为了完成大叙事而产生的集团归属感，甚至与社会上邪教教团的出现具有同一性。③

中国网络文学不仅仍受制于捏造的大叙事与物语消费逻辑，也渗透了"真正的"大叙事。引用东浩纪理论的学者们的重要证据是二次元网文的兴起。不过二次元文化与大叙事的关系却比较复杂，典型的例子是《那年那兔那些事儿》等民族主义军事题材动漫作品的走红，以及2016年初发生的"帝吧出征"事件，有学者称之为"二次元民族主义"④。显然，对中国的宅文化来说，大叙事的整合仍起着非常重要的作用。二次元并不一定与大叙事相悖，或者说，正是借助亚文化要素，二次元才能更有效地突进三次元，《那兔》中"萌化"的兔子形象，是获得亚文化群体认同的重要原因，"燃"的属性，也能顺利转化为激情、热血与理想主义。越是萌化的，越可能是大叙事的。亚文化也被党政部门与文化企业重视，相关话语日渐与国家文化建设、民族复兴等主导意识形态融合。

邵燕君认为："进入网络文学乃至网络文化研究以来，理论的贫乏一直是我们的瓶颈。面对一种新的文明，我们以往的理论都是旧的。"⑤这确实是困

---

① 李秒：《世界顶级IP的成长秘笈：从讲好一个故事说起》，《锌财经》，https://new.qq.com/omn/20191022/20191022A07NLH00.html，2019年10月22日。

② ōtsuka Eiji: "World and Variation: The Reproduction and Consumption of Narrative", Trans. by Marc Steinberg, Mechademia, Vol.5, (Jan.2010), pp.99-116.

③ 大塚英志：《物语消费论改》，转引自文可：《关于二次元文化，日本学者可以论述得这么深》，https://zhuanlan.zhihu.com/p/29566458，2017年9月22日。

④ 白惠元首创了"二次元民族主义"概念，参见白惠元：《叛逆英雄与"二次元民族主义"》，《艺术评论》，2015年第9期，其后出现了诸多以此为题的论文。

⑤ 高寒凝、邵燕君等：《中国的"二次元宅"如何解读东浩纪？》，《花城》，2017年第4期。

扰中国研究者的实际情况。面对网络文学，人们借用了各种理论，表现了普遍的理论焦虑。这些理论能够部分地揭示中国网络文学的特征，但也存在学者张江所说的强制阐释的问题。当然，分析与阐释都会有"前理解""视界"与"预设"问题，都会是"有罪的阅读"，而不是"无辜的阅读"，但我们借鉴外来理论时，需要意识到有可能将中国经验的某些因素误读或放大了。

中国目前的社会生产方式仍较为多元，在意识形态上也有自己的独特性，生活方式与文化形态呈现出前现代、现代、后现代的复杂缠绕。中国网络文学并非仅由媒介环境单一决定，而是经济、政治、媒介多种因素共同作用的结果。在网络文学刚兴起时，欧阳友权强调避免先入为主的观念，以"现象学还原"的方式，从其"显性存在"达致"隐形存在"[1]。在我看来，这一方法在当下仍具有示范意义，对网络文学来说，最重要的是"回到事物本身"。

二、双重视野：网络文学的中国经验

"回到事物本身"，要求实事求是地理解中国网络文学的属性，根据其独特性，梳理媒介文化转换过程中的"中国经验"，在此基础上理解其先锋性。

从现有文献来看，较早涉及网络文学中国经验的应该是华裔学者杨国斌（Guobin Yang），他提出了"中国性"（the "Chineseness"）的说法[2]，不过他只是略有提及。如前所述，崔宰溶、贺麦晓都指出了中国网络文学的特殊性，人们逐渐认识到它成了一种"中国现象"。网络文学已发展二十年，在这个节点上有必要对此进行总结。中国经验基于双重视野：相对印刷文学而言，它是"网络文学"的经验（先锋性）；相对西方电子文学而言，它是网络文学的"中国"经验。网络文学的中国经验也许不是某种单一理论能囊括的，而是复

---

[1] 欧阳友权：《网络文学本体研究》，四川大学文学与新闻学院博士学位论文，2004年，第1—2页。

[2] Guobin Yang: "Chinese Internet Literature and the Changing Field of Print Culture", in C. Brokaw and C. A. Reed (eds.), From Woodblocks to the Internet: Chinese Publishing and Print Culture in Transition, circa 1800 to 2008, Leiden: Brill, 2010, p.333.

数的。

在文学活动的类型上，中国网络文学提供了普通大众参与、群体交互这一文学生产、传播与阅读的新形态。我认为这是最重要的中国经验，也是中国网络文学最重要的贡献，它的诸多特点与机制都与此相关。

网络文学广泛的社会互动显然与印刷文学的孤独阅读不同，它重建了口头传统，但与传统的说话场景相比，它在参与人群、互动频率及传播效应各方面，又远远超过了前者。如果非要说网络文学终结了印刷文学的话，就是这些人与文学关系的新变化瓦解了后者的根基，它打开了印刷文化生成的壁垒与区隔，促进了文艺大众化运动。

中国网络文学的群体性交互也与西方电子文学有显著区别，后者凸显技术主义："与互联网和文学写作同时相关的专业主要是那种实验性非常强的、注重媒体技术的、非线性'电子文学'"①。这强化了文学的精英性，相比印刷文学来说，它的精英性更加突出，不仅有文学要求，也有技术要求；它也追求交互性，但排斥了大众的交互性，读者需要非凡的努力才能"遍历"文本。西方的"电子文学协会"（ELO，the Electronic Literature Organization）在定义其新领域的核心主题时，强调利用计算机潜能开发"重要的文学方面"，海勒斯（N. Katherine Hayles）认为这预设了对"重要方面"的先在理解，而这种预设只能是源于印刷文化传统②。贺麦晓精辟地指出，这延续了将作者视为创造性天才的传统认知③。与之相比，中国网络文学是更加大众化的、日常的文学活动。

不能低估这种群体交互实践的意义，我们常常将文学理解成一种"客体科学"，忽视了文学的群体性连接与社会交互活动。阿斯科特（Roy Ascott）认为，传统艺术深深地植根于个体创造者而不是交互性观众的观念，"艺术"一词变得如此沉重，他主张以"连接主义"取代"艺术"，对远程通信艺术来说，

---

① 许苗苗：《网络文学研究：跨界与沟通——贺麦晓教授访谈录》，《文艺研究》，2014 年第 9 期。

② N. Katherine Hayles：Electronic Literature：New Horizons for the Literary，Notre Dame：University of Notre Dame Press，2008，pp.3-4.

③ Michel Hockx：Internet literature in China，New York：Columbia University Press，2015，p.6

"连接性是它的核心"①。新媒介孕育着新的艺术趋势与艺术观念,即降低艺术对象在审美体验中的作用,着眼于网络成员之间的关系与互动。西方电子文学对技术主义的过度追求,背离了这种文学可能性,而中国网络文学充分利用了网络的连接,实现了大众日常的群体互动与文学实践。

中国网络文学造成了文学制度的结构性调整与重组,提供了媒介文化转型过程中重构文学制度的相关经验。在印刷文化向数字文化转型过程中,中国网络文学冲击了文学制度,并在震荡中生成与整合着新的制度。资本、媒体、大众、各种先锋群体有了更多话语权,但传统的制度要素(作协机构、批评家、期刊、出版商等)仍占有非常重要的位置。这是一个协商与博弈的过程,网络文学兴起过程中的各种论争与事件,如韩白之争、玄幻之争、梨花体事件、作协主席试水网络等,在世界范围内具有重要的制度意义,既表现了对文学合法性、文化领导权的争夺,也呈现了场域的合作或无意识的共谋。新的文学群体与写作类型既抵抗传统文学体制,也希望得到来自正统的认可。草根大众成为重要的场域力量,参与决定什么是好的文学,却也普遍存在来自文学传统的象征暴力。在商业计算、正统考量和艺术价值之间,难以有总体的控制,构成了持续的谈判与动态化的文化生产,共同决定了谁和什么样的文学浮出水面。

与此同时,这也应该看成是人们在文化转型中对新文学制度的主动探索与建构的过程,是传统文学制度与网络文学制度之间的磨合与融汇,各种力量都在适应与自我调整。文学网站不断建构以 VIP 付费阅读为代表的各种网络文学制度,传统文学制度如中国作协也在调整自我,组织各种培训、研讨会等,试图体现国家话语、引导网络文学走势。在网络时代,如何理顺各种制度要素与"行动者"之间的关系,建立动态而良性的文学制度,显然殊为不易,其中的成败经验值得重视与总结。

西方出版体系相对发达,并未出现这种大规模线上写作的情况,文学制度未受到明显冲击,而西方电子文学本身是非常小众的实验性文学,如前所述,

---

① Roy Ascott: "Telenoia", in Edward A. Shanken(eds.), Telematic Embrace: Visionary Theories of Art, Technology, and Consciousness, London: University of California Press, 2003, p.274

它仍延续着精英文学的设定，甚至强化了传统文学制度。中国网络文学呈现的文学制度的重组与建构具有世界意义。

中国网络文学的产业化运作模式也是中国经验的一个重要方面。严格来说，产业化也属于文学制度的一部分，由于它在网络文学中扮演的重要角色，此处单列出来讨论。网络文学的商业化一直饱受诟病，不过没有商业资本的运营，中国网络文学难有今天的繁荣，正是前者导致了它的独特性；同时，商业本身也是新的艺术界的一部分。贝克尔（Howard S. Becker）提出了"艺术界"（Art World）的说法，认为艺术界是一个合作活动的网状结构，这个网络包括了所有对艺术作品的最终完成作出贡献的人们。资本当然部分地造成了网络文学的千篇一律，但并非一种简单的对立关系，也不能将"艺术"从这个艺术界中抽离出来讨论。

中国网络文学的产业化是一个探索过程，在网络时代，资本如何与文学联姻，如何利用网络组织文学的生产、传播与消费，如何与海量人群结合进行大规模的运营，经济利益、文学水准与社会责任之间如何把握……，这些都是前所未有的世界难题。在网络文学全面商业化后，也有一些网站探索其他发展路径，试图保持有限的艺术性，商业写作内部也并非铁板一块，存在着"文青向"与"小白文"的不同传统，这些尝试面临着不少困难，不过重要的是代表了网络文学走向的多种可能性。总之，这是一个既缺乏传统经验、也缺乏西方参照的摸索过程，其中的阵痛、争论与机制创新，在文学史与世界范围内具有实验性与开拓意义。

中国网络文学在文本的深层内容与形式层面也呈现出独特性，构成一种中国经验。网络文学天马行空的描写常被指责为脱离现实，不过，对商业写作不能只就表层来看，需要看到渗透其中的社会无意识与媒介化写作经验。

华莱士·马丁（Wallace Martin）认为批评家很少屈尊去研究流行的、公式化的叙事类型，"如果它们的无意识内容能够被发现的话，它们也许会提供一些有关我们社会的有趣信息。"[①]网络文学表现了这种社会无意识，玄幻仙

[①] 华莱士·马丁：《当代叙事学》，伍晓明译，北京：北京大学出版社，2005年，第13页。

侠文的打怪升级、重生文的自我实现与弥补遗憾，穿越文的民族国家想象、都市文的商战与职场……，这些描写折射了社会转型中的时代欲望与现代性想象，构成其先锋性的一部分，正如邵燕君所说："网络文学全面细致地展现了中国人二十年的心理历程，一部网文类型史，也是一部国民心态变迁史——这一点，其他艺术形式没有做到，传统精英文学也没有做到。"①普通人的心态史与日常生活是宏大叙述中被遮蔽的部分，它们成为西方年鉴学派、文化研究关注的重点，传统研究只能依据抽离现场的文本，而在网络文学的群体交互中，这种心态史、文化史全都摊在了线上，得到自动记录与保存，——这在新媒介兴起前是无法想象的，也是中国网络文学的独特价值。网络文学也投射了网络新生活与虚拟生存体验。新媒介带来了新现实，早期网络文学常会表现网恋这种虚拟交往，在网络文学商业化后，网恋故事又延续或内化到网游小说、穿越小说中。与此相关的是网游生活的呈现，网游显然也是一种虚拟生存。现在还兴起了各种聊天群小说、对话体小说、微信体小说，实际上也正是人们网聊生活的投射。

从形式层面来看，中国网络文学融入了大量媒介化写作经验，其中最重要的就是游戏经验的借鉴与网络语言的融入。网络文学受到网络游戏的全面影响，在世界设定、情节冲突、线索结构与叙事视角等方面都有很多借鉴，不过更重要的是游戏想象力的深层渗透，即玩家基于游戏规则而生成的"玩法"对网络作家关于世界想象、主体认知及叙述方式的影响。网络文学也广泛吸纳并创造了网络语言："在语言方面，网络文学展现了令人眼花缭乱的创造力，为日常生活注入了新的词汇，从而在日常语言的基础层面上促进了中国社会的转型。"②

这些深层内容与形式经验，是印刷文学难以呈现的，也是西方电子文学少

---

① 邵燕君：《网络文学的"断代史"与"传统网文"的经典化》，《中国现代文学研究丛刊》，2019年第2期。
② Guobin Yang: Chinese Internet Literature and the Changing Field of Print Culture, in C. Brokaw and C. A. Reed (eds.), From Woodblocks to the Internet: Chinese Publishing and Print Culture in Transition, Circa 1800 to 2008, Leiden: Brill, 2010, p.351.

有的描写。需要指出的是，它们常常不是写手主动思考与创造的结果，而是日常生活与媒介现实的投射。新媒介对文学的改变，并不只是局限于可见的技术层面，而是渗透进了日常生活与个体无意识，中国网络文学呈现了这种媒介化后果。

中国网络文学在文学活动、文学制度、文学产业化、文本的内容与形式方面呈现出独特性，相对激进的技术主义，贺麦晓称中国网络文学是"温和的创新"①，不过它或许也是激进的："中国网络文学的实际变化已经具有很先锋的一面，只不过这个先锋性与西方学界所理解的先锋性不一样。"②如果我们对西方现代审美体制缺乏深刻的反省，一方面无法真正进入西方的文学传统，另一方面也难以看见并理解自己置身其中的先锋性。激进地挑战传统可以有别的途径与可能性，中国网络文学呈现了技术主义之外的先锋性，并在世界范围内具有开创意义："如果对世界文学的研究不包括万维网上的文学研究，那肯定是有问题的。"③

三、草根批评与新媒介文论中国话语的建构

中国经验蕴含着文论建设的契机，借用外来理论并不能很好地阐释中国经验，或许应该反转研究路径，基于本土经验建构中国文论话语。

我尝试把这一问题与中国当代文论的危机联系起来，参与这一话题的讨论。从中国当代文论的发展来看，其原创力匮乏是不争的事实，童庆炳先生指出："我们基本上还没有建立起属于中国的具有当代形态的文学理论。我们只顾搬用，或只顾批判，建设则'缺席'。"④自19世纪末以来，中国文论建设

---

① Michel Hockx:"Virtual Chinese Literature: A Comparative Case Study of Online Poetry Communities," The China Quarterly, No.183(Sep.2005),pp.670–691.

② 崔宰溶:《艺术界与异托邦——对中国网络文学研究的一些看法》,《南方文坛》,2012年第3期。

③ Michel Hockx, Internet literature in China, New York: Columbia University Press, 2015. p.192.

④ 童庆炳:《中国当代文论建设:对话与整合》,《文艺争鸣》,1998年第1期。

要么学习西方，要么搬用苏联，较少自我的理论创造，在世界文论中少有中国学者的声音。面对这种情况，新媒介文论中国话语的建构可作为摆脱中国当代文论危机的路径与突破口，这有其必要性与可能性。

作为新生事物，新媒介文艺面临着许多亟待解决的理论命题。朱立元先生认为，中国当代文论的问题不在话语系统内部，"而在同文艺发展现实语境的某些疏离或脱节"①。新媒介文艺将这一问题尖锐化了，作为文学要素的世界、主体、文本，文学的生产、传播与接受机制等产生了深刻变化，需要重新思考文艺与现实、主体、媒介、生产、消费等重大理论问题，其中孕育着理论生长点与原创空间。

中国新媒介文艺为新媒介文论中国话语的建构提供了现实基础。以网络文学为代表的中国新媒介文艺在世界范围内独树一帜，立足于中国经验，有助于超越西方新媒介文论的局限性，建构中国话语体系。我们需要注意到以下事实，中国现当代文学受到西方文学的深刻影响，文学经验具有同构性，而网络文学却是自我成长起来的。如果以文学经验来建构文论的话，新媒介文论或许会更具中国特色。与此同时，新媒介文论的建构是全球性的话题，除贺麦晓等少数学者外，西方对新媒介文论的探索基本忽略了"中国现象"。如果中国学者能够建构具有独创性的理论，可实现理论的弯道超车，甚至建构新媒介文论的中国学派。前面提到的东浩纪、大塚英志，正是在基于日本本土经验（御宅族文化）的基础上，创造出自己的理论，被翻译介绍到国外，反哺西方，这对中国学者的理论创造有启示意义。

显然，新媒介文论中国话语的建构是突破中国当代文论困境的契机，但目前从事相关研究的学者并不多，主要原因在于研究态度的轻视，认为新媒介文艺理论价值不大，但在媒介突入现实的情况下，文学经验面临着深层变迁，媒介化的文学经验正是我们当代文学经验的现实，当代文论建构很难摆脱这一基本事实。

---

① 朱立元：《走自己的路——对于迈向 21 世纪的中国文论建设问题的思考》，《文学评论》，2000年第 3 期。

在新媒介文论中国话语的建构中，应把马克思主义文艺观作为考察问题的基本视域。在新媒介场域中，资本、媒体、权力、技术的力量得到了前所未有的突出，并形成了复杂的嵌套关系，它们甚至也突入了学术场域，这是人文研究未曾遭遇的困境，研究者应强化马克思主义文艺观的基本立场，正如詹明信（Fredric Jameson）所说，在让人眼花缭乱的当代社会"超空间"中，马克思主义阐释学比其他理论阐释模式"更具有语义的优先权"，构成了"最终和不可超越的语义地平线"①，需借此洞察并揭示各种文艺现象背后"缺场"的原因与深层规律。我们从前述网络文学的研究中已经感受到了这种理论缠绕。

从超文本、多媒体等理论来看，由于理论背景与计算机技术紧密相关，它们本身容易陷入技术决定论，往往忽视了文艺背后的政治经济动因。比格尔（Peter Burger）在评价本雅明的艺术理论时认为有两点需要阐明：一是不能把技术的发展看成纯粹的、独立的变项，技术本身依赖于整个社会的发展，二是艺术发展的决定性转向不能单方面地归因于再生产技术的发展。②举例来说，东浩纪的数据库理论是从大塚英志的物语消费理论发展而来，但后者的说法可能更为历史化，数据库的形成与组合不只是技术的成果，也不仅是网友的自发行为，更与资本有关，后者不断地驱动着数据库的生成。与此相似的是"网络性"这个概念，崔宰溶提出的"网络性"在中国网络文学研究界影响很大，但如果只是突出这一点，也是变相的技术决定论。

在新媒介语境中，资本、媒体也会组织与炒作各种事件与现象，研究者需坚持话语概念与学术发现的自主性，避免唯市场文本是从、唯媒介热点是举。以"二次元"为例，目前相关的研究不少，但这个概念的出现本身有一定的炒作性。有学者发现，"从2016年开始，国内围绕'二次元'的学术话语和媒体话语建构数量猛增"，他称之为"突然爆发的'二次元'"，但这种热点现象却

---

① 詹明信：《晚期资本主义的文化逻辑》，张旭东编，陈清侨等译，北京：生活·读书·新知三联书店，1997年，第146—147页。
② 彼得·比格尔：《先锋理论与文学批评科学》，见弗朗西斯·马尔赫恩编：《当代马克思主义文学批评》，北京：北京大学出版社，2002年，第174页。

主要局限在中国,国外并没有多少研究是针对二次元文化的①。如果以福柯的知识考古来考察这一话语实践,可以发现,这个概念与资本、媒体的建构与主导密不可分。自 2015 年开始,腾讯等多家企业开始鼓吹二次元经济,一些媒体或网站称中国二次元用户有数亿之众,这一数字显然过于夸大:"将所有阅、听、玩过动漫游戏的人都界定为'二次元用户'这个颇具营销意义的概念,流露出分界权威借此扩张金融资本及社会资本的欲望。"②有网友认识得很清楚:"或许你认为现在到处在说二次元,你就认为二次元已经是大众文化。可是你要知道你现在感觉火得不行的二次元正是由于蕴藏在里面的 IP 能捞一笔钱,所以无数商人挤破头皮都想进去,疯狂炒作二次元这个概念,以及发明了二次元这个词。"③学术界相关话题的猛增,显然追随了资本与媒体的话语轨迹。在新媒介文论中国话语的建构中,需要跳出资本、媒体设定的话语牢笼,坚持理论建构的自主性。

在研究策略上,新媒介文论的研究应以文艺经验为突破口,构建以草根批评与土著理论为基础的文论生产结构。新媒介文论研究已经取得了一定的成果,但不少研究会给人"隔"的感觉,症结在于具体文学经验的缺乏。华裔学者冯进(Jin Feng)曾指出这一点,认为中国学者更愿意进行本体论、美学或社会学的理论演绎,而不是对用户具体经验的调查。④千野拓政也有相似看法,在谈到对东浩纪理论的借用时,认为中国学者"更喜欢从抽象角度去理解东浩纪,喜欢用'宏大叙事''现实感''数据库'这些概念",而他自己对网络文学的理解有所不同:"我感觉应该把理论落实在具体作品和情境中,不能笼统用'后现代'理论讨论网络文学。"⑤忽视具体的文学经验也是中国当代

---

① 何威:《从御宅到二次元:关于一种青少年亚文化的学术图景和知识考古》,《新闻与传播研究》,2018 年第 10 期。

② 何威:《从御宅到二次元:关于一种青少年亚文化的学术图景和知识考古》,《新闻与传播研究》,2018 年第 10 期。

③ "如月小夜子":《二次元这个概念,或许并不如你想的小众》,https://www.sohu.com/a/157357866_550365,2017 年 7 月 15 日。

④ Jin Feng: Romancing the Internet: Producing and Consuming Chinese Web Romance, Leiden:Koninklijke Brill NV,2013,p.7.

⑤ 刘成才、千野拓政:《青年亚文化与东亚现代文学的转折》,《长江学术》,2019 年第 3 期。

文论主要的症结。尤西林先生认为:"脱离本土文学经验是中国当代文学理论的一大缺陷。这也是中国当代文学理论成为观念演示场与争论场,却缺乏植根本土文学经验的原创性理论,并日渐失去解释力的根本原因之一。"在他看来,中国文论的危机并非理论自身的概念或逻辑问题,而是源自"一个更深层的结构性危机",即"文学理论—文学批评—文学经验"这一结构的断裂破坏。①

不过,对新媒介文论的建构来说,这一问题又有特殊性,面对海量芜杂与急速变化的新媒介文艺现象,研究者体验到整体把握的无力感,这呈现了网络时代人文学术面临的深刻困境。如何破解这一困局?可行的途径是利用草根大众批评与网络集体智慧。在新媒介文艺的运行机制中,草根批评与群体讨论取代了传统的专家评论成为批评主体,他们由数量庞大的作者、编辑与读者构成。从"龙的天空"、豆瓣、知乎等网站来看,草根批评与创作、阅读形成了密切的连带关系,并积累了较高水平的土著理论,流传着各种网文回忆录,也就是说,他们也形成了自成体系的草根文学理论、文学批评与文学史。

假定尤西林先生指出的"文学理论—文学批评—文学经验"模式为传统的文论生产结构,那么新媒介文论的生产结构则是新的范式。新媒介文论生产结构有两个重要变化。一是草根批评与土著理论成为整个生产结构的起点,研究者不再是直接进入文学经验,必须要以草根批评与土著理论为中介,才能进入新媒介文艺经验。学者当然可以直接研究,但常见的现象是,他不清楚哪些是真正有价值的现象,也不知道哪些是重点,得出的结论往往以偏概全,这说明面对新媒介文艺,专家直接进行批评的有效性、可能性已基本丧失。研究者需要以草根批评为线索,深入文艺经验的内部,在此基础上发现学术问题、提炼理论话语。同时,这些土著理论也会冲击研究者原有的印刷文学观念,改变其知识结构,催生新的理论创造,研究者在此基础上进行二次转换与提升,实现理论话语创新。二是研究的主体范式发生了深刻变化。王炎认为,本雅明曾揭示了机械复制时代的新艺术形式与新知识型,在数字革命后,人类知识结构再次发生断裂。知识的民主化时代来临,少数原创者供给多数使用者的金字塔模

---

① 尤西林:《以文学批评为枢纽的文学理论建构》,《文艺理论研究》,2015年第3期。

式被多向度的互动关系所取代，私人想法成为集体智慧[①]。从新媒介文论生产结构来看，研究主体不再是印刷文化中自足的、个人生产的孤立主体范式，而是数字文化中合作的、集体生产的交互主体范式。但与此同时，这种集体智慧又非随意的群体共享，而是大众与专家的结合，是UGC（用户生产内容）与PGC（专业生产内容）的结合，这也是当下互联网优质内容生产的趋势。这种合作，构成了生产新媒介文论的基本途径，让新媒介文论中国话语的建构真正落实于文艺经验的基础之上。

总之，摆脱理论预设，"回到事物本身"，立足于中国网络文学在世界范围内的独特性，梳理网络文学的中国经验，在此基础上建构新媒介文论的中国话语，或许是突破网络文学研究困境与当代文论危机较为现实的选择。

（《文学评论》2020年第6期）

[①] 王炎：《网络技术重构人文知识》，《读书》，2020年第1期。

网络文学：未来文学的主流形态

◎ 聂庆璞

网络文学将成为未来文学的主流形态，这绝不是耸人听闻，而是不久就可见到的事实。著名作家陈村说："电子书籍，今天我们是偶然看看，以后，难说这种阅读不成为基本的阅读。"[①]网络是我们未来获取信息和进行交流的主要工具，文学也将借用这一载体生存、传播。

一、文化转型对传统主流文学的冲击

20世纪90年代，中国文学界突然发现，仿佛在一夜之间，他们已经从中心地带滑落到了边缘，不再成为大众瞩目的中心。这种滑落使文学界唏嘘不已，感叹之余，奋力寻找原因：什么工作重心的转移，人文精神的失落，终极关怀的丧失，市场经济带来的恶果等不一而足。这就是所谓的文学的失落。在一番观察分析之后，我们发现，所谓的文学失落虽然是事实，但并不像文学界想象的那么严重。文学市场萎缩的仅是先锋、高雅（严肃）文学那部分，通俗文学、大众文化不但没有萎缩，反而呈高度繁荣之势。也就是说，大众对文学仍然情有独钟，只是不再瞩目头戴光环的以真理代言人自居的所谓严肃文学。究竟是什么造成了这种俗盛雅衰的局面？以本人管窥蠡测之见，上面所列举的

---

① 榕树下网站，http://www.rongshu.com.cn。

理由都有合理性，但都不是关键所在。严肃文学失落的根本原因在于文化转型！

文化转型是20世纪70年代西方后现代主义理论提出的概念。该理论学派中的重要人物波德里亚认为迄今为止的人类社会文明可分为三种不同的社会——文化历史类型：前现代，现代和后现代。前现代是以象征交换来建构社会文化的社会，现代是以生产来建构社会文化的社会，而后现代则是以消费来建构社会文化的社会。我们现在面对的正是从现代文化向后现代文化的大转折时期，这两个时期的文化有着根本性的不同。不同的根源在于技术的高度发展，复制可以无限蔓延，而生产本身已不再有意义。"后现代社会是一个技术上可以不断复制增殖和衍生的社会，是一个技术逻辑制约的社会，'作为媒介的技术不仅摧毁了产品信息，而且也摧毁了劳动力本身。'"①在这里，前现代与现代文化所追求的确定、普遍、有深度的意义都已丧失，一切都变得那么通俗、一览无遗和透明。一方面是技术不断发展更新，形式的无穷的复制繁衍，另一方面则是意义的匮乏和同一；一方面是无限增多的信息与代码，另一方面则是人的精神和心智越来越趋向惰性状态。杰姆逊对这一转化进行总结后，认为存在以下几个明显的转变：从深度时间模式向平面空间模式转化，这一转化中，意义问题已经不存在，或者说已经不再有任何意义，即不需要解释，只需要体验和刺激的新鲜经验；从中心化的自我焦虑向非中心化的主体零散化转化，作者死去，个体、自我和主体消失，天才、创造个性和风格变得毫无意义和不可能；从个性风格的表达向仿像的机械复制转化，艺术变成了机械化生产，是不断复制的无穷摹本，艺术既丧失了其乌托邦性质，也丧失了与现实的任何联系；从自律的审美观念向消费逻辑转化，于是，艺术生活化，生活审美化，雅俗的界限模糊了。②简单地说，这四种转化就是神性（作品神性、作者神性、

---

① Jean Baudrillard: Selected Writings. 转引自周宪：《20世纪西方美学》，南京：南京大学出版社，1998年。

② 杰姆逊：《后现代主义与文化理论》，西安：陕西师范大学出版社，1986年；王岳川、尚水：《后现代主义文化与美学》，北京：北京大学出版社，1992年；周宪：《20世纪西方美学》，南京：南京大学出版社，1998年。

艺术神性）死去，物性（不用人性是因为人性中包含神性）全面展开。其实质是在文化上削平塔型社会，颠覆高高在上的自认为充满神性的少数主流。

不难发现，作为文化重要组成部分的文学绝无可能逃脱此一处境中的命定。用希利斯·米勒的话来说，这属于"技术的发展超出我们所能控制的部分"①。首先，随着技术的发展，文化不仅变成了产业，可以大规模生产，而且人们的视觉也转变了，"阅读"变成了"观看"，"想象"变成了"直观"，印刷文化变成了视觉文化。现在人们既无时间也无耐心更无精神像过去一样去细细"阅读"、痴痴"回想"、慢慢"品味"一部作品、作品的内涵，而只能呆呆地坐着，任由一些影像在眼前飘过，至于意义既不需要也无暇去理解。既然如此，"雅"与"俗"就无需区分也无法区分。且"雅"的、赋予神性、唯一性的文学生产无规模，不能满足社会的生产需要和消费需要。因而"雅"文学变得既无必要，也无法立足。"俗"的、程式化的文学同样没有意义，但它能满足大规模生产，满足永无止境的消费需要，固势必占据文学（消费）市场。其次，文学本身既无前现代的"他律"，也无现代的"自律"，而变得"无律"，变成欢迎大家参与的游戏，作品意义模糊，文本形式不定，笼罩在作品、作者上的神圣光辉、神秘色彩暗淡消失。像法国新小说的扑克牌小说、品钦的《万有引力之虹》等，网络文学更是如此。因此，严肃（高雅）文学的失落势所必然，不是少数精英的修补所能挽救。相反，按照马克思主义理论，这种挽救不但不具悲壮色彩，反而构成了历史的喜剧。

二、互联网成为后现代主义文化的共谋

1936年本雅明完成他的《机械复制时代的艺术作品》时，计算机还不知为何物；利奥塔1979年发表他的《后现代状况：关于知识的报告》时，大众互联网还根本没有出现。但是他们都觉察到了文化的转型，发现了当下社会与以往社会的巨大差异，因此后现代主义不是互联网的产物。但是，互联网的出

---

① 希利斯·米勒：《现代性、后现代性与新技术制度》，《文艺研究》，2000年第5期。

现却为后现代主义文化的发展提供了前所未有的契机,从某种意义上可以这样说,互联网就是为后现代主义文化的全面展开所设计的传播媒介。互联网成了后现代主义文化的共谋者,它们的结合势将使尚处襁褓中的后现代主义文化全面开花,成为未来文化的主要形态。互联网至少在以下几方面为后现代主义文化提供了无尽可能:

最快捷方便的复制。后现代主义文化的一个显著特征是艺术品的无穷复制,人人都享有(消费)同样的艺术品。机械复制已为我们打开了这一方便之门,但网络复制却使这一"门"为所有的人敞开。网络复制已全然不同于机械复制,它是数字化复制。如果说机械复制还带有生产性质,需要组织和成本,那么,网络复制就是一种"纯粹"的复制,不需要任何组织和成本(或者低廉到可忽略不计),随时随地(联网的计算机上)都可进行;如果说机械复制会使"韵味"消失,网络复制则会原汁原味保留原作的一切。因此,网络为后现代需要的无穷复制提供了最大可能性。

人人参与的机会。人人参与,艺术生活化,生活审美化是后现代主义文化的又一重要特征。实在地说,机械复制的后现代时期,并不真正具备人人参与的条件,艺术生活化,生活审美化也只是生活与艺术的相互延伸。而网络提供给我们的"是一个所有人都可以自由进入的新世界,不会由于种族、经济实力、军事力量或者出生地的不同而产生任何特权和偏见"的自由表达观点的领地。[①]在这一领地上,不仅人人平等参与变成了真正的现实,而且艺术与生活达到了真正的同一,艺术变成了人人都可操作的举手之劳。

最广泛的言说方式。言说是一项权力,还是一种知识与真理产生的方式。福科认为权力就是话语权,权力是话语的结果,他之所以有这样的权力,是因为他取消了别人的话语权,也就是取消了别人言说的机会和资格,通过话语权他又占有了知识和真理,塔型社会结构就这样形成了。后现代主义文化的本质是要在文化上削平塔型社会结构,要实现它,按照福科的观点,首要的是人人都有言说的机会。这一点在网络产生前的后现代时期是不可能实现的,不但不

---

① 刘吉、金吾伦:《千年警醒:信息化与知识经济》,北京:社会科学文献出版社,1998年。

可能，哈贝马斯还发现，在现代大众传媒的条件下，公共领域有一种被"重新封建化"的可能，因为大众传媒（电视、广播、报纸）取消了大众言说的机会。正是在这些领域，后现代主义遭遇了巨大的挑战与发展矛盾。但是，互联网的出现使后现代主义完全摆脱了此一困境，大众言说的权力和机会不仅得以恢复，而且变得毫无阻碍。所以，互联网为后现代主义化注入了新的活力。

任意的"可写性"文本（超文本）。巴尔特在他的后结构主义理论中，提出"可读性"文本和"可写性"文本。认为"可读性"文本是古典写作方式产生的内容已经固定的文本形式；而"可写性"文本是志在破坏资产阶级意识形态规定的写作方式的可以不断重写的永"未完成的""非中心文本"。"可写性文本不是一种东西，人们在书店里是难以找到的"，①它不是一个孤立的封闭的作品，而是处于巨大的网络之中，每一份文本通过引证和参照，构成互文性。确切地说，"可写性"文本在巴尔特阐述他的理论时不可能存在（法国新小说的扑克牌小说并不符合巴尔特的可写性文本），只是他的一个取消作者、作品神性，消解资产阶级话语权力，颠覆资产阶级意识形态的良好愿望。可是今天这个美好的愿望在互联网中实现了。互文性不但在网络中有了实践②，而且是一件轻而易举的事。

随时随地的自在狂欢。狂欢是古代大众参与艺术活动、欣赏艺术的一种主要方式。人们经过一年的劳作，身体疲倦，心情倦怠，通过狂欢，人们不但舒解身心的疲惫，而且"把参与者从日常生活存在中升华出来，并使他们提升到普遍共存状态。"③不难看出，狂欢既是一种与高雅艺术欣赏相对立的方式，也是大众慰劳自己、提升自己的一种方式。但狂欢是"节庆"性的（像中国根本就没有狂欢节），并且由于理性的发展，社会的控制，狂欢已不成其为狂欢。那么，在这艺术因充分自律化而日益抛弃大众而狂欢又被剥夺的现代社会，大众何为？网络解决了这一问题。网络的匿名性解除了狂欢的所有禁忌，网络的

---

① 《罗兰·巴特随笔选》，天津：百花文艺出版社，1995年。
② 黄鸣奋：《女娲、维纳斯，抑或魔鬼终结者？——电脑、电脑文艺与电脑文艺学》，《文学评论》，2000年第5期。
③ 周宪：《20世纪西方美学》，南京：南京大学出版社，1998年。

无危险冒险成了狂欢的真实仿拟。"个人电脑造就的是一种崇尚少年精神、鼓励越轨、强调创造性的个人文化,它使中年期和更年期的文化返老还童,社会成员将像汤姆·索亚那样在不断的历险和寻宝中体会到一种'孤独的狂欢'"。①

总而言之,网络的出现加剧了整个社会的后现代化进程,世界将在后现代主义的欢呼声中迈向没有中心的地球村,网络文学也将借用这无尽可能发展自己不知所言的既是作者又是读者的文本形式并把它播散到这个村的每一角落。

三、网络文学——未来文学的主流形态

互联网一出现就迅速成了第四大众媒体。随着网络技术的发展,网络公司经营的改善,网络的普及,它很快就会成为第一大众媒体,主要媒体,电视、广播甚至电讯都将被网络吞并,而归于合一。因此,网络是我们未来主要获取信息和进行交流的工具。

艺术乌托邦性质的丧失并不是说人类不要艺术,而只是说艺术的某些作用发生了变化。其实,如果我们乾地历时性考察,就会发现艺术是一个不断被解构的概念。布洛克认为艺术是人们对艺术的观念,意即艺术本身并不具有内在的本质特征,他依赖人们怎样看待艺术,把什么当作艺术。②杜尚的《泉》,史密森的《螺旋形防波堤》现在我们把它当艺术,但古代的人绝不会把它当艺术。因而,后现代理论家们所说的艺术的终结或德里达在《明信片》中所说的电传的特定的技术制度、哲学等都是说的传统文学艺术的终结,确切地说,应该是传统文学艺术观念的终结,更确切地说应该是文学艺术观念的转变。意即传统的文学艺术及观念在后现代主义时期特别是电传制度时代行将寿终,后现代特别是网络时代应该有自己的文学艺术形式和观念。当下来说,它以大众文化、网络文学及其他未定方式存在。

---

① 转引自南帆:《网络的话语》,《文艺研究》,2000年第5期。
② H·G·布洛克:《现代艺术哲学》,成都:四川人民出版社,1998年。

文学是语言的艺术，语言是人类思维的工具，只要人类还有思维，就需要语言，有语言存在，文学就有它的栖息之地。海德格尔说："语言是存在的家园。"卡西尔认为语言是人类存在的一种方式——符号存在。这种存在是构成人类本真存在的条件之一，没有语言存在的人类将退回动物界。语言的本质是说，而诗（文学、艺术）是最纯真的说，是人类返回精神家园的引路明灯。此外，文学是语言的推进器之一，缺少这一推进器的语言是干瘪的、僵死的，像冬天枯死的花卉。因此，文学（语言艺术）永远也不可能驱离于人类，它是人类存在的花朵。但文学并不是一成不变的，文学观念与艺术观念一样是一个不断被解构的概念，它随社会的发展变化而改变自己的内涵和形态：书写出现以前是口头文学；书写出现以后是书面文学、印刷文学；大众媒体出现以后，就有了电影文学、电视文学、广播文学、报刊文学。网络媒体出现，理所当然地会出现网络文学。

　　由于整个社会的后现代化，艺术将走向全面泛化、零散化、平面化、生活化，所有传统的过去占据主流的独自言说的（严肃）艺术（甚至包括大众艺术中的电影、电视，随着网络技术的发展，我们能像制造网络文学一样制造网络电影、电视），都将寿终正寝，慢慢退出历史舞台，新的适应网络传播的具备后现代主义文化特征的艺术形式将走上自己的舞台，演出自己的节目，扮演主流的角色。文学亦不可能例外。网络文学依附网络而产生、成长，先天就具备后现代主义艺术的基本特征，因此，它发展成为未来文学的主流形态也就理所当然。

（《社会科学战线》2002年第4期）

网络小说阅读的"代入感"：
心理机制、配置系统

◎ 周兴杰

"代入感"问题，已经成为事关网络小说作品成败的关键问题：代入感越强的小说，阅读量越大，越可能"火"；而代入感差的小说，则阅读量越小，不免"扑街"了。因为这种重要性，网文界远比学界关注"代入感"问题。在网络搜索关键词"代入感"，可以找到大量文献。而通过中国知网检索，则仅能找到黎杨全、李璐《网络小说的快感生产："爽点""代入感"与文学的新变》、王宇景《对网络小说代入感的叙事分析》（为心理学硕士论文）等寥寥数篇文章。这其中，网络文献一般是关于如何写出或增强小说代入感的创作论或者创作经验交流。学界的研究论文，除了王宇景的文章是从心理学角度对"代入感"作了一定的讨论外，其他文献多引用网络上的说法，并未对概念内涵作进一步阐释。有鉴于此，本文拟对"代入感"的学理内涵作进一步阐发，以期推动对这一重要的网络文学接受美学概念的认识。

一、网络小说阅读代入感的心理机制

何谓代入感？起点中文网的总编杨晨说："所谓代入，就是读者在阅读时，把自己想象成主角的一种行为，而这导致的结果，就是读者会随主角喜而喜，随主角悲而悲,身临其境地参与到故事中去,获得更强的心理感受。"①网络文献中的其他界说也与此大同小异。如网络"360问答"中采纳率较高的解释是:"代入,就是数学里面的代换,所以代入感,就是指在小说或游戏中读者或玩家产生一种自己代替了小说或游戏之中的人物而产生的一种身临其境的感觉。……代入感,亦可以指随着故事的发展而产生的情绪,或高兴,或悲伤,等等。比如看郭靖、令狐冲等,即使不将自己替代为主角,也可以有各种情绪。"②综合起来看,代入感作为一种阅读心理活动方式,其关键是读者与小说中的人物在感觉、情感体验等方面建立起同构关系。

应该说,代入感这样一种阅读体验或欣赏体验,在网络小说阅读之外的文艺欣赏实践中也不同程度地存在,如读书有"入迷"的说法,看戏有"入戏"的说法。在这种状态中,观众似乎与书中、戏中的人物融为一体,经历他们的喜怒哀乐,为之流泪,为之欢呼,甚至现实中出现了读《红楼梦》而为黛玉郁郁而终的女子,看《白毛女》而朝扮演黄世仁的演员开枪的士兵,凡此种种,不一而足。这样的"入迷""入戏",岂不就是代入感?

代入感,或者说"入迷""入戏",作为美学问题,早已有过讨论,甚至引发过激烈的争论,这就是著名的"虚构的悖论(paradox of fiction)"。"虚构的悖论"也称为"拉德福德悖论",因为它源于拉德福德发表的一篇题为《我们如何为安娜·卡列尼娜的命运所感动》的文章。这个问题之所以被称为"虚构的悖论",是因为它可以被概括为三个相互矛盾的命题:"(1)读者或观众对于某些他们明知是虚构的对象如虚构的人物产生诸如恐惧、怜悯、欲望、羡慕之类的情感经验。(2)产生诸如恐惧、怜悯、欲望等之类的情感经验的一个必要条件,是体验这些情感的人们要相信他们的情感对象是存在的。(3)读者和观众知道那些对象是虚构的,他们不相信那些对象是存在的。"③由此观之,"虚构的悖论"其实是对虚构人物的情感反应悖论。而论争围绕三个命题中何

---

① 杨晨:《如何加强代入感》,[2018-3-31].https://zhuanlan.zhihu.com/p/27628958.
② Viviandyp:代入感是什么意思_360问答[EB/OL].[2018-3-29].https://wenda.so.com/q/1404365231729553.
③ 彭锋:《虚构的悖论及其解决》,《外国美学》,2009年第19辑。

者为真，何者为假展开，则如玛丽-凯瑟琳·哈里森所言，演变为解决这些相互抵牾的前提之间的矛盾的哲学思辨。①究其实质，这些哲学思辨探讨的是"如何可能"的问题，而作为一种已然发生的情感反应，探讨"究竟怎样"的问题，似乎更有必要。循此，我们可将问题转向这一情感反应运作的心理机制的探讨。

产生代入感的心理机制究竟是怎样的？在网络文献中，一种流行的解释是，代入感的产生基于移情作用。在百度贴吧"起点吧"中，网友"寸步成妖"说："终于搞明白所谓的代入感是什么意思了，就是所谓的移情嘛"，②并引用罗伯特·麦基《故事》里的话作了进一步阐释：

> 移情是指"像我"。在主人公的内心深处，观众发现了某种共通的人性。……观众这种不自觉的心态逻辑大略是这样运转的："这个人物很像我。因此，我希望他得到他想得到的一切，因为如果我是他，在那种情况下，我也想得到同样的东西。"……观众的情感投入是由移情作用来固着的。……我们的移情作用，其原因即使不是自我中心的，也是非常个人化的。当我们认同一位主人公及其生活欲望时，我们事实上是在为我们自己的生活欲望喝彩。通过移情，即通过我们自己与一个虚构人物之间的替代关系，我们考验并扩展了我们的人性。故事所赐予我们的正是这样一种机会：去体验我们自己的生活以外的生活，置身于无数的世界和时代，在我们生存状态的各个深度，去追求、去抗争。③

那么，代入感真的就是移情作用吗？

一如玛丽-凯瑟琳·哈里森所言，近年来，"移情"的美学（叙事意义）

---

① 参见玛丽-凯瑟琳·哈里森：《虚构与移情伦理的悖论：重读狄更斯的现实主义》，《叙事》（中国版），2011年第三辑。

② 寸步成妖：《终于搞明白所谓的代入感是什么意思了，就是所谓的移情嘛》，[2018-3-31]. https://tieba.baidu.com/p/4136929266? red_tag=2152829225.

③ 罗伯特·麦基：《故事：材质·结构·风格和银幕剧作的原理》，周铁东译，天津：天津人民出版社，2016年，第142—143页。

概念已经与心理学（人际意义）概念融为一体。当罗伯特·麦基说"移情是指'像我'"时，他就是在这种融合的意义上使用"移情"概念的。

心理学上对"移情"的定义存在诸多分歧，很多时候还会与后文提到的"共情"概念混淆，但也存在共性认识，即移情作为一种映射性情绪反应，非常强调移情主体类似的事件经历在其中的作用。如儿童看到别的孩子伤了手指会哭，马上会与自己曾经类似的经历联系起来，因而也跟着哭。这就难怪施泰因从现象学立场指出，"移情"的本质，就是"把我自己'投射'进他人之中，把他人的体验'当前化'"。①

而美学上的"移情"研究，是由费肖尔父子到立普斯，逐步走向系统化的。沃林格就根据立普斯的理论总结道，移情是一种"客观化的自我享受"："就是在一个与自我不同的感性对象中玩味自我本身，即把自我移入到对象中"。②例如，"古典主义的美是一种灌注生气的有机的美，人们遏制不住的移情需要就会毫不费力地注入到这种美中。审美体验和宗教体验在方式上都是一样的，都是一种客观化的和升华了的自我享受"。③我国的美学研究也大体在此意义上使用"移情"概念。如朱光潜先生就曾在《西方美学史》中如是阐说"移情"："它就是人在观察外界事物时，设身处在事物的境地，把原来没有生命的东西看成有生命的东西，仿佛它也有感觉、思想、情感、意志和活动，同时，人自己也受到对事物的这种错觉的影响，多少和事物发生同情和共鸣。"④这样的理解一直被人们遵奉。20世纪80年代，神经生理学推动了移情说的复兴。研究者发现，人的大脑内的"镜像神经元（mirror neurons）"的作用一定程度上验证了立普斯所说的移情是一种人对外在运动的内摹仿的观点。⑤这就为思辨性的审美移情理论提供了进一步的科学依据。

比较心理学和美学对"移情"概念的使用，我们发现，二者都强调自我向

---

① 张浩军：《施泰因论移情的本质》，《世界哲学》，2013年第2期。
② W·沃林格：《抽象与移情》，王才勇译，沈阳：辽宁人民出版社，1987年，第5页。
③ W·沃林格：《抽象与移情》，王才勇译，沈阳：辽宁人民出版社，1987年，第103页。
④ 朱光潜：《西方美学史》，北京：人民文学出版社，1979年，第584页。
⑤ 高建平：《审美与移情说的回归》，《文史知识》，2015年第4期。

对象的情感投射，继而在二者之间产生将心比心、感同身受的情感共鸣。这是"移情"概念能实现跨学科意义上的融通的重要原因。应该说，这样的作用是普遍发生于各种欣赏体验中的，代入感同样需要移情作用所建立起来的自我与对象之间的这种共通感。就此而言，人们用移情作用来阐释代入感的产生、运作的心理机制，是有道理的。

但是，我们也注意到，与人际意义上的移情相比，审美体验中的移情，更强调主体生命体验，或者说自我精神的对象化。这就是说，在审美体验构建的主体与对象的结构关系中，主体明显占据主导地位，而主体本身在精神层面的充盈状态是主体能够占据主导地位的根本保证。由此反观网络小说读者的心理状态，则不难发现二者间的差距。如果说，审美移情中的主体是因自我精神的充盈而将情感投射进入叙事虚构而成的他人的话，那么，毋宁说大多数情况下网络小说读者是因为欲求不满（网络小说读者的"屌丝"情结就是这一心态的充分证明）而在小说叙事虚构的人物身上寻求寄托和满足，二者的确不可同日而语。因此，网络小说阅读的代入感无法与美学意义上的移情等同。

即使在融合的意义上，或者人际意义上运用"移情"概念，它也不能与代入感等而视之。正如前文所引："移情就是指'像我'"。或许，网络小说读者在一开始需要小说中的人物像"我"，一个"屌丝"般的"我"，但是在最终，他们渴望读到的却是一个现实中无法成就的无比强大的"他（她）／我"。因而，代入感不只是一个"像我"的情感投射，还有"像他（她）"的角色认同。

正是因为发现了这一点，王宇景提出，"代入感是一种综合的心理过程"，[①]其中不仅有移情，更有"共情"心理机制的作用。在英文中，"共情"与"移情"都是"Empathy"这个单词，可见它们在含义上确有相通之处，但在心理学上，二者的区别微妙而不容忽视。作为"共情"概念的倡导者，卡尔·罗杰斯认为："共情的状态，或者说共情，是准确地觉察另一个人的内在参考框架，这种觉察带有情感的成分和含义，好像你就是那个人，但又永远不

[①] 王宇景：《对网络小说代入感的叙事分析》，华东师范大学硕士学位论文，2012年。

失去'好像'的境界。"①根据罗杰斯的见解，在心理学上，"共情被广泛定义为：感知到他人的情感状态，从而使得自己产生与之类似的情绪或感受的能力"。②结合罗杰斯的阐述和共情的心理学定义，我们能更清楚地辨析移情与共情的差异：移情中，自我进入外物、或他人，并从中见到自我。共情中，他人进入自我，进而体察他人，而且自我与他人的界限并未泯灭。换言之，二者的区别就如同"那个人像我"和"我像那个人"的区别，一个是自内而外的心理过程，一个是自外而内的心理过程。

网络小说阅读实践告诉我们，亿万读者在阅读时不断增强的感受是，"我要像那个人"，也就是说，它在不断增强自外而内的心理过程。据此，我们可以说，网络小说阅读的代入感，不止有移情，还有共情，而且共情在其中的作用不断增强。

那么，是什么力量推动着共情的作用不断增强呢？由于网络小说十分突出的"YY（意淫）"性质，我们可以毫不讳言地说，是欲望的驱动力，或者说是欲望"伪装"而成的幻想的力量。有资深网文作者在传授经验时一语道破："代入感的根本，代入感的核心所在就是需求，读者的心里需求（应为"心理需求"——论者）。而那些文笔、人物、情节之类，都是一些手段，一些因素。"③这里的心理需求，毋庸讳言就是读者因为生活中的缺失性体验而产生的基本欲望和世俗需求。在精神分析学中，欲望的产生与主体的缺失性体验密切相关。在前俄狄浦斯阶段，缺失性体验产生于被挪开的乳房，这使婴儿感觉到世界的不完满性，因而激发趋向完全满足的"驱力"。孩子越长大，就越加明显地体会到自我与他人的分裂，世界的不完满。在这一社会化的进程中，由于语言的作用，孩子开始建构自我，趋向统一和纯粹快感的驱力被调整为"欲望"，并被压抑在无意识中。但是，正如斯蒂芬·海纳曼所说，"被压抑的欲

---

① 卡尔·罗杰斯.共情：一种未被欣赏的存在[EB/OL].[2018-02-25].http://www.psychspace.com/psych/viewnews-8889.

② 杨业等：《共情：遗传—环境—内分泌—大脑机制》，《科学通报》2017年第32期。

③ 走刀口莫回头：网文生死门——论小说的代入感[EB/OL].[2018-03-25]http://www.360doc.com/content/18/0303/19/53113864_733995895.shtml.

望,对于完全的满足、融合、完满、统一、自我的完整身份的渴望依然存在。而这种欲望必然会寻找机会,或多或少地,在每个人身上再度出现。我们把这种再次出现的欲望称为幻想。幻想表达了对于完整(fullness)的欲望,以及消除令人不安的缺席的愿望。幻想在一个以分离、缺席、创伤性扰乱为特征的世界里,承诺了完全的满足和整体性的意义",因此,"幻想是人类拥有的一种与困难情境协商的方式",或者说人们处理心理创伤的精神"缝合术"。[①]

现在,网络小说就为欲望释放提供了机会,或者说网络小说的"YY"体验起到的正是这样一种疗伤式的缝合作用。必须承认,网络小说读者群是一个普遍存在缺失性体验的社会群体。网络小说"屌丝逆袭""废柴逆天"的叙事套路之所以让许多人欲罢不能、百看不厌,就是因为这样的叙事铺设了欲望释放的能量回路,让读者们被压抑的欲望获得了想象性满足,让一个在现实中充满缺失性体验的自我在网络小说的幻想性情境中成长为一个完满、统一的自我。欲望的驱动力,或者说幻想的力量,使代入感不只是为了方便建构读者与小说主人公在情感上的共鸣,更成为一种召唤机制,召唤一个欲望不再被压抑,或者欲望释放被合法化的完整主体(例如男性向网络小说中那个最终"征服星辰大海"的主角)。因此,在网络小说阅读中,代入感不止是"那个人像我"的移情,和"我像那个人"的共情,更有"我要像那个人"的欲望和幻想,它是阅读主体在欲望驱动下,移情、共情和幻想等心理机制综合作用而产生的阅读心态。

二、生成网络小说阅读代入感的配置系统

前文已述,代入感在文艺欣赏中其实广泛存在,但是,为什么网络小说阅读特别强调代入感呢?

由于网络小说阅读是读者运用互联网等新媒体来接受网络小说文本,并进

[①] 斯蒂芬·海纳曼:《"我将在你身边"——粉丝、幻想和埃尔维斯的形象》,贺玉高译,载陶东风:《粉丝文化读本》,北京:北京大学出版社,2009年,第154—155页。

行意义再生产的过程,因此,我们特别需要重视与网络小说读者密切相关的文化资本配置,和互联网、新媒体等技术配置在阅读中的作用。代入感作为这一阅读情境中生成的初始性阅读体验,受到这方面的影响尤为明显。

"配置"是布尔迪厄爱用的一个概念。我国布尔迪厄研究专家刘晖认为:"配置是每个人从社会空间获得的一整套恒定存在方式,也就是认识、评价和行动模式,即一般而言的实践、作品、表象的统一的和系统的发生原则。"① 它实际既指涉实践的生成模式,又关联形构特定意图或认知方式的一系列社会历史条件的系统性作用。例如,"审美配置依赖过去和现在的物质生活条件以及(无论是否得到学校教育的承认的)文化资本的积累,物质生活条件既是审美配置的形成条件也是它的使用条件"。②因此,不存在所谓的天赋的、纯粹的欣赏趣味,一切都是审美配置系统作用的结果。循此,我们可以将代入感也视作一种欣赏趣味,进而对当前网络小说读者置身其中的配置系统作用略作探讨。

根据2017年《中国互联网络发展状况统计报告》,截至2017年6月,我国网民规模达到7.51亿。而且,我国网民仍以10—39岁群体为主,占整体的72.1%:其中20—29岁年龄段的网民占比最高,达29.7%,10—19岁、30—39岁群体占比分别为19.4%、23.0%。我国网民依然以中等学历群体为主,初中、高中/中专/技校学历的网民占比分别为37.9%、25.5%。中国网民中学生群体占比仍然最高,为24.8%;其次为个体户/自由职业者,比例为20.9%;企业/公司的管理人员和一般职员占比合计达到15.1%。由此可知,中国网民群体具有青年群体占比大,中等学历群体,特别是中学生群体占比大的特点。中国网络小说读者群体就出自其中。那么,这样的群体在配置上具有怎样的突出特点呢?

现实地看,中国当前的网民群体虽然普遍性地接受了中等程度以上的学校教育,但是,由于众所周知的应试导向,在文学艺术欣赏层面,他们却没有受

---

① 刘晖:《异端马奈的生成——论〈马奈:象征革命〉》,《外国文学动态研究》,2016年第3期。
② 布尔迪厄:《区分:判断力的社会批判》,刘晖译,北京:商务印书馆,2017年,第88页。

到与之相配的主流审美趣味的熏陶，或者说，他们实然缺少本应赋予他们的上层文化资本。而且，由于学校教育方式存在一定程度的压抑性，这就实际增加了当前网民群体，特别是中学生群体对上层文化和主流艺术的隔膜感、抵触感。与此同时，借助越来越丰富的媒体渠道，特别是互联网等新媒体渠道，他们又自发性地积累着外在于学校教育的文化资本，并借此培养着自己的趣味。这就现实地造成当前的中国网民群体主体，也就是网络小说读者群体上层文化资本积累不足，而流行文化资本，甚至亚文化资本积累有余的状况。在他们的文化资本积累中，二次元文化资本的积累尤为突出。而需要代入感的阅读习性的形成就与陪伴了构成中国网民群体主体的80后、90后和00后成长的二次元文化有关。

某种程度上说，代入感概念本身就与二次元文化渊源颇深。前文所引的"360问答"中对于代入感的解释就明确揭示了这一点：代入感是电玩游戏所刻意营造的一种体验。电玩游戏是二次元文化的重要种类。所谓的二次元文化，如有的学者所说，"是一个以动画、漫画、电玩游戏等幻想性作品为中心的庞大知识体系"，"是一个平行于三次元现实世界之外的幻想性文化空间"，也"是青少年群体基于相似的审美倾向以及共同兴趣爱好演化形成的一种特殊生活方式"。[①] 在所有的二次元文化中，电玩游戏是最容易创造代入感的。因为虚拟技术的支持，玩家可以在游戏中控制角色，按照自己的意志行动（如行走、射击、发动某种武技），从而真切产生如本人在游戏中般的感受，这也是虚拟电玩游戏体验被称为"沉浸式体验"的重要原因。而另一种为我们所熟知的产生代入感的二次元文化就是动漫。本来，相比于电影画面而言，动漫的画面是更缺乏立体感和丰富性的，其产生代入感能力应该更差。但是，动漫却通过人物外貌的幻想性夸张变形（如放大人物眼睛的比例，模糊鼻子），在场景描绘中引入3D技术，特别是运用环绕立体声等先进技术手段增强音响效果，加强世界观与故事的合理性来塑造角色等手段，建构了浪漫、唯美的低维度、幻想性审美惯习，进而强化了在动漫等二次元文化陪伴下成长起来的青少年的

---

① 刘小源：《二次元文化与网络文学》，《东岳论丛》，2017年第9期。

代入感。这种代入感的突出表现在动漫迷们的"角色扮演"(Cosplay)行为上。通过"角色扮演"的方式,在现实生活中感到不适、有落差和压抑的青少年可以更为大胆、开放地行事,从而得到自我释放和自我慰藉,达到一定的自我治愈的效果。因而与电玩游戏的代入感比起来,动漫等二次元文化所产生的代入感是一种更具有人格特征和情感内涵的代入感。明确了代入感与二次元文化的密切关联,我们也就不难明了网络小说阅读为什么那么强调代入感了。因为当下的网络小说的创作主体和接受主体,正是在二次元文化陪伴下成长起来的 80 后、90 后和 00 后。二次元文化作为他们共享的文化资源,也参与了他们的世界观、人生观、价值观、阅读习惯与欣赏趣味建构,习惯于有代入感的叙事设置和有代入感的阅读心理,不过是二次元文化熏陶而成的一种文化症候和惯习。

文化资本积累之外,对于网络小说阅读习惯影响最为直接的物质生活条件是作为技术装置的网络和新媒体。作为网络小说的生产条件,网络和新媒体直接影响着网络小说阅读状态,而这种阅读状态的维持特别需要代入感。

大多数情况下,网络小说读者是以"追更"的方式来阅读的。追更,简单说就是网络小说作者间断性地在文学网站更新小说内容,读者在网上跟随作者的更新发布节奏进行一更一更地追看。这就使网络小说文本在绝大多数时间内呈现为未完成形态,而网络小说阅读则在一个很长的时间跨度内(一般为一年半以上)处于一种非连续性阅读状态,两次阅读之间要经历比较长的时间间隔。如此长时间内的非连续性阅读,网络小说阅读被中断的概率其实要远大于其他文学种类。事实也的确如此,被读者"弃坑"罢读的网络小说作品不知凡几。因此,如何吸引读者将这种非连续性阅读状态延续下去,直到小说完结,对网络小说产业来说就成了一个攸关生死的重大问题。

也许有人会说,报刊连载小说的阅读状态其实也是这样。诚然,在完结之前,报刊连载小说也是未完成形态的,对它的阅读也是非连续性的阅读,这也使得报刊连载小说其实也需要代入感。例如,出身于报刊连载小说的金庸武侠小说其实也是有代入感的。不过,它的代入感设置没有网络小说那么强,因而网文界有"金庸等大家若写网文很可能会'扑街'"的言论。①金庸写网文会不会"扑街"？这是一个有趣而复杂的问题，此处暂且搁置不论。网络写手提出这一观点的最重要的论据在于，金庸小说读来有时爽，有时不爽，网络读者是不会答应这样的。网络小说作者圈里流传这样一个段子，如下图：

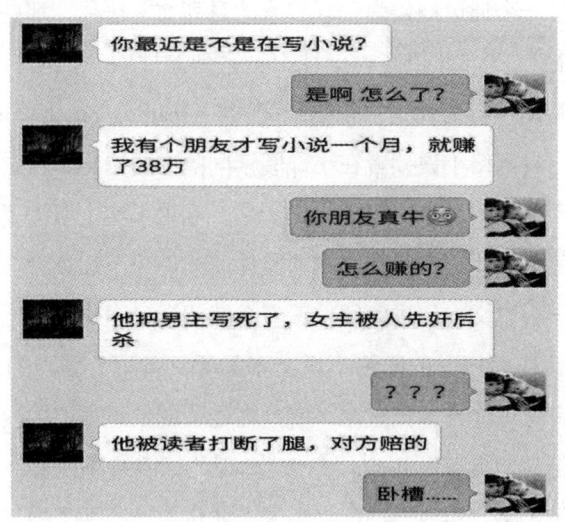

显然，这是一个网络小说作者杜撰的、黑色幽默的对话。但是这则黑色幽默对话反映的阅读事实却是，如果让网络小说读者在阅读中感觉不爽，则是"读者很生气，后果很严重"。读者为什么会感觉不爽？其实还是与代入感有关。因为读者的代入感会产生包含欲望、幻想性内容的期待视野，但在对话指涉的小说文本中，这期待视野却严重遇挫，欲望、幻想没有得到想象性满足，强烈的不爽感就随之产生了。

报刊连载小说与网络小说在爽感、代入感处理上的差异提醒我们必须面对这样的问题：同样都是未完成性文本，同样都是非连续性阅读，为什么网络小说比报刊连载小说更强调代入感呢？

就技术配置而言，必须考虑媒介转换之后形成的文本形态差异。与报刊纸

---

① 知名网络写手.金庸若写网文可能会"扑街到死"[EB/OL].[2018-03-26].https://tieba.baidu.com/p/960170864?red_tag=1855212243

媒提供的稳定的、有序的、单一选择的文本形态不同，网络小说读者面对的是数字化的"超文本"。对于"超文本"的内涵，这个概念发明者之一纳尔逊解释说，"我用超文本这个概念来表示无顺序的书写，它给予读者各种分叉选择，并允许读者作种种选择，最好是在一个互动的屏幕上阅读。就像人们通常所想象的那样，它是一个通过链接而关联起来的系列文本块体，那些链接为读者提供了不同的路径"。①与此相应，一种由一系列的搜索、扫读、略读、跳读行为所构成的全新阅读行为——"徘徊式阅读"（reading on the prowl）出现了。徘徊式阅读意味着网络小说读者在小说阅读间隔中要自觉不自觉地经历众多信息流的冲击，因而随波逐流的现象比比皆是，这也事实上增加了网络小说文本失去读者的风险。故此，为了在这样的整体阅读态势下让读者在经历众多徘徊之后还回到某一小说文本，进而留住读者继续阅读，强化代入感就显得十分必要了。换言之，作为产品的网络小说文本需要具备更为强烈的用户"黏性"。网络小说创作有意识地设置代入感，就是在庞大的信息洋流中设置让读者锚定文本的心理坐标，以此强化用户"黏性"。因此，网络小说实践较之以前的小说实践更强调代入感，实为一种网络小说产业化生产条件下的基本生存策略。

网络与新媒体的技术配置形成的另一种有别于纸媒阅读的态势是，网络与新媒体的超强互动性使网络小说读者产生了明显的群聚效应，因而展现了更为强大的群体性力量："网络让读者'直接'涌入了文学场。他们不再是沉默的大多数，而是以直观即时的点击、收藏、订阅、打赏等量化的数字对写手构成了直接的心灵震荡。更重要的是，网络改变了都市社会中人群聚集的虚假性质，他们不再是互不攀谈的分离个体，而是在各种虚拟空间中密集喧哗的狂欢共同体，通过介绍、评论、转载，甚至灌水、掐架等行为，读者群体实现了前网络时代未曾实现的经典化与传播功能，一部作品可以凭借这种广泛而普遍的人气传播瞬间爆红，这种群体性力量是传统媒介无从比拟更无法实现的。"②在这样的群体性力量的影响下，如果有一名读者说"没有代入感，弃书！"，它

---

① 转引自周宪:《从"沉浸式"到"浏览式"阅读的转向》,《中国社会科学》2016年第11期。
② 黎杨全、李璐:《网络小说的快感生产:"爽点""代入感"与文学的新变》,《海南大学学报(人文社会科学版)》,2016年第3期。

可能就会引发雪崩式的连锁反响。因此，如果说网络小说阅读的非连续性、阅读的快速化让读者习惯了有代入感的阅读方式的话，那么这种"狂欢共同体"的群体性力量则使挑战网络小说读者的阅读习惯成为许多网络小说作者不敢尝试的冒险。

综而观之，二次元文化的文化资本配置培养了以有代入感的方式介入文本的阅读惯习，而网络与新媒体的技术配置则使网络小说生产内含了一种消费危机，强化代入感则成为了目前解决这一危机的有效策略。二者一正一反的相互作用，使得网络小说实践前所未有地重视代入感问题。

三、代入感、"书荒"的危机与克服

目前来看，强化代入感是吸引网络小说阅读的有效策略，甚至可以从中发掘一些有别于经典审美体验的积极作用。比如说，代入感的心理运作机制突破了经典移情理论所预设的主体与对象的结构关系，提供了一种逆向自我激励机制；代入感满足了大众在实用性需求驱动下参与文本和获得愉悦感的期待；代入感作为一种虚幻性身份建构方式，使异托邦中主角的"爽"体验实现了对现实世界屌丝的"囧"体验的补偿，丰富了网络小说读者的生活意义；等等。但是，尽管代入式的网络小说阅读有如许积极作用，尽管网络小说作者们绞尽脑汁写出了数以百万计的有代入感的小说，网络小说读者中却仍有越来越多的人感到不满，叫喊着"书荒"。

读者们将网络小说视为"粮草""干草"，因此"书荒"是"粮草"匮乏之后的饥饿感。但是，面对数以百万计的网络小说，读者怎么会有饥饿感呢？固然，网络小说读者大多数是类型文的读者，他们只对某一，或某几个类型的小说感兴趣，其他类型的小说是基本不读的。即使如此，以数量最少的"体育类"小说为例，目前在起点中文网也有9453本（截至2018年4月1日），这是一个非常庞大的数量，足够读很长很长的时间了。因此，书荒的饥饿感并非真正因为无书可读，而是一时之间找不到让读者自身满意的、能"充饥"的小说了。书荒的出现告诉我们，至少一部分读者（而且这个数量在不断增长）变得越来越挑剔。因此，书荒是饥饿感与挑剔感并存的感受，它表明目前的大部分作品已经不能满足这些读者的阅读需求。

网络上流传的一种说法是，有了4年以上书龄的读者是比较有鉴别力的。实际上，书荒感也主要出现在这样的群体中。为什么这样的群体容易出现书荒感呢？

笔者以为，最重要的原因在于网络小说读者的自我成长。阅读，本身是一种训练的结果，也起着训练的作用。阅读的积累，不仅能提高读者阅读技巧的熟练程度，也因内容的积累而获得认知、思维和思想层面的提升。因此，即使是出于娱乐目的的网络小说阅读，年深日久，仍然会在不知不觉中提升读者的阅读趣味和鉴别力。读者的阅读趣味提高到一定程度，他再阅读时，就不会满足于之前阅读中获得的那种程度或类型的快感，出现了类似于"审美疲劳"的"爽感抗性"。例如，书友"带味的黄瓜"在分享自己从2008年至今的阅读体验时说道：

>……《星辰变》，《盘龙》。
>
>这两本小说，我就不多说了吧，08年09年的时候，火到一塌糊涂。悬疑类的鬼吹灯和盗墓笔记跟他们一比，那简直就是冷门得不要不要的。
>
>番茄这两本书，如果是一个新读者，一个刚刚接触小说的朋友，那你看看还是很有必要的，可以说，那是贼好看！
>
>但是如果你看了几十本，超过20到30本玄幻小说，那看起来，就没啥意思了，玄幻修真类的，后几年，基本都是抄来抄去，这两本神书被抄的，别说剧情大同小异了，就连字儿，我感觉都抄烂了。①

从"贼好看！"到"没啥意思"，正是"爽感抗性"增强的体现。这种爽感抗性并不能简单通过强化"YY"或者说增强欲望化内容来克服。因为，主角

---

① 带味的黄瓜.说说我看过的小说吧,08年开始到现在[EB/OL].[2018-04-01].https://tieba.baidu.com/p/5627319346.

已经是亘古至今、宇宙万界的至强者，是星辰大海的征服者，还要如何"YY"呢？当然，读者并非已经不再"YY"，他们不满意的，主要是"大同小异"的"剧情"。比如，他们会觉得重复出现的"打脸"情节太幼稚，会抱怨不断的"打怪升级换地图"太老套，会厌倦种马文、后宫文，会对不擅长刻画人物、渲染气氛的小白文吐槽不止。……，此时，由于追求代入感而形成的套路化叙事的局限性就体现出来了。

因此，书荒的出现，构成网络文学实践当下发展境况的辩证表征：一方面，它表明，至少一部分的网络小说读者的阅读水平提高了，而且网络小说阅读实践必将整体性地提高读者的阅读水平，尽管这一过程会无比缓慢（因为其人口基数过于庞大，可以毫不夸张地说，整体提升中国人口的阅读水平，必将是人类阅读史上最为艰难的一项事业）；另一方面，它的确是网络文学内部的阅读危机，是目前网络小说的生产水平已经跟不上网络小说读者阅读水平提升的征兆，而如果这一危机得不到妥善解决，势必从根本上影响网络小说生产的繁荣。因为没有谁会为读来读去差不多的东西重复买单。

令人欣喜的是，部分网络小说作家们已经在现有的网络小说叙事基础上开始探索新的叙事方式，并已取得不俗成绩。这些文本叙事不妨称为"后代入感写作"，因为它们并不彻底悖离当下网络小说读者的阅读趣味而是力求有所突破，它们设置代入感但不刻意强化，它们生产爽感但不局限于此，它们有网络小说叙事套路的痕迹但又能别出心裁，给予了不同于一般网络小说的阅读快感。笔者根据自己的阅读体验，概括出以下三种类型的"后代入感写作"：

一是"先入后出"的类型。愤怒的香蕉正在更新的《赘婿》即是如此。被书友们戏称为"蕉姐"的作者是一位有着自己的写作追求、不愿一味逢迎读者的网络小说作家，他曾如是袒露自己写作策略的转变："后来我写书就坚定了一点，读者要什么，我就给什么，给到你离不开我的时候，抱歉，我得开始我的说教了。"[①]《赘婿》充分体现了这一策略。一开始，主人公宁毅穿越之后，

[①]（转载）香蕉给罗森的网文分析，感觉对很多人也有用[EB/OL].[2018-04-01].http://www.360doc.cn/article/33986668_598101047.html.

如许多架空历史小说的主人公一样，以前世记忆中的传世诗文展示自己的才华，博得了一众女主的欢心，但是渐渐地，作者就抛弃了这种"拽文泡妞"的常见套路，让人物置身历史洪流的剧烈冲突之中，以非常厚重的笔调写出乱世之中底层的挣扎，各类人物的成长与性格展现，战争的铁血与残酷……，甚至不惜笔墨大篇幅地论述自己的哲学观念、对人性的思考、对历史的认识……。这样的写作策略，正如作者自己所说，初期让读者循常规代入主人公，也制造一定的爽点，以此吸引、留住读者，中后期则完全是一部严肃的"类历史"小说，即在"架空历史"的背景下展开对历史文化传统和历史人物的严肃批判与反思，至此，小说吸引读者的，已不再是代入之后的爽感，而是细腻的文笔、鲜活的人物、深刻的主题。这种先入后出的策略构想，使作品具备了网络小说中罕见的厚度与深度，其笔力、勇气和抱负，着实令人佩服。

二是"多点代入"的类型。这方面的代表作是烽火戏诸侯的《雪中悍刀行》。常规的网络小说叙事，为了照顾读者的代入感，往往采取以主角为中心、一线贯穿的叙事模式，即使偶有叙事支线溢出，也是迅速收回。这种全力发展主角能力的叙事模式，不仅使主角沦为欲望满足的载体，更使配角形象扁平化，犹如电玩游戏中的"NPC（非玩家角色）"。《雪中悍刀行》却打破常规，整部小说大故事套小故事，大人物带小人物，编织了一幅叙事"珠帘"，更刻画了众多鲜活的人物。有书友曾戏称，这是一部靠配角撑起来的网络仙侠小说。以至于小说完结之后，作者要开很多"番外"，一一交代、补充次要人物的历史、命运。其所以如此，是因为许多读者不止代入了主角，而且代入了配角，产生了了解人物命运的需要，所以要作者开"番外"补充交代。小说能打破"多写配角必扑街"的网络小说套路铁律，成为一部"好看得不像话"的小说，除了作者笔力超群、文采斐然之外，还因为作者在提炼小说爽点时，超越了世俗欲望满足，写出了欲望升华后的人生境界追求，给读者以更高的"境界爽"体验。诸种因素结合，使"多点代入"的写法成为非大笔力不足以驾驭的创作方式。

三是"代入混搭"类型。《赘婿》《雪中悍刀行》这样的小说，常被归入网络小说中的"文青文"，因此前文所举的例子、所列的类型难免给人一种"后代入感写作"就是"文青文"的印象。实际上并非如此,"后代入感写作"在"小白文",或者说非"文青文"中同样存在,圣骑士的传说正在更新的《修真聊天群》即是最好的说明。

从代入感角度来说,《修真聊天群》依靠的不是常规的"屌丝"角色设定,而是贯穿始终的网络话语表达,以及修真生活网络化的奇特构想,这让以"网络原住民"为阅读主体的读者产生熟悉感和亲切感,从而与小说中的人物、情节和场景产生良好的互动性,让读者可以以各种方式"乱入"文本。而且,与一般的都市修真小说主角制造爽感的套路不同,小说只是在很浅的层面上保留了"打怪升级换地图"的爽点,而更关注各种笑点、槽点和"梗"的制造,然后将这些爽点、笑点、槽点、"梗"混搭搅拌,形成新奇的轻松、幽默、搞笑的风格。读这样的小说,爽感被弱化了,但是愉悦感并没有减少,反而更有新鲜感。

以网络小说的广博浩渺,"后代入感写作"当不止于上述类型,限于笔者的阅读眼界,不能一一列出。

(《湖南科技大学学报(社会科学版)》2019年第2期)

下编

网络文学评论研究

下篇

阿漢文字語言研究

呼吁建立网络文学评价体系

◎ 陈崎嵘

网络文学在中国的发展已历经15年。15年，对于源远流长的传统文学而言，过于短暂；但对于网络文学而言，却是异军突起的15年。随着网络文学发展的步伐越来越快，作者越来越多，对传统文学乃至社会的影响力越来越大，受到的关注度越来越高，如何逐步建立符合文学本质、具有网络特点的网络文学评价体系，成为摆在我们面前的一大课题。

对网络文学的评价，可以有许多标准，但主要的取向是两个方面，即思想价值取向和审美趣味取向。

首先，网络文学应当有正确的思想价值取向。国家层面的富强、民主、文明、和谐，社会层面的自由、平等、公正、法治，个人层面的爱国、敬业、诚信、友善，同样应当纳入网络文学的价值观中来。网络文学同样要树立以人民为中心的创作导向，在思想境界上追求对国家民族的担当，对真善美的赞颂，对假恶丑的鞭挞，对暴力的抵抗，对欺骗的揭露，对遗忘的拒绝，对人生终极意义的不懈追问，对人类精神世界的永恒探寻。

在此基础上，结合网络文学自身的特点，尤其应当注意以下几个方面：

网络文学应该有起码的社会责任、基本的法理和道德底线。在反映现实时，应当分清主流与支流、光明与黑暗、现象与本质、现实与理想、合理性与可能性，恪守基本的道德标准和伦理规范。不能否定一切，怀疑一切，"天下乌鸦一般黑"，"洪洞县里无好人"。哪怕是虚构玄幻世界，也应当符合人类既有的知识经验和生活常理，体现人性人情。

其次，网络文学应当有高雅的审美趣味取向，对文学心怀敬畏，对网络志存高远。网络文学应当追求积极、健康、乐观、高雅、清新的审美趣味，反对消极、颓靡、悲观、低俗、污浊的审美趣味。这种追求或反对，体现在题材选择、情节设置、人物塑造、语言使用、文本气质诸多方面，需要具体分析。

关于网络文学的题材问题。我们不是题材决定论者，但我们也不赞同题材无差别论。网络文学在描写现实生活时，应当自觉地做时代的记录者，做生活的代言人，而不该在题材上一味地"不敬苍生敬鬼神，不写今人写古人"。

关于网络文学的类型化问题。我们应当尊重网络文学的类型化选择，鼓励深挖类型化的潜质，期待类型化中涌现出精品力作，甚至是经典之作、传世之作。但同时，缺乏艺术个性的作品必定缺乏生命力，艺术创新是网络文学繁荣发展的必经之途。网络文学应当弃克隆之术，走创新之路，竭力避免跟风、扎堆，避免千篇一律、千人一面，避免类型化变成雷同化、套路化、同质化。

关于网络文学的情节描写问题。网络文学应该充分发挥想象力，避免结构单一性、情节平面化，但是在追求曲径通幽、波澜起伏的情节描写的同时，不该一味沉溺于感官愉悦，剑走偏锋，夺人眼球。要新奇，不要猎奇；要奇异，不要怪异。

关于网络文学的文字问题。我们欣赏网络文学在语言方面的那种"地气"与"草根"，欢迎它特有的新鲜气息，但同时希望它能保持文学语言的通俗、纯洁和品位，而不是粗制滥造，随心所欲，使语言粗鄙化、"火星文化"。自嘲可以，自贱不可以；创造可以，滥造不可以；流行可以，污染不可以。

如何把网民零散的看法，转化为系统的理论，形成科学的网络文学理论体系？如何把对网络文学的印象，变成说理透彻的学理，用以引领网络文学的创作？如何把我们的共识，转化为大众对网络文学的判断，引导网民阅读？这是网络文学研究的重心所在，需要我们以研究求得共识，以共识推动研究。希望更多有识之士,关注网络文学现状,建构网络文学理论体系,撰写出中国网络文学的《文心雕龙》和《人间词话》。

(《人民日报》2013 年 7 月 19 日,第 24 版)

网络文学评价体系的"树状"结构

◎ 欧阳友权

如果试图构建一种文学的评价体系,思维的触须必然要延伸至这样的理论视域:这个评价体系包含哪些指标要素?这些要素具有怎样的结构形态和功能模式?它们对文学评价构成怎样的观念有效性和目标针对性?……这些对于诞生时间不长、理论积淀不多、批评实践较为薄弱的网络文学评价来说,是十分重要且极富挑战性的话题。

一、网络文学评价体系的维度选择

文学评价是基于主观认知的理性行为,又是一种需要贴近评价对象、切中客观实际的价值评判活动。不同的评价者,或面对不同的评价对象,其所持论的价值立场及其评价标准是有所不同的,即没有一成不变的评价体系,评价一个对象时也无需持用所有的评价维度及其标准,而可能是有所侧重或着意选择的。鲁迅先生说,任何文艺批评都"需有一定的圈子",称没有"圈子"的批评家"那才是怪汉子呢""我们不能责备他有圈子,我们只能批评他这圈子的对不对"。这里的"圈子"即文学评价的标准或主体选择的评价维度。维度不同,标准各异,评价的侧重点就不同,评价的结果势必各各有别,足见在文学评价领域,主体有立场,维度有选择。

那么网络文学评价可以选择哪些评价维度呢?从"文学"与"网络"的双

重属性看，对网络文学的评价既要有"文学"的维度，如思想性维度、艺术性维度，也不可脱离"网络"的评价维度，如媒介维度、产业维度，还需要有二者融合而成即"网络文学"的整体评价维度——影响力评价。也就是说，思想性维度、艺术性维度、媒介性维度、产业性维度和影响力维度，便是网络文学评价体系构建时需要持论的基本维度。

（一）基于网络语境的思想性维度

思想性是文学作品蕴含的人文审美的正面价值和意义，网络文学也不例外，同样具有自己的思想性。评价网络文学作品首先需考察其是否蕴含正确的思想性，以评辨作品的内容、倾向和创作者的价值立场是否对历史、对社会、对人生、对人们的精神世界产生正面的积极影响，这是没有疑义的。问题在于，为什么要在思想性评价维度前加上"网络语境"的限定呢？其原因在于，网络文学的思想性评价有其特殊的生成背景。譬如，在一般读者的心目中，网络文学并非以传统的"文学"二字即可论之，亦即说，如果它有思想性也只是或然的而非必然的，因为与印刷文化时代的纯文学（或精英文学）相比，网络文学主要是满足娱乐市场的"爽感"（或称"代入感"）之需，而不是要表达某种思想。对于类型小说，创作就是讲故事，如唐家三少讲的是主角"打怪成神"的故事，天蚕土豆讲的是男主"废柴逆天"的故事，我吃西红柿所讲的则是人物"极限修炼"终于成功的故事，至于这些故事中有没有思想，有什么样的思想，一般读者大都不以为意，作者也未必有这种自觉意识，此其一。其二，网文作品写什么、怎么写，往往取决于消费端而非创作端，消费者对网文的心理期待主要是快乐消遣，需要以"爽"为卖点的"金手指""玛丽苏"或"打怪升级换地图"，而不是思想的深刻或意义的重大，思想和意义不过是爽感以后的"观念附加值"。臣服于文化资本和市场选择的网文创作，把传统文学"以作家为中心"的前端倚重，"下移"至"以读者为中心"的后端规制。此时，消费者就是作者的"衣食父母"，网文作者只能适应和满足阅读市场的需求，不可一厢情愿地"投喂"某种宏大叙事的思想或观念。这就是网络文学思想性评价必须面对的现实语境。

当然，网络语境并非是要消解网文作品的思想性评价或者回避对它的价值判断。许多网络作品,特别是那些优秀的网络小说,并不缺少思想性,它们常常蕴含正确的社会历史观,有对真假、善恶、美丑的正确分野,有对人生、人性、人心、人伦的深刻揭示和独到表达。且不说如《浩荡》《网络英雄传》《大国重工》《最强特种兵》《朝阳警事》这类现实题材作品不乏观照世道人心的价值判断,那些描写玄幻、武侠、修真、穿越等幻想类题材的小说,对其思想性的发掘和把握,同样是评价这些作品不可忽视的重要维度。萧鼎的《诛仙》用"天地不仁,以万物为刍狗"的文化观念,写凡人成长中的正邪之争,反叛暴力道德化,描写个人欲求与道德准则之间的艰难选择,渗透其中的东方文化、传统宗教、世俗情爱和人性伦理,难道不是它的"思想性"么?愤怒的香蕉的《赘婿》设定一位现代金融大亨穿越到武朝(宋代)的架空世界,成为江陵布商之家悠游度日的赘婿,然后由商贾家园到朝廷庙堂再到治国平天下成为一代枭雄,将中国的历史之轮从宋代推衍到近代,把"天下兴亡"落实到"匹夫之责"。如果评论家评价《赘婿》而不关注其蕴含的思想性,是很难探得其精髓的。被赞为"四大文青"之一的猫腻,其小说以有立场、有哲理、有文采而声名远播,有评论者曾这样解读他的作品:"从《映秀十年事》自我意识的觉醒和直面世界规则的'起点之问',到《朱雀记》建构起自我在这个世界的行事哲学,再到《庆余年》坚持自我的哲学,对规则利用、对抗甚至颠覆,直到《间客》《将夜》《择天记》,一直在东方西方、国家和个人、浩瀚星球和渺小如蚁之间寻找个人的生存和生活哲学……猫腻的作品,都是在寻找自我在这个世界中的意识、身份和位置:我是谁?我应该如何活着?我怎样活着,才能活得美好?"类似这样寓人生哲学思考于玄幻故事的作品向我们表明,网络文学并不排斥思想,"网络语境"给创作披上了"爽文"的外衣,但其包裹的仍然可以是有思想深度的"走心"之作,思想性评价应该是评价网文不可或缺的有效"抓手"。

(二)不脱离爽感的艺术性维度

艺术性是文艺作品的魅力所在。在文学评价中,考察一个作品的"艺术性"就是看它的文学性,即阅读一个文学作品时所得到的从情绪激动到心灵共鸣的心理感受。网络文学作品的艺术性通常要通过阅读"爽感"来实现,需经历"可读→悦读→爱读"或"爽感→喜感→美感"的接受过程,最终形成从情绪情感到志趣情怀的深刻代入。网络文学属于数字传媒时代的大众文学、通俗文学或"新民间文学",它有别于书写印刷文化塑造的"深文隐蔚""曲径通幽""言有尽而意无穷"的佳构曲笔范式,常以"爽感"为第一美学,以"好看"为作品艺术性的"准入证"。如果作品不好看、不能吸引读者而无人问津,传统文学还可以物质形态将其"束之高阁",网络文本则难以生存而只会沦为"网海僵尸"。事实上,"爽感"不是文学原罪,拥有阅读爽感也不是对网络文学的"矮化"。相反,它可能是对一种艺术本色的认知。因为爽感本身并不是外在于艺术性的,而是艺术性的一种功能形态,任何艺术性的实现都需要经由爽感才能将观念上的艺术性变成体验中的艺术美感,无论是阅读文学经典还是"扫读"网络小说,概莫能外。传统文论"寓教于乐"的"乐"其实也就是"爽"的另一种称谓,阅读的快乐或快乐地阅读难道不就是"爽"么?只不过在传统文学看来,在"寓教于乐"的功能模式中,"教"比"乐"(爽)更重要,"乐"是为"教"服务的,"乐"的目的是"教";而在网络文学看来,"爽"(乐)居首位,它不再是手段而是目的。因为"爽"(乐)本身就成了目的之一,评价网络文学的艺术性,首先就得通过"乐"即"爽感",才能把阅读欣赏引渡到艺术审美的殿堂。

当然,我们评价网络文学的艺术性时,并不是有了爽感就有了一切,让艺术评价止步于爽感评价。对于那些优秀网文作品而言,赋能爽感只是入门之功,艺术性的所有元素,如精彩的故事创意、个性鲜明的人物塑造、新奇别致的矛盾设置、不落窠臼的情节、细腻逼真的细节、生动传神的语言,乃至整体呈现的叙事节奏、艺术风格和文学情怀等,均是网络文学艺术性评价绕不过去的持论依据。文学评论家雷达在评价网络小说《网络英雄传Ⅰ艾尔斯巨岩之约》时说,这部小说"技巧的运用,语言的生动性,细节的饱满性,故事的戏剧性,词语的熟练准确,都达到了相当成熟的程度。这是一部有生命和温度的作品。"白烨在评价该小说时也说:"这部作品还有一个特点是文学性特别好,故事编排特别精彩。小说讲的是创业故事,但也有悬疑故事,整个故事跌宕起伏,悬念丛生。创业故事里头又加了四角恋情,所有故事交织在一起,很吸引人。从作者叙事来看,环环相扣,构思跟叙事都非常棒,文学性非常强。"雷达和白烨都是当代著名文学评论家,他们对这部网络小说艺术性的评价使用的是传统文学的评价尺度,可谓切中肯綮,说明网络文学的艺术性并不是外在于传统文学艺术性的另起炉灶,而是传统艺术性在网络时代的延伸。

(三)源于技术传媒的网生性维度

网生性也称"网络性",是网络传媒深度介入文学生产的特性。与传统文学由创作者个人独立书写不同,网络文学创作是在适应市场、调剂需求、粉丝不断干预的境况中完成的,网络不仅是文学的媒介和载体,也是文学作品的"生产车间"。网文作品脱胎于网络又受制于网络,从而被深深打上了"网络生产"的印记。网络规制了文学的生成,也制衡着网文作品的价值形成,因而评价网络文学不能没有网生性维度,它是网络文学评价有别于传统文学的一个特殊维度。

首先,网生方式限定了作品的结构形态。网络文学作品尤其是网络长篇小说,一般都是"续更"连载而成,作者每天更新数千上万字不等,在万千读者的期待中,形成"续更—追更""需求—供给"的生产模式。这种生产模式带来两个结果:一是"压强效应"对创作者构成日日续更、不可懈怠的心理压力,由此形成创作驱动,激发主体潜力,或因"压力山大"难以收场造成断更而"烂尾",所谓"太监文"就是这么产生的;二是"快速写作"直接影响作品质量,常常因为"粗放式"式码字致使作品粗糙而不堪卒读,甚至出现前后矛盾、有"坑"未填、表述不当、错别字常有等"文学幼稚病"。

另外,文学"网生"会因粉丝"吐槽"干预创作过程。网文作品以"过程生产"代替作品的"一次性"呈现,这让昔日"当局者迷"有了"旁观者清"的矫正契机。追更的粉丝,特别是那些"忠粉""铁粉",出于对作品的喜爱而吐槽指摘,或为了更高的期待而"好为人师",对作品的人设、故事走向甚至知识性错误提出自己的看法,往往直言不讳,如鲁迅所说的"好处说好,坏处说坏"。有的还会因对作品的喜爱(或不满)而写出"同人文"。特别是"本章说"App上线后,从技术层面拉近了读写互动的距离,让粉丝的干预变得更加便捷和直观,读者在创作中的作用越来越明显。如卖报小郎君在续更《大奉打更人》时，不断与粉丝交流，常常在一章续完后提出："为＊＊＊盟主加更一章以示答谢"，或"今日三更，月票在哪""错别字就靠众亲帮我挑了""你们提出的＊＊问题我会在后面交代的"，等等，足见作家心目中一直装着读者，粉丝对作品生成有着不可小觑的干预力量。

此外，网民的互动影响作品的价值判断。对一部网络作品的评价不能不关注线上的网民评价，中国作协网络小说排行榜和国家广电总局的网络文学优秀原创作品推介，也把"网民的在线评价"作为衡量作品的条件之一。众多网民粉丝在互动中形成的"舆情判断"会形成引导性力量，产生"马太效应"，对他人、对线下、对传统学人的评价都将产生"同好"之感。会说话的肘子的新作《夜的命名术》2021年春季上线后，有网友在"知乎"上发起了《如何评价会说话的肘子的新书〈夜的命名术〉?》的讨论，一个叫"跳舞"的网友说："开之前看过肘子的稿子，聊过几次，相对外界，我对于他的创作思路算是知道得比较多一些。这个创意和写法我觉得很赞的，如果不出意外，按照肘子的水准好好写下去，就又是一本大热之作。"网友"今夕何夕"跟帖道："个人觉得非常的棒，这倒不是在无脑吹。只是在看完几章过后，就能很明显地感受到，肘子大佬这次想要出来的世界，不是潦草的概述，而是细致的描写。一个赛博朋克式的未来世界，就像是作品的简介一样。"紧接着就有"黑门山""烽火戏乌贼""白非非白"等一众网友呼应赞同，虽然也有"五角子""郝多钱"等网友略有微词，但对作品的肯定性评价几乎是压倒性的。特别是网友"有颜有甜"贴出了《夜的命名术》的市场数据，并将其与同期发布的乌贼《长夜余火》、跳舞的《稳住别浪》、番茄的《沧元图》等作品反响做了比较，知乎网友的肯定性评价几乎是众口一词。可见网民对作品的互动性评价不仅是有效的、及时的、靠谱的，也会以"影响"评价形成"影响力"评价。

（四）依托市场绩效的产业维度

网络文学源于技术传媒，而成于市场机制。自2003年起点中文网创立"VIP付费阅读"商业模式后，中国的网络文学便迅速走出低谷，以"马鞍形"上扬态势持续高走，并催生出类型化超长小说的爆发式增长，打造了世界上独一无二的网络文创产业。这一产业由文学网站平台负责经营和打理，其业态由三个板块组成：一是由付费订阅、打赏、月票、盟主模式和广告组成的线上经营；二是由网文 IP 版权分发、孵化，改编影视、游戏、动漫、图书、听书、演艺、周边而形成的网文产业链和产业集群，它们是源于网文知识产权的全媒体、多版权线下产业；三是从作品传播到模式输出构成的网文出海产业，它们成为中国文化"走出去"的重要组成部分，为中国文化外贸从逆差走向顺差贡献市场份额。于是，以市场绩效评价网络文学逐渐成为网文行业评价网络作家作品的经济尺度和效益指标。阅文集团的网络文学原创 IP 风云榜、橙瓜网的网络文学"网文之王""百强大神"榜单、速途研究院的"网络作家影响力年度 Top 50 榜单"等许多网络文学排行榜单，即是以此为评价标准的。

我们把产业绩效作为网络文学评价体系构建的一个重要维度，在于它无论对网络文学本身还是对网络文学评价，都有着不容忽视的影响力。首先，市场绩效形成的经济驱动，成就了网络作家、网站平台、读者粉丝的"利益共同体"，让整个行业有了生产与扩大再生产的经济基础。1997 年"榕树下"网站上线运营时，日收揽原创稿件 5000 篇左右，每天可择优刊发 500 余篇，一时风头无两。但"烧钱"三年后便入不敷出，网站难以为继，不得不出让给贝塔斯曼公司，随后又被转手给欢乐传媒，其没落的最大原因就是没有找到自己的商业模式，无从盈利便难以生存。而起点中文网从一个小网站成长为男频网站的领头雁，其根本原因恰恰在于其商业经营的成功为作家也为自己赢得了市场竞争的优势地位。其二，市场经营的绩效评价让网络文学以"经济的触须"与社会建立起密切关联，不仅以新型的文创产业为社会贡献了 GDP，还能传承文化、书写时代，以丰富的想象力展示人与现实之间的审美关系，以文化建设的前沿姿态创造时代的网络文化、青春文化和二次元文化，而这些文化均可在网络文学中承载和传播，并可以市场化绩效的量化指标去检验与评价。此外，市场绩效评价开启的产业与艺术的博弈，在经济效益与社会效益之间形成一定的文学张力。网络文学二重性应该在"精神与经济"之间形成一种正相关的平衡关系，但资本的逐利性与文学的人文性、审美性之间不时会出现不兼容乃至相冲突的情形，此时，应该以社会效益优先原则追求"双效合一"而不是相反，网络文学的发展和进步就是在这个博弈过程中不断开辟前进道路的。

（五）聚焦传播效果的影响力维度

无论是评价网络作家、网文作品还是评价文学网站平台，其实都是一种影响力评价。如果说"注意力"是网络文学行业的起点，那么"影响力"则是行业成效的落脚点。影响力评价的实质是一种价值评判，通常从网络作家作品和网站平台在行业内外、社会大众中的影响力大小，通常即可看出其价值的大小或品质的高低，而对象的价值和品质通常都是通过传播效果来体现的。因而，聚焦传播效果的影响力评价便成为网络文学评价体系不过去的一个有效维度。

影响力评价是一种后置评价，也是不断累积、持续渐变的终极评价。影响力有正面的也有负面的，有现实的影响力也有历史的影响力，进行影响力评价需要对其做出区分。只有那些正面、积极、持久的影响力，才是值得肯定的、具有较高价值的影响力。有的作品在其诞生时红极一时、影响广泛，但随着时间的流逝，其光芒便日渐暗淡，不久即销声匿迹，这样的影响力可能是廉价的、有限的，价值不高，意义也不大。我们所需要的是那种"立得住、传得开、留得下"的持续影响力，历史上的文学经典就是这样形成的。

影响力是一种口碑评价、直观印象，又是一种目击道存的综合判断。这种判断来自判断者的日常阅读和阅读感受，是在真切感受中积淀起来的心理印象。例如，血红创作了《光明纪元》《升龙道》《邪风曲》《神魔》《巫神纪》等众多有影响的小说，不仅高产，且品质上乘，网友 Wewewezard 评价说："血红的书，我从《光明纪元》开始看。血红的书既有网文的爽快，又不像其他的一些网文那样幼稚单纯。他的书情节不落俗套，引人入胜，既心思细腻，又振奋激昂。血红的文笔最值得称道，不见华丽辞藻的堆砌，却油然而生一种文字的魅力。就如那百川到海，奔腾浩荡；又如春雨入夜，润物无声。着实有一种大巧不工的感觉。"这样的印象经口碑相传，就会形成影响力，成为影响力的综合判断。

影响力是客观化的主观评价，它基于作品阅读，源于主体判断，但需要避免"信息茧房"的误导和误判。决定影响力大小的根本是文学品质，通过阅读精准把握作品品质，做出符合客观实际的主观评判，是影响力评价的常规模式。但在实际评价中，由于主客观限制，如作品阅读不精细、理解不深或把握不准，都可能做出浅判、误判甚至错判。有时，由于信息渠道单一，很容易被他人（特别是名人或众人）所左右，或者被某种舆情所裹挟，让自己做出不切对象实际的评价。比如"网络文学都是垃圾""好作品还会发布在网上么""类型小说都是套路，没什么创新价值"等诸如此类的评价，不仅以偏概全，还会对网络文学的影响力评价产生误导。要矫治这类片面评价，一是坚持"从上网开始，从阅读出发"，从大量的阅读、比较和思考中得出自己客观化的主观判断；二是广泛接触线上和网下的不同评价，兼听不同观点再做比较分析，避免单一信息的"茧房"模式对判断的干扰，让符合客观实际的判断成为影响力评价的基础。

二、网络文学"评价树"构想

网络文学评价不是某个单一评价维度的功能行为，也不是各评价维度的简单相加，而是由各主要维度构建的一个立体的、丰富的、可辨识、可更新与成长的完整系统。这个系统的五个维度即五个评价指标的重要性和逻辑持位并不对等，它们不仅有轻重主次之分，而且倚重的对象也有所区别。大体来看，依据它们在评价体系的地位，五个评价指标可划分为三个层次，以此构成网络文学评价体系的"树状结构"。

第一个层次是核心层，由思想性、艺术性构成，它们处于"评价树"的根基部。将这两个指标置于评价体系的核心层，是因为任何文学作品都具有思想性和艺术性（至少在理论上是如此），因而任何文学评价都离不开思想性和艺术性评价。这两个评价指标的每一个要素对于网络文学的价值判断都有着举足轻重的支撑作用和核心影响力，构成了对文学作品最基础也是最基本的价值评判。

第二个层次是中间层，由网生性、产业性构成，它们处于评价树中段，是评价体系主干的一部分。网生性和产业性制约着网络文学的生产过程和网文行业的经济基础，对于网络文学人文审美判断的作用可能是间接的，但却能影响作品创作，制衡行业发展，为网络文学输出动力、引导走向；并且这两个要素也是网络文学评价有别于传统文学的特殊衡量指标。

第三个层次是外围层，即网络文学影响力评价，它处于"评价树"的末端。将影响力置于外围和末端位置，并不意味着它不重要，而是以空间结构换取意义蕴含——影响力大小总是在一个事物完整出现后才能显现出来，因而是一种置于时光之境的"后置延伸"效应。离开时间的后置将无从真正评价其影响力的大小，因为一时之"热"并不能准确评判一个作品的价值，只有代代相传的口碑，甚至随着历史发展而不断增值的传承，才能显示作品"永恒的魅力"亦即作品的影响力。另外，影响力评价是一种综合评价，它不取决于某一个或某部分要素的"做功"情况，常常需要把当下的大数据指标评价与模糊综合评价、数字人文集值统计评价、逻辑与历史相统一评价等结合起来，才可能得出影响力的有效结论。故而，影响力评价就如同一棵树开出的花朵或结出的果实，为网络文学评价呈现出多彩的效果景观。于是，我们便有了网络文学评价体系的"树状"结构图：

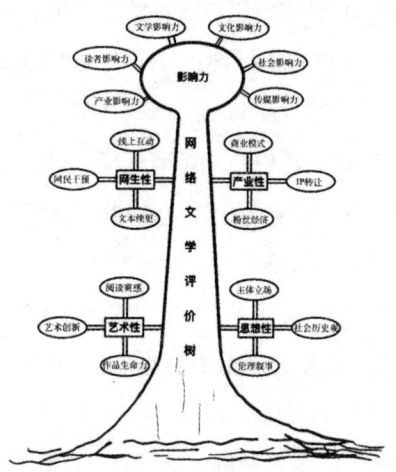

这个网络文学"评价树"所构成的评价体系由 5 个一级指标、18 个二级指标和相应更为细化的三级指标组成。

思想性评价含三个二级指标，它们是：（1）主体倾向的立场站位（三级指标含：a.对真善美与假恶丑的分野；b.悲悯苍生，敬畏自然；c.三观正确，思想格调健康；d.对终极意义的信仰与虔敬）；（2）社会历史判断的价值观（三级指标含：a.作品反映生活的深度、广度和真实度；b.思想境界上对国家民族的担当、扪心行文的历史责任；c.价值引导和文化传承）；（3）伦理叙事的人性化表达（三级指标含：a.作品对人生苦痛的敏锐感知；b.对人性丰富性的发掘与批判；c.对弱者的同情与关爱；d.对人的精神世界的永恒探寻）。

艺术性评价的二级指标是：（1）阅读爽感的代入性（三级指标含：a.故事抓人，形象生动；b.情感的共鸣性；c.人物、情节、细节生动传神；d.语言、结构、表现手法等文学形式的独创与完美度）；（2）艺术创新力（三级指标含：a.故事架构的创意力；b.题材类型出圈的拓新力；c.多媒体、超文本或AI创作的艺术表现力；d.鲜明的个性化风格）；（3）作品的生命力（三级指标含：a.作品价值与审美意蕴；b.作品立得住、传得开、留得下）。

网生性评价的二级指标是：（1）作品互动的生成性（三级指标含：a.读者与作者交流频度；b.读者与读者互动密度；c.作者与网站编辑交流深入度）；（2）粉丝干预效应（三级指标含：a.粉丝数量；b.新媒体指数；c.贴吧话题量、超话数等全网热度；d.粉丝对创作过程的影响度；e.作者对粉丝干预的态度）；（3）文本的特异性（三级指标含：a.续更延异的长度与时间密度；b.网络文本的容错率；c.作品的线上反响）。

产业性评价的二级指标是：（1）网站商业模式（三级指标含：a.付费阅读模式；b.免费阅读模式；c.内容、制作、渠道综合模式）；（2）平台经营举措（三级指标含：a.经营流量与投送效能；b.做客户端，开拓变现渠道；c.推出白金、大神及青年作家培养；d.榜单发布、活动经营；e.线上广告经营业绩）；（3）IP版权盈利（三级指标含：a.版权管理与版权转让；b.IP转让作品数及频次；c."文→艺→娱→产"的长尾效应）；（4）粉丝经济指标（三级指标含：a.壮大"书粉"，提升黏性；b.粉丝社群文化经营；c.粉丝共创，开发消费新品；d.本章说、角色应援、衍生创作、社交安利、AI智能伴读等App吸粉力）；（5）自媒体及作家自主经营（三级指标含：a.微博、微信、手机等自媒体文学经营；b.作家公司，自主内容开发；c.定制化创作的一条龙经营）；（6）社会效益优先，平衡功利与审美（三级指标含：a.社会效益优先的具体举措；b.履行社会责任与公益服务；c."双效合一"的市场体量与绩效；d.无违规违纪事件，违规一票否决）。

影响力评价的二级指标是：（1）文学影响力（三级指标含：a.人文价值方面的影响力；b.艺术审美的影响力）；（2）文化影响力（三级指标含：a.线上作品的文化认同；b.线下"泛娱乐"文化市场影响）；（3）读者影响力（三级指标含：a.线上传播时效的应然热度；b.线下的读者评价）；（4）社会影响力（三级指标含：a.社会评价和荣誉奖项；b.社会主流意识形态的建设性；c.社会文化建设的有效性；d.青少年成长的引导性；e.网文出海的国际影响力）；（5）产业影响力（三级指标含：a.在线订阅量和粉丝打赏数；b.线下产业链"长度"与"宽度"）；（6）传媒影响力（三级指标含：a.新媒体影响力：作家作品全网热度：如百度指数、微博指数、微信指数、微博粉丝量、贴吧热度；以及作家作品平台热度：如订阅、打赏、月票数、点击量、推荐量、评论量、收藏量、粉丝量等；b.线下媒体影响力，如报刊评论、发布的榜单、研讨活动、获得的荣誉等）。

对于这个评价体系的指标设计需做几点说明：

首先，指标体系的 5 个一级指标是基于前述的核心层、中间层和外围层"逻辑层级"提出的，其 21 个二级指标（内含 69 个三级指标）则是根据我国网络文学现有的发展状况和水平，以及笔者数十年跟踪研究网络文学的经验而设计的。新媒体技术的矢量性和国家干预力度的趋强性，使这些指标仅适用于当下（或一段时期内）的网络文学评价现场，却无以囊括未来变化了的网络文学现实。在文体上，更适合可以实施商业性评估和产业性经营的叙事性作品，特别是网络长篇类型小说，对于诗歌、散文、纪实文体和那些篇幅相对短小的中短篇小说来说，需对其做选择性应用处理，这一点下文还会提及。

其次，在评价实践中，各指标体系均需设计权重系数，而权重系数的大小是根据该项评价内容在网络文学评价系统中的重要程度来赋值的，并不意味着单独评估时可以低估或高估哪一评价要素。指标设计的赋值应使用阶梯值而非精确值，一方面在于文学本身就具有模糊性和不确定性，对侧重情感、价值、信仰、理性逻各斯领域的评判难以精确量化；另一方面，评价体系设计的分级和分类也不是截然区隔、不可僭越的，相反，许多评价指标都是相互影响、彼此关联的。比如思想性指标中的个人价值立场，就包涵对社会历史和人文伦理的表达与判断，而创作者的人文伦理也一定会体现他的社会价值立场和历史站位，它们之间常常相互印证、互为因果，这在任何一个网络文学作品里都能找到实证，因而需以相对分殊为要，同时避免彼此割裂。

再次，在产业性评价中，设计了社会效益优先、平衡功利与审美的二级指标，以及履行社会责任与公益服务、实现"双效合一"、无违规违纪事件的三级指标，在权重系数里有"违规一票否决"的标注，这是"中国特色社会主义文化"对网站平台和网文创作者的基本要求。2015年9月14日，中共中央办公厅、国务院办公厅印发的《关于推动国有文化企业把社会效益放在首位、实现社会效益和经济效益相统一的指导意见》提出"正确处理社会效益和经济效益、社会价值和市场价值的关系，当两个效益、两种价值发生矛盾时，经济效益服从社会效益、市场价值服从社会价值。"2017年6月14日，国家广电总局出台的《网络文学出版服务单位社会效益评估试行办法》第十三条明确规定："网络文学出版服务单位出版作品出现严重政治差错、社会影响恶劣，在平台首页或重点栏目推介导向有严重问题的作品，违反政治纪律和政治规矩等，社会效益评估实行'一票否决'，评估结果为不合格。"同时出台的《网络文学出版服务单位社会效益试行评估指标和计分标准》，规定了社会效益不达标的扣分项，表明了这一问题的特殊重要性，这也是笔者设置该项指标的初衷。

三、评价指标的适恰性倚重

任何一种评价体系都有其针对性和局限性，网络文学评价体系也不例外。短短30年间，网络文学爆发式增长的身姿迅速占据了时代的文学场和大众娱乐场，却忽然发现这一文学的评价体系、批评标准与它的增速和体量之间存在巨大的豁口，这种不协调与不平衡构成了一段时间内"评价的焦虑"，于是呼唤建立网络文学的评价体系和批评标准庶几成了学界和业界的共识。

不过我依然要对此浇一点凉水——对构建网络文学的评价体系和批评标准不可期望值太高，这倒不是为自己的探索寻找退路，其真正原因在于，不仅这个建构过程将会漫长而艰难，即使构建起了某种评价体系或批评标准，也将会是见仁见智、难有定评的。譬如，在传统文学观念中，马克思提出"人民历来就是作家'够资格'和'不够资格'的唯一判断者"，选择的是人民维度和效果评价；恩格斯把"美学观点和历史观点"作为文学评价的"最高的标准"，其所倡导的是艺术审美和历史逻辑相一致的评价维度；孔子提出"兴观群怨"的"诗教"观、"思无邪"的中正立场和"词达而已"的论诗尺度，认同的是一种艺术社会学的伦理维度。刘勰提出"六观"标准，毛泽东提出"政治标准第一，艺术标准第二"基本标准，文学评价的尺度、理论和观念一直都是随着社会历史发展和文学变迁而不断变化的，并没有一成不变、四海皆准、万应万灵的评价标准和体系。及至20世纪以降的西方文论界，俄国形式主义倚重对语言"陌生化"的强调，法国结构主义基于语言的整体性、系统性表意方式来探讨对象文化意义的深层结构，而英美新批评则立足文本的语义分析"细读"出对象的独立自足世界。此后的女性主义文论、后现代文化研究、新历史主义、后殖民主义、文化多元主义等，又从作品文本中抽回目光，聚焦作品蕴含的性别、种族、政治、权力、身体、媒体、消费、解构、后现代等"外部研究"问题。可见不同评价者都有意无意地对文学评价的持论维度有所选择。网络文学历史短暂，变幻无定，从技术传媒的成熟、创作形态的辨识到理论观念的积淀，均处于不确定性与可成长性并存的历史阶段，此时冀望于构建一个统一的标准体系来评价复杂而变化难测的网络文学现象，只能是一种美好的愿望。

对一个未知问题的理论探讨应该允许试错、容错和纠错。学术辨析或观念建构不能陷入不可知论的迷宫，也不可盲目乐观、过于自信，此时我们能做的和应做的，就是在现有条件和自我认知能力的基础上，提出我们自己的构想，并承认构想的局限性和有限性。就本设计的评价体系和批评标准看，在对它的理解和具体评价实践中，就需要把握好三个方面的适恰性倚重。

一是适应对象的有限性。该评价体系及其指标设计只适应网络原创文学，而不是所有"网络上的文学"。我们知道,网络文学的概念是有区分、有限定的。笔者在十多年前出版的《网络文学概论》中曾对网络文学做出过三重界定:从广义上看,网络文学是指经电子化处理后所有上网了的文学作品,即凡在互联网上传播的文学都是网络文学,不仅涵盖了在网上首次发表的原创作品,也包括古今中外已有的文学印刷品的电子化转换作品,这种网络文学同传统文学仅仅只有媒介载体和传播方式的区别;从本义上看,网络文学是指发布于互联网上的原创文学,即用电脑创作、在互联网上首发的文学作品,这个层面的网络文学不仅有媒介载体的不同,还有了创作方式、作者身份和文学体制上的诸多改变,与传统的纸介印刷文学已经有了很大区别,也是目前被许多人认可的网络文学概念;从狭义上看,网络文学是指那种只能在互联网上"数字化生存"的超文本链接和多媒体制作的作品,或者是借助特定的创作软件在电脑上自动生成的作品,这种文学具有网络的依赖性、延伸性和网民互动性等特征,最能体现网络媒介的技术特色,它们永远"活"在网络中,不能下载做媒介转换,一旦离开了网络就不能生存。这样的网络文学与传统印刷文学完全区分开来,因而是真正意义上的"网络"文学,代表了网络创作的媒介和技术特色,当下兴起的 AI(人工智能)创作也许就是它的发展方向。

这个十多年前对网络文学的界定,在今天看来依然是有效的。简单来说,广义的网络文学是指所有上网了的文学作品,本义的网络文学是指网络原创文学,狭义的网络文学则是借助网络创作的多媒体、超文本或人工智能形成的文艺作品。今天我们所说的网络文学主要是第二类,网络文学评价体系所适应的也主要是指这类网络原创文学。其实,第三类狭义的网络文学也是原创的,但因为它的创作技术门槛相对较高,在我国呈"前高后低"之势——在 20 世纪 90 年代末和 21 世纪初,网络上曾有过不少多媒体和超文本作品,如《平安夜地铁》《哈哈,大学!》《晃动的生活》等,但一直未能形成规模,难以通过经营获得商业利益,2003 年网络文学商业模式出现后,随着类型化长篇小说的大范围兴起,这类视频、音频与文字相交织的超文本之作在我国网文作品中几乎销声匿迹。于是,我们设置的网络文学评价体系,其适应对象就是当下最为常见的网络原创文学,更具体地说,它适应的就是网络原创小说特别是续更式创作的长篇类型小说。

二是对象倚重的选择性。从评价指标体系与网络文学要素之间的适恰度看，各指标设计的系数赋权是有所侧重、有所选择的。例如，网络文学思想性标准、艺术性标准的适用对象主要是网络文学作品，它们是作品品质与价值的根基，其系数赋值当是五个要素中最高的。网生性标准只适用于网文创作，是对作家创作过程中互动生成的粉丝干预度评估，它对网络文学价值评判分量相对较轻，不过系数分量虽然占比不重，但却是网络文学有别于传统文学评价的特殊要素之所在，是不可或缺的。产业性评价标准的适用对象是网站平台经营方，其评价指标涉及平台采用的商业模式、线上用户流量、线下IP版权与融媒体经营等，其对整个行业的良性运营与生态状况，以及传播半径延伸和"双效合一"的文化市场繁荣，均有不可小觑的影响。最后一个评价要素是影响力标准，如文学影响力、文化影响力、读者影响力、产业影响力、社会影响力和传媒影响力等。影响力评价是一种综合评价和后置评价，侧重消费者口碑、历史存留的长线效应，它以网络作家作品影响为主，也包含网生过程和产业效益评价，既有现实考量，也蕴含历史检验。为区分评价对象倚重的选择性，我们一方面通过赋权系数的差异，体现它们在整个评价体系中的地位和作用；另一方面，也要求人们在使用这个评价体系时，注意区分评价的是哪一个对象（譬如是作家、作品还是网站平台），再根据对象的不同选择性设置不同的倚重系数。

事实上，在实际评价过程中，其具体情形是十分复杂的，需要有"一品一策"的准确勘定。例如，一个网络作家可能登上了富豪榜，某一作品可能线上线下均创造了良好的经济效益，但并不能据此判定该作家、此作品就必然得到高分评价，因为作家作品的评价主要不是商业性评价，而是考辨其人文审美、艺术创新、价值内涵等文学性或人文品貌方面的贡献，其经济收益、商业价值只是一种参考性因素，不是决定性因素。再比如，要评价一个文学网站平台，需要从产业经营、商业模式、经济效益和社会责任等方面入手，用文化企业的标准去衡量它，从而与网络作家、作品的评价标准大有不同，这正是评价对象选择性倚重时必须注意的。

三是系数赋权的针对性。为了操作的方便，在指标设计中，需要为网络文学评价体系设置三级（甚或四级）指标，给每个指标进行系数赋权。那么，不同的评价指标的权重系数的依据是什么呢？或者说是根据什么来确定不同指标的权重系数呢？这或将使评价体系及其指标设计的科学性与可信度迎来困惑和质疑。没有参照对象，也没有经过准确计算，系数的大小由谁确定又如何确定？要说参照，只能参照"经验指数"——基于千百年来文学传统积累的历史经验，并得力于指标设计者对中国网络文学30年的发展状貌和存在方式的长期浸淫与了解。不可否认，将网络文学评价体系置于这个价值理性的"经验"系统中予以勘定，所给出的权重系数可能会带有一定的主观性，但总体上看，其堪用度仍然是可以信任、能够参照使用的。因为这种"经验"蕴含着对文学（包括网络文学）的理性认知和价值积淀。按照李泽厚先生的说法，文艺审美的"积淀"是一种"理性的内化（智力结构）、凝聚（意志结构）的呈现""因为审美既纯是感性的，却积淀着理性的历史。它是自然的，却积淀着社会的成果。它是生理的感情和官能，却渗透了人类的智慧和道德"，最终化作了人的审美心理结构。从"积淀"的视角看"经验"，我们对于文学和网络文学的经验，虽然带有个人性的主观臆断，但本质上却是人类经验积淀与个人理性认知的交织与统一，既是客观价值理性的个人文学审美经验呈现，也蕴含着公共理性的客观价值。

回到网络文学评价，既然任何文学批评都不能没有自己的评价尺度和评判标准，而任何一种文学评价尺度和评判标准都不是一成不变的既定律条，根据当下网络文学的发展水平设置一个评价体系和批评标准就不仅是可能的，也是十分必要和有价值的，为这一体系的指标设计不同层级，并赋予其不同的权重系数也将势在必行。有鉴于此，笔者以网络类型小说为主要评价对象，兼顾其他文类形态，预设了5个一级指标和相应的二级指标，其权重的大小可根据这些指标在网络文学中的地位和作用来考量与验证（此当另文探讨），这样的设计方式既可分辨对象倚重的选择性，也庶几能切合评价对象的针对性。

（《当代文坛》2021年第6期）

网络文学评价标准问题反思及新探

◎ 单小曦

目前,关于网络文学的评价标准的讨论,已构成了中国当代文学理论与批评界的热点和焦点。深化这一讨论,反思目前各种关于网络文学评价标准观点的得失,进一步研讨网络文学评价标准的建构原则,探索更具学理性的评价尺度系统,无疑对推动网络文学批评和网络文学生产的健康发展具有至关重要的意义。

一

当前,学界已经或显或隐地提出了一些网络文学评价标准建构设想和见解。它们各有其优长,同时也大都存在着一些需要检讨的问题。下面讨论三种代表性观点。

第一种代表性观点可概括为网络文学的"普遍文学标准说"。这种说法认为:"不存在网络文学,只存在文学和非文学,因为文学只有一个标准,这个标准不是以媒介来划分的。"①网络文学"不过是文学写作在网络上的直接呈现而已","现有的文学评价体系完全有能力对其作出评判",因此,没必要

---

① 舒晋瑜:《作家邱华栋谈所谓网络文学:绝大部分是文字垃圾》,http://culture.ifeng.com/1/detail_2011_12/08/11184453_0.shtml。

"为网络文学新建一套评价体系"①该派另一常见看法承认有网络文学,但网络文学首先是"文学","评价网络文学,首先要运用文学的标准、小说的标准。文学的艺术性追求、思想性、审美观赏性、语言的特点与叙事的风格,表现人性的深度与人文色彩,这些评价体系当然适用于网络文学。"②那么,这个一般的、普遍的、现有的文学标准来源于何处?究竟指的是什么呢?综合持论者的相关言论和知识背景不难发现,这一文学标准来源于西方审美现代性思想,它就是西方现代精英文学的评价标准。在中国则是"五四"新文学和1980年代推崇的纯文学标准。其具体内容比较复杂,但其核心无外乎自我、自由、超越、追问终极、人文精神、历史理性、现实关怀、审美自律、形式创新,等等。上面所引那些"文学的标准、小说的标准",不过是这一标准的具体表述或别样演绎。

应该说,审美现代性的文学评价标准,体现着人类思想文化和艺术追求的一种高度,本身无可厚非。问题是,倡导者在推崇这一评价标准的同时,也把它们建构为了某种超历史、超语境、超场域的,绝对、永恒、普遍的真理,建构成了衡量一切文学形态优劣得失的唯一尺度。这种观念已经深入人心甚至构成了某些论者的文化无意识。以至于一谈论文学,不管具体情况,就会自觉不自觉地掏出这把尺子丈量一番。而事实上,经过西方反本质主义思潮洗礼之后,很多人不再相信世界上存在着超越具体条件的抽象文学和作为普遍真理的文学标准。彼得·威德森在谈到《牛津英语词典》称现代意义上的文学"是在最近才出现"时说:"所谓'最近'指的大致是19世纪与20世纪。因此,这更是历史建构的概念,而不是什么'本质的''原初的'概念"。③在希利斯·米勒看来,以审美现代性为核心观念的"文学"(literature)"只是最近的事情,开始于17世纪末18世纪初的欧洲",它"不可避免地与笛卡儿的自我观念、印刷技术、西方式的民主和民族独立国家概念,以及在这些民主框架下言

---

① 潘凯雄:《对网络文学究竟该如何评价》,《中国青年报》,2015年6月19日第11版。
② 李朝全:《评价网络文学的几点思路》,《深圳特区报》,2014年10月30日第B5版。
③ 彼得·威德森:《现代西方文学观念简史》,钱竞、张欣译,北京:北京大学出版社,2006年,第7—8页。

论自由的权利联系在一起",在电子传媒时代,这样的文学正面临着终结的危险。①换言之,审美现代性的文学观念与评价标准不过是西方近现代社会历史和机械印刷文化的建构物。使用这一标准评价网络文学并非完全不可以,但它的使用限度只能划定在笼统的和间接的意义范围。网络文学的"普遍文学标准说"却将之作为直接而绝对的尺度加以使用。它首先把这一特殊标准,人为拔高为普遍、永恒真理,然后利用占据文化话语权的特殊位置,再把这一评价标准套用于网络文学,最后常常得出网络文学是垃圾的结论。可见,这一做法隐含着浓重的本质主义的思维方式和文化霸权思想。

第二种代表性观点可概括为网络文学"通俗文学标准说"。把网络文学视为通俗文学,是当代文学研究领域一些学者的基本观点。在他们看来,"网络小说属于通俗小说"②,网络文学"就是通俗文学",网络文学在当代文学中"位置很清楚,就是通俗文学"。③持论者承认网络也给这种当代通俗文学带来了"网络化"特点,网络化应该成为第一个评价标准。不过,他们大都是从传播形式上理解网络化的,这一标准也就成了一个无关痛痒的尺度。其次是真实性或现实性标准。通俗文学的一个重要价值"在于它的存真性,是一种为历史留下见证的照相式的存在"。在此方面,通俗作家远远超过了"五四"新文学作家的创作。④而在网络文学中,玄幻小说、穿越小说、武侠小说"表面上是飞到了十万八千里以外,但根子还是在现实的土壤里,这些小说是在通过幻想的镜子来照见现实。幻想、梦想机制在通俗文学中是很基本的配置"⑤。再次是读者的"非高雅"精神满足和"快感奖赏"标准。通俗文学是为满足人类精神领域中的"非高雅"部分而存在的,能否"给读者安慰、趣味和快感,让他们获得消遣性的心理愉悦",是评价通俗文学的重要标准。⑥"在进行通俗娱

---

① J.希利斯·米勒:《全球化时代文学研究还会继续存在吗?》,《文学评论》,2001年第1期。
② 汤哲声主编:《中国当代通俗小说史论》,北京:北京大学出版社,2007年,第340页。
③ 李敬泽:《网络文学:文学自觉和文化自觉》,《人民日报》,2014年7月25日第24版。
④ 范伯群主编:《中国近现代通俗文学史》,南京:江苏教育出版社,2010年,第14—15页。
⑤ 李敬泽:《网络文学:文学自觉和文化自觉》,《人民日报》,2014年7月25日第24版。
⑥ 刘扬体:《流变中的流派——"鸳鸯蝴蝶派新论"》,北京:中国文联出版公司,1997年,第35页。

乐文化产品的体验当中，受众实际上是在追求刺激多巴胺的分泌，进而产生愉悦的感觉，以'奖赏效应'弥补现实中的挫折导致的各种焦虑。"①这样，"快感与美感的评价体系应该是网络文学的基础性评价体系，能否为读者提供各种强烈、鲜明、绵长、殊异性的快感与美感体验，是最为重要的接受反应效果评价，是评判网络文学作品高下的基本要素"②。

网络文学的"通俗文学标准说"看到了网络文学不同于一般的或"传统文学"（多指印刷精英文学）的特殊性、具体性，也以此为基础试图确定更为具体的评价标准。但它把网络文学与印刷精英文学区别开来的同时又把印刷通俗文学的特质移植到网络文学身上，再以通俗文学标准作为网络文学评价标准。这方面与"普遍文学标准说"如出一辙，其要害在于混淆了印刷文学和网络文学、印刷文学评价尺度和网络文学评价尺度的界限。实际上，网络文学范式已经打破了精英文学/通俗文学的二元划分，它既非传统意义上的精英文学，也非通俗文学；它既可以很"精英"，又可以很"通俗"。比如，我们很难把烟雨江南、酒徒、骁骑校、猫腻、烽火戏诸侯等网络作家的创作说成是精英的还是通俗的。网络文学的真实性标准显然是非常偏颇的。玄幻、科幻、超能、修真、历史架空等典型的网络文学类型恰恰是反现实、超现实的。这类创作不仅没有模仿、反映、再现客观现实，而且有意远离客观现实，在以"网络化技艺"方式创造"虚拟现实"和"可能世界"。那种认为网络小说"根子还是在现实的土壤里"的说法，还停留在文学必然以客观现实为"本体"这一传统形而上学思维模式上。既然网络文学可以很"精英"，甚至可以在"虚拟世界"中开启存在意义（参见下文），将其评价标准定在"非高雅"精神满足和低层"快感补偿"之上，势必人为拉低网络文学的价值和功能。

第三种代表性观点可概括为网络文学"综合多维标准说"。此类论者多把网络文学理解为"文学+网络+市场"的存在物，其特点也主要由传统文学的特点再加上网络传播和文化产业带来的一些新特点集合而成。如此，网络文学

---

① 廖俊华：《通俗娱乐文学与多巴胺》，参见中国作家协会创研部选编：《网络文学评价体系虚实谈——全国网络文学理论研讨会论文集》，北京：作家出版社，2014年，第114页。

② 王祥：《网络文学创作原理》，北京：中国人民大学出版社，2015年，第14、75页。

评价体系也需要从文学、网络、市场等多维度，或用户、内容、舆情、运营等方面综合考察确定。有学者认为，"当下网络文学已经形成了'文学写作—市场运作—互联网消费'相互制约、相互依存三位一体的结构"，那种只关注网络写作和阅读而"对藏在水面下的资本介入与市场运作所知寥寥"的网络文学批评，"只能是知其然不知其所以然"①。即需要从文学、网络、市场等多维度对网络文学开展综合研究与评价。沿着这样的思路，有学者明确提出建立多维性网络文学批评标准的主张："网络文学批评标准与传统文学批评标准相比，多了技术与商业两个维度，为此，网络文学批评的标准至少要从三个新维度来考量"，即"审美维度""技术维度""商业维度"。②更有人使用数理统计方法确定网络文学的综合多维评价指标，将之细分为"人气类指标""道具类指标""用户类指标""销售类指标""影响力""推荐票""改编情况"等方面，然后打出权重分数再以复杂的数学公式计算出总分值。③也有人把多维综合转向了评价主体，主张"构建'作者—网站—评论家—读者'这一全方位多角度的综合评价体系。"④

"综合多维标准说"的思路具有重要探索价值。不过，该说隐含着评价标准的双重性和矛盾性。它最大程度地肯定了网络文学具有不同于传统文学（印刷文学）的特点，如网络化、商业性等，主张根据这些特点建立属于网络文学自己的评价标准；但一旦谈到网络文学质量的时候，持论者又大都认为网络技术、商业写作伤害了文学性（审美性）。而要提高网络文学创作质量，就应向传统文学学习，向传统文学的文学性（审美性）靠拢或回归。此时它又回到了传统印刷精英文学价值标准。同时，该说的某些论述过于笼统和粗放。其实任何事物都有多维性，多维综合是对其进行合理评价的基本要求。仅仅指出评价活动应着眼于多个维度是远远不够的。此处需要探索的关键问题是，进入这些

---

① 马季：《网络文学之于中国当代文学的三个变量——市场机制下的网络文学审美视域》，《创作与评论》，2015年第4期。
② 禹建湘：《网络文学评价体系的多维性》，《求是学刊》，2016年第3期。
③ 高宁：《基于多属性综合评价方法的网络文学评价指标体系研究》，《出版参考》，2015年第8期。
④ 徐静：《构建网络文学出版评价体系及推荐系统浅析》，《出版发行研究》，2016年第2期。

维度进行评价、确定各项权重分数时，究竟应该根据什么，使用何种具体尺度进行评价。另外，确认综合多维评价体系需要立足于多维网络文学整体，而非是彼此分离的文学（审美）、网络（技术）、市场（商业）等各个孤立的部分。在前者意义上，不存在单独的文学（审美）维度、网络（技术）维度、市场（商业）维度，而只有网络文学存在方式的各个方面，此时网络（技术）性、市场（商业）性都已内在于了"网络文学性"之中了。后者似乎在文学（审美）维度这里，"文学"已经由作者完成了，这个完成了的或"自足性"的"文学"再通过网络技术传播，投放市场变成盈利的商品。网络性、商业性就成为了打在"文学"上的两块补丁。如此，在评价一部网络"文学"时，要看它在"文学"（审美）上有哪些文学性或审美性创造，然后再看它在网络传播上怎么样，还要看它的市场份额如何。这样的多维综合标准不过是"网络+文学"意义上的，还不是真正"网络文学"意义上的。

二

建构网络文学评价标准需要采用合理的价值预设原则。评价属于评价主体主观行为，为了避免主观评价的任意和随意性，才需要确认相对客观的评价标准。这样看来，评价标准是有客观性的。不过，这个客观性并不完全来源于对批评对象当前现状、客观规律的总结和各项指标的综合计算。因为，评价实质即价值判断，价值对应的不是对象的"实然性"存在，而是"应然性"存在。"实然性"即存在者现实中的样子，"应然性"则是存在者应该具有的样子。这个"应该具有"的确需要立足于对象现实状态或从对象现状出发，但又不应拘囿于此，而是人的价值理性立足现实并根据理想、愿望和可能，做出的对批评对象应该如此的综合判断。因此，评价活动和评价标准确定是需要合理的价值预设性的。

实际上，人文学科的理论研究恰恰是主观价值预设以假定、投射、推断方式突破既定知识体系，创造新的意义内涵。格式塔心理学派的"整体观念"、皮亚杰的"认知图示"、库恩的"预设前提"、海德格尔的"前结构"、伽达默尔的"前理解"等谈的都是这个问题。今天的网络文学研究界的一种观点认为，当前以西方的超文本理论等考量网络文学，犯了脱离现实、理论先行的错误。因为超文本网络文学创作在中国大陆很少。这种主张自有其合理的一面。因为任何研究都首先从研究对象的现实存在出发。不过，理论研究的"合理性"除了"符合现实之理"（如黑格尔所说"凡是现实的东西都是合乎理性的"①）外，还包括合理的价值预设。今天，那些完全不顾中国网络文学现实而生搬硬套地以西方理论解释中国网络文学和建构网络文学评价标准的做法，是不可取的，因为它们脱离了中国网络文学现实的合理性；而那种只对中国网络文学现状进行经验总结和实证研究，不顾世界性数字革命的大背景，轻视西方取得的理论成果，以印刷文学观念和标准套用于网络文学的做法，也是不可取的，因为它缺乏在更为开阔的视野下进行价值预设的合理性。目前，学界反复强调网络文学研究者要走进网络文学现场，做符合中国网络文学现实的研究与批评，但那种削足适履式地以中国网络文学现实、现状（总体不尽人意或质量低下），裁剪网络文学批评尺度（具有应然性）的做法，不仅矮化了理论，也违背了文学界通过理论与批评介入以提高中国网络文学生产质量的初衷。有价值的网络文学评价标准研究恰恰需要以一定的理论视野、理论立场、理论高度为前提，与目前中国网络文学的现实和现状（总体不尽人意或质量低下）拉开一定的距离，恰恰需要一定程度的"脱离现实""理论先行"和"价值预设"。

建构网络文学评价标准不仅需要合理的价值预设，还需要采用其辩证的另一个方面的原则，即历史性、语境化原则。历史性、语境化原则要求把文学、文学批评和评价标准看成一定历史、语境中的具体存在。美国学者艾布拉姆斯就是这样看待西方文学批评理论的。艾氏的文学四要素说和批评四大类型说，在中国文论界几乎人尽皆知，即一件艺术品总要涉及艺术家、作品、世界、欣赏者四个要点，但"几乎所有的理论都明显地倾向于一个要素，就是说，批评家往往只是根据其中一个要素，就生发出他用来界定、划分和剖析艺术作品的

---

① 黑格尔：《小逻辑》，贺麟译，北京：商务印书馆，2003年，第43页。

主要范畴,生发出借以评判作品价值的主要标准"①。如此就形成了西方批评史上的模仿说、实用说、表现说、客观说等四大批评模式和相应的四种批评标准理论。模仿说倾向于文学活动的"世界"要素,"首要的美学标准即'忠实于自然''忠实于现实'"②。实用说倾向于文学活动的"读者"要素,评价标准即作品给读者提供了怎样的教益、愉悦、快感等。1960年代之后兴起的读者反应批评、接受美学、现代阐释学认为,文学评价尺度应从作家创作出了什么转移到读者在文本中体验到和再创造出了什么。这是对实用说的拓展。表现说倾向于文学活动的"作者"要素,文学评价标准即作者内心、情感表达的"真诚"性、真挚性和强烈性,想象力的丰富性,直觉能力、自我、潜意识、集体无意识展现程度,等等。客观说倾向于文学活动的"作品"要素。文学评价标准具体包括文学形式、语言、结构的,陌生化、诗性功能、含混、肌质、张力、反讽、纯粹意向性结构等。

文学批评四大类型和四种评价标准理论,总体上比较准确地概括了1960年代之前西方文学批评的基本情况。特别是文学四要素说和通过"倾向于一个要素"或"根据其中一个要素"形成不同批评模式和批评标准的观点,可谓切中肯綮。然而,1960年代后西方发达国家进入了"信息社会"(梅棹忠夫、奈斯比特等)、"网络社会"(卡斯特)、"第二媒介时代"(波斯特)、"数字媒介社会"(水越伸)。中国大陆类似情况出现在1990年代之后的发达地区。文学活动和文学发展形态也随之发生了重大变化。就总体性文学活动而言,世界、作者、作品、读者传统四要素之外的另一文学要素——媒介要素的地位越来越得以凸显。其实,媒介要素从古至今都是文学活动中不可或缺的存在者,并发挥着一定程度的作用。口传文学与书写文学不同,原因在于"口语交流把人们联接为一个群体;而书写和阅读属于孤零零的个人活动,使人的心智回归自

---

① M. H. 艾布拉姆斯:《镜与灯:浪漫主义文论及其传统》,郦稚牛等译,北京:北京大学出版社,2004年,第5页。
② M. H. 艾布拉姆斯:《以文行事:艾布拉姆斯精选集》,赵毅衡、周劲松译,南京:译林出版社,2010年,第6、9页。

身"①。印刷时代晚期，媒介开始显现为文化场、文学场中的强势行动者，并对文学活动的影响显著增强，媒介作为文学第五要素的身份已经展露无遗。就文学发展形态而言，在数字化网络媒介的牵引之下，一种不同于以往任何文学形态的数字文学、网络文学等新媒介文学已经形成，并体现出了长足发展势头。在网络文学活动中，由于数字网络媒介的使用不仅使文学信息生产与传播实现了从"类比方式"到"计算方式"的转变，而且以此为基础改变了所有文学要素的存在样态及其相互关系。其产生的重大效应是去凝固、去阻隔、去静止、去分割、去边界、去等级、去差异，带来的是文学各要素之间的真正而切实性的交流、互动、联动、融合、合作和整个文学活动的流动、畅通、生成和一体化，最终形成了史无前例的文学"网络化存在方式"。这种"网络化存在方式"是网络文学成为网络文学的根本标志，也是建构网络文学评价标准的存在论依据。

如此说来，四要素文学活动说和四种文学批评标准说，都已经无法满足新媒介时代文学研究的需要了。历史性、语境化原则要求我们从新媒介时代文化、文学现实出发理解文学活动，确认文学活动理论和文学批评标准。在文学活动问题上，需要看到没有媒介要素作为关联项（古代已经存在，当代尤为突出），传统四要素无法形成现实的文学动态循环，以四要素的动态循环解释文学活动是不切合实际的。正是媒介要素把文学其他四大要素现实地连接为一个整体，形成完整的动态活动过程。因此，当代文论建设需要把四要素文学活动论提升为五要素活动论。既然批评家往往通过"倾向于一个要素"或"只根据其中一个要素"，就生发出一种批评模式和批评标准，那么，现在不是四要素，而是五要素。批评家就有可能"倾向于"或"根据"传统四要素之外的媒介要素，创造一种继模仿说、实用说、表现说、客观说之后的批评模式和批评标准。这种新的批评模式和批评标准是艾布拉姆斯及其后继者们无法回答的。它却是历史性、语境化原则要求当代文学批评特别是网络文学批评研究必须探讨

---

① Ong, W. J.: Orality and Literacy: The Technologizing of the Word. New York: Routledge, 2002, p.67.

的重要课题。笔者认为，这一新批评模式即"媒介存在论"[①]批评。媒介存在论批评有两个基本观念：一是文学批评应从媒介视角和文学媒介要素切入展开；二是把媒介看成文学其他要素或存在者连接成体、互动交流、开启存在意义的"存在之域"。如上所述，媒介自古就是文学活动要素，媒介存在论批评是可以用于口传文学、书写文学和印刷文学等不同范式的。不过，把媒介存在论批评运用于网络文学能够使批评模式和批评对象之间体现出更大的契合度。因为相对于其他文学范式，网络文学更是媒介要素凸显的产物，作为网络文学独立存在依据的"网络化存在方式"主要是数字网络媒介牵动其他要素联合生成的结果。寻找和建构更为合理的网络文学评价标准，需在媒介存在论批评视野下进行。

三

既然媒介存在论批评是"倾向"或"根据"媒介要素生发出来的，它首先也要从媒介要素确定文学评价标准。不过，由于媒介是文学活动的连接性和综合性要素，是其他要素互动交流、开启存在意义的"存在之域"，媒介存在论批评标准就有可能超越其他批评模式因只着眼于某一要素和作品关系带来的片面性。具体到网络文学评价标准问题上来，它不再是现实性、真诚性、快感奖赏、形式陌生化等某个或某类单一标准，也不是审美性、技术性、商业性等分离性尺度的简单相加。而是以媒介要素切入、立足整体性"网络化存在方式"的多层、多维评价尺度系统。这一尺度系统既有广度又有深度。就广度而言，它涉及文学活动的各个要素和完整活动过程；就深度而言，它触及到了网络化存在方式中的存在意义之开启问题。在网络文学评价尺度系统中，至少包括下面几个具体尺度。

网络生成性尺度。媒介存在论批评认为，网络文学质量的高低首先体现在

---

① 关于"媒介存在论"的具体内涵，参见单小曦：《媒介存在论——新媒介文艺研究的哲学基础》，《文艺理论研究》，2013年第2期。

对网络媒介网络审美潜能的开掘程度上。网络文学中的网络媒介具有强大生产、生成性功能。在此意义上，不能把网络文学理解为"网络原创文学"（以印刷文学惯例创作在网络上首次发表），而应解释为"网络生成文学"（通过网络生成出"网络文学性"）。在西方和台湾网络超文本创作中，网络潜能被充分激发出来，往往形成了人与网络充分结合的"赛博格作者"（cyborg author）。成功的网络文学往往是通过"赛博格作者"创作出了关于文学多维立体、路径纵横的"歧路花园"，作者—读者联合生产主体可以从中体会到创作、阅读与再创作共在的审美体验。大陆网络文学生产也存在着网络功能发挥程度的差异性。目前大陆许多"大神"常常借助写作软件进行创作。如"小黑屋"云写作助手不仅具备字数统计、一键排版、章节起名、过滤敏感词、资料查找等功能，而且可以设定程序，强制使用者进入创作状态或与其他写作者开展竞赛方式推动创作进程。这是网络媒介去除人—机界限、实现两者合作的重要表现。而这种软件使用与否、使用得称手与否、使用的效率怎样、最终对文本质量和整体网络文学活动产生了正面或负面的影响及其程度，等等，就成为了评价某一网络文学活动优劣的第一尺度。

技术性—艺术性—商业性的融合尺度。在古代社会，技术和艺术本不分家。亚里士多德就把诗人的创作与绘画、雕塑等一起划分在"模仿技艺"之下。艺术排斥技术的观念起于广义浪漫派诗论，强化于德国古典美学。鲍姆嘉通、康德、席勒、黑格尔等美学家把艺术限定为"感性审美"，强调天才、独创性、想象力等是艺术创造力的来源。这样，天才式"创造"（creation）被归为艺术行为；技术参与的"生产制作"（Production）行为归为工艺活动。而如此技/艺截然分开的观念已经不适合数字媒介时代的文学艺术活动了。"今天的艺术家比以往任何时候都更为依赖于技术……技术和艺术正在重新融为一体，回归到它们原初的身份。"[①]优秀的网络文学生产，往往来自创作者和接受者对"数字技艺"的熟练使用和驾驭。在传统原子媒介时代，文学的商业性

[①] 约斯·德·穆尔：《赛博空间的奥德赛——走向虚拟本体论与人类学》，麦永雄译，桂林：广西师范大学出版社，2007年，第137页。

遭人诟病，与文学艺术价值需要依靠原子媒介的物化价值才能实现，具有一定的关系。此时，文学作品的艺术价值不仅要附着于物质性的媒介价值（纸张、排版、印刷等物质资料成本），甚至常常被淹没在前者之中。网络文学价值则通过网络并以"比特"形态传播、显现，不需要消耗原子性资源和从事物质生产的劳动力。即在具备计算机网络等硬件设备的前提下，作为精神存在的文学意义和艺术价值有史以来第一次脱离原子载体仍可以进行生产、流通和消费了，文学产业也成为了真正和独立的"精神生产"。这样，网络文学的商业性就可以名正言顺地回归于文学活动本身。不仅如此，越具有"技艺性"的文本应该越拥有市场。在评价网络文学时，不是看批评对象是否具有技术性、艺术性、商业性，而应看技术性—艺术性—商业性相融合得怎么样，三者的融合程度以及从"技术性"到"艺术性"、从"技艺性"到"商业性"的程度才是评价网络文学优劣的尺度之一。

跨媒介、跨艺类尺度。网络媒介的最大优势在于去界限、去阻隔，这使网络文学也走上了跨媒介、跨艺类的发展道路。此处又分为三种情况：首先是大类媒介系统内部不同次级媒介形式之间的跨越。主要指网络文学文本跨越了传统单一语言符号界限，而形成了文字、图像、声音等复合符号文本，取得了传统单一语言符号文本无法取得的审美效果。其次是不同大类媒介系统之间的跨越。主要指网络文学跨越到了出版、电影、电视等媒介领域。再次是不同文艺类别之间的跨越。主要指网络文学跨越到影视剧、网络自制剧、动漫、游戏、舞台剧等艺术，泛艺术领域。后两种情况往往交叉在一起。需要强调的是，网络文学跨越到其他大类媒介和艺类领域，但它本身并没有变成其他艺类，更没有消失，而是成为其他艺类的语言和故事部分。在这个意义上，网络文学的实体书出版（印刷文学）和影视剧、网络剧、动漫、游戏改编，只是网络文学的一种跨媒介、跨艺类的延伸。网络文学和这些艺类之间不是等同关系，而是合作关系。这同样是网络媒介去阻隔、促融合功能在不同媒介和不同艺类之间的一种落实。而这样的跨媒介、跨艺类的成败和效果也应成为评价网络文学优劣得失的一个尺度。

"虚拟世界"的开拓尺度。在传统文化语境中，文本世界被解释为"虚构世界"。"虚构"（fiction）一词的原义接近于"编造""谎言"，"虚构世界"暗含着文本是作为现实世界、精神世界的翻版却又达不到百分百复原的意思。也正因如此，模仿说、表现说才确定了文学的真实性、真诚性标准。而在优秀的网络文学创作中，数字技术和艺术可以交融为"数字技艺"，其焕发出的力量已经改变了传统文本世界的性质和它与现实世界、精神世界的关系。使用"虚拟世界"可以把这层意思标识出来。"虚拟"（virtualization）并非"虚构"，本意有力量（force）、强力（power）、潜能（potential）等意义。"虚拟世界"不再必须以现实世界、精神世界为"本体"，它可以成为一个与后两者平行的、拥有自己的存在论地位的新世界。网络文学追求"虚拟世界"恰恰是张扬其个性和独创性的重要表现。在玄幻、奇幻、仙侠、修真类网络小说中，衡量这种世界设定水平高低不以走进现实世界，而恰是以走出现实世界的距离为尺度。作为网络修真类小说的开山之作，《缥缈之旅》的成功主要体现在对世界体系开创性设定方面。如对筑基期、避谷期、旋照期、开光期、融合期、心动期、灵寂期、元婴期、出窍期、分神期、合体期、渡劫期、大乘期的修真等级设定；再如对仙人期、地仙期、天仙期、金仙期、玄仙期的修仙等级设定；又如对神人期、偏神期、准神期、主神期、神王期、天尊期的修神等级设定；等等。按照这一尺度进行批评，自然会得出该作优于《凡人修仙传》《修真世界》《百炼成仙》等同类作品的结论，因为它们或多或少地都有对前者的模仿痕迹。

主体网络间性与合作生产尺度。在网络文学活动中，主体间性的具体形态表现为"主体网络间性"，即以网络为关联域和交流平台的主体间性。充分的网络文学活动已经实现了"主体网络间性"的充分释放。以此为基础，"作者—读者在线交互主体"已经形成，并成为了网络文学活动中的新型主体。越是优秀的网络文学创作越能体现出这一特征。在西方一些超文本网络文学活动中，作者构设故事框架、设定链接路径，读者选择路径、通过网络导航功能架构出新文本或者"补写"出新文本，实现了作者和读者之间的交互合作生产。在中国大陆一些网络文学活动中，读者通过论坛表达对小说人物关系和情节发展的愿望，与作者谈判，作者则在坚持自己创作原则和底线的基础上与读者达成妥协，实现了另一种合作生产。这两种合作生产都存在着一个合理性问题。

值得肯定的活动往往表现为作者和读者相互激发、良性互动。相反，有些活动中作者被低水平读者牵制，并一味迎合其低级趣味，或者作者与读者发生激烈冲突甚至演化为口水仗，无法形成网络文学应该具有的良性合作生产形态。在某一具体网络文学批评活动中，需要批评主体使用"主体网络间性与合作生产尺"对批评对象予以分析评判，以达到有效批评的目的。

"数字此在"对存在意义领悟尺度。海德格尔等人的现代存在论哲学认为，文学艺术的最大价值体现在对存在真理的开启上。人存在的基本结构表现为"在世界中存在"（being-in-the-world）。但现实中人与世界往往无法达到相互融合的理想状态，因为人在和这个世界"打交道"过程与"异化"相伴而行。当人走进艺术活动时，这个"在世界中存在"的理想状态就可能出现。艺术本身即是"将真理自行植入作品"，艺术具有强大的"去蔽"功能。当人在"艺术世界中存在"的时候，就有可能领悟到存在的意义。网络文学使在"艺术世界中存在"结构出现了新情况。这里作为"此在"的人成为了"数字此在"[①]；这里的世界成为了网络"技艺"世界；这里的"在世界中存在"（being-in-the-world）结构也变成了此在——"在虚拟世界中的存在"（being-in-a-virtual-world）。前面只谈了"虚拟世界"的开拓问题，其实这里还存在着"虚拟世界"对存在意义的敞开和遮蔽的双重性问题。即存在意义在"虚拟世界"中是个"显—隐"的双向过程。那么，作为网络"技艺"的某一网络文学活动构成的是对存在意义的遮蔽还是敞开，抑或这种遮蔽和敞开的所占比率大小，其中的"数字此在"对存在意义的领悟程度等，就应该成为我们评价网络文学成败得失的关键尺度之一。

最后需要强调的是，进行网络文学批评时，既需要批评主体以上述每个尺度对应分析网络文学活动和文本，还需要从多个尺度形成的系统层面做出综合评价。如此才可能改变目前网络文学批评的无序和杂乱状况。

（《文学评论》2017年第2期）

[①] 约斯·德·穆尔：《赛博空间的奥德赛——走向虚拟本体论与人类学》，麦永雄译，桂林：广西师范大学出版社，2007年，第146页。

建构中国网络文学的多维评价体系

◎ 禹建湘

    经历了三十年的不断进化与更迭,中国网络文学仍保持稳步发展态势。截至 2021 年 6 月,网络文学用户规模达 4.61 亿,占网民总体的 45.6%。[①]网络文学作品多、受众广,欲使之流通对社会文化产生积极影响,离不开评价行为对其的形式规范。然而,单以紧盯文本的僵死认知格局或用较为老套的批评模式来追问"网络文学"本身,难免会造成理论世界的贫瘠和偏倚。若以建构网络文学评价体系为逻辑起点进而综合地评估和讨论问题,便可洞中肯綮、对症下药。从方法论角度讲,体系要求把评价对象"作为一个整体加以认识和改造",也就是把"系统和环境的关系联合起来看成一个更大整体来考察对象"[②]。引而申之,网络文学评价体系的建构需要我们关注文本的"现世性"(worldliness),即文学本体与其创造活动隶属于社会生活的方式。厘析网络文学在审美的、历史的、外部的、文化的、技术的、商业的维度下所凸显的不同面貌,以及在特定情境之中的价值与局限,并为营造健康生态格局、引导网络文学实践发挥有效影响,是评价体系作用于"网络文学"的理想效力。

[①] 中国互联网信息中心:《第 48 次中国互联网络发展状况统计报告》,网址:http://www.cnnic.net.cn/hlwfzyj/hlwxzbg/hlwtjbg/202109/P020210915523670981527.pdf。

[②] 朱丰顺:《系统论与文艺学和美学》,《美学文艺学方法论(下)》,北京:文化艺术出版社,1985 年,第 650 页。

一、网络文学评价体系的衍变

与传统文学相比,网络文学的写作主体、写作方式、写作类型、传播机制、阅读机制发生了改变,网络文学的评价体系必然要发生相应的改变。网络文学的评价主体不断拓展,评价观念不断更新,评价对象不断挪移,使得网络文学评价体系呈现出与传统文学批评异质性的征候。

(一)网络文学评价主体拓展

网络文学的评价主体发生了多元分立,多股力量遐迩一体、共同建构开放的评价格局,打破了传统文学纯一不杂的批评现场。

首先,自发的读者评价成为网络文学评价的重要力量。网络文学的生产与接受是直接对接的,读者可以直接对话作家和作品,获得了批评的话语权。贴吧、论坛、书评区等成为了读者发表评论的重要阵地。网络写手更新一个章节,读者即可评论、反馈,甚至猜测故事走向。读者通过月票、推荐票、打赏等来催更,推出盟主,读者用自己的即时行为影响网络文学创作,他们不再是纯粹的读者,而是整个写作体系的一部分。托尼·本内特认为必须要采取"双眼观察",将文学视为一种历史的、具体的、富有变化的存在。[①]网络文学读者"打破了第四面墙",读者成为了网络文学在消费和接受过程中可能"生产性激活"的手段和机制[②]。读者的自发性评价在网络文学创作中发挥着"生产性激活"的作用,它影响着作者的写作心态,甚至直接影响情节的设定,为网络文学的无限生机提供了内在保证。

其次,自觉的学者评价把网络文学纳入文学殿堂。学界对网络文学的认识和接受有一个逐渐发展的过程,经历了从无意注意—观望、不屑—沉默、失语—热情、靠近—平和对待的认知转变过程,这个过程实际上反映出文学批评

[①] 托尼·贝内特:《英国文化研究的另一种范式——托尼·贝内特学术自述》,黄望译,《洛阳师范学院学报》,2007年第4期。

[②] 托尼·本尼:《文化、治理与社会:托尼·本尼特自选集》,王杰、强东红等译,上海:东方出版中心,2016年,第115页。

某种意义上的后知后觉。具备专业知识体系、拥有丰富批评经验的学者更接近于休谟所提出的"理想批评家",拥有"细致的敏感或想象力、多加以评论艺术作品的实践、进行广泛比较、破除一切偏见、健全的理智"①。学者评价的介入,对网络文学本体定位、审美特征、评价体系、经典化可能等问题进行了阐释,也对其大众文化心理、商业运作机制、快感生产机制等展开了探讨。学者评价让网络文学走入主流视野,拥有了合理地位,网络文学批评本身也逐渐建构了理论体系。尤其是近年来"粉丝学者"的出现,为网络文学理论与实践的紧密结合、批评家与作家的直接对话提供了更大契机。

再次,政府与市场引导者的评价规约了网络文学的发展。政府对网络文学的引导,主要体现在两方面:一是建立和完善管理机制体制,加强对网络文学的监管。构建了包括政府机关和中国出版协会、互联网协会、作家协会等行业协会组成的监管体制;完善了相关的法律法规和产业政策。通过监管抵制各类不良文艺倾向,保证网络文学沿着"以人民为中心"的方向健康发展。二是通过各类作品扶持、活动举办、文学评奖等介入网络文学评价,正面引导网络文学的创作。布迪厄曾指出,除了政府和王室对文学场进行直接管理之外,还有市场,"它的制裁或限制要么通过销售量、票房收入等直接作用于文学活动,要么通过报纸、出版、插图及文学产业的一切形式提供的新职位直接作用于文学活动"②。网络文学产生了新的内容分发模式,文学网站成为作品和读者之间的中介,它通过榜单、推介、热度、流量等方式进行经济资本和象征资本的分配,其价值判断以隐匿的方式编织在代码之中。在付费阅读模式下,读者通过购买的方式用个人经济资本为作品(作家)兑换象征资本,并最终体现在网站榜单上。在免费模式下,封闭的网络文学场转变为更大的互联网文艺场,通过算法推荐、广告营收、版权运营等方式,注意力和创造力转化为经济资本。市场机制下"以读者为中心"的基本导向下,读者认同和喜爱成为评判作品价值的重要依据,作品点击量和收藏量、打赏数、月票数,还有作家作品上榜、

---

① 陈昊:《休谟"趣味标准"的美学研究》,《哲学动态》,2011年第9期。
② [法]布迪厄:《艺术的法则:文学场的生成和结构》,刘晖译,北京:中央编译出版社,2001年,第63—64页。

获奖、表彰、媒体关注度、新闻出镜率等情况，都反映了一个作品的价值认同度。布迪厄曾提出"输者为赢"，即"艺术家只有在经济地位上遭到失败，才能在象征地位上获胜。"①但这一观点显然不适用于网络文学，网络文学的产业化是其存在的根本方式之一，市场评价很大程度上规约着网络文学的发展。

（二）网络文学评价观念更新

网络文学写作与传播方式的变革，带来了创作观念的转型，功利性的类型化写作使得评价观念也变得多元驳杂，价值取向体现出多重性，其中娱乐价值成为重要关注点。

首先，文学的自怡性得到肯定。文学艺术在长久的历史积淀下，从言志明理、感发于情的个体审美追求逐渐过渡到文以载道、以文化人的社会使命担当。网络文学则更多是自我意志的体现（自怡），离社会宏大主旨较远，写作是一种疏泄、逃避、补偿、想象行为。穿越、玄幻等创作方式可以让读者暂时逃离现实，而轻松实现各种理想，"屌丝"可以通过重生成为"高帅富"，各种"金手指"设定可以让主角轻松走上人生巅峰。此时，文学欣赏也不再注重追求审美愉悦和情感熏陶，成为消遣和娱乐。因阶层、素养、职业、兴趣、年龄的差异带来了不同的写作倾向和不同的阅读兴趣，而"满足—供给"的反馈机制更加剧了这种写作的多样性和驳杂性，网络文学呈现出一种"自嗨"特征，网络文学评价只有在肯定这种自怡狂欢的基础上，才能审视出网络文学的多元审美追求，才能寻找出网络文学区别于传统文学的本质性特征。

其次，文学价值的多重性得到体现。马克思认为，"'价值'这个普遍的概念是从人们对待满足他们需要的外界物的关系中产生的"②。传统的文学评价更侧重于探究审美价值和社会历史价值。在对网络文学的评价中，价值标准则更为"复杂"和"多元"，有对其审美价值和艺术价值的考量，有对其娱乐价值的讨论，也有对其商业价值和潜能的评估，也有对其社会历史价值的要

---

① ［法］布迪厄:《艺术的法则:文学场的生成和结构》,刘晖译,北京:中央编译出版社,2001年,第99—100页。

② 马克思、恩格斯:《评阿·瓦格纳的"政治经济学教科书"》,《马克思恩格斯全集》(第19卷),北京:人民出版社,1995年,第406页。

求。文学价值的多重性评价观念，则给网络文学的发展营造了更为宽容的环境，促进了其创作的蓬勃发展和价值潜能的充分发掘。

再次，娱乐化的"爽文"得到重视。网络文学的娱乐性与20世纪末社会文化转型时期的后现代消费文化精神契合，它的创作借助媒介技术卸下了沉重的社会责任，而更为纯粹和轻松。网络文学以其狂放的想象、精彩的故事、个性化的人物，以及对快节奏、高压力的现代社会生活中大众的痛点、泪点的揭示与爽点的迎合，让读者得到精神的愉悦。网络文学评价观念的最大转变是重视了这种娱乐价值，把"爽文"放置在文学经典场域来考量。柯林伍德曾指出，"在我们生活的世界里，在艺术名义下从事的绝大部分活动都是娱乐。[①]"娱乐并不会消解文学的认识、教育价值，反而能够为它们找到更为有效的实现途径，网络文学是资本和技术媾和的产物，引导大众娱乐化审美。网络文学规模化、类型化的"爽文"生产，被宽容对待，这是网络文学进入主流的重要原因。网络文学批评所需做的是，如何使文学跳出市场的控制、资本的引诱和媒介的引导与规训，保持理性精神，摒弃"娱乐至上"的价值偏好。

（三）网络文学评价对象挪移

提出整体性批评的弗莱指出："批评看起来非常需要有一个整合原则，即一种中心的假设，能够像生物学的进化论一样，把自己所研究的现象都视为某个整体的一部分。"[②]在这一观点下，评价不只是对文本的研究，还应该把文学视为一个整体来展开。这样一来，网络文学评价对象就发生了转换和挪移。

首先，从文本到影像。在传统的文化生态中，信息传播主要依靠文字符号，图像处于从属和补充的地位。网络文学借助多媒体网络载体，通过文字、声音、图像、动图、视频等多种手段来呈现文学上的"全方位"审美体验，产生了更为直观、生动、强烈的艺术感染力。如穿插于章节之中的角色人物"图像谱"、运用于人物对话中的"表情包"、插入在某一场景描述时的动态视频，以及网络对话小说中的图示性对话叙事模式等，使文学文本呈现出声音、图

---

① 柯林伍德：《艺术原理》，北京：中国社会科学出版社，1989年，第107页。
② 诺思罗普·弗莱：《批评的解剖》，陈慧、袁宪军、吴伟仁译，天津：百花文艺出版社，2006年，第22页。

像、影视、漫画的"合成艺术"形式。更为深层的改变是网络文学 IP 的改编,一部网络文学作品在进入全版权运营之后,可能会分别经历影视化、动漫化、游戏化、音乐化等各种类型的改编,影像向文本的渗透,不论是一种图像的"霸权"还是文学疆域的拓展,都表明文学已经发生了重大改变。希利斯·米勒认为传统文学和其他的这些形式(电视、电影、网络、电脑游戏……)通过数字化进行互动后,形成了一种"新形态的'文学'",需要构架一种适应新形态的文学的理论[1]。网络文学评价不再仅仅以文学文本作为评价对象,而要在其"图像转向"后的综合艺术基础上构建评价体系。

其次,从文学到文化。网络文学不仅是一种文学现象,还是一种文化标本。网络文学借助媒介技术与商业运营而生产与消费,形成了具备独特"文化内核"的类型化样式,如蕴含侠义文化的仙侠小说、体现性别文化的女性写作、展示后现代文化的都市言情等,使得网络文学成为了各种文化兼容并蓄的试验场。传统文学是一个与主体拉开距离,等待被阐释的对象,其向外的"连接性"是隐而不显的。而"网络文学的意义与合法性在于它实现了印刷文化压抑的连接性,主要体现为人群的连接、文本的连接与媒体的连接[2]"。网络文学的这种"连接",包括作者与读者之间的互动性写作、阅读共同体的构建;作者之间的相互借鉴形成类型文本,以及读者参与促成衍生文本的生成;IP 改编,使文本衍生为电影、游戏、动漫;文本及改编产品传播到海外等。这些"连接"过程,本身便是一系列的文化生产活动,它们是网络文学创作、接受、消费的重要组成部分。在对网络文学的作品进行文学性评价时,应该关注其文化表达和文化价值,网络文学向外"连接"的网络文化生产机制也应纳入网络文学的评价对象范畴。

最后,从艺术到产业。网络文学付费阅读制兴起后,开启了艺术和商业的融合之路。形成了由作者、文学网站等内容提供方、网络平台和移动 App 等

---

[1] 周玉宁,刘蓓(翻译):《"我对文学的未来是有安全感的"——希利斯·米勒访谈录》,《文艺报》,2004 年 6 月 24 日第 2 版。
[2] 黎杨全:《新媒介的"连接主义"与网络文学评价范式变革》,《中国文学批评》,2021 年第 3 期。

内容分发渠道商、终端读者组成的上、中、下游完整产业链，同时还形成了由网络文学 IP 改编为游戏、动漫、影视、网剧、图书等衍生产品的衍生产业链。网络文学产业化从根本上改变了文学的属性，改变了"审美是超功利"的传统，网络文学既是艺术作品，又是文化产业链上的文化产品，具有艺术性和商业性的双重属性。网络文学的评判就有了艺术与商业的双重维度，如网络写手和文学网站会将作品的订阅数、收藏数、点击数以及文学 IP 转化为游戏、动漫、影视等商业价值作为评判的重要考查点。批评家注重作品的文学性和审美性的同时，也要注重作品的商业价值和市场价值。

二、网络文学评价体系的维度设定

评价体系的核心是维度的设定，这决定了我们"从什么方面开展评价"。布迪厄在文学场理论中指出，作家是被批评家、作序者、商人等造就和发现的。也可以说，文学场中的各"位置"从自身立场和利益出发，根据一定的视角发掘了作家和作品。这些不同的视角就构成了网络文学评价体系的多样化维度。

（一）历史与美学的统一

所谓历史的评价维度，即把作家、作品和创作过程放置于一定的社会历史中加以考察。文学应该反映社会生活、发挥现实功用，这种文学观念源远流长。柏拉图在《理想国》中提出要把诗歌驱逐出城邦，只有赞美神明的诗歌才能进入；白居易提出"文章合为时而著，歌诗合为事而作"；黑格尔指出"每种艺术作品都属于它的时代和它的民族，各有特殊环境，依存于特殊的历史的和其他的观念和目的"[1]，等等，都是这种观点的表达。穿越、重生、修真、玄幻、架空等构成了幻想类网络文学最突出的特质，这种艺术特质并不是脱离现实或曰逃避现实，生活于现代媒介技术中的网络写手，在网络上只需要点击一个图标，就能穿越到虚拟的但却"真实存在"的世界中，网络虚拟世界保留着作为现实的全部功能。天马行空的幻想类网络小说，既遵循了网络虚拟世界

---

[1] 黑格尔:《美学》（第一卷），朱光潜译，北京：商务印书馆，1979 年，第 19 页。

的运行规则,也观照了现实生活中人的奋斗之召唤,反映了网络时代的生存体验和精神征候。更重要的是,在政策引导、文学网站支持、作家艺术追求和文学创作必然规律的合力影响下,近年来网络文学开始向现实题材转向,其鲜明的现实主义创作风格突显,网络文学的现实情怀更为突出。任何时代的文艺实践都在呼应历史的风云际会,中国历史的独特性造就中国文艺实践的独特性。网络文学反映伟大历史时代,承担起应有的社会责任,体现其历史价值就成为其发展的必然性。同时,作为一种文学样式,审美性始终是网络文学的本质属性。正如列·斯托洛维奇所说:"忽视审美的价值本质,就不能揭示美的标准。"[1]美学标准是对文学做出准确价值评价的基本标准。网络文学的美学表达尽管与传统文学存在巨大差异,但人物形象塑造、故事情节推进、语言技巧运用等遵循了文学共同规律,网络文学以其特有的讲故事方式引起读者"悦读",既有传承,更有审美新变,我们要以一种更包容的态度看待网络文学带来的语言、结构、人物、故事等方面的审美形式新变。所以,从历史与美学的维度来评价网络文学依然有效,我们要引导网络文学的社会担当和责任意识,引导网络文学体现真、善、美的审美价值内涵,追求健康、乐观、高雅的审美趣味,满足读者的精神愉悦和文化需求。

(二)社会效益与经济效益的统一

网络文学是艺术、媒介与商业合谋的产物,网络文学既是艺术产品,又是文化产品。尤其是付费阅读的制度设计以及网络文学IP产业链的开发,网络文学由作品转化到产品,商品的属性更为明显。在传统文学批评标准中,商业性是被否定的,传统批评家认为,沾染铜臭的文学必然丧失其艺术的独立性而走向堕落。但在网络文学中,却需要重新审视文学的商业价值和经济效益。作为特殊商品,网络文学的社会效益通过市场中介发挥出来,首先要借助宣传推广,让更多读者知晓、点击、阅读、肯定、欣赏,这样才能产生良好的社会效益。网络文学通过付费阅读,或免费阅读而通过广告及IP开发进行盈利,其

---

[1] 列·斯托洛维奇:《审美价值的本质》,凌继尧译,北京:中国社会科学出版社,1984年,第17页。

点击量越高，说明该作品的受众越多，每次点击都表明读者在阅读。在某种意义来说，经济效益是衡量网络文学质量的一个重要维度，网络文学如没有产生经济效益，社会效益也会落空。读者付费阅读的多少与作品产业链开发的多寡，直接形成了激励和压力，从而促进网络写手写出高水准作品，因此网络文学评价中的经济效益维度设定不可或缺。但与此同时，文学的商业性是一把双刃剑，有着自身无法克服的局限性。不可否认，一些点击量高、被追捧的网络作品，可能因是满足了读者庸俗的阅读趣味而被推崇，其社会效益未必好。因此，不能把网络文学等同于一般的商品，以追求利润最大化为唯一目的。网络文学不应以追逐迎合时尚消费为要务，以赚取热钱为经营常态，如果文学完全沦为日常消费品，那属于它的独特价值也将消失。在网络文学的评价中，应该坚持社会效益第一，消除低俗价值观的污染，守护网络文学的质量底线。

（三）文化传承与艺术创新的统一

"文艺创作不仅要有当代生活的底蕴，而且要有文化传统的血脉。"[①]文学艺术如果不能从本民族的文化中汲取养分，而一味地追求"去思想化""去价值化""去主流化"，无异于无源之水、无本之木。网络文学作为新时代社会主义文艺的重要组成部分，应该积极传承中华优秀传统文化，积极融入中华文化繁荣兴盛的实践。这种传承，一方面体现在文学艺术形式和内容要素上的承继，网络文学的争权、寻宝、成长的叙事母题和"才子佳人"的言情想象等都来源于一脉相承的通俗文学传统，故事中的历史背景、英雄神仙、奇门异术、民俗人文等，也大多来自于中国传统文化。更为重要的，则体现在精神内核的传承，网络文学中应该渗透对真、善、美的追求，对公平、正义的信奉，注重"仁""孝""礼""信""义"等人格修养的彰显，以及"天下为公"的大义与"天人合一"自然观的传承。网络文学对民族精神的传承，也将通过海外传播在"讲好中国故事""塑造中国形象"中发挥重要作用。当然，对传统文化的传承，并不代表文化上的封闭自足和艺术形式与观念上的墨守成规，相反，应该坚持并鼓励艺术上的创新，才能激活和重塑文化，提升吸引力和影响力。网

---

① 习近平：《在文艺工作座谈会上的讲话》，2014年10月15日。

络文学产生于科技与娱乐并行的时代,新的科技带来了新的思维与想象,网络文学的题材领域无疑被拓宽了,而娱乐时代,读者追求对"爽文"的快感阅读有着其自身的合理性,网络文学"爽点"制造是适应时代的迭代性表现手法,无论是幻想类题材还是现实主义题材,网络文学都要体现出时代的烙印。网络文学的创作手法变革、叙事模式创新、传播和运营模式的开拓、读者接受趣味与习惯的变化等,都是网络文学发生深刻变革的写照。将文化传承与艺术创新的统一纳入网络文学评价维度,有助于网络文学融入主流,承担起文化自信责任,从而创造出属于这个时代的文学经典。

三、网络文学评价体系的创新

文学的价值"是主体的合目的性与客体的合规律性统一的结果"①。虽然网络文学的价值取决于其本身的质量,但文学评价却能确证其价值。在网络文学评价活动中,评价主体具有主导性地位,决定着评价的导向性和文学价值的导向性,网络文学评价在海量的文学作品中挑选和塑造经典,并将其推介给读者。文学评价通过特定的价值标准、分析方法和评价实践,能敏锐地发现作品的前瞻性创造,在评价活动中修正和创新文学理论,得出新的文学艺术理念。

(一)重新认识网络文学的价值功能

网络文学较之传统文学有了极大改观,首先是超长篇小说的出现,动辄几百万字成为网络小说的行规。其次是"日更万字"成为网络写手生存的重要门槛。再次,网络写手通过日常的写作与读者进行沟通成为惯例,写手或求打赏,或发表写作感悟,或向读者通报日常生活,或推荐其他作品,显现媒介在文学中扮演的重要作用。最后,网络文学类型化写作催生了诸多新的体裁与题材,玄幻、穿越、架空、都市异能、萌宠文等使得网络文学呈现出与传统文学不一致的特征。面对这种情况,我们要洞察到网络文学的特殊价值。"评论者要放弃固有的精英话语,进入网络文学的语境中,要学会属于网络文学的'土

---

① 张利群:《论文学批评评价机制的价值论意义》,《中外文论》,2016年第1期,第46页。

著话语'"。①很多网络文学作品既"好看",又有针对现实的思考,网络文学评价要适应网络文学发展,不断优化,对作品进行有效甄别,阐述作品的新型价值以及与传统文学的传承关系。网络文学的真正繁荣是从走上产业化道路开始的,文学网站把文学写作与阅读纳入到产业经营的过程之中,寻找最适合大众口味的作品,寻找最具影响力的写手,运用企业的管理模式进行文学的生产和销售,并形成系列产业链,使产业化成为网络文学一种最基本的存在方式。网络文学呈现出浓郁的"生产"与"消费"特性,但其作为文学的本质没有变,审美性是其基点,技术性与商业性是其两翼。曾经,商业化和世俗化催生了文艺复兴时期的"人文主义",今天,商业性的网络"爽文"正在抹平高雅文化和通俗文化的鸿沟,我们必须要看到网络文学在生产与消费过程中充满活力的内在机制,看到其作为新型艺术的复合美,网络文学评价的内涵相比传统文学批评要丰富得多,也复杂得多。网络文学带有明显的后现代"秀场狂欢"特征,大众对网络文学的感知除了文字之外往往还混杂着变幻的影像,但网络文学并非游离于文化话语系统之外,网络文学评价必须寻找到生产与消费的文化征候,揭示出与时代文化精神的契合点,把握网络文学文本与社会文化语境,从整个文化系统来理解网络文学的意义,网络文学评价本质上是一种文化诗学批评。网络文学因其海量,一部优秀的作品可能在进入到专业评价之前就被湮没了,这表明,网络文学评价的责任比传统批评要大得多,网络文学评价必须适应流行文化、大众文化、商业主义、消费主义等不同的文化语境,这意味着网络文学具有文化的复合价值与时代意义。

(二)重新评估网络文学的经典问题

伊格尔顿认为"所谓的'文学经典',以及'民族文学'的无可怀疑的'伟大传统',皆可认为是由特定人群出于特定理由而在某一时代形成的构造物"②。这表明文学经典具有时代特征,它的产生来自于审美自主性,也依赖于评价主体、评价标准和评价环境。欧阳友权提出了网络文学经典的四条标

---

① 怡梦:《网络文学需要什么样的专业批评?》,《中国艺术报》,2013年7月15日第1版。
② 特雷·伊格尔顿:《二十世纪西方文学理论》,伍晓明译,西安:陕西师范大学出版社,1986年,第15页。

准：原创性、恒久流传、具有多向阐释空间和艺术价值的永恒魅力[①]。可见，经典最重要的是其艺术性能够经得起时间的考验。经典看似是由作者在时间的历练中完成，但实际上正是批评者反复的选择、阐释、评价，才能让不同时间的读者能够对其审美情感产生持续共鸣，在政治、舆论、社会等多重因素的合力下形成的。网络文学作为一种大众文化，同样可以产生经典，而且也应该走经典化道路，才能使当下的创作方式、接受方式、文化方式得到保存。如何从海量的文学作品中选出可恒久流传的上乘之作？读者的评论、投票、收藏、点击以及文学网站的各类榜单，成为大众的重要阅读参考，形成了网络文学经典化的第一道门槛；学者、网络批评家对于网络文学的甄选、批评、阐释是推动网络文学经典化的重要实践尝试，如网络文学史的撰写，"好文集""典文集""名家名作导读"等网络文学选本的推出，对典型文学作品的批评推介等；各级官方机构、社会组织，组织的网络文学评选、评奖，如"网络文学百年百部活动""中国网络文学 20 年 20 部优秀作品""优秀现实题材作品评选""原创 IP 盛典""金键盘奖""天马奖"等，体现了主流意识形态对网络文学的认可和导向，推动了网络文学的经典化。诚然，网络文学高度的类型化、模式化、套路化，导致了严重的同质化现象，但独具艺术个性的作品同样灿若星河。网络文学无论是题材选取还是主题表达，无论是故事架设还是人物塑造都在不断创新，一种类型写作成熟，很快新类型的突破就产生，呈现出强大的生命力，网络文学的创新精神是其发展的永恒动力。随着网络作家文学史的自觉意识的增强，他们有意识地提高网络文学的思想性与艺术性，网络文学由畅销经典转向为文学经典就成为了可能。网络文学的经典化过程，离不开评价主体依据各自的评价视角、评价标准、评价方式来推动，网络文学评价体系的形成和完善是网络文学经典形成的前提和条件，也决定了经典选择的方向和标杆。

（三）创新网络文学评价的理论体系

网络文学在创作方式、审美范式、读者接受、传播方式等方面表现出与传统文学的较大差异性，要求构建具有整体性、专业性、可靠性的评价体系，通

---

① 欧阳友权：《网络创作能否打造文学经典》，《上海文化》，2021 年第 8 期，第 25—26 页。

过严谨、细致的专业化解读,对其开展评价实践。通过读者、专家、作者以及政府和市场的文学评价,对其革命性和创新性的部分予以发掘,给予其合理地位;同时也通过文学评论、评奖、活动,即政府引导和市场介入对文学变革中存在的缺陷和问题予以引导、纠偏、矫正,促进网络文学的健康发展。正是专家入场和读者在场,政府的引导与市场的调节,以及多角度多层次的评价体系的建设和逐步完善,使网络文学逐步取得了合理地位,获得了健康、快速发展。"文学理论解决的是文学自身的审美逻辑问题;文学批评则是对文学现场的研究。"①文学理论能够为文学评价的开展提供理论依据和指导,文学批评通过进入文学现场,开展对作家、作品的阐释、分析、评价,从而实现文学理论的丰富和创新,理论和批评是相辅相成的关系。2021 年 8 月,中央宣传部等五部门联合印发《关于加强新时代文艺评论工作的指导意见》,提出要"构建中国特色评论话语""建设具有中国特色的文艺理论与评论学科体系、学术体系和话语体系"。网络文学无疑是当下最具中国特色的文学现象,它的起源、机制、特征等为文学理论创新提供了鲜活的案例。建构网络文学评价体系的最好方法莫过于深入文学现场,"在场性"是我们洞悉网络文学的最好方式,只有阅读网络文学作品,才能清晰地认识到网络文学的观念、价值、形式等深刻的变化,才能全面地了解与网络文学相关的语境、网络文学本身的状态、网络写手的构成与生成机制、网络文学产业化的趋势与利弊、网络文学批评自身的发展态势与批评方式等问题,网络文学评价体现出多学科交叉的特点,需要媒介学、艺术学、社会学、经济学、计算机科学等多学科理论的介入。创新网络文学评价理论体系,除了继承和吸收我国传统文艺理论遗产和西方文艺理论外,更重要的是通过对网络文学这个极富中国当代特色的文艺现象的考察,以学科融合的理论勇气来阐述和评价网络文学,面对文学变革建立起具有新时代中国特色的文艺理论和批评体系。

(《中国社会科学评价》2021 年第 4 期)

---

① 桫椤:《网络文学批评发展滞后及对策》,《中国文艺评论》,2020 年第 1 期,第 98 页。

网络文学经典化与评价体系建构

◎ 周志雄

自 20 世纪末以来，中国网络文学已然走过 20 多年的道路，在以读者为中心的阅读机制、以文学网站为中心的商业机制及以国家文学主管部门为主导的引导机制等多重合力之下，一批优秀的网络文学作品通过网络读者推选及影视改编等途径产生了广泛的社会影响，正成为新的时代经典作品。中国网络文学是世界级的文学现象，走的是一条不同于以文学期刊和图书出版为载体的文学道路。如何看待中国网络文学经典化道路，如何评价网络文学经典化作品，本文试对此展开初步理论探讨。

一、网络文学经典是时代文学机制的产物

文学经典的形成是历史选择的结果，伊格尔顿认为，"所谓的'文学经典'，以及'民族文学'的无可怀疑的'伟大传统'，却不得不被认为是一个由特定人群出于特定理由而在某一时代形成的构造物。"文学经典总是时代性的，经典的时代性意味着经典总是应时而生，被时代所选择，所谓"文章合为时而著，歌诗合为事而作"。文学经典总是那些具有鲜明的时代性又具有永恒文学魅力的作品，从网络文学发展的历史来看，中国网络文学经典的形成是新的文学机制下的时代选择。

文学机制是特定历史语境下文学写作、阅读、生产的外在规约，文学机制

包含文学作品的写作机制、传播机制和阅读评价机制等，不同的文学机制决定了文学经典的样式、内容规定性和价值导向。文学机制与布尔迪厄"文学场"的概念有类似之处，在布尔迪厄看来，作家是被造就、被发现的，"只要提出这个被禁止的问题就可看到，创作的作家本人是在生产场中被一群人——批评家、作序者、商人等——造就的，他们'发现'了艺术家并封他为'著名的'和公认的艺术家。"布尔迪厄的观点对理解网络文学经典颇有启发性。

从文学的写作机制来看，网络文学与传统文学有很大的不同。不同的文学载体决定了不同的文学形态。在没有文字的时代，文学只能流传于口头；在甲骨文时代，由于书写介质的限制，文学必然是简约的、片语式的。在纸张没有发明和印刷技术没有普遍应用之前，小说停留在说唱文学阶段，印刷术和纸的发明为长篇小说的传播提供了条件。中国近代报纸和文学期刊的出现，使独立的、以稿费为生的现代文人创作成为可能。现代的稿费制度拓展了现代文学自由思想与独立精神的空间，中国古典文学向现代文学的变革是借助文学报刊体制推动的。二十世纪形成了以图书和文学期刊为主要传播载体的文学写作机制。从实际情况看，我国现有的出版社及文学报刊都是由国家新闻出版部门主管的，文学期刊隶属于文联、作协等，是国家意识形态机构的一部分。20世纪八九十年代，我国的出版发行开始市场化，但所有的出版社、杂志社并未完全剥离国家"体制内"的性质。互联网的出现为文学提供了新的传播媒介，从早期的BBS论坛到起点中文网、晋江文学城、阿里文学、百度文学等商业文学网站，网络文学的诞生是民间化、市场化的，网络文学写作、发表方式与传统报刊文学有很大的不同，网络文学写作的自由度更大，读者意识更强。

与纸媒文学相比，网络文学具有作者的匿名性、发表的快捷性以及在线交流的互动性等特点。匿名（网名）写作让作者放得更开，更能表达内心的愿望，从《悟空传》《蒙面之城》到《间客》《傲世九重天》，网络小说表达的是一种不受约束的自由情怀，所谓"爽文""热血小说"，就是作品跟着人物的愿望走，让读者获得畅快的阅读体验。网络文学在互联网上快速发表，让人人都可以当作家成为现实，激发了民众的写作热情，使网络文学成为真正的"人民文学"。网络文学的互动性，使其成为读者和作者共同创造的文学。在网络文学商业化阶段,通过商业资本的进驻,网络文学借助资本的力量迅速发展壮大,阅文集团和中文在线成为上市公司,中国网络文学走出国门,在海外获得大量读者,成为最具有中国时代特色的当代文学样式。

用电脑写作,通过互联网发表作品给文学带来了什么?"换笔"不能改变文学的本质,但电脑写作提高了写作的速度,电脑打字远比手写快得多,修改也容易得多,如唐家三少每天只要写两小时左右,就能保证每天七八千字的更新量,广东网络作家风轻扬曾连续每天写作五万多字。电脑快速打字导致了网络小说越写越长,导致了网络超长篇小说的盛行,当然不仅仅是打字速度,还有商业 VIP 阅读机制的经济驱动也造成了网络小说越写越长。在互联网上,百万字的小说只能算是"短篇",二三百万字的作品比比皆是。因此,网络文学经典多是超长篇小说。

从传播机制来看,网络文学在线发表,与读者即时互动,这种直面读者的写作方式让作者在写作时充分考虑读者的阅读体验,甚至直接采纳读者的意见,对作品构思进行调整。传统文学以作者为中心,网络文学以读者为中心,如果说传统文学是"精英的""小众的",那么网络文学则是在市场经济体制下的大众写作。与传统文学相比,网络文学更具有消费性、亲民性,更注重读者的阅读体验。作者与读者的互动为作者提供了写作动力,读者的订阅、点赞、打赏都是对作者创作的激励,网络读者成为作者的"衣食父母",网络文学为读者写作变得非常清晰,网络文学经典必然是那些有着众多粉丝读者和良好读者口碑的作品。

从网络文学的评价机制来看,网络文学作者直面读者,读者的评价与 VIP 阅读机制相关联,评价不仅仅是作品写得好坏的问题,而且直接关系到作者的声誉和收入。除了读者的评价,文学网站对网络文学的影响也很大。文学网站首页推荐、榜单推荐、网站作者之间的互推,都会推动作品的传播。网站举办的各种活动会促进创作交流,有利于提高写作者的水平,如 17K 小说网组织的网络文学培训、阅文集团组织的现实主义题材小说作品大赛、各网络文学网站的行业年会等。在网络 IP 产业化机制形成后,文学网站有意打造一些大神,将人气作品进行 IP 产业开发,以获得更多的收益,这也扩大了网络小说的影响，促进了网络文学的经典化。

国家对网络文学的政策导向，以及相关部门对网络文学的引导、管理，也促进了网络文学作家、作品的经典化，如中国作协从2015年开始实施的中国网络小说排行榜，国家新闻出版署举办的优秀网络文学原创作品推介，中华文学基金会组织的"茅盾文学新人奖·网络文学新人奖"，橙瓜网络文学奖，浙江的网络文学双年奖，江苏的网络文学金键盘奖，广东的花地网络文学奖，共青团中央组织的网络作家井冈山培训班，鲁迅文学院组织的网络作家班，中国作协网络文学委员会与上海市作家协会等部门联合主办的"中国网络文学20年20部优秀作品"评选活动，等等。这些评选活动意味着网络文学不仅得到了市场的认可，也得到了主流意识形态的认可，相应地，那些上榜作品也为网络文学经典化的道路提供了导向。

综上分析，网络文学经典是时代的产物，是历史的产物，是多重合力推动的结果。网络文学的影响力是毋庸置疑的，问题是，网络文学的发展历史尚短，猫腻的《间客》、痞子蔡的《第一次的亲密接触》、今何在的《悟空传》、阿耐的《大江东去》、萧鼎的《诛仙》、辛夷坞的《致我们终将逝去的青春》、唐家三少的《斗罗大陆》、萧潜的《飘邈之旅》、桐华的《步步惊心》、酒徒的《家园》、金宇澄的《繁花》、月关的《回到明朝当王爷》、天下霸唱的《鬼吹灯》、wanglong的《复兴之路》、天蚕土豆的《斗破苍穹》、血红的《巫神纪》、当年明月的《明朝那些事儿》、我吃西红柿的《盘龙》、蝴蝶蓝的《全职高手》、辰东的《神墓》等有众多读者的网络小说的文化内涵和艺术内涵如何？能被称为"文学经典"吗？如何确立网络文学经典？

二、网络文学经典标准的形成

对于什么是文学经典，学界有不同的说法。T.S.艾略特认为，"经典作品必须在其形式许可范围内，尽可能地表现代表本民族性格的全部情感。它将尽可能完美地表现这些情感，并且将会具有最为广泛的吸引力：在它自己的人民中间，它将听到来自各个阶层、各种境况的人们的反响。"哈罗德·布鲁姆认为，经典作家在于其崇高性和代表性，在他看来，西方经典作家包括："英国的乔叟、莎士比亚、弥尔顿、华兹华斯和狄更斯；法国的蒙田和莫里哀；意大利的但丁；西班牙的塞万提斯；俄国的托尔斯泰；德国的歌德；西班牙语美洲的博尔赫斯和聂鲁达；美国的惠特曼和狄金森。主要剧作家是莎士比亚、莫里哀、易卜生和贝克特；主要小说家是奥斯汀、狄更斯、乔治·艾略特、托尔斯泰、普鲁斯特、乔伊斯和伍尔芙。"如果从中国文学历史来看，屈原的《离骚》，李白、杜甫的诗，苏轼、辛弃疾的词，《红楼梦》《西游记》《水浒传》《三国演义》等作品是文学经典，现代文学中鲁迅、郭沫若、茅盾、巴金、老舍、曹禺的作品是经典，新中国成立后"三红一创、保林青山"（《红旗谱》《红岩》《红日》《创业史》《保卫延安》《林海雪原》《青春之歌》《山乡巨变》）是经典，新时期以来茅盾文学奖、鲁迅文学奖等推选的作品是当代文学经典。这些经典作品往往具有时代性、民族性、思想性和艺术创造性，具有广泛的社会影响力。

中国网络小说与以上经典作品既有相类似之处，又有根本的不同。相似之处是，网络文学富有民族特色，有鲜明的中国时代气息，符合中国读者的阅读习惯，为中国读者所喜闻乐见；不同之处在于中国网络小说大多是大众化的通俗小说，具有鲜明的娱乐性和商业性，不追求思想的深度，不追求艺术创造的密度，如果以现代文学经典的标准来评判网络文学往往会得出大多数网络文学是"快餐文学"的评价。

所有的文学理论都是从丰富的文学实践中总结出来的，中国网络文学写作实践为网络文学经典的确立提出了新的课题。2011 年，第八届茅盾文学奖修改评奖条例，将网络小说纳入评奖范围，让网络文学和传统文学同台竞技，以同样的标准评价网络文学，最终没有一部网络文学作品入围获奖名单。评委们认识到，评价网络小说不能简单套用现代文学以来的思想艺术标准，而应在艺术考量的基础上，充分考虑网络小说的网络性、大众性、市场性、文化产业转化的影响力等。如同伊格尔顿所说："文学批评根据某些制度化了的'文学'标准精选、加工、修正和改写文本，但是这些标准在任何时候都是可争辩的，而且始终是历史地变化着的。"

常有人批评网络文学粗、浅、水，格调不高，商品化，甚至将其称为"垃圾"，玄幻小说被人批评为"装神弄鬼"，这些评价很难说就是毫无道理，但是这些评价中很明显有用中国现代文学以来纯文学的评价标准来衡量网络文学的倾向。网络文学是大众文化样式，必须确立大众文化样式的评价标准。如何评价好莱坞的电影、日本的动漫和韩国的电视剧？中国的网络文学或可以这些世界大众文化现象为参考系。近年来学术界提出应建立中国网络文学评价体系，这个评价体系应充分考虑中国网络文学的发展实际，有多维度的考量，在传统文学"思想标准"和"艺术标准"之外加上"读者影响力""商业效益"等维度，而"思想标准"也不是简单等同于传统文学中的"思想深度"，而是体现在传统文化价值观与现代精神的嫁接，作品价值导向的社会效应；"艺术标准"也非作品艺术上的先锋性、探索性，而多指作品的"创意""脑洞"，以及自身的风格。这种根据我国网络文学的实际情况，结合网络文学的读者对象及作品的社会效益、经济效益等综合考量的"兼容"式评价正慢慢成为网络文学评价标准的共识。

各种文学排行榜和文学评奖是网络文学经典化的重要途径，也是网络文学经典标准确立的实践过程。2008年中国作协举办"网络文学十年盘点"活动，《此间的少年》《成都，今夜请将我遗忘》《新宋》《窃明》《韦帅望的江湖》《尘缘》《家园》《紫川》《无家》《脸谱》入选十佳优秀作品；《尘缘》《紫川》《韦帅望的江湖》《亵渎》《都市妖奇谈》《回到明朝当王爷》《家园》《巫颂》《悟空传》《高手寂寞》入选十佳人气作品。"十佳"和"人气"隐含了对作品的文学品质和网络影响力的双重认定标准。中国作协自2014年开始组织实施的年度中国网络小说排行榜，在评选的程序上首先由各家网站将年度最有影响力的优质作品上报，经过各家文学网站的初步推荐，征集入围的作品经由网站编辑、研究专家和知名作家组成的评委会的评审，最终确定20部作品上榜。从评审的程序看，网络小说排行榜的推选兼顾了读者反响、文学网站数据和研究专家等多重评审标准，力图把我国既有影响又有较高文学品质的优秀网络小说推选出来，借此引导中国网络小说的健康发展，促进网络小说质量的提升。

与传统文学经典相似，各种网络文学评奖所推举出的经典作品，必然要考量作品的原创性。对于网络类型小说,富有原创性的作品往往是那些开风气之先的作品,这些作品在艺术上也许并不成熟,但有"特色",或引领一时之风潮。如《第一次的亲密接触》之于网络BBS小说,《成都,今夜请将我遗忘》之于网络都市小说,《回到明朝当王爷》之于网络历史小说,《致我们终将逝去的青春》之于网络青春小说,《杜拉拉升职记》之于职场小说,《无线恐怖》之于无限流小说,《后宫·甄嬛传》之于宫斗小说,《我们是冠军》之于体育竞技小说。这些作品在网络文学发展史上影响较大、关注度较高,被影视、游戏改编,产生了较大的社会影响,诸如今何在的《悟空传》、天下霸唱的《鬼吹灯》、天蚕土豆的《斗破苍穹》、唐家三少的《斗罗大陆》、我吃西红柿的《盘龙》等作品已为广大读者耳熟能详。

如果以轻小说、通俗小说、大众文化为参考系,中国网络小说就是当代的通俗文学,中国网络小说经典就是当代通俗文学经典。但中国网络小说与传统通俗小说还有所不同,中国网络小说不仅有通俗性,还有网络性,网络小说中蕴含丰富的网络文化;中国网络小说不仅呈现出鲜明的民族性,还受世界文化的影响,有世界性元素;不仅有传统通俗小说的商业性,还成为国家文化产业发展战略的重要部分,中国网络小说形成了小说、漫画、动漫、影视剧、游戏等产业链条,所带来的社会影响力超越了以往的通俗文学。

作为通俗文学的网络文学经典作品应以古今中外优秀的通俗小说为标准,如中国古典通俗小说"三言""二拍"《水浒传》《西游记》《封神榜》《三国演义》,国外通俗小说作家大仲马、斯蒂芬·金、东野圭吾、J.K.罗琳,中国现当代通俗小说作家张恨水、金庸、刘慈欣等人的作品。这些作品在艺术想象力的拓展、人情世态的表现、作品意义的多层性等方面明显高于同类作品。网络小说经典也应有相应的文学品质的要求,在网络小说的阅读中,读者会评价作品的文笔(语言是否优美、风趣),作品的"脑洞"(故事有创意),作品是否有"违和感"(风格、逻辑不统一),作品是否"烂尾"(结构不完整,或仓促结尾),作品是否有"爽点"(情节是否吸引人,能否让读者精神放松),等等。

三、作为类型文学的网络文学经典

经过20多年的发展，网络文学生产机制和商业盈利模式日趋成熟，基于类型化逻辑的写作、接受和传播的结构逐渐定型。网络类型小说是中国网络文学中影响最大且最有中国特色的部分，也是最能体现网络文学发展与成就的部分。网络小说类型的区分，是文学发展过程中自然形成的文学生态。对类型文学价值的评定，首先要认识到类型文学是有价值的，各种文学类型的价值并无高下之分；其次是不能简单认为类型文学的价值不如纯文学，正如陈平原所说："现实情况下某些小说类型没产生艺术价值高的作品，可这并不等于这一小说类型天生注定低级。至于由类型的高低来判定具体作品的艺术价值，那更不得要领。……你只能说《天龙八部》本身艺术价值如何，或者说它在武侠小说类型发展中地位怎样，但不能将其作为武侠小说代表来与《子夜》或《活动变人形》所代表的小说类型一决雌雄，更不能依照所谓的类型等级不加论证一口咬定前者不如后两者（具体评价是另一回事）。"既然网络文学主要是类型文学，网络文学经典的评定也必然要充分考虑类型文学的特点。

五四新文学以现代精神和现代小说的形式打破了传统类型化小说的写法，积极吸收西方现代文学手法，"在短短几十年的时间内，中国小说迅速完成了从古代小说向现代小说的嬗变，并为世界文坛贡献了鲁迅、老舍、茅盾、巴金、沈从文等小说大家以及一大批艺术珍品。"中国现代小说融入了现代思想，注重个体价值，以情节为中心的传统故事叙述被打破，叙事的繁复性增加。中国现代小说的这个转变使小说的娱乐功能淡化，现代小说发展为"雅"文学，通俗小说被视为"鸳鸯蝴蝶派"，被"五四"作家视作落后的封建文学扫进了历史的垃圾堆，"雅"文学压制"俗"文学的状况一直持续到20世纪末。网络小说适应读者的阅读需求，接续了通俗小说的文脉，发展了新的小说类型。

网络小说类型化的形成有一个历史过程，榕树下网站早期的作品分类仍沿袭传统的"诗歌、散文、小说"样式，小说并未有清晰的题材类型分类。成立于2001年的幻剑书盟网站最早对网上文学作品加以分类，并以奇幻、武侠类作品闻名；2006年前后，伴随大量文学网站商业化，类型化写作已经成为网络文学创作的主流；2011年，盛大文学推出中国网络文学分类标准，将网络文学分成奇幻、玄幻、武侠、仙侠、言情、都市、历史、军事、游戏、竞技、科幻、悬疑、灵异、同人、图文、剧本、短篇、博客及其他等19个类别。近年来，网络小说类型从玄幻、仙侠、穿越等热门品类拓展到古言、二次元、体育、军旅、美食、科幻等新的类型。

曹丕在《典论·论文》中根据文章风格的不同区分了文体的类型，提出了"本同而末异"的理论："夫文本同而末异，盖奏议宜雅，书论宜理，铭诔尚实，诗赋欲丽。"在曹丕之后，陆机、刘勰等人又提出了更加成熟的文体分类理论，从而使文体分类成为中国古代文论中颇有建树的理论之一。正如韦勒克所说："假如我们能够描述一部作品或一个作家的文体风格，我们也就无疑能描述一组作品和一个文学类别的文体风格，如哥特式小说、伊丽莎白时代的戏剧、玄学派诗歌，也能够分析像17世纪散文中的巴罗克风格的文体种类。我们甚至还能进一步总括一个时代或一个文学运动的风格。"以上关于文体分类的理论对理解网络类型小说的价值非常有启发意义，不同类型的网络小说有不同的风格，这种风格中既有对传统类型的传承，也有新的时代创新性。如起点中文网以玄幻小说主打，起点的读者多为男性，最有影响的是唐家三少、血红、跳舞、天蚕土豆、我吃西红柿等"小白文"作者；晋江文学城是一个以女性作者和女性读者为主的网站，代表作家有明晓溪、顾漫、施定柔、晴川、蒋胜男、赵熙之、红九等；起点的常见主题是"升级打怪"，晋江则是"谈情说爱"；起点的小说长文多，三四百万字以上的比比皆是，而晋江多是一百万字左右的作品；起点的风格豪放、阳刚，晋江的风格婉约、细腻。同是写玄幻小说的唐家三少和血红的风格迥然不同，唐家三少的小说活泼、单纯、明快，主人公一心向善，一步步成长，满满的正能量，行云流水的故事推进，没有错综复杂的人物关系，也适合小学高年级学生阅读；血红的小说豪放、洒脱，文笔汪洋恣肆，想象奇崛，令人脑洞大开，将西方玄幻小说和中国民族文化传统有机融合，富有民族气息。如果从整体上看，中国网络小说富含时代精神和时代气息，总体的风格基调是明亮的、欢脱的，与20世纪中国文学的"焦灼""悲凉沉郁"总体美感特征完全不同。

规范是对变异的约束，而变异是对规范的突破，任何题材类型都有较为恒定的被人认可的规范，也有变化流动的一面，旧的规范被打破，新的规范开始建立，使题材类型得以拓展和丰富。比如近年来在文学网站及国家网络文学主管部门的倡导鼓励下，现实题材的优秀网络文学作品越来越多，有打破类型化的倾向。原国家新闻出版广电总局组织开展"优秀网络文学原创作品推介活动"，将优秀作品分为"现实组""幻想组"，评选办法中明确提出鼓励反映现实生活，具有深刻的思想内涵和现实关怀的作品。现实题材网络小说与传统的现实主义有很大区别，又与玄幻、架空、穿越类网络小说不同，但又有各种写法上的延续性，通常是将网络小说中"爽文"的写法和反映现实结合起来，使小说既反映现实问题，又"很好看"。如齐橙的《大国重工》是一部深度反映改革开放背景下我国重工业从引进、吸收到赶超的历史进程的小说，如作者所说："工业技术、典型人物与典型情节、宏观政策背景，构成了《大国重工》的基本元素。我的创作工作，就是把这些元素融合起来，使之具有艺术性、可读性。为了让更多的年轻读者能够接受这样的内容，我需要组织更加活泼的文字，引入互联网上的各种'梗'，把时代元素与严肃主题进行完美的组合。"事实上，这种网络风格的现实主义写法无疑为传统现实主义题材注入了新的活力。

类型文学并不意味着内涵的简单，在一些女性穿越小说和以女性为主人公的架空历史小说中，女性独立、自主，甚至主宰历史，很多读者从这种"女频文"的故事中看到了新时代女性的精神面貌，从中获得了阅读的快乐和精神的力量，这是现代文学出现以来女性文学中所缺乏的。在丁玲、张爱玲、萧红、张洁、陈染、林白、徐小斌等女作家的作品中，女性情感世界是被撕裂的，充满悲剧感，主人公面对人生困难是缺乏"行动力"的。穿越小说中的主角多是由后世穿到前世，主角自带光环，有先知先觉的优势，而以女性为主人公的架空历史小说中，"大女主"形象的塑造彰显着女性当仁不让主宰历史的智慧与勇气。在充满想象力的故事中，网络女性小说体现了现实关切，表现了积极进取、勇于担当的时代精神。《芈月传》《扶摇皇后》等小说以女主角成长的故事获得读者的认同感,让读者确认自身的潜能,内心的渴望通过想象性体验得到升华,从而获得精神的成长。

从文学的品质来说,网络类型小说多是轻量级的小说,故事曲折、充满悬念,有奇遇感,人物形象相对类型化。我们应对网络小说类型化的不足保持清醒的认识,类型化的网络小说在短时间内还很难消除套路、滥梗、流水线生产等问题,如何突破其限度,一些优秀的类型文学提供了有益的镜鉴,如麦家小说中那种充满悬念和神秘感的破译密码的传奇故事,细致透析人的心灵世界,实际上拓展了谍战小说的深度与广度。网络文学作品说到底是"文学",而非流行读物,经典的网络文学作品必然具有艺术形式的独创性和完美性。在网络小说中,有些作品社会影响力很大,但在语言上比较粗糙、平淡,那些语言优美、结构讲究、有韵味的作品被称为"文青文",类似猫腻、愤怒的香蕉、贼道三痴等"文青作家"比那些"小白文"作家更受网络读者尊敬。网络小说的人物形象塑造遵循各种主角定律,但经典网络文学作品往往能如《清明上河图》般讲述历史长卷故事,塑造栩栩如生的人物群像,在构思上"脑洞"大开,"艺术创意"十足。

四、两种经典

中国网络文学只有短短的 20 年,而文学经典是那些在长的历史时段中经过读者检验的著作,是超越时代而能给不同时代读者提供精神营养的作品。在没有拉开历史距离的情况下,当代所认定的文学经典作品是否能经得起历史的检验?网络文学经典作品多是畅销书,"没有前途的畅销书与经典作品之间的对立是彻底的,经典作品是长久的畅销书,它们从教育系统得到认可,进而得到广大的和持久的市场。"那些影响巨大的作品,其内涵能否经得起多代读者的细读推敲?《明朝那些事儿》《鬼吹灯》《盗墓笔记》《斗破苍穹》《斗罗大陆》之类的作品是否能在历史上留一笔?通过影视改编、各类评奖、小说排行榜等推选出来的网络文学作品是否能成为"长久的畅销书",这还需要时间的检验。

中国当代网络小说的写作处于商业的惯性之中,作家往往以每天数千字的速度更新。快速写作意味着来不及细细推敲，作家往往凭着惯性写作，套用模式写作，甚至用写作软件进行抄袭，一些有影响力的作品如《锦绣未央》被爆出抄袭的丑闻。处在商业模式中的网络写作导致了速度与精度的矛盾，在这种矛盾面前，通常的情况是牺牲精度，以读者、市场为风向标，很快抽空了作家的生活积累和艺术储备。作家们来不及充电、休息、调整，来不及细细地推敲、打磨作品，这种商业模式下的写作与文学经典的要求是对立的。很多影响力很大的作品产生的社会效应是媒体的放大效应、网民的炒作效应，劣币驱逐良币的情形也很常见。一些网络作家依靠职业作家身份生存，生存的压力很大，主要的心思是作品是否能卖钱，这种状态下文学经典难以生成。笔者曾在一次网络文学理论会议上听一位网络作家发言说："我只关心两件事，一是作品是否触犯了黄线，二是作品是否能卖钱。"这种为金钱写作的态度，必然会迁就读者的口味，难以实现作品对读者的引导和提高。有些网络作家也有意识地调整自己的写作，但一旦改变风格，就会失去粉丝，导致作品订阅量下降，只能重新回到原来的写作套路上。例如，痞子蔡的《第一次的亲密接触》曾风靡网络，此后痞子蔡连续推出多部网络小说，但后来的作品每况愈下，已经没有多少读者了。造成这种现象的原因是作家的文化素养偏低，没有更高远的艺术追求，没有积极的观世、大量的阅读，没有厚积薄发的沉淀，没有不断的学习提升，只靠网络获得的名气复制自己，是很难写出经典作品的。很多优秀的网络作家也意识到这个问题，如月关、青狐妖、唐家三少等网络作家积极转型，管平潮明确意识到网络文学需要"降速、减量、提质"。

网络文学经典在认定上也存在难度。在众多的网络小说中，那些经过读者检验的，有很好的口碑的作品才能进入排行榜，但经典不是简单的商业数据，经典的核心标准是创造性，作为类型小说的创造性往往是夹杂在模式写作之中的。陈平原认为："类型研究把一部作品和其他相似作品放在一起考察，不是为了说明一切都古已有之，以学者的博学抹杀作家的才气，而是用更敏锐的眼光更准确的语言，辨别并论述真正的艺术创新。因为，所谓具有开拓意义的优秀作品，很可能不过是百分之九十九的'旧'，加上百分之一的'新'；可正是这百分之一的'新'改变了作品的质，实现了作品的艺术价值。能够真正理解、把握这百分之一的'新',比不着边际地颂扬天才作家的'全面创新'好得多——其实何曾有过名副其实的'全面创新'之作!"这意味着文学评奖、小说排行榜需要大量阅读网络小说的评委,而评委需要慧眼识珠,能在万千作品中识别具有创造性的作品。

学者陈剑晖将文学经典分为"时代经典"和"永恒经典",他认为:"当代的经典并非高不可攀、遥不可及。经典只不过是那些比较优秀、超越了同时代作家的思想艺术平均水准,并被广大读者喜爱的作品。具体点说,我认为经典可分为两类。一类是'时代的经典',即在特定的时代,比如'十七年文学'中的《红日》《红旗谱》《红岩》《创业史》《青春之歌》等,这一类作品的思想和艺术上都存在着一定的局限,但它们确实在特定的时代中影响、教育了一代人,因此作为一种'时代经典',应承认其存在的合理性和价值,在写作文学史时应有它们的地位。另一类可称为'永恒经典',如《红楼梦》、鲁迅的《阿Q正传》,等等。这一类作品不受时代和空间的局限,它们以思想上的原创性与超越性、艺术上的独创性、时间上的永久性,一代代传承下去,这是对'永恒经典'的高端要求。就当代文学来说,目前从严格意义上还难觅'永恒经典',但具备'永恒经典'潜质的作家作品可以找出不少。"这个判断大体也适合网络文学,网络文学难觅"永恒经典",但产生了大量的"时代经典",以及大量具备经典"潜质"的作家作品。

网络文学经典化是时代对网络文学提出的要求,众多网络作家分享了改革开放的红利,一些优秀网络作家通过写作获得了较高的收入,拥有广泛的社会声誉。2018年以来,唐家三少(张威)、蒋胜男、阿菩(林俊敏)、管平潮(张凤翔)、血红(刘炜)、静夜寄思(袁锐)、晴了(段存东)、梦入洪荒(寇广平)、跳舞(陈彬)、我吃西红柿(朱洪志)、匪我思存(艾晶晶)、我本纯洁(蒋晓平)等作家当选为各级人大代表或政协委员,这表明网络作家已经成为我国文化战线上的一支重要力量。近年来,国家对网络文学工作越来越重视,中国作协成立网络文学中心,浙江、广东、上海、江苏等地出台系列网络文学及文化产业扶持政策助推网络文学的发展,杭州成立中国网络作家村,江苏成立网络文学谷,中国文联、作协及文化主管部门也为网络作家提供了各种交流、学习的机会,为他们的写作创造了更好的条件,也对他们的创作提出了更高的期待。中国有世界上最庞大的读者群,网络文学的兴盛符合国家文化产业的发展形势,符合市场经济的规律,符合人民的文化需求,符合时代的发展要求。在中国网络文学已有的成绩面前,在巨量的中国网络文学作品中,我们有理由期待更多"永恒经典"网络文学作品的诞生。

(《中国文学批评》2021年第3期)

论媒介文化批评标准与叙事逻辑

◎ 陈定家

以互联网为代表的新媒介打造了一个面向全民的舆论、娱乐平台,在这个无限开放的公共空间里,沉默的大多数在身份、言论和发表等方面,都获得了前所未有的自由。普通平民从卑微的读者、观众或受众,变成了具有主导意义的"用户"或"被服务者"。新媒介不仅为用户提供任意发挥想象的娱乐赛博空间,也给信息垃圾和不良情绪准备了发泄通道。在这种背景下,人们的日常生活和文化环境都在经受着大河改道式的巨变。尤为令人大开眼界的是,雄霸哲学王座两千余年的"因果关系",在大数据时代居然被迫禅位给了"相关关系"!在举头"云端"抬手"终端"的数据化生存语境下,正如美国学者温伯格所指出的,媒介事实"已不再是事实!"以事实为基础的知识大厦在虚拟世界非线性"相关"条件下已轰然坍塌。知识爆炸、信息冗余、资讯超载,使现代人变成了深不可测的知识海洋中不知何去何从的小鱼。众声喧哗却又不知所云的媒介话语,有如不定期发作的火山时不时地制造一场网络舆情的地震。网络围观者的飞沫和哄客们的叫嚣,更是有如雪崩与尘暴,使人根本无法看清真理与真相。以图像、音频、视频、文字和五花八门的表情符号组成的微信,铺天盖地,席卷八方,且无从所来,不知所去。这种全天候无差别的信息大轰炸,使得文化研究与批评遭遇了前所未有的"标准危机"和"价值迷失"。

一、文学"发烧友"的技术逻辑

单就媒介文化批评而言,新媒介所导致的批评标准缺位和价值导向迷失在文学艺术领域早已是人尽皆知的顽疾之相与疑难症候。诚然,以互联网为代表的新媒介发动了一场前所未有的技术革命。在人们为这场媒介革命所带来的可喜变化欢欣鼓舞的同时,我们也注意到了事物相反的一面。例如,昔日艺术家特立独行之风及其孤标傲世之想已变得不合时宜,从柏拉图到雪莱时代一直被人们信奉的代神立言观念,正在被"娱乐至死"的话语狂欢所代替。独立创造精神的万丈光芒也已日趋黯淡,以单个主题创作为特色的"浅斟低唱",已被创作群体精细分工合作的"众声喧哗"淹没。尤其是在大数据与云计算技术进入电影制作之后,传统表演艺术的空间日渐逼仄。有人感叹银幕将失去真正的艺术家,电影艺术将被数码技术"退化"到魔法时代。日新月异的网络技术对当代艺术生产与消费的各种冲击和影响,被理论家们轻描淡写地概括为"媒介的后果",但我们注意到,这个所谓的"后果"并不具有结局的意味,如果从媒介批评的视角看,这些冲击或影响,与其说是"结局",还不如说是"开端"。

就网络写作而言,由于写作主体的转移和"分散",人人都可以在网上率性而为,信笔涂鸦,传统的功利主义和唯美主义被声色娱乐和情感倾泄的强烈冲动打得落花流水,文学正在被网络进化/退化为一种"游戏",一种随心所欲的"游戏"。正因为如此,某些知名的"传统作家"曾一度对"网络文学"这种提法很不以为然。但技术的发展是如此惊人,以致莫言这样的传统作家也渐渐理解了陈村所谓"将来所有的文学都是网络文学"的说法。就在鸡年临近的时刻,一款名为"偶得"的写诗软件在微信群中大行其道,一首首"气死李杜"的诗歌触手而成,相关评论认为就像阿尔法狗打败顶级围棋大师一样,写诗软件令诗人甘拜下风的一天似乎也为期不远了。

2000年,著名作家张抗抗参加了一次"网易中国网络文学奖"活动,当时她脑子里一次次出现的问号是"传统文学"和"网络文学"之间,究竟是否存在着绝对的分界？如今是文化评判标准多元化或者说混乱化，再干脆说根本没有标准。她相信网络文学会改变文学的载体和传播方式，会改变读者阅读的习惯，会改变作者的视野、心态、思维方式和表现方式，但它究竟在多大程度上，能改变文学本身？比如说，情感、想象、良知、语言等文学要素。带着好奇心，她开始阅读那些打印成册的网络文学作品。读完最后一篇稿时，她说她似乎是有些小小的失望："准备了网上写作的恣意妄为，多数文本却是谨慎和规范的；准备了网上写作的网络文化特质，事实却是大海和江河淹没了渔网；准备了网上写作的极端个人化情感世界，许多文本仍然倾注着对于现实生活的关注和社会关怀；准备了网络世界特定的现代或后现代话语体系，而扑入视线的叙述语言却是古典与现代，虚拟与实在杂糅混合、兼收并蓄的。"[1]张抗抗说，这些作品比她想象的要显得温和与理性。即便是一些"离经叛道"的实验性文本，同纯文学刊物上已发表的许多"前卫"作品相比，并没有"质"的区别。因此她认为，任何评奖过程中真正较量的不是作品，而是评奖的标准。

同样是著名女作家的王安忆也曾参与过网络原创作品评选。她的感受似乎与张抗抗很不一样。她认为自己和大部分参与投稿的网络文学爱好者在对文学的理解上存在较大差距。她说："他们不是真正的文学青年。"她甚至认为，目前大部分热衷于网络文学的写作者，很大程度上类似于音响发烧友，发烧友和爱乐者的区别就在于：前者对音乐技术和设备装置更有兴趣。[2]王安忆把网络写手与发烧友联系起来不是没有道理的。网络作家之所以被称为或自称为写手，某些批评家之所以说网络写手是"文坛"圈子之外的文学"票友"，其基本理由与王安忆"发烧友"的说法大抵相同。

我们知道，"发烧友"对视听器材技术精度和功能的崇拜，往往超越了对图像或声音本身所蕴含的人的能力的关注。有学者认为，视听设备的技术更新在相当程度上已经超越了人的能力极限，比如早已超越了人的视觉或听觉分辨能力。然而，技术并未因此而停步，而发烧友们也并未因此而满足。相反，他

---

[1] 张抗抗：《网络文学杂感》，《中华读书报》，2000年3月1日。
[2] 王安忆：《浅谈网络文学的快餐意味》，http://www.sina.com.cn。

们追求技术表现"完美"却变本加厉。其实,在发烧友行为中起作用的并不是那些具有人文意义的图像和声音,而是一种工具理性,一种技术的逻辑。①关于这一点,只要看看《数字化生存》中如何漫不经心地对待那些总是惟恐自己赶不上科技发展速度的"电脑科技焦虑症"患者,我们就不难想见,技术崇拜在高科技社会达到了何等普及和流行的程度。尼葛洛庞帝说:"看电视的时候,你会抱怨影像的分辨率、屏幕的形状或是活动画面的质量吗?大概不会吧。如果你有什么抱怨,一定是对节目不满意。或是抱怨像布鲁斯·斯普林斯汀所说的'空有57个频道,却毫无内容'。然而,几乎所有关于电视升级换代的研究,都把目标瞄准影像显示的精致化,而不是节目的艺术性。"②

按照通常的逻辑,关于电视升级换代的研究,理所当然应把目标瞄准影像显示的精致化,而不可能瞄准节目的艺术性。这种"通常的逻辑"本身说明,代表新兴科技的工具理性主义在电子化艺术领域削弱甚至褫夺了传统艺术秉承的表现理性主义的合法地位,这种"理所当然"的态度,也说明人们对工具理性原则肆意践踏表现理性原则的倾向已经习以为常。

这一倾向在媒介文化批评领域,例如在网络文学批评方面,导致了一种"技术批评模式"。这类研究者的眼睛只盯着"网络",几乎无视"文学"的存在。在"技术"与"人文"之间,他们一屁股坐在了技术的宝座上,一个流行的说法是"屁股决定脑袋",位置决定态度,立场决定观点。他们"认为技术传媒和信息工具才是它与传统文学的本质区别,于是用技术的眼光和工具理性来分析网络文学现象。由于缺失人文审美的致思维度和价值立场,其对网络文学的理论言说往往会变成技术分析的文化读本,或新名词术语的'集束式轰炸',结果是文学人看不懂,技术人不屑于看,于实际的理论批评建设意义甚微。"③不难看出,技术批评模式所遵循的是一种文学"发烧友"的技术至上的逻辑,在一种娱乐至死、技术为王的语境里,文学作品成为媒介星空中的众星之一,且绝对不是那最亮的一颗。关于这一点,只要我们看看身边熙熙攘攘

---

① 周宪:《中国当代审美文化研究》,北京:北京大学出版社,1997年,第296页。
② 尼葛洛庞帝:《数字化生存》,胡泳、范海燕译,海口:海南出版社,1997年,第51页。
③ 欧阳友权:《网络文学评论100》,北京:中央编译出版社,2014年,第2页。

的手机一族，文学阅读在他们的"拇指生涯"占有什么样的位置就不难理解个中缘由了。

二、"速食化"与"键构符"的隐忧

网络媒介给文化和文学带来的所有变化中，有两大变化最为明显，一是阅读方式由"读书"转向"读屏"。读屏不像书面的线性阅读那样亦步亦趋地依据语言符号去实施再造性想象。这使得读者在衡量网络文学的价值时很少再有意义的探究和隐喻的发掘，有的只是对屏幕文本超媒体感觉的全方位敞开；二是审美价值取向从"社会认同"转向"个人自娱"。传统的评价尺度倾向于社会认同而淡化个人差异，网络文学批评的价值尺度则更重视个体的自娱自足。这样，个人的兴趣和当下的感受将成为选择和评价网络作品的基本尺度。

与上述两种变化相对应，网络文学批评观念也有了显著变化：一是批评者身份的改变，传统批评家的角色在网络中被消除，创作者、批评者和读者这三者之间的界限出现了交互式转换融合；二是批评目的发生了变化，由"载道经国、社会代言"变为"自娱娱人、趁网游心"。因此，"网络批评的艺术祛魅，将导致经典交权，中心消解，评价标准悬置，认同尺度模糊，个人趣味至上等。于是，平面化的表达、无深度的言说、零散化的复制，造成的是批评深度的缺失，批评学理的消解，把原本属于意义赋予的文学批评变成了个性展现的话语游戏，批评的价值欲求也由'意义疏瀹、启迪心智'的价值行为，转而成为'跟贴打诨、赚取点击率'的娱乐消遣。在话语平权和张扬个性中如何建构起富含普适价值的评价标准，是网络文学批评要解决的课题。"[1]

有道是"察古观今，鉴往知来"。任何事情都有相反的一面。我们也注意到，在所有的艺术与非艺术行当里，有多少痴心不改的"发烧友"最终成为独树一帜的行家里手、甚至开门立派的一代宗师？从这个意义上说，文学一向就是发烧友、票友的事业，离开了发烧友或票友这池子水，即便是写出《长恨

---

[1] 欧阳友权：《网络文学评论100》，北京：中央编译出版社，2015年，第4页。

歌》的王安忆，也很快会变成旱地上的鱼。

但如前所述，发烧友的缺失与局限也是不容忽视的。在网络文学的众多缺失与局限中，大多与其发烧友心态有关。譬如说网络写作中常见的"键构符"的利弊，网络互动过程中的所谓"搂不搂得住"，所谓"书写综合症"等，无不与网络写手这种发烧友心态有关。众多批评者诟病的网络语言"口语化"与"速食化"等，在一定意义上也与其发烧友心态有密切关系。

口语化和速食化在很大程度上是网络媒体技术平台刺激的结果，网络写手的业余心态使得表情达意更为自由，更为随意。这与传统文学语言追求书面语的诗情画意构成了鲜明的对比。随着自由联想式输入软件不断升级与完善，尤其是语音输入的日渐普遍地使用，网络写手的发烧友品质更是昭然若揭。在键盘翻飞或唾沫四溅的输入过程中，写手们往往直奔主题而无视必要的语法修辞要求，"口语化"与"速食化"特征因之变得更为突出。正如青年学者李星辉所指出的，网络文学语言往往运用日常口语，较短的句式，习惯用语甚或简易代码，不过分讲究文句的修饰，不太考虑表达方法，不太注重铺垫和描述，语句构成简单，叙述节奏快速，情节却曲折动人，且贴近网络生活本身，因而使网络文学削平了神圣性而增加了日常性，削减了高雅性而增强了通俗性。文学和非文学的界限开始变得模糊，文学语言与日常语言的界限开始变得模糊，网络文学语言成了口语词汇占很大比重，速食化特色非常浓厚的语言形式。

关于"口语化"与"速食化"，李星辉有比较专深的分析。她认为，网络写手年纪较轻，自我意识很强，又喜欢求新求异，他们常常会在作品中插入一些浅显易懂，又富有创意的全新的速食化的表达形式。比如：谐音字，偶（我）、果酱（过奖）、大刀（打倒）、3Q3Q（thank you）、9494（就是就是）；缩略语，WBD（王八蛋）、TMD（他妈的）、SB（傻B）、Back（马上就回来）、faint（晕了）、sigh（唉……）、bf（男朋友）、gf（女朋友）；纯符号，(:—??心都碎了、:(心情不好、^0^（笑脸）、:0尖叫；等等。这些新奇的表达形式多数是网络文学语言速食化造成的，而这种速食化一方面是因为中文输入法重字率太高，影响输入的速度，而且容易出错，有时出错后就将错就错，反而因为新颖奇特得到了网民们的承认。另一方面是因为被互联网的高时效性逼出来的，网上交流惜时如金，争分夺秒，网络文学作品的网上连载也有时间限制。①对于某些职业网络作家而言，速度就是生命，字数就是金钱。在这种背景下，"口语化"与"速食化"即便非其所愿，他们也别无选择。说到底，"速食化"颇类于饥不择食。"键构符"也并非姑妄之言。

有一种观点认为，网站原本就是以营利为目的的企业，他们可以凭借"本文不代表网站的观点"寥寥数字撇清自己的主要责任。至于写手，作为网站雇佣的"码字工"，但凡法无所禁，均可放言无忌。只要"雇主"和"用户"满意，就不愁财源滚滚。对写手来说，唐家三少版税过亿的榜样，具有无可估量的力量。作为付费上网的"用户"，即便是些找乐子的游手好闲者，他们看什么不看什么，全看自己的心情，不看别人的脸色。于是有人提出了这样一个问题：那么，究竟该由谁来为网络"粗口秀"埋单呢？有一种意见认为，批评家们似乎具有义不容辞的责任。不管这话有理无理，让我们先为有价值担当的批评家们点个赞吧！

但是，有批评者坦言，狂欢的网络空间是一个消解崇高、颠覆神性、贱视权威的"渎圣"世界，存活于此的网络文学批评也不再是严肃的价值评判行为，而更多地是一种轻松随意的话语游戏。事实上"许多网络批评充斥着怪诞、嘲弄、调侃、耍贫嘴、假正经，以及各种民俗民间文化的'粗口秀'叙事，用'另类'的批评姿态打破旧有的批评模式，祛除文学批评传统的原有光环，颠覆典雅的批评范式和尊贵的价值理念，让文学批评从精英走向大众，从圣坛回归民间，形成快意亲和的'新民间批评'新格局。"②由此不难想见，"速食化"与"键构符"至少在网文批评领域也不可避免地存在着。既然"快"与"乐"成了所有"网中人"心之所向的境界，网文批评又何独不然？亦何所免？

当然，我们也应注意到，目前，网络已经介入了文学生产的全过程，"这彻底改变了已有的文学社会学，网络空间的文学权威殒落了。而且，网络语言

---

① 李星辉：《网络文学语言的四个特性》，《求索》，2010年第6期。
② 欧阳友权：《网络文学评论100》，北京：中央编译出版社，2015年，第4页。

的'速食化'倾向将对文学语言产生深刻影响。此外，网络技术形成的超文本对于传统的线性文本结构具有巨大的冲击力量。"①对这种"深刻影响"和"巨大的冲击力量"，我们有充分的理由为之欢呼，我们也有同样充分的理由为之忧虑。"正如'数字化生存'并不等于'诗意的栖居'一样，高科技迅猛发展也不都是艺术的福祉。阿波罗登月火箭终结了嫦娥舒袖、玉兔捣药的广寒宫神话；试管婴儿、克隆技术给生命孕育的神秘和血缘人伦的神圣打上了问号；直拨电话、电脑传真、光纤通信、电子邮件等的确方便快捷，却又消弭了昔日那种'望尽天际盼鱼雁，一朝终至喜欲狂'的脸红耳热的幸福感。还有高速公路上的以车代步和蓝天白云间的睥睨八荒，的确让人体验到了激越和雄浑，但同时又排除了细雨骑驴、竹杖芒鞋、屐齿苍台的舒徐和随意。"②

毕竟，网络带给文学的并不只是"现代性"的创造效率和"全球化"的传播便利，它也同样带来了形形色色的广告陷阱和机械复制的文化垃圾，使"诗意地栖居"变成了一种无法企及的幻想。在这种背景下，追求速成的"语言失禁"和不知所云的"乱码奔腾"等负面现象，必然成为网络时代传统文学观念溃堤后的次生"灾害"。

事实上，在人类社会发展过程中，对技术的怀疑、批判，甚至恐慌，始终是与技术的发展和进步形影不离的。几乎所有重大的科技发明都曾招致过强烈的谴责和恶毒的咒骂。且不说枪炮和原子弹，就是电话、照相机乃至飞机和电视，它们在得到赞颂的同时总能听到刺耳的责骂。《巴黎圣母院》中的书商安德里·缪斯尼埃甚至把印刷术的出现与世纪末日的到来等同起来："先生，我告诉您，这是世界的末日。从未见过学子们这样的越轨行为。这都是本世纪那些该死的发明把一切都毁了。什么大炮啦，蛇型炮啦，臼炮啦，特别是印刷术，即德意志传来的另一种瘟疫。再也没有手稿了，再也没有书籍了！刻书业被印刷术给毁了，世界末日到了。"③这样的例子是不胜枚举的。想想我们的

---

① 南帆：《游荡网络的文学》，《福建论坛》，2000年第4期。
② 欧阳友权：《网络文学：挑战传统与更新观念》，《湘潭大学社会科学学报》，2001第1期。
③ 百部世界名著光盘，雨果：《巴黎圣母院》，北京：北京电子出版物出版中心，2000年，第15页。

先辈对欧洲的那些"奇技淫巧"曾经何等深恶痛绝!想想我们对这种拒绝"奇技淫巧"的"愚昧"曾经何等义愤填膺!今天回头想想,我们过去那些"义愤填膺"的激烈言辞又是何等天真轻率!

令人遗憾的是,这种对科学技术发展的怀疑、忧虑、敌视和恐惧,在科学技术已经高度意识形态化的今天,无论它们出于一种什么理由,都将显得非同寻常的荒谬可笑。我们总是过分陶醉于科技革命的每一次胜利,即使每一次这样的胜利,自然界都报复了我们。人类在征服自然界时之所以总是如此有恃无恐,就是因为人类掌握了各种各样降伏形形色色妖魔鬼怪的"战无不胜"的武器——科学技术。这让我们联想到了尼采的一句名言:"与魔鬼搏斗的人得千万小心自己在搏斗中也变成魔鬼,当你往深渊里看时,深渊也在看你。"①尼采的话是意味深长且耐人寻味的。人在制造机器的同时,机器也在改变人,机器甚至把人变成了"齿轮"和"螺丝钉"。而"战无不胜"的科学技术,正在由人类的工具悄悄地演变成了君临一切的上帝。

三、"造神与造梦"的后果

今天,我们发现对计算机的"无所不能"感到忧虑似乎不再显得那么荒唐可笑。计算机已经变成了能够用一群数码随意制造一个人间天堂或地狱的天使/魔鬼。世界上似乎还从未有过什么东西像计算机这样令人"千般欢喜万般忧"。对科技的反思与批判也因此开始从少数精英知识分子的书斋走向了大众。计算机作为"大众媒介是一架造神与造梦机器,它不仅在每一个细小的题材上大做文章或做大文章,还能在短短的言说过程中,迅速编制和演绎神话……当代大众不太需要口耳相传而节奏缓慢的、线性叙事神话,这是当初老奶奶用来催眠小孙儿的。他们希望的是满足感官需要的,或全部的感官沉浸于其中的神话。"②这种审美趣尚的变化,无疑也是作为新媒介的计算机所造成的后果。

---

① 王逢振编:《网络幽灵》,天津:天津社会科学出版社,2000年,第65页。
② 蒋原伦:《媒介文化十二讲》,北京:北京大学出版社,2010年,第60—61页。

计算机也因此引发了人们无数乐观和悲观的设想。而"所有形式的乐观和悲观的设想，都植根于计算机的潜能。一方面，计算机为未来开辟了远大的前程，美好的诺言最终有可能兑现；计算机的成就可以高速递增，带来梦想不到的好处。另一方面，惊人的成就又带来惧怕和担忧：人们是否会在计算机技术的伴随下被设定在一个最终不能预见和控制的可怕发展过程中？人自身是否或迟或早成为这种发展的牺牲品？机器是否会变成它的制造者的主人？"[1]让我们把这个难题留给未来学者去大伤脑筋吧，我们这里只能把话题限定在文艺批评的"圈子"里。

对于网络语言来说，讲究科学、准确的"信息优先"原则始终占据着主导地位。坚持科学精神与技术品格，这是互联网得以快速发展的前提条件。但文学艺术却完全是另一套表情达意系统，文学艺术具有超越现实、驰骋想象的虚构"特权"，这二者之间的矛盾一向难以调和，这也是为什么在网络文学理论研究领域，"技术乎？艺术乎？"始终是一个令人困惑的问题。这类理论问题，在网络语言上自然不会毫无反应。

伯尔舍说：

> 自然科学构成了我们整个当代思维的基础。我们日益减少从形而上学的角度观察世界和人……正如大家所知道的，由于鬼神的存在遭到科学的否定，诗歌无论是出于什么样的启示目的，都再也无法使彼岸的精灵抛头露面，因为如果它这样做就会使自己完全招人耻笑。它再也不能由诗的动人辞藻来建立心理学，这种心理学已被现代科学的心理学的发展判定是错误的，虽然人们对此还不熟悉，但这却是真的。人们唯一能要求的就是去符合科学研究的新成果。[2]

今天，技术"以自然科学为根基，将所有的事物都吸引到自己的势力范围

---

[1] E·舒尔曼：《科技文明与人类未来》，北京：东方出版社，1995年，第26页。
[2] 刘小枫编：《现代性中的审美精神》，上海：学林出版社，1997年，第450—451页。

中,并不断地加以改进和变化,而成为一切生活的统治者,其结果是使所有到目前为止的权威都走向了灭亡"。[①]在网络写作的萌芽和发展过程中,国际互联网利用技术手段、技术材料、技术方式,将"技术至上主义"从改造工具的操作层面不可抗拒地渗透到"艺术制作"的观念层面,技术至上主义有可能成为一种"本体性"的存在,支配着网络艺术生产。值得注意的是,网络文艺包括文学如果继续听任技术至上观念的支配和调遣,那么,它们的前途和命运就有可能让那些悲观主义者不幸言中。而那些持乐观态度的人收敛笑容的日子也就为期不远了。

网络虽然使沉闷的文本增添无与伦比的声光背景,但对深远的人文主题的表达却无济于事。有网友感叹,我们看到的只是后现代的反叛、卑琐、破坏、毁灭以及所谓的"性解放",再无蕴含人文精神的深度性和超越性。有人甚至把主宰网络时代精神世界的科技意识形态看作扼杀艺术的"幕后黑手"!

这些不无偏激的言论,被某些网友称之为"技术恐惧症"。这类"患者"最大的特点就是永远像九斤老太一样"粉昨非今",他们习惯性地以古董商的眼光看待一切事物。任何东西,均以年轮齿序分贵贱,越旧越有品味、越旧越有神韵、越旧越有价值。因此,大多数新东西根本就难入其法眼,且少有不被贴上赝品、拙劣、肤浅、轻薄等标签的。他们的逻辑非常清晰,那就是物质文明的进步必然要以精神文明的衰退为代价。当然,技术恐惧症者并非厌恶所有新生事物,只是当技术使人类自由的疆域出现爆炸性的拓展时,一些人突然失去了蜗行摸索的依仗,焦虑和恐惧便由此而来。其实,技术进步并不会造成精神衰退,实际情形应是恰恰相反。当然,精神发展严重滞后于技术的现象也的确存在,因此,有人大声疾呼——"健步如飞的技术哟,请等一等,给落伍的灵魂一个追赶的机会。"

历史上曾有多次出现过技术恐惧的流行病。在笔者看来,技术的进步并未让人真正体会到诗意栖居的安逸与恬静,相反,膨胀的欲望和激烈的竞争,使我们对安全感与归属感的需求变得更加迫切,尤其是身处技术前沿的发烧友一

[①] 雅斯贝尔斯:《何谓技术》,见《文化与艺术评论》(第一辑),第 201—202 页。

代,他们的焦虑感和孤独感有如梦魇积压心头,新媒介技术有时会有如毒品一样,为发烧友的狂欢激情火上浇油,但激情消逝后的落寞与空虚,会化为他们内心深处挥之不去的隐痛。正如酒足饭饱后的百无聊赖之危害有甚于奔波于衣食的辛劳一样,媒介技术无所不能所导致的"娱乐至死",比身处丛林的物竞天择更为悲惨。

过度依赖技术的人类文明是否真的像尼葛洛庞帝所断言的发展到了一个临界点?所谓的"数字化生存"果真是现代人注定无法逃避的谶语?现代技术革命在大幅度推动社会进步和改善物质生活的同时,是否一定要留下无数意念中的奇幻诱惑和谜一般令人困惑的现代神话?现代人匆匆忙忙涌向"网络新大陆",仿佛找到了一只逃避过去,通向未来的诺亚方舟。李河说:"作为一个敞开的全新的世界,计算机网络对于许多富于好奇心的人来说确实产生了一种'挡不住的诱惑'。……一年前,我的一位尚未入网的朋友在看过网上漫游的演示后大发感慨说:现在忽然觉得自己就像刚从树上下来那么原始!"①这种感慨其实只是网络社会无数"正常的"奇怪感受的一种正常表达而已,因为网络社会是无数惊人的奇迹组成的,网络本身就是一个史无前例的迷人的神话。

毫无疑问,网络文化是人类有史以来最了不起的创造之一,有人认为它是通往天堂的"巴别塔",它将给人类带来无比美好的全新的文明,它不但能轻而易举地实现人们的愿望,甚至在帮你实现愿望的同时,还为你设计了无数你根本就没有想过的愿望。它为人类创造幸福生活提供了无限广阔的前景。但是,也有人担忧,网络这个伟大的神话,实际上是人类发展史上最大的一个陷阱,网络召唤人们逃离"原子"组成的现实家园,纷纷奔向"比特"组成的"太虚幻境",它把现代人变成匆匆过客——现实生活也因此成了一个失去家园的驿站。

在盛赞网络社会给人类带来前所未有的解放时,渴望早日致富的人们首先想到的可能是它在经济领域频频制造的"金币爆炸"事件。当王选宣称要在

---

① 李河:《得乐园·失乐园——网络与文明的传说》,北京:中国人民大学出版社,1997年,第7页。

他的公司推出100个百万富翁时,网络经济早已经在美国创造过无以计数的"淘金"神话。①"电脑购物"则更为商家和顾客津津乐道。在政治领域,从文艺复兴到19世纪的工业革命,新的通信手段如印刷机和电报都大规模唤起了民众参与政治的热情。当克林顿于1996年把互联网络引进白宫时,电脑是否会赋予民众以新的力量,人们正在拭目以待。人们的日常生活受到的影响更为引人注目。②

在这种背景下,网络文学被不少人视为"朝阳产业"和文学世界"最后的金矿"也就不难理解了。对于形形色色"贩卖矿物的商人"来说,他们只看到矿物的商业价值,而看不到矿物的美和特性,这也同样是情理之中的事情。因此,网络文学这座"金矿"的商业价值能够得到比较充分的开发也就不足为怪了。

显然,科技在不同人眼中扮演着天使和魔鬼两种角色。它不仅能造福于人类,也为人类制造过数不清的灾难。它不停地制造美妙的科学幻想和现代神话,同时也以它无穷的破坏力制造着人类终结的倒数计时器!当乐观主义者数着科技大踏步向前迈进的步伐时,悲观主义者则从相反的方向数着人类走向终点的脚步。对于文学和艺术,科学技术同样扮演着敌人和盟友的双重角色。

但是,不管怎么说,科学和艺术毕竟都是人类用以认识和改造世界的重要的手段。米·贝京在《艺术与科学》一书中评价福楼拜时认为,在科学技术发达的机械化生产的环境中,人会丧失人性,并变成机器。在金钱和暴力占统治地位的社会里,福楼拜产生了一种悲观的思想:"美大概对人类没有好处,原来,艺术是介于代数和音乐之间的某种东西?"尽管"人的思想不可能预见到

---

① 如1995年克拉克的"网景公司"在困窘的经济状况下以每股14美元的价格上市,结果一开盘股票价格就一路飙升到71美元,500万股第一天就销售一空,克拉克因此一夜之间摇身一变,成了美国的亿万富翁。这一类神话,使人相信互联网将是一个前途无量的巨型产业。而且,由于互联网络不是任何公司能够单独垄断的,竞争就变成既意味着成为对手,也意味着成为合作伙伴。因此,这种竞争具有"环保"的意味,既不破坏生态平衡,又能争取自己生存得更好。

② 例如在经济发达的美国,由于人口爆炸、空气污染、废品污染等原因,许多人不愿继续生活在大都市里,可是,如果远离了都市,信息联络又将受到较大限制。在互联网络问世后,由于它能够保证通信速度比打电话更方便的"即时性",所以人们开始再一次向西部迁移,"农村人口"增多起来。

未来的创作将被怎样的精神阳光所照耀。我们暂时停在一个拥挤的过道里,在黑暗中来回摸索。"但是"艺术愈来愈科学化,科学愈来愈艺术化;两者在山麓分手,有朝一日会在山顶重逢。"①显然,这个美妙的"重逢"在这个全新的世纪里正在成为现实。

我们必须承认,网络文学的现状确实有令人担忧的方面,但是,对网络文学的前景,我们却满怀信心!鲍里斯·阿库宁说得好:"互联网和它所带来的新的信息空间能够扩大文学的可能性。而那些诸如'网络把文学引向死路'之类的话,是没有事实依据的。实际情况却恰恰相反——文学从网络中获得了新的推动力。"②假如有一天,AlphaGo这类软件抢走了我们这些写字为业者的饭碗,真不知道我们将会为之欣喜还是悲哀?但至少有一点是值得欣慰的,那就是它帮我们摆脱了呕心沥血、焚膏继晷的艰苦劳作。

(《中州学刊》2017年第3期)

---

① 米·贝京:《艺术与科学》(中译本),北京:文化艺术出版社,1987年,第131页。
② 张俊翔编译:《文学从网络获得新的推动力——俄罗斯作家鲍里斯·阿库宁访谈》,光明日报报业集团网站主页,2002年6月26日。

论网络文学评论的拓展与深化

◎ 黄发有

新世纪以来，新媒体的崛起带来了文学发展格局的变化，网络文学的生产与消费快速增长，网络文学成为贯穿电影、电视、网络游戏、图书出版等产业链条的新兴文化现象。相对而言，网络文学评论与研究处于滞后状态，一方面，一些文学评论家和文学史家的文学理念形成了相对稳定的框架，对新生事物的接受较为迟缓；另一方面，目前从事网络文学评论与研究的学术队伍在数量、质量方面都有欠缺，对网络文学的评论与研究还不够深入，对网络文学整体结构的把握较为薄弱。而且，随着网络文学社会影响的日益增强，应当加强对网络文学发展的正确引导。网络文学评论这些年已经跟网络文学创作的繁荣形成了密切的呼应，网络文学评论也越来越受到学术界的关注与重视。而且，网络文学评论对于提升网络文学的地位，也有其独特贡献。

网络文学评论的发展既面临大好机遇，也面临重重考验。令人欣慰的是，最近几年学术界对于网络文学的偏见在慢慢淡化。从 2016 年到 2019 年，欧阳友权、单晓溪、周志雄、邵燕君主持的网络文学研究课题先后被立项为国家社科基金重大项目和教育部哲学社会科学研究课题重大攻关项目。从这一点可以看出来，网络文学评论的地位，在中国当前的学术格局当中确实在提升。不过，我们也不能过于乐观。如果仅仅以"新"为标榜，一个新兴的研究领域确实更容易成为泡沫制造基地，网络文学评论只有逐渐完善评价体系和学术规范，其学术质量才能得到保证。网络文学评论既要拓宽研究视野，又要加深学术深度。网络文学评论从业人员对此应该保持清醒，不断进行深入反思，只有经过持续的努力，才能让网络文学评论真正登堂入室。必须强调的是，网络文学评论跟网络文学创作是相互依存的，如果网络文学能够产出一些真正具有经典意义的作品，这有助于提升网络文学评论的水准。一个评论者如果陷身于低水准作品的海洋，短中取长，时间长了难免拉低评论的境界。

一

当前很多网络文学评论，基本上是就现在看现在，这就像坐在高速飞驰的车厢里观察另一个运动的物体。如果把网络文学看成一个全新的事物，使得网络文学从历史中游离出来，它就成了一种没有源头的新生物种。因此，网络文学评论与研究应当增强历史意识。技术革新确实赋予网络文学以新质，然而，从网络文学的主题、价值、情感之中，我们会发现它和传统文学有千丝万缕的联系。我们还是应该把网络文学视为中国当代文学的有机部分，放在一个整体的视野当中进行考察。通过多元的参照，我们会看得更清楚，对它的贡献和局限都看得更明白。

我们回过头去看，会发现鸳蝴派文学跟网络文学有不少相似之处。鸳鸯蝴蝶派的崛起也跟当时的媒体变革有非常密切的关系，作为当时的新媒体报刊——市民报纸为鸳鸯蝴蝶派文学提供了肥沃的土壤。报刊连载和新章回体给鸳鸯蝴蝶派文学带来新的活力，让读者耳目一新。鸳蝴派作家热切关注当时市民阶层的喜怒哀乐，其写作紧密追踪社会大众的阅读兴奋点，在题材和写法上面都非常接地气。当然我们也清楚，鸳蝴派文学虽然非常流行，但文学地位不高。报刊的出现和现代稿酬制度的建立催生了自由撰稿人阶层，不少鸳蝴派作家都是自由撰稿人。值得注意的是，有一些鸳蝴派作家对自己的写作是没有底气的。张恂子、张恂九父子都是鸳鸯蝴蝶派的代表性作家，他们在说到自己的创作的时候，会觉得自卑，看不起自己，甚至会贬低自己。随着文学观念的转变，鸳蝴派文学的文学史地位有所提升。张恨水是一个被低估的作家，夏济安在1958年年初给夏志清的信中说："最近看了几本张恨水的小说，此人是个

genius。他能把一个 scene 写活，这一点台湾的作家就无人能及。他的 limitations 与 deficiencies 是很明显的，但是他有耳朵，有眼睛，有 imagination。你那本书不把他讨论一下，很是可惜。"①他还说："最近看了《歇浦潮》，认为'美不胜收'；又看包天笑的《上海春秋》，更是佩服得五体投地。"②张爱玲曾经也被纳入鸳鸯蝴蝶派的谱系中，但现在的文学史叙述大都将她视为自成一派的大家。我们回顾这样一段历史，会发现鸳蝴派文学跟网络文学形成了一种遥远的呼应。网络文学经过长期的修炼，也有可能从俗入雅，从流行走向经典。当然要实现这种跨越确实比较艰难，要面临很多的挑战。

就文脉传承而言，多数评论者集中关注网络文学与通俗文学的关系。值得注意的是，网络文学不是单一维度的传承，而是多维度的混融，譬如玄幻小说既从本土文学传统中汲取滋养，还受到西方幻想小说的影响，不少文本在题材、人物关系、叙事方式上都借鉴了网络游戏的制作模式；耽美文和同人文有较为明显的日系文化背景。在综合视野中研究网络文学的文体来源，梳理清楚其来龙去脉，这是一个薄弱环节。多数类型小说都有程度不同的混搭倾向，在叙事上普遍带有后现代色彩的碎片化特征。值得注意的是，网络文学评论中文本分析类别的成果，大多重视对类型文的结构分析，将研究对象拆解成零碎的单元，致使研究也有明显的碎片化倾向。当网络文学被压缩在平面化的空间进行考察时，历时分析的空缺就会使研究失去深度和历史的参照。

网络文学的来源较为复杂，它是技术、商业、文化联合催生的产物，因而有多重传统的元素渗透其中。网络技术使得远程的视频对话和语音交流走进人们的日常生活，在痞子蔡、邢育森、李寻欢的创作中直接植入了大量网络聊天的内容，人物对白在网络类型小说的篇幅中占据了极高的比例，口语传统在网络文学中异形再生。从媒介形态对人类思维影响的维度，美国学者沃尔特·翁将人类史划分为原生口语时代、书面时代和次生口语时代。电子技术将人类

---

① 夏志清：《夏济安对中国俗文学的看法》，载《爱情·社会·小说》，台北：台北纯文学出版社，1970年，第229页。
② 夏志清：《夏济安对中国俗文学的看法》，载《爱情·社会·小说》，台北：台北纯文学出版社，1970年，第233页。

带入次生口语文化环境,这是一个崇尚对话、众声喧哗的时代,既继承了书面文化的遗产,又保留了大量口语文化特征。当然,次生口语文化并不是面对面的会话,而是借助电子媒介的虚拟的仿真会话。沃尔特·翁认为:"原生口语文化里的人转向外部世界,因为他们没有机会转向内部世界;与此相反,我们之所以转向外部世界,那是因为我们已经完成了向内部世界的转移。"①确实,在网络文学以"小白文"为基调的语言风格和词汇选择方面,口语化趋向较为明显。

另外,对网络文学的考察还需要一种前瞻视野。报纸在中国近代作为新媒体出现的时候,也被一些保守的学人所排斥,章太炎对报章小说就充满了鄙夷。随着时间的推移,报刊孕育的新文学形态逐渐成为主流。在中国新文学的发展过程中,作为新媒体的报刊产生了非常强大的推动力。当然,这种推动力并不仅仅来自报刊,报刊平台把来自社会、政治、经济、文化的力量聚合起来,不仅改变了文学的生产、传播与接受,也重塑了文学的内容与形式。从未来的视野看,我觉得网络的力量还没有充分展示,它还有新的可能性会慢慢展现。人工智能的快速发展与逐渐普及,正在改变我们的生活方式与思维方式,也会重构文学的边界、功能与存在方式。就网络文学当前的创作而言,它的可能性没有被完全打开。令人感叹的是,运动中的网络文学似乎注定是一种过渡形态,一种历史中间物。可以期待的是,网络文学必然会孕育更多新的文学形态和独特的想象元素,激发新的审美力量,必将对中国文学的未来发展产生越来越大的影响。

二

我们看现在的网络文学评论文章,会发现存在一个比较普遍的问题,即就网络看网络。因此,网络文学评论应当具备一种融合互动的学术视野。媒介融

---

① [美]沃尔特·翁:《口语文化与书面文化:语词的技术化》,何道宽译,北京:北京大学出版社,2008年,第104页。

合的现实进程是这种融合视野的社会基础。网络作为一种媒介形态，在媒介融合的格局中很难从其他媒体中分离出来。报纸、期刊会借助各种网络平台来传播自己的内容，电影、电视跟网络的结合也是越来越密切，各种媒介基本上已经互联互通了。随着5G技术的普及，其融合程度会进一步加强。2009年5月江苏省作协与无锡市作协、《太湖》杂志联合举办"中国网络文学论坛"，我在现场见证了纯文学阵营与网络文学阵营剑拔弩张的争论，以雅自居的印刷文学与自谋生路的网络文学各执一端，泾渭分明。随着媒介融合的进一步发展，网络文学与纯文学的交互渗透是必然趋势，没有哪个所谓的纯文学作家可以与网络绝缘。东西的长篇小说《篡改的命》就大量使用网络语汇，越来越多的80后、90后作家选择了跨界写作，同时为纸媒和文学网站写作。网络文学在不久的将来，必然会呈现另外一种面貌。

互联互通是网络文学的本质特征，这不仅体现在传播技术层面，还体现在网络文学与外部环境、中外文学传统的关系上。对于网络文学的命名，作家方方有这样的评价："中国文学历史已上千年，写作所用工具和刊发所据载体也都有过数次变化，但我们从来没有见过因工具不同而对文本另外命名的，比方刀刻文学、毛笔文学、钢笔文学抑或铅印文学，也从未见过因载体不同而冠名的，比方竹简文学、布帛文学、期刊文学、书籍文学，等等。所以，网络文学以电脑写作，在网络上发表，与其他工具写作，在其他载体发表，哪里有差异？既无差异，我们对它的文本要求，就不应存差异之心。现在，把它单列出来，另用'网络文学来与其他文学文本作一区分，究竟是抬举它，还是贬损它？这个真的好难讲。"[①]在报刊出现以后，确实出现过"报章文学""报章体"和"报章小说"的概念。现代作家、学者谢六逸1938年在《新大夏》杂志上发表《报章文学琐谈》一文，他说："报章文学与纯文学的不同地方，就是在这斗争意图的直接表现上，自有它的特性。而所谓纯文学，不仅是没有这种意图，甚至可以说有许多是社会或政治意识的麻醉品。但是，报章文学和文

---

① 方方：《自家鼓掌，唱彻千山响——闲说网络文学》，"银河文学的博客"（2017-01-09，19：06：18），http://blog.sina.com.cn/s/blog_1646844a60102x203.html.

艺的关系很密切。实际上，文艺也不过是文化之阶级之表现。"①问题在于，如果承认网络文学和报章文学有差别，那么各自在文脉传承、作者队伍、阅读群体、传播方式等方面有什么突出的特点？它们在新的媒体环境中是什么样的互动关系？这些方面至今少人问津，更缺乏深入追问。

与印刷文学相比，网络文学写作与受众的互动明显加强。不过就目前的研究状况来看，接受维度往往被网络文学评论所忽略，评论者还是立足于生产本位进行评判，这样得出的结论显然有所偏失。网络文学的写作者、受众以年轻人为核心群体，网络文学追求流行品格，敢于挑战老成持重的成年文化，呈现不一样的自我，为此带有鲜明的青年亚文化特征。青年亚文化处于漂移状态，具有一种不稳定性和边缘效应。其文化属性如何影响网络文学的创作与接受，写手、平台运营者、受众如何建构互动模式，这些都需要研究者进一步探究。

应当引起注意的是，网络文学评论有较为突出的偏食现象。在网络文学版图上，类型小说受众面最广，商业开发程度最高，也是网络文学评论的焦点所在。相对而言，网络空间的诗歌、散文等文体的研究门可罗雀。由于诗歌文体的商业价值较低，诗集的出版也有一定难度，越来越多的诗人转战网络空间，一方面网络诗坛鱼龙混杂，另一方面网络诗歌佳作迭出，这些现象都很值得深入思考。"鸡汤文"在微信朋友圈蔚然成风，这种大众文化现象已经成为不少文化人的谈资，但其背后的文化根源、社会心理却基本没有得到学理层面的关注和挖掘。当网络类型小说被等同于网络文学时，这种生态失去了必要的平衡，网络文学评论的视野是狭窄的，容易被商业导向和流行趣味所牵引，也缺乏学术的独立性。

三

网络文学评论与研究的发展，迄今为止差不多是摸着石头过河的过程。大

---

① 谢六逸：《谢六逸集》，沈阳：辽宁人民出版社，2009年，第114页。

多数进入这一新兴领域的研究者背景不一，此前都有自己独特的领地，转移阵地后依然会保留学术惯性。网络文学研究是新地盖房，研究者有较大的自由发挥空间，也因为没有建立共同体认可的传统与框架，整体上显得较为散乱而随意。托马斯·库恩在其名著《科学革命的结构》中认为："范式就是一种公认的模型或模式。"①范式具有整体性、公认性、可模仿性、群体性等特征。网络文学研究要建立新范式，就需要根据研究对象的改变，有针对性地更新学术方法，转换思维模式。

第一，多学科协作的视野与方法。网络文学研究会牵涉到文学、语言学、新闻传播学、社会学、经济学、计算机科学与技术、信息科学等学科的理论与方法，但目前的网络文学研究还局限于文学领域，视野偏于狭窄，方法也不够多样。譬如近几年IP问题在网络文学评论中经常被提及，可惜就像水过石面一样，转眼之间不留下任何痕迹，研究者对于与IP相关的版权法规、版权合作模式、版权与网络文学产业的关系都语焉不详，仅仅满足于蹭蹭热度，很难深入下去。当然，现实中很难有精通多个学科的全能型人才，要对网络文学研究进行立体交叉的学术透视，有赖于学术界各显其能的通力合作。

新的技术革命不断刷新网络媒介的面貌，也重构网络文化，因此科学的方法和思维在网络文学研究中应该有一席之地。在语言学研究中，实验方法已经运用得很普遍了，将语料通过电子仪器进行分析，得出核心词汇出现的频率，由此推断一个写作者的语言习惯与语言规律。通过一些语言分析软件对网络文学作品进行分析，会发现用常规方法无法捕捉到的一些语言特点。我曾经让研究实验语言学的朋友帮忙，让他们通过语言实验仪器对一部玄幻小说和一部九十年代出版的长篇小说进行对比性的语言分析，结果发现前者的语言重复频率要高得多。因为这种抽样有点随意，样本数量也不够，说服力不足，所以没有写成文章。随着AI技术的快速发展，当写作机器人成为网络文学的重要制造者时，不借助实验手段的话，估计研究者已经很难确认具体文本的作者究

---

① [美]托马斯·库恩：《科学革命的结构》，金吾伦、胡新和译，北京：北京大学出版社，2003年，第21页。

竟是机器还是人。

第二，文化研究与审美分析的有机结合。目前从事网络文学评论与研究的学者，主要来自于中国现当代文学学科和文艺学学科，也有一些新闻传播学、社会学背景的学人偶尔为之。中国现当代文学背景的评论者大都采用文学思潮研究、作家作品分析的范式，优势是重视个案分析和文本解读，这方面做得比较扎实，局限是综合性偏弱，视野比较狭小，容易忽略网络文学创作的媒介特性与社会文化内涵。文艺学背景的评论者侧重理论透视和文艺新现象描述，长处是具有较强的理论敏感性，善于从复杂的关系中把握网络文学的走势，但有时也会流于空泛。当然这只是一种泛论，每个评论者都有自己的个性与风格。目前的网络文学评论与研究，在学术方法方面基本沿用了研究印刷文本的路数，首先对书面材料进行书面分析，然后以书面形式表达自己的见解。网络文学中的非书面化元素，难免被一种学术惯性所屏蔽和滤除。网络文学评论的提升，一方面要避免将网络文本草率地等同于印刷文本，简单移植书面表达鉴赏和琐碎的文本分析，另一方面要避免不及物的、大而无当的表浅评论。

文化研究的优势是视野开阔，评价标准具有综合性，尤其面对网络文学这样的研究对象，有一些作品可能本身的艺术价值不高，但是在文化研究的多棱镜下会映照出别的价值，诸如记录现实、反映社会心态，等等。对于像本雅明这样的文化研究高手来讲，他们从垃圾当中也可以敏锐发现具有较高研究价值的学术突破口。不过，文化研究学者有时难免越界，以一个专门家的学识去谈论他不熟悉的问题，隔山打牛。网络文学和传统文学相比，传播媒介不同，内容和表达方式依然相通，审美性依然是其根基所在。针对网络文学的变化，审美分析要有所调整，只要不被奉为唯一标准，就依然是有效的、基础性的研究方法。因此，将文化研究与审美分析有机地结合起来，具体问题具体分析，灵活运用，才能有的放矢，避免一把尺子量到底。

第三，文献学方法与数据分析方法的有机结合。人文科学研究一直重视文献的搜集与分析，借此探明研究对象的特征和性质，在此基础上得出自己的观点。传统的文献学方法一直重视定性研究，因而具有明显的主观色彩，面对同一研究对象的不同研究者得出的结论可能差别很大，在科学性和客观性上容易引发争议。为了纠正这一偏失,定量分析方法的引入就有其必要性。以传播学为例,经验—功能学派以媒介分析、受众研究和传播效果研究为基本任务,以实证主义方法为基本方法,研究的过程和方法都是可重复的和可以验证的。研究者通过对外部环境变量的分析,揭示行为和事实的规律。传播学的技术—控制论学派建立在信息数理理论的基础上,以信息论、系统论、控制论为其奠基石,建立了典型的技术主义范式,具有更为明显的自然学科色彩。回顾网络文学的发展历程,追求数量的量化逻辑颇有市场,文本的同质化倾向较为突出。正因如此,数理统计方法适用性极强,可以大展身手。在网络文学研究中,可以借助媒体实验室的辅助,通过数据挖掘和分析,对海量数据进行筛选,捕捉热点信息,获得研究者需要的数据分析报告和可视化图表。网络类型小说的篇幅普遍较长,大数据统计分析以及 NLP(自然语言处理)方法的引入,也会有很好的效果。

数据分析方法并不是要取代传统的文献学方法,它在人文科学研究中是定性研究的有益补充。但不能单纯依靠纯粹的数据分析,人文研究还是需要独立的价值判断,不能以数据分析的结果作为唯一的依据。一些年轻学人在面对快速变化的研究对象时,自觉地更新研究方法,通过思维的转换,开拓新视野,开发新材料,提出新问题,开展新解释,这当然是值得鼓励的;同时也要避免一种倾向,那就是以为传统的学术方法已经过时了,在新的语境中不必再熟练掌握了。网络文学研究以人文研究为底色,我们在研究中必须具有人文思维和人文意识。正如格罗伊斯所言:"只有当对古老东西的保存似乎已经在技术上以及在某种文明内被稳固下来的时候,人们才开始对新产生兴趣,因为似乎继续生产重复性的、模仿性的作品会显得多余,因为它们重复的,是在档案库里早就存在了的东西。所以,新只有在此时才会以肯定的,而不是以危险的面貌出现。"[1]如果割裂历史与传统,"新"的价值也失去了必要的价值依托。

(《当代文坛》2020 年第 2 期)

---

[1] [德]鲍里斯·格罗伊斯:《论新:文化档案库与世俗世界之间的价值交换》,潘律译,重庆:重庆大学出版社,2018 年,第 2 页。

媒介裂变下的文艺批评生态和批评者重构

◎ 夏 烈

互联网作为崭新媒介尚未对实际生活尤其是文艺批评发生什么了不起的作用前，文艺批评在当代中国已经积弊重重。在将近 20 年后的今天，人们把讨论的焦点转移到"互联网+"即其媒介革命的背景时，一切看上去变得如此时髦也更加轻盈，就此所展开的论述和成果犹如改天换日，无需考虑前一周期是阴还是雨——然而覆盖总是令我心存疑惑，因为阴天和雨天即便在互联网时代还会出现吧，这恰如大雪掩埋了土地，见不到地上的碎石瓦砾了，但雪一化终究会露出原本的残损狼藉。当然，新一轮的太阳或者大雪铺天盖地，昭示着不可逆的造物之共同体的存在，不在其上构想创造与批评的世界，批评家也就毫无意义了。批评家在这个意义上讲，总是当下的、前沿的、此刻的；没有比批评家更热烈地关心和思考其所在这一刻之特征的人群。

"前互联网时期末叶"文艺批评的问题

我所说的"前互联网时期末叶"是个特殊的概念。大约指 1990 年代。

一方面，中国民用和商用化的互联网从 1996 年登上历史舞台。1998 年，之后被界定为互联网文艺的最早表现（也是最不需要复杂技术手段）的网络文学的"元年"。换言之，与这些网络环境相伴而来的网络文艺批评也可以从 1996 年讲起，它们在新世纪（2000 年后）逐渐生长、繁茂、泛滥；那么，

1990年代恰好成为传统文艺批评的一个末叶。

另一方面,如果将1990年代视为某个比较稳定的文艺批评时期,比如"新时期文学""纯文学"乃至"世纪末文学(艺)"等概念的尾声——这些概念都有专门的界定或者一定程度的共识,是曾经被创制和使用过并已然进入相关史述的命名,那么,1990年代的文艺批评又恰好是这些概念统治效用的最后阶段。之后,它们被"新世纪文学""80后文学""网络文学""网络文艺"等新概念替代、挤压和版本覆盖。不是说传统文艺批评手段就此失传,更不是说1990年代所象征的文艺批评问题已经解决和全无讨论必要,只是说为什么将"前互联网时期末叶"这个提法定位于此——乃因为当时文艺批评的基础、方法和手段仍然全盘运行(呼吸)着,关于它的问题(呻吟)亦尚未被"互联网+"这个话题干扰而留有末叶的整个儿活态。

手边的一册理论评论集可作为缩略的观照物。2016年1月,由张燕玲、张萍主编的《今日批评百家:我的批评观》一书由广西师大出版社付梓,该书汇集了《南方文坛》自1998年1月开设头条栏目"今日批评家"以来的98位中国一线代表性文学批评家的"我的批评观"一文。由此,我们可以看到1998年延伸至2015年的50后—80后批评家谱系及其观念系统的传承性和变异性,了解不同时候登上这本典型批评刊物的人物们关心的当下问题究竟是什么。结果,在1990年代最后两年的议论中可以看到上述"前互联网时期末叶"的文艺批评家的注意焦点:

更为严重的情况出现在批评内部:一些批评家似乎丧失了必要的信心,他们对于批评的前景忧心忡忡。……他们习惯地说,批评已经"失语",陷入了"危机"——"失语"或者"危机"正在成为两个时髦的反面形容词。

现在的批评论文晦涩难解。……不可否认,不少生吞活剥的批评论文很难赢得足够的耐心和尊重。然而,是不是还存在了另一种可能?——交流的中断也可能归咎于读者的贫乏。如果读者对于20世纪以来的一系列重要学派一无所知,那么,一大批生疏的概念术语的确会产生难以负担的重量。……没有必要在一大片茫然不解的眼光前自惭形秽,害羞地四处道歉。

批评家甚至使用一些夸张的言辞为作品指定一个并不恰当的位置。这种批评一部分来自不负责任的友情,另一部分是商业氛围的产物。大众传媒一旦分享了作品的销售利润,这种批评可能在某个圈子之内愈演愈烈。①

九十年代批评家心理有些不平衡。一则文坛功利色调愈重,作家拿批评家当敲门砖的行径不单日益普遍,且较以往更不加以掩饰,一旦达到目的就将批评家一脚踢开,令批评家失落、切齿。二则批评家在名利两方面与作家的差距都在不断而迅速地拉大,为人作嫁衣裳之叹遍及评坛。②

在文坛上,有一个专以文学为对象的"职业批评家"群体,这是1949年后特定的政治、经济和文化格局的产物。随着这种格局的变化,这样一种文学群体也终将消失。……

"职业批评家"群体的存在,使得值得批评与不值得批评的作品都被加以评说,也使得好作品和坏作品一时间无从区分。③

在更多的不需引用的文学批评家自述中,类似的批评、社会的批评、文化的批评、历史的批评、人性的批评、职业伦理的批评,以及强调文艺批评家理想、志业、精神、灵魂、自由追求、审美追求的观点、意见成为"前互联网"时期文艺批评的主调。

从当时文艺批评之传统和社会变化的关系来看,1990年代的改革开放向市场经济深化这一选择,事实上成为了紧张关系的决定性因素。商业化、大众传媒的勃发、功利主义与实用主义、作家与批评家在名利上的不平衡,乃至读者对于批评文体、文风的龃龉嫌弃(一种市场化后供需关系与服务购买的意识转变),都与中国的社会主义市场经济实践有关。如何处置义与利、崇高与消解、精英与大众、艺术与消费等词语背后相互间的关系,尤其是在极具精英意识、知识分子认同,以及传统媒介与体制下权威文艺阐释者形象的批评界中消化、调整、重构这部分时代关系,特别的艰窘。

似乎没有人从批评家的收入来源和收入水平谈文艺批评的社会地位及其改善的路径。如果这么谈在1990年代有困难,那么今天为什么也不这么

---

① 南帆:《低调的乐观》,《南方文坛》,1998年第1期。
② 李洁非:《九十年代批评家》,《南方文坛》,1998年第6期。
③ 王彬彬:《"职业批评家"的消失》,《南方文坛》,1999年第6期。

谈？——在新世纪的两个十年中，屡次掀起由上而下的关于文艺批评中"红包批评""人情批评"问题的批评潮，这一问题实际上在1990年代的市场化语境中已经大量发生，成为绵延而下的很长一段时间以来中国文艺批评家生活的"潜规则"和部分工作伦理，有其市场语境、资本语境中异化和腐化的问题，但也有批评家劳动与劳动报酬是否匹配的问题。在前引的南帆、李洁非、王彬彬等的议论中其实都提到并批判了与之有关的"老问题"，但十年、二十年过去了，症候和药方也仍是"旧模样""老例"。固然，"精神胜利法"在这个事情上有一定的作用，比如王干1998年借用弗洛姆"利己欲"概念加以申说的"批评家的牺牲精神"："一个真正的批评家必须克服自私自利的行为之后，才有可能肩负起批评的使命和责任"，"我则联想起批评家的精神历程，想起批评家的使命——文学繁荣的牺牲者"，"他是一个伟大的人梯，伟大作品的传世是和作者连在一起的，批评家是注定要被淹没和遗忘的。这有点像某种昆虫，在献出生命的汁液之后死去"，"他可以倒在批评的岗位上（岗位这个和平岁月里常见的词在此时如此地悲壮），但却不能退却，因为他是肩负使命的人，他是文学的清道夫。"①然而，仅仅建立在道德甚至超道德律令的基础上谈文艺批评的坚守传承恐怕独木难支。

当我们认识、分析人类文明和中国社会发展早已历经了"资本论"及至"后资本论"的理念，国家也已进入了全球化文化战略及意识形态博弈的场域后，依然将文艺批评环境氛围的改良净化归诸于批评家个体节操和群体清贫，而不是用综合治理、现代公共文化建设和批评生态学等角度看待时代文艺批评的功能、作用、环境和未来发展趋势，积极描述说明延误而亟需解决的核心问题，借用公共言论和议政通道提出来、解决掉，多少有点"古典，太古典了"！换句话说，就是把文艺批评家在1990年代以来的生活和工作焦虑看作社会问题而不是道德问题来思考和吁求，在文艺以外的社会、政治、文化场域中充分表达阶层人士的智慧意见和另一番道德勇气，以当代知识分子的身份、意识、作为来反哺自身的文艺批评事业，而非将自己视作"职业批评家""圈子批评

---

① 王干：《批评的使命》，《南方文坛》，1998年第4期。

家"对一亩三分地的歉收自怨自艾、自我麻醉、自我矮化,这才是破解市场化甚至资本化碾压的有效自觉和自信。所以,这种自我身份确认的差错和方法上的无力恐怕正是文艺批评界整体上最大的思维盲区和本领恐慌。

同样的,1990年代由于特定时代环境呈现的"退回书斋"的倾向在进一步扎紧高校学科思维下的学术规范和评价体系时,也有意无意地阉割了文艺批评(包括批评家个性、出身、文体、文风)的多样性,即其在"学院"体制中被日益边缘、齐一、量化等弊端,围堵、清扫、出局。1990年代一方面仍然延续着1980年代文艺批评的某些遗绪,比如书评、书话体的文艺批评仍大量存在,《中华读书报》《文汇读书周报》《中国图书商报》《读书》《书屋》《书城》等读书类报刊在一段时间内都相当景气(《读书》在1996年汪晖、黄平主政时期全盘转向思想学术类刊物,因"文风晦涩"为一部分老读者诟病,与1996年之前的随笔化《读书》风貌迥异。这同样也是学院派加强其话语权重的一项标识。学院派批评的方式本身渊源有自,未必是问题,但如果整个文艺批评生态一花独放,难免就不是春了);另一方面,所谓"思想淡出,学术凸显"的语境中,文艺批评从"急先锋"沦为了似乎游谈无根的二等公民,论文体占领上风、愈益显赫,批评家学者化、学院化、教授化势在必行,作协派批评家日益减少,文艺批评愈来愈千人一面、创新乏力、读者窄化,高校文科教师科研考核加剧而一般文艺批评无分可拿,这些都限制了文艺批评的繁荣。再之后,多样化的文艺批评生态在出版和发表上都逐渐生出窘境,书评、书话体文集、文丛不再是出版社乐意出版的对象。这一转折是否寓意着"前互联网时期末叶"的学院精英与如火如荼到来的大众文化浪潮的切割和决裂?至少在文艺批评的写作和阅读感受上言,就是这样。

媒介赋权与文艺批评的新景观

媒介赋权,顾名思义。我这样使用,直接改造于新加坡国立大学国际关系和中国研究学者郑永年的一部专著名称:《技术赋权:中国的互联网、国家和社会》。这部专著描述和分析了互联网技术作为中国百年来"科学的思维观念"

和"技术的民族主义"的结果之一,对于中国国家政治和社会关系的作用及其发展模式的影响。另一个来源,则可例举马歇尔·麦克卢汉的巨著《理解媒介:论人的延伸》,他的"媒介即讯息"实现了西方哲学"语言学转向"之后的"媒介学转向",证实着一种新媒介的全面引入必然带来一整套新信息的系统,包括社会生活的尺度、速度和方法。

互联网、移动互联网的媒介技术通过数字表明了它在当代中国的全面降临。截至2016年12月,我国网民规模达7.31亿。互联网普及率达到53.2%,超过全球平均水平3.1个百分点,超过亚洲平均水平7.6个百分点。中国网民规模已经相当于欧洲人口总量。其中我国手机网民规模则达6.95亿人,网民中使用手机上网人群的占比提升至95.1%,网民手机上网比例进一步攀升。(中国互联网络信息中心(CNNIC)发布《第39次中国互联网络发展状况统计报告》)可以说,这些网民都是网络文艺的受众,在上网行为中接触到广义的网络文艺作品和产品的概率为百分之百。

这样一个网络文艺的时代是惊人的奇观,完全溢出了过往文艺批评者的群体经验。我们对"媒介赋权"缺乏人文意义的预判、评价、介入和信任,有分量的理论思考主要来源于域外;如何接受并相信从"书本的文化"向"写书的文化"(读者即作者模式)转型的一系列观看、写作、编辑、转发、评论、点赞、打赏的"动词"中,通过网民创作和全民互动孕育出"一时代之"重要和伟大的文艺作品?——这些基于新媒介的作品、产品早已不顾我们的迟滞,在受众和产业资本的推动下,以网络小说、网剧、微电影、网游、直播、订阅号等新名称纷纷扬扬地来到生活中;这种创作和批评环境,对传统的文艺批评和"家"们意味着什么?何为?

一些事件证明着"互联网+"时代来临后批评家们的理路、遭遇。

2006年3月,博客全盛时期发生了一场"韩白之争"。文学批评家白烨和"80后作家"韩寒在新浪博客爆发了一次冲突。从白烨的角度言,在个人博客上贴一篇《80后的现状与未来》的文学现象批评毫无不妥,一个核心观点在于他认为当时源自1998年第一届"新概念作文"之后出现的韩寒、郭敬明、张悦然们的作品还不算"文学",只是一个文化现象。然后详细谈了为什么从质量上讲够不上文学的理由。但韩寒的发难和回击是凶猛的，以《文坛算个屁，谁也别装逼》否定了白烨们代表的文学批评标准尤其是象征体制化"文坛"的那套权力机制。媒体和新媒体的跟进与便利，很快让文坛朋友圈的陆天明、陆川、高晓松、谢玺璋、王晓玉、李敬泽等与"韩粉"们共同牵扯其中，构成了"博客"这一媒介平台全盛时期的重要文化事件、文化景观。不同年龄、世界观、文学观的人们被崭新的媒介平台及其信息流裹挟，自觉不自觉地按照媒介权力的游戏规则展开批评"战争"，演练着互联网媒介的一种典型批评样式。事件发生一周之后，白烨关闭了自己的博客，以彻底告别这一新媒体的方式退出这一"混杂"的批评样式。将白烨个人博客的关闭当作一个典型案例来解读我想并不为过，它反映了传统文艺批评与网络文艺批评的媒介性质迥异和面向这种信息流的心理准备与边界较量。从国内互联网媒介的文艺批评角度梳理，"韩白之争"是一个刻度，白烨的博客书写及其遭遇都非常有典型价值。

豆瓣在2005年的出现是另一个具有典型意义和价值的样本。固然从早期的西陆、水木、天涯等BBS、网站中都能找到草根文艺批评的痕迹，但像豆瓣这样专注于做评论，并以文艺范儿标榜和自我定位的批评类网站至今仍难出其右。豆瓣读书、豆瓣电影、豆瓣音乐作为网站的三大文艺批评支柱，给图书、影视、音乐的爱好者和更为广大的普通网民落地了交流、互动、评价、分享、批评才华展露的空间。你经常可以在一些颇具质量的文艺作品下面看到个性化、有观点、视角多样、携带知识分享等特点的草根文艺批评、民间文艺批评。在某些方面，由于鲜活、自由、知识背景不同等原因，那些批评文字或长或短，都能让拥有专业学科背景的职业批评家们感觉惊喜和羡慕。如果按照豆瓣体文艺批评的大致特征，很多学院式高头大马模样的论文在此将毫无生存空间（当然也许你可以在知网、万方、龙源、维普这样的学术论文网找到另一种存在感？）。这也从一个侧面证明了媒介赋权并不就是旧权力的互联网搬移，而是实实在在地"赋"权，即通过媒介和信息在更广阔的虚拟地理空间内筛选出新的权力，以平衡甚至制衡旧有的权力，即便像这样在貌似不够社会核心的文艺领域。换言之，互联网的基因中带有"民主"的遗传密码，在创造这个虚拟世界基础的伟大的人物们身上,"科学"和"民主"是紧密联系的,这不就是新文化运动百年的最好的回馈和说明吗?在这个意义上,我支持一切有助于解放和平权的话语震荡,对这种媒介裂变抱有"五四"式的敬意。

另一类成规模的互联网文艺批评平台源自腾讯的微信业务即其公众订阅号。2011年1月,微信1.0版本诞生;2012年8月,公众订阅号平台上线。这极大地改变和推进了包括互联网文艺批评在内的新媒体写作,也改写了之前由新浪微博领衔言论批评和文艺批评的结构。如果说微博时期的文艺批评很难成为大众在互联网文化上的焦点(远远无法跟热点事件引起的言论批评相比),那么,微信的公众订阅号却给予了文艺批评以合适的平台、节奏、传播力。一方面,传统文艺批评的订阅号也开始有机会转身甚至华丽转身。比如人民日报、光明日报、文汇报、文艺报等党媒的文艺评论都有各自的订阅号平台,而北青报、文学报等的文艺批评订阅号还形成了特色,结果都比纸质的母体在传播上、口碑上好得多。学术杂志如《文学评论》《文艺研究》《文艺理论研究》《读书》《中国图书评论》等,也都纷纷做了订阅号,将每期目录和一些代表性文章做了圈层化的新媒体传播。

另一方面,针对文学、影视、音乐、戏剧、美术、书法、舞蹈、设计、动漫、游戏等文艺体裁的批评类订阅号也从小众圈层的立意被创立起来,出现了一些很有代表性和影响力的平台。以网络影视批评的订阅号为例,富有专业度的如虹膜、知影、文慧园路三号、桃桃淘电影、后窗、迷影网等,既综融了互联网大众影评的术语、黑话,更突出了他们继承自传统文艺批评之功底且有时代和国际色彩的影评风格。而由这些新媒体诞生的影评人今天已经成为影视艺术的主流批评家,magasa、木卫二、卫西谛、叶航等渐次成为戛纳电影节"国际影评人周"、华语电影传媒大奖、金马奖等影视节展赛事的评委。而这些"'迷影群体'是一群热爱电影艺术、电影技术和电影历史的人。他们的职业各式各样,包括电影从业人员、媒体从业人员、电影学专业学生、学院电影研究者、IT业白领、理工科博士等,但在网络上进行关于电影的写作,都是占据其生活与工作极大分量的活动。……网络影评人的身份一直是比较隐蔽的"。①

公众订阅号时期的互联网文艺批评呈现了两个重要的启示和要素：一，传统文艺批评开始其移动互联网化的进程，并且取得了良好的成绩，与其他网民构成的或专业、或大众的订阅号同台并行，显现了媒介赋权由裂变向融合的方向过渡的特征，并正在形成某种批评生态矩阵。当然，是否能够在部落化、圈层化的新媒体时代进一步拓进和交融，依旧是一项复杂过程，尝试比退出好，变革比闭锁好。二，从各行各业涌现的非学院体制或体制化生存的批评家，正在媒介赋权的过程中确立自己的坐标点，修正文艺评价的坐标系。事实上，每一次媒介赋权后，都会有从民间到主流的重构发生，一些人借此遴选到新的权威系统，包括批评家、作家、导演、演员、编剧等文艺岗位。因此，这就是一个由媒介裂变引起的批评阵营重构的问题，谁因缘聚会，谁就有可能修改数据。

新媒体时代文艺批评家的要素

作为新媒体时代的文艺批评家，首先对互联网必须进行哲学性省视。在理论上解决自己网络批评实践的原动力问题。

在我的一篇文章中，曾对此有以下表述：

互联网及其虚拟世界尤其是分泌出的文化（文学艺术）黏性，是人类思想和智能发展到崭新阶段的"造物"。它本身是人类在向我们之上、我们之前——存在性的——"造物者"不断逼近、不断模仿、不断创意的结果。在互联网之前，人类至少还有两次对这一伟大造物者的模仿，一次是器物层面的生产工具和生活工具，其最终的形态则是物化了我们的生活，即形成了城市和社会；另一次则是写作。写作从造物的意义上说，即一种脚本设计：人物、性格、故事、情节、关系、命运，因为是人造之物，又无一例外地呈现着人类才

---

① 唐宏峰：《公众号时代的电影批评》，中国文联文艺评论中心等编：《当代文化思潮与艺术表达》，北京：中国文联出版社，2016年，第267页。

有的情感、情绪、情怀——人性的踪迹、两性的踪迹、身心的踪迹。写作从抽象的、虚拟的层次再次逼近（模仿）伟大的造物者之谜，即其造物的方法、手段和心灵基因。而目前的互联网及其虚拟世界是第三次模仿——某个方向上进化了的造物方式，它再次召唤着人性的踪迹、两性的踪迹、身心的踪迹填充并且发展出人类的创造之域。上述三次人类"造物"之旅的理想形态则都是功能性和审美性的高度合一。所以说，当我们把文学的虚构叫作"第二世界"的时候，互联网时代的虚拟艺术和技术就是"第三世界"的到来。而秉承马克思主义哲学，我们把人类社会叫作"第二自然"的时候，我确实在想象互联网所承担的内嵌的世界是不是一种"第三自然"①。

这样，我们的文艺批评实践就意味着在"造物"与"创世"的意义上添砖加瓦。而这一点，又必须要求网络批评实践者解决第二个问题：入乎其内的"粉丝""内行"的问题。一方面，随着网生代文艺批评者的出现，互联网处境包括ACG（动漫游）代表的"二次元"文化对他们来说都不陌生，真正的互联网文艺批评家将成功诞生在网生代的人群；另一方面，稍长的批评者，以及有志于成为具有深度的引领性的批评者，可以以亨利·詹金斯所说的"粉丝批评家"的定义训练自己："有组织的粉丝圈首先就是一个文艺理论和文艺批评的机构，一个半结构化的空间，被不断提出、争论和妥协的相关文本在这里被赋予不同的阐释和评价，读者们在此思考大众媒体的属性和他们自己同大众媒体的关系。"粉丝批评家是流行文化领域内真正的专家，"组成了和教育精英相抗衡的另一种精英"②。类似这样一种"沉浸"，是网络性对批评者提出的内在吁求。

至于过去萦绕于心的批评文体问题，似乎在"互联网+"环境中可以自行治愈。浏览数、点击量和好评、点赞等机制都在说明你的文体写作是否适合大众或小众读者。相信智慧者总会很快找到自己在互联网文艺批评中游刃有余的江湖，这就好比毛尖的得意："我认为，就像我们有过盛唐诗歌，宋词元曲，

---

① 夏烈：《网络文学时代的类型文学》，《山花》，2016年第8期。
② ［美］亨利·詹金斯：《文本盗猎者：电视粉丝与参与文化》，郑熙青译，北京：北京大学出版社，2016年，第86页。

眼下,正是批评的时代。互联网无远弗届的今天,'批评'告别传统学院派的模式样态,从自身的僵局中致死一跃,不仅可以有金庸的读者量,还能创造艾略特所说的经典,所以,如果要说批评观,我会坚持用写作的方式从事批评。"①

最后的要素,则是批评家的自我批评意识。我愿意以何平的话作为结尾:

事实上,绝大多数文学批评从业者也只满足于自说自话,文学批评的阐释和自我生长能力越来越萎缩。而这恰恰是令人担忧的。在大众传媒如此发达的今天,文学批评并没有去开创辽阔的言说公共空间。相反,文学批评式微的一个直接后果就是,文学批评越来越甘心龟缩在学院的一亩三分小地,以至于当下中国整个文学批评越来越接近于繁琐、无趣、自我封闭的知识生产。因此,现在该到了文学批评自我批评、质疑自身存在意义的时候了。

……文学批评从业者必须意识到的是在当下中国生活并且进行文学批评实践……只有通过广泛的批评活动才有可能重新确立自己在世界中的位置,建立起文学批评的公信力,同时重新塑造文学批评自己的形象。②

"修辞立其诚",确实,媒介赋权的契机在我看来,正在于重建文艺批评的"信用"。

(《文艺评论》2017年第6期)

---

① 毛尖:《批评,或者说,所有的文学任务》,《南方文坛》,2010年第2期。
② 何平:《批评的自我批评》,《南方文坛》,2010年第1期。

建构良性网络文学批评论纲

◎ 孙书文

互联网创造了一个全新的人类文明图景,激发了众多领域的巨变。文艺与网络联姻,催生了网络文艺的蓬勃发展,改变了文艺创作的格局与体势,也激发了数量巨大、样式各异的网络文艺批评,对已有文艺批评产生了极大的冲击,改变了先前的文艺批评的观念、对象、主体和标准。网络文艺批评风生水起、方兴未艾,但对网络文艺批评的研究尚存在许多不足,主要体现在:相关研究落后于网络文艺批评实践的进程,更落后于网络文艺实践的进程;对网络文艺批评的规律和特点的研究还需深化;网络文艺批评话语体系亟需建立等等。出现以上状况有以下几个原因:其一,相当长一段时间以来,文艺研究重视文艺理论、文艺作品、文艺创作主体的研究,而把文艺批评当作文艺生产的附庸,对文艺批评的研究未给予应有的重视。其二,网络文艺批评作为新生事物,还未产生广泛的效益,因而未引起充分关注。研究者在上个世纪末、本世纪初注意到了网络文艺批评,欧阳友权、黄鸣奋等学者在其论著中就网络文艺批评的特征、优势、问题等进行论述。就总体来看,良性的网络文艺批评亟待建构。立足于互联网思维对文艺批评加以研究,建构良性的网络文艺批评,才能推进网络文艺的健康发展,创作出"有正能量、有感染力,能够温润心灵、启迪心智,传得开、留得下,为人民群众所喜爱"的优秀文艺作品。[①]

[①] 习近平:《在文艺工作座谈会上的讲话》。

一、互联网与文艺批评变革：网络文艺批评的本体理论建构

网络文艺批评本体研究建构是要解决网络文学批评是什么的问题，是网络文艺批评对象建构、主体建构、标准建构、价值建构的基础，核心是什么是网络文艺批评和网络文艺批评是什么的问题，前者注重本性的界定，后者重视特征的分析。

网络文艺批评可分为两个大类：一种是从网络作为载体发挥着单纯传达作用的意义上来说，网络文艺批评是指网络上传播的学术期刊杂志、报纸上发表的文艺评论文章；另外一种则是从发生学的意义上来说，文艺批评是在网络上产生、传播并产生一定影响力的文艺批评，在这类批评上面网络环境下文艺批评的特质的集中体现，也可称为狭义上的网络文艺批评。在这里所指的是狭义上的网络文艺批评。

就现状看，网络文艺批评呈现出以下几个方面的特征：

（一）实时在线与网络文艺批评的自发性。网络文艺批评是"在线性"的文艺批评，从十几年前的 BBS 留言板到现在的"弹幕"，外观呈现虽有所不同，但都突出了越来越强烈的在线性特征。法国的文学批评家蒂博代从批评主体的角度将批评分为"自发的批评""职业的批评"和"大师的批评"，他认为"自发的批评是由公众来实施的，或者更正确地说，是由公众中的那一部分有修养的人和公众的直接代言人来实施的"[①]。实时在线触发了批评者的自觉，批评者自由、自然、潮流化地从事批评，使得网络文艺批评有鲜明的"自发的批评"的特征。

（二）即时对话与网络文艺批评的交互性。对话，是哲学中一个重要的范畴，是对人与世界交互性的阐述。二十世纪德国著名哲学家马丁·布伯在其《我与你》《人与人》等著作中深入论述了其对话哲学，提出人不能仅仅把

[①] 阿尔贝·蒂博代：《六说文学批评》，赵坚译，北京：生活·读书·新知三联书店，2002年，第46页。

"它"特别是他人作为客体,而必须把他人看作与你"相遇",与你平等相处的存在,是一个同时栖身于"你"之世界的存在;"你"便是世界,便是生命,便是神明。这种观念在网络世界里显现得格外突出。网络文艺批评进展的全过程,贯穿着"对话"精神。网络文艺批评是批评者、创作者与众多的文艺接受者之间的对话。这种对话基于网民大众各不相同的特殊体验,各种体验如切如磋、如琢如磨,如没有边界的茶会聚会、沙龙闲聊,有利于深化对文艺作品的分析。

(三)"微"理念与网络文艺批评的"轻逸"化。"微"是互联网空间中一种新兴的生活方式,蕴含着简化、精致和个性的特征。网络文艺批评往往简短精练,三言两语,甚至凝缩为几个简单的表情符号。批评家卡尔维诺在《论轻逸》一文中为"轻"张本,认为"轻"是一种价值而非缺陷。在文中,他专门论及了计算机科学,指出软件只能够通过沉重的硬件来发挥它轻捷的功能,然而,到底还是软件发出指令,影响着外在世界和机械,机械只作为软件的功能实现物而存在,没有向人类展现车床轰鸣和钢水奔流这类惊心动魄的形象,而是提供以电子脉冲形式沿着线路流动的信息流的"点滴",钢铁机械依然存在,但是必须遵从毫无重量的点滴的指令。这其中蕴含着非常丰富的隐喻。珀尔修斯因为穿了长有翅膀的鞋,能够飞翔,变得"轻",才成为唯一能够砍掉美杜萨的头颅的人,许多"轻逸"的网络文艺批评也能仅用寥寥数语便切中肯綮。

(四)感官盛宴与网络文艺批评的展示性。互联网极大开拓了网民的感官空间,网络空间所形成的拟态环境着力要给予接受者强烈的类感官冲击。网络文艺批评重视接受者的感官体验,批评者对批评题目、语言形式、甚至个人网名等方面的刺激性极为重视,格外追求"先声夺人"的出奇效果,使之成为批评者展示自我风采、赢得网络人气的利器。批评者追求率性表达,有时会故意彰显、夸张与传统文学批评、精英文学批评的断裂,张扬反叛性和非继承性。

二、文本与批评者的双向交流:网络文艺批评对象理论建构

关于文艺的批评对象,在文艺批评理论发展的历史上曾发生过多次变革,

在文艺文本、文艺创作者、文艺接受者之间转换,引发了英美新批评,接受美学、阐释学等变革,这些变革基于哲学观点的变化,一次次地改变着文艺批评对象的面貌。在网络空间,文艺的批评对象发生了重大的变化,呈现出内容扩大化、位置边缘化的趋势。

文艺内涵的增容与网络文艺批评对象的开放性建构。人们对"网络文艺是什么"的问题存在着不同的看法,在网络空间中,传统意义上的文艺与非文艺界限越来越模糊,此前被视作非文艺的许多质素也已逐渐成为网络文艺批评的重要组成部分。在网络语境下,文艺与技术之间的关系受到格外的重视,突出表现为网络文艺媒体研究的分量增加。费瑟斯通曾言:"如果对媒介的本质及其运作方式缺乏理论理解,那么人们在理解当今社会、文化及经济形式时就会愈觉其困难。"[①]这一判断,在网络时代更为突显。数字化媒介、电脑互联网媒介、手机等移动互联网媒介,形成了超文本、超链接等文艺文本形态,为文艺批评提供了新的元素。此外,基于互动性的发展,对批评者的再批评,构成网络文艺批评的重要内容。基于以上情形,良性的网络文艺批评需要从更具时代性、开放性的角度来建构网络文艺批评的对象空间。

"没有重量的空间"与网络文艺批评对象的平等性建构。有学者将网络世界称之为"没有重量的空间":"物理世界是一个有重量的世界。一块石头、一张桌子或者一幢房子之所以各安其位,即是因为它们的重量。重量已经是这个世界秩序的一部分:重量的差异决定了位置的高低上下。人们无法看到一座纪念碑矗立在一个鞋盒之上——后者承受不了前者的重量。有时,重量与体积成正比。工业社会诞生了许多雄伟的巨型景观。摩天大楼、巨轮、疾驰的火车、钢铁与水泥混合的桥梁,这些巨型景观的吨位是惊人的。从这个意义上可以说,工业社会是一个制造重量的社会。然而,进入网络空间之后,一切景观都迅即化为没有重量的比特。比特可以复制、移动,或者远程传送,就是没有重量。活动于网络空间的人物也仅仅是一些没有身体重量的比特。因为没有身体——面容、四肢、骨骼、血肉之躯——的到场,种种个人信息失去了认证的

---

① 南帆:《没有重量的空间》,《电影艺术》,2000年第4期。

可能。"①在网络空间中，奉行众生平等的法则，网络文艺作品呈现了丰富的多样性、多元性，层次性、等级性相应减弱。与此相应，网络文艺批评者对批评对象的选择，更多是基于个性的喜好与"同好"的圈子意识，文艺批评对象具有非经典化、非重大内容化和戏剧化的特征，需要从宽容、平等的角度来建构网络文艺批评的对象空间。

批评者在批评实践中对文本的再建构、再创造。依接受美学的观点，文艺活动整体构成包含了创作者与批评者两个方面，批评者推动了文艺文本到文艺作品的转变，文艺作品历时性的丰富性、多样性得益于文艺批评。以自由、平等、对话为突出特征的互联网，突显了文艺批评的双向建构特点，网络文艺的对象是批评者在批评实践中对文本的再建构物、再创造物，这其中包含着知、情、意、形象、意象、物象、想象、联想、思维等丰富的心理活动。网络文艺批评的对象，不是文本、创作者，或世界几者中的哪一方，而是文艺作品在批评者那里的主观化变形形态。

三、网络文艺批评主体理论建构

传统的文艺批评者需要经过长期的刻苦训练，在一定意义上仅归属于知识分子精英阶层，存在明显的远离大众的倾向。网络文艺批评拉近了文艺批评与大众的距离，具有鲜明的民间化特色。这种特色为当下文艺批评主体的建构提供了新的质素。

（一）批评主体身份的自由与网络文艺批评独立品格的建构。自由是人类社会生活中最富诱惑力的问题之一，同时又是一个人言言殊的复杂的问题，正如黑格尔所说："一般所谓'自由'这个名词，本身还是一个不确定的、笼统含混的名词，并且它虽然代表至高无上的成就，但也可以引起无限的误解、混淆、错误，并且造成一切想象得到的越轨行动。"②虚拟的网络空间极大改变

---

① 南帆：《没有重量的空间》，《电影艺术》，2000年第4期。
② [德]黑格尔：《历史哲学》，王造时译，上海：上海书店出版社，2006年，第18页。

了人的自由空间以及对自由的观念，信息的选择接受更为自由，自由选择的个体欲望表达更为充分。自由也是网络所追求的重要目的之一。虽然说网络自由依然不可能人为的自由限制，并且不断出现异化现象，但网络技术在一定程度上保障了批评主体的身份自由。网络文艺批评没有专业的限制，突破了学科的疆域。网络文艺批评者用网名、昵称发表自己的观点，一串串妙笔生花的昵称完全成为一个个发言者的代名词，完全成为了发言者的符号代码。这种自由身份，有利于批评者摘下面具、脱去伪装，张扬真切的艺术体验与审美感受，彰显批评者的独立品格。

（二）批评主体的非中心化与网络文艺批评主体的深度建构。网络文艺批评主体，对"经典"采取一种调侃和嘲讽的态度，对待神圣、主流采取有意、无意的不理会的态度。批评者按照自己的文化兴趣、审美趣味来对文艺作品、文艺现象作出自己的评价，突显民间化、个人化的批评立场。有学者认为："网络批评固然也研究作品，或者说仍然以作品为主要研究对象，但是，它们也把'批评'的触角扩大到很多与作家、作品没有什么关系的方面，例如作者的婚恋、作者的家庭、作者的爱好、作者的故乡，甚至作者长相、照片，衣着、癖好以及各种趣闻逸事。总之，只要批评者本人觉得有趣味，他尽可以把许多在传统批评看来与作家、作品的分析研究没有关系的因素纳入到文学批评中来；而且，这多而杂的因素的纳入，并非是作家、作品的'外缘'性的研究，至少从传统批评的眼光看来，它们属于'无缘'研究了。"[①]兴趣具有强大的推动力，会强化批评者的敏感度与意志力，因而批评主体的非中心化，在一定程度上有益于助推网络批评的深刻性。

（三）批评主体的狂欢化言说与网络文艺批评主体的伦理建构。詹姆逊在《后现代主义与消费社会》中提出："后现代文化从根本上受制于、对应于资本主义的消费社会，其基本特征是主体瓦解、雅俗交融、意识形态淡化、学科分野模糊、杂拼以及精神分裂。"[②]网络文艺批评者像戴着面具在大街上的舞者，

[①] 谭德晶：《网络文学批评论》，北京：中国文联出版社，2004年，第46页。

[②] Frederiek Jameson:Postmodernism and Consumer Soeiety,Hal Fostered,The Anti-Aesthetic,Port Townsend:Bay Press,1983,pp.214-223.

尽情地释放着自己的激情，呈现出"众生喧哗"的场面。这种情形也造成了批评主体责任承担的缺失，文艺批评的社会责任被有意回避，甚至会无意中挑战社会伦理的底线。现代性意义的自由是权利与义务在社会交换意义上对等的自由，是卢梭意义上的相对自由。在网络空间中，后现代性意义上的自由，是个性的自由，是不可交换的自由，即伯伦和施特劳斯意义上的绝对自由。网络文艺批评主体的伦理建构，建立在两种自由的区分基础之上，在网络文艺批评领域形成现实世界的规则与虚拟世界的规则的转换机制。

四、网络文艺批评标准建构

基于不同的时代状况、时代需求，中国当代文艺批评标准几经嬗变。在后现代主义思潮的影响下，"标准"受到质疑，但"标准"又是文艺批评绕不开的问题。网络文艺的批评标准，与批评对象的艺术承诺、创作实践、读者期待相匹配。在网络文艺批评标准的建构中以下几个方面的问题值得关注：

（一）网络文艺的丰富性与网络文艺批评标准建构的复杂性。网络文艺在作品数量、艺术形态上都呈现为极端丰富性的特征，既有传统文艺形式在网络的平台上的数字化成长，如网络文学、网络音乐、网络影视、网络戏剧等，也有的是在网络平台基础上，在传统文艺世界中所没有的新的网络形态的衍生，如网络游戏、博客、微博等。文艺批评标准的建构与时代经济的状况、文化学术的历史演变息息相关，与时代关于社会的评价标准、人的评价标准具有深层的一致性。网络时代的复杂性，决定了网络文艺批评标准的建构是一个复杂的工程。

（二）基于快感的审美体验与网络文艺批评的"真实性"建构。网络文艺最为常见的艺术承诺与接受期待，是为读者提供快感体验。快感是人类生命活动的基本需求，人类从事创造性活动的基础。基于快感的审美体验，是网络文艺的基础性特征。传统批评"真实性"标准，需加入快感审美体验的因素。

（三）类型化文艺创作与网络文艺批评的"独创性"建构。网络文艺具有类型化的面貌，但具深远影响的网络文艺作品，无不具有鲜明的独创性。类型化并非创作的目的,培育、滋养想象力与创造性是文艺创作的重要诉求。在海量的网络文艺作品不断滋生的状况下,独创性比之于传统文艺批评具有更加重要的意义。

(四)突出的技术特性与网络文艺批评的技术美学标准。现代电子计算机的基本运行原理是将由 0 和 1 构成的二进制数制计算技术与物理电子脉冲进行结合,从而实现电子脉冲与数字信号之间的光速转换,实现了能量与信息之间的无缝转换。网络世界的数字化本质深刻地影响着人们对于电脑网络世界的接触方式和感知方式。网络文艺生长于网络空间之中,从表达方式、思维方式到哲学观念,都有着鲜明的技术性特征。网络是阻碍、抑或助力了网络文艺的发展,理论界有着不同的认识,但毋庸置疑网络改变了文艺,正如著名传媒学家麦克卢汉曾经断言的"任何技术都逐渐创造出一种全新的人的环境"[1]。网络文艺批评不能忽视、漠视这种技术性特征,须建构基于技术特征的审美标准。

五、网络文艺批评价值建构

网络文艺批评作为一种文艺现象,是一种新的批评范式,它不仅在文艺观念、文艺批评方法、文艺批评心理机制等各方面产生了影响,更是一种文艺内在品格的变革,网络文艺批评对于当下整个文艺批评生态的建构有着积极作用。在价值领域,良性的网络文艺批评建构应包含以下几个方面的内容:

(一)网络文艺批评发展与"接地""及物"批评的建构。当前的文艺批评遭遇到种种批评,其中"不接地"、"不及物"、不能揭示文艺作品的优劣、沉湎于理论的自物循环,是其中一个重要方面。网络文艺批评直面作品,与文艺现实"短兵相接",更加突显"批评"的特质。彰显这种特质,是建构良性网络文艺批评的应有之义。

(二)网络文艺批评与文艺批评引领公共话语功能的重建。文艺批评与社

---

[1] [加]马歇尔·麦克卢汉:《理解媒介:论人的延伸》,周宪等译,北京:商务印书馆,2000年,第25页。

会现实有着密切的联动性,能产生巨大的思想和情感解放性力量,在引领社会思潮上具有优势。网络文艺批评立足于网络与中国当代新现实的结合,对当代社会问题与思想动向有着极强的敏感性,可以通过文艺作品分析,形成公共社会话题,积极发挥引领公共话语的作用。

(三)互联网时代文艺批评话语权的转移与大众话语权的激发。传统的文艺批评是一种精英意识批评,文艺批评话语的权力掌握在少数精英知识分子手中。网络技术为大众批评话语搭建了一个技术平台,文艺批评话语权力不再仅仅掌握在少数人手中,它变为了大众的一种话语权利。充分发挥网络文艺批评的大众化特征,可以极大促进文艺的消费规模、提升消费层次。

(四)互联网时代丰富的批评样式与文艺批评语体的革新。网络文艺批评改变了学院批评所使用的标准化学术语体,激活了具有鲜活的生命质感的随笔式批评,具有中国传统特色的意象化批评、点评式批评等样式批评,也获得了"网络化生存"。培植、张扬这些批评文体,可以修正当下文艺批评可读性不强、形式呆板等弊端,实现文艺批评整体的改观和新的增长。

《十九世纪文学主流》的作者、丹麦批评家勃兰兑斯曾言:"批评是人类心灵路上的指路牌,批评沿路种植了树篱,点燃了火把,批评披荆斩棘,开辟新路……批评移动了山岳,权威的、偏见的、死气沉沉的传统的山岳。"[1]文艺批评对文艺发展起着重要的作用。中国当代网络文艺发展速度惊人,数量堪称海量,艺术形态众多,受众数量巨大。同时,对网络文艺这种新兴艺术形态的质疑也从未中断,涉及的内容包括:整体质量偏低,泥沙俱下,良莠不齐;过分类型化,同质化突出,创造性弱化;接受者与创作者关系错位,拼凑、抄袭现象严重;等等。在这一背景下,建构良性的网络文艺批评成为一个具有时代意义的话题。

(《百家评论》2016年第6期)

---

[1] [丹麦]勃兰兑斯:《十九世纪文学主流(第五册)》,张道真等译,北京:人民文学出版社,1982年,第383页。

打造中国网络文学的"智力庄园"

◎ 周志强

"智力庄园":一种 IP 汇聚的产业方式

中国网络文学的发展经历了将近 20 年或 30 年的开拓,进入了升级版的时代。一方面,大量网络文学培养的青春读者正在逐渐走向中年化,旧日的故事变成了需要反复消费和咀嚼的人生记忆,这为网络文学的 IP 成长准备好了天然的受众;另一方面,读屏文化崛起,网络文学的"文字优势"时代走向终结,网络文学走向更广阔的文化市场。在这个前提条件下,网络文学走过了其野蛮生长和自由创作的"故事驱动"时段,开始走向多向发展、多元共生的"IP 驱动"时段。

今天我们讲"IP 驱动",何谓"IP"?IP 改编同传统的故事改编有什么不同?

IP 的本意乃"智力产权"(英文为 intellectual property),直接的含义就是人类思想创造出来的产物所应该享有的"权利"。例如应当时的文化创意需求,金庸写出了郭靖、杨过、令狐冲等形象,那么,这些形象就具有"产权",如果我们在自己的文艺作品中使用这些形象,就要购买这个产权的使用权。理论上讲,艺术形象本身是无法"享受"产权的,这个产权归属于创作者。但是,艺术形象和文化创意所产生的影响力乃是直接的影响力,如有些孩子喜欢购买芭比娃娃，有些年轻人喜欢"漫威"系列，并非因为创作者的缘故，而是因为这些形象本身的魅力。于是，这些形象就在其传播和消费的"流"中，仿佛获得了独立存在，具有了"主权"，IP由此产生。

概而言之，从保障作者的创意权利角度来说，IP是法律概念；从传播和消费一个形象或故事型的独特意义的角度来说，IP乃是一种文化艺术的范畴。或者换句话说，"艺术形象"这个概念更强调作者的"产权"，而"IP"这个概念更强调抽象性的"智力"的"庄园化发展"。

值得注意的是，这种"智力庄园"有的是被具体的人打造的，有的则是自然形成的。"贾宝玉"是专属打造的，只不过其打造者已经失去了享受法律上产权的权利；而"孙悟空"则是由各种传说、演义和戏剧等共同铸就的；至于"龙""梅花""嫦娥"等，则口说文衍，自成一统了。一旦一个IP创生形成，那么，它的原生作者就变得不重要了，而使用这个IP进行延展创作的众多作者，各自贡献自己的智慧，最终形成了围绕一个IP的"智力庄园"。

在今天，网络文艺越来越走向"IP驱动"。但在"IP驱动"的时段，仅仅依靠各种IP的零星生产，不足以构成应有的文艺引领。不是把小说改成电影就是IP改编，改编成游戏、玩偶、主题公园或者虚拟现实，成为一种"爆米花经济"方式，才是IP改编。从"IP驱动"，走向"智力庄园"，成为今天文艺产业竞争的重要趋势。

推动IP以"智力庄园"的方式形成产业，化生出万流汇宗的趋势，能形成长久且完整的文艺影响力。正因此，网络文学进入"IP驱动"，意味着网络作家要更注重"智力创作"，即凸显自己独特创意，从形象、故事型、作品中的器物、成功模式——如"修真"的具体方法、地图、国族类型、精灵形态等多方入手，这与传统的文学创作以语言、修辞、性格和风格为核心的创作有很大不同。网络文学作家唐家三少提过的"元宇宙"式的追求完整构架的创作，不正是IP写作的基础性特点的体现吗？

同样，网络文学要逐渐走出"作家创作+公司推出"的"平台化写作"范式，要逐渐转型为"平台规划+作家创作+IP开发"的新型范式。重点还在于公司平台的运营模式的积极转型。在"IP驱动"中，作家创作不同角色、不同形象，不像传统文学中的形象一样往往追求意义稳定性，反而是追求其变量。它们可以被反复叠加、修改、转义、引申，成为不同时代不同需求的人们共享的意义组，形成文化和艺术的"庄园"。

事实上，文艺的"智力庄园"体现出一种新的文艺产业发展的逻辑。从单个 IP 驱动一部电影或者小说的成功，到形成"智力庄园"经济，这恰恰是当代文化经济的一种崭新方式，如同表面上是迪士尼创造了米老鼠，实际上，正是米老鼠创生了迪士尼（"智力庄园"经济的成型）。

中国网络文学 IP "智力庄园"的三个原则

文艺 IP 是在消费主义文化潮流中构造完成的，其传播力来自于对名利双收的期待。而这种期待已经成为文化市场潜在的支配要素。所以，如何在文艺 IP 的时代，打造带有全国乃至全球影响力的作品，使之久远润物，可以说是当前文艺领域的重大命题。IP 的魔力在于其虽为人造，成型之后却可以"造人"。那么，中国如何构造自己的"IP 驱动"的"智力庄园"呢？

首先是"辐射力原则"。依靠流传广泛的中华经典文化的丰富元素构建 IP，应该是首先要遵循的原则。不妨称之为"辐射力原则"。

其次是"共赏力原则"。IP 是漂浮在消费文化话语的空中的，所以，中国故事 IP 的创生，不是一般性的中国故事的打造，而是选择具有广泛空间传播力的元素，制作具有全球影响的 IP，实现经济利益最大化的同时，彰显中国故事的美学魅力。这可以称之为"共赏力原则"。

学者王一川提出"艺术公赏力"，强调艺术在现代社会文化建设中的公共化育价值；而 IP 的"共赏力"，则突出消费型文本所具有的跨文化、跨民族的"文化共享"价值。这恰恰是当前我们文艺 IP 比较薄弱的方面。迪士尼等通过唐老鸭、米老鼠等形象汇流，慢慢创造出全球流动的文化精神，而我们可以说还处在 IP 生产的"工作室"阶段。认识到"共赏力原则"，才会在当前较为零散的 IP 生产状态下，自然态地形成"中国精神"的 IP 汇聚。如果说迪士尼曾经在一个工业化大发展的时代，创生出乐观、冲动和幽默的文化精神的话，那么，在一个全球资本主义危机的时代，立足中华美学精神的跨社会美学特性，形成以冲淡、宽容、理性和仁勇为美的中国 IP 文化精神，恰当其时。

最后是"穿透力原则"。网络文学的 IP 创生，还要有一个"穿透力原则"，即 IP 的创造，不仅仅只是形象的商业价值，还要有深刻的历史和现实价值；不仅仅带给人们新鲜的感受，也要具有观念撼动和改造的力量。

"漫威"的超级英雄，诞生于漫画，发展于电影，不仅全球流动，且重塑青年人的自我认同。在打造文艺 IP 的时代，中国故事的内在逻辑和文化版本，应该把中国人独特的摆脱历史苦难的过程、勤劳坚毅和创造美好新生活的冲动表现出来，打造 IP 改编的意义硬核。

中国文艺"智力庄园"的未来

中国有丰富的历史传统和优秀的当代文化，且蕴含着巨大的市场潜力，所以，中国文艺以"智力庄园"的方式进行设计和构造，不仅可能，且充满优势。

首先，可聚焦网络文学几十年的经典作品，开发一批 IP 产品。目前，中国网络文学要改变追求短期市场效应、缺乏"IP 驱动"的意识，要多关注作品中的文化现象和场景，如《择天记》的双重世界、《诡秘之主》中的心理魔法、《有匪》中的山寨景观，都具有未来打造成为 IP"智力庄园"的可能性。

其次，网络文学的 IP 改编还要具备共同体意识。迪士尼原本是普通的儿童电影制作品牌，却在后来实现了 IP 转型，从各类动漫人物的玩具制作，到风行全球的"迪士尼主题乐园"，变身为全球强大的"意义厂商"。前几年，《花木兰》（迪士尼）和《功夫熊猫》（梦工厂）改写中国经典文艺和民俗文化中的形象，令其全球传播，一定程度上重构了这些形象的内在意义。

再次，在传统和当代的"结合点"上实现人物设定和故事设定，创生具有全球魅力的"智力庄园"文化。如动画电影《西游记之大圣归来》在经典形象的基础上进行 IP 再造，使用"命运抗争"的意义主题。潜藏在这部作品内部的文化表意逻辑呈现出富有穿透力的内核：在一向夸张绚丽的"二次元"世界中，添加当代中国普通人的现实共鸣感，赋予人们一种抵抗沮丧、无助感的精神力量。

当然，中国"智力庄园"的打造也面临一些挑战。欧美日IP模型的"霸屏"，无形中影响了中国IP形象创生的内在逻辑；另一方面，IP滥用也在透支"智力庄园"的智力魅力。"孙悟空"这个形象IP化之后，也出现了一些滥用的状况，某些创生的"孙悟空"形象身上融铸了许多负面意义，如怨恨情绪、受迫害妄想与"一夜成名"狂想等。可见，IP资本过度追求情绪甚至欲望效应，可能会令某些IP形象成为"情绪的寄生筐"，这是需要高度警惕的。

总之，中国是"故事大国"，却还不是"故事输出"的大国。希望通过"智力庄园"的生产，助力未来具有中国精神内核的中国故事的国际传播，让中国故事在全球范围内获得更广泛的影响。

（《中国艺术报》2021年11月9日第3版）

社交阅读的兴起与文艺批评的交往更生

◎ 周 冰

自 20 世纪 90 年代以来，以互联网为代表的数字媒介迅猛发展，数字出版、电子阅读崛起，读者衰微，用户兴起，传统静谧、沉思式阅读的"孤独愉悦"，越来越多地让位于动态的、浅层次阅读的"熙攘"，人们的阅读方式、阅读习惯开始嬗变，并从阅读端对知识的生产、传播、评价形成一种规制。在这一阅读变迁的过程中，笔者注意到了众多读者、用户以原始文本为基础，进行的阅读、讨论、分享、创作等活动，他们或是对阅读文本激扬文字、评头论足，或是兴到尽处时进行点赞、打赏，更或是随手对阅读的内容进行转发、分享，等等，以各种形式彰显了社会化交往的需要与倾向，表征着一种新型的阅读方式——社交阅读的生成。在笔者看来，这一阅读方式重构了知识的传播机制及生产流程，它不仅是阅读，更是社交，不仅是接受，更是生产，极富意蕴。有感于此，本文试图从社交阅读的角度切入文艺，扼要讨论如下三个问题：文艺社交阅读呈何种样态？社交化阅读下的文艺又有着什么样的特点？面对文艺的社交阅读，文艺批评何为？

一、数字媒介语境与文艺社交阅读的兴起

阅读"即从任何编码系统中获取视觉信息并理解其相应含义"。①因要获取"信息",更要"理解""含义",人的阅读从一开始就带有原生的社交属性,向内它需要充分挖掘、沟通文本,向外它需要与他人切磋、交流等。比如,读《红楼梦》,需要与曹雪芹刻画的艺术世界充分沟通,与他塑造的贾宝玉、林黛玉等形象对话,而当共鸣于作者之描述或无法理解作品内容时,可能就会与师友分享,求教于他人等。在这个意义上,个体的阅读实际上以自己的认知为基础,将之扩展为与作者、文本的对话,与他人的话题探讨、人际交往。然而,在媒介不发达的时代,阅读的社交性受制于文本、存储、传播等的时空限制,无论是在"量"的表现,还是在"能"的凸显上都比较小,并不引人注目,阅读史上的听读、默读、精读、泛读等,其外在的表征大抵都偏私人性、静态化与孤独化,恰如曼古埃尔对几幅读书雕像的描述,"年轻的亚里士多德坐在一张垫椅上,双脚舒服地交叉,一只手垂靠在身侧,另一只手抵到眉边,疲倦地读着一卷摊开在他膝盖上的书。……圣多明尼克坐在一处宽绰的台阶上,右手温和地托着下巴,专注于摊放在膝盖上的书本,听不到周遭的声音。"②

不过,伴随着信息技术的突破,尤其是移动互联网、数字存储、远程交互、人工智能、VR 显示等的发展,大量的文艺文献、视听文本被数字化存储、传播,各类型的知识数据库、数字图书馆、阅读平台被建立,各类型的即时通信软件、写作软件、读书软件被编译创造,人们越来越习惯于通过搜索引擎、数据挖掘、智能推荐等获取信息,以智能手机、平板电脑、电子阅读器等阅读。这带来的直接后果是,纸质阅读逐步衰微,电子数字阅读呈抬头与渐进之势,"手机和互联网已成为我国成年国民每天接触媒介的主体,纸质书报刊的阅读时长均有所减少","数字化阅读方式的接触率为 76.2%,较 2017 年的

---

① 史蒂文·罗杰·费希尔:《阅读的历史》,李瑞林等译,北京:商务印书馆,2002 年,第 17 页。
② 阿尔维托·曼古埃尔:《阅读史》,吴昌杰译,北京:商务印书馆,2002 年,第 3 页。

73.0% 上升了 3.2 个百分点；图书阅读率为 59.0%，与 2017 年基本持平；报纸阅读率为 35.1%，较 2017 年下降了 2.5 个百分点；期刊阅读率为 23.4%，较 2017 年下降了 1.9 个百分点。"①而数字媒介的功用，"去凝固、去阻隔、去静止、去分割、去边界、去等级、去差异"则被深深嵌入到人们的阅读中，不仅导致了阅读中的"决定论、稳定性、有序、均衡性、渐进性和线性关系等范畴愈来愈失去效用"，"各种各样不稳定、不确定、非连续、无序、断裂和突变现象的重要作用越来越为人们所认识、所重视"，②而且带来了"主体间真正而切实的交流、互动、联动、融合、合作及其活动中的流动、畅通、生成和一体化，造就出的是'数字现代性'文化主体"，以及"可以形成现实而非只停留于观念上的交互性——数字交互性"。③

由此，阅读被纳入数字媒介的革命与融合场域，传统印刷时代的静态阅读逐渐让位于电子数字信息时代的动态阅读，线性阅读的完整性、深思性被碎片化、浏览式的"看读"取代，阅读的被动性则逐渐让位于读者的主动文本参与与生产，阅读原生的社交属性被激活并放大，阅读的数字交互、交往意义开始凸显，阅读不再是个人的事情，而是走向了公共场域的社交阅读，这正如亚马逊中国的读书调查，"78% 的受访者选择通过社交平台（微信、微博、豆瓣、知乎等）分享阅读内容，17% 的受访者会在电商平台留下读者评论。同时，朋友推荐、图书销售排行榜对 90 后和 00 后受访者的影响也更大。"④在这种情况下，人们阅读、点赞、点评，人们推荐、打赏、转发，人们开设书单、回答问题、建立群组、讨论情节、话题生产，等等，"阅读不再孤单"，"从'文字弹幕'到社交化阅读，强调分享、互动、传播，乃至共时间、共平台、共阅读的'共读'概念正在兴起。阅读并不再追求'埋首故纸堆'的冷清，社交互

---

① 刘彬：《第十六次全国国民阅读调查公布》，《光明日报》，2019 年 4 月 21 日。
② 沃·威尔什：《我们的后现代的现代》，让-弗·利奥塔等著：《后现代主义》，赵一凡等译，北京：社会科学文献出版社，1998 年，第 96 页。
③ 单小曦：《合作式网络文艺批评范式的建构》，《中州学刊》，2017 年第 7 期。
④ 刘爽爽：《亚马逊发布 2017 全民阅读报告》，网址:http://www.sohu.com/a/135836579_694048，2019 年 8 月 25 日查询。

动带来的热闹与参与感，正成为读一本书的乐趣所在"。①这一社交阅读充分利用了媒介的赋权，最早从 BBS 群落、个人日志、博客开始，历经专门性读书网站、贴吧、论坛以及网络文学的崛起时期，并终至当下微博、微信、各类读书 App 以及 UGC、PGC 等盛行的移动互联时期，其基本的发展逻辑是技术突破下的阅读模式、内容变迁以及阅读公共性、交往意义的逐步强化。它创造出了有别于传统以文本内容为核心的阅读方式，而是在文本之外，突出了围绕文本而形成的以人——人为代表的各类关系要素、需求和价值，凸显了基于文本选择、理解、分享、内容再生成等的交际性行为，更加强调分享、互动和社交，更加注重阅读的公共性、读者的接受度、社交关系实现。

以读者对马伯庸的《长安十二时辰》阅读为例，该作 2017 年由湖南文艺出版社出版，随后电子版上线亚马逊 KINDLE、豆瓣读书、微信读书、咪咕阅读等数字阅读平台，2019 年由小说改编的同名电视剧播出。由于作品节奏紧凑，人物塑造典型，画面感强，饱受好评，在当当电商平台，有读者评论 262 条，有贴吧一个，吧内成员 692，贴子 262 则，并有可分享至微博、微信、QQ 空间的分享设置；在亚马逊电商平台，设有"情节跌宕起伏""值得一读""一口气读完"等评论标签，有读者评论 610 条，每一评论下都会显示该评论对多少读者有帮助；在豆瓣上，该书（作品上部）的阅读交往更是显著，有 366 条书评，26 则讨论，132 则读书笔记，10980 则短评，有电视剧小组 2 个，小说小组 1 个，小组成员总数近 4 万人；在微信读书，显示该书（作品上部）有 11.6 万人共读，有 8489 人点评，评分 8.2。众多读者以文本为聚居区，从自己的阅读、观看经验出发，将自己私密化的阅读心得、体会、笔记公开性地进行展示，对该作的内涵、特点、长处、不足等进行品评，而在读者初次的品评、展示之下，又有其他读者的回复、跟评、点赞、分享等 N 次传播行为，不少网络漫步者因他者的点评而购买、付费、阅读，不少读者因他者的评论而"入圈"，成为共同体的成员，如当当网读者 sabbly 的评论"紧张，刺激，扣

---

① 张熠：《当阅读不再孤单：从共读到文字弹幕,社交化阅读渐成主流》,网址：https://www.shob-server.com/staticsg/res/html/web/newsDetail.html？id=146312&sid=67,2019 年 8 月 25 日查询。

人心弦，突厥，狼卫，死刑犯，朝中大员……很好看的一部书，书中赠送的地图很好，对照着一步步跟着主人公抽丝剥茧，亦步亦趋"，其他读者点赞 92 次，回复 21 次，名为 187****9792 的读者赞成其评论"书中确实精彩，悬疑布局，对长安城的描绘，人物性格刻画，一路看一路惊喜，看完两字形容，过瘾"，读者米家则有了看书的冲动"看了你的评论，我想看看这本书了"，而红色丽丽安则透露出遗憾之情"电子书看不到地图，唉，羡慕羡慕"。①再如微信读书上读者土土的点评"整体来说，是一本很有趣味的书籍，很有意思，电视剧版的演员也颇合意，期待"，该点评有 258 人点赞，14 人回复，15 人分享。②很显然，在这一接受过程中，读者互动为作品传播消费的主要形式，阅读产生了互动，互动产生了关系，关系决定着读的可能性以及"读"的方式，它形成的是一个超文本性的生态场，集作者、作品、读者、平台等要素于一体，其本质上构建出来的是意义解读、内容分享、社交互动、关系建设为核心要素的交互场域。某种程度上，众多的读者以阅读文本为中心，展开了一场社会化的交际活动，他们既是在阅读，同时亦是在与作者、读者交往，展示自己，阅读与社交出现了一定的同构，"社交即为阅读，阅读也即社交"。③

问题在于，社交化阅读下的文艺又呈何种样态？当越来越多的人习惯于社交化阅读后，又给文艺造成了何种影响？

二、文艺的阅读交往形塑与审美新变

从阅读的角度，文艺作品至少包含文本、媒介形态、读者三个层面。有了文本和媒介形态，作品才可触可感，阅读才有可能。而作品要想获得存在意义，则要依赖读者，少了读者的阅读行为，作品的媒介形态和文本就失去了意

---

① 《长安十二时辰》当当网书评，http://e.dangdang.com/post_detail_page.html?barId=3125376&digestId=1490253，2019 年 8 月 3 日查询。
② 有关马伯庸的《长安十二时辰》阅读数据统计时间为 2019 年 8 月 7 日 19:39 分。
③ 赵立兵：《社交阅读：信息时代的知识生产》，《中国社会科学报（理论版）》，2017 年 8 月 21 日。

义。文本和媒介形态是为了"传情达意",读者是为了生成和获取意义,意义是阅读和作品的核心。为了生成意义,作者、出版者、读者等各方因素会主动参与到一部作品从生产到消费的各个环节。从这个意义上讲,任何文艺作品都是被人赋形的精神制品,"它承载符号或文本,为了流通而制作,供读者从中寻求符号或文本的意义。"①在前印刷时代和印刷时代,这一阅读意义基本都是单向的、线性的、单维的,无论是作者创作文本,还是出版者出版、读者阅读,它们都指向作品共同意义的生产,是为了将作品意义更好地传达、把握,传统文艺理论中的"作者中心论""读者中心论""作品中心论"等,大抵都基于这样的维度进行理论建构。然而,由于数字媒介的革命性意义,"技术进步不断导致新装置的发明。一方面,新技术装置重构了与之相适应的人类主体性及其行为;另一方面,新的主体性又反过来引导并要求新技术及其装置",②其单向的阅读意义生成被置入交往性因素,导致交往意义的凸显以及以交往来对待、处理文艺活动中所涉及的各类关系,从而促使文本、载体形态、读者既相互关联,彼此渗透、生成,又"单独成界",自带意义,走向了多维、活态、立体性的阅读意义场(如下图所示)。③

文艺阅读意义前后转变图示

在这一数字媒介社交阅读中,文本、媒介形态、读者所寻求的共同意义同样存在,但是伴随着受众阅读关系的重构,这一意义不再唯一,而是让渡于通过阅读建立和维系的交际关系、社交需求和社交价值,进而走向了彼此交互生

---

① 戴联斌:《从书籍史到阅读史:阅读史研究理论和方法》,北京:新星出版社,2017年,第12页。
② 周宪:《从"沉浸式"到"浏览式"阅读的转向》,《中国社会科学》,2016年第11期。
③ 此处的图示受到戴联斌先生关于书籍三要素的启示,特此说明。

成的意义场。读者可因阅读文本，交往认识新朋友，形成阅读圈，建构共同体，进行线上、线下的交流、互动，由虚拟走向现实，生成阅读之外的读者意义；文本可因不同的读者分享、流转、跨界、融合等改变传播形态，生成新文本，形塑阅读话题、热点，创造文本的召唤性意义和展示意义；而载体形态则可因不同主体的交往、碰撞、互文、共现，走向全媒体传播，进而规训阅读习惯、阅读风尚、文本传播形态，生成形态性意义，等等。在此，可以从功能、生产、消费层面略作陈述。

首先，我们来看文艺的交往功能特性。在社交阅读中，文艺作为中间物的交往功能突出，它发挥着中介作用，场域中的各方力量如作者、读者、官方、资本等聚合在它的周围，以之为中介，通过交往、对话、协商来达成各自的目的。以在起点读书 App 的阅读为例，无论何时，当你进入 App 阅读，都会显示有多少读者与你共读，你阅读时会随时看到语音、文字、表情构成的读者即时性评论"本章说"。你可以边读书边看"本章说"，并可分享各章节、邀请其他用户，获得相应起点币奖励。而当你不确定该读什么书时，在 App 的精选栏目中，起点已为你设定好了分类、排行、免费、完本等作品，这里既有即时的弹幕推荐、畅销精选、主编力荐，又有限时免费、新书强推、出版力荐，更有书友在读、书友推荐、猜你喜欢等，"总有适合你的一款"。假如你想求新求奇，"发现"设置会对你大有助益，如新书投资，阅读某部作品，发现其市场化价值较大，可以进行前期投资，待作品"成名"后，与作者共享作品收益。再如红包，作者可以以发红包的方式，以物质利益求得与读者互动，强化作品人气，"求收藏""求评论""求关注"，等等。整个起点读书 App 的"发现"栏目，完全就是"朋友圈"的各类社交信息集成场域。在这一场域，作者可以即时性地倾听读者阅读心声，修改自己的作品，亦可以对自己进行推介，如菜市场般吆喝买卖；读者可与作者直接对话，参与作者举办的线上书评、竞猜、抢红包等活动，形构粉丝身份，而读者之间又可因阅读成为"盟友"、"入坑"结成共同体，形成阅读热点、话题等；资本、平台则可以在各文艺主体交往中，修正自己的各类型规则，确定文本的合规性，实现作品的跨媒介传播、IP利益最大化等，而官方则可通过观看、审查文艺作品，保证作品的"正能量"

性,并对违规者进行惩处,等等。因此,在起点读书 App 阅读,既是在阅读,更是在"以文会友","文"是中介,"友"是目的,作品的文学性似乎退居幕后,交往性走向了前台。起点读书 App 虽是个案,但是众多代表性的数字阅读平台如微信读书、豆瓣读书、掌阅读书大抵皆是如此。这说明,社交阅读之下,文艺被进行了交往性功能定位,阅读虽然依旧以文学性为起始,但是它的意义多样化了,其被赋予了更为强势的交往意义和功能,走向了交往性。

其次,我们来看文艺的交往生产特性。基于对交往功能的考量,社交阅读之下的文艺交往生产导向鲜明,其在创作动因、文本呈现、载体形态等上都打着交往的烙印。在创作动因上,无论是商业性的写作,还是纯文学性质的创作,读者的点击、点赞、关注、人气、转发等都至关重要,它们是作者写作的源动力,如果作者的作品俘获了众多读者,粉丝讨论热烈,其创作的欲望和动力就越强,反之,假如作品无法被读者认同,人气寥寥,其创作将很快终止、"太监",各大阅读平台作品的浮沉、升降、消失所遵循的基本法则就是交往"奖励"原则,因为不管对作者,还是对平台,交往就是生产力。在文本呈现上,读写互动、UGC 成为文艺交往生产的重要表征,作者即读者,读者即作者,作者与读者通过交往性文本进行彼此形塑。而在更深层的意义上,为了面向交往,文本段落字数的碎微性、用词用语的浅白性被强调,故事的代入性、交互性、共鸣性、可参与性等被着重,叙事的节奏性、空间性、图像性、场景化等被申述,其目的则是以此契合接受者的阅读心理与习惯,保证其碎片化社交下的每一次阅读和进入,都能即时、即视式地把握主要故事情节,快速地参与讨论、分享,而不至于出现阅读的游移与焦点的转换。甚至,交往影响到文艺的媒介形态,促成作品从文字到语音、游戏、动漫、影视等的 IP 延伸、跨媒介传播,促成新型文类微博文学、弹幕文艺、抖音文学等的产生。以时下流行的对话小说为例,该类型作品充分依赖数字媒介技术,以小说中的人物对话为基本结构和表现形式,"多以类似社交软件的聊天页面为背景,通过人物之间的短信对话",再辅之以一定的文字描述、图画声音、阅读选择等,"来叙述事件、展开情节、交代环境和刻画人物性格","读者在阅读时,需要不断点击屏幕进行互动,通过弹出的对话框来持续阅读"。①这一对话小说融对话、弹幕、cosplay 等多种社交元素于一体,其在文本呈现、载体形态、阅读方式上交往导向强烈,本质上可看作交往形塑下的一种文艺类型生产。

最后,我们来看文艺的交往消费特性。受信息传播技术的囿限,传统文艺的出版与消费是割裂的,受众需求无法及时准确反馈至出版机构和作者,而读者之间亦无法建立有效强力的连接。而在社交阅读之下,这一割裂被根本改变,出版与消费直接对接,读者与读者紧密关联,出版、电商平台等借助对点击、浏览、评论、购买、推荐、转发等交往文本数据抓取和分析,不仅可以精准地对作者作品的影响、读者接受情况进行把握,而且也可以对各类用户进行画像,勾勒出他们的"社交图谱",进行一定的"文情分析",从而实施智能化推送、精准化投放和个性化推介。这方面如京东、当当、亚马逊等购物平台,依销量、好评、评论数、热度、好友等对相关文艺作品的排序、推荐,对购买行为有深刻影响;或者如微信、豆瓣、蜗牛读书 App 主打的"熟人阅读",将阅读与读者的通讯录、朋友圈关联,将朋友所读书目、评论、笔记、好友读书排名等私密化内容进行敞开,从而潜在地影响着接受者的阅读选择,文艺消费。由此,交往行为形成了一系列量化的数据和文本,点击越高、打赏越多、收藏量越高、月票越多等代表人气越旺,其形成热点、话题、事件的可能性越大,其就越可能被平台看重,越有可能成为读者心中的"经典",体验经济效能越强。反过来,由于其越被看重,越有可能成为热点,其纵深传播、多极传播就越有实现可能,越有可能吸引读者的驻足观看,从而形成圈子、社区、部落,形塑某一类型的文艺作品,进而带动相关文类的消费、模仿,诸如曾经风靡的霸道总裁文、凡人流、宫斗文、鸡汤文等就是如此。以网红出书为例,作者先以个人事迹、言行等获得超高的点击、关注,形成交往性的话题、热点,成为网络知名的"红人",进而以网红身份进行文艺创作,将交往带来的流量变现,"某网红的书在预售期间便登上各大电商排行榜第一名,出版三个多月售出 30 多万册;某网红兄弟的书当当网上线 5 分钟,销量突破 1.5 万册,一

---

① 雨寂:《对话式小说会再度引发网络文学的狂欢吗?》,《互联网周刊》,2017 年第 23 期。

小时达到 3 万册。"而这些网红出版的作品之所以销量可观，离不开"他们作为网络'大 V'背后庞大的粉丝群体"，①是庞大的粉丝生产出了网红的身份，支撑了"大 V"流量，其在本质上是媒介的交往赋权。在这种情况下，交往促进了传播，交往消解了文艺的光晕，交往带来了世俗化消费、娱乐，交往形构了阅读习惯、生成了热点，交往促成了认同、建构了身份，等等，文艺的交往数据被空前倚重，文艺的群组化、社区化成为消费的未来趋势，文艺的生产、消费流程被重塑。

因此，社交阅读之下，文艺被媒介交往制约、调节和生成，走向了对交往性敞开的强调，其价值也不仅仅局限于文学性审美本身所具有的"灵韵"价值，更在于其对于主体间交往关系的促进与形塑，对个人世俗性的确认。从根本上说，社交阅读之下的文艺是一种交往性文艺，它挑起的一边是私人性，一边是公共性，并在主体的交互生成中，成为人们诗性自我表达、平等参与社会生活的一种方式。这或多或少总让人想起哈贝马斯关于"交往理性"的论述，但是对哈氏而言，其"交往理性"主旨是要通过主体间的"交往行为"将文艺引入公共政治领域，解决"文化现代性"所面临的困境，而社交阅读之下的交往或许带有些许这样的特性，但其重心却不在此，而是要以"交往"来表演、确证、建构自我，核心在于公共领域中的自我表演式实现，二者有着本质区别。因此，它所起的是中介作用，而不是工具作用，也就是说我们不能将之当作媒介革命的工具，而是将之看作媒介社会生活的有机组成部分。只有如此，我们才能真正理解，缘何社交阅读下的文艺在当下社会的影响力会远超传统文艺，其原因不在于它们作为审美意义媒介在阅读时的意义生成，而是其作为交往媒介对主体个人公共可能性的重塑与激活。问题在于，面对这样的巨变，文艺批评该如何应对？

---

① 董盈:《网红出书　泡沫中的喧嚣和浮华》，《黑龙江日报》，2017 年 5 月 12 日。

三、文艺批评的交往更生与范式转换

按现有的研究，我们所谈论的文艺概念实际上是印刷时代的产物，"有一个词叫 Literature，基本意思是'书写的东西'（拉丁语对应词是 literatura，其词根是 litera，即字母），用以指一套书面材料，比如英国文学、儿童文学。相反，用以指称纯粹的口语传统与之相应而令人满意的概念或术语，却是一个缺项。比如，传统的口头故事、箴言、祷告、套语就没有相应的概念或术语来表达。"①漫长的印刷文化不仅塑造了人们的印刷型主体思维模式，而且使得文本成了孤立、抽象、封闭的符号系统，"印刷文字则把主体构建为理性的自律自我，构建成文化的可靠阐释者，他们在彼此隔绝的情形下能在线性象征符号之中找到合乎逻辑的联系。"②这一模式之下的文艺研究、批评方法面向的是书写样态的纸质文本，其认识逻辑是强调理性，崇尚直线性，其出发点是语言文本、语言学规范，其关注的重心是作家、作品，带有强烈的精英色彩和仪式膜拜气息，无法有效面向数字媒介带来的阅读、文艺巨变。

针对数字媒介给文艺带来的变化，国内学界一直在调整批评研究的策略与方法，从较早的数码文艺、超文本文艺探讨，到蔚为大观的西方媒介理论引入、网络文学研究，再到近几年的媒介文艺学、媒介话语转换等的深入分析，我们可以清晰看到这一脉络。然而，面对层出不穷的新媒介文艺作品和现象，现存的问题常常是，受过文艺研究、批评训练的学者阅读、观看有限，不甚了解，多热衷于大而泛之的理论架构，而身在其中的"精英粉丝"和"书评人"又缺乏理论训练，往往侧重于碎片化的经验描述，缺少学术话语权，这使得学界对新媒介文艺的观照呈现一种分裂，整体上显得捉襟见肘，难以洞察新媒介文艺的深层意蕴与交往气质，这就如有学者对当下批评的不满与询问，"我们

---

① 沃尔特·翁：《口语文化与书面文化：语词的技术化》，何道宽译，北京：北京大学出版社，2008年，第6页。
② 马克·波斯特：《信息方式：后结构主义与社会语境》，范静哗译，北京：商务印书馆，2000年，第66页。

中的很多人所秉持的批判立场，是否也是因为批判能够唤起权力和能动性的幻象？在学院批评日益圈子化、边缘化的今天，这种指点江山、俯瞰众生的快感是否依然值得迷恋？……在热切地赶制有中国特色的文学理论之前，我们是否可以拿出一些耐心和专注来描述本土纷繁复杂的文学现象？为什么我们总是推崇大而泛之的理论推演，而对具体的、细致的现象描述不屑一顾，仿佛只有理论的建构才是最高等的智识活动？"①

  基于这样的反思，我们选择了时下的社交阅读现象，在扼要描述分析的基础上，呈现媒介给文艺带来的交往变化，并试图将这种个案性阅读分析导向一般性的批评理论。这种操作之所以可能，其原因主要在于社交阅读与文艺的深度契合性，在于其所具有的典范性意义，通过它我们可以"管中窥豹"，"以小见大"，充分把握到数字媒介语境下文艺的核心性相。正是在这个意义上，我们认为，面对数字媒介带来的文艺巨变，有必要倡导文艺批评的交往更生与范式转换，这一批评范式并不是与印刷批评的绝对割裂，而是要在接续、更生的基础上，在面向具体的媒介文艺实践中，引入交往性视野，强调从文本走向受众、从文学性走向交往性、从审美走向产业、从单一学科批评走向跨学科的场域化批评。它既不同于学院派的宏大理论推演，也不是大众批评的简单集合，更不是西方数字人文、艺术理论的简单移植，而是在保持对信息技术影响文艺敏感性判断基础上，吸收媒介粉丝的批评智慧，观照被印刷思维定势遮蔽的各类交往文本，注重媒介文艺活动中的交往性经验析出，并充分借鉴媒介文化领域的相关批评研究成果。这一范式将至少包含以下五个方面：

  首先，它将着力于交往论的批评视野建构。它将充分吸收马克思、胡塞尔、哈贝马斯等前贤关于"交往"的理论判断，尤其是哈贝马斯关于"交往理性"的合理性论述，进而以交往论的眼光考量诸种媒介文艺现象，对文艺进行交往性定位，观照文艺活动中的作家、作品、世界、读者、媒介等的交往性生成，将传统文艺批评单方面强调文艺的审美性扩充至文艺的交往性，它对文艺的判断不仅基于"'文学性'的优劣"，也基于其"是否能够击中生活世界之

---

① 杨玲：《症候阅读、表层阅读与新世纪文学批评的革新》，《文艺理论研究》，2018年第4期。

中最广大民众的审美感知和意义感知,是否能够激起广泛的社会讨论和交往","不仅在于其在商业上的成功,更在于其商业成功背后的逻辑:被生活世界中更多人认同,生活世界中更多人以其为媒介进行交往活动,促进彼此间相互理解和共契。"①从而,强调交往对文艺批评和研究的特殊意义,以交往论的批评对现有的主体哲学性批评进行更生。

其次,它将对信息技术以及其施于文艺的影响保持敏感性。数字媒介语境之下,对信息技术的特性保持适当的敏感与对话,是介入媒介文艺批评的前提,因为"今天的艺术家比以往任何时候都更为依赖于技术""技术和艺术正在重新融为一体,回归到它们原初的身份"。②如果一个批评者不知道什么是超链接,没听过什么是 AR/VR,他又怎么能理解网络文学的兴起,了解网络数字游戏的各类特点,进而展开批评?而随着技术更新的加快,诸如 IPV6、5G、AI、AR/VR 等进一步发展,文艺呈现的类型、样式、材料等更迭亦变得越来越快,如果批评者无法保持交往的态势与敏感性,及时介入媒介文艺的各类现场,留存相关史料,那么势必将使自己的批评缺乏现实的根基,失去批评的时效性和针对性。

再次,它将重视各类型接受者的文艺实现方式和体验。时至今日,人们看待文艺的方式正在发生变化,大众关注的不再是文本的灵韵价值,而是将文艺看成日常生活中的柴米油盐,文艺的中间物特性趋强,阅读、解释转变为感知、操控,"电子阅读本身,将以其丰富多彩的活动最终定义'读'这一概念。"③"读"被赋予了更多的交往意义,生产出了诸如看、听、玩、触等不同的接受方式,并延伸至各类型的体验文本。依赖这样的方式,他们既代入自己,又深化阅读体验,形成了交互性的意义场。比如,忘语的《凡人修仙传》在读者中曾引起较大的反响,读者们催更、点赞、打赏,自发建立贴吧,讨论剧情、人物设定,创作同人作品,进行 cosplay,线下粉丝聚会,编纂《凡人

---

① 吴兴明、张一骢:《交往论视野:一条文学研究的新路径》,《湖北大学学报》,2019 年第 1 期。
② 约斯·德·穆尔:《赛博空间的奥德赛——走向虚拟本体论与人类学》,麦永雄译,桂林:广西师范大学出版社,2007 年,第 137 页。
③ 史蒂文·罗杰·费希尔:《阅读的历史》,李瑞林等译,北京:商务印书馆,2002 年,第 299 页。

凡语精选书评专辑》，推荐同名的网络游戏等。某种程度上，读者不再是被动地接受作者的馈赠，而是积极地交往和参与，创造不同类型的意义范本。而假如批评者对读者的参与、交往文本有所忽视，那么就很难全面把握该作品。

从次，它将关注媒介文艺内容在图书、游戏、影视、动漫等多平台间的流转，关注跨媒介艺术间的交往体验延伸。媒介的革命与融合，文创产业的兴盛，使得文艺越来越多地朝着跨媒介叙事、全媒体方向发展。这看似是单纯的文本进行媒介平台转换，而实际上则是不同媒介对文本进行的赋权，以交叉感染的修辞方式，延伸其生命，扩张其读者体验，创造文本意义场。比如，天蚕土豆的作品《斗破苍穹》，其最开始是网络小说，但随后逐渐蔓延至页游、漫画、动画、端游、手游、实体书、电视剧、电影等不同媒介平台。每一次的改编与流转，都对原作做出了修正，如漫画更注重人物塑造的可爱性，游戏更强调叙事的地图性，电视剧更注重剧情的合理性、人物塑造等，从而使其更适应传播媒介、受众群体的需要。

最后，它将注重多方合作，采用跨学科的方法进行实证性的批评。数字媒介时代，文艺的创作者、读者、文本等呈爆发式增长，这给批评者带来直接的挑战。以网络文学为例，2018年"国内网络文学创作者已达1755万"，"各类网络文学作品累计达2442万部，较2017年新增795部"，"用户规模达4.3亿"。[1]面对如此大的量，批评者的"单打独斗"显然不可能，他必须与其他批评者、平台、作者、编者等沟通、对话，进行"合作式批评"，[2]避免遮蔽的偏见。而另一个层面，这一范式必需吸纳大数据技术、传播学、心理学、政治学、经济学、统计学等方法，进行交往实证性批评。比如，电子书段落、字数、排版对接受者的影响到底如何？读者以阅读进行交往最终的信度和效度如何？他们的交往体验是否可以进行量化性的分析？读者的爽感成瘾心理机制又如何？这些问题是单一的文学批评无法解决的，必须依赖对交往数据的爬抓梳理、挖掘，以及其他学科方法的引进。

---

[1]《〈2018中国网络文学发展报告〉发布》，http://culture.people.com.cn/n1/2019/0810/c429145-31287235.html，2019年8月23日查询。

[2] 单小曦：《合作式网络文艺批评范式的建构》，《中州学刊》，2017年第7期。

综上，我们只有从阅读出发，进入媒介文艺现场，超越传统印刷文化定势下的批评束缚，才能真正地面向新媒介文艺，发展出一套贴近媒介实际的交往批评方法，更准确地阐释和把握它在生活世界所具有的价值及意义。

（《学习与探索》2020 年第 7 期）

变化与机遇：网络文学批评的有效性原则

◎ 秒 椤

伴随着网络文学的社会影响力不断扩大，大众媒体和专业报刊纷纷刊登与之相关的文章或开设专题栏目，使研究和评论活动也成为热潮。与传统文学相比，在繁华的现场背后，存在着两个不容忽视的问题，一是网络文学的评价体系尚没有建立起来，致使批评标准缺失，评论变成了"公说公有理，婆说婆有理"，对网络文学的理论问题和作品评判难以形成共识；二是"线下"的批评难以对网络文学这种"线上"的文学产生效果，从而出现批评失效的问题。这两个问题对网络文学的研究和批评来讲几乎是"致命"的。网络文学批评是一个复杂的生态场，既关涉与网络文学相关的信息科技、媒介传播、文化产业等理论问题，也与传统批评的方式方法如何适应新的媒介形式等实践问题紧密相关。网络文学的出现改变了当代文学史的既有格局，也为文学的发展带来了新机遇，文学批评应当针对变化做出适时调整，以起到促进和引导创作的作用。

一、网络文学批评现场中的大众批评和专业批评

网络文学从来不缺少评论，"大神"们每更一章，后边的跟帖都蔚为大观。从某种角度说，网络文学是由评论推动的，网络上的第一代写手就是从跟帖评论中获得了被肯定的"虚荣"，哪怕只是一个漫画式的表情符号，都可以坚定他们为网友"码字"的信心。同时，他们也从跟帖中得到关于作品的最直接建

议或启发，间或以回帖的方式回应网友的关切。网络文学区别于传统文学的"互动性"就这样在评论的基础上建立起来，可以说，评论是网络文学原初的发展动力。跟帖只是可见的评论，更多的评论意见表现在阅读选择上。在浩如烟海的网上文库中，读者用鼠标点开哪部作品，都是一种无言的支持；订阅和收藏则明白无误地传达着网友对这部作品的肯定。这种"评论"虽然是隐性的，不通过文字表达，但却表现在可以计算的数字上。毫无疑问，点击率、订阅或收藏等是无声的意见，是网民群体意见的数字化表达。网络文学的大众文学属性，在这些数字中得到直观的反映。

我们看到，在大众这里，网络文学评论从来不以高头讲章的面貌出现，这些短平快的大众批评既是引起创作者喜怒哀乐的真正褒贬，又是能够使作者和网站鼓起腰包的"真金白银"。这些有形的和无形的评论，令"有爱"的作品及其作者成"神"，又将另外一些淹没在鼠标的噼啪声中。对于文学来讲，评论意见对作品和作家的影响，从来没有这样有用过。网络文学评论在网络现场一直是即时的、鲜活的、丰富的和立体化的，读者和创作者你来我往、达意表情、有理有节，彼此有诚心又有耐心，评论场并无多少震动外界的刀光剑影，一派祥和气氛，生态并非不好。在理论家那里，这些特征被表述为："网络文学批评的主体大多不是专业的或职业的批评家，而是网络漫游的网民；批评的方式一般不是理性的、长篇大论式的，更多的是随机性的、感悟式的、点评式的，甚至是直言不讳、锋芒毕露的；在批评的时效性上，一般不是延时的，而是实时的、互动的，在网络空间里即时交流的；还有，网络文学批评的标准也不是统一的、规范的、基于经典文学的评价标准约定俗成的，而是个人性的、随意性的、众声喧哗的。"①

伴随着网络文学的发展，形成了丰富而活跃的批评生态场。但是，目前网络文学依然问题重重，无论价值导向、思想主题还是文学水准上，都存在泥沙俱下、良莠不齐的现象。我们追根溯源，这些问题的存在，批评没有起到应有

---

① 欧阳友权主编：《网络文学词典》，北京：世界图书出版公司，2013年，第41页。

的作用是重要原因。大众批评现场是一种狂欢式的批评"广场"①,网民在此表达情绪和宣泄情感,并没有对作品做出理性的思索,因而大众批评无力提高整体创作和欣赏水平,更不能解决精品化和经典化的问题。对此,欧阳友权、吴英文指出:"网络文学批评改写了批评的机制和格局,让文学批评从传统的精英姿态转向民间立场,实现了批评话语的平等与共享,但它那即兴、趣味、恶搞等颠覆式批评方式,也在一定程度上消解了批评的学理性,弱化了批评的深邃性,甚至引发批评的'舆论暴力'和价值偏误,其所带来的'网评现象'值得认真思考。"②

如果说大众批评弱化了批评自身的功能,从而无力承担引导网络文学健康发展的重任,那么专业批评又如何呢？情况也不容乐观。第一,网络文学专业批评力量十分薄弱,由于学术界对这一新型文学形态长期持观望态度,从而导致了投入其中的专业研究和批评力量不足,与传统文学批评相比差距巨大。周志雄认为:"网络文学蓬勃发展,但网络文学评论相对滞后。在影响网络文学发展的诸多因素之中,文学评论所发挥的作用偏弱,而读者的订阅与评价、文学网站的推送、影视剧和网络游戏的开发效应以及媒体宣传则成了主导力量。"③第二,由于力量不足,关于网络文学的基础问题没有得到解决,评价体系无法建立,没有形成有效的批评方法。陈崎嵘直言:"我们不得不承认,我们对网络文学的理论研究还处于'初级阶段',研究还不够深入和全面;特别是还很少从网络文学的本体出发进行研究,还没有像传统文学一样建立起系统而权威的评价体系,对于文学创作的规律和特点,知之不多,概括不准。"④单小曦认为学界现有的文学批评模式——学院批评、作家批评、媒体批评、草根批评等,每一种单独批评模式或者他们的杂语共存方式,都不适应

---

① 柏定国:《网络传播与文学》,北京:中国文史出版社,2007年,第207页。
② 欧阳友权、吴英文:《网络批评的价值与局限》,收入欧阳友权编著:《网络文学评论100》,北京:中央编译出版社,2014年,第131页。
③ 周志雄:《网络文学呼唤专业评论》,https://wenyi.gmw.cn/2017-01/04/content_23404999.htm。
④ 陈崎嵘:《逐步建立中国特色的网络文学理论体系、评价体系和话语体系——在全国网络文学理论研讨会上的发言摘要》,收入中国作协创研部编:《网络文学评价体系虚实谈》,北京:作家出版社,2014年。

处于急速发展中的网络文学。①由于学术批评文章多在纸媒上发表，专业批评意见很难抵达网络现场；又由于理论标准不明和方法不适应，难以有实质的效果，造成网络文学创作与批评相互隔膜，批评陷入尴尬的境地。

这样看来，对于亟待提升水准的网络文学来说，大众批评和专业批评都陷于失效的状态，这已经成为制约网络文学发展的重要"瓶颈"。到 2018 年 6 月底，网络文学的读者规模已达 4.05 亿，半年增长率达到 7.5%②；而各大文学网站的签约作者数量也以千万计。如此庞大的文学读者和作者群，是人类历史上空前的文化景观，如何为如此众多的读写者提供阅读和创作指导，不仅是一个学术问题，也是一个空前重要的社会问题。如何突破这一"瓶颈"，是下一步网络文学健康发展的重中之重。

二、批评需要直面的三个变化

文学批评与文学创作始终相生相伴，有了接受和批评，文学活动才是一个完满的过程。所谓"一代有一代之文学"，无疑"一代"也有"一代之文学批评"。按照布莱斯勒的说法，"文学批评的预设是存在着一个有待阐释的文学作品"③，当这个预设的前提发生变化时，文学批评必定要变。尽管不可能脱离文学的基本范畴，但网络文学的产生确是文学史上划时代的"事变"。在纸质出版基础上建立起来的严肃文学（或被称作"新文学""传统文学"）逐渐贵族化、精英化、圈子化，日益疏远大众的时候，互联网引起的媒介革命创造了巨大的受众群体，使网络文学有着比严肃文学更加有效的生态完整性和现实的文化意义。网络文学本身的特性决定了针对它们的批评必然迥异于传统，这也是导致大众批评与专业文学批评"双失效"的原因。

---

① 张杰：《合力建构网络文学批评形态》，http://www.cssn.cn/zx/bwyc/201510/t20151031_2552360.shtml。

② 中国互联网络信息中心（CNNIC）：《第 42 次中国互联网络发展状况统计报告》，2018 年 8 月。

③ [美]布莱斯勒：《文学批评 理论与实践导论》（第五版），赵勇等译，北京：中国人民大学出版社，2015 年，第 15 页。

网络文学是媒介融合生态下的产物，不再是单一的文学活动，必然引起批评的多元化、多视角和多形式。网络文学的物质基础是互联网，如同虚拟的网络空间不是客观现实生活的简单模仿，互联网对文学的影响也不只是提供载体那样简单，而是创造了具有融合媒介能力的"新人"："在文化的意义上真正实现媒介融合靠的不是技术，而是使用媒介的人——不是靠一个超级功能的'黑匣子'把我们今天使用的电子书、电视、电脑、手机、平板电脑合二为一，不是靠一个巨型公司把影视、ACG各种文艺生产模式纳为一体，而是要靠同时使用各种媒介的人，以'游牧'的方式去'盗猎'，把分散的媒介内容联系起来，并以一种积极参与的方式，分享、交流、创造，'融合'成一种'集体的智慧'。"[1]显然，人融合媒介的行为成为网络文学发展的前提，正是在这个意义上，"中国网络文学的爆发并不仅仅是被压抑多年的通俗文学的'补课式反弹'，而同时是一场伴随媒介革命的文学革命。"[2]传统文学批评以作品为主要关注客体，以"文学性"为根本标准；但是在网络文学中，媒介革命引起的交互关系成为文学场中的主要力量，网络文学成为一种跨媒介、跨文体、跨主客体的产物，形成了复杂的文学生态。网络文学批评也是跨学科的行为，势必形成多元化、多视角和多形式的评价体系。对网络文学的评说不再局限于文学意义上的批评，作品（文本）只是其中的一个环节，而且只有在社会关系中才能产生意义[3]，因此在批评中的中心地位被弱化，媒介影响、受众反应、产业特征甚至商业潜质等都成为批评关注的对象。

网络文学具有大众文化属性，创造了新的批评主体和批评方式，形成了新的导向性力量。在传统文学批评中，受到载体的限制，大众读者没有在公共空间说话的机会，对批评意见的表达本身也是一种专业技能和权利，因此主要是专业的精英批评，权威就是主流。开放的互联网使大众有了自由表达的权利和机会，传统文学中的批评格局在网络文学中被完全颠覆，尽管"对于多数大众传媒来说，除了零散、间接地接触受众外，受众通常都是看不见、摸不着

---

[1] 邵燕君：《网络时代的文学引渡》，桂林：广西师范大学出版社，2015年，第189页。
[2] 邵燕君：《网络时代的文学引渡》，桂林：广西师范大学出版社，2015年，第125页。
[3] [美]约翰·费斯克：《理解大众文化》，杨全强译，南京：南京大学出版社，2006年，第2页。

的"①，但大众成为批评主体，大众意见成为主流意见，权威与主流分裂。相对于传统批评中身份明晰的评论家靠个人的权威观点影响文学，网络文学中的大众读者则通过个人选择形成集体力量："在WEB2.0的世界里，群众成为了判断对错的权威。诸如谷歌一类的搜索引擎是建立在这样一种运算法则之上的：对于一条信息的搜索结果，其排序是由以前网民对这些结果的浏览次数决定的……搜索引擎记录着以前搜索的次数和请求，它向我们展现了什么是群众的智慧。"②事实上，大众媒体中的集体选择极具个人性，"媒介经验日益私人化，至少表面上看来是这样"③，这源自群体的心理特征。由于群体心理受到无意识因素的支配，个体在其中的智力被弱化，情感和道德也极易受到暗示和传染④，大众的批评意见在大多数时候是非理性和非自主的，大众选择的倾向性甚至与作品的艺术和思想水准没有必然联系，这是导致大众批评失效的主要原因。但是，大众批评的这些特性却在网络文学产业化中起到了重要的导向作用。

消遣娱乐功能成为网络文学的主要功能，如何看待其中的商品性和产业性是批评中的新"难题"。文学具有复杂的社会功能，这些功能的发挥并不是一成不变的，而是与社会发展相一致的，不同的时代会倚重其中的某些方面。王瑶曾指出："就文学运动和创作的主流说，把团结人民和打击敌人作为自己的努力目标，把文学作为改造社会的有力工具，是从'五四'新文学开始的，而且是随着中国革命的步伐而不断前进的。"⑤20世纪80年代伴随改革开放出现的港台通俗文学热，标志着文学的功能开始发生转化，长期被压制的消遣娱乐功能浮出并形成潮流；进入信息时代，网络文学"消解了传统文学的神圣使命，转向了侧重个体的娱乐功能、享乐功用、宣泄功用、休闲功能等方面，开

---

① [荷]丹尼斯·麦奎尔：《受众分析》，刘燕南、李颖、杨振荣译，北京：中国人民大学出版社，2015年，第2页。

② [美]安德鲁·基恩：《网民的狂欢 关于互联网弊端的反思》，丁德良译，海口：南海出版公司，2010年，第88—89页。

③ [荷]丹尼斯·麦奎尔：《受众分析》，刘燕南、李颖、杨振荣译，北京：中国人民大学出版社，2015年，第7页。

④ 参见古斯塔夫·勒庞：《乌合之众 大众心理研究》（上卷），严雪莉译，南京：凤凰出版社，2011年。

⑤ 王瑶：《中国现代文学史论集》（重排本），北京：北京大学出版社，1998年，第213页。

始从外在社会功能与崇高的精神性功能转向了日常生活功能与肉身性的个人化功能。"[1]娱乐消遣功能经由新媒介的释放和资本的诱导,从根本上推动了网络文学产业化发展模式的形成,文学与经济利益直接挂钩,文学作品在成为实体出版物前被网站作为公司化经营的商品,在文学发展史上是前所未有的,它不仅完全超出了传统文学传播和接受的范畴,而且与传统观念相左。如何看待商业机制对创作的影响,又如何评价其中的消费属性,是网络文学批评中需要直面的问题,但目前这些问题并未得到解决。

三、做好网络文学批评的三个基本原则

传统文学批评体系并不是一朝形成的,无论是波德莱尔还是本雅明,或者刘勰和金圣叹,他们所见和从事的批评,自他们之前就有着与文学同样久远的历史。在传统的基础上,我们一方面以之为坐标和工具,得以成功观照从前和现在的文学现场;同时,伴随时代的进步,文学批评自身也逐渐获得丰富和发展。网络文学的传播和生产方式为前代所无,而由网络引起的现象、话语、叙事、文本等都异于从前,原有的标准、体系、方法移植过来出现"水土不服"的状况,批评与创作和阅读处于脱节状态,这只是暂时的现象,从长远来看,这一问题必将得到解决。因此,目前的状况对于批评来讲不是坏事:它一方面为同代人提供了通过文学展现新的思想立场的可能性,另一方面,它将促成文学批评的创新型发展,开启新的批评范式,从而逐渐形成得到大部分人公认的关于网络文学的知识体系,并在这个基础上为网络文学发展提供正向引导。在当前,专业批评要想有效进入网络文学,以下三个原则不可或缺:

民主的态度。文学通过语言对人类情感进行审美表达,无论身为何种种族,身处哪个国家、地域和阶层,也无论从事何种职业,人类中的每个个体都平等地拥有审美表达的愿望和权力;作为人类的本能,情感从本源上说也没有高低贵贱之分。这就从根本上决定了艺术创造是一种平等的民主活动,精英文

---

[1] 欧阳友权主编:《网络文学概论》,北京:北京大学出版社,2008年,第201页。

学与大众文学并没有先天的高下之分。党的十九大报告提出要发扬"学术民主、艺术民主,提升文艺原创力,推动文艺创新",在当下的文学内部,艺术民主、学术民主的问题突出地表现在严肃文学领域对网络文学的歧见上。对于在几乎所有方面都与严肃文学有明显差异的网络文学,初期传统文学界和批评界都以精英的立场和姿态来看待,常有蔑视之词,至今虽有所改观,但仍不乏偏见,"网络文学如此坐大,却一直未得学术界正眼相看。"①在这一现状的影响下,传统学术评价机制不能公正对待网络文学研究,研究成果和批评工作不受重视,挫伤了参与者的积极性,专业人员不愿涉足这一领域,网络文学研究和批评队伍的力量极为薄弱。事实上,网络文学不是毫无根基的天外来客,尽管它有异质性,但仍然是文学本身的变化,遵守人类文化艺术的发展规律。因此,对于网络文学批评来说,文学界和理论学术界应当正视现实,民主态度比仅靠少数人技术上的急于求成更重要,"文艺评论权威不再居高临下,任何文化艺术与学术问题都置于公众的审视与讨论之中。同样,以权威姿态盛气凌人的告诫,已得不到受众的信服。"②

在场的身份。大众批评虽然是非理性的、碎片化的,但是它对读者的影响及时而又直接,远比专业批评更加有效力。这是因为大众批评是在场的,而专业批评往往是"离场"的,缺乏对评论对象的即时观察和详细了解。不客气地说,媒体上的一些评论文章对于网络文学的了解,并不是通过对作品的阅读得来的,而仅仅停留在道听途说的层面上。这样得出的意见偏颇,结论有失公允,也就不能为读者和作者接受。网络文学批评,必须坚持在场的原则才能有效。在这一点上,笔者同意王洪琛的观点:"评论现场的有效抑或无效,主要取决于文学作品和评论家的在场还是缺席。"③对于网络文学来说,文学作品的在场,是指作品作为观察和批评的直接对象仍然不可缺席。围绕网络文学产生的一切关系和现象,都是由网络作家创作网络作品这一根本行为引起的,这是网络文学诞生和发展的基础。离开作品谈论网络文学现象,除了使批评过程

---

① 李超德:《互联网时代文艺评论的学术宽容与自律》,《中国文艺评论》,2017 年第 10 期。
② 李超德:《互联网时代文艺评论的学术宽容与自律》,《中国文艺评论》,2017 年第 10 期。
③ 王洪琛:《在场的诗学——也谈文学评论的有效性问题》,《中国文艺评论》,2017 年第 7 期。

失去客观实在的佐证，更会导致以与网络有关的媒介技术、社会文化、商业产业批评取代文学批评，无法真正从基础上引导网络文学的健康发展，目前这一趋势相当明显。批评家的在场，一方面评论者要亲身进入网络现场，既要真正阅读作品（当然这是个非常艰苦的工作），通过具体作品文本掌握文体的特征和变化，又要了解网络文学的创作生产、传播接受、IP转化等综合情况，为批评打下坚实的基础；另一方面，批评者要"有爱"，要将个人的情感灌注于批评过程中，如同波德莱尔所说："我真诚地相信，最好的批评是那种既有趣又有诗意的批评，而不是那种冷冰冰的、代数式的批评，以解释一切为名，既没有恨，也没有爱。"①在这一点上，传统文学批评与网络文学批评应当是相通的。

开放的视野。相比于传统文学面临的生产危机②，开放性是使网络文学保持旺盛活力的主要原因，网络文学批评也必须要有开放的视野，才能使批评有生机、有时效。一是要用开放的知识体系建构网络文学的评价体系，前文论及网络文学的媒介融合生态特性，网络文学不再是一个闭合的生态系统，而涉及诸多方面，单纯用文学理论知识已经无法涵盖网络文学的内涵和外延，需要利用古今中外一切理论资源，用跨学科方法评价和研究网络文学。但要注意的是，网络文学毕竟是发生在文学领域里的变化，文学理论仍然是知识基础，"我们必须既防止虚假的相对主义又防止虚假的绝对主义。文学的各种价值产生于历代批评的累积过程之中，它们反过来又帮助我们理解这一过程。"③我们不能脱离开这一传统来谈论网络文学。二是批评意见要向公众开放，向大众普及。大众批评之所以能够汇合成巨大的民间力量，乃在于它们借助便捷的网络传播与大众融通，批评的方式充满感性，批评与创作贴在一起，非常易于被传播和接受。毋庸讳言，专业批评与大众之间存在着鸿沟般的隔膜，因为载体的原因，在时空上离开读者、作者和作品进行评论，批评意见只在批评内部

---

① [法]波德莱尔：《波德莱尔美学论文选》，郭宏安译，北京：人民文学出版社，1987年，第215页。
② 参见邵燕君：《传统文学生产机制的危机和新型机制的生成》，收入《网络时代的文学引渡》，桂林：广西师范大学出版社，2015年。
③ [美]勒内·韦勒克、奥斯汀·沃伦：《文学理论》（修订版），刘象愚、邢培明等译，南京：江苏教育出版社，2005年，第37页。

流转，无法有效地抵达大众读者，自然在大众那里没有影响力。对于以读者为中心的大众文学来说，当传统批评家批评网络文学水平低、质量差时，却从未从培养读者、提升读者审美能力的方向上做出努力。有学者曾这样批评历史学家忽视对历史知识的普及："当历史学家只注重在专业的权威期刊发表自己的成果，而忽视了将自身的专业知识转化成这个社会的公共文化的基石，并提高这个时代的普通知识人的历史文化水准，他们就没有多大的资格来哀叹民众历史知识的错乱与浮浅。"①这个观点对于网络文学也是适用的。秉持开放的视野，一方面需要业界共同努力，在网络平台打造适于专业批评介入的功能，特别是要利用移动互联网技术传播专业批评意见；此外，批评家应当尽量不写在大众看来诘屈聱牙的文章，而用适于大众接受的表述方式表达批评意见，从作品出发而不是从理论出发，尽量避免"掉书袋"在理论圈子里打转转，增强批评的实践性。当然，这需要批评家放下身段。

从"榕树下"网站建立算起，中国网络文学走过了二十年的历程，相对于漫长的文学史而言，这仍然是一段短暂的历史。尽管网络文学已经撬动了当代文学的格局和版图，但就整个文学场而言，"天下"远未"初定"，错综复杂的变化正在进行中。网络文学批评作为实践的产物，正在传统的基础上开疆拓土。对于文学传统来说，这或许是阵痛，但对于专业批评家们来讲，却又是难得的可以创造历史的机遇——文学史上的大部分批评家没有机会经历像网络文学产生这样剧烈的文学变革，这或许也是当代人的幸运。在我们看到传统"衰变"的同时，也应看新形势催生的新机制——得技术之便，专业批评与大众之间正在形成新型的互动关系，"自媒体又给了学术同道自由表达的机会，造成了权威学者与普罗大众读者互为主体，形成了一种全新的、自由的、平等的民主对话和交流关系。"②相信随着文学界和理论批评界的共同努力，网络文学批评与创作一定能够各安其所、相得益彰。

(《文艺论坛》2019 年第 2 期)

---

① 唐小兵：《穿越民国时光的交叉小径》，《随笔》，2016 年第 6 期。
② 李超德：《互联网时代文艺评论的学术宽容与自律》，《中国文艺评论》，2017 年第 10 期。

数字时代文学研究的转型
——网络文学研究中的"数据"管理

◎ 吴长青

网络文学始于数字,风行于数字,可以说是数字让文学在互联网世界中穿越飞扬、一路驰骋,同样也是数字让网络文学成为一种文化工业。由于数字的复制性强,也方便存储,使得网络文学的数字化开一代之风——数字阅读。我们在看到数字化具有超越前代的无比优越性的同时,往往也容易忽略它的另一面——网络文学的数据容易形成数字的叠加和交叉,特别是由于信息来源广泛,不同管理单位在数据的管理上无法做到统一,容易形成数据的"压沉"。如果不重视网络文学的数据管理,那么就很容易造成"压沉"数据的丢失,造成不可挽回的损失。因此,重视网络文学的"数据"管理,既体现数字时代文学研究的转型,也是尊重媒介文化特征和客观规律的科学实证手段之一。

"数据"采集和保存的原则

网络文学的"数据"采集和保存不但能够获取到第一手的原始资料,还能够有效防止冗余和庞杂资料的不良误导,因此重视"数据"的保存显得尤为重要。"数据"保存应遵循以下原则:

一是区分有限权限和无限权限。网络文学数据除了各大平台的内部系统之外,还有外部的公共空间。虽然平台的内部系统受到版权的规约,但有一些评论区的"副文本"和大众评论散落在互联网的缝隙中。研究者可以将这些散落的资料进行归纳，按照专题的方式进行整理、储存。并将相关 IP 地址截图或复制下来，以便后期的查询和校对。在引用时一定要把相关 IP 地址作为参考文献或者注释标注出来，否则就会构成一定的侵权行为。

二是能够对数据进行确权甄别。由于网民的知识产权意识薄弱，在评论区有很多评论是复制或者摘抄他人的信息，如果不加甄别，研究者直接引用，就容易出现混乱，由于误用信息，产生不自觉的侵权行为。很多抄袭和洗稿往往就是采用这种所谓的博采众长的手段来实施的。因此，对数据进行确权甄别也是对原创作者知识产权保护的重要保证。

三是杜绝碎片化信息的干扰。互联网是相对自由的空间，信息与知识的界限有时分得不是太细，很多信息是以口水式或是碎片化形式存在的。研究者一方面需要甄别来源，同时形成信息渠道的可追溯性。最主要的是要能分辨出信息是在何种语境中出现的。另一方面要能对同类信息进行对比，独立思考，对其价值进行综合评估。只有这样才能去伪存真，披沙沥金，寻求到有价值的文献资源。

四是及时纠错，动态管理。网络文学的"数据"由于来源多，复制性强。同一信源由于不同层次的使用者的多次腾挪，"数据"的真实性和原创性都难以保证。因此，需要及时与信源比对，还需要与原创作者进行核对。笔者在研究网络历史类型小说时，采信了互联网上《明》（酒徒著）的创作时间是 2004 年，后经作者本人提供的确凿证据证实 2004 年是错的，实际创作于 2003 年。因此，互联网信息的误差确实比较大，而且如果联系不到作者或者当事人，有些信息的准确性就很难保证，这是互联网信息的一个弊端。

五是多方比较，采集范围扩大。由于互联网上的"数据"既庞杂也无序，有时就是一个帖子，连作者都无从知晓。需要充分利用互联网搜索引擎的作用，同时与传统出版物、其他数据库进行比对，确保信息的一致性和准确性，明确"数据"的真实性以及来源渠道的合法性。

只有采集到真实、有效的数据才能称得上是有价值的信息，并且还要启动对"数据"的真实性的管理。以确保数据的纯粹性和对原创作者的知识产权的保护。

"数据"保存及使用方法

网络文学研究中的"数据"起到重要的佐证作用。因为互联网作为一种实践科学，遵循科学实证主义的哲学原理。因此，"数据"能够起到客观的证实作用。当然也有人会对"数据"的真实性提出质疑，因此，"数据"的来源以及保存就显得特别重要。

一是采取截屏的方式保留信息。由于互联网信息承载量大，大量信息的叠加使得信息层级频次加大，信息的检索成本大；其次互联网系统的不稳定性会使得"数据"有丢失的可能性，每一次系统更新都有可能使得信息出现丢失，尤其对于人文社科"数据"而言，极易混同于一般性信息，其重要性未必获得必要的重视；再次互联网"数据"受外界的干扰大，"数据"与一般信息在监管时受到同等的物理技术环境影响，客观上也会作为普通信息被"格式化"掉，因此，对于有价值的"数据"必须提前备份或者截屏保存。

二是将中国知网、万方数据、超星、维普等数据库内容进行定期采撷比对，综合运用。这些知名的知识型数据库首先经过了编辑的筛选，其次也经过了使用并正在使用中，有具体的下载量，也起到使用市场频次的检验。笔者在使用中国知网数据时发现，因为有重名以及部分期刊和报纸没有进入中国知网系统，有些信息无法进入互联网的知识系统的检索，因此，需要扩大搜索的半径，同时结合百度、360、搜狗等门户网站的搜索引擎，综合比对和运用，确保数据的全面和完整。

三是同一渠道的数据库，检索有年限的要求。比如某家大报，如果检索近两年的报纸可以在线上看到，但是两年以前的内容就无法检索。因此，研究者需要有意识地定期去下载相关内容，个人及时做备份保存。

四是充分使用"数据"资源，因为使用本身就是保存。只有通过不断的使用，提高"数据"的曝光度，让"数据"参与经验世界的建构，在建构的过程中检验"数据"的有效性和准确率，才有可能不断校正其中有可能出现的错误，降低错误率，否则相互引用，以讹传讹。在使用过程中，尽量采用第一资料，迫不得已采用二手资料，须注明来源、出处，并提供精确的 IP 地址。笔者在使用"数据"撰写研究论文第一稿时互联网上可以采集到相关信息，等到第二稿修改时，第一稿的 IP 地址的信息已经无法查到。此时只能忍痛割爱删除第一稿相关内容。

互联网界面上的"数据"可取舍性强，复制和删除都很方便。这种特点带来了互联网"数据"的脆弱性和不安全性。需要对互联网"数据"进行强化和"加密"措施。在充分利用数据库和搜索引擎的同时，可以将私人的数据收藏手段作为辅助。

建立网络文学研究专业"数据库"

网络文学研究除了作家作品之外，网民评论的大量"副文本"、媒体批评、各类机构的研究数据、行业信息、国家职能部门的管理政策以及社会的反馈等均构成了网络文学研究的"数据库"。因此，网络文学研究远远超出了传统文学研究的范畴和理论边界。需要重视对网络文学研究"数据库"的建设。

一是在《中国网络文学年鉴》的基础上，建立《中国网络文学年鉴》数字版，便于检索和使用。并将其中相关内容授权相关数据库或者单独运营，作为中国网络文学专业数据库进入全国各大图书馆系统。

二是加强非学术类网络文学数据库建设，与学术类的数据库不同的是，非学术类的数据库主要针对互联网界面中网络文学的社会化田野采集方式，通过建立一种采集标准，通过建模的方式，锁定相关信息，进行数据下载保存。

三是打破机构之间的区隔，建立网络文学数据的共享。在监管层，各种数据的保密之外，有一些公共信息可以对相关高校和研究机构开放。在各大平台可将资源数据及时推送到专业数据库，形成一个共建的系统平台。例如中国作家网目前的数据库建设相对完善，无差别地采集网络文学专业咨询和学术成果，未来可以与各省网络作协建立共建共享机制。

四是平台信息共建共享相对滞后。由于平台信息涉及各自的商业利益，因此，网络文学网站共建资源平台需要强化，建设一个共建共享的资源平台有利于网络文学的发展。

五是研究机构之间的信息互换与交流机制还没有形成。之所以出现网络文学数据出入大,引发社会对机构的数据真实性的怀疑,某种意义上来自各机构的信息不通畅,机构自话自语,机构与机构之间没有形成一定的交流机制,因此,数据的差异显露出行业发展的透明度差。不准确的数据有可能误导监管层和行业的决策。

六是图书馆系统对网络文学行业的标准没有建立起来。笔者在安徽大学图书馆系统检索就有过一次遭遇,图书馆系统中居然将流行读物误收入网络文学关键词搜索系统内。这种错误的出现,表面上是图书馆搜索编码出了差错,其实质是网络文学编码数字系统的不完善。

网络文学研究专业"数据库"可以由专业团队建设,也可由相关高校与机构联合组建,实行共建共享机制。同时,将作家作品进行授权,以第三方的形式付费使用或者采用公益性质的专供研究之用。

目前,作家作品在检索之后都需要通过平台的授权,否则容易产生版权纠纷。因此,建立作家作品研究的专业数据库,也是提高研究质量、保护知识产权的重要举措。

总之,我们注重网络文学数字化形态的便捷性和及时性的同时,万万不可忽略网络文学"数据"的脆弱性和欠安全性。因此,加强网络文学数据管理和保存显得尤为重要。在想方设法确保数据的准确性的同时,还要对网络文学数据进行安全保护。加快网络文学研究的专业数据库建设,需要研究机构与高校以及相关平台多方联合,实行共建共享的原则,切实落实数据库的建设工作,使得版权保护与研究质量提升的双维目标得以实现。实现在使用中提高保护意识,在强化安全性的基础上提高数据使用的质量和频次,在运用中提高数据的准确率。让数据为网络文学研究真正起到助力作用。

(《文艺报》2021 年 6 月 25 日)

作为事件的网络文艺与新文艺评论的再出发

◎ 胡疆锋

进入新世纪以来，以网络文艺（网络文学、网剧、网络电影、网络综艺、网络音乐、网络动漫、网络游戏、短视频等）为代表的当代文艺现象，越来越为评论家所关注。但正如有学者所言，当下的评论家和创作者、欣赏者之间存在着明显的隔膜，新文艺批评经常处于缺席状态。究其原因，有一点也许是不可否认的：进入数字时代以后，当代文艺的创造者、传播者和受众大多是青年人，属于网生代。按照学者韦斯莱·弗莱尔的划分方法，青年人是网络文化的创造主体和受众主体，是"数字原住民"，而多数文艺评论家却只是"数字移民"或"数字窥探者"，与数字文化保持着若即若离的联系，有的甚至是"数字难民"：他们看着各种"稀奇古怪"的热搜排名常常是目瞪口呆、四顾茫然，听着作品中埋下的"梗"和热词，如同在听黑话和佶屈聱牙的方言，对系统文、二次元、后人类、AI、CP、赛博朋克等术语似懂非懂。他们即使可以与时俱进，学会使用智能手机、刷微信、扫二维码，引用一些网络流行语，也难以改变在网络文化里进退失据的尴尬处境。更为关键的是，许多评论家评价网络文艺的标准、体系和态度，往往沿袭传统的经典文艺观念，来自纸媒盛行的"机械复制时代"，因此，他们在评论网络文艺时难免会出现刻舟求剑、削足适履的情形，和数字原住民对话时往往只能自说自话，犹如鸡同鸭讲，这都导致网络文艺评论在很多时候变成了独角戏，无人喝彩，也无人理睬，也难以成为"文艺创作的一面镜子、一剂良药"。

在数字时代，文艺评论确实有必要寻找到新的视角、新的立场、新的方法，这其中当然有很多可选项，在笔者看来，引入事件理论或许是一条有意义的路径。与以往的文学工具论、文学反映论、文学审美批评有所不同，事件理论更加注重文学的生成性、能动性、互动性、行动力、效果和作用，而网络文艺的兴起、蓬勃发展甚至网络文艺评论本身完全可以被视为是一场大规模的事件。从事件的视角看网络文艺，我们可以更准确地发现和研究网络文艺及其创作的断裂性、文本的生成性与过程性、艺术语言的建构性、艺术的媒介性以及阅读的作用力，更准确地把握当代文艺的新特征和新趋势。正如有学者所说的那样："把文学研究的视点'从意义移到事件'——这是我们这个时代的必然。"

一、何为事件

事件（event）是当代文艺理论与批评中的关键词之一。事件理论关注文艺创作和文艺现象的断裂性、生成性，提醒人们既可以把文艺作品看成是一个客体对象，也可以将其看成是一个事件或行动。事件理论有着丰富的理论资源，康德、巴赫金、海德格尔、伽达默尔、德里达、福柯、乔纳森·卡勒、伊格尔顿、齐泽克、德勒兹、巴迪欧、阿甘本等学者对事件理论都有所贡献，其中尤以齐泽克和德勒兹的事件理论最具有代表性。

在齐泽克看来，事件是断裂，是意外，具有某种"神奇性"，事件打破了惯常的生活节奏，它们的出现似乎不以任何稳固的事物为基础；事件是重构的行动，是超过了原因的结果，是一个激进的转捩点，是平衡被打破，是系统出现异常，"事件总是某种以出人意料的方式发生的新东西，它的出现会破坏任何既有的稳定架构。"同时，事件也可以撤销，即"去事件化"，是"主体面对实体时的分裂状态"。某种程度上事件的撤销就是隐退、倒退、涂抹、遮蔽。

如果说齐泽克强调的主要是事件的断裂性，那么德勒兹突出的则是事件的"生成性"。在德勒兹看来，事件具有内在性、多元性和差异性，就是不断生成（becoming）。德勒兹在《意义的逻辑》一书中认为：事件是不断变化中的非实体性的存在，事件允许积极的和消极的力量相互变换；事件是无中生有，是不断的发生；理想的事件就是奇点（singularité）的集合，"奇点就是转折点和感染点，它是瓶颈、是节点、是玄关、是中心、是熔点、是浓缩、是沸点、是泪点和笑点，是疾病和健康，是希望和焦虑，是'敏感'点"。事件总是蕴含着转变的力量，是一个连续生成的过程，能够并且需要对现状产生影响，如以色列学者伊莱·罗纳所说的那样：事件的瞬间同时包含了"断裂和改变"，产生了"朝向他者性的不可抗力"。

齐泽克、德勒兹等人讨论的事件理论，主要是从政治哲学、思想史等的角度提出的，源于对西方政治左翼无力回应社会变革的失望或期望。不过，事件理论也广泛适用于文学艺术，齐泽克就非常明确地提出：事件可以是艺术品带给人的强烈感受，"新艺术风格的兴盛"就是一类事件。

二、作为事件的网络文艺

网络文艺的兴起正是当代文艺发展中的一次大规模事件，它符合了齐泽克等人对事件的基本界定和描述，它"动摇了现今已确实存在的基础的结构和组织，并使其瓦解，它是对有意图的估计和预测的背叛"。

网络文艺的创作主体、创作方式、阅读活动、传播路径和评价体系都已成为事件。数字时代里，随着交互式自媒体的发展，大众进入了自我出版的时代，人人都是媒体，如"问答社区"和"原创内容平台"知乎自2011年上线以来，10年间累计拥有4310万内容创作者，贡献了3.53亿条内容；微博话题"曹县是什么梗"的阅读次数轻轻松松地就高达5亿，单日阅读次数达3.2亿次之多（截至2021年5月26日）。这些数据都堪称是"骇人听闻"了。在互联网+文艺的背景下，网络文艺的兴起也因此成为当代文艺的一个重大事件。以中国当代文学为例，传统文学期刊市场自20世纪末以来逐步萎缩，文学期刊订户量呈断崖式下降，印数从巅峰跌到谷底，很多辉煌一时的传统文学期刊纷纷停刊，"文学期刊正在丧失其'预示文学重大走向、发掘文学有生力量'的垄断地位"。而与此同时，中国网络文学却发展迅速、高歌猛进，无论是受众数量还是影响力,都取得了传统文学难以企及的成果。据统计,截至 2020 年 12 月,中国网络文学用户规模达 4.6 亿,占网民整体的 46.5%,到 2019 年,网络文学注册作者达 1755 万人,签约作者超过 100 万人,其中活跃的签约作者超过 60 万人。网络文学的用户粉丝化程度非常明显,粉丝数量过 100 万的作品已达 27 部,排名第一的网络小说《圣墟》的粉丝数更是突破 1000 万。类似的,网络短视频也发展迅猛,"万物皆可拍,万物皆可播",抖音、快手、视频号以"记录美好生活""有点意思""拥抱每一种生活""记录真实生活"等为口号,注重用户观赏感,追求公平、普惠,鼓励用户从"观察者"变成"参与者"。据统计,截至 2020 年 12 月,中国的短视频用户规模达到 9.27 亿。抖音近年来发起了"人人都是艺术家"的系列挑战,号召艺术家和艺术爱好者在平台积极创作艺术类短视频。数据显示,截至 2020 年 12 月,抖音艺术视频播放量超过 2.1 万亿次,点赞量超过 660 亿,评论量超过 44 亿次,粉丝数量过万的艺术创作者达到 20 万。

网络文艺成为了事件,这不仅仅是受众数量和影响力的巨变,而且是创作方式、传播路径和评价体系的系统性转换,正如齐泽克所言:"在事件中,改变的不仅仅是事物,还包括所有那些用于衡量改变这个事实的指标本身。换言之,转捩点改变了事实所呈现的整个场域的面貌。"对网络文艺而言,齐泽克所说的"整个场域的面貌"的改变主要有如下表现:

其一,网络文艺呈现出明显的跨媒介性。

依托网络媒介的巨大传播优势(远距离、超时空、快速传输)和庞大的受众群体,"网络文艺+"的跨媒介商业体系得以构建。有影响力的网络文艺作品往往多点开花,拥有在线阅读、无线阅读、有声读物、影视剧、舞台剧、游戏、动漫、纸质书等多种媒介传播方式,受众群体庞大。如起点中文网 2019 年月票榜总冠军《诡秘之主》,仅起点中文网上就有超过 200 万条评论。微博"诡秘之主"超话阅读量超千万,在 B 站上有同人曲、手书、互动视频及其他优秀同人作品,播放量最高达几十万,LOFTER 上该书的相关话题阅读量也有近 500 万,实体书由广东旅游出版社于 2020 年出版,已经或即将被改编为漫画、网络动画、游戏和影视文本。

其二，网络文艺的言说行为和创作方式具有复杂的互动性和不确定性。

网络上的言说中作者与读者的身份随时可以交换，具有双向属性，这种言说的双向行为的历史源远流长，但只有在数字时代，这种创作和消费方式才能获得最大的施展空间，因为"网络世代的文化核心就是互动"。这使得网络文艺的作者意图与文本意向性之间的关系变得更加复杂。伊格尔顿在《文学事件》中认为，作者在写作中的所为除了受其个人意图制约以外，同样——若非更多——受文类规则或历史语境制约，作品的意图——也就是作品被组织起来实现的目的——与作者心中的想法有时并不完全相等。在事件理论的视野中，这两段话都指向了网络时代特有的文化现象：数据库（database）写作。

所谓数据库，即计算机里组织大量的各种数据并有效地处理相应的知识信息的实用系统。关于网络文艺的数据库写作，可以从两个方面来理解：其一，网络文艺的作者在创作时受到了"文类规则"和"历史语境"的制约和影响，后者来自各种跨媒介的海量数据资源，AI（人工智能）写作和写作软件更是将这种写作方式推向了极致；其二，读者只是把作者的原作看成是可以随时提取的"数据库"，他们在阅读时建构出的意向性与作者意图可能恰好背道而驰。在网络小说的生产、传播过程中，"数据库写作"表现得特别明显，网络文学的用户通过收藏、订阅、打赏、投月票、留言、跟帖、组织线下粉丝活动等方式，深度介入到作品的创造过程中。一边阅读一边表达，一边吐槽一边分享，这是当前网络文艺的用户/粉丝最平常的状态。比如，起点中文网等网站于2017年推出了具有弹幕功能的"本章说"（段评/章评），这个创意大受用户欢迎，仅阅文集团旗下的网站评论数量前50的作品就累计了2800多万条评论，其中，网络小说《大王饶命》的总评论量超过150万条（截至2019年）。借助"段评/章评"功能，粉丝吐槽不断、欢乐不止，每一个人气爆棚的章节都成为众声喧哗的书友嘉年华，起点书友每天使用"段评/章评"的用户占比超过50%，甚至有读者感叹，读"段评"比读文还精彩！因为书评清奇，能让人看见书友们独一无二的有趣的"灵魂"。

数据库写作改变了网络文学的创作生态和传播形态，有学者说，"文学并非一成不变的惰性之物，而是一种我们做出的行为或者工艺。文学更像是一个动词，而不是一个名词。"这便是作为事件的网络文艺最直接的后果。网文大神酒徒（蒙虎）曾这样描述与读者的交流带来的魔力："读者点击、评价以及对文学本身的探讨和交流，已经渐渐成了码字人生活的一部分。偶有一天不动笔，心里便空空落落的好像缺了些东西。如果因为事情忙碌或身边环境所限制，间隔了两三天没能上网与读者交流的话，那感觉就像烟鬼犯了烟瘾，四肢百骸竟无一处不难受。""对人生的感悟，对文字的驾驭力，还有对历史、现实、文化的理解，往往都随着与读者的交流和探讨不断加深，不断明澈。"他甚至认为："对于网络上码字的人来说，读者是上帝也是老师。有时候，是上帝和老师决定了作品，而不是码字的人本身。"酒徒的话道出了网络作家对网文的参与式创作的高度重视和受益后的喜悦，也揭示出网文写作的开放性和生成性。

其三，网络文艺消费的圈层化（筑圈）趋势日益明显。

网络平台重视社群观念的发展，能够把不同的文化消费群体和同好联结集合起来，甚至在某一领域形成了垄断。不同的网络平台往往有不同的策略和社群设置，号召风格各异的圈层群体入驻，形成了不同的趣缘属性，"饭圈""某某控""某某迷"等圈层文化都是趣缘的体现。网络空间是圈层文化兴起的"趣缘空间"，这种趣缘空间具有了"部族"或"新部族"的特征，代表着当代社会关系日益增强的流动性和不稳定性，以成员共同的生活方式、趣味为中心。相应地，网络文艺批评的方式也日趋圈层化、多元化。以往，文艺批评的形式主要是评论者在学术报刊发表论文，但随着网络文艺的崛起，评论的方式日趋多元化，网络用户更习惯于在社交平台和网站如起点中文网、B站、抖音、微博、贴吧等场域发声，用弹幕作为评论方式，制作各种夸赞或吐槽的视频，对各种网络文艺进行批评、解读。以《延禧攻略》为例，UP主（Uploader，即视频上传者）刘老师的《【刘老师】爆笑瞎编大型古装清宫爱情故事〈清宫剧乱炖之回宫的诱惑〉》播放量超过了218万，"理娱打挺疼"的《【理娱】今年顶级流量扛不起收视率了?》的弹幕数量超过了2万条（数据截止到2021年5月21日）。这些评论可谓是反响热烈，好评如潮，点击率极高。

其四，网络文艺展示出一种互联网的共享价值。

英国学者罗伯特·伊戈尔斯通曾经给文学下过一个很有意思的定义,他认为"文学是一种鲜活的交谈"。他认为:"文学不只存在于文学作品之中,或者仅仅存在于一位知名作家的脑子里,也存在于我们,亦即读者之中。文学的创造力是共享的,这正是因为,文学是一种活动。"这段话强调了文学创造力的共享性,对网络文艺更是适用。

本雅明在《机械复制时代的艺术作品》一书里,曾辨析了膜拜价值和展示价值的区别。他认为:在机械复制时代,代表艺术作品的原真性和唯一性的光韵消失了,膜拜功能逐渐降低,取而代之的是艺术的大众化、民主化,艺术品的展示功能大大加强,艺术史就是艺术作品本身中膜拜价值和展示价值的"两极运动"。进入数字时代之后,文化产品的膜拜价值几乎消退殆尽,展示价值依然存在,同时一种新的价值破土而出,那就是共享价值。以网络游戏为例,一些精明的游戏厂商不但不保护自己的版权,还大胆鼓励玩家独自或合作改装、设计游戏,制作"地图"(新地形场景)或游戏攻略,通过吸收粉丝的创意和培养粉丝的创造性,游戏公司不仅存活下来,而且还更加繁荣。"好的电子游戏让玩家不仅能成为被动的消费者,而且还能成为主动的生产者,能定制自己的学习体验。游戏设计师并不是圈内人,玩家也不是圈外人,这一点跟学校不同。"让玩家/同人都成为"圈内人"和"生产者",这或许是对互联网的共享精神的最好概括。

三、事件理论视野下文艺评论的再出发

事件对网络文艺的发生、传播、接受、构成、主体性等重要问题的"渗透",形成了关于网络文艺的特质和存在方式的新理念。正如齐泽克所说:"当言语行动的发生重构了整个场域,这个言语行动就成为了一个事件:尽管这个过程没有出现新的内容,但一切都在某种程度上与之前不同了"。将网络文艺看作是事件,是文艺评论在数字时代的再出发。要想掌握事件理论这一"理论武器",当代文艺评论家至少应该做好以下几点:

其一,评论家要重视当代文艺的事件性,揭示其中的断裂性、生成性和过

程性，重新打量传统的文艺组成要素，探究新的要素如跨媒介性、互动的言语行为和读者阅读活动等。网络文艺成为事件之后，意味着文艺评论的不再是一个确定的课题对象，而是一个事件之所以发生的过程，正如伊戈尔斯通说的那样："文学是行走，不是地图。了解一部文学作品，是要把它视为一个过程来经历，而不把它视为一个小测验或者考试的答案合集。"评论家如果要深入研究网络文艺，不仅要接受已经出版、播放、上线的静态文本，更应该到网络平台和社交网站上读文看贴，和作者、书友交流；既要读作者的访谈和资料，也应该看"本章说"、微博、贴吧、B站等网络空间里用户的即时评论和吐槽视频等，关注网络文艺在改编后出现的各种变化。

比如，当我们关注一些网络文学作家的书评区时，便可以发现，他们的生产过程具有明显的事件性。如猫腻的代表作《间客》，在中国作家协会等单位2018年评选出的"中国网络文学20年20部优秀作品"榜单中位居首位，它的同人创作对猫腻的创作就产生了直接的积极影响：在《间客》原作中有一首古老的歌谣《二十七杯酒》，这首歌是所有联邦公民都曾经学习过的诗歌，歌谣用简单拙朴的语言抒发了一个雨中独饮的年轻人的所思所想，在小说中多次出现，贯穿了主人公的许多重要情节，是小说最具诗意的部分之一，但猫腻在原作中因故未能将歌词写完整，只写了其中的13杯酒，有书友自发补全了27杯酒，歌词极富文采，将其贴在了博客上，猫腻看到后深受感动："对于我而言，这是何等样的刺激，何等样的幸福感，看看电脑画面，我涕泪横流，敢不拼命？"猫腻在网络作家中不算太勤奋，经常自称是"懒猫"，但在书友的"刺激"和鼓舞下，《间客》的日更新量创造了一个令人惊讶的纪录：一天最多更新了3.9万字。《间客》的同人作品甚至还影响、渗透到了猫腻的另一本玄幻巨著《将夜》的情节和叙事：在书友的启发下，猫腻在《将夜》里补写了一个《二十七杯酒》的完整版本，当宁缺和桑桑两位主人公在巨变后"狭路相逢"、隔空"对望"时，借一位无名老人之口把它唱了出来，平添了许多感伤的气氛，也暗示和推动了故事的情节。从此例可以看出，研究网络文学，除了关注作为名词的文本，还要关注作为动词的文本，这样才能更好地走近作家、解读作品。如果深入研究网络文学大神的书评区的同人漫画、歌曲和小说等文本与原小说之间的微妙关系，我们或许可以在文艺心理学或文艺创作学领域有更多的发现。

第二，评论家要熟悉和了解网络文艺的平台化和圈层化趋势。评论者要研究当代网络文艺用户的存在状态，要学会入圈、破壁，破解圈层的行话和"密语"，听懂各种被深埋的梗，了解不同的圈层与不同的文艺形态之间的对应关系，辨认出趣缘空间（社交平台）中的原住民群体。比如，要研究饭圈文化/粉丝文化，得去新浪微博；要研究二次元文化，需要去B站、有妖气、AcFun、Stage1st、Bangumi；要研究弹幕和鬼畜，得去AcFun、B站、有妖气；要研究同人文化，得去AO3、LOFTER；要研究土味文化、恶搞文化，不能忽视快手、抖音和视频号；要研究恶搞文化（搞笑配音），胥渡吧、淮秀帮是最佳的选择；要研究小清新、邪典电影，需要去看豆瓣网、桃桃淘电影、独立鱼、时光网和公路商店等；要研究耽美文化，需要去看晋江文学城、长佩文学、海棠线上文学城；要分析丧文化/佛系青年，要看B站、微博、人人视频；要阐释游戏文化，STEAM、3DM、NGA是最好的选择，等等。

同时，评论家要重视传播效果，改进呈现方式，拓展评论视角。评论家不仅要下载各种应用App，而且要真正入场、入圈、出圈，要读微批评、看弹幕，借鉴自媒体的网络文艺评论风格，既能写长篇大论，也会写时评短评，及时调整自己的思维习惯和表达能力，找到合适文体，以更接地气的方式呈现主流价值，兼及雅俗，这样才能写出让用户和圈层群体听得进去、愿意接受的评论文字。用陈平原教授的话讲：要"既经营专业著作（'著述之文'），也面对普通读者（'报章之文'），能上能下，左右开弓"，这或许是新文艺评论家的理想状态。

第三，评论家要充分了解网络文艺的生成性、不确定性，发掘其未来的潜能。事件本身总是酝酿着变化、更替。在事件理论的视野中，"文学到底是什么"不再那么重要了，重要的是"文学能让什么发生"，伟大的文学不是空谷幽兰，亦不是灵丹妙药，而是所谓"行动中的知识"（knowledge in action），其意义永远处于一个社会化的生成（becoming）中。评论家要善于发现网络文艺持续的生成过程及其微妙的变化、未知的潜能，正如诗人所云："每一个开头/仅仅是续篇/事件之书/总是从中途开启。"

按照雷蒙·威廉斯对社会文化形态的三分法（分为主导文化、残余文化和新兴文化），作为事件的网络文艺无疑属于"新兴文化"，是"新的意义和价值、新的实践、新的关系及关系类型"，存在于"那些要取代主导的或与主导对立的因素的社会基础"之中，网络文艺可以起到主导文化不可替代的作用，因为无论怎样，主导文化总有不足，"从来没有任何一种生产方式，因此也从来没有任何一种占据体制地位的社会制度或任何一种主导文化可以囊括或穷尽所有的人类实践、所有的人类能量以及所有的人类目的。"评论家应该充分挖掘出网络文艺作为新兴文化的潜能，发现其丰沛的创造力、想象力，揭示其出圈、破壁的活力。比如，二次元文化形态的出圈、破壁等"破圈"现象就是新兴文化的代表。二次元文化由游戏文化、同人文化、动漫文化、影视、轻小说等构成，具有鲜明的幻想性的精神内质、游戏化的逻辑结构和漫画式的语言风格、图像式的叙事思维，有人认为这只是一种耽于幻想的幼稚文化，但如果关注社会流行语，我们会发现：人们现在习以为常的一些词汇，如给力、开挂、点赞、拉仇恨、我也是醉了、燃、潮、硬核等，最初都来自泛二次元文化及玩家梗。"帝吧出征""814大团结""云监工"等饭圈话语的流行和事件的发生，也都是新兴文化与主导文化良性互动、互相转化的例子。

第四，评论家要敏锐地发现事件的可撤销性，勇于批判"去事件化"。齐泽克在讨论事件时，认为事件既可能发生，也可能遭遇撤销或去事件化，即回溯性地撤销某件事，就好像它从未发生。比如，公然鼓吹暴力的纪录片《杀戮演绎》悬置了最低限度的公共耻感，把虐待和暴力视作是某种平凡无奇、可接受的甚至是愉悦的活动。这部电影对公共空间的私有化产生了威胁，也导致现代性的解放事件被逐渐撤销。这里所说的事件的撤销或去事件化，其实就是历史的某种倒退、对事实的涂抹和遮蔽，也包括以下情形：一度产生巨大变化的事件后来被证明是错误的，在历史进程中得到纠正和批评，这样一种去事件化在很大程度上是消除事件的负面影响。

如果从事件的撤销或去事件化出发，我们可以发现，网络文艺虽然在中国发展势头喜人，但已经出现了很多问题和弊病，已经到了需要撤销、去事件化的时候了。比如，在网络文学中，幻想类小说占据了很大的市场份额，其去现实化的倾向非常明显。网络文学目前的状态近似于浮游（"蜉蝣"），有着漫游或遨游（想象力丰富奇崛）、短寿（属于消费文化，存在时间短，经典作品欠缺）、虚浮不实（不食人间烟火，远离现实）等弊端。长于幻想的网络文学给人们带来虚拟空间中的自由、轻松和宽容的同时，也可能会使人们沉溺于游戏时空、一味搞笑或懒于思考的绝境，远离现实的生存大地。再如，圈层的文化内聚力使得综艺节目、电竞圈、二次元圈、国风圈、模玩手办圈等小众文化消费市场日益火爆，满足了人们对个性化、差异化的精神文化需求，但同时也导致了"圈地自萌"、审美固化、社会撕裂、亵渎法律等现象的出现，甚至出现了"非我圈类，其心必异""某某出征，斩草除根"等充满戾气的攻击性言行，为了给"偶像""爱豆"打榜投票购买大量牛奶后又倒掉的违法行为和"塌房"事件也屡有发生，这些事件既不利于良好审美观的形成，也不利于社会主义核心价值观的培育和社会治理体制的完善。

  网络文艺的无限开放性，也在其深层隐含着危险与危机，那种看似美好的无限自由的背后就是致命的生存局限，会消解网络文艺应有的艺术品格和价值追求。文艺评论家对这类事件的撤销或去事件化要有所警醒、敢于批判，聚焦网络文艺、圈层群体在消费过程中存在的价值失范现象，做好核心价值观和美学观的引领，"先立乎其大者"（《孟子·告子上》），让文艺评论真正成为"引导创作、多出精品、提高审美、引领风尚的重要力量"。

（《中国文艺评论》2021 年第 6 期）

当前网络文学评价标准建构的批评与反思

◎ 周根红

构建网络文学的评价标准是近年来网络文学研究的重要内容。网络文学评价标准的建构，有助于准确把握网络文学的地位，正确理解网络文学的文体特征，促进新时代网络文学创作的良性健康发展，提升网络文学的原创力。目前有关网络文学评价标准的讨论，主要归纳起来无非是四种：以传统文学标准评价网络文学，认为网络文学归根到底是一种文学；以通俗文学标准评价网络文学，认为它满足了大众的快感消费；以媒介视角评价网络文学，强调网络文学的网络性；综合运用以上几种评价标准，建构出社会效益、经济效益等多层次的指标体系。虽然每一种评价都有其合理性和意义，然而，这些标准或对网络文学的定位模糊，或过分强调网络文学的快感消费，或脱离了文学本体转向媒介研究，或用数理统计替代了审美评判。因此，对网络文学评价标准的建构，应该充分遵循文学、媒介、市场、价值等网络文学生产因素，强化网络文学的媒介属性和文学属性这两个重要的前提，重新思考网络文学的评价标准。

一、理解媒介变迁

美国学者 M. H. 艾布拉姆斯曾提出的"世界—艺术家—作品—读者"这一经典的文学四要素分析框架，成为文学批评中被广泛使用的模式。艾布拉姆斯的这一理论是在 1940 年的博士论文基础上修改、1953 年出版的《镜与灯：

浪漫主义文论及批评传统》一书中提出的。这一文学批评模式的提出尚处于媒体不够发达、媒体对文学的影响不够鲜明的时代。随着西方发达国家相继进入信息时代，文学活动和文学形态中媒介的重要性日益凸显，原有的"世界—艺术家—作品—读者"这一评价模式开始显现出不足。这也是20世纪90年代以来，我国文学研究领域出现了一股"文学与媒介"相互关系研究的时代潮流的诱因。

其实，文学的发展和创新一直与媒介的变迁有着密切的关系。无论是早期的口头文学和民间文学，还是后来的龟甲兽骨、竹简布帛、纸张，到广播、影视，文学的发展，始终都经由媒介的发展而呈现出不同的文学形态和文学特点。如晚清民国时期报刊中所出现的政论文体和报章文体；20世纪50年代以来广播时代的广播评书、广播文学；20世纪90年代由于报纸占据主导地位而出现的副刊文学；随着广播地位的式微和电视的强势主导，出现了电视散文、电视诗歌、电视读书节目和电视讲坛等电视与文学的交叉形式。当然，由于媒介地位的变迁和媒介功能的转型，一些文学样式逐渐走向衰落甚至销声匿迹。网络文学正是随着新世纪以来网络的崛起所产生的文学现象。不过，网络文学的定义目前仍没有取得共识，各种观点和命名凸显出网络文学概念的模糊性和不确定性。这主要是因为网络文学日益呈现出丰富多样的面貌，网络文学与传统文学的状态纠缠和网络文学的文学本体缺乏完整的理论建构。但不可否认的是，网络媒介的发展影响到了网络文学的发表方式、书写方式、叙事方式、语言结构、社会功能等各个方面。

很多年前，一些学者在质疑网络文学的命名是否合理时认为，如果网络上出现的文学叫网络文学，那么我们是不是可以由此推论出甲骨文文学、竹简文学、绢帛文学等。这种观点的实质是没有充分把握媒介的变迁、特点和属性，以及媒介变迁与文学的发展关系。媒体形式总体可以分为以报刊为代表的平面媒体、以广播电视为代表的视听媒体和以互联网、手机为代表的网络新媒体。文学也因不同的媒介而有着各种特点。无论是甲骨、竹简、绢帛，还是报纸、杂志、图书等媒介上的文学，它们都同属于平面媒体时代的文学，在文字、语言、结构等方面都有着相通性。随后出现的广播、影视等媒介形态，显然与平面媒体时代的文学有了很大的不同,突出表现是增加了更多的视听元素,文本的对话性进一步加强,文学性进一步减弱,描写性让位于视觉性等特征。能否单独以某一媒介来命名文学形式,说到底取决于媒介之间的差异性,是否能够较大程度地区分于其他媒体。因此,广播文学、影视文学等概念的存在,并没有引起批评者的质疑。网络媒体的出现,极大地颠覆了平面媒体的固有结构,并对视听媒体产生了强大的冲击。就目前来说,网络媒体对平面媒体的影响最为强烈。也正是这样,当前纸媒处于不断式微的过程中,网络媒体以绝对的优势占据着社会文化的各个方面。

因此,对于网络文学的评价,首先需要关注的就是媒介派生出来的属性,要从媒介的视角评价网络文学。正是这样,有研究者提出了"媒介存在论"的批评模式,并概括出媒介存在论批评的两个基本观念:"一是文学批评应从媒介视角和文学媒介要素切入展开;二是把媒介看成文学其他要素或存在者联接成体、互动交流、开启存在意义的'存在之域'"[1]。这种有关文学与媒介的视角确实是回到了媒介本体论的立场去研究文学,但又过分注重了网络文学的"存在形式",缺乏对媒介变迁和媒介特点对网络文学产生影响的深度关切。这种立论可以成为文学理论研究的视角,但因过于理论化而很难成为文学评价的视角。网络文学的评价应该从媒介本身的特点出发,理解网络文学依托"网络"这一媒介形式所呈现出的与传统媒介时代的文学所不同的审美特点,警惕陷入唯媒介论的误区。网络不仅是网络文学发表和传播的渠道,而且是具有再生性的平台,是网络文学成为网络文学的根本所在。只有在这个基础上,网络文学的独特性才能够因媒介而凸显其存在的特征和意义。

二、回归文学本体

网络文学归根到底是一种文学形式。既然网络文学是一种文学,那么,对于网络文学的评价自然应该坚持文学的评价标准。当前,也有一种观点认为应

---

[1] 单晓曦:《网络文学评价标准问题反思及新探》,《文学评论》,2017年第2期。

该用文学的标准评价网络文学。网络文学"不过是文学写作在网络上的直接呈现而已……如果认定网络文学还是文学,那就老老实实地回到文学的道上,围绕作品、围绕写作说事儿,认认真真读作品才是说话的前提,少说那些与作品、与写作没关系的事儿"①。"网络文学是网络与文学的结合体,因此,评价网络文学,首先要运用文学的标准、小说的标准。文学的艺术性追求、思想性、审美观赏性,语言的特点与叙事的风格,表现人性的深度与人文色彩,这些评价标准当然适用于网络文学。作为文学的一种实现形式和完成形式,网络文学并不例外"②。这一类观点的意义在于让网络文学回到文学的阵营,当然应该使用文学的评价标准。然而,这类观点却忽略了两个问题。

一是文学评价标准的发展演进。总体来说,文学的评价标准离不开思想性、艺术性和观赏性,离不开史诗性、现实关怀、宏大叙事、人文关怀等各种语汇。毫无疑问,文学的评价标准是在长期的文学批评实践中产生和发展的,并不断走向丰富。任何一种批评方式都有其产生的历史时代背景,都遵循着一定的文化模式。如英美新批评派批评、精神分析批评、神话原型批评、结构主义批评、接受美学批评、女性主义批评、后结构主义批评、马克思主义批评等。同时,各类艺术形式本身也在不断发展的过程中吸收了其他艺术形式的表现手段,是一个不断运动着的过程,文学批评本身也处于一个不断发展的过程之中。遗憾的是,我们的文学批评基本上还是立足于传统文学的批评标准。因此,当文学成为影视的改编资源并丧失独立性时,站在传统文学立场上的批评家都惊叹"文学死了";当网络成为文学的主战场并泥沙俱下时,站在传统文学立场上的批评家认为网络文学是"垃圾"。面对文学的生产语境和文学样式不断变化的当下语境,如果我们还依赖传统文学批评理论予以评判,似乎就有些过时。就像拿文言文的标准要求白话文,以格律诗的标准要求自由诗,以纯文学的标准要求通俗文学一样。正是因为我们的评判标准还停留于传统文学批评的理论范畴,因此有很多评论家大呼"小说已死""作家已死""文学终结"

---

① 潘凯雄:《对网络文学究竟该如何评价》,《中国青年报》,2015年6月19日第11版。
② 李朝全:《评价网络文学的几点思考》,《深圳特区报》,2014年10月23日B5版。

等骇人听闻的言论。恰恰相反，对于当下文学批评来说，其实是"理论已死"，因为传统的文学理论无法适应新的文学语境。

二是网络文学与传统文学之间的差异性。不可否认，网络文学是一种不同于传统文学的文学形态。经过二十余年的发展，网络文学已经呈现出了自身的文体特点。网络文学带来了审美领域的新变化，"在语言、结构、叙事上都有新的变化，改变了20世纪中国文学过于沉重的面貌，开创了一种新的叙事范型，出现了超文本、接龙式写作、多媒体文本、互动小说、超长篇、短信文学、直播贴、微博体等依托网络存活的新的文体形式。这些文体样式的审美规律应深入研究，蕴含了未来文学的可能性形态。""网络文学在结构、模式、语言系统等方面都有新的发展变革，其结构框架、人物创设、故事设定等方面都有自身特点"[1]。传统文学的评价标准是一种精英文学标准和纯文学标准。它主要来源于17世纪末18世纪初欧洲的审美现代性文学理论，如五四时期"新文学"所提出的"人的文学""平民的文学""新人文主义文学"等和20世纪80年代的"人性""启蒙"等纯文学观念。这些文学评价的标准都有其自身的时代语境。如20世纪80年代的纯文学观念与整个80年代的思想启蒙、文学热潮密切相关。但不容忽略的背景是，20世纪80年代的文学热其实也正是在特殊历史时期全民阅读短缺的产物，其实并非正常的文学生态。

网络文学的评价当然应该回归文学的评价标准，这一点是网络文学的文学本体所决定的。但是，我们应该注意到，网络文学又不同于传统文学，不能简单照搬传统文学的评价标准。当前建构网络文学评价标准的讨论之所以此伏彼起，其前提就是原有的传统文学的标准确实不太适合对网络文学进行评价。然而，之所以讨论无法达成共识，其中一个重要的原因就是网络文学的"文学性"究竟是什么还没有得到廓清。因此，建构网络文学的评价标准应该重回网络文学的文学本位，探析网络文学的文体特点，提炼出网络文学的文学特性。

---

[1] 周志雄：《中国网络文学评价体系的维度与构建之路》，《中国文艺评论》，2017年第1期。

三、重视市场影响

由于传统文学期刊和文学出版机制的囿限，规模庞大的文学作品无法在传统文学期刊和出版社发表或出版，网络媒体的出现，则为此提供了一个重要的平台。因此，网络文学出现的初期只是满足于某种发表和表达的欲望。然而，随着网络文学的体量增大、网络媒体与资本的合流，网络文学日益走向了市场化/产业化。这也是网络文学与传统文学相比最为突出的现象。因此，建构网络文学的评价标准离不开市场语境。

近年来，网络文学引人瞩目的重要原因正是网络文学背后所爆发的市场价值，远远超越了传统文学的市场地位，形成了线上付费阅读、影视改编、游戏改编、漫画改编、动漫改编、有声读物等一系列 IP 开发的路径。从 1998 年网络小说作家痞子蔡（蔡智恒）的《第一次的亲密接触》开始，中国网络文学从星星之火到呈燎原之势，更成为文化出海的标杆。《2019 年中国数字阅读市场研究报告》显示，2019 年我国数字阅读用户规模达到 7.4 亿人，其中网络文学用户规模达到 4.6 亿人，同比增长 8.3%。市场规模达到 204.8 亿元，同比增长 21.0%。于是，有些网络文学评价标准适时提出了市场的评价维度，提出以"社会效益""经济效益""版权运营情况""作者信息"四个指标为内容的"AHP—模糊综合评判法"[①]，或列出"人气类指数""道具类指数""用户评价指标""销售类指标""影响力""推荐票""出版实体书""改编影视""改编游戏""更新频率"等指标，并分别赋予各指标权重[②]。这种标准看似颇有创新，其实本身并不科学，也不便于实行。新时期以来，传统文学的出版、影视改编、版权售卖等都属于市场行为，而且许多传统文学作品也正是通过版权出售改编为影视、网游等其他形式而产生了广泛的社会影响力。如果以市场的各类指标对网络文学进行评判的话，那么这套指标也可以稍加修改后作为纯文学

---

① 李薇：《网络文学作品评价体系研究》，《出版广角》，2014 年第 Z1 期。
② 高宁：《基于多属性综合评价方法的网络文学评价指标体系研究》，《出版参考》，2015 年第 8 期。

的评价标准,如作品的发行量、评论指数、转载数、改编情况、版权价格等。显然,纯文学并没有采用这种指标化的评价,究其原因,主要还是认为对文学的评价仍然属于文学的"审美"和"价值"范畴。网络文学无论是纯文学、俗文学还是垃圾文学,其核心的指向仍然是"文学"。既然是"文学",那么对于网络文学的评价仍应该回到"文学"的评价标准内,尊重的仍然应该是"审美判断"和"价值判断"。此外,当前所建构的网络文学评价指标的"指标权重"如何科学合理的赋予权重,也有着很大的主观随意性,难以实现科学化。

需要注意的是,网络媒体是一个资本高度介入的媒体形态,网络文学也通过资本运作进一步拓展了发展空间。从前几年盛大文学收购起点中文网,到腾讯收购盛大文学,到近年来阿里巴巴、腾讯、百度的三足鼎立,阅文集团的上下游整合等,都无一不是资本运作的结果。正如网络时代的电影为了争夺高票房不断采取提前锁场、对赌协议、幽灵场、票补等一样,近年来,有些网络文学作品为了片面追求市场效益,出现了一股注水、买粉丝、抄袭、洗稿、拼凑、侵犯版权、同质化等现象,乃至出现了"网文写作宝典""软件写作"等现象。网络文学的繁荣和网站热钱的大量进入,势必要求快速生产实现变现,网文作者的工作要求是至少日更一万字,日更一万四、两万的作者也大有人在。在这种情况下,大量品质低下的网络文学作品被市场这只看不见的手推向前台。因此,习近平总书记在文艺座谈会上的讲话就提出,"文艺不能当市场的奴隶,不要沾满了铜臭气。优秀的文艺作品,最好是既能在思想上、艺术上取得成功,又能在市场上受到欢迎。要坚守文艺的审美理想、保持文艺的独立价值,合理设置反映市场接受程度的发行量、收视率、点击率、票房收入等量化指标,既不能忽视和否定这些指标,又不能把这些指标绝对化,被市场牵着鼻子走"①。文学评价也不能成为市场的奴隶,不能因为市场的高收益而忽略了网络文学本身的思想性、文学性和观赏性的统一,不能无视网络文学创作中所出现的各种乱象,甚至为这种乱象进行辩解,认为这是网络文学生产的重要特点。我们要在资本运作过程中了解网络文学的市场化手段,从而在进行评价

---

① 习近平:《在文艺工作座谈会上的讲话》,《人民日报》,2015年10月15日第2版。

时能够去伪存真，坚守自己的立场。

正视网络文学的市场化乱象，而不是因噎废食地漠视市场运作下的网络文学。之所以提出建构网络文学的评价标准需要重视网络文学的市场化/产业化语境，并非是要建构一套市场影响指标体系来评价网络文学，而是要重视市场对网络文学的审美、价值、语言和叙事方式等方面所产生的影响，重视市场化/产业化对网络文学创作和网络文学文体特征产生的影响。只有理解了网络文学的市场化生产，我们才能更好地认识网络文学呈现出的新面貌。

四、重估思想价值

任何一部文艺作品，必然反映出一定的价值观念和思想取向。当前网络文学的质量良莠不齐、思想性贫弱和价值观不正，甚至色情化、低俗化等现象，是近年来备受批评家诟病的问题。不过，传统文学也存在着各种思想性不强、艺术性不高、价值缺失的作品。因此，文学的思想性和价值观等方面所存在的问题并非网络文学所独有。网络文学评价标准的重要问题在于，网络文学与传统文学的思想价值的差异和网络文学思想价值的独特性质，这是建构网络文学评价标准的一个重要前提。

如前所述，网络文学的评价标准显然不能照搬传统文学的评价标准。因为网络文学呈现出了一种不同于传统文学的特征。一般认为，网络文学是一种通俗文学。既然是一种通俗文学，势必需要用通俗文学的标准予以评价。由是出现一种观点认为，"在进行通俗娱乐文化产品的体验当中，受众实际上是在追求刺激多巴胺的分泌，进而产生愉悦的感觉，以'奖赏效应'弥补现实中的挫折导致的各种焦虑"[①]。"能否为读者提供各种强烈、鲜明、绵长、殊异性的快感与美感体验，是最为重要的接受反应效果评价，是评判网络文学作品高下的基本要素"[②]。这种观点从读者接受的角度进行了研究，注重了读者的接受

---

① 廖俊华：《通俗娱乐文学与多巴胺》，中国作家协会创研部：《网络文学评价体系虚实谈——全国网络文学理论研讨会论文集》，北京：作家出版社，2014年，第114页。

② 王祥：《网络文学创作原理》，北京：中国人民大学出版社，2015年，第14页。

心理。然而，一方面，网络文学并非完全属于通俗文学的范畴，并非所有的网络文学都是为了满足读者"多巴胺"需求的作品，也有很多网络文学有着精英文学或传统文学的特质。另一方面，这种观点将网络文学消费链末端的"快感消费"，理解为一种"生理反应"或"生物反应"，在很大程度上是以一种较为庸俗化的角度去理解网络文学的价值，成为刺激快感的庸俗文学观。

如果跳出读者接受的生理学或生物学意义上的认识，从网络媒体的整体情况和网络文化的角度进行思考，我们也许能更好地理解网络文学的思想价值。网络文学与网络视频、网络电影一样，属于网络媒体的内容之一，因此，它必然受到网络媒体的影响。网络文学的评价离不开网络媒体的价值视角。网络媒体的一个突出特点就是年轻化。中国互联网络信息中心（CNNIC）发布的《第45次中国互联网络发展状况统计报告》显示，截止到2020年3月，就年龄结构而言，我国网民年龄结构依然偏向年轻，以20～39岁群体为主，占整体的42.3%；其中20～29岁年龄段的网民占比最高，达21.5%，30～39岁群体占比分别为20.8%。网络文学的写作者和读者基本上属于80后、90后乃至00后的年轻一代。这个群体被称为网生代。因此，网络文学的价值观很大程度上是青年价值观，网络文学所折射出的文化现象，也大多是青年文化现象。这种文化既包括青年所体认的传统文化，也包括青年消费主义文化、抵抗文化和亚文化等。网络文学流行的穿越、修仙、玄幻等类型文学文化，网络文学所表现出的治愈系文化、玛丽苏情结、耽美文化、CP文化、"污"和"腐"文化等，既是网络媒体文化的一部分，也反映了青年文化的特征。

因此，网络文学的思想价值，不同于传统文学所指向的思想价值，网络文学的思想价值是以青年视角为基础的。网络文学所呈现出的青年文化是青年话语权输出的一种途径。网络文学思想价值的评价标准，应该注意到青年文化的价值转型，建构事关青年健康发展、主体性建构与社会认同的思想价值，从而规范和引导网络文学的发展。

当前网络文学的评价标准之所以争论不休、悬而未决，说到底是因为两个原因：一是网络文学的定义、边界、地位等没有得到清晰界定。文学批评首要的问题就是对评论对象的确定。只有清晰地判断何谓网络文学，我们才能对网络文学进行评价。二是当前的网络文学评价标准被网络和市场两个因素所左右，产生了混淆性。现有网络文学评价标准的观点过分强调了网络的芜杂性、广场性和市场性，于是出现了一些远离文学本身的、类似于企业绩效考核的指标体系。网络文学评价标准的建构，需要充分考量媒介、文学、市场和价值等各方面的因素，深入研究网络文学的审美、叙事方式、青年价值等方面，建构一套立足于文学，但又不同于传统文学的网络文学评价标准。

(《江苏大学学报（社会科学版）》2021年第1期)

后记

这本《网络文学三十年理论评论典藏》，是"中国网络文学三十年丛书"之一，共收录文章 30 篇。其中，网络文学基础理论和评论研究成果各 15 篇，以期向 30 年来在网络文学理论评论领域孜孜深耕的学人致敬！

我们知道，网络文学研究日渐成为一门"显学"，仅学术期刊发表的论文就有数千篇，出版的网络文学理论评论著作超 400 部，报纸、网站，特别是网络自媒体发表的网文评论（帖子）更是难以计数。要从如此浩瀚的理论评论成果中遴选 30 篇文章无异于沙海觅珍，割舍之痛自是难免。在遴选中我们坚持两条原则，一是在内容上注重成果的学术原创性及该论文的理论价值，二是在选择范围上仅限于基础原理和评论研究（不是批评实践）成果。当然也适当考虑了作者的覆盖面，如果出现同等情形，还要看作者在网络文学理论批评领域的影响力等方面的情况。所选成果未必都很精当，但它对于了解我国网络文学研究的代表性成果，会具有管中窥豹之效。此"典藏"乃阶段性沉淀也，成果交由历史，评说留给后人，纵使收纳之作能在理论的星空发出一抹微光，便是在以致敬铭写而强化人们的学术铭记，此非"典藏"之托乎！

感谢所收文章作者的热情支持，也感谢这 30 篇文章原发刊物编辑的辛勤付出。湖南文艺出版社陈新文社长为本书出版提供了全方位的支持，编辑室唐明主任积极推进出版事宜，我校优秀校友、本书责编袁甲平女士为此做了大量卓有成效的工作，在此一并深致谢忱！

感恩过往，仅此记之。

欧阳友权

2022 年 6 月 28 日